ULRIKE DRAESNER

DIE VERWANDELTEN

ROMAN

PENGUIN VERLAG

ULRIKE DRAESNER

Die Verwandelten

Das 21. Jahrhundert schaut aus der Wäsche

L wie Lebensborn

(Kinga, Hamburg und Berlin)

Gesang der gezwungenen Kinder

~~wusstet nicht~~ ob ———— ~~weinen~~ ————
————

weinen oder lachen froh darum ————
~~was soll's~~ wolltet vergessen ———— was rein raus
ritsch raus ———— ritsch ritsch ———— Rü … ruf … ruhig
nur ————
~~könnt~~ nicht vergessen musstet begraben ————
haben musstet ———— ~~sucht~~
Flügel

Langsam ließen wir die Lichter der Stadt hinter uns. Die meisten im Waggon trugen Kopfhörer, die Frau mir gegenüber, Augen gesenkt, der Mund ein Strich, war in ihr Tablet vertieft. Der Junge auf der anderen Seite des Ganges, etwa in Flummys Alter, drehte mit beeindruckender Geschwindigkeit an seinem Zauberwürfel, während die Person neben ihm, Vater, Mutterfreund, Onkel, Couscous aus einer Plastikschale löffelte. Es dämmerte. Mein Gesicht stand in der Scheibe, golden wie ein Geist aus Unschärfe und Strom.

Mit 290 km/h summten wir Richtung Norden.

Das also war übrig: ich in einer schmalen, erleuchteten Kapsel, unterwegs durch die aufziehende Winternacht. Das war übrig: sitzen, fahren, erben. Ein bequemer Zustand.

Ich hatte mir einen Kaffee gekauft, obwohl ich bereits ohne Koffein nervös war. Zweite Klasse, jeder Platz besetzt. Gedrängel, Kampf um die Steckdose. Das wirkte vertraut. Von Anfang an waren wir überall zu viele gewesen, Kindergarten überfüllt, 45 Wuselkörper im Klassenzimmer, Anstehen noch fürs Klo, rempeln, rennen, Bandenführer sein. Ich lehnte mich in den Sessel zurück. Das Kissen passte nicht, also alles wie immer. Wir, die vielen, gezeugt, um die Lücken der Kriegstoten zu stopfen, wir, die Babyboomer, Generation Eigenschaftslos, schoben uns als Wählerbalken die Alterspyramide hinauf. Auch das zu dicke Kissen in meinem Nacken schob sich nach oben. Es war ein Überbleibsel, auf Postkarten des 19. Jahrhunderts konnte man bewundern, wie zart sich seine Vorfahren an die lederbezogenen Sessel im Panoramawaggon des Dampfzuges geschmiegt hatten. Vergangenheit blieb hängen. Wie Haarfett. Schon mein eigenes Haarfett gefiel mir nicht. Leider konnte man das Kissen nicht abschneiden, ohne aufzufallen. Sachbeschädigung war es zudem.

Kurz hinter Spandau hatten sie das erste Mal angerufen, Flummy und Au-pair Laura. Flummy hieß Faiza Alberta Magnolia Viktoria, war Flummy. Ich war eine Spätmutter, eine Wiederberufseinsteigerin auf Spätmutterbasis, eine Frau, die ihr Kind allein ließ und auf wunderbar glatten Schienen in einem wunderbar glatten Zug zu einem Vortrag fuhr. Ich rührte mit dem Holzstäbchen aus dem Bistro in meinem Milchschaum. Rechtsanwältin Kinga Schücking, Klagewand, Waffe, Therapeutin, Seelsorgerin. Zuhause bezahlte ich eine junge Frau für die Care-Arbeit an einem Kind, das ich auf verschlungenen Wegen adoptiert hatte, weil ich vor lauter Ausbilderei lange wartete mit dem Kinderbekommen etc. Nun hatte ich das Kind und kehrte in einen Beruf zurück, der sich unter der Hand in einen Erbenberuf verwandelt hatte.

Tatsächlich waren wir eine Zeit lang die Erbengeneration

genannt worden. Wir, die Kinder der Kriegskinder, von denen so viele zu Nebelkindern gemacht worden waren, abgeschnitten von der Vergangenheit ihrer Familien, uneingeschränkt der Strahlkraft ihrer beschädigten Kind-Eltern ausgesetzt. Erben? Welch Irrtum. Auch im Alter erwiesen diese Eltern sich als so zäh, wie wir immer geahnt hatten. Sie schoben ihre Rollatoren durch Heimflure, atmeten, schimpften und änderten alle naslang ihr Testament. Alt geworden setzten sie das Weitergeben dessen fort, was sie von jeher weitergegeben hatten. Abwehren: ja. Bestimmen: unbedingt. Klagen: professionell.

In Hamburg wollte ich über Mutter reden. Zum ersten Mal überhaupt.

Sie war ein Kriegskind gewesen.

Damit war alles erklärt. Und nichts.

Verstohlen schaute ich mir auf die linke Hand, die den To-go-Becher hielt. Alle Finger da. Sie wirkten unschuldig. Letzten Montag war ich, Hand neben dem Gesicht, morgens aufgewacht und hatte es genau gesehen: Mittelfinger – Lücke – kleiner Finger. Kein Ringfinger mehr. Einfach abgefallen.

Er war noch da gewesen, seltsam abgeknickt. Seit Wochen hatte ich das Gefühl, einer meiner Finger könnte plötzlich fehlen. Kein Schmerz, kein Drama, einfach weg. Auch meine Daumengelenke schwollen seit Neuestem an, mal auf der einen, dann auf der anderen Seite.

Mir wurde heiß, obwohl ich bereits in einem kurzärmeligen T-Shirt dasaß. Businessdress verabscheute ich, vor allem Blusen. Die Pilze auf meinem Shirt waren ein Zeichen für vernetztes Denken.

»Vernetzt.« Das fehlte mir noch. Waren wir Spinnen? Dennoch klickte ich mich, statt meinen Vortrag durchzusehen, auf die Seite der Au-pair-Agentur. Ich war untervernetzt: Laura hatte zu nächster Woche gekündigt. Das neue Au-pair-Wesen sollte aus Europa stammen (billigerer Heimflug) und Pudding kochen können. Pudding, glatt und aus einem Guss, war das Gegenteil von Patchwork. Mein Mann, nun Ex-Mann, hatte eine Freundin. Sie war 17,5 Jahre jünger als ich, was die Welt dank ihres Eifers auf Facebook nun für immer wusste. Flummy lebte bei mir, ihren Vater sah sie bestenfalls einmal im Monat. Er war sehr engagiert. Beruflich, sagte er. Ich stürzte Vanillepudding aus der Form und goss Himbeersauce darüber, blutrot. Die Zeiten, in denen ich dabei an Mondo, jetzt Ex-Mondo, dachte, waren vorbei.

Nun gut, so gut wie.

Flache, weite Felder, hie und da ein Waldrand, Restgrün. Ein älterer Mann, Inhaber einer BahnComfort-Karte, fragte, ob wir alle zu Recht hier im Vorzugsbereich säßen, und jeder in meinem Vierer, Businessdress links, Arbeitspaar gegenüber, nickte. Ich liebte ICEs. Kaum fuhr so ein Zug, kehrte die Welt sich um: Der Mensch durfte sitzen, rennen musste der Baum. Alissa, meine Mutter, hatte Züge verabscheut und war niemals in einen gestiegen. Selbst S-Bahnen hatten sie beunruhigt.

Ich trank Kaffee, schaute in eine Dämmerung, die in dichten Schleiern aus dem Boden zu dringen schien, und versuchte, weder an meine Finger noch an Alissa zu denken. Konnte nicht bitte zur Abwechslung mal eines dieser Wildschweine neben dem Bahndamm stehen, die ständig in den Durchsagen vorkamen, wenn wieder ein Zug nach Norden ausfiel? »Wildschweine im Gleisbereich« wurde verkündet. Doch das deutsche Wildschwein schien ganz und gar zum deutschen Geister- oder Nachrichtenschwein geworden zu sein, und so dachte ich doch an Mutter, sie hätte »eine doitsches Sanglier von Geischt wuhrde isch gärn treffahn« gesagt, zusammen hätten wir darüber gelacht. Sie hatte Kunstkataloge und Essays aus dem Französischen übersetzt, Polnisch beherrschte sie ebenfalls, und mit großem Stimmentalent Akzente nachgeahmt.

Seit ihrem Tod standen Flummy und ich verwandtenlos da. Schon Alissa war ein Einzelkind gewesen oder wie man das in ihrem Fall nennen wollte. Au-Pair also. Meine Freunde fanden für eigene Krisen kaum Zeit, erst recht nicht für meinen Spagat als Alleinerziehende. Sagte ich »zur Erziehung eines Kindes braucht man ein Dorf«, dachten sie an alternative Gesellschaftsmodelle, etwa in Form eines zu renovierenden Gutshauses in Brandenburg. Letzten Mai waren wir bei einem Freund fast erfroren. Der Blick auf den Originalstorch hatte auch nicht geholfen. Wenigstens war seither klar, warum Störche auf einem Bein stehen.

Meine Hand zuckte zum Telefon, ich vermisste mein Kind, gerade noch unterdrückte ich den Impuls. Ich konnte nicht mit dem Körper vorwärts fahren zu einem Vortrag und mit der Seele oder der Bequemlichkeit oder der Angst vor dem Vortrag rückwärts zu Flummy. Ich konnte natürlich schon; ich verbot es mir.

Jetzt, wo Nika sich einmal nützlich gemacht hatte. Sie war eine der beiden Kolleginnen, mit denen ich mir das Kanzleizimmer bei Peffer & Edlich nach dem Prinzip rollierender Arbeitszeit teilte. Nika, die Veronika hieß, aber keinesfalls so genannt werden wollte, hatte ihr Netzwerk »bedient«, sie sagte »gesociallt«. Die Rechtsmediziner:innen und Jurist:innen der Hamburger Universität beschäftigten sich mit Zukunftsformen von Elternschaft und luden Expert:innen aus dem praktischen Leben zu Vorträgen ein. Honorar akademisch, also lausig. Doch man war Wiedereinsteigerin und fing von vorn an, man lächelte und schuldete nun Veronika einen Gefallen. Ich wusste aus eigener Erfahrung, in welche Irrgärten, ja Dornenheckenlabyrinthe unklare Elternschaften führen konnten, allemal solche, über die Mäntelchen des Schweigens, der Scham oder des Unrechts gebreitet wurden. Ich hatte Konkretes zu den Fähigkeiten zu sagen, die man in pluridimensionalen Familien brauchte, zu den Kurzzeitrisiken und Langzeitfolgen, denen man sich aussetzte. Juristische Expert:innen gab es wie Bakterien in Kunstschnee, doch live footage brachten die wenigsten mit. Man hatte mich ausdrücklich aufgefordert, persönlich zu werden.

Ich hatte es ernst genommen, mich ermannt, erfraut, was auch immer, nun enthielt mein Vortrag ein Dosenimperium, Mutter, Polen, den Lebensborn. Persönlich? Oh ja. Zum anderen: die diskussionsbedürftige deutsche Rechtslage, was den Embryonenschutz anging. Sprich: die Erbgeflechte, in denen wir lebten, ohne sie zu durchschauen. Jeden Tag sah ich, welche Konsequenzen sie hatten. Persönlich? Keine Frage. Deutschland, Polen und weiter nach Osten. Leihmutterschaft war in Deutschland verboten, in der Ukraine und Österreich erlaubt. Junge Frauen, ehrgeizig. Hilfsbereit und/oder interessiert an Geld? Ein Labyrinth. Die Technik entwickelt, der menschliche Körper stolperte hinterher. Das deutsche Gesetz stammte von 1991. Niemand wollte daran rühren. Man agierte unter dem langen Schatten einer Vergangenheit, der dadurch, dass man sicherheitshalber nicht genauer hinsah, nicht kürzer wurde.

Ich zog mir das T-Shirt über den Kopf. Darunter trug ich ein einfaches schwarzes Trägerhemd. Es war Dezember und niemand außer mir saß mit so wenig Kleidung am Leib im Waggon. Mein Dekolleté konnte sich trotz meiner 50plus sehen lassen. Ich durfte nur niemals einem der Partner aus der Kanzlei in diesem »Aufzug« begegnen. Bei meiner Aufnahme vor fünf Monaten hatte man keinen Hehl daraus gemacht, dass es aus Wiedereinsteigerinnengnade geschah. Dass ich eine private Ausbildung zur Moderatorin abgeschlossen hatte, »rettete« mich. Kinderlose Paare beriet ich ehrenamtlich für einen Adoptionsverein, ich riet zu Reisen, verstand ihren Schmerz. Mein Geld verdiente ich mit Erblassern und Erbnehmern jeden Alters, jeder Herkunft und jeden Geschlechts (»Selbstverständlich können Sie mich am Wochenende anrufen«). Den einen funkelten die Äuglein (verschiedenen Nahpersonen hatten sie in ihrem Testament so richtig die Meinung gegeigt); andere schwammen in Selbstmitleid, weil sie angesichts ihres letzten Willens daran dachten, dass sie sterben mussten; die dritten wollten mehr erben und hielten das unverhoffft aufgetauchte Testament für gefälscht. Ich beschwichtigte die Wogen, versuchte, festen Boden herzustellen, sprich die arme Leiche endgültig zu begraben. Die

Bewegung der Güter bedeutete im klassischen Erbfall niemals nur die Wanderung eines Geldwertes.

Der klassische Erbfall: Elternteil auf Kind.

Etwas Vergangenes musste sich in Zukunft verwandeln. Die Gegenwart wurde für den Durchgang gebraucht, sprich kräftig durcheinandergebracht. Irgendjemand zog immer den Kürzeren, dort kam ich als Juristin ins Spiel. Den Verwandtenfrieden neu erfinden, zerbrochenes Porzellan kleben oder wenigstens so tun, als gäbe es familiäre Gerechtigkeit.

Auch Mutter hatte geerbt gehabt. Sie war, wie man so sagte, nach oben gefallen. Doch nicht durch eine Heirat, sie hatte nie geheiratet, sondern als Kind. Auch darüber wollte, ja musste ich heute Abend sprechen. Deutschland, Polen, Lebensborn.

Als ich meine Bilder für den Vortrag geöffnet hatte, kam der Schaffner. Der Mann mir gegenüber hielt ihm eine Nichtcomfort-Karte hin. Seine Kollegin, Boosterlippen, nickte anerkennend. Ich nicht.

Das Jahr 1989 hatte dem 20. Jahrhundert einen letzten mächtigen Schub gegeben. Über Jahrzehnte unzugängliche Archive öffneten sich, Akte um Akte kam zum Vorschein, Heimattourismus belebte sich, Migrationen wurden in Gang gesetzt. Die Lamellen des Eisernen Vorhanges hoben sich ruckweise, und was kroch unter dem Schlitz mit immenser, echsenhafter Zähigkeit, kalten Blutes, Stück um Stück hervor? Der Drache Vergangenheit. Alissa war wie hypnotisiert. Der wahre Name des Drachen, sagte sie, sei »ich gehöre zu dir«, »ich lass dich nicht gehen«.

»Gut im Saft, fußlos mit der ganzen Unterseite sich vorschiebend« drängte er in Alissas und mein Leben hinein. »Keinerlei Begrüßung«, fuhr Mutter an dieser Stelle, Kafka zitierend, unweigerlich fort. »Er wiegte den Kopf, lächelte halb verlegen, halb tückisch und begann: Durch Deine Sehnsucht herangezogen, schiebe ich mich von weither heran, bin unten schon ganz wundgescheuert. Aber ich tue es gern.«

Sie fragte mich Vokabeln ab, die ich selten (Französisch) oder sehr selten (Polnisch) wusste, und berief sich auf den Autor aus Prag.

Wie sein Drache war ihr Tod ins Zimmer gekrochen. Vor elf Monaten. Gattung »Haushaltsunfall«. Die Blattlosigkeit der Bäume, die hellroten, nebelbegleiteten Aufgänge des Lichts um acht Uhr morgens erinnerten mich daran. Mittags stand die Wintersonne hell am Himmel, umschlossen von einem dunklen Kranz.

Mutters Testament war eine Überraschung gewesen. Seit ihrem Tod verstand ich, dass die Wörter in einem Letzten Willen nicht daran schuld sind, dass man den Wisch nicht begreift.

Der Wisch, diese Berührung von anderswo. Bald nach Alissas Beerdigung hatten meine Daumengelenke angefangen, über Nacht anzuschwellen. Bei Bewegung schmerzten sie. Ich träumte davon, einen meiner Daumen oder einen anderen Finger zu verlieren. Es war so wirklich, dass ich morgens meine Hände anstarrte und es kaum glauben konnte, dass nirgends eine Lücke klaffte.

Alissa war Linkshänderin gewesen. Auch das hatte ich von ihr geerbt.

Ich stand im Gang, Lichter schwankten um uns. Berührungslos glitt ich dahin, die eine noch übrig von »uns«. Vielleicht spürte und sah ich die neuen Einsamkeiten deswegen so deutlich: Wechseljahresfrauen, die heimlich auf der Toilette Hormone schluckten; Frauen, die allein in Kinderwunschzentren warteten; allein durch Samenbestellseiten klickten. Gegen Glasdecken stoßen, zu viel Heimarbeit erledigen, zu wenig verdienen. Alissa. Im System sprach man von Rechtsverletzungen, Verjährungsfristen, retrospektiver Unklärbarkeit der Vaterschaft, die in Bezug auf früher mitunter auch als »retrospektive Unklärbarkeit bei vollintentionaler staatlicher Komplizenschaft« bezeichnet wurde. Alissa. Man sprach über Menschen, als hätten sie weder Gemüter, Erinnerungen, Träume noch Psychen.

Der Mann, der gern ein Comfort-Mann gewesen wäre, wartete

mit seiner Begleiterin vor mir. Die Anzeige in der Mitte des Waggons sprang von *Haben Sie nichts vergessen?* mit Bildchen von Koffer und Regenschirm auf *126 km/h*. Beschleunigten wir auf den letzten Kilometern noch einmal? Vor den Fenstern schwamm die Winternacht. Leise summend, fast lautlos glitt der ICE durch ihre Dunkelheit auf Hamburg zu, eine leuchtende, biegsame Stahlnadel, gezogen durch den Saum eines dunklen Kleides.

Schimmernde weibliche Haut, grobkörnige Dekolletés, Strapse, Walkürenhaar. Mit Filmstills aus den 60ern und 70ern wollte ich beginnen. Falls mein geneigtes studentisches Publikum jemals vom Lebensborn der Nationalsozialisten gehört hatte, dann als germanischem Züchtungsinstitut. Arier und Arierin notgeil im Menschenpark, nordreine Haflingerstuten oder gezwungene blonde Mädchen aus den neuen Reichsgauen SS-Hengsten zugeführt. Rammeln auf der Reichsfahne, unterm Himmlerbild, auf dem Gebärstuhl.

Muzak tropfte herab, keine Frage, ich stand vor dem Hamburger Hauptbahnhof. Krähen statt Taxis. Zwei hockten unter dem langen Vordach auf dem Rand eines Mülleimers. Eine flog auf und verschwand im Nebel, die andere schaute mich an, als könnte sie mir helfen, wolle aber nicht. Ich zog mir die Kapuze tiefer ins Gesicht und beugte mich über das Handy. Nebel war ein Übergangsphänomen von warm zu kalt. Warm war vor diesem Bahnhof nichts, nebelig alles. Die Luft roch nach Würstchen, ich fror. Das Telefon auch, die Uber-Seite lud sich extrazäh.

Tatsächlich waren die Lebensbornheime staatlich geförderte Anstalten gewesen mit dem trockenen Ziel, die arische Geburtenziffer durch die Verhinderung von Abtreibungen zu erhöhen. Fakten würde ich zeigen: um die 20 000 Geburten zwischen 1936 und 1945. Dazu Bilder idyllischer Voralpenlandschaft, wehende Fahnen, die Hakenkreuzsonne. Darunter ein Haus voller Frauen. Doppelzimmer, Untersuchungsliegen. Auch ein Vortragssaal fehlte nicht,

Küchentrakt, Bibliothek und Handarbeitsraum, ein hell-weißer Wintergarten, nahezu modern, und ein großzügiger, den Hang hinabfallender Blumen- und Kräutergarten. Mitten darin eine deutsche Mutterstatue aus Bronze, umgeben von hochschwangeren, auf ihren Spaten gestützten Frauen beim Pflanzen.

Das war er, der Sommer 1937 in der »Mutterstute« der SS-Idee Lebensborn: Haus Hochland in Steinhöring bei München.

Während meine Zuhörer:innen auf die Abbildungen schauten, wollte ich sie mir meinerseits ansehen. Sie, die Schneeflocken, wie es hieß. Die Unberührten.

Mit ihren Ohrringen, den Netzstrümpfen an Männerbeinen, einem Harry-Potter-Blitz auf der Stirn. Die Hälfte von ihnen machte mindestens fünfzig Selfies, bevor sie eines davon verschickte. Mehr als ein Viertel lebte in Patchworkfamilien, in Flummys Klasse waren es 65 Prozent. Acht aus hundert verdankten ihr Leben einer In-vitro-Fertilisation. Unberührt?

Ich hievte mich und meinen billigen pinkfarbenen Rollkoffer, in dem ich Bücher mit mir herumschleppte, falls jemand spezielle Fragen haben sollte, in den glänzend nassen Wagen. Uber war so digital, dass ich mich jedes Mal wunderte, wie ich tatsächlich mit dem ganzen Körper einsteigen konnte. Eine Fatimahand baumelte neben einem Dufttannenbaum am Innenspiegel. Das Universitätsgelände, medizinische Institute auf dem Areal einer ehemaligen »Irrenanstalt«, lag etwas außerhalb der Stadt.

Ein letzter Blick auf meine Seiten: Lebensborn e.V., gegründet Ende 1935, Träger die SS, Heinrich Himmlers persönlicher Beitrag zur Rettung der nordischen Rasse. Diente der Lebensverein männlicher Freude? Überflüssige Frage. Regel: Ab dem vierten unehelichen Kind wurden dem SS-Zeuger alle Lebensborngebühren erlassen, Massenrabatt für das dem System zugeführte »Menschenmaterial«. Die Heime, in rascher Abfolge in den Gauen des Reiches eröffnet, garantierten eine anonyme Entbindung und die Vermittlung des Kindes zur Adoption. SS-Familien wurden bevorzugt. Haus Hochland nahm im August 1936 »den Betrieb« auf, der erste Anbau erfolgte kein Jahr später.

Vergangenheit saß nicht allein in Bahnkissen, Ruinen und Denkmälern. Ich dachte an das letzte kinderlose Paar, das ich beraten hatte. Sie waren beide über vierzig; damit hatten sie nicht einmal mehr eine Chance auf eine internationale Adoption. Die Zahlen sanken. Auch in Ländern des globalen Südens gelang es zum Glück zunehmend, Kinder innerhalb ihrer Geburtsgesellschaft an neue Eltern zu vermitteln.

Wer helfen wollte, musste nach neuen Wegen suchen. Eine amerikanische Kollegin hatte mir anonymisierte Unterlagen aus Leihmutterfällen zur Verfügung gestellt: Vertragsvarianten, Kontaktregelungen. Und Briefe, in denen Menschen sich noch Jahre später bedankten – drei Eltern, ein Kind. »Mein« Paar hatte sich für eine junge Frau aus Lwiw, deutsch Lemberg, entschieden. Nichts davon war einfach. Doch ich hoffte, gerade aufgrund meiner eigenen Geschichte eine gute Begleiterin zu sein.

Schnapp, schnapp machten die Kofferräder im Kies. Vor mir dehnte sich ein menschenleeres Feuchtgelände, umsäumt von mehrstöckigen, in den Erdgeschossen vergitterten Klinkergebäuden. Alle fünfzig Meter ragten paarige, kniehohe Lämpchen aus dem Gras, als streckten mutierte Schnecken eine neue Version Leuchtfühler aus der Erde. Ich umgeisterte drei schattenhafte Hauswürfel, Nebel legte sich auf meine Kleidung und mein Gesicht.

An der nächsten Balustrade hing mein Gesicht. Faltig, aber das lag an der Feuchtigkeit. Erleichtert lächelte ich mir zu. Peinlich, doch egal, noch immer war keine Menschenseele unterwegs. Mir hätte ein Mensch ohne Seele gereicht. Das war der neue Standard, damit kam ich zurecht.

Am Treppenaufgang verwuschelte ich meine Haare, legte Lipgloss nach und kontrollierte das Ergebnis im Selfiemodus meines Handys.

Nebelkind.

So hießen wir nun, die in den 60er-Jahren Geborenen: Nebelkinder. Erwachsen waren wir offensichtlich noch immer nicht. Doch der neue Name drückte aus, wie viele von uns in den Händen von Menschen aufgewachsen waren, die weder von Verlusten noch von Freuden erzählten. Eltern, die andeuteten und verstummten, mit Floskeln abspeisten, sich selbst nicht anders verstanden denn als Schemen, Eltern, die den Nebel erzeugten, an dem sie zugleich litten, was sie nie zugegeben hätten, denn sie taten es, um sich zu schützen. Dass sie auch uns auf diese Weise abschnitten von unserer Vergangenheit und den Tiefenlinien unserer Existenz, geschah gleichsam »kollateral«.

Heute wollte ich eine Öffnung versuchen. Ansetzen bei Kindern mit drei Elternteilen, auf vier Elternmenschen ausdehnen (zwei sozial, eine Frau als Eizellspenderin, eine als Leihmutter), auf fünf steigern (drei biologische Eltern, zwei soziale) – und sagen »genug der Mathematik«.

Sagen: »Kommen Sie mit. Hier ist ein Geheimnis versteckt, Sie spüren es längst, wir stehen vor seiner Tür, mit Blumenranken bemalt, Malven, Ranunkeln, Thymian, ein schöner Garten, oh ja, ein Idyll, es handelt sich um ein Entbindungsheim, kommen Sie mit und sehen Sie sich an, was dort geschieht.«

Ich würde es tun. Über Alissa reden.

Sie war tot. Nun durfte ich. Nicht wahr?

Das Schweigen brechen.

Wie leicht sich das sagte.

Mit meinem Koffer stieß ich die altehrwürdige Schwingtür auf. Und überraschte mich beim Hindurchgehen selbst. Ich freute mich.

» … was? Entschuldigung.«

Ich lächelte Clooney an. Wir standen in der Bibliothek, Empfang mit Häppchen und Wein nach dem Vortrag, die Mediziner hatten Geld sogar für den Humanapparat »Körper«. Etwa achtzig Menschen hatten zugehört, weniger Studierende als gedacht, mehr Allgemeinpublikum. Draußen schleuderte der Winterabend seine Dunkelheit um einen Baum, dessen Äste man überdeutlich sah, da Clooney, mein markanter Gastgeber, das Fenster geöffnet hatte, um hinauszurauchen. Bereits daran erkannte man, wer hier der Direktor war. Erleichtert griff ich nach einem Brötchen mit vegetarischer Paste. Ich hatte nicht zu lange gesprochen, man hatte kluge und, was das Persönliche anging, vorsichtige Fragen gestellt.

»Wären die Nazis am Ruder geblieben, hätten sie Züchtungsanstalten daraus gemacht«, gab Clooney mir recht. Er hieß anders, aber ich hatte vorhin in der Aufregung seinen Namen nicht richtig gehört.

Gleich zu Anfang war eine Hand in die Höhe geschossen: »Dem Lebensborn lag eine menschenfreundliche Idee zugrunde. Uneheliche Kinder sollten leben. Das können Sie nicht verurteilen!«

Mit Einwürfen dieser Art war zu rechnen gewesen. »Das Menschliche an rechtem Denken« etc. Ich hatte mit einem Zitat aus einem der Bücher in meinem Koffer geantwortet. Heinrich Himmler, Reichsführer SS, 1936: »In 18 bis 20 Jahren werden dank Lebensborn 18 bis 20 Regimenter mehr marschieren.«

Das war das Ziel der Nationalsozialisten. Nicht der Frauenschutz. Nichts Soziales. Die nicht abgetriebenen Kinder sollten dem Reich als weibliches Gebär- und männliches Schlachtenmaterial erhalten sein.

Sie waren Stoff.

»Stellen Sie sich einen Big-Brother-Container voller Frauen vor«, hatte ich gesagt. Ein Lebensbornheim war eine Anstalt staatlich geförderter Lügen sowie staatlichen Kinderbetrugs. Gefüllt mit Frauen, die Kinder erwarteten oder eben entbunden hatten; Schwestern, die sie versorgten; weiblichem Personal, das sich um Reinigung und Küche kümmerte. Dazu ein, zwei Männer für die ernsten Dinge, zu denen Frauen bereits vor der Nazizeit und erst recht in ihr nicht fähig waren: ein oberster Arzt, ein oberster Verwalter, beide unmittelbar Himmler unterstellt. Zumindest in Steinhöring, dem Zugpferd im Lebensbornstall.

Ich wisse, wovon ich spreche, hatte ich bewusst leiser werdend gesagt: Meine Mutter, aufgewachsen als Kind Gerhild in Solln bei München, sei, wie sie erst als erwachsene Frau erfahren habe, als Alissa N. N. in Steinhöring L geboren worden. »L« für Lebensborn. Nach zwei oder drei Wochen habe sie das Heim verlassen. Die einzige erhaltene Urkunde lege nahe, dass ihre leibliche Mutter sie mitgenommen habe.

Lebensbornheime waren Frauenräume.

Frauenräume waren gesellschaftliche Symptome. Man trieb die Herde zusammen. Wer in so etwas geriet, wurde zum Gegenstand. Als Gegenstand hatte man eine Restnützlichkeit.

»Restnützlichkeit« war ein Ausdruck aus dem Abfallrecht.

Opa Gerd hatte sich damit ausgekannt. Er hatte das Abfallrecht quasi erfunden nach dem Krieg. In rubble-Germany. »Rubble« klang besser als »Schutt«. An Opa Gerd dachte ich gern.

Frauenraum. Du wurdest als Gefäß behandelt. Du ließt es dir gefallen, du dachtest, das tangiere dich nicht, darin täuschtest du dich. Deine sich über Monate erstreckende Erfahrung wurde Teil deines Gefühlshaushaltes. Sie bereitete dich für weitere Behandlungen dieser Art vor: Später würdest du diese Behandlungen akzeptieren, weil sie dir angemessen erschienen. Nicht obwohl, sondern weil sie dich demütigten.

Ich hatte es von nah erlebt, fast konnte man sagen: am eigenen Leib. Der Name meiner leiblichen Großmutter war in dem Aktenblatt mit »A.« angegeben. Wie der ihres Kindes. Vermutlich handelte es sich um eine Verwechslung.

Mehr wusste man nicht. Was man wusste, war schlimm genug.

Da war dem ersten Akt ein zweiter gefolgt. Eine »Sendbotin« hatte das Kind der A. am 3. Februar 1943 in das Heim zurückgebracht.

Keinerlei Hinweis darauf, warum. Oder wer die Botin gewesen war.

Ich legte das angebissene Brötchen verstohlen auf einen Teller am Fensterbrett. An einen einzigen Augenblick meines Vortrages erinnerte ich mich wirklich. Leicht gegen das Mikrofon gelehnt hatte ich am Pult gestanden, die aufsteigenden Stuhlreihen im Blick, nur die vordersten der Zuhörer:innen sah ich genau: »Im Lebensborn geboren, in den Lebensborn zurückgebracht. Im Juli 1943 an SS-Eltern übergeben.«

Mein Gastgeber wollte mehr von diesen Eltern wissen, »Schücking also«, sagte er, sah mich an und fragte, ob mir nicht gut sei. Mein Eckzahn tat weh, seit Flummy vor ein paar Tagen einen Vampirzahn darübergestülpt hatte. Mit Klebstoff. Das noch in Berlin geschluckte Schmerzmittel ließ nach, Clooneys Assistent lief los, um für Abhilfe zu sorgen.

15.7.1943 mittags: Kind Gerhild (s. Stammblatt Alissja N. N.) übergeben. Empfänger: Herr Rechtsanwalt Gerd Schücking, wohnhaft in Solln bei München. Gattin: Gerda S., Empfängerin. Gerhild: Größe, Gewicht. Geschlecht weibl. Bef. ar.

Mutter: Bef. ar. Befund arisch?

Mutter, die mich Kinga taufte, polnisch, weil es etwas in ihr zum Klingen brachte. Mutter, die sagte: In einen Zug steig ich im Leben nicht mehr. Einen Zug halte ich nicht aus.

Sie besaß einen Käfer, sie fuhr wie der Teufel, dabei sang sie polnische Kinderlieder. »Sto lat, sto lat, niech żyje, żyje nam«, das einem hundert Lebensjahre wünschte, hatte es ihr besonders angetan. Ich lag auf der Rückbank, schaute auf ein plastiküberzogenes Blechdach, das Himmel hieß, und sollte seine Löcher auf Polnisch zählen.

Schücking. Das war einfach, so hieß ja auch ich. Noch während meines Vortrags hatte Clooney gegoogelt und entdeckt, dass die Familie ein Dosenimperium besessen hatte, reich geworden im Ersten Weltkrieg mit Bohnenlieferungen an die deutsche Armee. »Außergewöhnlich reich, nicht wahr?« Der Assistent kam zurück, ohne »Stoff«. Clooneys Blick hellte sich trotzdem auf, »ah«, sagte er,

»wen haben wir denn hier«, was seltsam vertraulich wirkte, allemal da er, wie sich sogleich zeigte, die Frau, auf die seine Worte sich bezogen, nicht kannte. Er sah mich an, dann sie, dann wieder mich und erwartete offensichtlich, dass ich ihm die Zuhörerin vorstellte.

Sie hatte in der ersten Reihe gesessen, still und konzentriert. Ich schätzte sie auf mein Alter. Hohe Wangenknochen, manche nannten das noch immer »östlicher Typ«, helle Haut, echtblond. Sie wirkte wie eine dieser Frauen, die sich in Yogakursen mühelos ein Bein um den Nacken legen und dabei auch noch elegant aussehen.

»Sind Sie Zahnärztin?«, fragte ich.

Sie lachte. Sie war kleiner als ich. Wenn auch nur einen oder zwei Zentimeter. Dafür schmaler.

»Ziehen lassen«, sagte sie, »dann kann der Teufel nicht mehr auf der Flöte blasen.«

Clooney, der auf dem Fensterbrett gesessen hatte, stand auf: »Ich sehe, Sie kennen einander ...« Er räusperte sich, blickte noch einmal von ihr zu mir, »natürlich«.

Was der so alles sah. Weder die Neue noch ich reagierten darauf.

»Ihre Mutter wurde aus Breslau in das Heim zurückgebracht?« Ihre Stimme klang sehr neugierig.

Das stimmte, ging sie aber nichts an. Ich hatte es auch gar nicht erwähnt.

Um Zeit zu gewinnen, lächelte ich. Mir war nicht danach zumute, weiter über den Lebensborn zu sprechen.

»Sie haben nicht zufällig ein erwachsenes Kind«, fragte ich, »das als Au-pair arbeiten möchte?«

Großer Mund. Naturrot, kaum Falten. Beneidenswert. Ich glaube, dass ich ihr vor allem ihres Aussehens wegen zuhörte. Clooney stieß das Fenster weiter auf und hielt mir ein Glas hin. Auch Wein betäubt Zahnschmerzen, dazu die frische Luft, ich begann, mich besser zu fühlen. Mein Gastgeber und die Yogafrau, die einen kleinen, silbernen Rucksack auf dem Rücken trug wie einen futuristischen Käfer, unterhielten sich angeregt.

Sie erzählte, sie stamme aus Wrocław, was mich erstaunte, ihr Deutsch klang perfekt, ich hörte keinen Akzent, nicht einmal jetzt, wo ich dachte, ich sollte einen hören. Sie sagte: Die Väter wurden in den Unterlagen genannt. Er sagte: Ich glaube, sie wurden nach ein paar Monaten aus dem Register gelöscht. Sie sagte: Die Heime waren Orte ausgeprägten Nazispießertums. Vorträge wurden gehört, Hitler verehrt. Er sagte: Turnübungen jeden Morgen. Sie sagte: Jeder leiblich Beteiligte musste als arisch wertvoll anerkannt sein.

Zögerlich mischte ich mich ein: »Die leibliche Mutter meiner Mutter war vielleicht verstorben. Nur deswegen gab man das Kind zurück in die Nazimaschine.«

»Aber nein, sie lebte noch«, rief die polnische Hamburgerin.

Ich warf ihr einen Blick zu wie Schnee. Nicht sanfte Schneeflöckchen als helle Blütenblätter durch die Nacht, sondern Eisköniginnenschnee. Sie hatte einen Zettel und Stift in der Hand, schob ein paar der Flaschen und Brötchen beiseite, die auf dem Tisch standen, und begann, mir zwei polnische Wörter aufzuschreiben.

Eines sollte Zukunft bedeuten, das andere Vergangenheit, sie klangen wie Psch-was-auch-immer und Pech-weißt-du-was. Nur aus dem Augenwinkel sah ich, wie Clooney, der in dem halb geöffneten Fenster gesessen hatte, aufsprang. Sein Weinglas fiel vom Fensterbrett, der Raum explodierte, ein Komet schoss an Clooney vorbei auf uns zu.

Er landete auf dem Tisch.

Mit einem satten Plopp. Rutschte ein Stück.

Ein Komet mit Schweif.

Mein Gegenüber war die Einzige, die nicht schrie. Sie und ich, doch bei mir lag es am Zahn.

Der Komet hatte Knopfaugen, Hände, dichtes Fell.

Er zögerte. Die grauen Eichhörnchen sollen verrückt sein und ihre braunen Artgenossen fressen. Dieses Hörnchen, braun, war noch nicht gefressen, aber verrückt. Es streckte den Schwanz gerade nach hinten, sauste quer über den Tisch auf die Käseplatte zu. Erst blitzte es dunkelbraun, dann rot. Es war der Fortschritt, wie man ihn niemals sieht.

Die Frau neben mir machte ein Geräusch. Ein Geräusch mit den Lippen und der Kehle, eine Art schnalzendes Rufen, leicht nasal. Ich hätte nicht gedacht, dass man einen derartigen Laut aus einem menschlichen Hals pressen kann. Das Tier ebenfalls nicht. Es blickte die Frau an, schnellte auf das Fensterbrett.

Ein Stück Käse hielt es in den Händen. Dann sprang es ab. Zurück in die Dunkelheit, aus der es gekommen war.

Zu den Suchenden in meinem Büro sagte ich nach dem ersten Schluck Kaffee: Lassen Sie uns über die Liebe zwischen Eltern und Kindern sprechen.

Ach so, in Ihrem Fall geht es nur um Geld?

Ich rührte in meinem Kaffee, den ich schwarz und bitter trank. Bei Nur-Geldfällen brauchten wir länger. Ich suchte nach Worten. Den Menschen in meinem Zimmer schob ich Zucker hin. Nur um Geld? Wir mussten also noch durch die Illusionen hindurch. Nur um Geld ging es nie.

Mutters Testament hatte ich mir selbst vorgelesen: »Meine liebe Kinga!«

»Meine.« Besitzanspruch bis zuletzt. Dann: eine Wohnung in Breslau. »Gleich hinterm Ring auf dem Weg zur Oder«, perfekt eingerichtet, »mein Nest«. »Vom Dach wirst du die Flussschwalben fliegen sehen.«

Ich hatte laut aufgelacht. Wenn man traurig ist und lacht, klingt man wie eine Krähe. Wenn man nichts fühlt, nach einem Todesfall, weil es noch zu nahe ist, lacht man wie ein Fuchs. Beides zusammen: Man krächzt, man bellt, man überrascht sich selbst.

Breslau, heute »Wrozwaff«. Alissa hatte es ständig im Mund geführt. Meine Mutter, eine Frau in Dauerbewegung. Jahresabo Nahverkehr. Von einem Apartment in Ex-Breslau hatte ich nichts gewusst. Alissa hatte also zwei Wohnungen unterhalten, wie man so sagt. Jahresabo Polenbus.

Mutter hatte sich erinnert. Sie habe Lissl geheißen bei der Ankunft im Heim. Eine Frau, die hinkte, habe sie gebracht. Sie seien lange mit dem Zug nach Westen gefahren. An Winterwäldern vorbei. Ihre Mutter habe Mama geheißen.

Im Winter 1943 hatte meine Mutter vier oder fünf Jahre gezählt. Sie glaubte, dass sie in Steinhöring auf »zurückvier« hatte umlernen müssen. An dieses Wort, »zurückvier«, wollte sie sich erinnern. Sie war jünger gemacht worden, jüngere Kinder »gingen leichter weg« für eine Adoption. Falls das stimmte, riss es eine andere Frage umso schmerzlicher auf. Warum hatten ihre Eltern oder zumindest ihre Mutter es sich so spät nach ihrer Geburt anders überlegt? Und das Kind, das sie jahrelang versorgt und erzogen, umhegt und vielleicht geliebt hatten, wie ein Unkraut aus der Familie gerupft?

»Wie ich dieses Wort hasse«, sagte Mutter. Sie meinte nicht »rupfen«. Sie meinte »Familie«.

Ihr Gefühl, nicht genügt zu haben.

Verraten worden zu sein.

Ich hatte kurzen Prozess gemacht und mein Erbe an der Oder samt Möbeln und Geschirr vermietet, ohne es mir jemals anzusehen. Wozu gab es Agenturen. Und wozu war ich Kinga Schücking, Nebelkind. Psch-was-auch-immer, Pech-weißt-du-was.

Zwischen erstem und zweitem Stock passierten wir die lebensgroße Büste des Gründungsdirektors. Vor der Haustür stand sie ein zweites Mal, eine Kopie, schwarz glänzend vor Halbeis, und ähnelte sich. Mein Plakat sah noch abgewaschener aus als vorhin. Tintig floss der Winterabend aus den Rinden der Bäume, lautlos glitten Lichtspuren über den stadtfarbenen Himmel, Knochenfinger, Kindheitsangst.

Clooneys Wagen stand in der Tiefgarage. Er verabschiedete sich, ohne mit der Wimper zu zucken. Ich musste den letzten ICE nach

Berlin erwischen. Allein stand ich im Niesel. Jede Minute verschob sich die Ankunftszeit des bestellten Uber-Wagens um eine Minute. Dann blinkte die App auf, Fahrt storniert.

Ich hörte ein »kurwa« hinter mir, drehte mich um. Natürlich die Yogafrau.

»Dorota Dombrowska. Du kannst Doro sagen.«

Sie fuhr einen schwarzen Mini. Hamburgs weiße Portikus-Villen versuchten vergeblich, sich in dem Tümpel zu spiegeln, den man sich in Hamburg als Stadtmitte hielt. Dorota schnitt Kurven, nahm Schleichwege, rettete mich.

Am Parkplatz konnte man den Bahnhof dank des Hamburger Wetters inzwischen gar nicht mehr sehen. Meine Bahn-App zeigte an, dass der Zug weg war. Wir rannten trotzdem. Alle Krähen hatten sich in schwarze Taxen verwandelt, wir mussten hindurch. Endlich, Rieselmusik. Keuchend starrten wir von oben auf das angegebene, leere Gleis. Meine Begleiterin strich sich die nassen Haare aus der Stirn, unwillkürlich machte ich es ihr nach, da sprang die Bahn-App um: Der vorletzte Zug nach Berlin hatte so viel Verspätung, dass er den letzten Zug unterholt hatte. Oder wie immer man das nannte. Der vorletzte Zug sollte in einer halben Stunde eintreffen.

Ich lud uns auf einen Kaffee ein. In dem Stand, einem einseitig offenen Würfel in den Arkaden über den Gleisen, dämmerte ein Plastikchristbaum in einer Ecke, hilflos von einer rot blinkenden Lichterkette umwickelt. Meine Begleiterin rückte ihren Stuhl näher an den Tisch, ich hatte mich auf die Bank gequetscht. Wir hielten uns so, dass wir uns in dem Glas an der Rückwand nicht spiegelten. Das wäre zu viel Betonung gewesen. Der Kaffee war exzellent.

Dorotas graugrüne Augen verschleierten sich, wenn sie nachdachte. Ich hatte grüne Augen, die sich nicht verschleierten, hoffte ich.

»Deiner Mutter siehst du nicht gerade ähnlich«, sagte meine neue Bekannte.

Nach dem Vortrag hatte sie etwas zu meiner leiblichen Großmutter gewusst, nun kam meine Mutter dran? Die Überraschungen wollten nicht aufhören. Tatsächlich war ich weniger überrascht, als man vielleicht hätte annehmen können. Bestimmt hatte diese Dorota doch noch eine Lebensbornfrage, ein verschwundenes Kind, ein Erbproblem.

Sie winkte ab. Nein, nein, mit dem Lebensborn habe sie »nix an der Mütze«.

»Seid ihr euch in Wrocław begegnet?«

Sie hatte mich geduzt, ich duzte zurück.

»In Teilchen«, sagte sie.

»Teilchen«, sagte ich. Alissa war in Teilchen. Sie war verbrannt worden. Ausnehmend kleine Teilchen.

Wir waren, nach dem Espresso, beim zweiten Bier. Meine Abendbekannte beim dritten, ich beim ersten. Wir tranken aus der Flasche, wir waren älter, aber so was von bereit für das 21. Jahrhundert. Wir beruhigten uns mit alkoholfreiem Bier, als wäre Alkohol darin. Dorota hatte ihren Bruder verloren, vor einem halben Jahr. Auch er war nun Teilchen. Wie sie hatte er in Deutschland gelebt. »Heute ist er im Koffer.«

Sie hatte seine Asche zuhause in einem Koffer? Aber doch wenigstens in einer Urne?

Sie lachte. Im Koffer waren die Sachen des Bruders, die sie behalten hatte. Altes Bagasch.

»Bagasch«, sagte sie, »heißt Familie bei uns.«

Ich kannte das Wort. Nach allem, was ich wusste, war es schlesisch. Bagasche hieß Gepäck oder zwielichtiger Haufen. Familie lag da nicht fern. Der Koffer war der Rest Familie, den Dorota in Deutschland hatte.

Meine Familie war Flummy. Mir reichte das, solange ich kein Spenderorgan brauchte. Für ein Spenderorgan wäre genetische Verwandtschaft nützlich gewesen. Spendeorgantechnisch war es nicht ratsam, so ausgestorben zu sein wie ich. Herz oder so. Mein

Herz war stark mitgenommen, erst die Trennung von Mondo, dann Mutter. Ich erinnerte mich an meinen Hometrainer und beschloss, gleich morgen mindestens zwanzig Minuten zu treten. Vorher würde ich ihn abstauben müssen.

In Hamburg musste man in den Abgrund fahren, um aufzubrechen. Dorota stand schräg vor mir auf der Rolltreppe und kämpfte mit einer Packung Lebkuchen, die sie aus ihrem seltsamen Überlebenssack gezogen hatte.

»Du brauchst also Kinderhilfe«, sagte sie. Ob wir eine Katze hielten. Hamster? Andere Tiere?

»Keine sichtbaren«, sagte ich.

Läuse hatte Flummy ab und an, das war das neue »mit der Natur«.

Natur sprang im Klassenraum von Kind zu Kind.

Natur an der Elbe: Der Zug tropfte. Ich stieg ein. Dorota kaute Lebkuchen und winkte mir.

Will man sich vorstellen, wie ein Mensch lebt, wenn sie allein ist – also eine, die zwar ein Kind um sich hat, aber keine erwachsene Person, und sich dort, wo sie selbst erwachsen ist, allein fühlt –, kann man erwähnen, dass nachts die erhellten Fensterscheiben anderer in ihr Zimmer schauen, und die Gedanken, nachdem sie gebraucht sind, bei ihr herumsitzen wie die Mandant:innen im Warteraum der Kanzlei, wenn sie nicht sicher sind, ob sie nicht gleich wieder verschwinden wollen. Oder man erwähnt, dass sie in einer solchen Nacht das Fenster öffnet und in die schlangenkahlen Baumstämme, deren Windungen zwischen den Schneedecken der Wipfel und des Bodens schwarz und glatt dastehen, blickt und unversehens Lust bekommt, im Schlafhemd, so wie sie ist, in den Hof hinunterzulaufen.

Ihr ist, als hätte etwas sie von unten überschwemmt. Wasser steht in einem Keller, man ahnt den Boden, und einen Meter darüber plätschert in einzelnen Stücken das Parkett. Nichts mehr daran ist dramatisch, weich schaukelt das Holz, nur zur Ruhe kommt es nicht und scheint sich noch lustig zu machen über die Menschensehnsucht, festen Boden unter den Füßen zu haben. Sie hält die Hände, Finger gespreizt, in den Kegel des Straßenlichts. Zehn perfekte Schatten, der Mittelfinger jeder Hand leicht gekrümmt. Genetik von wer weiß woher.

Sie will die Kälte spüren. Als sie sich versichert hat, allein zu sein, schaltet sie die Eingangsleuchte aus. Einzig aus dem Kinderzimmer ihrer Wohnung ragt nun noch ein kleines Lichtdach in den Schatten.

Das Wort Bagasche lässt sie nicht los. Kurz vor ihrem Tod hatte Gerda ihrer Mutter die linke Hälfte eines sepiabraunen Fotos geschickt: Pelzmantel, Hut, halbes Frauengesicht. Bagasche. Es sei, schrieb Gerda, in den Saum des Reisekleides des Kindes Alissa aus Breslau eingenäht gewesen. Alissa nahm an, dass Gerda das Bild zerrissen hatte, als sie es fand.

Und es dann aus schlechtem Gewissen aufhob?

Vielleicht war Gerda auch nicht mehr klar im Kopf. Dann konnte das Foto sonst woher sein. Als sich auf der Rückseite der Stempel eines Ateliers in Breslau fand, wenn auch ebenfalls halbiert, sagte Alissa: Das genügt mir. Das ist meine Mutter.

Damals fing sie von vorn an. Sagte sie. Womit? »Jemine, Kinga, mit der Suche! Was kannst du so begriffsstutzig sein.«

Kinga glaubt, dass ihre Mutter damit nicht weit kam. Lügen, selbst die sogenannten weißen, versuchte Alissa zu vermeiden. Schweigen hingegen war erlaubt. Und so viel sicherer als jede Lüge. Im Lügen erzählte man unwillkürlich ein Stück Wahrheit mit: Darin, wie man die Lüge erfand, zeigte sich, wer man war. Niemand konnte im Lügen vollständig lügen.

Das hatte Kinga im Jurastudium gelernt.

Aber sie hatte es schon zuvor gewusst.

Mitunter wäre ihr lieber gewesen, Alissa hätte sie angelogen.

Dann hätte Alissa sich Mühe gegeben mit ihrer Tochter. Sie eingerieben mit dem Lügenöl, dem Schmierstoff der Schonung.

Stattdessen war es still geblieben. Kinga hatte neben Alissa auf dem Sofa gesessen, um Winnetou anzusehen, hatte neben ihr in der Küche gegessen, hatte im Bett gelegen, und Alissa hatte sie am Rücken gekratzt. Es war friedlich und nah, niemand sagte etwas, da wurde Alissas Hand schwach. Oder kalt. Die Hand zuckte, Alissas Stimme bekam einen Bruch, sie sagte »baumel ruhig mit den Beinen«, obwohl Kinga still im Bett lag, sagte, »lass dir nicht einreden, dass man dich nicht lieben kann«, obwohl das niemand sagte.

Doch auch das Gegenteil wurde nicht gesagt. Alissa benutzte das Wort »lieben« nicht, nicht für etwas, was sie tat. Um zwei Uhr morgens saß sie mit einem Buch im Sessel. Dann hatte sie das Geistern. Als kleines Kind hatte Kinga nichts bemerkt, doch Alissa sagte, die Unruhe sei alt. In schlaflosen Nächten las sie Handke. Er beschrieb Lückiges wie kein anderer. Nur die Erzählung *Wunschloses Unglück* kam nicht ins Haus.

Ein Weg windet sich zu der Hofecke mit Schaukel und Sand, der andere zu dem großen Holztor, das in den Durchgang des Vorderhauses führt, vor das nächste Tor, vor dem Tag und Nacht Autos fahren. Langsam geht sie darauf zu. Die sich in den Glaseinsätzen des Außentors spiegelnden Lichter lassen sie an den Krankenwagen denken, der vor dem Haus ihrer Mutter gewartet haben muss, Weihnachten vor mehr als einem Jahr. Das Bild des Wagens begleitet sie seither, jeden Tag sieht sie ihn vor sich stehen, auf der Straße, still und ohne Blaulicht. Sie muss sich keine Vorwürfe machen. Alissa, Flummy und sie hatten den Heiligen Abend gemeinsam verbracht, ihre Mutter war zurückgereist nach München, in ihre Wohnung, zu ihrem Baum. Die Brandwunden waren, so die Ärzte in der Klinik, gut behandelbar. Des Alters wegen behielt man die Patientin länger ein.

Flummy und sie hatten den nächsten Zug nach München genommen. In Alissas Wohnung räumten sie erst einmal auf. Der Teppich hatte einen Brandfleck, sie lüfteten.

Alissa gab an, eine Eigenbrotlerin zu sein. »Brotlerin«, ohne ö. Genau! Dass sie ihre Brötchen, groß oder klein, selbst backe, habe sie ein Leben lang beschützt. Kinga hatte dazu eine andere Meinung, das sogenannte Leben, allemal das frühe in Haus Hochland, hatte bei ihrer Mutter eben das Verhalten, das sie dann angeblich schützte, erst erzeugt. Geheimnisse bewahren, den Ort wechseln und niemandem davon erzählen, die Grenzen des eigenen Körpers nicht deutlich fühlen. Die zwischen den Baumkronen emporragende Dunkelheit erinnert sie fantastisch an das riesige Gebäude des Heims in Steinhöring, das nach dem Krieg als Kinderkrankenhaus genutzt wurde und nun Werkstätten für Menschen mit besonderen Bedürfnissen beherbergt.

Nicht immer, wenn Alissas Mund lächelte, lächelten ihre Augen. Sie arbeitete oft nachts, konnte nicht schlafen, sagte »das Geld«. Kinga wusste, dass das nicht stimmte, Opa Gerd hatte ihnen »genug zum Leben hinterlassen«, wie Alissa gern betonte. Die Gefühle dieser Mutter folgten nicht aufeinander und gingen nicht ineinander über. Etwas Sprachloses drang ihr aus dem Blick, wenn sie sich unbeobachtet glaubte.

»Warum fährst du nach Wrocław?«

Nun ja, ein wenig hatte sie, Kinga, durchaus davon gewusst. Alissa hatte polnische Schokopflaumen mitgebracht für Flummy, mit schönster Regelmäßigkeit.

Alissa: »Ich fahr gar nicht mehr.«

Im Nachhinein erst hatte Kinga verstanden. Ihre Mutter wohnte nun dort. Zumindest wochenweise. Alissa: keine Lügen. Nur geschickte Aussagen.

Sparsam.

Gesprochen wurde insgesamt wenig. Das wenige zerging in Anekdoten, in halb fertigen Geschichten, zerbrechenden Refrains, »wir haben …«, »das war …«, »sei froh, dass es dich überhaupt gibt«.

So habe man zu ihr in Haus Hochland gesagt. Sie habe allein in einem Zimmer gesessen und sei bewacht worden.

An den Geruch frischer Wäsche erinnere sie sich.

An weiße Bettlaken.

»Sei froh, dass es dich überhaupt gibt.«

»Du weißt ja gar nicht, wie gut es dir geht.«

Sie, Kinga, erinnerte sich an bunte Bettlaken. Sie hatte versucht, in den Farben der Laken das »wie gut es dir geht« zu sehen. Ihre Mutter stellte sich in die Auffahrt, in der die Wäsche zum Trocknen hing, und rauchte. Kinga sprang die Sonne ins Gesicht.

Die nackten Bäume im Hof wirken merkwürdig körperlich auf sie; hässlich und nass wie Würmer und trotzdem so, dass sie weinen und sie umarmen möchte. Sofort schämt sie sich der eigenen Sentimentalität. Durch den Milchschaum des Nebels schlendern vor dem Tor verspätete Fußgänger vorbei und sie könnte ihnen als Närrin erscheinen, wie sie dasteht, in einem roten Schlafhemd mit Glückskäfer am Busen und nackten Beinen trotz der Kälte, aber sie tritt fest auf den Asphalt der Durchfahrt und geht in ihre Wohnung zurück.

Sie rief mich an. Im Hintergrund knisterte es.

»Ist das ein echter Kamin?«, fragte ich. Er konnte auch digital sein.

»Natürlich«, sagte sie und kicherte: »So echt wie ich.«

Sie schien etwas getrunken zu haben, ihre Stimme klang flüssig: »Gilt dein Angebot noch? Ich brauche einen Tapetenwechsel. Und du hast ein Zimmer, das seine Einsamkeit nicht mag.«

Zwanzig Stunden später war sie da. Alles an ihr tropfte. Drei triefende Koffer – ich schaute, ob einer anders wirkte und ihren Bruder enthielt, was natürlich unsinnig war – hatte sie bereits zu unserem Eingang geschleppt.

Flummys Lieblingshörbuch handelte von Polina, einer Meerjungfrau, die nach der Vertreibung diverser Au-pairs bei einer vaterfreien Familie einzog und für Heiterkeit und Schwimmgänge sorgte. Statt eines Schnorchels ragte ein Nudelholz aus dem »Bagasch«.

Unverhohlen starrte Flummy unsere Besucherin an. Die schälte sich aus dem tropfenden Mantel, streifte die nassen Schuhe ab.

»Warum siehst du wie Mama aus?«

Mein Kind stammte aus Tahiti. Wir sahen einander in keiner Weise ähnlich. Das war oft unpraktisch. Mitunter war ich auch stolz darauf.

»Kurwa«, sagte unser Gast. »Du triffst ins Schwarze des Herzens, nur die Antwort fliegt nicht wie eine Krähe herab.«

Flummy grinste. Hatte sie das verstanden?

Sie erlaubte Dorota, tiefer in die Wohnung zu treten.

Die beiden einigten sich: Unsere Küche war der Mund, der lange Flur der Hals. Die Abzweigungen führten in die Lungenflügel, dummerweise drei (das Gästezimmer, Flummys Zimmer, mein Schlafzimmer), alle links, das Bad rechts wurde zur Niere erklärt (Waschanlage). Es folgte der Magen, unser Wohnzimmer mit dem kleinen Balkon, ich hörte Dorota etwas rufen, sie klang erstaunt. Geradeaus weiter gelangte man in mein Arbeitszimmer, die Leber. Hier wurde Geld zum Leben verdient. Die linke Tür führte in den Flur und zur Haustür: Darm und Po.

Am Ende des Abends durfte Dorota Flummy am Bett Gute Nacht sagen. Meine Tochter brauchte Licht und Musik zum Einschlafen. Dazu wackelte sie mit dem Kopf. Ich konnte es kaum mitansehen, sie erinnerte mich an einen traurigen, eingesperrten Elefanten. In der ersten Zeit bei uns hatte sie zudem an den Fingern gelutscht und den Kopf heftig auf die Matratze geworfen. Mein Heimkind wiegte sich selbst in den Schlaf.

Doro und ich saßen »im Mund« und tranken Rotwein. Ich legte meine Finger, fest mit den Handknochen verbunden, um mein Glas, wärmte den Wein. Statt eines Kamins brannte eine Kerze. Wir grinsten wie zwei Dumme zum Käse. So, sagte Dorota, heiße es auf Polnisch. Ich fand das liebenswert.

»Seit wann kanntest du Alissa?«

»Ja«, sagte sie fröhlich. »Ich und die ganze Familie.«

Alissa hatte in Wrocław Kontakt mit Doros Familie aufgenommen. Doro hatte zufällig in Hamburg das Plakat gesehen, das meinen Vortrag ankündigte. Sie hatte mein Bild betrachtet, meinen Namen gelesen – und beschlossen, mich kennenzulernen.

Auf Polnisch standen nicht Ochsen vor Bergen, sondern Ziegen vor Wänden. Wir sollten weder das eine noch das andere sein. Doros Mutter Walla kannte Alissa seit Langem. Seit ihrer Geburt. »Mit Lücken, luka, pauza, przerwa, du verstehst.«

Ich verstand nichts. Oder so gut wie nichts. Das wusste sie doch. Zukunft, Vergangenheit, ein polnisches Lied. Wieder hörte ich Clooney sagen: »Sie kennen sich. Natürlich!«

Jeder bemerkte es. Wer sich so ähnlich sah wie Doro und ich, musste miteinander verwandt sein. Bagasche, nahe Bagasche.

»Groß wie eine Pappel und dumm wie eine Bohne«, sagte Dorota. Aber! Einen Zipfel Wirklichkeit habe sie für mich.

Einen Zipfel? War Wirklichkeit nun eine Wurst?

Sie nickte. Polnische Wurst, rosa und fett.

»Gewöhn dich schon mal dran.«

Konstelacja breslawska

(Dorota, Walla und Alissa reisen rückwärts in
der Zeit zu einem Sommertag in der Deutschen
Sozial-Kulturellen Gesellschaft in Wrocław)

Gesang der gezwungenen Kinder

———— muss Flügel
———— die auf der Welt
rutschen : überall ————
habt ihr uns versteckt
in unseren Augen geforscht
Herzen gewühlt euch in uns gerächt euch dafür
geschämt ————
uns dafür verachtet eure
Schande ————
— wir ~~teilten es~~ —— waren wir nicht: eins
ihr sagtet ihr dachtet ihr wolltet
euch noch immer
festhalten daran dass wir nichts als Klumpen waren ————
—— nur Erinnerung
Albtraum, nichts eigenes
keine ——
—— —— —— Seelen
Gespenster nur

Es war wie ein Floh, der den Hund quält, selbst in einem fabelhaft teuren Korb. Der Hund kratzt sich, ihm ist egal, ob ihm dabei die Knochen knacksen, flink beißt der Floh an anderem Ort saftig in den Hund. Mich juckte es in den Fingern. Rewe war mein Lieblingsklau. Toter Winkel bei den süßen Sachen, bücken, runter-rauf, gerufener Sport für ein Haus so alt wie ich. Knack, knack machte das Knie, ungeknackt glitt das KitKat in meine Tasche. Rund wie das Morgengold im Mund der Sonne lachte ich an der Kasse und ließ die Stimme, die sagte wie Litanei in der katholischen Kirche »du kannst es dir leisten zu bezahlen« – »hör auf damit«, um keinen Preis zu meinen Zähnen hinaus. »Sammeln Sie Punkte?«, fragte die Kassiererin, beflissen verneinte ich. Mein Lächeln war wie ein Witz am Hund, wenn er den Floh erwischt hat und schluckt, und der Floh ist ein Floh von heute, resistent gegen Magensaftsäure, und sticht im inneren Hund weiter zu.

Das KitKat verschlang ich vor der Tür wie die Schlange ihre Beute. Erst einen Dunst von Harmlosigkeit erzeugen, dann im Freien den Mund aufreißen, Entkommensgefühl genießen.

Nebelkind, sagte Kinga. Das stimmte mehr, als sie wissen konnte. In Berlin klaute ich nicht. Nur zuhause waren mir die Kameras so vertraut, als hätte ich sie selbst angeschraubt. Ich brauchte die Spannung, nicht den Detektiv an meinem Hals. Schließlich sprang einem nicht einmal ein geschickt gegriffenes Ei in den Mund, die Deutschen nannten das »ohne Fleiß kein Preis«. Süßigkeiten ließ ich mitgehen. Nicht bei jedem Einkauf. Nur in aufgeregten Phasen. Nennen wir es so. Wenn etwas geschah, das etwas Vergangenes anrührte? Nein, einfacher: Hie und da brauchte ich das Gefühl, dem Rechtssystem ein Schnippchen schlagen zu können. Für mich hatte das mit Freiheit zu tun.

Ich hatte das letzte Hamburger KitKat von der Folie befreit, vor meinem inneren Auge den gesamten Hals hinunter bis tief in mein Herz meine verdrehte Abenteuersucht betrachtet, beschlossen, dass der Rewe dafür nie genug KitKat hätte, und Kinga angerufen.

Sie meinte, bei mir knistere ein Kamin, dabei war es meine Hand, die die KitKat-Verpackung zu nah vor dem Handymikro zusammenknüllte, das Töne nach Nähe statt nach Wichtigkeit sortierte.

Meinen Jahresurlaub konnte ich ausdehnen wie ein Gummiband, wenn ich die Sprechübungen mit meinen Stotter- oder Polterkindern online durchführte und ihnen als Hausaufgabe ein paar der Labyrinthe schickte, die sie so liebten. Sie lachten, wenn ich Polnisch-Deutsch sprach, denn dann mussten auch die Sprachen Gymnastik machen, nicht nur sie. Deutsche Wörter, polnische Sprichwörter, Vergleiche, die nie jemand gehört hatte, mir gefiel es so gut wie ihnen. Wir hatten Spaß und ich trug meine beiden Sprachjäckchen zugleich. Ich hätte Deutsch auch anders gekonnt, dudenrein, doch seit ein Junge mich einmal »Tschelin« gerufen hatte, stand fest, wer ich war – Teil Deutsche, Teil Polin. Beide Male der hintere Teil, jammerte ich, die Kinder fanden das lustig, mein Spitzname war geboren. Meine Zögerlichen kämpften mit dem Atem, der Zunge, dem Ich. Ein »tsch« fiel ihnen nicht leicht. Vielleicht glichen wir uns darin. Sie suchten sich sich selbst aus Buchstaben und Geschichten zusammen, suchten nach Zusammenhalt. Auch damit berührten sie mich, auch darin glichen wir uns: sie und ich, sie und ich und das Nebelkind in mir.

Kinga machte Augen wie Zwei-Euro-Münzen, als ich ihr erzählte, dass ich mit ihnen sprechen übte, indem wir Linien zwischen Büschen zogen. »Haptisches Spielen«: Riechen, Fühlen und Schmecken sollten zu Lauten werden. Um Grammatik ging es dabei bestenfalls zweitrangig. Willig zeichneten die Kinder, die man in die logopädische Praxis schickte, Wege zwischen Gegenständen und

Personen nach, die ein zunächst verwirrendes Knäuel Linien verband. Die Hand konnte auflösen, was das Auge verstörte. Gemeinsam begannen wir, dazu die Lippen zu bewegen. Das innere Leben bildete sich nach äußeren Verbindungen, die Hand bewegte die Zunge. Ich spürte das wie ein Knistern im Kopf. So hatte ich Deutsch gelernt.

Deutsch war meine Tarnung geworden. Fehler selten, kein Akzent. An der Oder, als Kind, hatte ich es oft genug gehört, und Walla hatte uns deutsche Lieder vorgesungen. So kam es, dass nicht jede Kreatur mit Ohren sofort erriet, wie mir die Dose gewachsen war, die auf Deutsch Schnabel genannt wird. Meine beiden Sprachen konnten enorm unterschiedlicher Meinung sein. Im Polnischen hatte man eine Vatersprache und kämpfte für das Mutterland. Auf männliche Häuser brannte eine sächliche Sonne, während sich vor den exklusiv als Mehrzahl existierenden Türen weibliches Gras flachlegte. Das Schlesisch-Polnisch-Mischdeutsch in Wrocław wärmte mir bis heute ohne jedes Geknäuel das Herz. Es glich einem Pfannkuchen, dick mit Honig bestrichen. Es war untergegangen und weich.

Wie das KitKat. Flummy hatte es in der Hand gehalten, nun lag es auf dem Gummiband an der Kasse, wo wir es in etwa mit so viel Gefühl betrachteten wie ein Eisbär eine Gummiente. Ich bezahlte. Flummy liebte Eisbären. Sie hatten schwarze Haut unter dem weißen Fell. Ich glaube, das vermutete sie auch bei uns, den Weißen um sie herum. Abgesehen von Eisbären liebte sie Kinga und ein Gemälde, in dem ein Vorhang die Hauptrolle spielte. Es hing über dem Esstisch. Öl, Erbstück, gerahmt.

Erbstück. So musste man wohl sagen.

Gesichter können lügen, Ähnlichkeiten in den Irregarten führen. Der Schaffner im Hamburger Hauptbahnhof war auch ganz weiße Nase geworden: »Fahrn Se nich mit Ihrer Schwester mit?«

Kinga hatte die weiße Nase bekommen, als ich nach ihrem Vortrag meine Frage stellte. Die juristischen Aspekte ihrer Rede waren mir Sternschnuppe. Von meinem frisch toten Bruder Ksawery hatte ich nur Schulden geerbt und ihnen Danke gesagt.

Kinga Schücking und ich, Dorota, geborene Dombrowska, hatten dünne blonde Haare, die hohen Knochen unter den Augen, die Haut, die ständig Ayurveda will, und die grünen Augen der Oder. Meine blauer, ihre moosiger. Wie Wallas. Walla, meine Mutter, ist einen Kopf länger als Kinga oder ich. Kinga hatte die gerade Nase, die ausschließlich Walla oder römische tote Männer auf Münzen tragen. Bei meiner Mutter ist sie zu groß. Ich führe an dieser Stelle keinen toten Cäsar spazieren, sondern einen Stups und habe wie Kinga Augenbrauen mit Zack, jede ein Circonflexe.

Es gibt Geschichten, die sind wie ein Krebs. Lila und gelb getüpfelt, moosig bewachsen rennt er mit dem wertvollen Geschick eines verschalten Wesens unbeirrbar seitwärts. In Osteuropa existieren zahlreiche Länder ohne Meeresküste, was nicht verhindert, dass auch dort Krebsgeschichten ein Liebling des Zeitvertreibs sind. Man hat Flüsse. Eine Krebs-Wahrheit erscheint auch an ihrem Ufer und keine arme Ziege, auf Deutsch kein Schwein, sieht ihr geradeaus ins Gesicht. Erst nach viel Seitenflucht, Einbuddeln, Ausgraben wird sie Jahre später entdeckt.

»Warst du mal in Breslau?«, fragte ich Kinga, als wir endlich in der Küche saßen. Zu zweit, ohne Flummy, nur mit unserer Ähnlichkeit.

Sie schüttelte den Kopf.

Also musste ich beginnen bei der Schlange vom Baum.

»Deutsche Sozial-Kulturelle Gesellschaft, ulica Saperów 12«, sagte ich, »Guerillastricken, Mai, Paradies, ein paar Jahre her.«

Die Villa sah aus wie ein Hund, den der eigene Schwanz wackelte. Schiefe Fenster, schiefes Gartentor, abblätternder Putz. »Pole« bedeutet »Feld« auf Polnisch, kein Wunder, dass die Feldler Sprüche, in denen sie sich das Leben durch Tiere erklären, wie Mäuse haben, also in Mengen und im Haus.

Gemeinhin wackelte die Zeit am Menschen. Das Gesicht wurde faltig, der Hals, der Ausschnitt. Kurwa! In der Villa der Deutschen Sozial-Kulturellen Gesellschaft zu Wrocław wackelten die in die Jahre gekommenen Frauen, die diese Gesellschaft waren, an der Zeit.

Als wir antuckelten, Walla am Rollator, ich an Walla, hatte man Strickschläuche um die Stämme und Äste der Bäume an der Villa geschlungen, wie um sie zu stützen. »Die stricken Gorilla«, sagte Walla. Mutters Deutsch war selbst Gorilla, auch bekannt als »der Singsang« oder »unser Untergang«. Im Lexikon steht es als Schlesisch, was in Teilen stimmt. Tatsächlich spitzen Walla und die Frauen der Gesellschaft die Guschla für die Tschs und Dschs ihrer Jesöika, die bunt ist von polnischem Kauwelsch. Man tüftelt, träumert, bestickt das Tunzekissel, is weder ne triebe Tasse noch een Tute, und freut sich pucklig über mich: »Kindele, ›Jesöika‹, vastehst de denn kein Polnisch mejr?«

Und schauen mich an. Bis mir der Groschen fällt. Jesöika ist ihr deutschpolnisches Wort für alles, was man in der Villa sprechen kann. Und das ist eben: alles. Einzeln, durcheinander, frisch gemischt. »Mokka effti«, kichern sie, »Kaffee extra stark.«

Das Haus ist ihre Bühne, als alte Schläsingerinnen sitzen sie in seinem Garten, übertreiben. Das ist das Beste daran, sie nehmen sich selbst damit auf den Arm, aber auf liebevolle Weise, bald ist das Deutsche so lange her, dass es nur mehr komisch wirkt.

Ich begleitete Mutter, weil sie Hilfe brauchte bei den Stufen in die Tram und weil ich die Villa mochte. Die hatte einst etwas cremig Weißes gehabt und den Südkrieg überlebt, als die sowjetische Armee im Winter '45 die Stadt vor allem von unten her belagerte und beschoss. 1990 hatte die Gesellschaft die Villa für eine Wurst und eine Kopeke gekauft und, wenn man es genauer betrachtete, gegen eine gehörige Portion rhetorischer Arbeit und Wir-kennenuns. Die Gesellschaft war da, um deutsche Erinnerungen zu pflegen, zu verlachen, zu verbannen, zu verändern, einmal im Monat traf man sich zum Sticken, Backen, Karten spielen, gelegentlich wurde für einen Abend ein Piano gemietet, man sang. Es kam, wer Zeit hatte. Man redete, trank, saß da. Zwischen all den anderen Mischwesen, den Frauen mit deutschen Erinnerungen und einer Darüber-Geschichte, den Frauen zwischen den Ländern, war, was man selbst war, auf stille, unaufdringliche Art erlaubt.

Das Zauntürchen hing schief in den Angeln. Wir nahmen den schmalen Steinweg, der sich nach links um das Haus wickelte. »Die Bäume sisseln«, riefen Wallas Generationsfrauen, »scheene, dass ihr hergeferzelt seid.« Mutter nickte. Sie war erst seit Kurzem wieder Deutsche. Tatsächlich war sie es seit einer kleinen Ewigkeit, gab es jedoch erst wieder zu, seitdem man ihr amtlich ihr berühmtes »ja jestem Waleria«, bekannt auch als »wer ich bin, bestimm ich selbst« zerpustet hatte wie einen heißen Brei.

Das Guerillastricken verdankte sich der Neuen. Braunes, halblanges Färbehaar, hängig wie gekochte Nudeln, stupsige Nase, Klingelpolnisch – es klang weder richtig fremd noch richtig richtig. Im Gegensatz zu ihrem Deutsch, das keineswegs Schlesisch war. Die anderen nannten sie darum »die Niemka«. Sie war erstaunlich hoch im Sitzen und hatte das Geheimnis der Strickschläuche vor sich ausgebreitet: ein Haufen durchsichtiger Druckknöpfe. Die also hielten die bunten Lappen an der Natur. Man wollte auch hier Zeichen setzen, mehr als Rot-Schwarz-Gold, Zeichen für Bäume und Beschützen und dass man noch lebte. Obwohl der lange Tisch gebogen war von all dem Geschirr, Kuchen und Kaffee, die auf ihm standen, musste er nie brechen. Die Strickerinnen mampften schneller als Grillen in Afrika, wenn sie ein frisches Feld finden, und ein bisschen zirpten sie dabei.

Sträselkucha. Ich kannte niemanden, der ihn nicht mochte.

Ich griff zu, für Walla gleich mit, die Niemka machte es mir nach. Sie hatte einen Vornamen, den es in einer polnischen und einer deutschen Spielart gab. Brygida, Mutters beste Freundin, stellte sie uns abgekürzt als »Ali« vor, das legte nichts fest. Andere rutschten, man platzierte Mutter neben der neuen Vorstrickerin. Es funktionierte reibungslos, da Walla vom Fußmarsch wie auseinandergezogen war an ihren Gliedern und den Atem Rasselband hatte, also nicht protestieren konnte. Früher war Mutter Retterin Breitmuskel gewesen, die Wälzmännin im Spital Rydygier, der General der Schwestern, Kranken und Ärzte. Die Männerkranken hatte sie einfach mitübernommen oder sich an den Busen gedrückt, und nun thronte sie als Cäsar am Tisch, im Sitzen zweimal so breit wie die Deutsche und ebenso hoch. Walla ruckelte sich noch den Po auf der Bank zurecht, als die Niemka niemzisch, also ohne jegliche Höflichkeit, feststellte: »Und Sie sind also Frau Valerius?«

Mit unniemzischer, nämlich unsicherer Stimme.

Ich saß den beiden gegenüber und kaute gemütlich und mit Plüh, damit auffiel, wie viel jünger und beherrschter ich war. Die Äste der Linde, die sich über den Tisch und den bemoosten Gartenweg schoben, waren gorillabunt. Im Übrigen sah ich viel Rosa. Die Damen liebten es und taten sich keine Gewalt an, diese Liebe zu verstecken. Mutter fand es schnaffte, endlich am Ziel zu sein. Sie sicherte sich die Dose mit dem Stückelzucker und die Kondensmilch.

Der Name »Valerius« aus dem Mund der Niemka war eine Überraschung, die Walla ignorierte. Im Deutschen meint Überraschung etwas, was zu eilig geschieht. Mutter indes hatte Zeit wie eine Torte im Kühlschrank. Dass sie Valerius hieß, wusste sie schließlich, ohne das Böse noch eigens zum Teufel zu bringen. Nur von uns hatte vierzig Jahre lang niemand geahnt, dass Valerius ihr Mädchenname gewesen war.

Znaki podróżują pod ziemią, die Zeichen reisen im Untergrund. Psy pamięci, Hunde der Erinnerung, stürmen die Oder entlang.

»Sie sind das doch, Frau Valerius?«, wiederholte die Deutsche, die mit Nachnamen Schücking hieß.

Mutter nickte, schüttelte den Kopf, nickte, zufrieden wie ein Spatz in einer Welt ohne Falken. Jede Menge Vögel zwitscherten in den Bäumen, weil es unter dem Büscheverhau einen Unkrautverhau und insgesamt einen Insektenverkehr gab, was eine Natur herstellte fast wie früher. Die Versammelten mochten das. Sie hatten polnische Familien und viele waren wie Walla mit dem Schlepptau angerückt, in dem eine Tochter oder Enkelin hing. Nur Frauen hier, die Männer waren tot oder taten so, sie hatten sämtlich ihr Deutsch vergessen und waren lediglich Männer auf dem Papier von der Gesellschaft, mit Körpern von Schatten.

Vermutlich wurden Frauen schlicht älter oder pflegten lieber diese Art von Angedenken. Wozu hatten sie andere Gehirne als Männer, rief Brygida, Wallas beste Deutschfreundin, die sich neben mir den Po auf der Bank verbreiterte.

In den Büchern der Geschichte stand, dass die ul. Saperów zum Ende des Krieges übrig geblieben war von der Zerstörung der Deutschen, die Häuser gesprengt hatten, damit die Russen nicht Obacht hatten in ihnen und auch kein Obdach, diese beiden Wörter verwechselte ich ständig. Nicht in den Büchern stand, dass beide Seiten bei der Zerstörung der Stadt zusammengearbeitet hatten, wie die Fliege zusammenarbeitet mit dem Quark, in den sie gefallen ist. Je heftiger sie strampelt, umso tiefer versinkt sie. Die Gartentreppe der Villa glich einem dicken über den Boden gebreiteten Reifrock, mit jeder Stufe fühlte man sich, als träte man aus einem Schlösschen. Im Haus führte eine enge Knarztreppe hinauf in das Kabuff. Zwei junge Polinnen, Enkelinnen oder Urenkelinnen, errichteten dort die Website der Gesellschaft. Alles war aus altem Holz, einschließlich des ein oder anderen Kopfes. Das Treppenhaus machte einen Kamin für auf- und absteigendes Geräusch, Köpfe und unsichtbare Kräfte, sprich Geister, die in einem Haus wie diesem erwartet werden konnten, obgleich sie sich nie sehen ließen.

Ein Mensch, die eine halbgreise, strabulstrige Mutter begleitet, bis sie lang ist vom Straßenbahnfahren und Rollatorschieben, braucht eine Erwartung ohne Kikelkakel. Meine für den Tag waren Streuselkuchen, Butterkuchen und Kuchen mit Quark ohne Fliege. Der Kaffee aus den betagten Kannen schmeckte besser, als er aussah, trinkbar gehalten unter wattierten Wärmern mit Stickblümchen, wie es sie nur noch in englischen Komödien gab.

Walla war damit fertig, sich wie eine Gans zu stopfen, und überreichte der Niemka, Pani Schücking, unsere Spendewolle. Meine Schwester Teréza hatte uns Knäuel mitgegeben in drei Plastiktüten, die am Rollator den Weg gebaumelt hatten. Walla hatte die Pulloverliebe wie ein Krebs: Statt neue zu stricken, ribbelte sie vorhandene auf.

»Wolln Se a Hiehnel rupfen mit einem von den Valeriussen?«, fragte Mutter gedehnt.

Jahrelang hatten die Frauen hier Blumenkränze, Tannenzweige und Bambis auf Tischtücher gestickt. Heute waren die Rosen für die Hochzeit einer Enkelin dran, rote und rosafarbene Blätter stricken, Golddraht durch den Rand schieben, formen, zusammennähen. Sie luschelten wie Steckkinder. Sagten sie »am Ende«, meinten sie »vielleicht« und titschten den nächsten Streifen Butterkuchen in den Kaffee. Andere bestickten einen Kannenwärmer. Dicke Bliemchen waren ein Vorzeichen für »hab immer dicke Kaffee«.

Walla schenkte der Deutschen nach. »Sonst wird uns tranetimplig von der Vergangenheit, die Sie gleich breittreten wollen«, sagte sie.

Pani Schücking verstand nicht, ich umso besser. Mamusch, das sah ich ihr an, spürte es ebenfalls in jedem Nerv: Es hatte uns erwischt. Unsere Rückkehrdeutsche war da, unsere Ich-folge-den-Spuren-meiner-Familie-Besitzerin. Wenigstens war sie nicht einfach vor unserem Haus aufgetaucht. Das geschah regelmäßig. Es klingelte und ein, zwei Deutsche standen in deiner Tür wie das Nessie-Ungeheuer persönlich. Was kroch es bloß so eifrig aus der Oder! »Hallo, meine Familie hat hier mal gewohnt.« Die Netten ergänzten: »Darf ich bitte reinkommen?« Die anderen stapften gleich los.

Jedes Mal drehte es sich um das Haus. Seine »neuen« Bewohner waren den Deutschen kollateral.

Unser Kaffee war türkisch. Filterdeutsch wollte niemand. Nicht einmal in der Deutschen Gesellschaft zu Wrocław musste man es mit dem Deutschsein übertreiben. Es klebte von selbst in der Wolle, rief Bärbel. Einige am Tisch kicherten. Jede hatte einen polnischen Pass, sprach in ihrem Alltag Polnisch mit einer kleinen Schramme oder einem Sprung. Sie sagten: »Was geschehen ist, will Schwerkraft wie Planet.« Sagten: »Die Vergangenheit ist ein Teich.«

Mühelos war sie auch ein Drache, der Futter durch seinen gierigen Rachen würgen wollte. Gab man es ihm, verschwand er artig und ging andere Exdeutsche quälen mit der Erinnerung. Oder er rollte sich in einem Strickschlauch zusammen und hielt für eine Weile das Träume-Maul.

»Ich habe um dieses Treffen gebeten«, sagte Pani Schücking, »um, um …«

Sie war bleich um die Kurznase, rot an den Wangen.

Walla nickte. Die beiden hatten sich also heute hier verabredet?

Danke, Mamusch. Mal wieder nicht daran gedacht, mich einzuweihen?

Träume hatten auch wir, die Töchter und Töchtertöchter. Wir wussten, worüber unsere Mütter nicht sprechen wollten. Die Rückseite von Wallas Oberschenkeln war ein Kometenfeld. Weiße Narbenschweife, ein, zwei Zentimeter lang, die alle in eine Richtung wiesen.

Ein Blinder sah, dass das keine glückliche Geschichte war. Er konnte es fühlen mit seinen Händen und tasten, wie tief es reichte. Eine Tochter fühlte es, wenn sie über diese Beine krabbelte und die Mutter das Gesicht vor Schmerz oder Schrecken oder Erinnerung verzog. Das Kind war so klein, dass sie glaubte, die Reaktion vor ihm nicht verstecken zu müssen.

Die Deutsche, zeigte sich, hatte neun Jahre weniger auf der Brust als Walla, war zwei Köpfe kleiner, halb so schwer und Rennmaus, zumindest im Vergleich. Sie fuhr nicht Tram. Auch hierher war sie gelaufen. Obwohl sie zu viel Geld hatte, wie jeder verstand, der die Adresse ihrer Wohnung hörte, gleich hinterm Ring. Pani Schücking lebte in München, das war zusätzlich reich, zwischen Isar und Oder pendelte sie wie eine Museumsuhr. »Wrocław« sprach sie ohne Mühe aus, nicht wie andere Deutsche mit »l« statt »w«.

Sie habe uns gesucht. Familie Dombrowski, die in Kuźniki lebe. Vor allem Frau Walla Dombrowska, einst Valerius. Die Frauen der Gesellschaft hätten letzte Woche beim Stricken von ihr erzählt.

Was schaute Pani Schücking mich dabei mit einem Staunen an, das zu einer Hausdeutschen nicht passte. Ihre hellen grauen Augen waren rund geworden, als wir kamen, wie bei einem Nachttier im Dunkelzoo, und wollten sich gar nicht mehr entspannen.

»Ach, Agathe«, murmelte Walla neben mir.

Schücking zuckte, »mein Vorname ist Alissa«.

Das war nun wirklich egal. Mutter schloss die Augen. Dann öffnete sie sie wieder. »Wissen Se, wir nennen es ›konstelacja breslawska‹. Du ahnst nichts, da schellt's an der Tür und deene Heemkehr-Schläschers sind da! In Hinweisung auf unser ›Schlesisches Himmelreich‹ heeßt es ock die ›schläschsche Pampe‹.«

Ich unterdrückte ein Grinsen. Viel Spaß, Frau Schücking, mit meiner Mutter. Super-Dompteuse, ungeheuergestählt: vier Kinder, Tausende von Kranken, einen Kiosk, einen Sozialismus und zwei Ehemänner durchgebracht. Die Deutsche würde nie mit uns nach Kuźniki fahren, sondern an Walla abglitschen wie ein Mäuschen, das eine Glaswand hinaufklettern will. Vor den Augen der Katze. Die Sache war gelaufen, ich suchte in meiner Handtasche nach meinem Handy, als Alissa Schücking den Busen vorschob, näher an Mutter rückte und halblaut sagte: »Reni, das Haus ist mir so was von egal.«

Sie legte ein Porträtbild auf den Tisch. Sepiabraun, vergilbter Rand, etwas mehr als Passbildgröße. Ein gutes Drittel fehlte. Man sah eine Wange, halbes Kinn, ein Stück Hals, etwas Mantel und den schönsten halben Mund, den man sich vorstellen kann.

»Das ist nicht meine Mutter«, sagte ich, um die Prozedur abzukürzen.

Meine soeben als Reni angesprochene Mutter Walla war die Frau auf dem Bild mit Sicherheit nicht. Ihre Lippen waren schmaler, dafür länger.

Schücking nickte: »Das ist klar.«

Schön, sie hatte sich informiert. Wir allerdings waren kein geschenkter Gaul und sie hatte kein Recht, uns so vertraulich in die Geschichte hineinzugookeln. Das war ja schlimmer als eine Hauswollerin. Dabei stimmte, dass Mutter früher nicht Walla geheißen hatte, sondern Renate. Renate Charlotte Valerius, gerufen Reni. Es war mir noch nicht gelungen, mich daran zu gewöhnen. Meine gesamte Kindheit hindurch, und darüber hinaus, hatte Walla diese klitzekleine, ihre Herkunft bestimmende Information tief in ihrem Bauch vergraben und mit Essen und Kitteln bedeckt.

Die Hände der Frau auf der Fotografie steckten in einem Muff aus einem anderen Fell als der Mantel.

»Kaninchen«, sagte Walla, hörbar stolz auf ihre Pelzkenntnisse. »Der Mantel ist ein echter Feh.«

Fee?

Gab es Feen jetzt mit Fell statt Flügeln? Mutter konnte nicht mehr gut laufen. Denken schon, hatte ich gedacht.

»Muttis Feh«, sagte sie. Die Fremde riss die Nachttieraugen weiter auf. Ich riss die Augen ebenfalls auf, hielt den Mund. Mutter griff nach dem Bild, drehte es um: Fotoate… Pryb… Kaiserall… Bre... Darüber, in Bleistift: Fam. Valerius.

»Atelier Prybowski, die Besten«, sagte Walla freudig. Ihr Vater habe alle Fotos dort in der Kaiserallee entwickeln lassen, einzig dem jungen Prybowski seien die Bühnenaufnahmen im Theater zuzutrauen gewesen.

Und der Feh hatte ihrer Mutter, meiner Leipziger Oma Else, gehört? Verwirrend.

Die Hollerbüsche wedelten mit ihren Fangarmen. Als Kind hatte ich unter ihnen Erde geschnüffelt und Flecken auf meine Kleidung gemacht. Jetzt, Ende Mai, hatten sie noch keine Tinte. Im Gras saßen Gänseblümchen, und Pani Schücking saß mit einem Mal so schüchtern und weiß neben uns, als wäre sie eines. Walla erklärte, aus wie vielen Eichhörnchenfellen ein tadelloser Feh und allemal dieser spezielle Feh zusammengenäht werden musste.

»Die Frau auf dem Bild ist meine Mutter«, sagte Schücking.

»Jo Affenärschele«, erwiderte Walla, feinfühlig, wie wir sie kannten und liebten. »Hat sie eemals och eenen Namen gehabt, Ihre Mutter?«

Wobei sie ihr, der Pani Schücking, diese ihre Mutter keineswegs wegnehmen wolle. Oder streitig machen. »So een Gewulger« brauche niemand. »Nu erschrecken Se sich nur nich.«

Ihre, Wallas, Mutter sei die Frau im Pelz nämlich keinesfalls. Allein der Pelz sei der ihrer Mutter.

Walla schnattelte im Krankenschwesterton weiter. Schückings Gesicht war erstarrt. Einzig die Augen glänzten.

Die abgebildete Frau, so Walla mit erhobener Stimme, als sei Schücking innerhalb der letzten Minute schwerhörig geworden, also Mutter Schücking, trage, griene Pampe hin oder her, den Feh ihrer Mutter, Frau Else Valerius.

»Meine Mutter hieß nicht Schücking«, sagte die Deutsche, mit einem Mal wieder mit scharfem Ton. Sie war offensichtlich nicht schwerhörig, nur ein Heckmeck. Unglücklich sah sie jedenfalls aus.

»Sie haben da eene schwere Tiftelei in Ihrer Familie«, sagte Walla. »Sie wissen, wie se nich hieß, und wie se hieß, wolln Se nich ausbimmeln.«

Mutter trank von ihrem Kaffee und nahm sich ein drittes Stück Kuchen. Nichts davon musste man sich als klein vorstellen. Allmählich, zwischen Kauen und Kopfschütteln, wurde geklärt: Der Feh hänge an einer Person, die Schückings Mutter sein möge. Und hundert Prozent nicht ihre, Wallas, Mutter sei. Falls Schücking sich das gedacht habe, also eine Frau Valerius mit einer Tochter und einer zweiten Tochter, könne sie sich das abschminken. Dafür reiche ihr, Walla, die Kinnlinie. Den Mund der Person brauche sie dafür gar nicht. Er sei allerdings da. Een Kirschguschel. Ebenfalls völlig anders als bei ihrer Mutter.

Wobei sie sagen müsse: Der Pelz ihrer Mutter sei es umso mehr. Daran könne kein Zweifel bestehen.

Sie zeigte auf eine Stelle mitten in dem Mantel und auf die Schlinge am Kragen.

Wollte Walla behaupten, dass die abgebildete Frau eine Diebin war? Die Umsitzenden hörten begeistert zu. Die Rosenblätter strickten sich wie von selbst, was fertig war, flog auf den Tisch.

Prybowski habe viele Kunden gehabt, sagte Walla. Und die Frauen Breslaus trugen naturgemäß Feh. Damals.

»Nu, ebenst meene gesamte Kindheit hindurch.«

Alle am Tisch nickten.

Eine Pelzstadt, russischer Handel, unübertroffen die silbernen sibirischen Eichhörnchen. Pelze seien das Einzige, was warm gehalten habe. Bei den damals eisigen Wintern. Den berühmten Breslauer Wintern. Den einzigen Wintern weltweit! Ja, das sage sie. So lange und oft, wie man damals kascheln gegangen sei, könne man das heute gar nicht mehr.

»Kascheln«, murmelte Pani Schücking, »kascheln, daran erinnere ich mich.«

»Unsinn«, sagte Walla.

Schücking warf ihr einen empörten Blick zu: »Nu tu nich so tälsch, Reni. Du erkennst mich, ich spür's.«

Die Deutsche war in Breslau aufgewachsen, zumindest in ihren ersten Lebensjahren. Sie interessierte sich nicht für unser deutsches Haus in Kuźniki, sie interessierte sich für uns. Auch für mich.

»Lass uns aufbrechen, Mamla«, flüsterte ich Walla auf Polnisch ins Ohr. Aus Begegnungen dieser Art konnte nichts Wohliges erwachsen. Am Ende wäre Walla für Wochen ein nervöses Rührei, halb zerlaufen, halb klebrig, und meine ältere Schwester Teréza würde dazu die Augen verdrehen, wie Rollmops sich ums Stäbchen dreht, und mir die Verantwortung in die Schuhe schieben.

Aber Mutter. Genüsslich blieb sie sitzen. Entweder war sie bepietscht von dem Kaffee und all dem schrägen Stricken – oder sie ahnte, was auf sie zutorkelte, und genoss es. Sie lächelte Schücking nun sogar an. Auf Schückings Geburtsurkunde sei als Name der Mutter ein »A« gestanden. Einsam. Sehr einsam. Den vollen Namen hatte Frau Schücking … nun, sie war sich nicht sicher, dass sie sich erinnerte.

»Eine Frau mit A gab es in unserer Bagasche nicht«, sagte Walla, »nicht mal im Theater.«

Na also! Das hatte gedauert. Doch damit konnte man nun wenigstens auseinandergehen. Friedlich. Der Erwartungsschmerz auf der einen Seite (Schücking: Klären Sie mich über meine Kindheit auf! – Ergebnis: nichts) musste verkraftbar sein. Kurz über Unverfängliches sprechen, Stricken etwa, und ade. Stricken war ja Schückings Ding. Ich holte aufbruchsbereit mein Handy aus der Tasche, Walla biss in ihren Kuchen und sagte: »Die Kinnlinie, jaja. Und dann der Mund. Der passte zu ihr.«

Seit ihrem Schlaganfall musste Mutter vorsichtig kauen, da sie nicht mehr gut fühlte, ob sie auf Nahrung oder die eigene Backe biss. »Kochen konnte se wie der Düfel!«, sagte sie. »Und heizte auch so ein.«

»Na, unsre Köchin ebenst. Dele. Ihr Milchreis war ein Gedicht. Mutti lieh ihr den Futro ab und an. Jemine. Dass sie ihn hernahm, um sich so aufzupluschern und zum jungen Prybowski zu stolzieren, hätt ich nicht gedacht.«

Die Deutsche hatte Mühe zu folgen. Walla sprach zeitweise undeutlich und ein polnisches Wort schlüpfte leicht dazwischen.

Daran lag es in diesem Fall nicht.

Dele Herschel, die Köchin meiner Großeltern Marolf und Else Valerius, war die Frau auf dem Foto. Sie hatte mit ihrer Tochter, genannt Hatschekind oder Herzpinkerle, in der Wohnung der Valerius' in der Ottostraße 32 gelebt.

Dele, so Mutter, so habe sie die Köchin gerufen. Adele der volle Name.

Ach so, ja, das war mit A.

»Wir wohnten im Mädchenzimmer«, sagte die Deutsche. »Und schliefen in einem Bett.«

Auch sie erinnerte sich. Stückelweise, als wäre es Zucker, rückte sie damit heraus. Walla schaute zitronig. Ich kannte Mutter: Die Deutsche war ihr in den Satz gefahren? Na, die nahm sie sich vor. Schücking wurde auf Herz, Nieren, alles geprüft: Wie hatte es in der Küche ausgesehen? Wie viele Zimmer hatte es gegeben? Wie war der blaue Salon?

Als die Niemka sagte, er war grün und hatte ein Erkerfenster, in dem du mir vorgelesen hast, nahm Mutter drei große Schlucke Kaffee, als wäre es Wasser.

»Jemmersch nee«, sagte sie dann. »Du bist das alte, strutzköppige Lissl.«

Beide lachten ein wenig, die eine aus Verlegenheit, die andere aus mehr Verlegenheit.

»Ich hatte ein Kleid von dir an, als ich abfuhr.«

»Das rote mit den Puffärmeln und dem weißen Matrosenkragen«, sagte Mutter.

Ich dachte, jetzt ist es passiert wie in einem Buch oder Film, zwei Menschen finden sich nach langen Jahren wieder, es muss leuchten, ein Tusch muss geblasen werden, und du bist dabei!

Nichts geschah. Nichts leuchtete.

Als ich von der Toilette zurückkam, nahmen sie meinen Großvater Marolf durch. Ein dicker Mann, sagte die Deutsche. Mutter widersprach: Kleiner als seine Frau Else sei er gewesen, nu je, dick allenfalls von der Sesselliebe. Ein großer Spieler, wenngleich kein wirklich großer Schauspieler, glänzend, dann düster, »Theatermarolf, egalweg«. Mehr manisch als depressiv, kein Wort davon nach außen damals, eine gefährliche Krankheit, eine auf der Liste. Marolf habe die Aktionsschübe im Theaterchen ausleben können, sich verkleidet, ohne aufzufallen, deklamiert, ohne aufzufallen, seinen Redebedarf gestillt, den Beleuchter angebrüllt. Dort. Zuhause Adele. Die er nicht anbrüllte, seufzte Walla. Meine Mutter machte Verblüffungen für mich wie eine Bonbonmaschine, jede Minute eine. Adele, sagte Walla, mit der kuschelte er. Habe er die Freude gehabt, habe er dauernd gegessen und dafür Adele als Köchin gebraucht. Habe er die Unfreude gehabt, habe er Geduld, sprich abermals Adele, gebraucht. Ich musste niesen, all das Grünzeug, schnäuzte mich, hörte nicht zu. Bis das Wort »dein Erzeuger« fiel.

Kühl, knapp, sachlich sprach Walla es aus. Ließ es fallen.

Wir hörten die Vögel zwitschern. Eine Wespe schwebte heran, drehte ab.

Mein Opa war Schückings Vater?

»Meine Mutter brachte Sie, ich meine dich, nach Steinhössing«, sagte Walla. Nach ein paar Tagen sei Else allein wieder zuhause eingebraust, mit einem echt bayrischen Dirndl für sie, Reni. Die Dele schaffte das Wegbringen nicht, sagte Mutter.

»Offiziell war mein Vater ein SSler.«

»Offiziell«, sagte Walla, »war vieles.«

Ich hatte bislang von Marolf nur gewusst, dass sein Lieblingsgericht Schweinebraten war, sein Lieblingstheaterstück *Macbeth*. Nun gut, auch dies: Hobby »Weibsleute und noch mal Weibsleute«. In seinen munteren Zeiten.

Dass Zeiten leicht wechseln konnten, verstand ich.

Die beiden schwiegen. Das Säuseln der Bäume war ebenfalls verstummt, ein paar Insekten brummten. Die Frauen um uns herum falteten Rosen, zwei bestickten einen Kaffee- und einen Teekannenwärmer mit Blümchen. Eine Fliege saß am Rand des Kuchentellers und rieb sich die Beinchen. Sie lebte in einer Welt, in der sie weder eine Mutter noch Geschwister noch Halbgeschwister kannte. Sie sah zufrieden aus.

Mutter sprach leise weiter, so hatte ich sie lange nicht gehört: »Die girgelige Adele … das war kein Schwank, verstehst du, und später … da war sie fort und wir haben nie mehr von ihr gehört. Ich hab manchmal an sie gedacht und vermisst hab ich sie auch.«

Mutter war traurig, dass nicht Adele heute hier wiedererschienen war, und zugleich froh darum, und ich spürte, dass sie jetzt, an dieser Stelle, mit einem Mal nicht mehr weiterkonnte. Was davon Pani Schücking mitbekam, weiß ich nicht. Wenn sie Adeles Kind war und Adeles Kind zugleich Marolfs Kind, dann war die Deutsche an unserem Tisch Mutters Halbschwester. Und meine Halbtante oder wie das heißt. Mutter musste das klar sein. Sie machte ein Gesicht wie ein Pferd, das versucht, die Schnauze aus einer klemmenden Futtertüte zu ziehen.

Ein müdes Pferd.

»Wann sind Sie geboren«, fragte ich die Deutsche, um den beiden Zeit zu geben.

»1938 steht in der Urkunde. Vermutlich gefälscht. Ich glaube, dass ich ein Jahr älter bin.«

Walla rechnete. Sie war Jahrgang 1928. An den Abstand zu Adeles Schapperle erinnerte sie sich nicht genau. Wirklich zehn Jahre? Oder neun? »Eene Scheenheit warste jedenfalls nich. Zauselig wie'n Pippele.«

Halbtante Schücking? Fast tat sie mir leid. Andererseits hatte sie es sich selbst eingestippt, wie Salzbreze in den Kaffee. Wer das einmal gemacht hat, will es nie wieder. Sie hielt sich aufrecht. Was sie fühlte, versteckte sie. Vielleicht fühlte sie auch nichts. Oder sie war eine Frau mit Eisenwillen.

Dann war sie hundertprozentig mit Walla verwandt.

Das Gespräch klatschte wie ein Stein ins Wasser. Wir schauten ihm nach. Keine Wunderblume stieg auf, um uns Freude zu machen.

Schücking schob ein paar der durchsichtigen Druckknöpfe auf dem Tisch hin und her. »Danke, Sie haben mir geholfen«, sagte sie unvermittelt, sammelte die Knöpfe in einen Gefrierbeutel, zog den roten Zipper zu und schob die Tüte weit von sich.

Mit einem Mal hatte die Deutsche es eilig. Beide, Walla und sie, kritzelten der anderen die Adresse auf einen Zettel, ohne Telefonnummer. Schon bei echter Bagasche, die im Leben auftauchte wie ein glumpriger Lederschuh aus dem Sumpf, wusste man nicht, was tun. Und hier, mit einer Vermutungstante? Ich lächelte Schücking an, wenn auch starr und ohne viel Gefühl.

»Ist Marolf«, fragte die Deutsche im Aufstehen, »ein häufiger Name?«

Sie hielt Walla, dann mir, zum Abschied die Hand hin.

»Ich wohne in Deutschland«, fügte ich an, um die Lage locker zu schlagen wie Soufflee.

»In Berlin?«, fragte Schücking. Dort lebe ihre Tochter. »Meine Kinga, die Ihnen …«, fügte sie an. »Ach, lassen wir das.«

Weder Mutter noch ich hatten einen weiteren Millimeter Lust auf ein »war nett« oder »bleiben Sie«. Wir hatten Kaffee und Kuchen gewollt, nicht einen deutschen Außentrieb der Familie.

Die beiden möglichen Halbschwestern sahen einander wirklich nicht ähnlich. Lang, groß, dick meine Mutter. Die andere kürzer, feiner. Walla legte ihre Hand auf meine, um mich zu stärken und sich zu trösten.

Als von der Deutschen nichts mehr da war außer den Druckknöpfen für Gorilla, die sie am Ende ausgerechnet uns hingeschoben hatte, die wir nicht strickten, Walla aus Prinzip nicht und ich aus Desinteresse, saßen wir wie von einem Dampfeisen gebügelt am Tisch. So gebügelt zu sein war ein sauberes, sehr glattes Gefühl. Wortlos empfanden Mutter und ich das Gleiche: Die Adele-Marolf-Geschichte ging Schücking mehr an als uns. Marolfs Vaterschaft war fraglich. Und selbst wenn es stimmte: Was sollte es bedeuten?

Die Frauen um uns herum nickten. Sie hatten alles gehört.

»Tschelotka?«

Sie wiegten den Kopf. Bagasche war das eine im Leben. Aber Tschelotka? Tschelotka war von allem zu viel: zu viel verwandt, zu wenig gewollt. Der Kaffeewärmer war rundum mit bunten Blümchen bestickt, nun wurde er von rechts auf links gedreht von Hand zu Hand gegeben. Jede der Anwesenden nahm Nadel und Faden und stickte einen Strich, mal kürzer, mal länger, in die wattierte Innenseite. Das ist mir passiert. So so viele Male. Rot auf Beige.

Sie lächelten dazu auf diese Weise, die ich kannte.

Sagen wollten sie nichts. Erinnern wollten sie sich nicht. Doch es verschwand nicht. Auch aus diesem Grund saßen sie zusammen. Sie sagten es sich nicht, sie stickten es auf, sie gaben es weiter, jede trug ihr Teil bei. Unterm Kirschbaum, unter der Linde, bei Rittersporn, Fingerhut, an dem Tisch im wuchernden Gras bestickten die Frauen der Gesellschaft das Innere der Wärmer.

Sie sprachen nicht darüber, nicht einmal mit ihren Töchtern. Wissen sollten wir gleichwohl. Die Zeichen reisen im Untergrund. Znaki podróżują pod ziemią.

Leise, sodass niemand sonst es hörte, fragte ich Mutter, warum sie nicht freundlicher gewesen war zu Pani Schücking.

Pani Schücking, Mutters Halbschwester, meine einzige Halbtante, die also ebenfalls eine Tochter hatte, meine Halbcousine. Da ich keine Cousine besaß, Vaters Brüder hatten nur Söhne bekommen, schien mir das verlockend.

»So eine enorm fremdige Person«, sagte Mamusch, da gehe einem nicht einfach so das Herz auf, das müsse »sich vorsichtig sein«.

Eine Weile halfen wir beim Zusammennähen der Rosenblätter. Der Haufen war bald hoch wie von einem Supermaulwurf, und erneut strich ein angenehmer Säusel durch die Kronen der Bäume.

Zeit brauche es, sagte Walla. Vielleicht, wenn die Frau sich wieder melde. Aber … ach. Hatte ich gesehen, die Deutsche mit den Wohnungen hier und in München, den hübschen Kleidern, diesem Geruch nach Geld? Die habe ja wohl in den Honigtopf gegriffen mit der Adoption. Wie sie geschaut hatte, als sie hörte, dass ihre Mutter das Hatzebliemel des Dienstherren gewesen war. Eine Köchin bei »reichen Leuten«, ein Dienstmädchen. Das habe ihr offensichtlich nicht gefallen.

Da sei sie schon enorm deutsch gewesen, die Frau Schücking, sagte Walla. Vor uns, den Polinnen.

K(l)eine Lügen in der Küche

(Kinga, Berlin)

Ich bin es, die diese Geschichte erzählt.

Sie gleicht einem umgestülpten Handschuh. Jemand muss ihn in großer Eile abgestreift haben, möglicherweise auf der Flucht. Auf links gedreht liegt er im Schnee.

Frauenräume vergehen nicht. Sie summen nach. Eine Sprache unter der Sprache, ein Rock noch unter dem Rock, ein Ich, das die Stimmen anderer braucht, um sich zusammenzusetzen.

Als ich aus der Kanzlei, in der mein Name in Goldlettern bereits an der Tür Geld verdiente, nach Hause kam, hatte Doro gekocht. Flummy schlief bereits. Ich stellte fünf Flaschen Eierlikör auf den Tisch, ließ mich auf den nächsten Stuhl fallen und fühlte, wie müde ich war.

Der Erbnehmer heute hatte mich erstaunt. Er war 87 Jahre alt, seine 98-jährige Cousine hatte ihn in ihrem Testament mit Lebensmitteln bedacht. Das war nicht seltsam, sondern »flüchtlingsch«. Das Deutsche brauchte hier ein Adjektiv, bitte schön. In der Kanzlei war es gang und gäbe. Es verband die Neunzigjährigen mit dem Jetzt sowie unser aller Wirklichkeit mit dem Recht, das sich stets bemühte, diese Wirklichkeit zu überholen, während es überholt wurde von ihr.

Flüchtlingsverhalten, in diesem Fall 75 Jahre nach der Flucht. Der Erbnehmer, fast taub, hatte »eine Spritztour« gemacht, den Wagen mit allem vollgeladen, was hineinpasste, und mir die Flaschen vorbeigebracht. Vor der Fahrt hatte er eigens das Reserverad aus dem Kofferraum genommen, wie er mir stolz auf seine Schlauheit und Kraft erzählte. Am Ende hatte ich mir »die Fuhre« ansehen müssen (Marmeladen, uralte Zigaretten, Ananas- und Erbsendosen, jede Menge Rollen Frischhaltefolie, der hausgemachte Likör). Seine Geste hatte mich berührt, noch jetzt, beim Wiedererzählen, wollte ich weinen wie lachen. Der Mann war einer der zufriedensten Erbnehmer, die mir begegnet waren. Ich sah vor mir, wie er in seiner Wohnung brav, wenn nicht glücklich, all die alten Dinge aufaß, selbst wenn es jahrelang dauern sollte.

Dorota saß bei mir am Küchentisch. Das Schöne an ihr war, dass sie Geschichten dieser Art sofort verstand. Doch nun schüttelte sie den Kopf. Ich sei ein armes Eichhörnchen! Und zwar eines in der Klimaerwärmung, also ohne Winterschlaf. Rutsche den ganzen Tag und die halbe Nacht von Versteck zu Versteck, um noch das letzte Nüsschen einzusammeln, gerade wie der alte Mann.

Doro indessen hatte nach der Begegnung mit Alissa in Wrocław gezielt nicht gegoogelt. Gar nichts. Schon gar nicht mich. Das eigene Leben tanze genug Hund mit einem. Diesen polnischen Ausdruck verstand ich (hundemüde) sehr gut. Innerlich schon auf dem Weg ins Bett, griff ich nach dem Bild, das Flummy für mich auf den Tisch gelegt hatte: Schwarze, braune, gelbe und rosafarbene Menschen mit Brüsten und reichlich Kopfhaar hielten sich an den Händen. In der Mitte standen zwei Frauen nebeneinander vor einer Steinhöhle. Von jeder nahm eine lange Reihe weiblicher Gestalten ihren Ausgang, nach links und nach rechts zogen sie über das Blatt.

Ich erinnerte mich daran, dass es beim Menschen Vererbung gab, die über die Mitochondrien lief, also exklusiv von Müttern übertragen wurde. Jede Tochter leitete sie weiter. Alle Frauen des Planeten waren durch lange genetische Ketten miteinander verbunden, die man auf ein paar Urlinien zurückverfolgen konnte. Flummy wusste nichts davon, sie hatte gemalt, was ihr gefiel, und

Doro fand ohnehin bemerkenswerter, was sie »die Dreikörper« nannte. So spreche man in Polen darüber! Ich sollte mir eine Frau vorstellen, die ein Mädchen erwartete. In dem Fötus in ihrem Bauch wuchsen bereits die Eizellen für die übernächste Generation. Drei Generationen, hundert Jahre und mehr, in einem Leib. Mutter-Tochter-Tochtertochter.

Doro fand das schön. Ich nicht. Ich dachte Mutter-Tochter-Höhle. Den ganzen Tag über hatte ich die Mail erfolgreich verdrängt, die am Morgen aus Wrocław gekommen war, nun setzte sie mir wieder zu. Der Mieter meiner Erbwohnung hatte sich die Beine unter den Gürtel geschnallt, so die Agentur: »You need come and see for yourselves. You would not believe. We sorry. No rent. Need remont.«

Will man sich vorstellen, wie ein Mensch lebt, kann man erwähnen, was sie beim Einschlafen denkt. Nicht, weil diese Gedanken unbedingt wahr wären, sondern weil sie Ängste spiegeln, Sehnsüchte und, mit ein wenig Glück, etwas davon, was die Person an sich selbst nicht versteht. Kinga lag geradeaus auf dem Rücken, den Kopf in der Mitte des Kissens und dachte an ihre polnische Verwandtschaft. Sie hatte mit Doro überlegt, ob sie wirklich umgehend nach Wrocław fahren musste, um sich um die Wohnung zu kümmern. Eine Polenreise – ausgerechnet nun, wo Doro nicht mehr nach Polen fahren wollte. Wo Wrocław für Doro leer geworden war.

Ihre Schwester Teréza war mit ihrem Mann Szymon auf einen Hof im Gebiet der erloschenen Vulkane umgesiedelt, um Marderhunde zu züchten. Auch beider Mutter, Walla, hatte Teréza aus der »perligen, sanft dahinfließenden, blühenden Oderstadt« herausgerissen und in das Dörfchen Sokołowiec im Bober-Katzbach-Gebirge verpflanzt. Äußerster Westen Niederschlesiens, Ausläufer der Sudeten, Hügel eher als Berge, hatte Doro voller Verachtung gesagt. Lava, vor Millionen von Jahren bewegt, heute glatt geschmirgelt von zwei Eiszeiten – Sandsteinwand, Basaltorgel, Provinz.

Doros Schwager Szymon hatte eine Erbschaft gemacht, die Doro aufregte, da es bis kurz vor der Erbschaft niemanden gegeben hatte, von dem er etwas hätte erben können, oder es hatte diesen Jemand gegeben und Szymon hatte jahrzehntelang – j-a-h-r-z-e-h-n-t-e-l-a-n-g – die Existenz dieses Geldmenschen verschwiegen. Es handelte sich dabei um ein familiäres Verbrechen, eine fetttriefende, rauchig-schwarze Lüge aus dem neunten, tiefsten Kreis der Hölle, in der Verwandtenverräter schmorten. Doch statt zu schmoren, seien Schwester und Schwager wie auf einem Weg mit Gummibäumen in den Reichtum gefahren, hatten den Storch gekauft und ihren Antiquitätenladen in Wrocław, in dem sie postdeutschen Pieronstwo angeboten hatten, mir nichts, dir nichts, also mit allen Gedanken in den Brunnen gefallen, verscherbelt.

Pieronstwo. Kinga hatte sich gefreut, dieses Alissawort für Krimskrams so unverhofft wiederzuhören, und hatte gedrängt, bis Doro ihr, halb ärgerlich, halb resigniert, die Fotos zeigte, die Teréza von dem neuen Domizil geschickt hatte. Kleine, doch scharfe Handybilder von Tieren mit einer dunklen Pelzmaske um die Augen, einem helleren Halskragen und dichtem, stachlig wirkendem Haar rundum. Statt auf die angeblichen Nerze, eine Kingas Meinung nach missglückte Mischung aus Hund, Katze und Schwein, zu achten, hatte Kinga auf Teréza geblickt, die zweimal mit im Bild stand, eine hochgewachsene, dunkelhaarige Frau in einem Arbeitsoverall und Gummistiefeln, das Gesicht breitflächig, perfekt symmetrisch, mit großen braunen Augen. Cousine zwei, eine Schönheit noch jetzt.

Vor allem aber hatte Kinga nach Walla gesucht.

Die alte Frau war auf dem Hof bestens versorgt, übernahm leichte Aufgaben, atmete Landluft. Kinga, weiterhin auf dem Rücken liegend, auf die Schlafseite drehte sie sich erst, wenn ihre Füße warm waren, hielt das Arrangement für vernünftig. Das würde sie Doro naturgemäß erst sagen, wenn die sich etwas beruhigt hatte. Die Bäume im Hof rauschten und für ein paar Minuten drang helleres Licht durch die Lamellen der Jalousie. Jemand musste die Lichtschranke an der Eingangstür ausgelöst haben. Jemand war nach Hause gekommen.

Wallas Umzug in das Gebiet der erloschenen Vulkane hatte bedeutet, dass Doros Elternhaus, in einem Vorort von Wrocław fast an der Oder gelegen, ebenfalls verkauft worden war. Und nicht nur das. Doros Anteil, ein späteres Erbteil sozusagen, rauchte nun, so Doro, in Sokołowiec zum Höllenkamin hinaus. So sehr, dass bald sogar der Storch von Rauchvergiftung herunterfiel, und fiel er nicht, war er aus Plastik und Touristenbetrug. Man hatte Doro nicht eingeweiht, bis alles abgeschlossen gewesen war. Doro fühlte sich übergangen, zu Recht, wie Kinga fand, und hatte zudem ihr polnisches Zuhause verloren. Sie dachte daran, wie sie selbst als Kind nach dem Umzug nach Stuttgart Strickschlangen in die Türritzen der neuen Wohnung gestopft hatte, obwohl es Sommer gewesen war. Alles von außen sollte abgewehrt sein, allemal jede Erinnerung an die Sollner Villa der Großeltern. Und das Ergebnis? Bis heute wünschte sie sich mitunter zu dem lindfarbenen Haus und den mit ihm verlorenen Menschen zurück.

Sie legte sich die rechte Hand auf den Muskel über dem linken Schlüsselbein und versuchte, ihn mit leichtem Druck zu entspannen. Na gwałt!, hatte Doro gesagt: Auf Teufel komm raus gehe Walla nicht ans Telefon. Um nicht mit Doro über den Umzug diskutieren zu müssen. Mit der Schwester hatte Doro dafür umso länger telefoniert, sprich gestritten. Teréza halte all dies für die Freiheit der bejahrten Frau. Walla spreche insgesamt wenig. Vielleicht leide sie als Spätfolge des Schlaganfalls vor Jahren auch an einer gewissen Mundmüdigkeit. Aber Teréza: Die bejahrte Frau müsse nicht mehr so viel sprechen wie früher. Falls sie sprach, durfte es Schlesisch, Polnisch oder beides gemischt sein, auch wenn Walla Dinge murmelte wie »eene muss ja nich alles ausbimmeln, was se weess« oder »er war so ein Äster« und niemand sie verstand.

Doro hatte die Augen gerollt. Stets verteidige ihre Schwester ihre Mutter, wenn sie, Doro, diese Mutter tadele. Und andersherum. Nach Polen fahre sie erst einmal nicht mehr. Nicht in das übervolle Storchendorf. Und erst recht nicht in das verödete Wrocław.

Kinga hingegen gefiel Wallas Eigensinn. Auch das hatte sie wohlweislich für sich behalten. Diese Mutter schien das Gegenteil ihrer eigenen. Sie richtete sich halb auf und tastete nach dem Handy, das irgendwo neben ihr auf der Matratze lag. Alissa war eine Person mit Löchern gewesen. Wie ein Reibebrett. Über die Löcher hatte Alissa selbst am meisten gestaunt und nicht verstanden, dass andere sich an den Kanten schnitten. Hilfsbereit zum Beispiel, aber immer zu spät. Körperlich unrund, gestellig. Kingas Mutter lief, als hätte sie zu breite Hüften. Sie lief ständig. Hübsch nur, wenn sie wollte. Meist rockig: also im Rock, mit flachen Schuhen. Eine der ersten Kundinnen von Reformhäusern, Norwegerpullover bis in die 90er. Braune Haare, Pagenschnitt, Stupsnase. Wenn sie lachte, war eine jüngere Alissa durchgekommen. Die mochte Handkes *Linkshändige Frau*, ebenfalls eine alleinstehende Übersetzerin, und fragte Kinga, was Rosenkohl auf Englisch oder Französisch hieß und was Blumenkohl, und wenn Kinga »Karfiol« antwortete, war das Bayrisch aus Solln und Alissa rief, »na gwałt«, was hieß »hier hört der Spaß auf«.

Kinga, auf die rechte Seite gestützt, entsperrte ihr Handy. Im Dunkeln lag es einem in der Hand wie eine leuchtende Schokoladentafel. Nach einigem Googeln fand sie, dass »Äster« das Breslauer Wort für »Halunke« war. Sie öffnete die Bildergalerie und betrachtete die Fotos aus dem Storchendorf, die Doro ihr widerwillig weitergeleitet hatte. Walla war darauf noch schlechter zu erkennen als Teréza. Immer nur in Teilen! Einmal angeschnitten von schräg hinten, eine schiefe Gestalt an einem Rollator, unterwegs zu einem großen, frisch renovierten Stallgebäude. Die zweite

Aufnahme mit ihr war wohl in diesem Stall gemacht, Marderhundgesichter pressten sich an Maschendraht, davor zwei alte, adrige, doch sichtlich kräftige, ja geradezu muskulöse Hände, mindestens ein Drittel größer als Kingas.

Walla, dachte sie.

Natürlich, Walla.

Sie ist es, die uns alle miteinander verbindet.

Doch erst als sie wieder auf ihrem Kissen lag, das Zimmer dunkelgrau, die Füße warm, bekam sie das eigene untergründige Gefühl, das sie all die Zeit wach gehalten hatte, in Worten zu fassen: Von all den Müttern und Großmüttern der Familie war Walla die einzige, die noch lebte.

Sie drehte sich auf die Seite. Die einzige Mutter außer ihr selbst.

Feuer machen mit einer Scherbe

(Alissa auf dem Weg durch Wrocław)

Gesang der gezwungenen Kinder

——— die auf der Welt – geworden waren wie ihr ——
gern —— gewesen wärt
Vögel ~~am Rand eines Feldes~~
schwarz beerenschwarz ————————
~~krallenschwarz schnabelschwarz~~ ~~pechschwarz~~
wie sie sich zur Seite legen, auf dem Feld ———
mit dem Wind
wie sie wieder aufstehen auf dem Feld
mit dem Wind
flüstern ————————————————

Jetzt pocht mir das Herz. Raus aus dem Garten, husch, husch, noch die Namen flatterhaft, einer öffentlich, der andere versteckt, Walla Dombrowska, Reni Valerius, eine Luft wie Zuckersirup und die Ältere sagt, »Adele, unsere Köchin«, sagt, »ihr Herzepinkerle, das Lissl«, »ach du?«, und alles ist wieder da.

Renn, Alissa, nichts wie fort, hast dir die Stadt erlaufen, erläufst dir auch das, Reni also, die hattest du bewundert, die Haustochter, die Große mit einem eigenen Zimmer, während ich bei Mama im Bett lag — Mama, die also Adele hieß.

Alissa — Hascherl, Lisserl, husch-husch. »Lissl« heißt das innerste Püppchen in Gerhild, Gerhild, die alles in sich aufnahm, das Lisslpüppchen, so klein, dass man den Mund nicht sieht, das einzige Püppchen in Gerhild, die wuchs und wuchs und eine Schücking wurde, das sich nicht öffnen lässt.

Atme, Alissa, weiter, die alten Knochen, dass ich nicht lach, immer gelaufen, weitergelaufen, gut geschmiert, bist noch im Zerstörungsgürtel, heute Einkaufsland, eine Stunde brauchst du von der Saperów do domu, das heißt »zuhaus«, husch, hast es dir selbst gekauft, alter Knochen, südlich der Oder, die Adresse, die Reni dir nannte, »da wohnten wir«, befindet sich auf der anderen Seite des Flusses.

Vorbei am Rußhaus, Karyatiden mit angefressenen Steinarmen, zersetzte Balkone, hängendes Schilf, endlich das Podwale, wasserruhig, bleib stehen, hol Luft. Eine Schwanenfamilie, Eltern, drei graue Küken, die Alten biegen die Hälse, das dunkelgrüne Wasser so dicht, als wäre es Farbe, angerührt für ein Bild, es gibt Suchen, bei denen man weiß, was man sucht, und Suchen, bei denen man sucht, was man sucht. Letzte Woche sagte Brygida beim Stricken im Garten, »Zeign Se des Bildl mal her. Valerius? Die kenne ma alle. Justament die Bagasche von unsrer Walla, als se een Kindla war.«

Ich hatte gedacht, ich besänftige die Vergangenheit, indem ich Frau Valerius treffe, ich mache aus Erinnerungen, die Schatten sind, eine Person und, und … da sagt die Frau neben mir kühl, »Breslauer Konstellation«, erst versteh ich nicht, dann dämmert mir, dass sie damals meint, meine Mutter, die Köchin, und das Verhältnis, das sie mit dem Dienstherren hat. »Breslauer Konstellation«, was für ein idiotischer Ausdruck, und so trivial, nicht wahr, trivial wie ich, meine Geburt aus dieser »Verbindung«, ein gängiger Fall, hohe Wahrscheinlichkeit, doch Reni, diese alte Frau da am Tisch, die Hünin mit dem Riesenappetit, meint nichts dergleichen, »Verhältnis«, da schnaubt sie nur, ihr Vater Marolf habe alle

Frauen geliebt, rhetorisch!, niemals hätte er …, und ich höre kaum zu: Ihre Tochter sitzt neben ihr und sieht wie Kinga aus und ist der lebende Beweis.

Die Tochter hatte ich nicht auf der Rechnung.

Die Ähnlichkeit erst recht nicht.

Doch ich sage keinen Mucks. Das habe ich so gut gelernt.

Ich verstumm mich in mir selbst.

So nenne ich es. Ich werde schmal.

Ich frage nach wie die Unschuld selbst: »Köchin?«

Die beiden Dombrowskas sind sich so sicher. So unerschütterlich unnahbar. Sicher bin ich mir auch. Man sieht an unseren Kindern, dass der rhetorische Marolf mein Vater war.

Nur ich sehe es.

Da wollte ich es doch sagen, flüsterte »Reni«, weil ich tasten musste, einen Anlauf brauchte, und das Gesicht der älteren Dombrowska klappte zu wie eine Venusfliegenfalle, grün und klebrig, und verriet mir, was sie nicht über die Lippen brachte. Wir teilten den Verdacht.

Sie erinnerte sich an mich.

Reni, huschepusche, huschepusche — Schneewald weht vor einem Zugfenster vorbei, roter Samtvorhang, kalter Messingrahmen, an den ich mich lehne — Schneewald weht in mich hinein —, »wir sehen uns wieder«, »es wird eine lange Ferienzeit«, »nun geh« — ich atme — schließe die Augen — öffne sie: Die Schneeweite ist zu einem Feld mit Kornblumen geworden, hinter einem Zaun voller Runen, ich stehe neben einer Zinkwanne im Gras, andere Mädchen planschen darin, wir haben die längsten Ferien der Welt, nie mehr dürfen wir hinaus.

Da lach ich auf, wie ich es nur von mir kenne, das Lachen stößt sich aus meinem Bauch die Kehle hinauf. Mein Stammblatt behauptet, ich sei 1943 vier Jahre alt gewesen. Frau Walla meinte, man habe mich im Winter 1942 weggebracht, mit vier. Dann wäre ich 1937 geboren. In den Unterlagen meiner Eltern stand Oktober 1938.

Da lach ich mit dem Stoß aus dem Bauch: Das geht nicht auf. Wer so lacht, die fühlt nichts. Nur Luft kommt raus. Aus wem? Aus mir? Ach, nicht doch, danke schön.

Das »mir« rutscht weg, das Ich. Ausatmen, Ali, atme aus. Sonst atmest du vor Gedanken zu viel ein, immer nur ein und läufst ohne Ende durch die fremde nichtfremde Stadt, Breslau anno dunkelmal. An das ich keine Erinnerung hab.

Das reimt sich nicht, das reimt nur fast. Beim Übersetzen musste ich unfreiwillige Reime vermeiden. Übersetzen hört nie auf. *Respire*, reparier. Dicke und grien wie das Wasser der Oder fließt mir das Blut. Mein Schaden ist eine Wahrheit, eine Bequemlichkeit, meine Höhle. Ich meine, man richtet sich ein. Die Schwäne sind fort. Höre ich das Deutsch der Frauen in der Gesellschaft, wird mir lebendiger. Da regt sich »das Lissl«. Und greife ich an dem weichen Ufer, das man Am Sande nennt, in den Fluss, ist mir, als griffe ich durch das grüne Seltersglas der Zeit.

Ein Schritt vor, der nächste, ich schwitze, dann fühle ich mich. Google führt mich über die Unibrücke über die Oder, am plac Świętego Macieja nach links. Ottostraße 32, ul. Kazimierska, die Adresse hat diese fremde Frau mir am Ende »verschnattert«, Reni, so misstrauisch, kuchenhungrig, fern.

Keine Sorge, ich lass euch in Ruh.

Alissa ist geübt im Verschwinden.

Kobold, Geistchen, das »ich« verrutscht. Lange wartete ich auf das versprochene Alles-wird-gut. Alles-wird-wie-es-war. Das Warten bohrte sich Gänge durch den Körper. Der Körper wurde heiß davon wie ein Zahn, wenn der Zahnarzt ansetzt, und wo die Gänge entstanden, entstand der Drang, zu rennen, und niemand und nichts hatte noch Worte an diesem Ort. Marolf liebte also Shakespeare, mir fällt Puck ein, am Ende der Mittsommernacht: »Glaubt, was wie leere Träume schwand« — da lach ich wieder, lach von tief, »Marolf-Väterchen«, haha, ich beschleunige den Schritt.

Such dir doch einen Vater aus, flüstert's aus den Kulissen. Na, sag ich, Mädels, wen wollt ihr? Klar, Gerhild nimmt Gerd, das Lissl wählt Marolf, den SS-Mann verachtet jede, und Alissa sagt: ich — ich nehm keinen.

Ich saß mit Freude auf seinem Schoß.

Lehnte ich mich an die Hemdbrust, wurde es weiß um mich und roch nach Wäschestärke und Tabak, breit und sicher, anders als bei Mama oder dem Mädchen, das ich vor mir sehe, braune Zöpfe, lange Hände.

Reni also.

Ach, sagte sie.

Erschienen als »die Dombrowska«. Ach, meine Eltern siedelten im Sommer '45 Richtung Westen um, darüber will ich nicht sprechen.

Ich musste lächeln. Sie lächelte ebenfalls, schief, murmelte etwas von Höllengeestern, vom Sommer 1945. Auch bei den Dienstherren war also nicht alles die glattseifige Lebensbahn hinuntergeflutscht in einer Familie, in der der Vater jahrelang ein Verhältnis mit der Köchin hat, so glühend, dass die mit dem Kind, das sie in Steinhöring lassen sollte, zurückfindet ins Haus, beulte der Teppich sich gewiss kräftig aus. Vom Druntergekehrten.

Ottostraße 32. Der Name sagt mir nichts. Und hier, rechts der Oder, der schwere Verkehr von der Bolesława Drobnera. Eine Apotheke an der anderen. Fällt mir das nur hier auf? Im Schaufenster Wärmflaschen zum Kuscheln: ein Bär, ein Fuchs, ein Schaf. In dem letzten Päckchen von Gerda lag ein Hase, *für Alissa* in blauer Schreibschrift quer über den Bauch gestickt, dazu ein vergilbtes Blatt Papier mit Buntstiftblümchen: *Breslau, 7. Oktober 1941, von Reni.*

Der Kuschelhase war aus echtem Fell.

Gruselkuschelweich.

Er trug eine Küchenschürze. In deren Tasche sich 1943 das angerissene Foto fand. Hatte Gerda schreiben lassen. Gerda, Teil von Gerda&Gerd. Er tot, sie blind. Den Brief hatte sie einer Pflegerin diktiert. Diktieren konnte sie hervorragend. Der nächste Brief traf ein. Er kannte die Wirklichkeit neu. Das Foto habe in der Mitte geknickt im Saum des roten Reisekleides gesteckt. Sie habe nichts getan. Ich sehe sie vor mir: Gerda, schmalbrüstig, aufrecht, vornehm noch im Bett.

Im Gegensatz zu mir.

Huschepusche-Lissl.

Husch, lauf. Eine, die sich dauernd bewegt, greift man nicht.

Was ist der plac Świętego Macieja so lang? Die Beine mit einem Mal schwer. Das ist nicht Altefrau, nicht nur. Als ich jung war, ging es schon so. Zack, alle Kraft fort. Wie abgeflogen. Ich, taub in mir. Wie verstellt.

Warten half. Und langsam wieder in Bewegung setzen.

Ich stürzte ab, lief dagegen an. Wenn der Körper schwitzte, spürte ich mich allmählich wieder. Das Schwitzen war dann auch so eine Art Zusammenhang. Für meinen leeren Traum von mir.

Ottostraße 32. Ein Neubau, Platten, ich erkenne nichts. Auch an den Nachbarhäusern: nichts.

Schnitt ich mich in den Finger, war ich erstaunt, dass Blut kam. Ich fing an, mir kleine Verletzungen beizubringen, eine Nähnadel reichte, am Ende kaufte ich einen Pikser, wie Zuckerkranke ihn verwenden. Es tat mir wohl, das Rot zu sehen. Es nahm Druck von mir. Jedes Mal hatte ich Angst, dass vielleicht Wachs käme. Oder farblose Blutlymphe. Wie bei Wespen.

Den Tieren ohne Herz.

Ich eilte, eilte noch als Erwachsene. Bügelte nachts, ließ die Waschmaschine laufen, weichte Kingas T-Shirt mit den Erdbeerflecken ein, stopfte einen Strumpf, starrte auf den Kontoauszug, füllte den nächsten Stromanbietervertrag aus, suchte nach australischen Pflanzennamen auf Deutsch, kochte vor, spülte nach, wusste nicht, wobei mir die Zeit abhandenkam. Eine löchrige Frau, eine, die ein Kind bekommen hatte trotz ihrer selbst, die nicht abtrieb, weil sie auch dafür nicht genug fühlte. Sodass sie das Kind zur Welt brachte aus Energielosigkeit und einer Portion Trotz gegen ihre Adoptiveltern, denen mutete sie, da lach ich noch, lach tief und hoch, sie, »Gerhild«, fast selbst noch ein Mädchen, unverheiratet, Anfang der 60er-Jahre ein »Bankert« zu. Das Kind mochte sie nicht ungern, mal mehr, mal weniger. Mitunter vergaß sie es. Das gab sie sich zu. Sie tauchte in ihre Buchwelt ab. Die Übersetzungswelt. Die für sie eine Vergessenswelt war. Eine Welt, in der sie selbst das Fliehen bestimmte. Einen Schritt vor, eineinhalb zurück – Ottostraße ade, tust bös weh.

»Schaut mal, die Schückings fahren schon wieder in Urlaub.« »Schaut mal, die Schückings kaufen ihrer Tochter einen VW.« »Schaut mal, die sind sich zu vornehm zum Bahnfahren.«

Ich war nach oben gefallen. Beim Übersetzen konnte ich diesen Ausdruck nie verwenden. Dabei war er präzise. Mit jedem Sinn verstand ich, was er hieß. Von Gerda habe ich gelernt:

Wie man dabei zusieht, wenn etwas untergeht.

Wie man Johannisbeergelee macht.

Wie man jemanden festbindet und es nichts hilft.

Was dann noch hilft.

Wie man über sich selbst hinauslebt, indem man über das Wichtigste, was man verloren hat, niemals spricht.

Als ich fünfzehn wurde, sollte ich einen Reisepass erhalten, man musste die Geburtsurkunde vorlegen. Das L darauf stand, so Gerda, so Gerd, für »lebendig geboren«. Die Beamtin im Gemeindeamt klärte mich auf: Steinhöring L war das Standesamt des Lebensbornheims gewesen.

Ich wusste. Nichts. Oder doch?

Lebensborn stand im Lexikon.

Ich wusste, wo Gerd die Familienmappe aufbewahrte, war gewitzt genug, darin zu wühlen, ohne Spuren zu hinterlassen.

Adoptionsurkunde: Geburtsort Haus Hochland. Die 8 der 38 sah nicht radiert aus. Heute weiß ich: Das musste nichts heißen. In Lebensbornheimen wurde hochsteif verfahren, skrupellos gefälscht.

Väter löschte man nach ein paar Monaten aus den Akten. Der SS-Mann war frei. Kinder hatten weder Psychen noch Seelen.

Jahrelang versuchten G&G mir einzureden, ich sei ihr leibliches Kind. Doch meine Erinnerungen ließen sich nicht löschen. *Schnakerle Schieperle kleener Frumms.*

Ich gehe zurück über die Oder, ich atme ruhig. Die Ärzte sagen: Ohne Rennen müsste ich fünf Blutdruckmittel nehmen statt drei. Der Druck in mir schwankt, wie er will. Mit Gerda und Gerd lebte ich erstaunlich friedlich. Vielleicht war es auch nur eine Stille. Gerd rettete mich vor dem Küchenprogramm, das andere Töchter ereilte, er setzte mich in die Bibliothek, nach dem Krieg fuhren wir nach Griechenland, in die Schweiz, nach Rom, ich durfte etwas sehen von der Welt.

Ich trödele im Widerleuchten der Schaufensterauslagen Richtung Schweidnitzer. Offene, breite Straßen, über die sich der frühe Abendhimmel einer Wasserlandschaft spannt. Über die Adoption schwiegen G&G.

Eisern, eisern, eisern.

Das musste ich beim Übersetzen mitunter verwenden. Das Wort. Bei meinen Eltern ~~Eltern~~ war es keine Metapher, sondern ein fühlbarer körperlicher Zustand, der Nachklang eines alten Ideals, hart wie Krupp-Stahl. Sie fühlten sich im Recht.

Später waren sie hilflos. Oder ich. Ich sprach nicht mehr mit ihnen. Von ihnen hatte ich gelernt, wie wirksam Schweigen ist. Eine Lüge erzeugt einen Strudel. Mit etwas Übung spürt und sieht man, dass etwas verborgen werden soll. Schweigen tut nicht einmal das. Schweigen kommt der Unsichtbarkeit nahe.

Gerd sagte: Wir logen dich nicht an. Der Staat log.

Gerd sagte: Man riss dich deinen Eltern nicht weg.

Gerda sagte: Eltern.

Sie sagte es wie ein Papagei.

Ich sagte nichts. Ich träumte von Dingen, die nicht in das Gerhildleben passten:

Ich spielte am Wasser und mehr als zwei Menschen gehörten zu mir.

Ich hatte Angst vor Wespen, lief schreiend davon.

Ich weinte, wenn ich die Alpen sah.

Ich ging problemlos zum Zahnarzt. Sollte ich dem Kinderarzt meinen Bauch zeigen, erstarrte ich.

Ich verstand französische Wörter, rien, mon petite chou, sur les ponts d'Avignon.

Die Hände der grauen Schwestern greifen nach mir. Sie sind jung, sie sind mager, sie sind, wie ich, im Zwang. Heute weiß ich, dass sie aus einem Konzentrationslager in das Heim abgestellt worden waren.

Ich bin am Ring. Rynek. Ich hole das Geld. G&Gs Geld. Im Mai '45 legten sie sich in die Lauge des Nichtwissens. In ihr quollen sie auf wie Trockenpilze, die man über Nacht in Wasser stehen lässt. Zähes Zeug, nicht Pflanze, nicht Tier. Als Haltefiguren, lebendig und warm, gab es sie auch, als Gerd-in-der-Bibliothek, als Vatergeruch; als Gerda, die mich Englischvokabeln abfragt, mir zeigt, wie man Spickzettel schreibt, was unarisch ist, dafür praktisch; als Gerda, die mir Nuss-Schokoladencreme kocht. Als Schoßmenschen gab es sie; als jene, deren Herzschlag ich hörte, wenn ich im Bett bei ihnen lag, wenn wir Kissen warfen. Es gab sie als Gerds Schultern und Kopf von oben gesehen, meine Hände über seine Augen gelegt, mein Pferd; als Lachen gab es sie, als Fahrt im Bugatti, als Weinen, als Mir-leid-Tun, als jede Menge Vanilleeisessen mit Gerda, als Sehen, was ihr fehlte, als Sieg über sie, als Friedensschluss mit ihnen, als geliebte Figuren, trotz allem, nie meine Helden, stets mein Bruch, etwas Zartes dabei, meine Sicherheit, mein Luxus, mein Leben, mein »großer Lottogewinn«.

Nach oben gefallen, oben, oben. Gefallen.

Ich beobachtete sie. Nicht sie hatten mich abgestoßen und vertrieben, sie hatten mich aufgenommen, als meine Mutter mich nicht mehr wollte.

Meine Wut auf diese Mutter kam, rauchte, verging, kam wieder.

Ich gehe quer über den Ring, das alte Herz der Stadt. Weder Adele suche ich noch diese Wut. Ich suche das Ende.

Dort renne ich hin.

Aber die Liebe rennt mit, dieses brüchige Ding, meine Liebe zu Adele, zu Reni, zu Gerda und Gerd. Von ihm, meinem Vater, habe ich gelernt:

Feuer machen mit einer Scherbe.

Einen Baum retten.

Keine Tablette schlucken, die man nicht selbst aus der Packung genommen hat.

Nicht fürs Geld leben.

Allein sein.

Ich beruhige mich doch. Ich trödele, weil ich weiß, was ich will, und spüre mich dabei. Der Bankautomat an der Ecke zur Elisabethkirche, wo das schmale, hohe Häuschen steht, funktioniert meistens. Das Spiegelbild in den Schaufenstern zeigt mir eine Frau, die älter ist, als ich es von mir glauben kann. Außen 70-und-und. Und im Kopf? Wachse ich zurück ins Kind?

Gott bewahr. Man hört, dass das den Alten passiert. Dass das Gehirn sich umsortiert und die Kindheitsbilder aus den tiefsten Schüben zieht. Mag sein. Ich — geb es zu. Auch deswegen bin ich hier. Ich banne die Vergangenheit mit der Stadt von heute. Banne die Vergangenheit in Solln mit der Vergangenheit davor. Lange habe ich gebraucht, bis ich mich hierher traute — ein Schritt vor, eineinhalb zurück. Do domu?

Zuhause, sagte Gerd, das ist dein Reich.

In unserem Reich, sagte er, bist du die Königin.

Zuhause. Das war für mich — anderswo. Ein Ort war das, flussnah. Das letzte Bild: Ein Zimmer mit blauen Tapetenwänden und türkisblauem Sofa, einem langen Mädchen mit gerader großer Nase, Grübchen am Kinn. Man winkt mir. Ich winke nicht.

Das sind die einfachen Bilder, huschepusche, tauchen auf, verschwinden, die bewusste Erinnerung, nichts als ein Schemen, zu glatt, zu leer. Eisern? Das auch.

Überkrustet von Eis. Kaum blicke ich hin, wächst es von den Rändern auf die Mitte zu.

Ich weiß es nur zu gut. An Einschnitte erinnert man sich nicht wie an den Parkplatz des Autos. Man erinnert sich an sie gar nicht mit dem Geist, man erinnert sich mit dem Körper, den Nerven, den Zellen.

Ein Freund stieg in Frankfurt in ein Flugzeug nach London. Dort reisten 49 Gäste mit einer größeren Boeing weiter. Sie stürzte über Lockerbie ab. Die Polizei befragte die Passagiere des ersten Fluges. Trevor meinte, er habe sich an nichts erinnert. Erst bei der Polizei, im Licht des Geschehens, sei die Sitzordnung in der ersten Maschine als überscharfe, farbige Fotografie vor seinem inneren Auge wiedererstanden. Ein lückenloses dreidimensionales Reihenbild, aus der Tiefe eines Gedächtnisses, das »seines« war, wie man so sagt.

Doch er beherrschte es nicht.

Die Polizei sprach von retrograder Öffnung, von subbewusster Erinnerung.

Ach, ich bin das nicht, ich renne nur.

Ul. Więzienna, Bistro Parisien. Der Laden, den ich suche, kein Schild, nur eine Fensterscheibe, eine alte Holztür mit Glaseinsatz, liegt daneben. Antike Möbel, Gläser, viel Nützliches: Scheren, Bügeleisen, Waschkannen, Decken und Deckchen aus Haushaltsauflösungen. Er ist dunkel, eine Höhle, Staubteilchen wirbeln in einem Sonnenstrahl. Die Eigentümerin steht hinter dem schmalen Tresen und kämpft mit dem Deckel eines Glases Gewürzgurken. Es ist spät, in zehn Minuten schließen sie. Frau Wróbel sieht mich, flucht, klemmt sich das Glas zwischen die Knie und sagt Richtung Boden mit zusammengekniffenen Zähnen: »Itze kommen Sie und ist letzten Endes?«

Hier, in Wrocław, gebe ich aus, was ich von G&G erbte. Bei den Untermenschen, nicht wahr, Gerdachen? Sie habe nicht so gedacht, sagte sie. Bestenfalls hatte sie nichts gedacht, dachte ich. Harsch? Mich hatte sie nie als Polin behandelt, was allein daran lag, dass sie sich meiner arischen Herkunft versichert hatten. Falls G&G an meinem germanischen Wesen zweifelten, nach 1945, versteckten sie es geschickt. Und ich? Was hatte ich übernommen? Wie viel Wind hatte ich dank ihres Geldes unter den Flügeln?

Die Eigentümerin, Frau Wróbel, schenkt mir etwas zu trinken ein. Ich sähe kaputt aus. Sie spricht Deutsch mit mir; ich Polnisch mit ihr, wir reden so lange, bis wir glauben, einander verstanden zu haben. Kalten schwarzen Tee hat sie mir hingestellt, mit Zitrone und Zucker und einem Butterkeks, sie kennt mich, wir verhandeln seit Wochen.

Gerds Testament. Sagen wir so: Es versah mich bereits zu Gerdas Lebzeiten mit Vermögen. Ich musste mir keine Sorgen machen, wenn die Übersetzungsaufträge ausblieben. Sie blieben gern aus. Gerda erhielt den Rest, mehr als genug für das Luxusaltenheim, in das sie bald zog. Der Wert der Villa in Solln, vermietet, stieg quasi täglich. Bei ihrem Tod rechnete ich mit allem, selbst einem stattlichen Vermächtnis an Rechtsnationale. Ein letztes Mal frappierte sie mich. Pfleger und Pflegerinnen im Heim wurden bedacht, eine beachtliche Summe floss nach Steinhöring in die Werkstätten für Menschen mit Behinderung. Der Rest kam auf mich. Ich verkaufte die Villa, legte Geld für Kinga und Flummy an, erwarb die Wohnung am Ring.

Ein kleiner Beagle sitzt vor dem Ladenfenster und will keinen Schritt mehr tun. Der Junge, der ihn an der Leine hält, zieht an seinem Hals, gibt nach, wartet. Mir ist flimmselig. Ich habe mich in ein Gemälde verliebt. Ob es mich an etwas erinnert, ist mir egal.

Erinnert es mich an etwas?

Balkontür, heller, sich bauschender Stoff, Parkettboden, Wand. Ein früher Sommermorgen, der geblümte Musselin im Luftzug, mildes Wehen. Im Spiegel an der Wand das Stück einer Couch, eines Bettes. Niemand läuft, niemand bewegt sich.

Niemand ist da.

Mich erfüllt das mit Vertrauen. Wer nicht da ist, kann nicht weggebracht werden.

Wer nicht da ist, kann nicht verschwinden.

Frau Wróbel nickt. Es ist das Zimmer einer Frau. Der Maler stammte hier aus der Stadt. Die Herrin des Ladens sagt, wie jedes Mal: Es ist ein Original. Oryginał, oryginał, oryginał. Wo jeder weiß, dass das Original in der Berliner Nationalgalerie hängt. Von den 2000 Euro, die ich abzuheben versuchte, hat der Automat 1700 tatsächlich ausgespuckt. In Euroscheinen. Ein fortschrittlicher Apparat, jede Taste weich und lockend der Fingerkuppe angepasst.

Übertölpeln lasse ich mich nicht.

Die 2000 Euro sind die letzte Rate. Mein letzter Vorbehalt. Auch Frau Wróbel zögert. Mein Polnisch reicht nicht, um sie genau zu verstehen. Sie versucht auf Deutsch, mir die Summe zu erklären. Rechts unten ist die Leinwand angekohlt. Das Gemälde sei echt, das sähe ich doch?

Es ist nicht neu, gewiss. Also echt alt. Eine echte alte Kopie.

Ihr scheint es wichtig. Echt. Wichtig, dass ich das glaube.

Der Laden ist duster, dafür perfekt geputzt. Überall Lücken im Bestand. Eine einzige Kommode, Stühle, die nicht zusammenpassen, ein Waschgeschirr, Kanne und Schüssel mit je einer großen gelben Rose auf cremefarbenem Grund. In der Vitrine neben der Eingangstür Parfumflacons, geschliffene Schnapsgläser, Krippenfiguren. Frau Wróbel hat das Plätteisen poliert. Den Bauch musste man mit glühenden Kohlen befüllen. Der Lappen liegt noch da.

Ihr Mann sei ins Gebiet der erloschenen Vulkane gefahren, um sich nach einem Haus umzusehen. Sie dreht die Lampe an der Kasse so, dass ich die Gutachten lesen kann. Ein polnischer und ein deutscher Kunsthistoriker, beide haben auf Englisch geschrieben. Der eine hält das Bild mit 97,5 % Wahrscheinlichkeit für einen echten Menzel, der andere mit 93 %.

Wir verhandeln seit Wochen. Herr Wróbel will das Bild verkaufen, sie nicht. Sie schließen den Laden. Lauf, Alissa, lass das Geld fliegen. Verschwendung ist in meinem Leben nicht vorgekommen. Es wird Zeit.

Von mir selbst gelernt:

indischen Hühnchencurry zubereiten.

Dass ich nicht alles wissen will.

Dass die Welt zu einem kommt, wenn man stehen bleibt.

Die Wróbels wissen, dass ich in Breslau aufwuchs. Frau Wróbel schiebt zwei Stühle an den Kassentisch, holt Porzellanteller und Brot aus dem Kabuff hinter dem Verkaufsraum. Dazu Butter, Käse, hellrote Wurst und die Gurken.

Wir schlagen das Glas auf den Boden.

Endlich springt der Deckel ab.

Das Bild, sagt sie, stamme aus ihrem Elternhaus. Sie seufzt. Sie hänge an dem Gemälde, an dem Laden. An beides sei sie auf denkwürdige Weise gelangt. Ich sitze zum ersten Mal so mit ihr zusammen. Der Tee und der Zucker wirken. Meine Gastgeberin dürfte Ende fünfzig sein, eine schöne, groß gewachsene Frau. Dunkles Haar mit einer Susan-Sontag-Strähne. Ich hätte fast einmal einen von Sontags Essays übersetzt, seither weiß ich, wie sie aussah.

Das Licht fällt schief und die Gurken verdoppeln sich. Ich verspreche, das Bild zu achten. Ich zeige den Überweisungsbeleg für die Gesamtsumme. Reiche das Bargeld über den Tisch. Hätte ich das Bild über eine Auktion gekauft, wäre es noch teurer. Die Wróbels wollten keine Auktion. Private Gründe. Ein Kind saust auf einem Laufrad am Ladenfenster vorbei. Das Gemälde liegt neben uns, bei Gurken, Butter und Brot. Sein Vorhang bauscht sich im Wind eines lange vergangenen Sommertages. Beide Flügel der Tür stehen weit offen, auch der Türsturz ist aus Glas, ein Drittel des Gemäldes besteht aus diesem Lichtort vom Boden zur Decke, den aufgedruckten, wenigen Blümchen, dem leichten Stoff. Den Balkon selbst sieht man nicht. Statt seiner leuchten die Flecken auf der gemalten Wand links des Vorhanges, hier hat man gestrichen, überstrichen, einen Schrank entfernt, wer weiß. Sie erzählen davon, was geflickt worden ist.

Seit Flummy bei Kinga lebt, versuche ich, Kinga von meiner Adoption zu erzählen. Kinga rennt weg. So viel Geschichte kann sie nicht brauchen. Sie will auf ihren glatten Oberflächen herumfahren. Glatt im glatten ICE sitzen. Sie habe schon genug Baustellen, sagt sie.

Das verstehe ich.

Kinga nennt Flummys leibliche Mutter »Bauchmama«. Ich spreche es nach. Adele, »Bauchmama«. Flummys »Bauchmama« war dreizehn Jahre bei der Geburt. Niemand sagte etwas dazu. Jeder wusste, was geschehen war.

Adele?

Atme, Alissa — atme ein — atme aus.

Die Sonne steht tief, gleich wird sie verschwunden sein. Meine Wohnung, Küche und ein Wohnraum unten, oben Schlafzimmer, Bad und ein Blick über die Dächer. Vom Ring hört man Touristen. Ich schäle gekochte Kartoffeln, bricht ein Stück ab, schiebe ich es mir in den Mund.

Von Adele gelernt:

Schuhe ausziehen, Schuhe anziehen.

Kinderpolnisch.

Zähne putzen.

Kartoffeln waschen.

Ich baumele in einem Zugabteil mit den Beinen und kaue. Die Kartoffel in meiner Hand ist kalt. Sie schmeckt nach Salz. Ich lecke es mir von den Lippen.

Ich soll nicht weinen.

Ich habe geweint.

Ich komme nach einem Spaziergang in die Wohnung.

Ich knipse keine Lampe an.

Das Sonnenlicht in Wrocław ist unruhig. Voller Wirbel und Strudel. Wie aus der Oder gesaugt. Bin ich kräftig gelaufen, habe ich Flecken auf den Wangenknochen. Silber und Bromid. Wie ein altes Foto sehe ich aus.

Gleiche ich jemandem?

Nun, wo Kinga dieser Dorota so ähnlich sieht.

War es auch bei mir so?

Die kleine Alissa: einer Valerius-Großmutter, einem Vater, einer Tante aus dem Gesicht geschnitten?

Da lach ich, lach mit dem Stoß aus dem Bauch, dass die Kehle brennt. Was für ein Ausdruck. Wie wahr in meinem Fall.

Auch meine Füße brennen. So ist das Laufen gut. So weiß ich, wo ich aufhöre. Weiß es später noch im Bett. Schlafe ohne Gedanken ein. Im Polnischen geht man zum Spatz, iść spać, wenn man schlafen geht.

Der Herd seufzt, die Zeitanzeige erlischt. Ich steige im Flur auf einen Stuhl. Der Sicherungskasten klebt an der Decke. Was daran praktisch sein soll, verstehe, wer kann. Drei Hebel, einen nach dem anderen, lege ich um, nichts geschieht.

Auch bei den Nachbarn links und rechts ist alles tot.

Zu dritt laufen wir in den Keller. Hier unten brennt das Licht. Verschlag um Verschlag, meine Nummer in der letzten Ecke, keine weitere Sicherung. Der Keller ist um ein Vielfaches größer als die Grundfläche des Hauses, extrem verwinkelt. Man hat nach neuen Eigentumsregeln auf die alten Fundamente gebaut. Für meine Nachbarn bin ich Alicja, das reicht ihnen und mir.

Der Aufzug fährt scheppernd zurück in den fünften Stock. Zu Fuß weiter, bis die Treppe vor einer Luke endet. Man kann sie aufstoßen und hinaus ins Freie auf das Dach spazieren. Ich reiche mir. Ich mache jeden Morgen Gymnastik. Ich bin das Gegenteil von Reni. Bei diesem Gedanken muss ich lachen, wie jede lachen sollte, mit dem Atem aus dem Mund. Als Kartoffeln wären Reni und ich von höchst unterschiedlicher Art, gelbe Butterfarbe aus fetter Erde: sie, ich lila-rosa, eher klein. Gegen so viel Lebensunterschied kommen Gene nicht an. Ich sollte ihr einen Sack Kartoffeln schicken, dick, mit blinden Augen.

Nach oben gefallen.

Ein letzter Schleier Abendlicht hängt über Breslau. Das Dach ist schmal, viel kleiner als der Keller. Auch hier oben hat man kreuz und quer Mauern aufgezogen und Pappen über Löcher geklebt. Wrocławs Häuser haben fantastische Grenzen. Soll ich Kinga von heute Nachmittag erzählen? Was kann ich sagen? Einen Namen, Adele.

Das Foto kennt sie. Was hinter den Augen ist, sieht man nicht. Als diese ~~Frau~~. Diese ~~Mutter~~. Als sie ins Atelier Prybowski ging, im Pelzmantel der Dienstherrin. Musste sie sie »Gnädige Frau« nennen? Und mit deren Mann sie. Wem wollte sie das Bild schenken. Ihm? Es ist klein, das gab es früher öfter, vermutlich waren Handtellerbilder besonders preiswert. Oder brauchte sie es in dieser Größe, etwa für einen Reisepass? Wollte sie fort? Konnte man den damals einfach so beantragen? Damals. Ein Jahr steht nicht dabei.

Was hinter den Augen ist, sieht man nicht. Kind Gerhild starrte sich im Spiegel ins Gesicht und versuchte, seine eigenen Gedanken vor sich zu verbergen: Ich gehöre nicht hierher.

Den Namen Schücking behielt ich. Ich hatte mich an ihn gewöhnt. Vielleicht war er auch an mich angewachsen.

Ich setze mich an den Rand des Daches. Die Beine frei. Baumeln mit den Beinen. Der Himmel über mir flackert dunkel, die ersten Sterne erscheinen. Sie stechen mir in die Stirn.

Was ich Kinga sagen kann: dass die Mütter nicht unter der Erde stecken. Dass sie fliegen — leichter Stoff. Ich baumle mit den Beinen und fühle das Warten wieder, das Bange von einst: Mama kommt mich holen, warum dauert es so lange — sie hat mich vergessen — Bein vor, Bein zurück, Mama kommt mich — kommt mich nicht holen, Mama, wie hieß Mama noch mal. Der Himmel über mir glimmt, dem reicht es auch mit seinen unruhigen Sternen, sie kommt — kommt mich nicht — Alissa — Alissa lauf.

Die Dämmerung wurde lichter, weil die Augen sich an sie gewöhnten. Erst da sah ich, dass unter den Vorsprüngen rund um den Kamin Vögel hockten, klein wie Daumen.

Ich wusste, dass sie mich beobachteten.

Sie warteten, dass ich ging.

Dann würden sie hervorkommen und das Dach absuchen, als wüchse etwas dort, wo ich gesessen hatte.

Wo ich gesessen hatte, wuchs nichts.

In den Teerfugen zwischen den Dachpappen stand Wasser.

Husch, husch, *et hop*. Bis zu meinem sechsten Jahr wuchs alles in mir, wie es in einem Frühling wachsen soll. Dann saß ich in einem Zug, der oft stehen blieb. Die Reise dauerte einen Tag und jeden Tag danach. Es schneite. Fuhr der Zug, schneite, was er aufwirbelte, in mich hinein. Über dem, was ich werden sollte, bildete sich eine Kruste. An manchen Stellen taute sie später weg, an anderen wurde sie dicker und vereiste. Unter diesem Eis liege ich, dort schlafe ich seit über siebzig Jahren in mir.

Flatternd und in der Luft Halbkreise ziehend verschwindet das Foto der A. Zerrissen sie, zerrissen ich, ich spüre meinen Pulsschlag, meine Halsschlagader, ihr leises Echo in der Stirn. Die Sparlampen der Laternen an der Oder glimmen auf, verwandeln die Promenade in einen leuchtenden Faden, gespiegelt im Gekräusel der Wellen, während aus den Strudeln der Mitte schwarze Farbe steigt, tintig und weich.

Ich laufe, ich schwitze, *kommt mich holen, kommt mich nicht holen*, erstarre, die Tür hat sich geöffnet und ich falle zurück in das, was schrecklich war, also ständig zu erwarten, mein vertrautestes Zuhause —, während Adeles Bild geräuschlos ins Grau der Nacht sinkt, zu leicht, um wirklich zu fallen, zu leicht, um wirklich aufzukommen, ich habe es losgelassen, das Papier zuckt, dreht, braucht keine Sekunde, ist wie nie gewesen, ist nichts.

Das Tier ohne Herz

(Alissa, Heim Hochland bei Steinhöring, Sommer 1943)

Gesang der gezwungenen Kinder

so kannst du's nimmer sagen so kannst du's doch kannst
du's doch nimmer nimmer das verlorene Kind das
———————————— ——— spricht
das Kind, das du nie
das du kannst es nimmer ~~sagen~~:
nimmer doch: das du bekamst das du verlorst
und wusstest nicht ob ~~weinen oder lachen~~ du
warst froh darum: wolltest mich nicht ————————
wolltest vergessen ————————
was rein raus ritsch raus
————————————————————————————
—— —— ritsch ritsch ru ... ru ...
ruhig nur musst ————————

— Beine baumeln, ich setz mich auf dem Stuhl nach hinten, der Stuhl steht vorm Fenster, es ist ein breites Fenster, in ihm stehen die Steinberge, die Höringberge, da müssen wir nicht hinauf, sagt Schwester Marga, die Sorgenberge, sagt sie, davon hat sie ohne Hilfe von der Natur genug. Für die Abholung fahren wir, sagt sie, hinunter, die Abholer und die Kinder fahren hinunter in die Stadt, und wenn ich nicht aufpasse, fahre ich hinunter in die Hölle, wie ich so mit den Beinen baumle — statt zu häkeln, fahre ich ins Fegefeuer, dort muss man die Ewigkeit fegen, und wenn man schlimm gebaumelt hat, nehmen die Teufel mich als Besen und fegen den Feuerboden und die Ewigkeit mit mir, dabei baumele — ich nicht mit den Beinen, meine Beine baumeln — mit mir. Wir sind in einem Hochland, die Vögel zwitschern und die Geranien wehen an den Balkonen, es ist hier enorm, enorm arisch und enorm voll mit Müttern, bloß meine Mutter ist nicht da. Ich habe die Eisenmutter unten im Garten, an die kannst du dich schmiegen, wenn dir blümerant ist, sagt Schwester Marga, schau mal, wie warm sie wird, fast wie ein richtiger Mensch, da lehnst du dich an und baumelst — mit keinem Bein. Ich sitze im Wintergarten, hier haben wir den FÜHRERgeburtstag gefeiert, alle Kerzen standen auf dem Tisch und rundum im Glas, heute brennt die Sonne darin. Mir ist blümerant, hat Schwester Marga gesagt, ich bin die Einzige, die heute nach unten fährt. Da kann ich noch mal zeigen, dass ich eine Arische bin, eine, die es verdient. Ich darf mit den Beinen baumeln —, hat Schwester Marga gesagt, wenn es mir hilft, meinen Namen zu vergessen, ich soll ihn aus mir herausbaumeln — mit beiden Beinen zusammen, nicht eines vor, eines zurück. Kennst du nicht die Geschichte vom Zappelphilipp, sagt Schwester Marga, zu viel Baumeln ist ungesund, hat dir das niemand vorgelesen, was kennst du überhaupt? Hier liest mir auch niemand vor, hier liegen wir in einem Schlafsaal hinter dem Rama-Fenster, Rama gibt es morgens auf die Semmel, das Fenster ist das Fenster, aus dem man alles sieht. Der FÜHRER sieht alles, sogar, was im Herzen ist, dem FÜHRER gehören das Haus und jeder, der darin ist, unser Herz haben wir dem FÜHRER geschenkt. Ich bin GERHILD, ich baumele — mit den fast schon GERHILD-Beinen, die haben, sagt Schwester Marga, einen ORDENTLICHEN Zeugungsvater und kriegen einen ORDENTLICHEN Lebensvater, du bist das älteste Mädchen in Steinhöring und trotzdem erst vier, sagt Marga, merk dir das. Die anderen holen Säuglinge ab, erst vier, dein Vati glaubt es dir und holt keine Baumelliese — ab und keine Polen-Lissi, das schreib dir hinter die Ohren. Um nicht mehr zu baumeln — rutsche ich nach vorn an die Kante des Stuhls, der vor dem Fenster steht, das vor dem Berg steht, und bin vier. Der Berg sitzt vorn auf der Kante der Erde, das Fenster steht aufrecht und teilt die Welt, ich bin eine ganze GERHILD und keine Alissa, Polenlissl, ade. Ich bin gewachsen, sagt Schwester Marga, ein groß gewachsenes DEUTSCHES Mädel, zeig deine Schnecken, sagt sie, das sind meine Haare, geflochten, über den Ohren zu Kreisen gerollt und festgesteckt, zeig deine Zunge, sagt sie, und ich zeige Zunge und Zähne. Alles geputzt, alles untersucht, ich bin die gesunduntersuchte ARISCHE Zukunft GERHILD Schücking, das habe ich auswendig gelernt und beim Essen bewiesen. Einem arischen Kind wird nicht die Nase zugehalten, wenn es etwas nicht essen will. Man spricht darüber mit uns. Wenn wir arisch sind, sind wir vernünftig. Wir sehen ein, dass wir Spinat brauchen, um zu wachsen, und Wirsing brauchen, um schlau zu werden. Ich habe den Mund freiwillig aufgemacht und alles geschluckt und war arisch und bewiesen. »Ger«, sagte der Doktor, bedeutet »Speer«, merk dir das, und dass ich ein VOLLDEUTSCHES Speerkind bin. Wiederholen! Dreimal habe ich gebraucht, dann konnte ich es. Das war ARISCH genug. Mein Naseweis störte niemanden. Sie lachten darüber und sagten, »Du bist ein waches Mädchen«. Wir geben dich prima Eltern. Nicht jeder darf hier reinspazieren. Nur die besten. Nur, nur, nur, nach der Uhr. Da lächelte ich, das gehört zum Wachsein, und freute mich, nur traurig war ich über das Lob auch, weil sie hier mochten, wie ich war, und daheim mochten sie es nicht.

Ich habe meine Tasche, eine DEUTSCHE Tasche, eine REICHSDEUTSCHE Reisetasche neben einem REICHSDEUTSCHEN Koffer, beides hat meine Mutter mir mitgegeben, sie heißt Mama und lebt in Breslau, ich lebe in Breslau, sitze in Steinhöring, ich kenne alle Namen, ich bin ein Koffer-Kind. Im Fenster bin ich Alissa, GERHILD steht in meiner Geburtsurkunde, sagt Schwester Marga, Schücking steht in meiner Geburtsurkunde, Mama ruft mich *Herze*, *Pinkerle* oder *Frumms*, ich komme mit den Füßen auf den

Boden, ich bin ein Wiesenstrauß und halte mich selbst in meinen Händen, bist du von Sinnen, sagt Schwester Marga, mal kommt sie ewig nicht, dann sofort wieder, alles dazwischen soll eine Viertelstunde sein. Die Frauen mit den Wabbelbäuchen wabbeln vorbei:

> »… lässt du deinen Kleinen jetzt hier?«, »ich fahre morgen, keine Ahnung«, »bist du narrisch …«, »… dass ich allein wegmach«, »alles hohe Tiere, die Adoptiveltern …«

begleitet von den Schwestern in grauen Kleidern, die »Schuh« zu mir sagen, »Pöti-Schuh«. Ich hatte nie einen Vater, da wird der neue neu sein, ich habe ihn noch nie gesehen, ich bin ausgesucht für ihn, bin sein Gutgenug.

Will keinen Vater-hohes-Tier. Der hat vielleicht ein Fellgesicht, das geht doch nicht, nicht gut genug, ich bin ein Mensch, glaub ich. Zuhause hatten selbst die Kaninchen im Hof einen Vater, der zu ihnen passte, die Küken hatten einen Vater, der zu ihnen passte, sogar Spinnen hatten Väter, sagte Reni, die waren unsichtbar. Ich will nach Hause, aber mit meinem sichtbaren hohen Vater kommt eine neue sichtbare Mutter, sie heißt ebenfalls Schücking, wir werden alle so heißen und eine richtige Familie sein, Mutti und Vati, Gerda und Gerd, was baumeln – meine Beine schon wieder mit mir.

Ein Apfel baumelt am Baum
ein Mensch baumelt am Baum

ich soll mich nicht anstellen, hat Mama gesagt, hier im Süden, sagt Marga, stehen die Berge vor dem REICH wie ein Riegel, das ist das DEUTSCHE, sagt sie, das DEUTSCHE REICH, das alles überwindet. Um mich zu beruhigen, drückt Schwester Marga mir die Strickliesl in die Hand, stolze fünf und zurück zur Strickliesl, die immer den gleichen Schlauch macht, unten kommt er aus ihr raus, bei Mama und Reni war ich zu naseweis, sonst hätten sie mich nicht weggegeben, *das ist klar wie Sonnenstich, böse Kinder mag man nicht*, tu es un petit Schuh, sagt die Schwester zu mir, die weniger zu essen kriegt und das graue Gewand trägt, alle Schwestern in Grau sprechen wie sie, oui, rien, tais-toi, ich als Schuh darf es hören, une pauvre fille elle aussi. Heute bin ich ohne Strickliesl stiller als die Säuglinge, das ist mein Fortschritt für das REICH, die Säuglinge haben ihre Mütter dabei und schreien, die sind so blöd, manchmal klingelt ein Abholer, dann fahren die Säuglinge mit dem Abholer nach unten und die Mütter fahren ohne das Kind ebenso nach unten, erst der Abholer, einen Tag später die Mutter, keine ins Fegefeuer, sagt Schwester Marga, wenn sie sich ausgeweint hat oder ausgefreut, sagt Schwester Marga, ist nirgends die Hölle.

Einmal durfte ich im Säuglingssaal helfen, wickeln kann man nicht früh genug lernen, sagt Schwester Marga, ich erinnere mich an dich, du wurdest hier geboren, sagt sie, allein deswegen haben sie mich zurückgenommen. Meine Mutter hatte nach meiner Geburt auf keinen Abholer gewartet, sondern war mit mir, der ins REICH geborenen Alissa, in eine gemeinsame Richtung abgerauscht, es war allerdings ein Fehler und weit nach unten, sagt Schwester Marga, also kam ich zurück wie ein Bumerang bei den Ho… Hott… Hottenrotten. Das DEUTSCHE REICH hat aber keine Rotten, sondern Bücher, die alles beweisen, sagte Schwester Marga, du hast doch keine Ahnung, was ein Bumerang ist, na, sagt sie, du hast eben GLÜCK. Ich laufe die langen Gänge entlang, ich gehe mit den Füßen ORDENTLICH am Boden, hier wird nicht gerannt, halt dich aufrecht, bind die Schürze vorm Bauch, ich baumele — gar nicht, ich suche das GLÜCK, Schwester Marga zieht den Kamm durch meine Haare und lacht.

Heute hat sie mir die Abholschnecken gemacht

heute ist mein großer Tag

heute haben wir mein Gesicht fünf Minuten mit Eiswasser gerubbelt

heute sehe ich gesund aus

sagt sie, wir wollen uns ja nicht schämen. Mama sah nicht

gesund aus, als ich abfuhr, Tante Else sagte, deine Mutter ist müde, merkst du das nicht, du rücksichtsloses Kind, Schluss mit Theater. Tante Else roch nach Zuhause, der Salon war Zuhause, die Flure waren Rennflure, die Küche war Zuhause und das Klo und die Badewanne und Renis Zimmer und unser Zimmer neben der Küche, das ich am liebsten mochte, mit Mamas und meinem Bett und den Kartoffeln und Äpfeln im Winter, das Lagerzimmer, das Mäusezimmer. Mäuschen, sagte Mama zu mir, sei ruhig, wlazł kotek na płotek i mruga. Die Katze ist auf den Zaun geklettert und blinzelt. Auch Onkel Marolf roch nach Zuhause, er machte Dauertheater und war der Hahn im Korb, nur dass es keinen Korb gab und Onkel Marolf nicht gekocht wurde. Dazwischen hatte er die Düsternis, dann schlichen wir auf den Zehen, danach hatte er die Freude und lachte tagelang und stand auf dem großen Fuß. Wir, sagt Schwester Marga, leben ohne Tierfleisch wie der FÜHRER, was faselst du da von Hähnen. Mama warf oft Fleisch in den Topf, sie konnte alles kochen für alle, ich will meine Mama haben, sie weint, als sie mich umarmt, sie weint nicht mit Tränen, sie weint tiefer in sich drin, ich höre es noch im Zug, ich weiß nicht, warum ich so durchhörig geworden bin, ich höre die Stimmen der Frauen im Flur, obwohl sie flüstern, ich höre die Stimmen der Kinder, obwohl sie vor der Tür stehen, ich höre Schritte im Flur, es wird der Abholer sein, ich muss aufrecht stehen, ARISCH und froh, den FÜHRER im Herzen, das als Geschenk bereits beim FÜHRER ist.

»Ich sag, dass ich Kriegerwitwe bin, das prüft kein Schwein nach«, »Saftladen …«, »pscht«, »dei Kloane iss a a Engall«, »und was mach ich, wenn sie mich später nach ihrem Vater fragt«, »a geh, dös dauert no«

Eine Wespe kriecht über die Fensterscheibe, sie baumelt — mit den Flügeln, sie baumelt — mit dem Kopf, ich würde sie rauslassen, das Rama-Fenster geht nicht auf, dumme Kinder laufen vor

Abholern davon, dumme Mütter laufen vor Abholern davon, die Wespe muss mit einer Person hereingebaumelt – sein, sie muss eine Person als ihr Auto benutzt haben, sie muss einem Abholer auf dem Kopf gesessen haben, oder auf dem Rücken oder ist sie durch den Kamin gekrochen? Wenn sie den Kamin benützt, ist sie ein Geist, jeder Mensch hat einen Geist, hat Reni gesagt, also kann auch ich durch den Kamin schlüpfen, das ist kein Davonlaufen, das ist nicht dumm, ich bin VOLLARISCH durchsucht, GERDA und GERD macht mit mir zusammen drei G, das ist ein URGERMANISCHER Zusammenhalt, sagt Schwester Marga, ich wurde gemessen und war an keinem Tag kürzer als zuvor, ich musste Linien hüpfen, mein zukünftiges Zuhause ist 1-a, ein Zimmer mit Puppen, sagt Schwester Marga, Kleider allein für mich, die habe ich bei Mama schon gehabt, und Renikleider dazu, sie haben mich weggegeben weggegeben, weil … da baumeln – mir die Beine, weil weil weggegeben … das ist das Denkgebaumel –, ich komme von Zuhause nach Anders-Zuhause, ich habe zwei Beine und zwei Zuhause, eins, zwei Zuhause, ich kann auch brav, sage ich zu Schwester Marga, sie sagt: Selbst wenn sie es glaubt, muss ich es beweisen, die Abfahrtkleidung schonen, sagt sie, Nadeln pieken nun mal, ich habe »a große Goschn«, sagt Schwester Marga, ohne Anderszuhause muss ich im Heim bleiben, da kann ich gegen die Scheibe dotzen wie die Wespe und es nützt nichts, ich schaue der Wespe zu und merke, wie ich Angst bekomme, früher hatte ich keine Angst vor Wespen, »schau, so ein langer Zug«, sagte Mama, »es ist sicherer für dich dort, wo du hinfährst«. Die Wespe fliegt gegen die Scheibe, sie hat einen unsichtbaren Vater, das ist ihr egal, denn sie hat ein VOLK. Dein VOLK fängt dich auf, sagt Schwester Marga, wer ist Alissa, sage ich, ich erinnere mich nicht an sie. Schwester Marga streichelt mir über den Kopf, *Ohh dodo*, sagen die Schuh-Schwestern, ab ins Körbchen, *et hop!* Aber ich bin lieb, ich sitze in Steinhöring und mein Leben sitzt in Breslau, ich halte meine fürwitzige Goschn, mei großes Mai, die Wespe hockt an der Scheibe und sieht den Berg und dann sieht sie unter sich den Steinboden von Heim Hochland. Sie ist tot, ihr Stachel ragt aus ihr heraus, er hat die leere Luft gestochen. Schwester Marga ist nicht so blöd, mit der bloßen Hand zuzuschlagen, Schwester Marga schlägt mit dem Schuh, du stehst auf, wenn du ihn siehst, sagt sie, grüßt ihn mit dem GRUSS, dann gibst du ihm die Hand, sagst »Guten Tag, Vati« und machst einen Knicks. Ich habe Schnecken, saubere Wangen und Abholkleider, Wespen sind herzlos, sagt Schwester Marga, das Herz haben sie auf dem Weg ins Heim hinein verloren, da weiß ich, dass ich eine Wespe bin, ich möchte zurückfliegen und mein Herz suchen, ah, sagt Schwester Marga, HEIL HITLER, als die Tür aufgeht, dees is Ihr Madel, Herr Schücking, dees nehma's Eahna mit, dees kriagn 'S hia s'guat wia gschenkt.

K(l)eine Lügen in der Küche

(Kinga, Berlin)

Kennst Orte, aus denen man etwas abgezogen hat, fortgeräumt, geleert? Weißt, wie sie klingen? Wie schmecken?

Frauenräume flüstern nach.

Gemischte Sprache, Sprache, die die Bewohnerinnen gelehrt wurde, Sprache, die an sie gedrückt wurde, Sprache, die sie gegensprechen.

Gebrochen gesprochen.

Sprachen des Frauenraums, gebrochen an den Frauen und ~~gesprochen~~.

Nebelkind, ich lieb dich so.

Wie denn, Mama, wie liebst du mich?

Seit Flummy ein Smartphone hatte, sah Flummy hochgradig erwachsen aus, zumindest in Flummys Augen. Die TikToks, die sie teilte, schickte sie auch an Doro, die sich einmal im Monat in den Zug Hamburg–Berlin setzte und für ein paar Tage bei uns blieb. Sie verbrachte den Sommer ohne die übliche Polenfahrt, ihre Familie sollte spüren, dass sie mit allem – Nerze züchten, um sie umzubringen, Hausverkauf, Wallas Umzug – niemals einverstanden sein würde. Aus Prinzip. Und weil sie übergangen worden war. Aus polnischem Prinzip. Also bis man Abbitte leistete. Ich lernte: Ein polnisches Prinzip war in der Regel stark mit einem katholischen Prinzip verwandt.

Doros Verhalten, das in meinen Augen mäßig erwachsen aussah, bestätigte meine Vorstellungen über Familien. Sie mochten genetisch-organisch nützlich sein und waren zweifellos unersetzlich für

Fernsehserien. Im Übrigen machten sie Ärger. Gut, sie brachten auch Farbe ins Leben. Es gab Geburtstagskarten und Anrufe. Aber eben auch ausbleibende Anrufe.

An einem Dorowochenende machten wir »Unvernunft in die Nacht hinein«: Streuselkuchen essen nach 22 Uhr, frisch und süß. War es ein Nichtdorowochenende, versuchte ich abzunehmen. Abends aßen nur Flummy und meine Balkonpflanzen: Mittagsblumen, eine kümmerliche Margerite, zwei Rosen, die eine ein dicker Busch mit exakt einem Blütentrieb, die andere ein Wesen, das unermüdlich neue Knospen schob, doch niemals duftete.

Mutter ruhte in einem Bestattungswald etwa vierzig Kilometer südlich von München. So hatte sie es in ihrem Testament festgelegt (ich war ihr dankbar für die Regelung), wir hatten sogar im Vorfeld darüber gesprochen. Feuerbestattung, dann eine Urne – sie hatte sich eine aus Holz gewünscht, alles, »auch ich«, recycelbar. Die Urne wurde an den Wurzeln eines Baumes beigesetzt. Auf diese Weise gab es kein Grab im herkömmlichen Sinn, also auch keine Grabpflege.

»Willst du niemandem zur Last fallen«, hatte ich sie gefragt.

»Ortlos will ich bleiben«, hatte sie gesagt.

Den Sollner Bestattungswald hatten wir souverän ignoriert. Bei Alissas Beisetzung achtete ich darauf, dass man Mutter an die Wurzeln eines Laubbaumes legte. Bergahorn, ein heiteres Holz, Wasser floss in der Nähe. Es gab Bienen und vermutlich auch Wespen, doch Moos und Gras zogen sie nicht sonderlich an. Auch dies war ein Vorteil des fehlenden Grabes. Vor Wespen hatte Alissa ein Leben lang so viel Angst gehabt wie vor Zügen. Am Stamm ihres Laubbaumes wurde eine kleine, runde Plakette mit Mutters Daten und ihrem Namen angebracht.

Eine Mutter in die Erde zu legen bedeutete, das allererste eigene Zuhause zu begraben. Obwohl ihr Körper kremiert war, kein Knochen mehr, kein Muskel, kein nichts. Ich lehnte mich an den Baum, legte die linke Hand an seine Rinde, den Kopf.

Im Dezember vor bald zwei Jahren war sie gegen ihren Christbaum gestürzt. Verbrennung ersten Grades am Arm, schmerzhaft, zweiten Grades am Bein. »Alissa-Pech«, sagte sie.

Die Ärzte im Spital hatten gerätselt. Eine derartig tiefe Wunde am Bein? Wir schwiegen. Alissa war unter den brennenden Nadeln liegen geblieben. Sie hatte nichts gespürt. Hatte noch in die Flammen gestarrt. Bindungsstörung hieß das. Bindungsstörung schnitt das Selbstfühlen ab. Bis zuletzt erfüllte meine Mutter mit Scham, wozu man sie als Kind gemacht hatte.

Zehn Tage später begruben wir sie.

Da stand die Geschichte still. So hatte ich gedacht.

Es tat fast gut.

Doch es hielt nur für einen Augenblick.

Ich glaube, Alissas Unruhe sprang auf mich über, als ich durch ihr Testament von der Wohnung in Wrocław erfuhr. Ich sollte nun leben wie sie – doppelt. Sollte in ihre Haut schlüpfen. Ihr letztes Angebot.

Es war mir zu nah, eine Überforderung. Unheimlich zudem. Ich musste mich lösen. Meine eigenen Grenzen finden. Eine Person werden ohne Mutter-in-der-Welt.

Früher war ich gern in ihre viel zu großen Schuhe geschlüpft, hatte mir eines ihrer Ausgehkleider übergestreift und mich stolpernd-stolz durch die Wohnung bewegt. Eine Alissa-Kinga, mein Ich umhüllt von Mutters Geruch.

Als Kleid aus Wänden, Geräten, Gerüchen, Kosmetika, Bettwäsche hatte Mutter mir ihre Wohnung an der Oder vermacht. Auf dem Türschild stehe, so das Testament, nur unser Nachname. Es passe also wie von selbst, hatte Alissa geschrieben. Das war falsch, nichts passte »automatisch«. Mein Selbst veränderte sich durch ihren Tod; es war, als drehte es sich, mir schwindelte. Ich war nun die einzige Frau Schücking, die ich kannte. Früher hatte es uns zu dritt gegeben, Gerda, Alissa und ich.

Gerda. Sie hatte gern Wörter aneinandergehängt, so wie ich

es eben getan hatte. Wenn niemand uns hörte, hatten wir Welt-in-mir-drin, Welt-aus-mir-raus gespielt – sprich, wir hatten uns Geheimnisse erzählt.

Manche Menschen mussten die Füße bewegen, um nachzudenken, ich zupfte Restblätter. Doro war aufgefallen, dass ich häufig auf meine Hände starrte oder mit den Fingern der einen Hand die der anderen fasste. »Schmerzen?«, hatte sie gesagt und mich angesehen, und ich hatte ihr gestanden, dass ich Angst hatte, einen Finger zu verlieren, und dass mitunter meine Daumengelenke anschwollen, schmerzlos und grundlos. »Kinga Schücking«, hatte sie gesagt, »weißt du denn nichts?« Das sei die Trauer, sie suche sich einen Weg durch den Körper. Ich hatte meine Zweifel, ob es so etwas geben konnte. Doch ein Gefühl trafen Doros Worte, fast trösteten sie mich auch, jedenfalls, was die Daumen anging, die ich seither mit freundlicheren Augen betrachtete.

Bis zu meiner Einschulung hatten Mutter und ich bei meinen Großeltern in Solln gelebt. Sie waren mein einziges Großelternpaar. Meinen Vater kannte ich nicht. Er war mit Alissa befreundet gewesen, Teil einer Gruppe, die zusammenlebte und -kiffte, als ich »passierte«. Keine Beziehung, kein Geld. Gerda und Gerd hingegen hatten beides und auch noch Zeit für mich. Ich liebte ihre Villa. Links führte ein langer Kiesweg nach hinten zur Garage, gesäumt von hohen, alten Schwarzkiefern, die Pinien genannt wurden. Sie waren eine eigene Welt, ein duftender Wald.

Unser neues Nest bestand aus drei Zimmern in einer nach frischem Beton riechenden Anlage. Alle Häuser waren Würfel, alle glichen sich. Es gab nun Nachbarn über und unter uns und über den Flur, andere Kinder, einen Spielplatz. Unser Wohnwürfel blickte auf einen Sandweg, frisch gepflanzte Bäume, von denen jeder viermal in eine Sollner Pinie gepasst hätte, und einen Teich mit Enten. Die Enten beruhigten das Bild des Teiches, wenn sie auf dem Wasser schaukelten. Ein beruhigter Himmel hing darüber. Eine der Strickschlangen, die ich aus der Villa mitgebracht hatte, sah wie ein Drache aus, grün mit grünem Kamm und langer roter Zunge. Oma hatte ihn gestrickt. Ich stopfte ihn in die Fensterritze meines Zimmers. Wie zuhause machte ich es. Nur dass die neuen Fenster schon ohne Schlangen so dicht schlossen, dass es nicht zog.

Also kam er auf mein Bett.

Kam mit mir unter die Decke.

In dem neuen Haus trug man die Schlangen nun innen mit sich herum.

Mutters Schlange spürte ich, wenn Mutter still wurde und sich den ganzen Tag nicht bewegen wollte. Geschah es, rollte meine Schlange sich in mir zusammen. So berührte sie sich selbst, wurde fest, ein starker Kreis. Ich kochte Pudding für uns. Manchmal lief die Milch über oder das Pulver klumpte, aber an Betttagen schimpfte Alissa nie. Ich brachte ihr eine Schüssel mit Sirup und legte ABBA auf. Dass ABBA Alissa half, war Anni-Frid Lyngstad zu verdanken. Die war wie Mutter aus dem Lebensborn. Das war ein rätselhaftes Wort, doch auch die Wörter in den ABBA-Liedern verstand ich nicht. ABBA-zu-viert gefiel mir besser als Anni-Frid-Lebensborn, zu ABBA-zu-viert durfte man mit dem Po wackeln und der Himmel veränderte sich. Mutter aß etwas, ich las und beobachtete sie. Opa Gerd hatte mir Bücher mitgegeben, *Was Kinder wissen wollen* und *Was Kinder verstehen.* Nun hatte er Parkinson. Es kam in den Büchern so wenig vor wie eine Bettmutter. Schrieb er uns, saß das Zittern in den eckigen Buchstaben. Oma Gerda ließ grüßen.

Alissa und Gerda liebten sich nicht. »Na ja«, sagte Alissa, als ich schon Kartoffeln kochen konnte, Herd an, Herd aus, abgießen, schälen. Doch daran, wie sie selbst Kartoffeln pellte, die Brauen zusammenzog, wenn sie etwas nicht verstand, den Kaffee in großen Schlucken trank, wenn er am heißesten war, sah ich, dass sie Oma heimlich mochte. Oma machte all dies genauso. Als Gerd starb, mietete sie sich zwei Zimmer in einer Seniorenresidenz. G&G waren Jahrhundertkinder gewesen, sagte Alissa, beide 1900 geboren, beide Geld wie Heu. Das Heugeld reichte für 22 Jahre Luxuspflege für Gerda. Am Ende war sie blind und immer noch reich.

Wenn man wissen will, wer eine ist, schaut man auf ihr Bücherregal? Kinga schaute bei Partys in den Kühlschrank der Gastgeber. Bücherregale waren gern mal präpariert; den Kühlschrank vergaß jeder. Geordnet oder frei chaotisch, kein Gemüse oder zu viel, verschrumpelt oder frisch? Und erst die Tiefkühltruhe. Mondo hatte sie eine Ehe lang damit aufgezogen, wie voll sie die ihre stopfte. Obwohl sie versucht hatte, sich zu bessern, war es immer wieder passiert. Das Ding überfüllte sich wie von selbst.

Sie kniete auf dem Küchenboden, Föhn in der Hand, und blies heiße Luft in die ausgeräumten Gefrierschübe. Die Lebensmittel standen auf dem Balkon, die eine Kühltasche in ihrem Besitz fasste die eisigen Schätze naturgemäß nicht, da halfen nur eine ungewöhnlich kalte Novembernacht und höchste Kinga-Geschwindigkeit. Die Truhe tropfte, auf den Rosten standen dampfende Wasserschalen, vor dem Gerät saugten Putzlumpen auf, was herauslief. Es war das zehnte dorofreie Wochenende hintereinander, mindestens, und das x-te zu viel.

Im Spätsommer waren Polenverweigerung und Reiselust in Doro auf unerhörte Weise zusammengekommen. Storchengene, hatte Doro verkündet und den Abflug gemacht. Freunde in den USA, Westküste, Ostküste, der gesamte Jahresurlaub unverbraucht, Überstunden-Überhang. Und keinerlei, gar kein Fitzelchen Odersehnsucht. Doro hatte es so oft gesagt, bis Kinga die heimliche Sehnsucht hörte und verstand, warum Doro so weit fortfliegen musste. Sie wischte das beißend kalte Wasser auf und fragte sich, ob Flummy in ihrem späteren Leben, das sie wer weiß wohin führen mochte, etwas wie Berlinsehnsucht verspüren würde? Ob ihre Tochter sich jetzt heimisch fühlte, wusste sie nicht mit Sicherheit zu sagen, sie hoffte es. Vor Kurzem war die Dreizehnjährige zum ersten Mal allein mit zwei Freundinnen »shoppen« gezogen. Sie waren ein Stück mit der Straßenbahn zu einem der größten Drogeriemärkte der Stadt gefahren, um Kosmetika zu kaufen. Flummy war mit einem Nagellack zurückgekommen. Dunkelblau. Und?, hatte Kinga gefragt. Ihr Kind hatte den Kopf geschüttelt. Die anderen hatten jeweils über dreißig Euro bezahlt, das gesammelte Taschengeld. Für Flummy hatte es nichts weiter gegeben, keine der Farben bei Lippenstiften, Lidschatten oder Pudern, bei »Pudern« lachte sie nur, hatten zu ihrer Haut gepasst. Kurz darauf, als die Freundinnen erneut aufbrachen, sah Kinga sie ein »nee danke« ins Handy tippen, gleichmütigen Gesichts.

Sie rannte zwischen Balkon und Truhe hin und her, stapelte, ließ eine Tüte Doro-Pelmeni zum Auftauen auf dem Küchenblock, schloss entschieden die Truhentür und presste den Kühlknopf. Das Gerät begann laut zu piepsen, sie hielt das Paketband schon in der Hand, ein paar Mal über den Überhitzungssensor geklebt und es wurde still. Ihre kalten Hände funktionierten bestens, zehn rote, aber bewegliche Finger.

Doro hatte Ruhe in Kingas Alltag gebracht. *Dixit*, Flummys Lieblingsspiel, bei dem man erraten musste, was der andere dachte, funktionierte erst mit drei oder mehr Personen. Tschelin, sagte Dorota, beides sein. Sonntagnachmittags ging Kinga in eine Ausstellung oder machte einen Spaziergang, hatte Zeit für sich. Flummy begriff Doro umstandslos als Familienangehörige, eine Art Mondoersatz mit stark verbesserten Kochkünsten und einem professionellen Reservoir an Witzen, die auch Kindern gefielen. Zudem hatte die neue Verwandte Flummys Großmutter gekannt.

Freunde kamen und gingen, Figuren auf einer Bühne, die nach vorn traten, agierten, in den Schatten zurückkehrten. Familie hingegen war ein Leuteladen, der Menschen jenseits von Beruf, Sozialschicht und Jahrgang miteinander verband. Und das über mehr als eine Generation hinweg.

Still und leise hatte Kinga ihre Organspende-Verwandtengedanken ad acta gelegt. Sie waren eine Déformation professionnelle, ein Alissarest (»wie ich dieses Wort hasse«) sowie ein Kollateralschaden exzessiv konsumierter Krankenhausserien. Leicht zu durchschauende, wenngleich wirksame Gestalten der Angst »ich kann sterben«. Wie jeder versuchte sie, diese Angst zu verdrängen, was ihr Berufsfeld ihr nicht gerade leichter machte. Ständig war jemand »dahingegangen«, ständig hörte sie sich zu glücklichen Erbnehmer:innen geschäftsfördernd sagen, sie sollten ebenfalls an die »Zukunft« (haha, den Tod) denken. Sie empfahl sichere Aufbewahrungsorte für Testamente, wies auf Patientenverfügung und Organspendeausweis hin.

Alissa hatte ihre Bindehäute, Leber und Nieren gespendet. Kingas Lebensversicherung, einst auf Mondo gelaufen, war auf Flummy umgeschrieben. Im Übrigen hoffte sie auf medizinischen Fortschritt. Sie wollte niemals abgeschaltet werden, sie wollte bei Flummy bleiben. Mit der Scheidung vor vier Jahren war Alissa abermals zu der Person geworden, die bei einem Unfall über Kinga zu bestimmen gehabt hätte, und nun war Alissa nicht mehr da. In derartigen, hypothetischen Gedanken holte sie ein, dass ihre Mutter ihr fehlte, sie schüttelte den Kopf über sich selbst, während der Schmerz lachte: Erneut hatte er sie unversehens von hinten gepackt.

Im Advent, kurz vor Doros Rückkehr, beschloss der Deutsche Anwaltsverein, die Initiative zur Legalisierung von Leihmutterschaft zu unterstützen, die ich inzwischen zusammen mit einigen Kolleg:innen ins Leben gerufen hatte. Anfragen ans Familienministerium waren gestellt, Kontakte zu Mitgliedern der Ethikkommission gesucht.

Ich fuhr mit Flummy durch die halbe Stadt zu dem Friseurladen, in dem es nach Ölen roch, die ich nicht kannte, und Limonaden mit afrikanischen Gewürzen serviert wurden. Die Friseurinnen teilten so geschickt Dreiecksformen auf dem Kopf meiner Tochter ab, dass mir eine jede sogleich wie ein Moses am Roten Meer erscheinen wollte – kaum hoben sie den Kammstiel, wichen die Fluten. Flummy sah bereits nach den ersten zehn Minuten tief zufrieden aus. Und als sie so dasaß, mitten in ihrem Berlin, mit ihrem kleinen und großen, verpflanzten und neu beheimateten Leben, und wie sie wollte, dass ich dabei war, die gesamte Zeit, die modischen Fortschritte beachtete und sie beschützte, fühlte ich erst eigentlich, dass ich über Familie und Verwandtschaft seit Jahren falsch und als dumme Juristin gedacht hatte. Ich suchte eine Familie nicht vorrangig für mich. Für Flummy wollte ich Verwandte, ein Netzwerk aus mehr als Freunden, weil jeder viele Netze brauchte und weil mir am Herzen lag, dass sie hier, in ihrem zweiten Land, mit Menschen in Verbindung stand, die sich um sie sorgten und denen sie zugehörte. Doro hatte mir das Herz dafür geöffnet, oder den Sinn, und eine Brücke geschlagen. Dass die Verwandtschaft, die mir aus Alissas frühem Leben zuwuchs, war, wie sie war, bunt gemischt und zwischenländisch, wollte mir als Geschenk erscheinen. Europäisch-verwandt war mein Mädchen. Eine globale Europäerin. Diese aufs Erste unsinnig klingende Kategorie gefiel mir. Selbstverständlich europäisch. Dem Krieg und Nachkrieg entkommen. Vielfach verwurzelt. Nicht Pfahl-, sondern Netzwurzlerin.

Aus Freude an diesen reichlich rosigen Gedanken trank ich die mir gebrachte Limonade in einem Zug aus. Kardamom und – Chili? Ich versuchte, ein Keuchen zu unterdrücken. Wie konnte ich Doro möglichst geschickt dazu bringen, zu ihrer Familie zu fahren? Mit uns. Je mehr ich meine Cousine drängte, umso trotziger wurde sie möglicherweise. Doch je mehr Doro auf Teréza und Walla schimpfte, umso neugieriger wurde ich.

Es ging mir besser als vor einem Jahr oder gar zweien. Eine Einsicht hatte mich eingeholt: War eine Mutter erst einmal tot, war das Abwehren von Muttereinflüssen sinnlos.

Und darauf den Rest der Limonade auf ex.

Kind, Kind, dass ich dich wiederfind

(Adele, Steinhöring, Juli 1945)

Gesang der gezwungenen Kinder

_____
_____ _____ ritsch ritsch ru …
ruhig nur kannst nicht vergessen musst begraben
haben
musst Höhle Flügel _____ musst
Sarg ~~klein~~ käferschachtelklein
wolltest mich nicht haben
die Luft, Mutti
voll hauchdünner Menschen ich gehe den entsetzten
ich gehe den entgegengesetzten
warst froh, sag _____ Weg _____
~~warst~~ froh

Ich war es, die das Springen gewann. Vom Baum springen, wieder raufklettern, höher, sich aus den Ästen fallen lassen. Wer kein Spielzeug hat, spielt mit der Natur. So hießen das Grünzeug, das wedelte, und das Borstenzeug, das grunzte, in der Stadt. Die lag zehn Kilometer entfernt von Klettendorf und war eine Reise zur Welt. Bei uns hießen das Grüne und das Borstige der Nutzen. Das Borstige war auch das Glück, am besten in Marzipan. Ich hieß Dele, meist Delle. Ich kletterte zum letzten Apfel hoch. Ob er wurmig war, spürte ich am Griff. Meine Hände sahen durch Schale. Auch ich war Natur, borstig und nützlich, zum Glück kein Schwein. Mutter konnte hundert Gramm mit der Hand abmessen, sie schüttete und es stimmte. Das Schalensehen beherrschte einzig ich. Wir spielten mit den Hennen, Futter hin, Futter weg, blindes Huhn. Wir spielten mit den Sauen, die waren schlauer. Sie spielten zurück, eine drückte meinen Arm gegen die Kobenwand. Der Arzt zog die Holzsplitter heraus. Es tat nicht weh. Der Zahnarzt bohrte in meinen Zähnen. Es tat nicht weh. Als sie wackelten, riss ich sie mir heraus. Beim Springen spürte ich das Aufkommen nicht. Ich war es, die das Springen gewann. Jedes Mal.

Beim Indianerspielen stand ich freiwillig gefesselt am Baum. Ich schaute die Pilze an, die Moose. Indianer kannten keinen Schmerz. Sie waren wie ich.

Wer vom Baum springt, schief landet und es nicht spürt, hat einen Vorteil. Und bekommt eine Achtung. Die nimmt's wie ein Mann, sagte der Arzt, als er den Blinddarm aus mir schnitt. Ich war klein, es war Krieg. Narkose gab es nicht, Betäubung mittelstark. Er sprach, er schnitt, ich hörte jedes Wort.

Danach wusste ich, was ich wollte. Ich wollte höher klettern, hoch hinauf in die Luft. Nie mehr wollte ich Delle genannt werden. Ich wollte den Wind spüren, die Wolken fliegen sehen. Ich brauchte kein Tier um mich herum. Ich wollte nicht im Dorf leben und nicht in der Stadt. Ich nahm es wie ein Mann. Ich wollte zur See.

Ich beschloss es, es wurde zerschlagen. Frauen fuhren nicht zur See. Eine Frau brachte Unglück auf einem Schiff. Die Schulzeit war vorbei. Ich konnte schreiben, rechnen, vom Stalldach springen, mit den Händen durch Apfelschalen sehen, Hühner und Schweine abgreifen und sagen, wie reif sie waren. Häkeln konnte ich nicht. Sägen umso besser. Da rutscht man mal ab. Mir machte das nichts. Ich sägte viel.

Ich übte für das Schiff. Ein Mast war hoch. Ich kletterte geschickt. Das Dorf steckte tief im Land. Die See lag fern. Der Krieg namens

»groß« war vorbei. Er hatte die deutsche Seefahrt geschrumpft. Ich brauchte Ausdauer und Geld. Ich hatte einen Mund. Meine Geschwister rissen ihre Münder jünger und hilfloser auf als ich. Ich war sechzehn und wollte auf die Walz. Ich wäre nicht die Erste gewesen, die es als Lehrbursche versuchte. Den Busen versteckte man. Vater war über den Berg, der alle Berge heißt. Er war tiefer zu sich nach Hause, nach Polen gerannt. Mutter sagte: Tu mir das nicht an. Damit meinte sie, dass du bist, wie du bist. Und dass ich es nicht einmal ernstlich verbarg. Sie kannte jemanden, der kannte jemanden in der Stadt, die kannten ein Paar, jung verheiratet, er über vierzig, sie dreißig und ein Hinkebein. Eine Köchin, die auch die Einkäufe übernahm, sollte ins Haus.

Mutter sagte, du siehst durch Schalen, das ist was für dich. Ich dachte an Schiffe, auf denen jeden Tag für viele gekocht werden muss. Wenn eine Frau auf ein Schiff gelangte, dann über den Herd. Ein Herd war kein Mast, doch der Mast wäre nahe. Ich kletterte ihn heimlich hinauf. Dort oben erführe ich die Weite der Welt. Auch aus einer Kombüse schaute das Mensch hinaus. Am Meer flogen Wolken. Das Schiff flog unter ihnen. In ihm flogen Töpfe, Hackbeile, Messer. Überall auf einem Schiff war die Schmerzunempfindlichkeit am rechten Ort. Also ich.

Wenn ich nach Breslau in Stellung ginge, übte ich mich in Dienst. Oder sollte ich gleich losziehen. Wer nach Norden marschierte, kam ans Meer. Ich kletterte auf den höchsten Baum, eine Ulme. Dort dachte ich: Ich könnte meine Seefestigkeit auf der Oder probieren. Ich brauchte nur einen Sturm.

Tiere taten sich in der Küche hervor, selbst das borstige. Als Glück sollte es nicht vertrieben sein. In der Küche musste ich es nicht füttern. Nichts zappelte mehr. Das kam mir entgegen. Dinge, die nicht gehorchten, missfielen mir. Auf einem Schiff hatte selbst das Geringste seinen festen Platz. Das wollte ich für meine Küche. Da man es erlaubte, sagte ich die Stelle zu. Mit einem Schinken aus Klettendorf machte ich mich auf den Weg.

Der Schalengriff wurde zum Hausgriff. Auf dem Markt fühlte ich die Mürbigkeit des Fleisches, seine Frische und seine Fettgewebe durch Federn oder Fell. Körper enthalten farbige und durchsichtige Flüssigkeiten, klebende und gleitende Schmieren, Leimiges und Gallertiges, Saures und Bitteres. Schwein filetiert, Hühnchen gestopft. Ich schob ihm eine Mischung aus Semmelbröseln, Kräutern und Ei unter die gerupfte Haut, verschnürte es zu einem Paket und garte es gemütlich im Ofen, wobei ich es zusätzlich mit Butter bestrich. Probezeit. Ich sprach nicht viel. Die Sätze in den Kochbüchern waren lang. Frau Else, Herr Marolf. »Gnädig« genannt werden wollten sie nicht. Die Herrschaft blieben sie. Ich schlief im Mädchenzimmer. Es lag neben der Küche. Man konnte es lediglich durch die Küche betreten. Es war ein gefangenes Zimmer. Mir war das lieb. Es wurde mein Versteck. Durch das Fenster sah ich auf Baumkronen. Die Valeriusse wohnten weit oben. Ich wohnte mit. Ich stand auf der Brücke eines Schiffs. Ich flog.

Der erste Streuselkuchen war ein Pamp. Ich hatte die Hefe vor gutem Willen beim ersten Gehen überhitzt. Für die Brühe stand ich früh auf. Sie musste Stunden sieden und regelmäßig abgeschöpft werden. Die ersten Male kam Frau Else mit einholen, damit die Kaufmänner sahen, wohin ich gehörte. Auf den Markt zog ich allein. Meine Hand war die beste Einführung. Ein paar der Tändler kannte ich. Sie kamen vom Land wie ich. Breslau hatte einen Gürtel aus Gemüse und Speck. Herr und Frau Valerius kauten, schluckten, lobten. Den Ausschlag, dass ich blieb, gaben das Bugzimmer und der Geist. Carl Friedrich von Rumohr goss ihn in den Topf. Sein Buch erklärte das Gesottene, das Maßhalten, die Frische, die Verbindung von Körper und Gefühl. Das war der Geist der Kochkunst. Er war mir wichtig für das Schiff. Man sollte darauf achten, sagte Rumohr, was bei Tische gesprochen werde, es beeinflusse die Verdauung und das Aufsteigen der Kräuter und Kräfte nicht allein durch die Blutbahnen des Körpers, sondern durch seine feineren Stoffe, die Häute etwa, die die Muskeln umschlossen, die Pumpsysteme der Wirbelsäule vom Steiß in den Kopf. Rumohr brachte die Dinge in Fluss. Er zeigte mir das sattsame und das hungrige Brodeln. Er verband die Sätze zu längerem Brodeln. Ich dachte: Auf einem Schiff muss die Körperchemie noch verwickelter sein durch das Rollen der Wellen, die salzige Luft. Ich erkannte: Es war nötig, eine Zeit lang an Land zu lernen. Ich bestand die Probezeit.

Sieh an, sagte Frau Else, Adele lacht jetzt ab und an.

Delle sagte niemand mehr.

Ich trug Hosen. Frau Else fand das hygienisch. Dienstmädchenkleidung verweigerte ich. Mein Haar schnitt ich kurz. Hygienisch. Frau Else trug ebenfalls Hosen. Sie hatte ein festes und ein krankes Bein. Die Hosen versteckten den Unterschied. Bei Premierenfeiern in der Wohnung bestand Herr Marolf auf meinem Kostüm. Schwarzer Rock, weiße Bluse, weiße Spitzenschürze. Er sprach in Versen an mich hin. An alle anderen ebenfalls. Die lachten. Da lachte ich auch. Ich half beim Servieren der Getränke. Das Gehalt stimmte danach extra hoch. Mein Zimmer fuhr durch Wipfel, ich wohnte in einem Bug.

Nun bin ich da. Wie der Gamander-Ehrenpreis. Den habe ich hier eingeführt. Im September, hochschwanger, bekam ich den Haus-Hochland-Pflanzpreis. Neben dem Ehrenpreis schwarzer Nachtschatten, bitter und säuerlich. Ebenfalls meine Idee. Ein hervorragender Brusttee. Eine Küche muss den Körper auch heilen. Nur zu viel wirkt als Gift. Am Boden, bei den Kräutern und Beeten, erkennt man die Wahrheit eines Hauses. Heim Hochland ist breit, vier Stockwerke, hohes Dach. Heute ist es nicht mehr Heim Hochland. Es ist Haus Namenlos. Unter den dicken Holzbalkonen, die sich über die gesamte Gartenseite ziehen, springt der Wintergarten hervor, ein bewunderungswürdiger gläserner Wurm. Keck, als wäre nichts. Als wurmte man voran. Kein Fenster ist gebrochen, jedes leer. Das Gras steht hoch. Es schäumt vor Grün. Dieses Haus, sagt der Garten, ist unbewohnt. Ich muss nicht leise sein.

Es ist ohnehin Tag. »Hellerlichter Tag«, sagen sie hier. Das Türchen öffnet sich anstandslos.

War so was von Anstand hier.

Herrenmoral. Blutrein, kriegerisch. »Krieg dein Kind, schenk's deinem Volk.«

Seit April bin ich unterwegs. Bin fort, Richtung Alpen statt Meer. Die Welt, die wir hatten, war ein Soufflé. Jetzt tappt man in seinem Inneren herum: heiß, zäh, zusammengestürzt. Wochen habe ich hier herunter gebraucht. Mein Koffer wurde leerer. Ich wurde laufiger. Ab und an nahm mich einer mit. Auf dem Laster, auf dem Anhänger fürs Heu. Die Wagen waren Kriechtiere, Langsamkeiten. Die Männer, die sie fuhren, wollten etwas haben fürs Mitnehmen. Die Frauen nicht anders. Wenn ich sagte, dass ich kochen konnte, nahmen sie das. Kochen war Zukunft. Eine Köchin hat im Sommer den Winter im Blick. Salzen, pökeln, einlegen, Kräuter suchen, marinieren. Ratschläge für Hühner, Tricks beim Flusskrebsfang. Ich griff zu wie ein Mann und sah wie einer aus. Das störte niemanden mehr. Ein Kleid hatte ich dabei. Das blieb sauber im Koffer. Ich reiste in einer abgewetzten Armeehose, sie hatte praktische Taschen, einer Männerjacke, noch mehr praktische Taschen. Das Zeug lag auf der Straße herum. Wer es der Leiche auszog, der hatte es. Ich wusste, wie man tote Körper bewegt. Wann die Starre endet. Einmal wartete ich ein paar Stunden darauf. Das war in Sondershausen, glaube ich. Ich ekelte mich nicht. Jedes Mensch, das noch rannte, trug, was es hatte, bei sich. Ich mache Satz um Satz im Kopf. Ich mache zu viele Punkte. Schon als Mädchen schnitt ich gern. Raspeln, stückeln, schälen, häckseln, hacken. Meisterin sein. Mein Lieblingswerkzeug ist der Zestenreißer. Zitronensaft, Orangenduft.

Seit Mai geht es andersherum. Ich übe Zusammensetzen. Der Mai war eine lange kalte Sophie. Im Juni wurde es mückig. Wenn ich die Schuhe auszog, schob ich sie mir unter den Kopf und schlief darauf. Ich übe »und«. Die »weils« gelingen mir nicht. An die glaubt nicht mal mehr ein Schwein. Wer zusammensetzen übt, übt Wirklichkeit.

Meist schlief ich im Wald. Ich kannte den Bärlauch, er verblühte, als ich losging, wie auch das giftige Veilchen. Ampfer sammelte ich, Arnika, Kamille, Gundermann. Ich aß es oder tauschte es später. Erdbeeren wurden reif. Ich konnte lange gehen. Ohne Schmerz, wie eh und je. Blasen an den Füßen behandelte ich mit einer Paste aus Ackerkraut. Schubser, Tritte, Stöße. Ich zog weiter. Der Krieg war vorbei. Frieden hatten wir nicht. Was wir hatten, schmeckte nach Rauch. War Verstecken und Moos. Es machte mir Angst. Westen stand fest. Südwesten wurde es wie von selbst. Die Füße gaben die Richtung vor. Die Angst bekam Lücken. Keiner kann wochenlang, Stunde um Stunde, Minute um Minute, ängstlich sein.

Ich sah: 2 000 Soldaten im Schlosspark von H. Man hatte mich von der Straße gezerrt. Ich musste helfen, Kartoffeln zu schälen. Es war nicht das erste Mal. Die Angst flackerte auf, legte sich. Ich übte auch das. Drei Gulaschkanonen, ein Berg Erdäpfel. Im Hintergrund des weiten Hofes die dunkle Front der hungrigen Männer. Deutsche Gefangene. Es war leicht zu verstehen. Der Hof war eine Bühne. Bühne kannte ich aus der Valeriuszeit. Ein Hungertheater, unter freiem Himmel. Hinter uns die Ruine des Schlosses, beleuchtet vom flackernden Schein des Lagerfeuers der Russen. Himmel sternenklar, Teil der Kulisse. Scheinwerfer, aus der Ferne Gesang. Die rückseitigen Feueröffnungen der Kastenöfen sind nicht geschlossen worden, damit wir etwas Licht für die Arbeit haben. Frauen, die kochen, werden in Ruhe gelassen.

Ich sah: Einmal, als ich aus dem Wald trat. Im Mondlicht. Einen großen Haufen von Männern und Frauen dicht beieinander. Es waren einige Hundert. Der Haufen wogte wie eine Qualle hin und her. Die Außenstehenden konnten oft nicht folgen und fielen hin. Es wurde geflucht und gezankt. Der Lärm war weithin zu hören. Man wärmte sich gegenseitig. Die Gruppe vergrößerte sich im Nu. Da jeder vom Rand ins Innere strebte, entstand ein Druck, durch den man rundum durchgeknetet und bald warm wurde. Das begriff ich aus der Ferne. Es war wie ein Teig. Das Warme gefiel mir. Ein riesiger Menschenkloß. Sie waren auf der Flucht.

Ich sah: Neben dem Riesenkloß wogte ein kleinerer. Das waren die Kinder. Die Erwachsenen hatten sie zur Seite geschickt. Jene, die eben erst stehen konnten, zusammen mit den größeren. Die fielen seltener. Fielen sie, lachten sie. Im Haufen der Erwachsenen hätte man sie ohne Absicht erdrückt.

Ich sah: Eine Frau, die sich einen geklauten Hering aus dem Strumpf holte. Die neben ihr grinste und fing an, sich die Zöpfe aufzulösen. Da purzelten die Fische nur so heraus.

Ich sah: Einen Amerikaner, der eine Frau bedrohte. Sie sprach auf ihn ein. Ich dachte: Das merk dir. Ich verstand nicht, was sie sagte. Er setzte sich mitten im Hof vor ihr auf den Boden und brüllte: »My President is dead!«

Ich sah: einen amerikanischen Offizier, der in einem Schweinestall mit dem Rücken zur Tür unter toten Sauen stand. Man hatte mich zu ihm geschickt. Ich, die Köchin, sollte ihn zur Räson bringen. Ich sah viel borstige Arbeit da liegen. Er drehte sich um. Er musterte mich von Kopf bis Fuß. Vermutlich sah er auch an mir vor allem rosa Fleisch. Er sagte in fließendem Deutsch: »Verschwinden Sie, ehe ich mich vergesse. Sie haben in Polen nicht bloß Schweine getötet.« Die Schweine wurden auf einem Lastwagen weggefahren. Der Mann war ein Pole in amerikanischer Uniform.

Ich sah: am Stadtrand von Leipzig auf der Fahrt über eine schmale Landstraße zwischen gepflügten Äckern jenseits einer kleinen Wiese, als mir wohlig zumute war, weil man mich mitnahm, einen etwa drei Meter hohen Stacheldrahtzaun, der um einen leeren Platz gezogen schien. Wäre der Geruch nicht gewesen, hätte ich nichts bemerkt. So hielten wir an. Ich wurde vorgeschickt. Ich trat näher. Niemand war da, kein lebendiger Mensch. Der Flecken lag voller Schädel und verkohlter Rippen. An einem hohen, dünnen Mast wehte eine weiße Fahne.

Überall waren. Überall waren auf dem gespenstisch gefleckten Aschenteppich. Der die Fläche bedeckte. Überall gleichförmige kleine Näpfe. Dazwischen immer wieder Löffel. Verstreut.

Ich sah: einen Mann im Frack. Feierlich und unerschütterlich trug er violette Stücke Kohlrabi auf einer Silberplatte aus besseren Tagen vor die Eingangstür des Hotels Bayerischer Hof. Ich war in München. Der Mann bezog Posten neben der Tür.

Anfangs wollte ich denken, »mein Leben, wie ich es gelebt habe, ist vorbei«. Der Weg zerstörte den Gedanken. Gedanken dieser Art waren lächerlich. Sie hatten die Friedensgröße-von-früher. Sie waren aus dem Bilderbuch.

Ich musste lachen, wenn ich an dieses Früher dachte. Ich musste lachen, wenn ich an das Dienstkostüm dachte. Frauen arbeiteten an der Munition, auf den Straßen, in der Industrie, beim Mauern und Schippen. Sie bekamen feste Hände. Auf Hosen oder Nichthosen kam es nicht mehr an. Die Frauen hatten nun auch Münder, wie man sie nur kriegt, wenn der Mund befehlen darf.

Die Männer glichen Salzbrezeln. Es gab weder das eine noch das andere. Der von Hitler hergestellte Männerunterschuss würde mehr als ein Jahrzehnt halten. Das würde mir helfen. Unverheiratet fiel weniger auf. Die einen kehrten nicht heim. Die anderen waren zurück, aber kaputt. Außen kaputt oder innerlich kaputt oder überall. Froh dachte ich an die See. See- und Kriegsmänner hatten oft ein Bein verloren. Wer kochte, brauchte zwei Beine und zwei Hände. Da würden sie auch Frauen nehmen. Ich wollte nach Hamburg oder Bremerhaven. Davor musste ich fertig sein. Mit dem Land, dem Dienst und jenem Teil von mir, der daraus entstanden war.

Ich fuhr nach Süden statt Norden. Das war, wie wenn die Faser im Muskel dem Messer die Richtung gibt. Der klägliche Koch schneidet dagegen an. Man schmeckt es, obwohl das Fleisch tot war. Mein inneres Fleisch ist tot an Stellen, an denen ich nicht geglaubt hätte, welches zu haben. Es gibt Verlieb-dich- und Anlehnstellen. Dann gibt es sie nicht mehr. Lösen und Binden. Nach dem ersten Küchenjahr hatte ich es begriffen: Lösen und Binden sind die Kräfte, die alles regieren. Ununterbrochen finden sie statt. Der Mensch lässt sich auf sie zurückführen. Die Hand versteht das besser als der Kopf.

Ich schnitt mit der Faser mit.

Ich muss wissen, wo Alissa ist. Ein Haus, das leer scheint, ist noch lange keines, das leer ist. Ich muss mich in Acht nehmen.

Der alte, grünbraune Runenzaun. Ich schließe das Zauntürchen hinter mir. Haus Hochland liegt ein paar Kilometer außerhalb von Steinhöring. Unmittelbar an der Reichsstraße. Mühelos zu erreichen, trotzdem für sich.

Wenn ich sie finde, muss ich sie mitnehmen. Alissa. Meine Lissi. Womöglich finde ich nichts als eine Spur. Dann nehme ich die. Dann träume ich anders vom Schiff.

Als ich hier war, musste ich nicht in der Küche helfen. Heute muss ich Wörter wiederbeleben. Erst stückeln, dann zusammensetzen. Schneiden, stückeln, zusammensetzen. Die Wirklichkeit, die Wirklichkeit.

Spiralschneider, Schokohobel, Ausbeinmesser, Seiher, Stampfer, Schäler. Das Haus ist nicht verändert. Nur stiller als früher.

Ich sitze auf der obersten Treppenstufe neben dem Wintergarten. Nach hinten hinaus. Ich habe an die Haustür geklopft. Nichts. Ich habe gewartet. Nichts. Ich brauche Luft. Der Garten fällt in Buckeln und kleinen Plateaus den Hang hinab. Ich reiße am Gras. Ich weiß nicht, was ich hoffe. Ich bin ein Schiff, was das Schwanken angeht. Finden. Nicht finden. Was rankt der Knöterich am Zaun. Was gurren die Tauben. Eine steht im Kies, hackt auf ihn ein. Was bin ich zurück.

Ich komme mir wie ein Wurm vor. Ich bin keiner. Die Sonne brennt mir auf den Kopf. Kann sie mir sagen, was ich fühle?

Nichts. Ich stehe auf. Ich habe nicht wirklich geglaubt, sie hier zu finden. Oder? Habe ich darauf gehofft? Ich fühle mich enttäuscht.

Ist es das?

Oder fängt so eine Meerfreude an? Mit einem grauen Gefühl in der Brust?

Ein geschenktes Stück Leben.

Noch ungreifbar, fern.

Wie einer dieser gemächlichen Braten der Engländer. So eine bin ich. Bin noch nicht durch. Zusammensetzen. Wirklichkeit, unvertraut. Man selbst ist das Hergebrachte, das Zerlegte, der kleine Muskel darin. Die Briten haben die kriechende Hitze in ihren Kolonien entdeckt. Man lege das Fleisch auf glühende Steine. Asche und Erde müssen es berühren. Rumohr wollte davon nichts hören. Ich wusste: Asche und Erde geben die entscheidende Würze. Ein Kilo Schwein oder fetter Hammel. *4 bis 6 Stunden, je nachdem, wie es groß ist, lasse man es ruhig stehen. Gegen das Ende dieser Zeit vermische man die Asche nach oben hin mit frisch glühenden Kohlen.* Der Braten glich einem Vulkan. Ein leuchtender Kranz gefangenen Feuers obenauf. Er wurde saftig und löste sich vom Knochen.

Von sich selbst löste er sich.

Ich warte, nur worauf? Elf Uhr morgens und der Asphalt aufgeweicht. Mein Köfferchen steht neben mir. Es ist mehr ich als ich.

Grünzeug ist empfindungslos grün. Dem aufrechten Haus sieht man auf den zweiten Blick alles an. Fenster verschlossen, Geranien an den Balkonen vertrocknet. Ein Specht klopft, Spatzen tschilpen, Menschenstimmen fehlen.

Ich gehe tiefer in den Garten hinab. Wolken stehen schäfchenweiß über uns, ohne Bewegung. Die Luft streicht mir vom Boden dick wie Sirup um die nackten Beine. Ich habe das Kleid hervorgeholt. Ich habe mich gekämmt, gewaschen, obgleich der Rösslwirt gesagt hat, dass die Kinder fort sind, seit Mai.

Falls Alissa noch hier war, bin ich um ein paar Wochen zu spät.

Als Spital soll das Haus jetzt dienen. Seine Kranken müssen kolossal krank sein. Sie wollen kein Licht, keinen Wind. Die Mittagsblumen am Wegrand lassen die Köpfe hängen. Ebenso der Sonnenhut. Werde nach den Beeten am Ende des Gartens sehen. Hintenherum. Das war hier der Weg. Die Fahnen haben sie vom Dach geholt. Wie sie einfach weiterglänzt, die schneefarbene Fassade des Anbaus. Haben wir 1937 auch so geschwitzt? Das zweite Jahr des Heims, und jedes Zimmer doppelt belegt. Den Wintergarten mauerten sie eben auf. Als ich abfuhr, war alles fertig samt der Fenster wie im Kaufhaus Wertheim zuhause, bodentief. Das hatte Stil.

Da leer gefressen, dort verwuchert. Von den Beeten sind die Steinumfassungen geblieben. Der Schuppen am Zaun hier unten steht offen. Gießkannen, zehn Stück aus Zink, aufgereiht wie Soldaten am Boden. Ein Rest Ordnung, so traurig und erinnernd. Ich zwinge mich zu lachen, so atme ich wieder.

Aus dem Hahn an der Wand spritzt Wasser. Ich gieße den Salbei, den Thymian. Die Petersilie und die Tomaten sind hin, die gieße ich auch. Einmal Köchin, immer Köchin. Rumohr unterschätzte das Grünzeug. Er schrieb auch nicht während eines Krieges. Immerhin erwähnt er, dass Schiffsbesatzungen ihre Kranken ins Leben zurückbrachten, indem sie ihnen an Land endlos Gemüse ins Maul stopften. Er erkennt, dass Brühen das Wichtigste sind. Man muss sie nicht allein für den Magen und die Verbesserung des Verdauungssaftes trinken, sondern vor allem für die Atmosphären, die nach einer Mahlzeit durch den gesamten Körper ziehen bis ins Gehirn.

Ich weiß, dass es nicht richtig ist, trotzdem freue ich mich, hier zu sein. Die glücklichsten Monate meines Lebens, hier habe ich sie verbracht. Anfang Juni ging ich ins Quartier. Anfang Oktober wurde Lissi geboren. Drei Wochen später fuhr ich mit ihr nach Breslau zurück. Fünf lange Monate keinerlei Kocherei. Fünf Monate ausruhen, Bauch wachsen lassen, in der Sonne liegen, ratschen, Vorträge hören. Die waren entweder Unsinn – Führerlegenden, Führerbewunderung, die rechtliche Lage der Ehefrau, nutzlos für mich – oder praktisch: wickeln, ernähren, schreien lassen. Wie erholt sich die Mutter? Wie kommt sie wieder zu einer

Figur? Wann stillt sie ab, damit sie ohne Verzug neu schwanger wird? Heimlich lächelte ich. Öffentlich hörte ich brav zu. Man entdeckte, dass ich weder stricken noch häkeln konnte. Man schickte mich in die Gärtnerei. Die körperliche Arbeit an der Luft tat mir gut. Die anderen Frauen taten mir gut. Das war die größte Überraschung. Dass man so zusammenleben konnte. Wir untereinander. Jede schwanger, also bauchweiblich. Das genügte, auf den Rest konnte man verzichten. Es gab auch keinen Mann, den eine hätte beeindrucken wollen. Es veränderte uns. Niemand schminkte sich. Zu undeutsch. Überflüssig war es zudem. Jede wurde dicker. Das bewies die Weiblichkeit von selbst. Wir waren Funktion.

Es befreite mich.

Ich war fraglos eine Frau dank Bauch. Niemand dachte eine Sekunde über mein Frausein nach.

In den Umstandskleidern aus gerade zusammengenähten Stoffbahnen sahen wir wie wandelnde Zelte aus. Musste auch was Urdeutsches sein. Darunter trugen wir labbrige Hosen. Sie waren am Bauch beliebig weit zu schnüren. Im Sommer kamen drei, die weibten herum, spielten Schnute, Hübschchen, Ich-kann-nicht-mehr oder Rette-mich. Ich lächelte. Meine Kindkugel war deutlich zu sehen. Ich konnte die Hand darauf legen und an keine Zukunft denken. Mein Körper hatte übernommen. In ihm lief ein Programm ab. Es scherte sich nicht darum, was ich dazu meinte. Ich beschloss, es meinerseits ebenso zu halten. Da ich mich vor der Geburt nicht fürchtete, war ich ruhiger als die meisten. Ich verließ mich auf meine Schmerzunempfindlichkeit. Meine Ruhe tröstete andere. Ich nahm sie in den Arm. Sie sagten, was hast du nur für eine Kraft.

Mein Gesicht wurde braun von der Arbeit an den Beeten. Meine Brüste schwollen. Die Bauarbeiter, die den Esssaal aufmauerten, unterhielten sich mit uns. Ohne blöde Bemerkungen oder Pfiffe. Wir waren einfach Menschen für sie. Das war eine angenehme Erfahrung.

Ich konnte mir aus den Bäuchen der Tiere vorstellen, wie das Kind in seinen Häuten, umfangen von meinen Häuten, in mir lag und wuchs, die Augen geschlossen in der Dunkelheit, in der es trieb, ein Fisch erst, dann ein Fisch mit Händen und Füßen, zwischen ihnen sein nach innen gekehrtes Mondfahrergesicht. Wie das Kind aussah, wusste ich von den Kindern der Sau. Einmal hatte mir der Metzger die Ferkel im Bauch des Tieres gezeigt, das er eben aufschnitt. Es gab Menschen, die wollten solch ein ungeborenes Tier essen. Sie waren fast noch ohne Schnauze, kindhaft. Fast konnte man hindurchsehen durch ihre menschenfarbene Haut.

Die Hände und Beine der Kinder boxten Ecken in unsere Bäuche, die wir miteinander verglichen, das war unser Spaß. Wir zeigten uns uns. Nach der Geburt hatten unsere Winzlinge gleich andere neben sich. Eines sah komischer als das nächste aus.

Keinen Marolf betüdeln, keinen Elsenblick auf mir fühlen, keine Reni betreuen. Die die verwöhnte Göre gab. Ständig saß sie in der Küche und entwickelte Esslaunen. Dieser Pudding war ideal, jener unessbar. Beide Schüsseln, sie ahnte es nicht, stammten aus demselben Topf. Damit konnte für alle Zukunft Frau Else selbst umgehen. Ich gönnte es ihr.

Herr Marolf war ein Schiff. Das war das Problem. Das lockte mich. Abwechselnd fuhr er durch Sturm oder Sonnenschein, ruhiges oder wildes Meer. Jedes dieser Meere war der Herr Valerius selbst. Sie warfen ihn hin und her. Weit nach oben. Tief nach unten. Dorthin, wo das Dunkle, Saugende herrschte und man keinen Himmel sah. Der Sonnenschein kehrte zurück, da flog das Schiff und zischte im Nu um die gesamte Welt. Jeder Horizont wurde gefressen. Der fliegende Herr Marolf rettete mich. Er war das Absonderlichste, was ich kannte. Absonderlicher als ich selbst. Als Indianerin hatte ich andere Vorstellungen gehabt, als gerettet zu werden. Ich wollte keinen Retter. Fast wäre ich ins Kloster gegangen. Leider fuhren Nonnen niemals zur See. In allem Übrigen stand ein Klosterleben dem Schiffsleben kaum nach. Man hatte klare Aufgaben, klare Stunden, eine Zelle, Mahlzeiten. Ein festes Jahr und keinen Mann. Bei einer Herrschaft zu wohnen enthielt Elemente dieser Freude. Ich war nicht allein und lebte trotzdem ohne die Pflicht, auch im Bett Frau zu sein.

In meinem zweiten Dienstjahr hatte sich endlich die Gelegenheit geboten, meine Seefestigkeit auf der Oder zu testen. Frau Else beschäftigte sich mit sich selbst und der kleinen Reni. Herr Marolf hatte eine fliegende Phase der Sonne, obwohl das äußere Wetter düster und winterlich blieb. Kein Mensch trieb sich an der Oder herum. Nur ich mit dem geliehenen Boot. Nicht einmal Kuh oder Esel traten an ein Wasser, in dem der Wind Eisschollen gegeneinanderdrückte, dass es knackte. Nur ich. Ich brauchte keine Bootsfahrt mit Sonnenschirm. Ich brauchte Bewegung für den Magen von überallher. Ich bekam sie. Übel wurde mir nicht. Nur die Kraft in meinen Armen machte Sprünge. Das unsinnige Ruder wollte in die Wellen und mit den Eisbrocken wandern. Die aufziehende Dunkelheit saugte an mir.

Ich weiß nicht, woher er es wusste. Vermutlich hatte er seine Freudenrennerei und sauste aus zu viel Kraft zwischen dem Theaterchen und der Ottostraße hin und her. Herr Marolf sah mich, sprang, wie er war, ins Wasser, schwamm erstaunlich geschickt, er hatte die Kraft seiner Phase, mithin jede Kraft, und ich kriegte einen derartigen Schrecken und fühlte mich so verantwortlich für ihn, dass ich es schaffte, auf ihn zuzurudern, also Richtung Ufer zu halten. So rettete er mich und ich rettete ihn. Als wir das Boot auf dem Sand hatten, lagen wir uns in den Armen, zitternd und klatschnass.

Es passierte nichts weiter. Was hätte geschehen sollen. Ich hatte ihm erzählt, dass ich zur See wollte. Er hatte gesagt, das passe zu mir. War er traurig, wollte ich ihm helfen. Seit er wusste, wovon ich träumte, konnte ich es. Der Mann hatte ein alpines Stimmungsdasein. Ständig steil rauf und runter in ihm. Ich setzte mich zu ihm in den Salon. Erst auf einen Extrastuhl. Dann auf die Lehne seines Sessels. Ich hielt ihn fest. Marolf wurde wie ein Apfel oder meine Finger wurden marolfisch. Ich fühlte, wo die Abgeschlagenheit ihm an den Nerven zog. Er war dort dichter, fester. Es half, auf diese Härtungen zu drücken. Ich fand Punkte, die nach einer Weile zurückpulsten, als säße in ihnen ein kleines Herz. Das sagte ich ihm. »Sie haben überall Herzen, Herr Marolf. Mäuschenherzen, flink und klein.« Da lachte er. Das hatte noch nie jemand zu ihm gesagt. Und das hieß etwas. Er hörte viel. Meine Worte stammten aus keinem Theaterstück. Sie waren frisch wie die erste Erdbeere des Jahres und kamen allein aus mir, erfunden für ihn.

Ich fütterte ihn. Von selbst aß er in den Dunkelphasen nichts. Die Berührungen stärkten ihn. Mich auch. Mit der Zeit wurden die Stellen von selbst weicher. Sie tauchten aus einem Trotz auf. Aus einer dunklen Geschichte. Was wusste ich? Dies: Sie zogen den gesamten Mann mit herauf. Wurde es besser mit ihm, fing er an, mir von seinem Gott vorzuschwärmen. Er nannte ihn Shakespeare.

In Phasen der wilden Freude schüttete der Herr des Hauses Geschenke auf jeden. Das schloss mich mit ein. Frau Else sah es. Was konnte sie tun. Sie konnte mich nichtmögen. So wie sie das Schwanken an Marolf nicht mochte. Es war andererseits etwas Fruchtbares für das Theater. Insofern musste sie es begrüßen. In den Theatermarolf hatte sie sich verliebt, sagte sie. Die Ärzte verschrieben ihm Tabletten. Sie halfen nicht gegen das Stillesein. Gegen das Stillesein half erstaunlicherweise ich. So Else. So blieb es dabei: Ich streichelte Marolf-den-Traurigen und er streichelte mich. Wir hatten eine erhebende Arbeit aneinander. Das Gemüseschnipseln übernahm ein Mädchen. Damit ich mehr Zeit hatte für den Marolfdienst. Das war es allen wert. Es war anfangs nicht mehr als das. Frau Else wusste das nicht nur. Sie förderte es.

Marolf Valerius' Krankheit wurde von Monat zu Monat gefährlicher. Nicht von innen, aus dem Herrn heraus. Sondern von außen. Aus dem Volk. Sie galt als schädlich für das Arische. Sie sollte ausgerottet sein. Ein manisch-depressiver Mensch war eine Ballastexistenz. Die Ausrottung der Krankheit bedeutete die Ausrottung der Personen. Familie Valerius sagte Herrn Doktor Winsch, an den man der Sache wegen überwiesen worden war, dass man die Tabletten nicht mehr brauche, da Marolf gesundet sei. Herr Doktor Winsch pflegte Verbindungen zum Erbgesundheitsgericht, das war allgemein bekannt. Marolfs Fortpflanzungsgefahr, sagte Else, wobei sie leicht errötete – nicht aus Scham, wie sie später betonte, sondern aus Ärger –, sei ein Phantasus. Das Gesetz zur Verhütung erbkranken Nachwuchses vom 14. Juli 1933 betreffe ihn somit nicht mehr, glücklicherweise sei die Einschätzung des Gerichtes, dass Marolf seine Behinderung im Fall einer Fortpflanzung mit hundertprozentiger Wahrscheinlichkeit weitergebe, obsolet, da die Behinderung entfallen sei: ein Spuk. Eine vorübergehende Trauer um …, um … »Wir hatten eine Ehekrise«, hörte Frau Else sich da in der überaus weißen, nach Sauberkeit riechenden Praxis des Herrn Doktor nach der Kaskade ihrer sauber zurechtgelegten Sätze sagen, sie hatte das Gefühl, es brauchte etwas Persönliches, eine Erklärung, die sie, sich selbst erfrauend, in die spiegelnden Brillengläser des Doktors hineinsprach: Marolf sei frisch wie eine Wasserlilie. So erzählten sie es mir, die Gnädige staunte nachhaltig über den Vergleich, der ihr da Gott-weiß-woher aus dem Mund gefallen war, und Marolf schien stolz auf sich als Wasserlilie. Doktor Winsch hatte sich darauf eingelassen und den nächsten Termin erst für das kommende Jahr anberaumt.

Keine Tabletten mehr. Ich wurde wichtiger und wichtiger. In mir versteckte sich am besten, wie schwarzwolkig ihm zumute war. Adele, die unverzichtbare Stütze. Eine Nähe, die wuchs. Der Übergang war gleitend. Auf mich wirkte Marolf wie eine frische Kirsche im Winter. Süßes Fleisch, fester Kern.

Das Theater spielte bloß noch Shakespeare. Dieser Mensch war ein Glanz. Ein Mensch in seinen Bedürfnissen glänzt ebenfalls. Wenn er sie zeigen darf. Er hat sie unabhängig von seinem Aussehen und Namen wie »Köchin« oder »Herr«, unabhängig von einem Bart oder keinem Bart, von Ideen und keinen Ideen. Das verstand ich täglich besser und mit Stolz. Nie zuvor war ich im Theater gewesen. Jede Woche nahm Herr Marolf mich zu den Proben mit. Ich begutachtete das Rind. Es spielte im *Kaufmann von Venedig* die Hauptrolle.

Das Theater war höher als ein Baum. Ich wollte springen und springen. Wörter, so zusammengesetzt wie dort, hatte ich nie gehört. Wenn jemand umfallen musste oder sich von einer Mauer stürzen, bot ich an, es zu tun. Herr Marolf drückte meine Hand.

Das Rind war die Hälfte einer Kuh. Frisch geschlachtet. Sie hing vom Fleischerhaken. Sie war als Einzige ununterbrochen auf der Bühne. Also war sie die Heldin. Sie stellte das Fleisch dar, aus dem ein Pfund geschnitten werden musste. Marolf, ich meine Herr Marolf, veränderte das Stück des Gottes. In Marolfs gottgleichem Stück glich die Kuh dem Erzengel Michael, wenngleich ohne Schwert. Dafür penetrant zu sehen. Auf »penetrant« war Herr Marolf stolz. An dem toten Rind stand ein Shylock-Double und säbelte. Permanent penetrant. Die Hälfte der Bühne war damit besetzt. Ich verstand, was Herr Marolf wollte. Es war der Winter '35. Kaufmänner gab es in Venedig wie Schiffe im Hafen. Jeder brauchte Shylock, den Juden. Er verlieh Geld, er war mächtig, er war unbeliebt. Man schloss ihn aus. Besondere Gesetze galten für ihn. Sie waren brutal. Wir hatten das nun auch in dem Deutschen Reich. Das wir ebenfalls hatten. Zum Beispiel am Hals. Oder wie die Masern, sagte Marolf. Rote entzündete Flecken, Blindheit obendrein, schwerer Verlauf. In und um Brassel lebten seit Langem jüdische Menschen. Zum Beispiel in der Familie der gnädigen Frau. Ihre Mutter hatte Koszyk geheißen vor der Ehe. Polnisch, ohne katholisch zu sein. Es gab alte Gesetze gegen Juden. Gegenwärtige gab es. Und scharfe neue hinzu. Im Haus Valerius wurde darüber gesprochen. Seit der Oderfahrt sagte Herr Marolf, »lass das mit dem Dienstmädchenkostüm«. Hatten sie Hotwolee, half ich in einem Hauskleid aus. Herr Marolf glänzte an diesen Abenden.

Ich hörte zu. Er deklamierte. Er sprach aus, was andere nicht sagten. Er hatte einen Mut, der nicht obenhin angetrunken war. Einen Mut zum Niederknien. Meine Kraft und meine Wünsche kannte er. »Das ist herrlich an dir, Adele, du bist kräftiger als ich, du hast die Muskeln, du hältst mich fest.«

Er erholte sich an mir. Er nannte, was er dann tat, seine weibliche Seite. Glatt rasiert, parfümiert. Seide am Körper, wabbliger Bauch. »Deine Schuld«, hörte ich, wenn wir unter uns waren, »was kochst du so exzellent.« In seinen Freudephasen tänzelte er an den Herd, um zu naschen. Frau Else ließ es zu, ja begünstigte es. Wenn Marolf mich in der Küche umschwänzelte, also an mich hin redete, richtete er draußen keinen Schaden an. Draußen redete er auch an jeden hin: vom Theaterchen und dessen politischer Funktion, egal, welche Uniform die Person trug, welchen Mantel, welches Gesicht. »King Lear und die Abdankung«, sagte er, »wie schade, dass der Führer keine Töchter hat.« Nach diesem vielversprechenden Anfang brachte er den Narren am Königshof ins Spiel. Brachte Hamlets verrottenden Staat, der, »ich bitte Sie«, Dänemark hieß. Mir erklärte er all dies und die Politik. Ich hatte keine Zeit, Zeitung zu lesen. Das Radio stand im Salon, weit von der Küche entfernt. Verbindungen und Ängste schwebten in der Luft. Sie wurde dicker. Herr Marolf sagte: »Wir wehren uns.« Wir brachten Shylock auf die Bühne. Da war es Anfang '37. Herr Schurich, der die besten Rüben und Kartoffeln gehabt hatte, stand nicht mehr auf dem Markt. Der Zahnarzt, Doktor Weinschröter, der die feinste Bohrhand hatte, die es geben konnte, so Reni, die zu viele Guttlas schleckte, schloss seine Praxis und reiste aus. Es gab prächtige Wohnungen zu mieten oder zu kaufen. Eine Zeit lang bestand der halbe Blumenmarkt auf dem Salzplatz aus Porzellan und Möbeln. Das Schlimme hing aneinander und klebte. Dazwischen war kaum mehr Platz. Marolf sagte: »Wir hängen zwei Kuhhälften auf die Bühne, wir lassen Männer in Stiefeln und schwarzen Mänteln die gesamte Aufführung hindurch daran säbeln, und riechen soll man es unbedingt.«

Ich leitete das Schneiden an den Rinderhälften an. Wir salzten sie. Nach einer Woche brauchte man ein frisches Tier. Das angesäbelte landete bei mir in der Küche, wo es riesig war.

The words expressly are »a pound of flesh«. Ein Pfund Fleisch, Shylock, darfst du schneiden. Keinen Tropfen Arierblut dabei vergießen. Ich stand in der Ottostraße und verarbeitete das Gesäbelte. Die Wärme im Theater und die Feuchtigkeit der zuschauenden Körper störten die Reifung des Fleisches. Nach der Totenstarre mussten Enzyme die Muskelfasern zersetzen. Das Erste sorgte für den Rindgeschmack, wie unsere Gaumen ihn haben wollten. Schön kalt musste es dafür sein. Ich versuchte zu retten, was zu retten war. In den ersten Aufführungen Abgesäbeltes ließ ich zuhause nachreifen. Fleisch aus dem Bug klopfte ich zu dünnen Lappen, die ich zu Rouladen rollte. Den Bauch verkochte ich. Die Hesse gab ich in die Suppe. Aus der Keule schnitt ich den Sonntagsbraten. Ich hackte, würzte, briet. Ich mischte Schwein darunter. Erzeugte Tunken, helle, mittelhelle, dunkle. Ich machte es süß mit Schokolade. Ich machte es scharf. Ich wälzte Kochbücher. Rind blieb Rind, da half keine Kunst. Bald wollte niemand mehr davon essen. Es war auch zäh. Wir verschenkten es. In Brassel gab es all die Zeit genug zu essen. Selbst in der Festungszeit. Die Bauern in den Dörfern rundum schlachteten. Man konnte das Vieh nicht mitnehmen. Andere trieben die Tiere in die Stadt. Wir ertranken in Fleisch.

In allen schlug ein Herz. Auch das Herz lag auf dem Tisch.

Reni schrie, das wolle sie nicht mehr, und hastenichgesehn machte das Lissl es nach.

»Fleisch von Herzlosen essen wir nicht, außer von Krebsen«, sagte ich ihnen. Und die gab es nun nicht. Also kein Fleisch. Sie grinsten sehr, die beiden, mitunter sahen sie fast verwandt aus, ich bemerkte es, Marolf vielleicht auch, die Gnädige bestimmt. Mit ihrem Schwesternlachen saßen sie in der Küche und löffelten meinen Grießpudding, heiß und gleich aus dem Topf.

Marolf war Marolf jetzt. Er schrieb Zeilen in das Stück hinein, die kein Shakespeare besser erfunden hätte. Sie waren von Shakespeare. Sie wurden ein wenig verändert und, in Verdrehung der Wirklichkeit des Stückes, Shylock in den Mund gelegt:

Ein Pfund Fleisch!
So nehmt es denn von mir, allein vergießet ihr
indem ihr es schneidet, nur einen Tropfen Judenblut
wird der Name eueres Landes in aller Völker
Zukunft gleich dem für Schande sein.

»Der Suppe fehlt Koriander«, sagte ich gestern Abend zum Rösslwirt.

»Wos is na dös?«, fragte er. Damit hatte ich gerechnet. Koriander wurde bei Rumohr erwähnt. Auf Deutsch hieß er Wanzenkraut.

»Ich bring dir morgen welchen vom Haus Hochland mit«, sagte ich. Falls er noch wuchs. Ich hatte ihn damals eingeführt. Sonst nahm ich Dill.

Der Wirt verzog das Gesicht.

»Gib mir ein Bier«, sagte ich, »ich heiße Adele, bin von München gelaufen.«

»Wie jetzt, gelaufen?« Er stellte mir das Bier hin. Ein halbes. Er wusste wie ich, dass kein Zug mehr fuhr.

Das Bier schmeckte vertraut. Das bayerische Wasser nicht. Wie konnte es so verschieden sein von daheim.

Aus dem nicht mehr vorhandenen Ostbahnhof war ich abgefahren. Bis Ebersberg. Von dort über Langwied hergehatscht. »So sagt ihr, oder?«, sagte ich. »Streck den Salat mit Stiefmütterchen. Hübsch und essbar. Die Kräuter holst du aus dem Wald. Ein Bett für heute Nacht, dafür koch ich euch morgen früh, was ihr für den Mittagstisch braucht, und noch Vorrat für zwei Tage. Und jetzt erzählst du mir vom Heim.«

»Hatschen« hatte ich mir von damals gemerkt. Wenn eine die Füße nicht hebt vor lauter Kindskopf auf der Niere oder gegen die Leber. Haus Hochland, Felder rundum. Ich gehe am unteren Zaun entlang nach links auf die Baracken zu. Mir pocht das Herz. Zu meiner Zeit stand hier Gebüsch für sich allein. Ich blinzele hinauf zum Haus. Finde mein Fenster in der Fassade. Die Sonne blendet in den Scheiben des Esssaals. Nachher. Nachher fasse ich mir ein Herz und klingele an der Tür. Vorhin klopfte ich nur. Und das leise.

Marolf wurde mein Marolf. Er zeigte mir, wie Theater geht. Die Souffleuse, die Werke der Bühne, das Drehen, das Licht. Für mich war es Zauber. Eine dunkle Höhle, in der man sein durfte, wer man war, indem man eine andere spielte. Ich half, kletterte im Bühnenaufbau, das war fast wie auf einem Schiff, Marolf warf für mich die Windmaschine an und las eine Szene aus dem *Sturm*. Da war ich glücklich auf eine unerhörte Art, ich hatte solches Glück nicht geahnt oder gekannt oder gesucht. Das Weitere ergab sich von selbst, es kam, es hielt an, es passierte im Theater, nirgendwo sonst, wir verwandelten uns, ein Paar waren wir nicht, wir waren etwas Besseres, zwei Körper, die verkehrtherum ineinanderpassten, ich die Muskulöse, er der Weiche, ich die Lange, er der Kurze, ich mit der Männerfrisur, er mit dem Theaterzopf. Die Organe waren uns erfinderisch gewachsen, was das Männliche und Weibliche betraf, das störte nicht, das merkten wir kaum.

Frau Else missfiel die Shylockerei von Anfang an. Sie hatte Angst. Und den Mein-Mann-Instinkt. Traurig mochte sie ihren Marolf allerdings auch nicht. Erst war willkommen, dass ich ihn ablenkte. Mein Essen war ebenfalls willkommen. Mein Gehalt wurde erhöht. Frau Else zeigte sich öfter in der Küche. Ich sollte bei meinen Töpfen bleiben. Marolf setzte sich für mich und meine Beweglichkeit ein. »Ich rette dir den Arsch«, sagte er. Voreinander nahmen wir kein Blatt vor den Mund.

Er war mehr als ein Gelüstel. Das belegt einen nicht über so lange Zeit. Das macht einen nicht so drämelig. Er nannte mich sein Fegerle. Als ich mir zugab, dass ich schwanger war, hatte das Kleine schon Augen und Finger. Ich wollte es früher gemerkt haben. Dann wieder nicht. Marolf würde bei der Nachricht, dass ich ein

Kind von ihm erwartete, in die Dunkelheit stürzen. Frau Else war die Richtige für eine Lösung. Ich arbeitete zu lange bei ihnen, ich wusste zu viel davon, was sie im Haus sprachen und was in den Urkunden fehlte, ich war zu bewährt als Köchin und Marolfhelferin, dass sie es sich hätten leisten können, keinen Weg zu finden, der mich ihnen erhielt. Oh, ich hatte gelernt, meine Wörter zu langen Würmern aneinanderzukleben. Ich hatte gelernt, mich zu verteidigen. Das Theater hatte mich unterrichtet. Ich sah mich als Teil eines Netzes. Ich war abhängig von ihnen, sie waren abhängig von mir. Wenn ich bei ihnen blieb, erhielt ich mir mein Zimmer, meinen Lohn, meine Annehmlichkeit.

Ich sprach mit ihr. Sie mit ihm. Danach riefen sie mich zu sich in den Salon. Es war wie beim Einstellungsgespräch. Allerdings eine Runde weiter im Lebensrad. Es musste geheim bleiben. Niemand sollte meinen Bauch sehen. Die Lösung war Frau Elses Idee. Frau Else sagte »Lebensborn«.

»Stammst du nicht aus Bayern«, sagte sie. Dabei wusste sie genau, dass meine Mutter in Klettendorf, keine zehn Kilometer von Breslau, in der Zuckerfabrik arbeitete und mein Vater über alle Berge verschwunden war. Meine Familie hatte mich abgeschrieben. Ich war das schwarze Schaf. Unverdrossen sprach ich zuhause von der Seefahrt und wollte niemals heiraten. Seefahren konnte man als Ehefrau nicht. Als Ehefrau konnte man gar nichts. Breslau, als Stadt, wirkte größer, als es war. Frau Else hatte selbstverständlich von meinen »Zukunftsplänen« und dem Familienstreit gehört. »Du rutschst allemal durch beim Lebensborn«, sagte sie, »blauäugig bist du, dass es für zehn Nazireiche reicht.«

Marolf war nicht dafür. Es war sein Kind. Das war kein Trumpf. Da musste er stille sein. Frau Else wies ihm eine Aufgabe zu: Du kümmerst dich um den SS-Mann, der den Vater gibt. Das war schlau von ihr. Marolf nahm die Lösung »Lebensborn« nun als Theaterstück wahr. Es bot ihm die Möglichkeit, den Nazis einen Streich zu spielen.

Wie er es machte, weiß ich nicht. Mit Geld, das weiß ich vom Rest der Welt. Wie die so tickt, tick-tock, wie der Magen knurrt. Es dauerte ein paar Tage, da hatte ich einen strammen Edlen&Wertigen, der seinen Arsch missionarisch über mir bewegt haben wollte. Als der Mann das unterschrieb, hieß es Vaterschaftserklärung. Der Lebensborn entband ihn mit der Unterschrift aus den Vaterpflichten. Kaum zugefallen, zack vergessen. Noch bevor ich entbunden war, wurde er entbunden. Es war die schleunigste Vaterschaft der Welt. Keine Woche Vater, 200 Mark reicher. Eine herrliche Rassenvermehrung. Der SS-Mann war verheiratet. Der klassische Fall. Ich sah ihn kein Mal. Wozu auch. 200 Reichsmark für ein Pfund Kind. Wozu auch. Ehe ich mich umsah, waren ich und ein Pfund Kind nach Bayern unterwegs. In das beste der Heime, Haus Hochland, die Mutterkuh des Lebensborns. Nichts da säbeln. Mein Bauch rundete sich.

Sie hatten mich auf meine Gesinnung getestet, bevor ich zugelassen wurde ins Programm »arischer Nachwuchs«. Ich war zudem vermessen und rassisch eingeordnet worden, »vorherrschend nordische oder fälische Gruppe«. Kategorie 2. Das reichte. Die Gesinnungsprüfung war simpel. Es gab immer exakt eine korrekte Antwort. Ich log perfekt. Während ich im Zug saß, wurde die Lösung mir lieber. Das Land wurde grüner. Das Kind, so der Plan, sollte nach der Geburt im Lebensborn bleiben. Doch kaum war ich in Bayern, wurde mir von Doktor Ebner erklärt, dass man es lieber sah, wenn die einwandfreie Mutter, also ich, den Nachwuchs behielt. Die Oberschwester wiederholte es, wenn sie mich untersuchte. Das Kind gedieh, ein strammer Max.

Ich sollte mir Namen ausdenken. Sie gaben mir eine Liste. Jeder Name darauf war echt arisch, eine Garantie für später, keine Last. Adolf, hatte die Schwester gesagt, sollte ich das Kind nicht nennen, davon liefen zu viele rum, »da foigt's da net, wann das ruafst«.

Heim Hochland. Nie zuvor hatte ich so viel Zeit. Da kommen einem die Gedanken von selbst. Im August fragte ich nach, ob sie eine zusätzliche Köchin brauchten ab Herbst. Dann bleibe ich hier mit dem Kind, dachte ich. An die Seefahrt dachte ich ergänzend. Ohne Kind. Hitler werde untergehen, sagte Marolf. Augenblicklich sah es nicht so aus. Das Kinderheim hingegen sah aus wie etwas, was in jedem Fall blieb. Kinder ohne Eltern gab es mit und ohne Hitler. Die Seefahrt sah nach Krieg aus. Das sprach stark dafür, sie auf später zu verschieben. Als Köchin würde ich für die Pflegerinnen und Schwestern, die Hausmutter, die schwangeren Frauen arbeiten. Ich würde dort leben können, in einer Gemeinschaft von Frauen, in einem Haus, groß wie ein Schiff, in dem mein Kind fraglos Platz hätte, wenigstens als Säugling.

Später konnten wir uns ein Zimmer mieten im Dorf.

Sie sagten, sie wollten es sich überlegen mit der Küchenstelle für mich.

Nach der Geburt sah ich mein Kind an wie einen Menschen. Einen, der bei mir bleiben würde. Sie sagten, dass sie keine Verwendung für mich hätten. Nicht auf absehbare Zeit. Ich bin ein innenlangsamer Mensch. Ich hatte gedacht, mit Lissi zusammen in Steinhöring zu leben. Ich konnte nicht innerhalb von Tagen auf ein getrenntes Fortgehen umschalten. Mir setzte schon zu, überhaupt fortgehen zu müssen. Ich fuhr zurück zu den Valeriussen und nahm meine Tochter mit.

Kind, Kind, dass ich dich wiederfind.

Die Amis besetzten das Dorf, sagte der Rösslwirt gestern Abend, und eine Woche später waren alle Kinder fort. Die Ärzte waren Ende April geflohen. Die braunen Schwestern ebenso. Die Zwangsarbeiterinnen blieben. Sie versorgten die Säuglinge. »Kloane«, sagte er, das habe er selbst gesehen. Keines konnte laufen. Er war nicht älter als ich. Wusste trotzdem die Welt zu erklären. Ein Volk, sagte er, hat einen Bauch und ein Recht. Am 1. Mai war das Volk ins Heim und hatte es ausgeräumt. Nicht die Kinder, nicht die fremden Frauen. Alles andere umso mehr: das feine Geschirr, die Bettlaken, Stühle, Tische, Verbandszeug, Medikamente, Töpfe, Kartoffeln, Zucker und Mehl.

Sie war wohl nicht mehr da gewesen. Frau Else hatte sie an meiner Stelle zurückgebracht. In ihr »Geburtsheim«. Im Winter 1943.

Zwischen damals und heute lag eine Vernichtung.

Leise hör ich es: Adele, nun kannst du zur See.

1943. Daran denk ich später. Denn kaum denk ich daran, wird das Denken klein. Und ich spüre die Erschöpfung von damals. Eingesperrt in ein Zimmerchen, ein Bett, eine Dienerschaft. So hatten wir gelebt, das Kind und ich. Es war von Monat zu Monat unaushaltbarer geworden. Wie das Küchenbecken kam ich mir vor, ohne Stöpsel. Meiner Kraft schaute ich hinterher. Wie Wasser rann sie aus mir heraus.

Bis ich nichts mehr konnte, nichts mehr wusste. So weitermachen oder sie fortgeben. Ich sah keinen Weg dazwischen. Wege dazwischen waren Männerwege. Ich kriegte so etwas nicht.

Ich war wütend. Dass es für mich als Frau nur weiß gab oder schwarz. Dass meine Liebe zu Lissi eine Automatik sein sollte. Sie war es nicht. Weit reichte die Wut nicht. Die Erschöpfung fraß sie auf. Und das, was an Liebe noch da war, fraß sie gleich mit.

Sieben Jahre ist Lissi inzwischen, bald acht. Ob sie einem von uns ähnlich sieht? Mit Marolf wollte ich nach dem Februar 1943 nicht mehr über sie sprechen. Als Else und Reni in den Süden geflüchtet waren, lebten wir für Monate zu zweit in der Ottostraße. Er war zum Volkssturm eingezogen. Alle paar Tage erschien er zuhause. Er schlief im Kommando. Drei Wochen lang arbeitete er als Nachrichtengänger unter Tage im Bunkersystem. Als ich ihn wiedersah, war er grau. Wir hielten uns an den Händen, für die Kraft. Jeder brauchte einen Menschen. Über Lissi zu sprechen hätte uns trauriger gemacht. Von fern tauchte es auf, wir drückten es weg. Frau Else und Reni kamen zurück. Ich freute mich. Man hing eben aneinander. Aber nur kurz. Die Wohnung war weg. Marolf im Einsatz, ich im Keller. Mit den Nachbarn und Reni. Die Gnädige blieb auf der Chaiselongue. Man sagte, wir seien unverletzt, solange wir ohne zu bluten aus den Kellern krochen. Als wäre das Hören nichts, nichts die Todesangst. Mein bisschen Hab und Gut war verbrannt. Die beiden Valeriusfrauen erkannte man kaum. Ich sah, dass es auch dem Hausherrn so ging. Es wurden keine Fragen gestellt. Die Freude war tot.

Ich packte meinen Koffer, Marri gab mir Geld.

»Marri« hatte ich ihn in den letzten Monaten genannt. Von dem englischen »merry«, das für Glück stehen soll.

Ich machte mich davon.

Die Bomben rissen Löcher in die Häuser, in die Erde, in uns. Es gefiel mir sogar. Nun hatte auch die Herrschaft Lücken. Darin glichen wir einander. Von jeher hatte ich über mich eher das Nicht als das Ja gewusst. Einzig mit den Schiffen ging es anders. Eine Sprache, die Träume leichtsinnig zu Schäumen erklärt, weil sich das aufeinander reimt, ist eine Armseligkeit.

Die Böschung steht voller Schnittlauch, Kapuzinerkresse, Mohn. Der Magen liegt neben dem Herzen. Das muss man einmal verstanden haben. Bei Marolf hat es gewirkt. Was ist es still, bis auf die Vögel. Fast höre ich die Wolken, wie sie sich über den Himmel kurbeln.

Das Kind, das Kind, schau, wie man es nimmt.

Der Winter vor zwei Jahren. Die Politik sagte »Sieg«, »ganze Linie«, »Stalingrad«. Ein strategischer Rückzug. Das Wort »Niederlage« existierte nicht. Was die Leute davon hielten, sah man auf dem Markt. Mittwochs standen die Professionellen auf dem Matthiasplatz, Gemüse, Fleisch, Fisch. Samstags der andere Fischhändler und die Bauern vom Land mit jedem Stängel, der wuchs. Shylock war abgesetzt, das Theaterchen geschlossen. Der Markt gab Marolf recht. Im Radio übertrumpfte eine gehaltene Stellung die andere. Da wurden die Eier – teurer. Eier waren ohnehin teuer. Es war Januar. Die Eier lagen in Kalk. Der Kalk ging aus. Die neuen Eier lagen in den Eiskellern. Die Soldaten lagen in den Eiskellern.

Die Eier kamen aus den Eiskellern heraus.

Die Eier.

Das Eis wurde im November oder Dezember auf der Oder geschlagen. Man brach große Blöcke, wo der Fluss zögerlicher floss, am Sande und an den Inseln. Man lud sie auf Pferdewagen, fuhr ab. Um Ostern setzte das Legen der Hennen wieder ein. Die Preise sanken nicht. Den gesamten Sommer über blieben sie hoch. Es gab Essensmarken und es gab den Bedarf. Ich hatte meine Kontakte in den Dörfern rundum. Ich war eine treue Kundin. Der Fisch-Jirgl mochte mich. Obwohl ich seine Karpfen nicht mochte, kaufte ich sie. Elfriede, die Tochter von Jenny im Gemüsestand am Nordeck, hatte ich in meiner Küche angelernt. Sie arbeitete inzwischen im Savoy am Tauentzienplatz, einer der ersten Adressen der Stadt. Da hatte Jenny gern mal ein paar Birnen für mich. Einen Wirsing, den niemand sonst zu sehen bekam. Brillat-Savarins Definition des Geschmacks *durch das Vergnügen ladet er uns ein, die ständigen Verluste zu ersetzen, die wir durch die Lebensthätigkeit erleiden*, konnte sie da nicht unterschreiben. Verluste schon. Von einer Torte Savarin war lediglich zu träumen. Mit Glück fand sich etwas Rum in den Tiefen der Kammer, Rübensirup wollte man dafür wahrlich nicht nehmen, ein paar der letzten Pflaumen vielleicht. Wie reife Pflaumen fielen im Herbst '44 die Flüchtlinge aus den Ostgauen über die Märkte, über uns und die Zitterherzen her.

Die *NS-Schlesische Tageszeitung* und die *NS-Schlesische Sonntagspost* saßen in der Gräbschener und bemerkten nichts von nichts. Die *Schlesische Zeitung* in der Schweidnitzer und die *Breslauer Neuesten Nachrichten* in der Weidenstraße sahen liebe Verwandte aus dem Osten. Die liebe Verwandte besuchten. Keiner der Besucher oder der Redakteure kaufte je ein Ei. Trotz der Extramünder fielen die Fleischpreise. Auch bei uns treckten die ersten Bauern ab. Die anderen bereiteten sich darauf vor. Sie schlachteten und schlachteten. Vieh und Geflügel mussten in Geld verwandelt werden. Pfund um Pfund fing das große Sterben an. Es gab zu viel Schwein. Sogar zu viel Rind, obwohl man versuchte, die Milchkühe zu halten. Es fehlte jede Abwechslung. Kein Fasan, kein Rebhuhn, kein Wild. Die

Förster um Breslau waren allein mit ihrem Revier. Was sie schossen, erreichte uns erst gar nicht. Die Wälder standen voller Hirsche. Gemeinhin wurde im Herbst tagelang das Halali geblasen. Für Wildschwein kannte ich ein hervorragendes französisches Rezept, gebraten in Verjus, mit Ziegenkäse serviert. Jetzt lagen alle Jäger im Feld. Alle Pferde nicht minder. Oder sie waren schon Wurst. Patronen und Munition wurden gezählt. Die Hirsche hatten eine Ruhe da im Wald, die ihnen seltsam vorkommen musste.

Zumindest solang keine Bombe auf sie fiel. Anfangs warfen die Russen ständig daneben. Bald trafen sie, wo und wie sie wollten. Wir gingen in Deckung. Schweinefett troff uns aus dem zitternden Maul.

Ich arbeitete an der Verbesserung der Rübenrezepte. Kartoffeln und Kürbis strecken. Blumenkohl? Strünke verarbeiten. Ich kochte sie in Brühe. Zitrone? Fein gehackter Sauerampfer tat es auch. Er zog den Kohl ins Säuerliche. Ins Süßliche kam er durch eine Tunke von süßem Rahm. Dazu etwas weißgerührtes Mehl, gebunden mit Eidotter, gewürzt mit Krebsbutter und hausgemachten Krebsschwänzen. Krebse hatten, frisch aus der Oder, bis in den Oktober auf dem Markt gelegen. Zu einem vernünftigen Preis. Seekrebsen der größeren Art, als da sind Hummer, Lokuste und Taschenkrebs, stopfte man das Maul und den After mit etwas Kork. Sonst drang das Kochwasser ein und laugte das Fleisch aus. Was ich so alles wusste. Das brauchte keiner mehr. Ich dachte an die Schifffahrt. Kapitänsessen. Ich plante festliche Dinners. Es lenkte mich ab. Ich dachte an mein fortgegebenes Kind. Man erfuhr nichts. Man hatte für das gesamte Leben kein Recht mehr darauf.

Im November '44 gab Jenny mir zweimal ein Kilo Haselnüsse. Plätzchen zu Weihnachten. Die Jäger waren in der Luft. Ich war froh, dass das Lissl nicht bei uns war. Der Himmel krachte. Tat er es nicht, schallte russische Propaganda in die Stadt.

Fast wie ordentliche Häuser, diese Baracken. Eine an der anderen, festes Holz, flaches Dach. Im Sommer '44 gebaut, sagte der

Rösslwirt. Hundert Frauen bestimmt, Französinnen, Polinnen, Russinnen, und über 200 Säuglinge. »Alle fuat. Dea ma's hoit glaubn.«

Die Brandstelle im Gras. Hier also. Hier hatten der Oberarzt und sein Verwaltungsdirektor Ende April ein hübsches Feuerchen mit den Akten gefüttert. Ob es noch der Ebner war? Das Personal stand herum und sah zu. Die rührten keinen Finger, sagte der Wirt. Die waren gelähmt. Nur die größten Schurken bewegten sich noch.

Der Mensch ist ein Widerspruch. Das haben sie auf der Bühne im Theaterchen begeistert wiederholt. Marolf hat es auch in der Ottostraße gesagt. Ich hätte nicht gedacht, dass es so ohne Unterbrechung stimmt.

Hier ist keine Seele mehr.

Volk und Heimat: geschlossen. Begreif es. Die See liegt in der Gegenrichtung. Ich bin da. Meine Tochter nicht. Keine Seele mehr.

In den Akten hätte gestanden, wohin sie gekommen ist. Wahrscheinlich.

Das Kind, das Kind, schau, wie man es nimmt, unter der Linde die Winde, das Kind, das Kind.

Ich geh zum Heim zurück. Natürlich, *sie* ist sitzen geblieben. *Die Mutter.* Auf halbem Weg zwischen den Baracken und dem Haus. Viel zu schwer, um sich zu erheben. Irgendein Josef hat ihr einen Steinthron gebaut und sie als Erzfigur draufgeklatscht: Deutsche Mutter mit FÜP. Das FÜP, Kurzform für »Führerpaket«, hängt am Busen. Die Statue trägt Faltenwurf. Nackte Brustwarzen. Ob das ebenfalls das Deutsche ist? Der Haarknoten ist deutsch, das wurde uns beigebracht. Kein Gesicht, viel Visasche. Mit Sicherheit deutsch. Zum Ausgleich zwei Mütter breit und hoch. Überlebensgroß. Wenigstens einen brauchbaren Schatten wirft so ein Muttererz.

Da setz ich mich noch mal. Was ist mir so brittig. Hier schwebt zu viel herren- und frauenloses Fühlen in der Luft. Kaum sieht es eine Person, setzt es sich auf diese Person, also mich. Das Gras wird mir einen Fleck ins Kleid machen. Egal. Es ist eh dunkelgrün. Ein praktisches Kleid.

Ich würde mich gern schließen. Koffer öffnen schließen öffnen schließen aus dem Effeff. Wie verschließt man eine Person?

Mehr und mehr Kinder, sagte der Rösslwirt, »hamms no im April owibracht«. Erst ins Heim »gerettet« von überallher aus dem Reich. Dann aufgelöst. Anfang Mai rauften sich die Dörfler »das Zeug aus der SS-Kinderfabrik« aus. Das erzählte der Rösslwirt bereitwillig zum zweiten Mal. Und wie er da Hochdeutsch konnte. Ich blickte mich um. Er hatte sicher auf seinen Anteil geschaut.

Vorhin auf dem Weg hielt ich mir einen US-Soldaten an. Wie das klingt! Man muss es vorsichtig anstellen. Ich stolperte ihm vors Rad, als er schlingernd an mir vorbeiwollte. »Oh, the House of Bastards?«, sagte er. »It's a clinic now.«

Mein Fehler. Wer fragte, bekam zu hören, was er nicht ertrug. *Bastards*. Die schlimmen Wörter waren überall gleich.

Marolf beruhigte sich, wenn ich bei ihm war. Einem Dienstherren half man anstandslos. Sagte man nicht so? Einen Dienstherren streichelte man nicht. Marolf schon. Er hatte das Geld, ich den Lohn. Er die Traurigkeit, ich die Kraft. Das glich sich aus. Da kehrte ich, gegen die Absprache, mit Lissi zurück. Nun hockten wir zu zweit auf meiner Seite der Wippe. Da hoben wir nicht mehr ab. »Kleener Frumms« war Marolfs Name für sie. Liebevoll. Ich achtete darauf, dass sie ihn Onkel nannte. Erst waren wir alle »Mama«, Marolf, Else, ich. Reni klärte den Frumms auf: Männer heißen Vati. Reni sagte »Vati« zu Marolf. Lissi krähte es ihr nach. Ah, das war Arbeit. Das ging über den Verstand.

Marolfs Traurigkeiten wurden kürzer, wenn er uns zurückstreichelte. Den Frumms und mich. Davon hatte jeder im Haus etwas. Frau Else sah das anders. Reni freute sich. Eine Kleine zum Füttern und Rumtragen. Der Frumms war fröhlich. Er wuchs. Dabei sah er alles. Auch alles zwischen Marolf und mir. Das Lissl hatte große Glutzen und noch keinen Mund dafür. Wir behatschelten sie und damit uns. Reni war eine Zeit krank. Frau Else fuhr mit ihr an die See. Sommer 1942. Fast dachte ich, wenn ich ein zweites Kind kriege, steht es hier Spitz auf Knopf. Das dachte Frau Else nach ihrer Rückkehr gleichfalls. Mit den Beinen war sie linkisch, mit der Nase wie der Blitz. Überall steckte sie sie hinein. Allemal in die Sache zwischen Marolf und mir.

Marolf sagte, »mit der See warte bitte, bis das Schießen vorbei ist, sonst fressen dich die Fische! Das wär zu schade, du bist ein richtiger Mensch.« Das war ich für ihn, weil ich nicht wollte, dass man Pfunde von Fleisch aus Menschen herausschnitt. Shylock säbelte auf der Bühne Pfund um Pfund aus dem Rind. Auch er war ein richtiger Mensch. Nach ein paar Aufführungen machten sie uns das Theaterchen zu. Uns.

Na, deutsche Mutter, siehst aus wie ein deutscher Pfannkuchen, glänzend und fett. Sag doch: Wie konnte es so wehtun, etwas zu verlieren, von dem man den größten Teil des Lebens gar nicht gewusst hatte, dass man es haben wollte?

Im Haus haben sie noch immer kein Fenster aufgemacht. Das ist keine Klinik, das ist eine Verlassenheit. Die Schnecken freuen sich daran. Ein paar wilde Möhren und Brennnesseln haben überlebt. Stacheln abstreifen, Stängel trocknen lassen, wohltuend für Magen und Blase. Meine Hand schwillt, rote Stellen, nicht mehr als ein Kribbeln für mich. Mühelos lang ich da rein. Ich wünsche mir, dass es anders wäre. Dass es wehtäte. Dann hätte ich einen Ausdruck dafür, was ich innerlich fühle. Ich habe lange nicht mehr geweint. Mir ist, als hätte ich es für alle Zeit verlernt.

Kind, Kind, dass ich dich nimmer find?

Anfangs fühlte ich mich hier fehl am Platz. Wir sollten uns ertüchtigen. Auf meinem Mutterpass stand *athletischer Körperbau*. Zum Frühstück gab es Haferpampe, »Nervennahrung«, Befehl von »ganz oben«. Unser Direktor, SS-Standartenführer Doktor Ebner, war da einer Meinung mit seinem Himmler-Duzfreund. Ich stimmte zu, als Köchin. Ebenso als Adele. Hafer macht satt. Mit Honig pappsatt. Er entsäuert. Meine Nerven wurden stärker.

Der Unfall in mir wurde vermessen. Hier im Heim war er ein Führergeschenk. Quasi noch verpackt, dummerweise mit mir. Der Unfall gluckerte. Seit Juni trat er. Ich hatte dazu eine Pflichthaltung. Erbbiologisch wichtiges Blut. Innerlich stellte ich mich stramm hin, wenn ich es dachte. Grete, mit der ich das Zimmer für drei Wochen teilte, fing damit an, ihr Kind FÜP zu nennen. Es war zu lustig. Abkürzungen waren in Mode.

Grete und ich zählten zu den Geheimhaltungen. Unsereins wechselten sie ständig in den Zimmern herum, damit wir einander später nicht verraten konnten. Verpetzen war anscheinend auch etwas Arisches. Also sollten wir nur für ein paar Tage das Zimmer teilen, damit wir uns nicht anfreundeten und einander alles erzählten oder etwas voneinander lernten. Die Ehefrauen waren die Zack-Zack-Wöchnerinnen. Entbunden, verschwunden. »Die Kinderschar erwartet die Mutti.« Das frisch geworfene FÜP nahmen sie erst gar nicht mit. Produziert wurde selbstverständlich ausnahmslos Hoch-Arisches. Helgas Kind mit der Gaumenspalte verschwand in ein Krankenhaus.

Meine Tochter sah Marolf ähnlich. Ich war noch im Heim und mitten am Denken. Es gab andere Dienstmädchen unter den Frauen in guter und nicht so guter Hoffnung. Die Vorträge des Reichsmütterdienstes, der im Heim über einen eigenen Schulungssaal verfügte, erklärten uns unsere Rechte und Pflichten. Pflichten, dem Staat gegenüber. Rechte gegen den Arbeitgeber, um Staatspflichten zu erfüllen. Es gab Möglichkeiten, sich dem Arbeitgeber zu entziehen für den Dienst am Führer. Doktor Ebner selbst sprach über die Haltung zum Kind, mit dem Kind, für das Volk. Aus *Mein Kampf* wurde vorgelesen. Wir stellten auf Gemeinschaftsempfang und hörten die hohen NS-Stimmen aus dem Radio beim Stricken oder Sticken, da störte es nicht.

Grete kriegte hier das zweite FÜP. Dienstherr, beide Male. Ihrer

Kleinen schenkte sie den Milchfluss, mir den Redestrom: Dit iss ja zum Mäuse säugn mit dir! Die Gnädige wird versuchen, dich loszuwerden. Mensch, Adele, komm ma aus dem Mustopp. Jetzt weeß se von eurem Jepimpere. Der reicht's ooch. Die wird alles dransetzen, dass du vom Plansch in die Patsche abgikst. Wenn se jucheilich behauptet, dass du stiehlst, und dir was von sich unterschiebt, bist de in der Bredullje.

Aber wenn de deen Ableja mitnimmst, sagte sie und rollte mit den Augen, und wenn er es dann ooch noch mag. Det wär bonfortionös. Ick meen pyramidabel! Da kannst du de Strippn ziehn.

Denk ma, sagte sie. Wenn es trotzdem schiefgeht und se dich in die Pampa schicken wolln, kannst se mit dem Piepele erpressen. Oder ihnen wat husten! Du packst deinen Krempel, nimmst das Lütte mit oder bringst es zurück zum Lebensborn, jerade wie's dir jefällt. Und denne suchste dir was, wo de nich de janze Zeit rabottn musst.

Das war im August gewesen. Ich schrieb Grete, als das Lissl geboren war. Mich verwirrte, was ich fühlte. Das Würmchen verwirrte mich. Meine Brustwarzen waren wund. Grete antwortete: Det jeht jeder so. Und der SSS überlassen? KNIF!

Grete war wirklich schreibfaul. SSS bedeutete »SS in Steinhöring«, das war gang und gäbe im Heim. KNIF sagten sie in Berlin angeblich dauernd, anfangs hatte ich das nicht glauben können. In der Reichshauptstadt KNIF? »Kommt nicht in Frage.« Ah, natürlich nur in NHB, hatte Grete geantwortet. NHB war »Nichthörweite von Bonzen«. Da konnte man auch KAKFIF benutzen: »Kommt auf keinen Fall in Frage.« Und weil es so schön klang, weitermachen mit LMA. Das hieß nun ja »leck mich am Abzeichen«.

Diesmal meinte sie mit KNIF aber »Kneifen im Angesicht des Fratzelchens«, sprich, das Kind im SSS zu lassen, komme nicht in Frage.

Ich dachte SHR. »Sie hat recht.« Mein Marri, das Madla und ich sollten uns zu dritt in den Sessel kuscheln. Ein bisschen Familie spielen. Ganz ohne heiraten konnte ich im Salon sitzen und das Besitzerinnengefühl genießen.

»Dunnerlittchen«, sagte eine Stimme. Oder war es »Flittchen«, was da aus Frau Elses Mund schlüpfte, als ich, FÜP im Arm, bei ihnen in der Tür stand. Grete hatte recht. Das Kind gab mir Macht. Frau Elses höchstpersönliche Angst vor Klatsch rettete mich. Vom blauen und schwarzen Himmel herunter wurde eine Geschichte erfunden. Ich war in Bayern gewesen, bei meiner Schwester, sie war im Kindbett gestorben, der Vater wurde nicht erwähnt, das Kind war meine Nächstenliebe und die meiner Dienstherren obendrein.

Dass die Tochter meiner Schwester wundersamerweise Marolf ähnlich sah, lachten wir weg. So ein Zufall. Reni lachte, Frau Else lachte, husch, husch. Zum Glück verwuchs es sich, als Lissi auf die zwei zuging. In der Zeit davor versteckten wir sie. Das Kind der Köchin wollte ohnehin niemand sehen.

Die Beine der deutschen Mutter sind heiß. Was die Sonne auch aufsteigt und aufsteigt über den Ulmen und Lärchen und die Welt so friedlich macht. Schluss jetzt mit der Fanterei. Die macht mich kümmerlicher. Fast ist mir, als läge das Lissl mit seinen zehn Tagen oben im Haus. Ich wüsste alles, wie es später kam, und könnte noch einmal entscheiden und sie hierlassen, von Anfang an.

Oder sie mitnehmen und nicht zurückfahren nach Breslau.

Ich wagte es nicht. Die Ordnung stand damals noch wie eine Burg. Die Frauenzucht galt. Ich fürchtete mich vor ihr.

Und vor mir.

Jetzt rauscht mir das Blut in den Ohren. Bin fast an der Tür. Am Wintergarten muss ich noch vorbei. Mein liebster Ort hier, ein weißer Traum. Kurz bevor ich abfuhr, feierten wir den Erntedank in ihm. 1936 war Heim Hochland eröffnet worden, ein Jahr später hatte man erweitert und wir weihten den Anbau ein. Alle unsere FÜPs lagen in ihren kurzen Bettchen dabei. Auf der Terrasse leuchteten Fackeln, gespiegelt in den bodentiefen Glastüren. Wir schwebten. Wenn auch auf Brause. Die NSV-Schwestern in ihrer hellbraunen Tracht und mit der Schwesternhaube, die am Rand mit Runen verziert war, die grauen Hilfsschwestern, die Landarbeiterinnen, alle waren geladen. Ebner hielt eine sturzkomische Rede. Ähren umkränzten die Teller. Wir, über fünfzig Mütter in verschiedenen Stadien, saßen davor. Es gab stärkende Brühe, Schweinebraten mit Kartoffeln, Pudding, Tee. Wir sangen dann noch, deutsche Lieder, insgesamt sicher achtzig Frauen, eine Kehle.

Ich wollte kein Kind, hatte ich Frau Else gesagt. Das war nichts als die Wahrheit gewesen. Ich wollte meine Stellung behalten. Dass ich trotz Wabbelbauch und Lissi an der Brust von der Ottostraße nicht lassen konnte, war eine Verblüffung auch für mich. Grete hatte gesagt, »da jibts ebend ooch de Hormone. Schnall der das FÜPpel um und warte, bis deen Kopp wieda nach vorn kiekt«.

Dass es Mutterliebe nicht automatisch gab, sei klar. Sagte sie.

Das wüssten sogar die Nazis. Wozu sonst das Heim.

Die gnädige Frau ließ mir Renis Wiege vom Dachboden ins Zimmer stellen. Am Abend meiner Rückkehr hörte ich sie mit Marolf streiten. Er war ruhig. Sie schrie. Dass ich sie erpressen könnte. Mit dem falschen SS-Mann, der die Vaterschaft bezeugt hatte. Ich hörte sie weinen. Am Morgen nahm ich meinen Dienst auf, als wäre ich nicht weg gewesen. Reni schleppte Spielzeuge herbei. Sie erklärte sich dazu bereit, Milchreis und Pudding mit dem Säugling zu teilen. Das war der freundlichste Begrüßungssatz, den wir zu hören kriegten.

Das mit dem Erpressen war Unsinn. Ich hätte nichts beweisen können. Und mich selbst mitdenunziert. Das würde ihnen bald dämmern. Dienstmädchen wuchsen wie die Bliemel auf der Wiese, einer Köchin jedoch, die kochte, dass es schmeckte, die eifrig Gerichte auftischte, die sie selbst erfand, und bei den Hökern die besten Fische und das fetteste Fleisch abräumte, kündigte man nur, wenn man vollkommen timplich war.

Marolf mochte ich nicht mehr so wie früher. Wir waren ein Glas mit Knacks. Jeder weiß, wie so ein Glas klingt. Was man eingießt, rinnt mit der Zeit hinaus. Er war mir nicht zuwider. Mitunter tat er mir leid. Das Theater blieb geschlossen. Er hatte die Düsternis ohne Freudezeiten dazwischen. Frau Else wurde freundlich, ich und der Frumms waren das Einzige, was noch gegen Marolfs Trübsinn half. Lissi klammerte, lachte, kroch. Nachts ihre Hitze im Bett. Sie schleuderte ihre geballten Fäuste um sich in jedem Traum.

Ich bekam schwarze Ringe unter den Augen und eine Müdigkeit, die aus den Knochen stieg. Der Krieg überdeckte uns zudem. Frau Else hielt Marolf an der Kandare. Er turtelte nicht mehr fremd. Ob er begriff, dass er ein Pferd war? Ich bemühte mich um die Gnädige, wie ich sie nun durchgehend nannte. Half aus, putzte mit, hielt ihren Gatten ruhig. Allein ich verstand es, dem Fleisch des Fisches seinen tierischen Leimstoff zu erhalten, indem ich ihn nicht eher in das Wasser einlegte, als bis dasselbe den höchstmöglichen Siedegrad erreicht hatte. Die jähe Hitze zog die Außenseite des Wasserwesens zusammen und verhinderte damit das Auslaugen. Das hätte ich für mich selbst gewünscht. Bomben fielen. Die Politik wurde drängender, und wenn ich schwitzte, weil Lissi aufs Klo musste, während ich die Brühe rührte, wenn der Racker auf dem Markt schrie, statt mich verhandeln zu lassen, wenn sie mir den Brei ins Gesicht spuckte und dabei in die Teppla für die Herrschaft traf, wenn ich Stunde um Stunde wach im Bett lag, denn in die Wiege passte mein Mädchen längst nicht mehr, und sie sich im Traum an mich klammerte und mich drückte und mir wehtat dabei und so süß war und zugleich der Klotz an meinem Leben, sagte ich mir, bis der Krieg zu Ende ist, hältst du es aus, Adele, und dann, dann fährst du zur See.

Kaum tröstete ich Marolf, lief Lissi herbei. Wie die Heilige Familie saßen wir im Salon. Mit dem Unterschied, dass Marolf der echte Vater war und der Frumms es spürte. Mein Fehler: Ich wurde zu sehnsüchtig nach so einem Leben. Es machte mich unzufrieden mit dem, was ich hatte. Was ich hatte, war mir zu wenig. Und im nächsten Atemzug zu viel. Das klingt nicht vernünftig. Vernünftig trieb in der Oder. Vernünftig war tot. Ich hatte eine Mutterliebe mit Lücken. Mutterliebe stellt sich nicht nur nicht von selbst ein, sie bleibt nicht einmal von selbst. Das hatte ich schön gelernt. Auch, dass man Sätze so ineinandersteckt. Alle meinten, Mutterliebe sei eine Wand. Etwas zum Anlehnen. Ein sagenhafter Schutz. Ein Ort, an dem man sich hochrankt, durchgehend, solide, etwas, was jedem Sturm trotzt. Bei mir war sie ein Vorhang, kurz und gehäkelt. Löcher gehörten dazu.

Lissi wurde älter, Frau Else nervöser. Was, wenn das Mädchen herausfand, wer ihr Vater war? Marolf mochte seine Tochter. Das versteckte er nicht. Und, wir kannten ihn, er redete mit Schwung. Eines Tages purzelte ihm die Kinderwahrheit garantiert auch auf der Straße aus dem Mund.

Else sagte, »das Madla kann ja nichts dafür«. Das war ein durchsichtiger Satz. Man sah durch ihn auf mich. Ich war dünn, wurde dünner. Ich vergaß zu essen. Wenn ich aß, war es, als fiele die Nahrung durch mich hindurch. Ein Frumms macht Unordnung. Ein Frumms gehorcht die meiste Zeit nicht. Selbst wenn er gehorcht, zappelt er. Mein Frumms hatte ein Uhrwerk geschluckt. Es steckte zwischen seinen Hüftknochen und bewegte die Beine. Selbst wenn der Frumms saß. Ich brauchte meine Augen auf dem Messer, sonst schnitt ich mich. Die Schnitte entzündeten sich. Der Frumms fraß meine Kraft. Die Zukunft machte mir Angst. Bald musste der Frumms zur Schule. Zur Anmeldung legte man die Geburtsurkunde vor. Dort stand schwarz auf weiß, wer die Mutter war. Die Schuldirektion sähe es, die Sekretärin. Es spräche sich herum. Der Vater wäre ein starkes Gerücht. Die Valeriusse dachten ebenfalls daran. Frau Else dachte an nichts anderes mehr. Es musste verhindert sein.

Gedichte kannte ich nicht. Bis auf eines:

Ich träumte, träumte und träumte – das
Leben war ein Traum.

Da saß der Alb darin. Da schlief ich nie mehr ein.

Den Nesselstrauß legte ich vor der Tür ab. Neben dem Koffer. Ich klopfte. Dann klingelte ich. Übernachtung gegen Küchenkunst. Um etwas Praktisches wie Brennnesseltee war jeder froh. So viel Durcheinandermensch rannte im Tausend-Jahre-sind-vorbei herum. Die Amis radelten mit den Augen in den Himmel, zu Fuß zogen sie los, um Souvenirs einzusammeln, man wollte nicht wissen, was das war. Dazwischen die Kriegsversehrten, versprengte SSler, die taten, als wären sie niemand, Zwangsarbeiter, die wegwollten, Zwangsarbeiterinnen, die bleiben wollten, sagte der Rösslwirt, solche wie diese religiösen Zeuginnen, Französinnen und Polinnen, die sie im Heim Hochland hatten aus dem KZ Ravensbrück.

Er sagte, »da wärn noch die Erdäpfl zum schäln«. »Wären« statt »sind«. Das muss etwas Bayerisches sein. Dass man über etwas Echtes spricht, als wäre es bloß eine Möglichkeit. Doktor Ebners »da wär noch die Frage mit der Namensweihe Ihrer Tochter« war keine Freundlichkeit gewesen, sondern ein Befehl. Ebner war Steinhörings höchster FÜPator und somit der Standesbeamte für jegliches »L«. Er hatte mein Kind als Alissa Gerhild ins Geburtenregister eingetragen. Der Name »Gerhild« stammte von ihm. Die SS war automatisch Vormund meines Mädchens, Ebner der Vertreter der SS. Also durfte er ihr den zweiten Namen geben. Ich den ersten. Alicja, sagte ich, mit cj. Das wurde überhört. Also Alissa Gerhild.

Nicht einmal diese Urkunde habe ich noch. »Ich hatte eine Tochter« ist nichts als ein Satz aus meinem Mund. Das Grünzeug wächst wie der Teufel. Auf Asche wächst es. »Die san alle fuat.«

In der Wohnung in der Ottostraße gab es keinen Einschnitt. Die Entscheidung, Lissi nach Bayern zu bringen, fiel nicht. Sie schlich herbei. Sie schmiegte sich den Gedanken an. Sie drängte sich auf.

Ich war so ausgezehrt, dass das Kochen darunter litt. Ich verschlief, die Suppe fiel aus. Ich verwürzte mich. Ich half Marolf nicht mehr gegen die Traurigkeit. Gegen den Krieg kam ich weder in der Küche an noch bei ihm.

Frau Else wurde stummer.

Reni bekam im BDM einen Verweis.

Die Angst wegen des gefälschten SS-Mannes wuchs. Die Lücke in Frau Elses Ariernachweis wuchs. Jüdische Menschen waren nirgends mehr zu sehen. Die wenigen, die man weiterhin fand, wurden in den Osten gefahren. Es hieß, sie lebten dort in Ghettos.

Es hieß, ein Tropfen bringe das Fass zum Überlaufen.

Ich hatte es gesehen. An der Brühe war das Wichtigste, den Topf wohl ans Feuer zu stellen. Das Fleisch setzte man mit wenig Salz bei, füllte den Topf bis an den Rand mit kaltem Wasser und schäumte die Schwebstoffe während des bedachtsam unterhaltenen Siedens fleißig ab. Nach zwei Stunden gab man ihm sein volles Salz, das die übrigen Unreinigkeiten und toten Stoffe rundweg in die Höhe zwang. Da schöpfte man und schöpfte und jede, die den Löffel einmal um ein Winziges schief gehalten hat und aus Versehen etwas zurücktropfte ins Gesiede, wusste, was ein einzelner Tropfen anrichten konnte. Abschöpfen von vorn.

Bei uns ging es andersherum. Mit »uns« meine ich Frau Else, Marolf und mich.

Wir waren am Ende. Die Kraft ging uns aus. Der letzte Tropfen verdunstete.

Im Januar 1943 hatten wir nur mehr Angst. Angst war schlimmer als die raueste See. Nachts fuhr sie mit mir durchs Bett. Lissi war aufmüpfig, altklug. Zu Reni sagte sie »Schwester«. Frau Else korrigierte sie jedes Mal und verlangte das auch von mir. Es half nicht. Lissi konnte eine Nervensäge sein.

Sie saß an der Wurzel meiner Träume.

Da, wo ich eine Frau war, wie man sie mir nicht ansah. Da, wo ich Wünsche hatte, die man als Frau nicht haben durfte.

Dort saugte sie mich aus.

Als sie fort war, vermisste ich sie. Selbst eine Mutterliebe, die einem löchrigen Vorhang gleicht, hat Stege und Verbindungen und Substanz. Dass meine Tochter mir fehlte, spürte ich erst, als die Erschöpfung sich auflöste. Es war im Herbst, und auch dann selten, zu besonderen Gelegenheiten. Zu ihrem Geburtstag. Und als ich im Dezember am Julbaum im Salon saß. Der Baum war mager, keine Schokolade, keine Lebkuchen, wenngleich nicht so mager wie der im Jahr darauf. Ich vermisste mein Kind wie etwas, das hinter einer Wand liegt oder hinter einem Traum.

Es ist zwölf Uhr Mittag. Selbst der Klingelknopf ist heiß. Ich höre es schellen.

Ich gab sie ein zweites Mal ab. Ich wollte wie ein Vater sein. Ein Vater durfte, trotz Familie, zur See fahren. Und das jahrelang.

Zur eingesperrten Mutter eignete ich mich nicht.

Die war wie eine Nussschale in einem Lebkuchen. Sorgfältig gebacken, gezuckert, kuvertiert. Man beißt hinein, es knirscht – der Zahn bricht ab.

Oder wie Gift in einem duftenden Stück Fleisch. In Japan lernten Köche zwei Jahre lang nichts anderes, als Kugelfisch zu tranchieren. Alles tödlich, bis auf das Muskelfleisch. Selbst die Haut musste man abziehen. Ein falscher Schnitt im Fisch und der Gast starb.

Von Japan hörten wir viel. Unser Kugelfisch war der Krieg. Er war riesig, er wuchs noch immer weiter, er hatte uns geschluckt. Wir schwammen in seinem Gift.

Er wurde immer dichter. Die Kontrolle griff immer enger. Das Theater war immer geschlossener. Der Markt immer kleiner. Mehr Stände mit Möbeln, weniger mit Gemüse. Dazwischen die Kinder mit den Sammelbüchsen und dem Unverstand:

So seh'n wir in der Weihenacht auf Erden
Die Mütter hell im Glanz der Sterne und der Kerzen stehn,
Sie mussten still durch Nacht und Not und Schmerzen gehn,
Auf dass dem Volk von morgen Mütter und Soldaten werden.

Die Valeriusse sparten. Wenn das Leben weiter so herumfuhr mit uns, mussten sie mich entlassen. Marolf sagte, dass sie mich behalten würden, mich fortzuschicken bringe er nicht übers Herz. Ich sah seinen Augen an, dass er log.

Jeden Tag wurde ich dunkler. Die Gespenster wohnten nun bei uns. Seit ich mich wie Marolf verhielt, hatte Frau Else die meiste Kraft. Sie sagte: »Ich bringe das Mädchen weg.«

Lissi war halb mein Kind. Ihre andere Hälfte gehörte dem Lebensborn. Und dann auch Marolf. Es war, als wäre sie durchgeschnitten. Der Lebensborn sagte: Wir nehmen sie. Sie hatten mehr kindersuchende Eltern als Kinder.

Der Krieg rollte aus dem Osten auf uns zu. Der Winter war kalt. Die Fensterscheiben waren jeden Morgen mit Eis überzogen und das weißliche Licht, das durch sie hereinfiel, änderte sich manchmal den ganzen Tag nicht. Nachmittags um vier musste man die Lampe anzünden.

Wenn die Valeriusse mich entließen, stand ich mit meinem Mädchen auf der Straße. Wenn sie sie wegbrachten, war sie in Sicherheit. Sie bekäme richtige Eltern. Eltern mit Gefühlen wie Wände, solide und fest. Das wäre ein Vorteil. Hundert Prozent. Das konnte ich glauben.

Leise, leise rollte die See. Allein rettete ich mich. Die See lag tief unter dem Horizont. Gewiss. Doch sie war da. Die See starb nie.

Dreimal habe ich geklingelt. Nichts bis auf das Rauschen der Bäume zur Straße hin. Kampfesfroh knatterten die Runenfahnen auf dem Dach. Doppeltes S im Wind, Kinderwagen darunter. Frauen: arisch durch und durch. Kurven am Körper, im Hirn geradeaus. Lass sie noch leben. Ihre neuen Eltern auch. Ob sie sie jetzt verstoßen?

Säuglinge gingen weg wie warme Semmeln. Ältere Kinder nicht. Die hatten Erinnerungen.

Ich sagte: »KNIF.«

Mit letzter Kraft. Für Stunden war ich stolz darauf.

Die Valeriusse starrten mich an. Bald kam das Nachdenken auch bei mir zurück. Lissi wäre bald kein Frumms mehr. Sollte ich sie anlügen, ein Leben lang? Das konnte ich niemanden fragen. Sollte ich es ihr erzählen? Jetzt? Oder wann?

Ich war in der Bouillon. Das sagte ich mir laut vor: Jetzt bin ich in der Bouillon. In der schwimmt das Fette oben. Das tröstete mich nicht. Meine Bouillon war trübe. Marolf und Else, adieu. Mehr und mehr drängte es mich, ganz anderswo anzufangen. Mit meinem Leben. Zusammen mit meinem Leben, allein mit mir. Ohne die Alleinigkeit, die es einem macht, wenn man Jahr um Jahr mit einem Kind im Bett liegt.

Taprich schlich ich durch den Tag. Lissi lief mir nach. Sie quengelte. Sie klammerte. Einmal zog sie mich von hinten so am Rock, dass ich mir heißes Wasser über die Hand schüttete. Ich schrie. Ich spürte den Schmerz. Lissi schrie lauter. Fast hätte ich ihr den Rest Wasser über den Kopf gekippt.

Ich erschrak. Ich wusste nicht mehr: Wachte ich auf oder stürzte ich durch einen Traum?

Frau Else fuhr mit ihr ab. Ich weinte und lächelte und war froh und dunkel und innerlich taub wie ein Flussholz und war ein sausender Film, alles in mir schwarz wie im Kino, nichts als ein Flackern, so stand ich da, mit einer Grinse-Visasche wie aufgeklebt.

Fahr, sei lieb, ich habe dich lieb.

Jedes Wort war wahr.

Wahr auch: Die Tage danach schlief ich.

Ich war froh.

Den Nachbarn erzählten wir, dass das Kind nach Bayern gebracht worden sei, zu seinem Vater, als kriegswichtiger Chemiker endlich zurück von der Front. Die Chemiker-Idee hatte uns Matze Leschke eingegeben, vierter Stock links.

Frau Else kehrte aus Steinhöring zurück. Ich hatte kein Fieber. Ich hatte inneren Mehltau. Einen Granatapfel muss man rollen und drücken, bevor man ihn aufschneidet. Dann purzeln die Granaten feucht glänzend aus ihm. Mich hatte man gerollt, mich rollte man noch. Innerlich trennte ich mich in Teilchen auf.

Die einquartierten Offiziere musste ich nicht verbellen. Ich strahlte etwas so Kaputtes aus, dass sie mich in Ruhe ließen. All dies denke ich derkreuz und derquere wie eine, die nicht mehr weiß, was sie finden will. Nur damit sie es gesucht haben kann. Der Garten so schief, der Zaun so Rune. Der Zaun so starr, mein Kind so weit fort. Die Berge so hoch, die Steine so Stein.

»Hello.«

Ein mittelalter Mann, braune Locken um den Kopf.

»I'm a cook, do you need a cook?«

Ich halte ihm mein Bündel Brennnesseln hin. Mein Englisch ist besser geworden auf dem Weg. I'm looking for my daughter, my only child. Er sieht mich an, als verstünde er nicht. Dunkle Hose, helles Hemd. Arzt scheint er nicht zu sein.

»Can you help me, please?«

Er starrt auf die Nesseln, dann auf meine Hand. Die ist rot. Ich lächele. Meine Schmerzlosigkeit ist zurück.

Ich habe meine Erfahrungen gemacht, sage ich.

Vielleicht sage ich es nur leise.

Vielleicht denke ich es nur.

Daheeme. Das denk ich überleise. Adje, adje. Else steht in der Tür, exakt hier, wo ich nun stehe. Sie gibt Alissa ab, meine Alissa mit den langen blonden Marolfhaaren und den Adeleaugen, meine Kleine, der ich das Pelzfoto in das rote Kleid genäht habe, in den Saum. Damit sie sich an eine Mutter erinnert.

So lange ist es nicht her. Eine andere Welt und eine andere Adele waren es doch. Seltsam, dass die Sonne brennt und die Vögel weiterjuchhehen und die Pflanzen treiben aus.

Eines weiß ich jetzt. Das hab ich mir erlaufen: Ich brauch kein Kind mehr in meinem Leben. Ich brauche ein großes Haus, in dem ich kochen kann. Fahren muss das Haus, in der Weite muss es sein.

Lissi gab es. Gleichwohl ist es, als hätte ich sie nie bekommen. Ich habe keinerlei Nachweis, keinen Eintrag in meinem Personenstand. All meine Zeugen, die hier waren, sind fort.

All meine Zeugen, die uns später erlebten, sind fort. Die einen wurden verschwunden. Die anderen haben das Verschwinden geschickt an sich selbst betrieben.

Man geht rasch verloren. Das habe ich nicht gedacht.

Das hat man nicht wissen können. Nicht auf diese Weise.

Dass die Sonne so hereinbrennt ins Gelöschte. Was denk ich an die Fahnen auf dem Dach, die waren mir egal. Hast du sie hübsch gefunden, Töchterchen, beim zweiten Mal? Hast die Sonne darin gesehen? Ich habe mein Kind an die Sonne gehängt. Die Fahnen haben sie mitverbrannt.

Sie ist nicht hier, ich bin frei.

Leb ock sisse, mein Gespenstel.

Ich hab dich ausgetrieben. Mit einem Geist im Herzen kann man nicht aufs Meer. Ein Geist auf dem Meer versenkt das Schiff.

»I need work«, wiederhole ich. »I am a cook.«

Der Mann glotzt. Ich lege den Strauß ab, richte mich auf, knöpfe mein Kleid auf.

»Ich bin der Pfarrer«, sagt er, »bitte bemühen Sie sich nicht.«

Das Lachen saust aus mir heraus und in feurigen Bahnen um meinen Kopf, als wär es nicht von mir. Mir wird dilittiti. Was für ein Nesselwitz: der Pfarrer. Er schaut mich an mit einem Gottesblick wie von Mayonnaise.

Da mach ich mir erst gar nicht mehr die Arbeit, das Oberteil ordentlich zuzuknöpfen. Ich nehme meinen Koffer auf und meinen Strauß und trete auf die Straße. Das Tor steht offen, die Vögel schreien, in München kriege ich einen Zug. Alle Wege führen nach Rom. Auf meinem Weg nach Rom liegt das Meer. Dort bläst Triton, der Wellengott mit dem bärtigen Gesicht und dem golden schimmernden Schuppenschwanz, in sein Muschelhorn. Das hat Marolf gesagt.

Aber ich, ich höre es.

K(l)eine Lügen in der Küche

(Kinga, Berlin)

Ich bin es, die die Stimmen hört.

Glück oder Pech gehabt, Nebelkind?

Du blickst für eine Minute zur Seite – der Nebel ist fort. Perfekt passt er sich jeder Mulde an, jedem Hügel, dem Ich. Du stehst in ihm, du siehst ihn nicht.

Da gibt die eine der anderen einen Stoß. Weil ich allein die Mütter nicht sehen und nicht hören kann, wie sie sich sammeln in Rändern und Spalten. Ihre Körper sind klein, wurden gedreht, drehen sich noch, so versuchen sie, dem Geschehen zu entkommen. Ihre Unwucht treibt. Ab und an fährt ein Vogelschrei zwischen sie, der Wind.

Die Mütter sprechen mit uns.

Sprechen uns mit, mit sich.

Mit dem, was sie nicht sagen konnten: schon sich selbst nicht zu sagen wussten.

Ich bin es. Sagt man so?

Samstagmorgen, halb acht. Es war laut. Ich wollte schlafen. Eine wache Welt ertrug ich frühestens um zehn. Noch dann sollte sie still sein, nachleuchten in den Farben des Schlafs. Ein Messer tackerte auf ein Brett, die Küchentür stand offen. Doro, rotwangig, eben über den Atlantik zurückgekehrt, hatte keinerlei Jetlag. Ehe ich verstand, was geschah, war ich zum Petersilieschneiden eingeteilt.

Es war Dezember und der Mensch brauchte etwas Warmes. Für mich war dieses Warme Tee. Für Doro Brühe.

Morgenmunter, also vollkommen unverwandt, schob sie drei Rinderknochen mittlerer Größe in den vorgeheizten Ofen und legte eine einsame Zwiebel dazu. Das Gebein musste bei 190 Grad vorgeröstet werden. Es sah in meinem Ofen, in dem bislang nur Kuchen oder vegetarische Pizzen gebacken worden waren, überaus tierhaft aus.

Ich hätte meine Cousine samt ihres Brühewissens gemocht, lange genug hatte ich sie vermisst, wäre es später am Tag gewesen. Statt auf meine Frage nach Kaffee einzugehen, nahm sie mir das Wiegemesser aus der widerstandslosen Hand. Lustig an mir war, dass ich behauptete, nichts von Alissa übernommen zu haben. Doch wo hatte ich meine Umständlichkeiten her? Ein Wiegemesser mit einer Hand bedienen! Ebenso lustig war mein Plastikverständnis von Essen. Auch dabei handelte es sich, so Doro, um eine Fortsetzung meiner Mutter an mir: Oetker-Pudding, Maggi-Sauce, Knödel aus der Packung, Tiefgefrier.

Ich holte die Dose mit dem Kaffeepulver aus dem Kühlschrank. Durch den Efeu am Haus gegenüber liefen kleine Windböen. Es wirkte künstlich, wie er sich von oben nach unten aufbeulte, dabei war der Efeu echt und alt, schließlich hatte er Zeit gehabt, an einem fünfstöckigen Haus bis zur Dachrinne zu wachsen. Eben erst ging die Sonne auf, der Morgen schien warm für die Jahreszeit.

Sie, Doro, habe Brühe von ihrer Mutter.

Die es vermutlich von ihrer Mutter habe. Röstung, Aroma, Gift. Letzteres schöpfe man ab.

Aus dem Ofen begann es, nach Zwiebel zu riechen. Die ersten meiner Gehirnzellen erwachten. Ich glaube, sie wollten fliehen. »Walla hatte es vermutlich von Adele«, sagte ich. Wörter mit »a« fielen mir morgens eher schwer, man musste den Mund weit öffnen. Doro hatte meinen größten Topf, gefüllt mit Wasser, Kochfleisch und Gewürzen, auf den Herd gestellt.

»Adele, sieh an«, sagte sie, »denken wir jetzt an sie?«

Mit der Nudelzange fischte sie die Knochen aus dem Ofen.

Schwer klatschten sie in den Sud, der aufbrodelte. Doro dimmte mit einer Hand die Hitze, rührte mit der anderen. Ihre Riechzellen schienen außer Betrieb. Ich erfuhr: Ab sofort musste das Brodeln erhalten sein. Stundenlang.

Halblaut, also in meiner Halbschläfrigkeit, sprich beiläufig, wie es beiläufiger nicht möglich war, sagte ich: »Nun fahr schon endlich wieder hin.«

Alissa hatte nicht dauernd gekocht, was nichts daran änderte, dass ich sie oft am Herd hatte stehen sehen. Alissa, deren Küchenstimme ich an einem weichen Morgen im Winter schon auch vermissen konnte. Doro hingegen konnte ihre Mutter noch besuchen und tat es nicht.

Meine neue Köchin verstand auf Anhieb, wovon ich sprach. Ohne zu zögern sagte sie »Zweinulldreineun.«

»Was?«

»Na, das Jahr, 2039.«

2039 erst wollte sie wieder nach Polen? Sollte ihre Mutter 110 Jahre alt werden?

Nach dem Dreißigjährigen Krieg habe es auch hundert Jahre gedauert, bis Menschen wieder als Menschen aufgetaucht seien, sagte sie. 1939. 2039. Das erkenne man doch sofort.

Ich nicht. Und morgens gleich zweimal nicht.

Auf 2045 freue sie sich. Eigentlich nur auf 2045.

Ich musste den Topf halten, während sie den ersten Schaum abschöpfte. Giftiges stieg in einer Brühe von selbst nach oben, das war das Praktische. Ins Spülbecken kippen, Wasser nachlaufen lassen. Alle hundert Jahre, so Doro, kippe in einer Gesellschaft etwas um. Das hätten ihr die amerikanischen Freunde erzählt.

Hundert Jahre wirkten Erschütterungen nach.

Hundert Jahre, sagte meine weltweit einzige Halbcousine über dem Löffel, von dem sie Brühe probieren wollte. Wer etwas von einem Menschen erzählen oder verstehen wolle, müsse von hundert Jahren erzählen. Unsere Identitäten seien schließlich nicht fluide!

Das hatte ich auch nicht geglaubt. Doro meinte, sie, diese Identitäten, glichen eher Rettichen. Weiß, halb fest und immer dünner nach unten.

Hatte sie das auch von den amerikanischen Freunden?

Sie lachte. Die kannten da drüben gar keine Rettiche. Aber: Der Zweite Weltkrieg werde erst wirklich enden, wenn er durch die Hundert laufe. Dann seien alle Kriegskinder tot und die ihnen folgende Generation so gut wie.

»Willst du auch mal?«

Sie hielt mir den Löffel hin, ich wich einen Schritt zurück. Bei anderen roch es nach Plätzchen, bei uns nach Knochensuppe. Das war Masochismus genug. Wieder lief eine Windböe durch den Efeu gegenüber. Er leuchtete fast so grün, wie mir zumute war.

Doro sagte, ich sei eine ignorante Minderheit, ich solle mal auf www.brothinternational.com gehen. 23 Sprachen, Brühefans weltweit. Der Frage nach Polen wich sie somit weiterhin aus. Vermutlich dachte meine liebe Cousine, mich geschickt abgelenkt zu haben. Doch morgens war ich nicht nur langsam wie eine Schnecke, sondern auch zäh wie eine. Schnecken krochen sogar über Messerklingen. Eingeschleimt, langsam, unverletzt. Ich klickte durch die Brühenseite, sagte nichts und hatte unverhofft ein Ziel: Bevor das letzte Glas dieses Sudes verbraucht wäre, wären wir unterwegs. Doro, Flummy und ich. Unterwegs nach Polen.

Zu Weihnachten überreichte Doro uns eine göttliche Erfindung namens Hugo. Unser Baum, sehr klein, stand auf einer Kommode, so durfte Hugo von Anfang an frei in der Wohnung herumfahren. Ich lobte ihn. Er glich einer aufgeblasenen Diskusscheibe und fraß Staub, solange er sich nicht an den Löchern des Balkongitters ansaugte und an Hitzschlag starb. Mit Befriedigung registrierte ich, dass meine Cousine offensichtlich mit dem polnischen Teil ihrer Familie doch wieder in Kontakt stand: Die Haltung und Zucht von Terézas Marderhunden war verboten worden, mit dem letzten Rest des Mutterhausgeldes wollte Doros Schwester nun auf andere Nerze umsatteln. Als Doro am Weihnachtsabend aus Polen angerufen wurde und länger sowohl mit ihrer Schwester wie ihrer Mutter sprach, schüttete ich sofort Brühe in unseren Pelmenitopf nach. Insgesamt verbrauchten wir während der Feiertage vier Gläser. Fünf weitere standen in der Vorratskammer. In Sokołowiec wuselten Feuerwiesel in der Luxusstallanlage, sagte Doro nach dem Telefonat. Flummy googelte. Feuerwiesel hielten Winterschlaf, da wuselte nichts.

Februar. Drei Gläser. Meine Tochter wurde vierzehn. Ich versuchte, meine Arbeitszeiten so zu legen, dass ich am frühen Nachmittag nach Hause kam. Klappte das nicht, versorgte das Kind sich selbst. Musste ich auswärts übernachten, fuhr es eigenständig zu Mondo. Das Au-pair-Problem hatte sich erledigt.

Alissas Abwesenheit bekam Löcher. Dass etwas, was nicht da ist, löchrig sein kann, war eine Entdeckung. Ich spürte ihr Fehlen nicht mehr durchgehend. Ich vergaß es sogar. Dann wieder stand ich um Mitternacht in der Küche und aß eine kalte Kartoffel, die ich sorgfältig salzte, und dachte aus dem Nichts: Mutter ist tot. Wobei ich es nicht wirklich dachte, es war weniger als ein Satz, eher ein Schatten-und-ein-Gefühl.

Kurz darauf besuchte Doro eine logopädische Fortbildung in Berlin, abends traf sie bei uns ein und sah müde aus. Freiwillig übernahm ich das Kochen und öffnete das vorletzte Glas Wundersud.

Unser Gast versuchte nicht nur, weniger zu essen, sondern auch, weniger zu trinken. Ihr Blutdruck war zu hoch. Nahm sie ihre Mittel, wurde er zu niedrig. Ihre Schwankungsbreite passe auf keine Kuhhaut und damit erst recht in kein Ärztebuch. Manche von Doros Logopädiekindern konnten das »ng« nicht aussprechen, aus »Schmetterling« machten sie »Schmetterl«, aus »Liebling« »Lieberl« und so fort. Doro sagte, sie sei durch ihr Leben ein

Mischerl geworden, gehöre nun weder hierhin noch dorthin und das Schwanken des Blutdruckes habe damit zu tun.

»Ich bin hin und her gesaust wie ein Walzenstreb!«

Ich zog die Circonflexe-Augenbrauen hoch.

»Sieht aus wie ein Schlitten, fährt tausend Meter unter der Erde an der Bergwand lang, wisch-wasch, wisch-wasch, und hobelt Kohle heraus. Sehr effektiv«, sagte sie, »sehr modern. Wisch-wasch, wisch-wasch habe ich das Leben meiner Mutter nachgespielt. Das ist mein Nachkrieg. Ein Betrug auf allen Ebenen ist das.«

Sie goss sich einen Schluck Wein ein, was ich mit einer gewissen Befriedigung sah. Nicht aus Dummheit und Tollpatschigkeit habe sie sich so verhalten, sondern weil ihr eigenes Leben etwas Leeres hatte.

Wie Nebel in ihr. Nebel in der Nebelmenschin.

Darauf stießen wir an.

Ich hatte die Laserhimmel-Nachtangst, sie die Schwarze-Hunde-Panik, sie die Klauattacken, ich die monatelange Nägelbeißerei, ich den Gerechtigkeitswahn, sie den Wunsch, anderen beim Sprechen zu helfen, beides gleichermaßen erfolgreich: nämlich bestenfalls halb. Weiterhin: Einsamkeit, die Gewissheit, mit den Eltern nicht wirklich verbunden zu sein, Dunkelheiten des Gemüts.

All dies hatte uns von Anfang an begleitet. Allmählich sah man es, hörte einander zu.

Doro schob sich die Zunge in den linken Mundwinkel wie immer, wenn sie etwas dachte, was ihr unangenehm war. Wir teilten die Erfahrung, sowohl von der Tiefe der Zeit wie jener des Raumes abgeschnitten worden zu sein zugunsten eines Fleckchens, das genügen musste. Es war Zuhause genannt worden. Nur dass, verborgen hinter seinen Wänden, ein Planet schwebte. Er zog an uns, beulte unsere Gedanken und Gefühle zu sich hin aus. Wir fassten nicht, was auf uns wirkte; wir spürten es bloß. Fast als wären wir nie nur für uns.

Fast als wären wir nie ohne Familie, gerade weil wir diese Familie nicht kannten, nichts oder zu wenig von ihr hörten.

Weder für uns noch nicht für uns. So kamen wir zu unserem Luftwurzeldasein, der irritierenden, von niemandem anerkannten Gewissheit, mit einem Bein auf dem Boden zu stehen, während das andere in der Luft stocherte wie ein Blitz, der verzweifelt den Erdboden sucht.

Unsere alten Menschen hingegen hatten das GS im Leben gehabt. Es hatte sie bedrängt, doch war auch nützlich gewesen. GS, das Große Schlimme, so Doro, die den Begriff bei Sandra Paretti gefunden haben wollte. Die Schriftstellerin hatte die Kriegszeit als Kind in der Schweiz erlebt. Während rundum die Welt in Flammen aufging, sei in der Schweiz nichts geschehen. Bestenfalls überflogen worden sei die Schweiz. Jenseits der Grenzen waren Häuser explodiert, hatten Städte gebrannt. Kind Sandra hatte sich diese Schrecken herbeigewünscht.

Auch das war uns vertraut: Sehnsucht nach dem GS.

Es war nicht nur das Große Schlimme. Es war auch das Große Sinnvolle. Jedes Gespräch ließ sich damit abbrechen. Jedes Versagen entschuldigen. In dieser Hinsicht hätten Walla und Alissa sich prächtig miteinander verstanden. Wären sie je so weit gekommen – durch ihr habituelles Misstrauen, ihren harten, angenommenen Stolz hindurch.

Das Große Schlimme in Alissas Leben, der Lebensborn, hatte seinen Schatten auch auf mich geworfen. Der Lebensborn war unsere schwarze Sonne gewesen.

Und nun? Sehnte ich mich nach der nächsten Katastrophe? Hatte ich Angst, schwer zu erkranken? Ein Teil von mir wartete jeden Tag auf eine schlimme Nachricht. Ich schämte mich dessen und hatte noch nie jemandem davon erzählt.

Und da kam Doro und sprach davon.

Nach ihrer Abreise aßen Flummy und ich das letzte Glas Brühe. Wäre man eine Spielzeugfigur gewesen, hätte man morgens mit einem so glatten Gefühl über das kalte Fett sausen können, wie man in einem glatten ICE mit glatten Tischen und Bildschirmen über eine glatte Erde fuhr. Das Probejahr bei Peffer & Edlich hatte ich bestanden und mir sogar einen Mandant:innenstamm erworben, was aus offensichtlichen Gründen im Erbrecht nicht das Einfachste ist. Seit Monaten waren meine Daumen nicht mehr angeschwollen. Machte mir Meine-Welt-ohne inzwischen weniger Angst? Ohne Eltern, ohne Großeltern, ohne Partner. Das war viel Ohne. Eine derartige Welt war auf so bedrückende wie berückende Weise frei.

Am Telefon fragte ich meine Cousine: »Was bin ich für dich?«

»Was«, nicht »wer«. Ich wollte vorsichtig sein. Es blieb eine Weile still, in einer Leitung von heute knistert nichts.

»Du bist wie ein erster Zug aus der Zigarette«, sagte sie. »Wenn man den Rauch einatmet und merkt, wie er jedes Bläschen der Lunge füllt.«

Es sei, als würde man die eigenen Lungenflügel mit dem Finger nachfahren.

Ich verstand nicht.

»Ein Finger aus Rauch«, sagte sie. »Tief in mir drin lässt du mich etwas spüren, was ich ohne dich niemals fühlen könnte. Etwas, was zu mir gehört. Und mir Luft zum Leben gibt.«

Erneut schwiegen wir und nichts in der Leitung knisterte, nur in meinem Kopf.

Jetzt, dachte ich, oder nie, sagte, »moja droga«, das heißt »meine Liebe«, ich hatte es schon vor Wochen nachgeschaut, sagte: »Hol deinen Kalender. Sag mir deine nächsten freien Tage, ich habe etwas für dich«, und als sie die Daten nannte, sagte ich, »wunderbar, ausgemacht, da fahren wir ins Gebiet der Vulkane«, denn wenn man gerührt ist, heißt das nicht unbedingt, dass man sanfter wird, ich wurde mutiger.

Sie versuchte zu protestieren. Was wolle ich denn dort? Ihre Mutter kennenlernen? Die sei doch gar nicht mehr, wer sie früher gewesen war.

Das war kein Widerstand. Wer so fragte, fuhr schon halb.

»Du nimmst dein Auto und holst uns in Berlin ab.«

Denn so war es: Wen man auf Bildern nicht erkennt, den muss man besuchen.

Wenn man wissen will, wer sie ist.

Und wer man selbst.

Buchfink und Bugatti

(Alissa, kurz nach Silvester im Krankenhaus)

Gesang der gezwungenen Kinder

——— die die
die Ki ——— Kin ——— die
den Müttern in die Arme gelegt ——— ~~den Müttern~~ in den Schoß
~~unempfangen empfangen~~
~~ungewollt gehabt~~ ———————
ungehabt ——— Winterhonig
ungewollt ———————
——— weggeben wegsterben
wegtrinken wegrutschen die die auf der Welt
überall : habt ihr uns versteckt
in unseren Augen geforscht unseren Herzen gewühlt ———
wir teilten es, waren wir nicht : eins
——— wir waren der Krieg
der in unsern Körpern ~~weitergegangene~~ euren Körpern entsprungene
böse der euren Körpern entstammende ———
ha : krieg ein Kind
~~bissige~~ Krieg mit den Augen der Putten, wir
——————— den runden Gliedern
den Augen eurer Schwestern
eurer Brüder, Väter ———————
eurer eigenen Mütter Honig des Winters ———
kristall-scharf
schneidend ——
süß ———

Es riecht nach gestärkter Bettwäsche. Die Folie an meinem Bein knistert. Bald muss sie gewechselt werden. Ich fürchte mich davor. Heilende Haut und Folie verwachsen. Sagen wir es mal so. Sie zupfen sie ab.

»Frau Schücking, warum haben Sie sich denn nicht von dem Baum befreit?«

Ist das eine Ärztin? Eine Schwester? Ich sehe unscharf, fast will mir schwindelig sein. Dabei soll es jeden Tag besser werden. Es, das bin ich, und ich hatte Glück. Nun gut, sie zweifeln noch. Erster Verbrennungsgrad am Arm, das heilt von selbst, solang es sauber bleibt, doch am Bein schwankt die ärztliche Einschätzung zwischen II-A und II-B. Immerhin ist die Fläche nicht groß, hoffentlich geht es auch ohne Transplantation. Eine Narkose wollen sie vermeiden, sagen sie, und geben mir das Gefühl, ach-so-jung zu sein.

Das Bein schmerzt nicht und ist ein langes Stück von den Augen entfernt. Ich versuche, es zu vergessen. Dass mir der Hals so kratzt. Mit den Beinen baumeln — kann ich nicht. Gedanken baumeln — Bilder in meinem Kopf, der Vogel mit dem himmelfarbenen Scheitel, ich kenne ihn aus den Pinien in Solln, die Kiefern waren, warum dreht er an einer Käfigstange wie ein mutierter Kanari, bin ich in einen Comic geraten — Alissa — in eine verzerrte knirschende Welt voller Zeichnungen und stummer Menschen — husch, husch.

Kinga hat Comics gelesen, stundenlang auf der Toilette, Kinga hält meine unverletzte Hand, Weihnachtsferien, sie sind sofort nach meinem Unfall gekommen. Mamsch, sagt meine Tochter, es klingt wie Matsch, so nennt sie mich, wenn sie wütend auf mich ist.

Ich habe noch alle Sinne beisammen, sage ich und klinge wie eine Krähe. Prompt antwortet meine Tochter: »Was ist mit deiner Stimme?«

»Ich rappel mich wieder auf«, sage ich. Erst jüngst habe ich die Ärztin gefragt, da war ich noch unheiser, »keine Sorge«, sagte sie,

»wir behalten Sie noch ein paar Tage da und begleiten den Heilungsprozess. Nächste Woche sind Sie zu Hause.«

Nächste Woche ist jetzt. »Sie haben eine Temperatur«, sagt die Schwester — »das ist normal«, sage ich. Hier geht es zu wie im Taubenschlag. Flummy wippt auf dem Stuhl am Tischchen, sie hat mir ein Bild gemalt, Eisbär und zwei Menschen auf einem Eisberg, klein und groß, Kinga und sie. »Bist du blind, Oma?« »Ohne Brille bin ich ein Maulwurf.«

Ah, es sind Kinga und ich, als wir jünger waren. »Schau«, sagt meine Enkelin, »du hast dein hellbraunes Haar.«

Das ist lange her, denke ich, und dass ich müde bin.

»Kind«, sage ich zu Kinga, »so eine Temperaturerhöhung stecke ich weg, das braucht halt Zeit. Nimm Flummy und kauft euch in der Cafeteria was zu essen und ich schlafe erst mal.«

Auch die Schwestern gehen. Wir sind zu dritt im Zimmer. Die Namen der anderen merke ich mir nicht, das lohnt sich nicht, bald bin ich fort. Hauptsache, es ist still. Unter Tannenbäumen liege ich nicht aus Höflichkeit, habe ich dem Arzt gesagt — habe viel Lebenszeit bei Nadelbäumen verbracht, hätte ich sagen können —, was geht es ihn an. Vielleicht fällt das Zupfen heute aus, vielleicht ist Wochenende? Ständig wechselt die Zeit, ständig wechselt das Personal, Kinga und Flummy stehen in der Tür, eingemummelt in Mützen und Schals, sie winken mir, Flummy zeigt auf ihr Handy, telefonieren, simsen, Kinga nickt. Ich glaube, ich schlafe viel. Schlaf mich weg.

»Brav stillhalten, Frau Schücking, wir wollen Ihren Arm«, was für Wünsche es in Krankenhäusern gibt, ich will meinen Arm behalten, sucht euch bitte einen anderen dritten Arm für die nächste Schicht, dauernd sagen die Schwestern, dass sie mehr Beine möchten und mehr Hände, ich möchte nur mehr vom Schmerzmitteltropf, wofür spart ihr an einer Halbruine wie mir, die mit jeder Stunde kränker wird.

Das ist ein dummer Satz, wie er so unbedingt wahr sein will, dagegen muss ich andenken und rufe *die beruhigenden Dinge* herbei:

Die Wohnung ist nicht abgebrannt.

Kinga räumt mir alles auf.

Dass ich nicht sagen kann, wann ich geboren wurde, ist in meinem Fall kein Zeichen von Demenz.

Die beiden haben mir gebracht, was ich haben wollte, auch das mit polnischer Zeitung umwickelte Päckchen. Was darin ist, werde ich Flummy schenken, dann können sie es mit nach Berlin nehmen. Ich muss es ihnen erklären, bevor es zu spät ist. Muss sagen, welche Bewandtnis es hat.

Ich habe ein Teichgefühl. Das klingt angenehmer, als es ist. Kein Moorteich mit Binsen und weichem Rand, eher ein Stahlbassin, mitten in mir, eckig, künstlich, hart. Ich schwebe darüber. Man muss aufpassen, dass man nicht abstürzt. Muss man ja dauernd. Jetzt erst recht. Manchmal ist mir, als läge mein Körper schon in dem Becken, bekleidet und stumm. Einzig das verletzte Bein ist nackt.

Eigentlich angenehm. Schön kühl. *Respire*, atme. Reparier. *Give me some air.* Ich brauche Zeit. Hoffentlich denke ich heute noch nach.

Eine Schwester sticht in meinen gesunden Arm. Was ist das für ein Tag. Kaum ruhe ich aus, hab ich die Ruhe weg. Ich meine das anders, als es klingt. Die Ruhe weg, weg.

Ich bin wach und klar und kann die Schwester sogar ohne Brille sehen. Verschwommen, nun ja. Die Temperatur ist nicht gefallen. »Abends fällt sie nie«, sage ich. »Es ist mittags«, sagt sie. Ich schweige. Ab dem Morgen geht es über den Mittag auf den Abend zu. Ich habe das Abendgefühl. Müde für drei Abende und mehr. »Blut lügt nicht«, sagt die Schwester. In meinem Blut will das Labor die Wahrheit erkennen. Sie haben einen Verdacht. Sie sagen, dass ich Halsweh habe, glauben sie sofort. Der Arzt ist groß, mit fiepsiger Stimme, da setze ich meine Brille gar nicht erst auf. Er trägt eine Maske und eine kleine Leuchte. Er schaut mir in den Rachen.

Er horcht meine Brust und meinen Rücken ab, eine Schwester stützt mich von hinten, eine Lungenentzündung, sagt er, sei es noch nicht, das »noch« freut mich immens.

Die Schwester ist auch dabei: »Ihre Tochter haben wir für heute heimgeschickt. Auch für den Nachmittag. Sie ruhen sich jetzt aus. Das ist eine Verordnung.«

Ich nicke. Mitunter hatte ich in den letzten Jahren die Vorstellung, ich würde nicht mehr rennen können. Und es auch nicht mehr wollen. Dann würde es mir gut gehen.

Davor hatte ich Angst.

Was wurde aus einem, wenn es einem gut ging?

Ich versuchte, mich daran zu erinnern. An die Zeit, bevor ich so rennen musste, dass die Luft mir stoßweise aus dem Hals schoss, und ich schneller war als die Wespen, die herzlos sind.

Statt eines Herzens haben sie eine Röhre, die pumpt Lymphe, nicht Blut.

Wenn es einem gut ging, löste man sich auf.

Als ich die Augen wieder öffne, liege ich in einem Zimmer-für-mich-allein. Die Augen gehen zögerlich auf. Oder sind offen, aber das Zimmer kommt verzögert zu mir. Ein Zimmer-allein ist still. Ungemein still. Dampf steigt aus dem Bassin. Der Vogel, Kopf hellblau, Gesicht orangefarben, turnt um einen Nadelzweig. Wenn er abrutscht, schlägt er mit den Flügeln. Welch einfache Lösung. Sein rundes dunkles Auge sieht mich an. Es dämmert, vier Uhr vielleicht, da hat der Tag im Winter nur noch dunkle Kraft.

Und eine Ruhe, die ist unerhört. Als sänke sie weg, die Welt. Als läge ich weich und weicher noch. Sie spielen keine Musik mehr auf dem Gang, sagen, Weihnachten sei vorbei. Die Deko hängt weiter herum. Warum hängt sie auch an der Schwester? Eben habe ich mir die Brille auf die Brust gelegt, und da ich mich nicht rühren darf — strikte Rückenlage, Frau Schücking — bleibt sie liegen, und ich finde sie sofort. Mit der Brille erkenne ich, dass die Schwester eine Maske und Handschuhe trägt.

Ich hätte einen Keim, sagt die Schwester. Sie müssen weitertesten, welcher Art er ist. Durch den Tropf rinnt ein Antibiotikum. Sie hoffen, dass es greift. »Wir warten ab«, sagt sie, »regen Sie sich nicht auf.« Meinen Arm und mein Bein vergisst sie deswegen noch lange nicht. Sie cremt mich ein, massiert vorsichtig die Haut im weiteren Umkreis der Wunde, es soll die Durchblutung fördern.

Als sie fort ist, lache ich, so weit das bei meinem Krächzen geht. Für dieses Lachen reicht der Mund: Als Riesenkeim liege ich in einem Bett, das rauf und runter fährt. Über dem Bassin ist es hell. Lauf, Alissa — lauf. Im Garten des Mietshauses neben meiner Wohnung brannte seit dem ersten Advent jede Nacht eine Feuerschale. Drei Beine, wie ein Orakel. Lass mich näher heran, denke ich, ich frag dich — ich bin alt genug, sprich zu mir —, wie lang leb ich noch? Hatte die Sibylle nicht eine Wand mit tausend Gesichtern, die tausend Münder bewegten? Ich sehe sie. Und was sie sagen? Solange man es nicht versteht, ist alles gut. Es ist sogar ein wenig bezaubernd. Selbst die Vögel flüsterten mit, von jeher Verstecke für Götter ... *und hatte ihre Mutter nie mehr gesehen ...*

Zwei Mütter, eine verloren, eine angehängt. G&G wollten mir die Adoption verheimlichen — husch, husch — die Geschichte verschlang sich — eine Figur umschlang die andere — atme, Alissa — atme ein, atme aus. Du kannst den Notknopf drücken. Nur weil die Liebe und das Erdrücken sich mitunter gleichen, hörst du noch lange nicht mit dem Atmen auf.

Das ist ein Satz, in dem es tief nach unten geht. Ich lasse den Kopf in ihn fallen. Die Liebe und das Erdrücken. Auf jeder Zugfahrt habe ich gefroren. Ein Winter wurde das, der die Winde aus allen Wintern zusammenwarf. Was wehte und wehte der Schnee. Ich will den Baum anzünden, dachte ich.

Kinga, ich muss dir erklären, was im Päckchen ist. Muss dir etwas sagen, von mir, von uns. Ich weiß es nicht so klar, wie ich es wissen müsste — habe nur ein Bild gekauft.

Wir zogen damals nicht kopfüber aus Solln weg. Im Gegenteil. Ich freute mich, hängte helle Vorhänge auf.

Schon stocke ich. Als Kind, glaube ich, hab ich zu wenig Weinen gesehen, ja, an anderen, zu wenige Tränen, die hätten geweint werden wollen. Nun schwimmen sie im Bassin, my Waterloo, und der Buchfink turnt am Ast. Das Wasser spiegelt ihn. Buchfink! Jetzt weiß ich den Namen wieder. Sein Bürzel leuchtet frischgrasgrün und das Auge äugt und äugt. Er denkt sich was, ich spür es wohl. Zu wenig Tränen gesehen, und selbst keine geweint. Wenn eine lange bewegungslos steht, fliegen die Vögel sie an. Ein Buchfink kommt nie allein und ich, mit den Finken, war es nicht mehr. Setz dich auf meine Schulter. Ich kann mich nicht rühren, das weißt du. Ich atme flach. Du verstehst? Ich tu dir nichts.

»Die Mutter« musste ich sie nennen. Dabei war sie eine Puppe, eine Chrysalis, als ich sie »kennenlernte« — oder wie nennt man das, wenn man jemandem ausgehändigt wird?

Ich lenke mich ab, ich denke an. Gegenan. Sagt man so? Ich denke mir das Fieber fort. Das Gewebe, das Gerda umschloss, hieß Gerd. Sie hatte ihn zu ihrer Form gemacht und sich darunter zerlegt. Das habe ich so oft gedacht, das denk ich noch bei Fieber wie von selbst. Was in einem Insektenkokon geschieht — die Raupe, Haare auf den Zähnen, löst sich auf in schleimigen Brei, aus dem sie sich neu zusammensetzt. Das lernten wir in Naturkunde, da schon dachte ich an sie. Reim, Reim, Gerdaschleim.

Darauf schlaf ich nimmer ein.

Ich brauche ein wenig wache Zeit. Auf Fotos von Schmetterlingen sieht man Flügel durch den Kokon schimmern. Gerda machte es im Winter '45 anders, sie wurde dicker. Vati hockte in der Villa, schrieb Briefe, befasste sich mit dem zukünftigen Recht. Sie hatten 1922 geheiratet, seither zahlte er Gerda zum Monatsersten ein Taschengeld aus, für Frauenextras unter Bluse und Rock. Ich wusste davon und schwieg. Was in ihrem Schlafzimmer vor sich ging, wusste ich ebenfalls.

Stückchenweise. Ohrenweise.

Sie war meine Mutter. Mutter zwei. Wir hatten einen rauen Anfang.

Beruhigungssatz: *Dann wuchsen wir.*

Auch aufeinander zu.

In meiner Pubertät war sie vor allem nicht da. Das hatte Vorteile. Als Oma blühte sie auf. Wenn ich »Oma« zu ihr sagte, konnte ich sie besser ertragen. Ich besuchte sie jedes Jahr in ihrem Alpenrosenheim. Sie hatte dort genug Menschen, die sie herumkommandieren konnte. Sie entließ mich. Das Leben, das ich führte, interessierte sie nicht mehr. Das war gegenseitig.

Links Thermometer ins Ohr, von rechts Hand auf die Stirn: »Frau Schücking, san'S wach?«

Wie soll man auch schlafen mit einer eiskalten Hand im Gesicht? Die Schwester nickt. »Sie haben das Abendessen verpasst.«

Ich will nichts. Mein Magen ist geschlossen. Man hilft mir zu trinken. Viel trinken. Ich kann kaum schlucken. Das ist kein Hals mehr, was ich da habe, das ist ein Witz. Will ich lieber Tee? Ich krächze nicht einmal mehr. Die Nase atmet akkurat noch links.

Die andere Schwester sticht in meine Hand: »Wir legen einen neuen Zugang.«

Meinetwegen. Ein Zugang! Das ist einmal ein Wort.

»Drehen Sie mir den Schmerztropf hoch?«

»Hamma scho. Des merkn'S glei.«

— husch, husch. G&G hatten mich lieb, sagten sie. Ich merkte es. So ein Zugang geht ja nicht einfach rein. Rolladern hab ich. Schlaue Adern, die ziehen sich vor der Nadel zurück. Da haben sie eine erwischt. Um das gesunde Bein legen sie mir einen kühlen Wickel. Eine tätschelt mich. Da wird die Müdigkeit, die ich in den Knochen habe, den Sehnen, Nerven, weich und angenehm. Um meinetwillen waren G&G von Düsseldorf nach Solln gezogen, Gerd hatte sich aus dem Rechtsanwaltsgeschäft verabschiedet, zuhause bildete er sich zu einem Spezialisten im Bau- und Entsorgungsrecht aus. Er nannte dies seinen Zukunftsblick. Sein Kopf, sagte er, stecke im Recht wie unter Wasser. Ein Herz hatte er beruhigenderweise auch, bei ihm hörte ich es pochen, bei der Mutter nicht, sonst zerdrückte ich das Kleid. Beide sagten, bald sei der Krieg vorbei. Das weiß ich noch im Fiebertraum, das erzähl ich mir gnadenlos glatt. Ich saß bei Gerd in der Bibliothek und malte ab, was er mir zeigte, Schlangenzeichen um Schlangenzeichen. So leitete man juristische Paragrafen ein. Meine neuen Eltern waren zufrieden mit mir, Gerhild, dem Hündchen an der Liebe — ich meine der Leine — und der Liebe. Ich arbeitete schwer dafür, bei ihnen bleiben zu dürfen. Sie waren viel besser als das Heim. Seltsamerweise schienen sie das nicht zu wissen

— nicht zu wissen,

— nicht zu wissen,

ruft Gerda in meinem Kopf, »Geranie, nun komm!« Geranie nannte sie mich, um mich aufzuziehen, ich nannte sie »Gardine«, schön im Stillen, da genoss ich es umso mehr. Wollte sie nett sein, gab sie mir Vanilleeis, es passierte, wenn sie selbst traurig war. Ich wusste, dass dieses Traurigsein nicht an mir lag, sondern an etwas im Schlafzimmer, und dass es meine Aufgabe war, die Mutter aufzuheitern. Ich schaltete dafür das restlos starke Vergessen an und stellte Gerda lustige Fragen. Die Scheinwerfer des Bugatti glänzten wundersam, ihre Leben glänzten wundersam, wenn ich die Augen schloss, war der Vergessensscheinwerfer so stark wie der Bugattischeinwerfer, was strahlten die Scheinwerfer in meinem Kopf.

Fast wie jetzt. Heiß ist es jedenfalls. Alles in Licht getaucht am Ende, das glaube ich nicht. Nur dass die Hitze aus mir selbst gemacht wird, spüre ich. Aus der Leber, den Lungen, der Brust steigt sie mir in dicken Bahnen in den Kopf und ist ich selbst.

ABBA singt: The history book on the shelf is always repeating itself. Bitte nicht. Das Schmerzmittel hilft, und dass ich innerlich köchele, hilft ebenfalls: Nicht allein den Gedanken muss ich fassen, sondern auch das — Verbundensein im Damalsleben, in der langen

Zeit. Meist rief Gerda mich Spatz. Sie legte mir die Kleider zurecht, überwachte meine Hausaufgaben, übte Klavier mit mir, markierte am Türstock, wie ich wuchs. Sie kraulte meinen Rücken, schnitt mir die Nägel, kämmte mich — Bild um Bild flackert vorbei wie in einem Daumenkino. Es war liebevoll und jedes Mal auch noch etwas anderes, es ging um mich, aber auch um sie, das war mir gelegentlich zu viel, so nah, dann wieder genoss ich es. Im Elternschlafzimmer hatte ich das Tag- und Nachtverbot. Gerda versteckte ihre Oberarme und Oberschenkel. Selbst in der größten Hitze trug sie Kleider oder Blusen mit Ärmeln.

Nach der Trennung von Kingas Vater — ernsthaft zusammen waren wir nie — zog ich zu ihnen zurück. Nach wie vor suchte ich etwas bei ihnen. Was sich dort nicht finden ließ?

Das wäre zu einfach.

Sie hatten sich verändert. Ein uneheliches Kind? Da schluckten sie. Dann: »Wir helfen dir.«

Da schluckte ich. Das hatte ich gehofft. Oder wünschte ich mir, dass sie mich rauswarfen? Das eine wie das andere. Beides hätte meine tiefsten Sehnsüchte bedient. Und ihnen widersprochen. Ich war ein Auf und Ab wie die Besser- und Schlechtertage hier, wie die Hitze, mit der ich mir Feuer mache unterm Herzen.

Damit ich nicht alles so denke wie immer. Streng dich an. Benenn es, zieh es zusammen: In der Großzügigkeit deiner Adoptiveltern steckte Liebe. In der Liebe das Bedürfnis, geliebt zu sein.

Ihr Liebesbedürfnis.

Und meines.

Ich brauchte Geld, ich wollte weiterstudieren. Oma und Opa brauchten mich. Gerda hatte einen zweiten Atem gefunden. Sie gab Kurse zur Säuglingspflege und Kleinkinderziehung, reiste durch Müttergenesungsheime. 1946 hatte sie den Führerschein gemacht — ihr stolzes Gesicht bei der Rückkehr von der Prüfung, und Gerd, der nicht einmal den Kopf aus den Büchern hob, als sie es ihm sagte. Da tat sie mir leid.

Auch dieses Gefühl gab es. Vielleicht veranlasste es mich dazu, mit Kinga zu ihnen zu ziehen — vielleicht. Als Großeltern waren Gerda und Gerd ungleich besser als als Eltern, zugewandt, geduldig, unideologisch.

Siehst du ein Gesicht?

Ich sehe den Buchfink. Noch nicht, rufe ich ihm zu, du kommst erst später dran. Sie gaben meiner Tochter etwas, was ich ihr nicht geben konnte. Meine — Liebe hatte Lücken. Ich kannte Stunden, bisweilen Tage, an denen ich nichts fühlte. Stumpf, aus mir herausgesetzt — Migräne nicht im Kopf, sondern im Gemüt. Depression, Dauertrauer, Erschöpfung? Das ist der Teil, den ich mir sonst nicht erzähle. Lauf, Alissa, lauf. Ich hörte Besucher zu Kinga sagen: »Kümmer dich um deine Mutter«, oder: »Sei schön folgsam.« Ich hörte es, als säße ich zufällig dabei. Kingas Mutter war eine andere Person.

Weggegeben hatte mich meine leibliche Mutter — G&G hatten mich aufgenommen. Als Kinga ihnen ans Herz gewachsen war, nahm ich sie ihnen weg.

Fast freut es mich heute noch.

Auch mich nahm ich ihnen auf diese Weise weg.

Ich versuche, möglichst genau zu sein. Es ist zu spät, mich selbst zu betrügen.

Obwohl — was für eine moralinsaure Regel. Was, wenn der Selbstbetrug eine Gnade ist? Eine Heilfolie, auf eine alte wunde Stelle gelegt?

Auch mich nahm ich ihnen weg. Abgeliefert, angehängt und weg. Fort, da, das unwiderstehlichste Spiel der Macht.

Tat ich es, um etwas auszugleichen zwischen uns?

Um einen Neuanfang zu ermöglichen?

Das klänge anständig. Wenigstens das. Und ist nicht einmal nur gelogen. Es dividiert sich nicht so schlicht auseinander, das menschliche Herz, mit seinem hellen und dunklen Blut.

Atme — ein, aus, Alissa. Was ich tat, machte mich mächtiger als je zuvor. Hilflos mächtig. Ja, auch das.

Was schwitz ich so. Ich schwimme — hoch. Noch immer kriege ich die Augen nicht recht auf. Ich meine, wenn ich wollte, könnte ich, nicht wahr? Es wird noch Nacht sein. Oder welcher Tag? Ach Fink, was bist du wieder da.

Das Zimmer ist dunkel. Die Bodenlichter brennen. Falls ich rausmöchte, haha. Schub um Schub schießt mein heißes altes Blut mir im Kopf umher und dieses hochfarbige, hochfahrige Denken, das das Fieber ist. Hatte ich, als ich Kinga aus ihrem Leben in Solln riss — sie wurde sechs und kam zur Schule —, hatte ich Kingas Gefühle überhaupt im Blick? Mit meiner Entscheidung traf ich G&G. *Und* mein Kind.

Ja, schaut, hier muss ich hin. Fast wird mir kicherig zumute: die heilige Mutterliebe!

Die heilige heilige Mutterliebe.

Hier kriecht sie im Schlamm.

Hat sie einen Schlangenkopf?

Nein doch, Alissa, nein. Mehrere hat sie. Gib's zu, gib's zu. Und sie tarnt sich geschickt.

Knistern, von nah. Das wird die Mitternachtsvisite sein, das frische Schwesternset. Restruhe, die ich hab. Ich tu, als schliefe ich. Das geht leicht. Kaum bewegt sich das Kopfteil des Bettes einen Zentimeter nach unten, schlafe ich. Ich drehe den Kopf noch zur Seite, schlafe weg. G&G schauten nachts oft nach mir. Als wollten sie sehen, ob ich brav war, so als ihr Kind, und wuchs für sie.

Diese Eltern hielten sich für schlau, dabei verstanden sie mich nicht. Sie hatten Geld, wenngleich auch einen Kummer. An Stellen, von denen sie nichts wissen wollten, trugen sie Geheimnisse mit sich herum. Sie wollten sich in mir spiegeln, sie meinten es nicht böse, sie waren auch liebenswert, hie und da, sie waren in sich selbst verloren, verzagt, ohne es zuzugeben.

Als ich sagte: »Bitte die Butter, die Mutter«, brach Gerd in schallendes Lachen aus. Frau Doktor Johanna Haarer, Autorin des Buches *Die deutsche Mutter und ihr erstes Kind*, war Gerdas großes Vorbild. Ständig fiel ihr Name. Ein gigantischer Verkaufserfolg. Frau Doktor Haarer schrieb die Anrede »die Mutter« vor. »Bitte die Butter, die Mutter.«

Bald darauf wollte Gerda keine »die Mutter« mehr sein. Die Frau Doktor hatte Gerda eine Ohrfeige gegeben. Auf einem Empfang. Eine Nazisse der anderen, denke ich heute. Die bewunderte Haarer hielt eine Rede, die bewundernde Gerda stellte sich ihr vor, Haarer hatte von Gerda gehört, verbat sich, dass sie ihre, Haarers Anweisungen, in ihren, Gerdas Vorträgen, wiederholte und holte aus. Zuhause warf die Nicht-mehr-die-Mutter Haarers Buch weg und beschloss, ihre Schulungen ab sofort mit den gleichen Inhalten ohne Zitate zu bestreiten. Haarer hatte vier Kinder, Gerda nur mich. Das war ein schweres Manko, das Gerda durch rechtliche Beratung der Mütter auszugleichen suchte. Sie muss unglücklich gewesen sein. Bereits vor meiner Ankunft hatte sie jahrelang öffentlich über Kinder und deren Erziehung gesprochen. Und zuhause in ein Zimmer gestarrt, in dem Koffer standen statt einer Wiege. Davon, das begriff ich später, hatte ich sie erlöst.

Jede Liebe hat einen Grund. Schlangenhaupt, Schlangenhaupt, kriech. Mutterliebe als Egoismus? Na und. Da stehe ich auf Gerdas Seite. Wenn es etwas wie ein Klarfieber gibt, dann dieses. Saust mit mir Lebensstationen ab, zeigt mir vertraute Menschen — sie sehen aus wie gewohnt, nur dass sie durchsichtig sind. Auch in Gerda und in Gerd gibt es ein Bassin wie in mir. Na also! Es ist die Stelle, an der man sich nach Liebe sehnt.

Waterloo, singt Anni-Frid, couldn't escape if I wanted to.

Warm ist es da. Warm in Menschentemperatur. Nicht heiß, nicht kalt. Nicht Wechselbad.

Da, ganz leise, löst man sich auf.

Meine Finger zittern, ein Zittern von innen, ich glaube, von außen sieht man es nicht. Die Pinien, die keine waren — nein, wartet noch einen Augenblick. Dunkel das Fenster, the dead of night, hat Kinga mir vor Jahren erklärt, was fällt es mir jetzt ein, the dead of night ist nicht die Mitternacht, sondern fünf Uhr am Morgen. Eulenflug und so. Auf Polnisch oder Französisch gibt es das nicht, da hat die Nacht nicht diesen Sterbeknick. Ich brauche lange zurück in etwas wie Tag und kaum bin ich wach, will ich müde sein. Nacht, Nacht, gib nach. Kinga ist drei Monate alt, ich trage unsere Koffer in die Sollner Villa. Mein Kind pupst Gerd an, rülpst, streckt ihm die Ärmchen entgegen, da ist es um ihn geschehen. Sie blühte, er blühte auf. Als sie älter wurde, gefiel es ihr, bei ihm zu sitzen, er auf dem Lehnstuhl, sie auf seinem Schoß, er mit den Büchern, sie mit den Bauklötzen, und wenn man die beiden sich selbst überließ und später leise in die Bibliothek schaute, war es andersherum: er mit ihren Bauklötzen auf dem Boden, sie über seinen Büchern, mit Stiften, krakelnd im Gesetz. Da hing die Villa zu Solln ins Leuchten hinüber, in die Freiheit, und es tat ihr ausnehmend gut.

Auch Gerda holte etwas nach an Kinga: Daran, wie sie meine Tochter in den Armen hielt, erkannte ich es.

Gib zu: Erneut empfandest du Mitleid mit ihr.

Es hatte auch etwas Weiches gegeben. Nun trat es hervor.

Wir, Alissa, die Auferstehende, und Gerhild, die Abnehmende, suchten nach dem passenden Abstand. Ich höre mich Polnisch sprechen in diesem Fieber. Kinga und ich sangen Lieder, an die ich mich von Zuhause erinnerte. G&G verstanden kein Wort. Jeden Tag lernte ich polnische Vokabeln nach. Jeden Tag wuchs Alissa ein Stück aus Gerhild heraus und über sie hinweg.

»Das wird schon«, sagte die Schwester gestern. Die nette. Die nächste: »Das kriegen wir hin.« Nett auch sie. Die übernächste: »Wir tun, was wir können.« Das ist die Ärztin, es ist jetzt. Sie richten mich auf, damit sie mich ein zweites Mal abhören kann.

Ist es ein resistenter Keim?

»Hoffentlich nicht«, sagt die junge Frau.

Ich ziehe die Augenbrauen hoch. »Lungenentzündung, Hirnhautentzündung, Schocksyndrom …« Ich höre nicht mehr zu. Sie wechseln das Antibiotikum. Sie tragen Schutzanzüge, ich verstehe sie kaum. Noch ehe ich den Mund öffne, sind sie fort.

Ach, Mädchen, sage ich mir. Ein resistenter Keim. Und wer fängt ihn sich ein? Du. Dein übliches Pech.

Fast wären Kinga und ich bei G&G geblieben. Vater erkrankte an Parkinson. Es war besser, wenn jemand im Haus war und darauf achtete, dass er seine Medikamente nahm. Sein Rücken krümmte sich und er hatte Stunden, in denen er merklich monoton sprach. Die Ärzte waren überrascht, als sein Zustand sich stabilisierte. Gerds Körper war wohl der Meinung, ausreichend Substantia nigra getötet zu haben. Schwarze Materie in Gerds Gehirn. Davon, dachte ich, hatte es bestimmt zu viel gegeben.

Kurz vor Kingas sechstem Geburtstag packten wir. Gerda kümmerte sich um Gerd, sie waren nun beide in Rente. Als er starb, beklagte sie sich über ihn. So jung geheiratet, beide erst 22, und dann nicht einmal die diamantene Hochzeit geschafft. Typisch Gerda! Das fehlte ihr: das Fest, die Bestmarke, der Schein.

Als käme es noch darauf an. Ich lass das jetzt. Komm, Buchfink, flieg durchs Bild und nimm mich zu den Pinien mit. Eines noch – ich will es Kinga morgen sagen. Will ihr zugeben: Mädchen, ich habe dich benutzt. Ich wiederholte etwas an dir, als ich dich aus Solln wegzerrte. Es gefiel mir und schmerzte mich, es missfiel und gefiel mir, ich machte mit dir, was mir selbst zugestoßen war.

Meine Mutter, ich meine Adele, deren Namen ich nun wieder weiß, hatte mir gesagt, dass Tante Else mich in ein echtes Zuhause bringe, dass es das Beste für mich sei.

Ich sagte Kinga, wir zögen in ein echtes Zuhause, es sei das Beste für sie.

Weder Adele noch ich sprachen aus, dass wir glaubten, dass es das Beste für uns, die Mutter, war.

Falls Kinga fragt, ob ich hoffte, der Umzug würde uns beide miteinander verbinden, muss ich sagen: Daran dachte ich keinen Augenblick.

Ob das Fieber, bitte, ein wenig gesunken ist? Ich könnte nach ihnen klingeln, damit sie messen. In der Hand sitzt die Nadel. Der Tropf tropft. Das Antibiotikum läuft. Ich sehe zu.

In Stuttgart beobachtete ich die Reaktion meiner Tochter auf die Trennung. An ihrem Beispiel erlebte ich, was mir geschehen war. Ich erlebte es von innen und außen zugleich. Ich hoffte, es so besser zu verstehen. Es war ein Geschehen, so groß und klein, so luftig und undurchdringlich, das konnte eine allein für sich niemals verstehen. Kinga war traurig, sie fragte nach ihren Großeltern, malte Bilder für sie, Blumen, Häuser, Enten. Oma, Opa und sich selbst malte sie hinein, blickte mich an, malte mich. Ich wusste, was sie sich wünschte.

Kinga, ich würde es wieder tun. Du brauchtest Oma und Opa, ich brauchte Abstand, ich ertrug nicht, wie verbogen sie innerlich waren. Sie hatten sich geduckt, versteckten sich vor sich selbst, es nahm mir den Atem an einer Stelle, die man nicht unbedingt fühlt, erst als wir weggezogen waren, merkte ich, wie die Enge abfiel von mir. Wir telefonierten mit den beiden, aber fuhren nicht mehr nach Solln. Uns zu besuchen, verbot ich ihnen. Ich wollte sie nicht in der Wohnung, wollte nach ihrem Tod nicht ihre Schatten zwischen unseren Wänden sehen müssen.

Erst später, viel später, ging mir auf, dass »harte Schnitte« dieser Art G&G-Denken waren. Dass es andere, menschlichere Wege gab.

Doch ich ähnelte ihnen.

Sie hatten mich geformt.

Auf mich abgefärbt.

Schmerzhaft genug. Doch ich bin noch nicht am Ende. Mit der Dunkelheit. Der Dunkelheit in mir.

Man fährt mich. Schatten flackern — ich flackere, ich muss auf die Intensiv. Ich sage »Bassin«, sie drücken mir einen kühlen Lappen auf die Stirn. Ich bin froh, dass ich noch alle Zähne habe, sonst nähmen sie sie mir weg. Eine Windel haben sie mir angelegt, das reicht. Ich lächele sie an, »sie lächelt«, sagen sie, als wüsste ich es nicht.

Ich lächele, trotzdem will und will die Pinie, die mir vor Augen schwebt, nicht verschwinden — ich habe viel Zeit im Leben bei Nadelbäumen verbracht —, Nadelbaumduft, Nadelbrand. Ein paar Mal habe ich versucht, jemandem davon zu erzählen, bald wurde ich vorsichtiger, ich wollte nicht erneut hören, wie ein mir wichtiger Mensch sagte: Du erzählst so distanziert, als gehe es dich nichts an. Dieser Satz war ein Gummiband, er schnalzte mich fort von der Person, die ihn aussprach, fühlte ich darin doch, wie sie nichts von meinen Erlebnissen verstand, nicht sah, dass Distanz die Voraussetzung dafür war, überhaupt den Mund zu öffnen.

Es war die Arbeit eines ganzen Lebens: dass ich Abstand halten konnte. Dass ich nicht ins Becken fiel. Und es schmerzte mich, dass mein Gegenüber Gefühligkeit mit Echtheit verwechselte. Es sind die Details, hätte ich sagen können. Dass mir bis heute übel wird, wenn ich Sisal rieche oder Hanf. Seilmaterial. Dass ich meine eigene Bettwäsche mitnehme, wenn ich in einem Hotel übernachten soll, weil ich nie mehr im Leben auf doktorweißen Laken liegen will. Dass ich Übersetzerin wurde, weil ich in Büchern Gefühle aushalten kann, die ich nicht ertrage bei mir; ich meine, hätte ich mit einem Lächeln sagen können, mit dem ich mich selbst verspottete: Gefühle, die ich gar nicht spüre. Sie verstehen?

Ich schwieg. Eisern. Vereist.

Jede Sekunde steht die Schwester an einer anderen Stelle. Nun hält sie etwas in der Hand, das es bis eben nicht gab. »Riechstift«, sagt sie, »Tanne.« Beige, schmal mit Loch. Sieht wie von früher aus — und beißt in der Nase. Sie lassen mein Kopfteil nach oben fahren, ich kann leichter atmen, schaue auf mein Handy. Brille auf. Mir ist so schwitzig, dass sie beschlägt. Flummy hat ein Foto geschickt: Flummy vor dem umgestürzten Christbaum. *Is fast weg.* 😘

GG! Deine Oma, tippt die Schwester für mich zurück. Sie trägt eine Maske, einen Plastikschutz, der an der Stirn befestigt ist, einen Plastikanzug, Handschuhe. Ich bin auf dem Mond, ich simse Kürzel aus einem steinernen Meer.

Husch, husch — Erinnerung, glüh. Es ist an der Zeit. Die Pinien waren hoch und alt, dreizehn Bäume, in zwei Reihen gepflanzt, eine hatte der Wind gefällt. Die Stämme in Erdkreisen, bedeckt mit sauber gerechtem, hellem Kies. »Pinien«, obwohl sie Schwarzkiefern waren. Sie säumten den Schotterweg vom großen Gartentor vorbei an der Haustür nach hinten zur Garage.

Husch, husch. Sagten G&G, »uns geht es gut«, war Gerhild stolz. Das Gute war auch sie. Und sie wollte es sein. Ein Teil von ihr versuchte, die Erinnerungen an ein Leben vor G&G loszuwerden, ein anderer wehrte sich dagegen. Die Lösung: Sie lehnte sich an einen Pinienstamm, schloss die Augen, roch an Nadeln und träumte. Den Rest der Zeit, Tag und Nacht, war sie Gerhild-pur. Sie dachte wie ihre neuen Eltern, sie handelte wie sie, sie ließ sich kämmen, striegeln, lieb haben, verwöhnen, einweisen, arisieren.

Die Pinien rauschten — G&G warfen ein paar Dinge in den Kamin. In Solln roch man Münchens Bombenrauch und atmete seinen Staub. Man selbst war ein Nebenziel. Der Runenzaun wurde durch einen Lattenzaun ersetzt. Die deutschen Gesetze waren tot, als neues Gesetz standen lebendige Amerikaner in den Straßen. Gerda war halb ausgeknipst, sagte Gerda, Gerd hielt dies für dumm. Das Verschwinden der Hitlerwelt rußte mächtig. Anders als meine Eltern wusste ich, was passierte, wenn eine Welt verschwand. Ich hatte es schon einmal erlebt. Das Verschwinden einer Welt brannte unter der Haut. Das konnte man nicht löschen. Davon ging man nicht einfach weg.

Vor die Garage pflanzten zwei Männer hohe Büsche, damit man das Tor nicht mehr sah. So war der Bugatti versteckt. Mit Gerda ging ich ins Wäschehaus, es war das Mietshaus gegenüber mit dem Trockenspeicher, ein Balkenschiff, ein Gerippe, das in den Himmel fuhr. Die erste Etage roch nach Bohnerwachs, die zweite nach

Kohl, in der vierten funkelte buntes Glas in den Eingangstüren, im Speicher pfiff der Wind um die Ecken, die Sonne drückte einem ihr Strahlen ins Gesicht. Gerda schleppte den großen Korb hinauf, ich den kleinen. Die Mutter sagte, unsere Wäsche verrate uns, sie zeige dem Vater, dass wir schlampig seien, wenn wir sie nicht gerade zögen. Tatsächlich baumelte sie gebeult wie unsere Hüften, unsere Knie von der Leine, und mitunter machten wir uns einen Spaß daraus, sie so hängen zu lassen.

So konnte die Mutter auch sein. Kindisch.

Wir schauten über die Ausläufer der Stadt Richtung Alpen. Das Wespennest vom Vorjahr hing wie schlampig gefaltetes Papier vom Balken und raschelte mit dem Wind. Gerda hängte die Wäsche der Reihe nach auf, Vater, Mutter, Kind, damit das Ordnen später schneller ging, ich hängte durcheinander, Unterhosen neben Hemden und Kleidern. Die Bettlaken schüttelten wir gemeinsam, hängten sie breit.

Einmal kam Gerd uns nach, wir versteckten uns hinter den Laken, bevor er durch die Tür trat. Er sah sich um, stellte sich ans Fenster und rauchte zur Gaube hinaus, den Blick nach München gerichtet. Nach dem Rauchen flüsterte er, »Gerda, wo bist du«, und die Mutter schickte mich weg.

Nach dem Krieg machten die Nachbarinnen die Wäsche mit den Flüchtlingsfrauen zusammen in einem Austragshäusel, dessen Dach zum Teil heruntergekommen war, sodass niemand mehr darin wohnte. Ich half bei der Weißwäsche. Fanden sich kleine Blutsprenkel unregelmäßig verteilt auf einem der zu waschenden Laken, war es von uns. Alle sahen es, niemand sagte etwas.

Die Pinien rauschten und waren ein Stück Himmel. Stürmte es, klatschten die Zapfen auf den Kies. Meine Mutter sei keine Polin gewesen, nie hätten sie mich adoptiert, wäre sie nicht eine reinrassige nordische Arierin, sagten G&G.

Hatten sie sie getroffen?

Meine Güte, Kind, was hast du denn für Ideen.

Ich hatte eine Idee an der anderen. Klingelte es, rannte ich zur Tür. Frühmorgens, mittags nach der Schule, nachmittags und abends stand ich am genagelten Zaun. Die Menschen, die vorbeikamen, stammten aus dem Osten. Ich stammte aus dem Osten. Mutter war im Osten geblieben. Neuerdings durfte der Osten laufen. Es waren so viele Menschen, die aus dem Osten zu uns kamen, dass der Osten sich total ausleerte. Total. Das sagte auch Gerda. Sie sagte: »Im Osten kann man gar nicht mehr bleiben.« Ich war mir sicher: Mama würde kommen. Den gesamten Sommer '45 stand ich am Zaun. Alissa — atme ein — atme ein — atme ein. Und wie ich atmete. Ich durfte sie nicht verpassen.

Unter Umständen erkannte sie mich nicht auf Anhieb, weil ich so stark eine Gerhild geworden war. Jede Menge Schücking klebte an mir. Jeden Morgen und Abend flocht Gerda mir die Mädelzöpfe. Als ich Läuse hatte, kämmte sie mich stundenlang. Ich saß auf dem Stuhl vor Gerda, die den Nissenkamm in der Hand hielt, und erinnerte mich an Reni, die das zuhause bei mir gemacht hatte, bis Gerda sagte, an so etwas denken wir nicht, es gibt keine Reni mehr oder was du da sagst. Total. Tot all.

Ah, Gerda, so falsch konnte man liegen. Noch fühle ich, wie Gerd mich aufhob, im Nachthemd war ich im Gras am Zaun eingeschlafen, auf einer Decke, dennoch wurde ich krank und verpasste den großen Zusammenbruch. Er fand im Mai statt, die dickste Flüchtlingswelle war Wochen zuvor im März angerollt, damals hatte ich angefangen mit meiner Wache — die Pinien rauschten, ich lag mit Fieber im Bett —, ich liege mit Fieber im Bett und ein Buchfink turnt an einer Stange, wie kein Buchfink es je tut.

Ein Tischchen klappert — meine Temperatur ist nicht gesunken, sie sagen »wir haben noch andere Möglichkeiten« —, sie lügen ungeschickt. Ich schlucke meine Blutdruckpillen, »das wollen wir nicht vergessen«, sagt eine Stimme —

»nichts wollen wir vergessen«, sage ich und werde jünger dabei, ich glaube, ich fahre innerlich in der Zeit zurück, während mein

Körper nach vorne muss, in das Fieber hinein, ich schlinge die Arme um mich,

spüre das Warten von einst,

die Angst, die zugleich eine Hoffnung war,

die Hoffnung, Mama kommt mich holen,

wenn nicht im März, dann im Mai, wenn nicht im Mai, dann im Juni oder im Juli —sie kommt in den großen Ferien, sagte ich mir, oder im September, durch die Amerikaner hindurch, durch den gesamten Osten hindurch kommt sie zu mir —

—

—

da konnte ich am Zaun nicht

— bleiben, ich musste auf die Straße hinaus, die Straße hinab, um die Ecke schauen — und

um die nächste, so fing

»das Weglaufen« an, wie sollte es

aufhören, es ging um Finden, dass das

ein Weglaufen gewesen wäre, kam mir nicht in den Sinn —

den Eltern legte ich Zettel hin, »bin gleich zurück«, »gehe spielen«, Gerda indes roch die Not, spürte den Zwang, dafür hatte sie ein feines Sensorium. Sie war es, sie, die mir da näherkam. Sie fühlte meine Verzweiflung und stellte mich so lange zur Rede, bis ich es ihr entgegenbrüllte: »Ich suche meine Mama.«

So leicht gleite ich zurück, als wäre das ein Bett voller Öl. Das Rasseln in den Lungen ist leiser geworden. *Au dodo?* Nichts da Körbchen. Bis ans Ende der Welt wäre ich gelaufen. Für meine Dodo-Mutter, mein vom Aussterben bedrohtes Muttertier.

Ich glaube, sie haben mir die Brust eingeschmiert, ich atme. »Alles wird gut.« So begeistert, so beherzt, wie man es nur als Kind kann, glaubte ich im Sommer 1945 daran.

Dass ein Mensch die Verzweiflung eines anderen vielleicht auch spürt, wie Gerda bei mir, weil sie selbst eine schwere Trauer erlebt hat, schwante mir erst, als ich erwachsen war.

Gerd, Gerhilds Pferdestehl-, Reit- und Gerechtigkeitsvater, der auch Alissa gerettet hatte, etwa vor einem Kinderheimschaden, Gerd, lustig, großzügig, der nach Rasierwasser roch, Filme liebte und Bücher, Gerhilds Baumvater, der die Linde vor der Tür vorm Verrotten bewahrt hatte, Steineiche wäre ebenfalls möglich gewesen, echt deutsch, um den Stamm sprossen die kleinsten Blümchen, Leberblümchen, Lebensblümchen, Gerd sagte, er finde Gerhilds Suchen nicht schlimm.

Die Pinien waren biegsam und miteinander verbunden, dicht, harzig und rau, eine lebendige Wand. Gerhild versteckte Alissa zwischen ihren Stämmen, Alissa, die dunkler war als Gerhild, stachliger, nadliger, und die von Indianern schwärmte, durch Gerhilds Mund.

Gerda band mich an die dritte Pinie von hinten, vor der Haustür, ließ mich stehen. »Hier gefällt es dir ja so.«

Kinder in Ecken stellen, Kinder an Stühle binden, Kinder schlagen, man wusste und hörte davon, anbinden an eine Pinie war eine Mischung von allem, neu und »genial«. Die Mutter griff nach dem Seil, das für Notfälle im Kofferraum des versteckten Bugatti lag. Gerhild am Totempfahl. Dass ich mich nicht bewegte, ihr nicht abermals entwischte — mit dem sich hebenden Wind —, meiner Sehnsucht, meinen Schnapsideen, meinem Renntalent.

Sie sagte: »Spielst du mit mir, spiel ich mit dir.«

»Willst du dich beschweren?«

»Versprich, dass du nicht mehr suchen gehst.«

Ich wich ihrem Blick aus. Alissa in mir wuchs.

Nun, da Gerda mich angebunden hatte, musste sie mich weniger bewachen. Vergessen durfte sie mich nicht. Ich war das Hündchen an der Leine. Am anderen Ende der Leine hing sie.

Ich lernte: *Freiheit ist immer auch die Freiheit des anderen.*

Zeit geht niemals rückwärts, außer sie tut es.

Man hat schon Pferde rückwärts kotzen sehen.

6.30 Uhr, das Deckenlicht springt an. Essen will ich nicht. Sie messen, trinken soll ich. Bin zu, bin zu, will ich sagen. Sie verstehen es ohne Worte, gehen. Das kleine Licht brennt an der Tür.

Ich lehnte mich in das Seil. Irgendwann spürte ich die Beine nicht mehr. Die Arme starben ab. Die unechten Pinien säuselten wie etwas Echtes und warfen ihre Schatten. Ich schrie nicht, aus Scham. Gerd ließ Gerda ihren Willen an mir. Sie ihm den seinen an sich. Nehme ich an. Holten sie mich in ihr Steinhaus zurück, wurde ich aufs Sofa gelegt und mit Suppe gefüttert.

Noch als erwachsener Frau wurden mir, wenn ich im Bett lag und die Bäume rauschten, die Beine taub oder ein Arm, und ich rührte mich für viele Stunden nicht — es roch nach Piniennadeln, Tannenbaumnadeln — und ich hob mich, mit dem wehenden Wind — durch den gesamten Osten, den weiten Osten kommt sie zu mir — und blieb unter einem brennenden Christbaum liegen, weil ich meinen Körper selten spürte, seither — oder weil ich, so sage ich es lieber, noch immer träumte wie einst als Kind — sie hat mich nicht aufgegeben, sie kommt mich holen — wobei ich für Jahre in meinen Schlafbildern sah, wie ich von einem hohen Baum sprang, ohne mir wehzutun, und in einem festen Körper, größer und muskulöser als der meine, auf dem Boden aufkam.

… feel like I win when I lose

(Alissa, tags darauf)

Gesang der gezwungenen Kinder

____

dass wir geworden waren wie ihr

gern gewesen wärt

Vögel schon

am Rand eines Feldes pickende

unruhige viel zu kluge Krähen

beerenschwarz ~~kirschschwarz~~

pechschwarz

das Schwarze der Augen

______ der Krallen

______ der Kehlen

______ der durchschnittenen

Federn ______

wie sie sich zur Seite legen, auf dem Feld

mit dem Wind

____

wie sie wieder aufstehen, auf dem Feld

mit dem sich

hebenden Wind

Das Zimmer schwamm im Morgengrauen, ich hatte einen röhrenden Hunger, so sagt man nicht, so war es schlicht, manchmal fiel mir das richtige Wort nicht ein, das war das Alter, dachte ich, das durfte sein, und wusste, als ich es dachte: Ich bin wach, kopfklar, denn diese Gedanken kenne ich. Ich drückte den Knopf, man kam, gab mir Blutdruckpillen, doch nun andersherum: rauf statt runter, man fuhr mein Kopfteil spazieren, war stark verpackt. Handschuhhände stellten ein Brötchen neben mir ab, fast wunderte mich, dass es nicht auch eingeschweißt kam. Eine Weile starrte ich es an, war zu müde dafür, ein Streuselkuchen wäre mir lieber gewesen, am Bahnhof von Wrocław wurde ich abgeholt, die Frauen von der Deutschen Gesellschaft hatten es organisiert, eine Tochter erschien, ein Enkel, ihnen sagte ich, Alissa gehe den Weg andersherum — Alissa, die so spät im Leben gefunden hatte, woher sie kam, geboren im ersten Heim des Lebensborns, dieses Wort konnte man nicht übersetzen

das konnte man nur VERGESSEN — gemeinsam verlachten wir es —, aßen Kuchen, lehnten uns in die Stühle zurück, alte Frauen, schief angezogen, schiefgelaufen von den Jahrzehnten, über die Jahrtausendwende gestolpert — Schnee von gestern, Schnee.

So oft war ich davongekommen, etwas drückte meine Hand, »Sie hängen am Tropf, Frau Schücking«,

»falsch«, wollte ich sagen, »ich hänge am Leben«,

die Ärztin, die ich bereits kannte, stand da, »engmaschig beobachten«,

sie selbst drehte »das Morphium« auf, ich lag in einem gelb gestreiften Feld, im Haus Hochland trösteten mich

frische Laken,

Fenster,

noch als Erwachsene zog ich keine Jacke an, wenn alle froren, etwas in mir war durchschnitten, die Leitungen gekappt, Lissl wurde Gerhild wurde Alissa, blieb Frau Schücking, wie sollte das zu verkraften sein — die ersten Bilder, die Hand zum Gruß in den Himmel gesteckt — sie will die Wolken berühren — ich wollte in den Arm genommen sein.

»Frau Schücking«, sagt der Pfleger, sein Namensschild kann ich nicht lesen, die Maske verbirgt sein Gesicht, Handschuhe schütteln die Decke, ich habe diesen Hunger aufgeschnappt, »bitte«, sage ich, »einen Kaffee, einen Cappuccino, ein Stück Streuselkuchen, bitte, jetzt«. Meine Stimme krächzt schlimmer als gestern, doch meine Augen sehen klar, und ich funkele ihn an, so kräftig ich kann. Er sagt, er wolle sehen, was sich machen lässt, er rufe wohl mal meine Tochter an. Meine Hände zittern weiterhin von innen, nicht von außen, das kann er nicht wissen, wozu Kinga holen? Eben war es kurz nach Weihnachten, jetzt ist es das neue Jahr, ich fühle mich moosgrün — Kinga, werde ich sagen, es gibt eine Wohnung in Breslau, die kann deine Mutter dir jetzt anbieten —, diese Alissa, die ich heute Morgen mal stärker empfinde, mal verliere.

Schwankige Welt. Ich mache die Augen zu, eine Minute, fünf Minuten, dann auf, für Sekunden. Die Gedanken schießen hoch wie fliegende Fische aus dem Meer und stürzen in es zurück. Kein Wunder, dass eine davon müde wird. Mir nichts, dir nichts ist der Pfleger zu zweit, sie flüstern etwas wie »sördsch«, muss ich das verstehen? Ich bin nicht bereit, mir meine Kaffeelust verhunzen zu lassen, sie muss ein erstklassiges Zeichen sein, ich krächze »Trinkgeld«, habe also alle Sinne beisammen, endlich sieht der Mann es ein und macht sich auf den Weg.

»Und ABBA«, rufe ich ihm nach, »bringen Sie ABBA mit.«

Der andere stellte das Kopfteil hoch. Alissa, die Angekokelte, wach in der Welt. Werden auch immer komischer, die Alten, nicht wahr, jetzt wollen sie ABBA hören, *Waterloo* oder wie?

Fühle ich meine Beine? Ja. Die Zehen? Ja. Von unten bis oben deckte Kinga Flummy, die auf dem Wohnzimmerboden lag, mit Kissen ein, damit das Kind seine Grenzen spürte, sogar über das Gesicht, damit es merkte, wenn es erstickte. Flummy hatte Blutflecken davon, dass es Möbel gab, Kanten, Ecken, man sah sie auf der dunklen Haut nicht, Flummy hatte Blutergüsse unter der Haut — wie einst sie, Alissa, soeben zu Gerhild geworden, kurz nach der

Geburt aus Steinhöring entlassen, andere Lebensbornkinder hatten ihr bei der Recherche geholfen, »schreib an das Bundesarchiv«, »frag Walter S., der war ebenfalls dort«.

Sie war nach Steinhöring gefahren, das Haus stand, der Runenzaun nicht — die Villa in Solln hatte sie besucht, Fremde wohnten in ihr, mochten sie glücklicher sein. Bilder wehten vorbei, die schwarze Ledermappe in Gerds Aktenschrank, als sie sich durch *die Habseligkeiten* ihrer Neueltern wühlte, an deren Ledergriff ein Anhänger hing wie an einem Geschenk: *Bei meinem Tod zu vernichten* in Gerds steiler, sauberer Schrift.

Sie hatte die Mappe nie wiedergesehen. Was hatten Gerda und Gerd über die Herkunft ihres Kindes gewusst? Vielleicht hatte das zu Vernichtende damit auch gar nichts zu tun.

Der Name ihres »Erzeugers« war vermutlich schon im Winter 1943 aus den Akten gelöscht worden. Ehepaar Schücking war ahnungslos geblieben, was das anging. Kleine, jaulende Freude. Sie, Alissa, wusste heute so viel mehr. Und das, obwohl die Männer vom Lebensborn geschützt wurden, *absolute Anonymität* — so hatte sie es auch den Frauen in der Breslauer Gesellschaft erklärt. Erst ihnen erzählte sie rückhaltlos davon. Den Gummischnalzsatz sagte keine. Sie sprach zu ihnen von nah. Hier wurde eine, wenn sie den Mund aufbrachte, nicht unterbrochen. Sie sagte, warum sie eine Frau finden müsse, die Valerius heiße. Die anderen hatten Kaffee getrunken, zugehört und lange überlegt. Tage später hatte eine von ihnen bei ihr angerufen und von Walla Dombrowska, einst Renate Valerius, erzählt.

Der Pfleger kam mit dem Cappuccino und einem Stück Marmorkuchen, mehr hatten sie nicht, Winterkuchen, sie bedankte sich, als er ihr den Teller auf den Bauch stellte, sie zugreifen konnte, ihre Hand sah alt aus mit der Nadel für den Tropf darin, sie hatte das Gefühl, sie krieche eine Treppe hinauf, auf allen vieren, wie ein Kind, sie, die als Gebärgefäß gedacht gewesen war, »gerettet« in Steinhöring für die rosige Zukunft der Rasse: »Gerhild brachte ihr fünftes Kind im Mai 1975 zur Welt, sie trug das silberne Mutterkreuz und verschied friedlich«, Gerhild, mit jedem Herzschlag der Beförderung des Führers *dienlich*, die neueste Version des Un-Menschen, der reine Mutterkuchen.

»Ein Kind adoptieren?«, hatte sie zu Kinga gesagt. »Selbstredend machen wir es anders«, antwortete ihre Tochter, »sie soll alles wissen, von Anfang an, es gibt Fotos von ihrer Mutter, von ihr als Kleinkind, von ihrem Heim und den Schwestern, wir werden mit ihr teilen, was immer ihre Mutter preisgibt, der Name ihres Vaters ist bekannt«, sagte Kinga, »Alissa, nicht alles war übel, hätte es Gerhild nicht gegeben, gäbe es mich nicht« — aber das war es eben, berührte den wunden Punkt.

Das Kopfteil fährt weiter nach oben, machen wir es anders, sagte ihre Tochter zu ihr, da hätte sie es ihr beinahe gestanden

zugeraunt, sich erleichtert,

überlebhaft trat ihr Baby Kinga vor Augen, wie es schlafend in seinem Wagen unter ihr lag und es sie in den Fingern gejuckt hatte, ihrer Tochter die Luft abzudrücken. Sie erinnerte sich glasklar an den frühen Morgen, das körnige erste Licht in der Ecke, in der der Kinderwagen stand, sie hatte Kinga dort liegen lassen über Nacht, nicht immer hatte sie Lust oder Zeit, sie umzubetten, es ging auch mit weniger, aus dem Wagen kam die Kleine nicht heraus,

es hatte diese innerliche Wurstigkeit gegeben,

zugleich das Drängen in den Fingern, die Lust, sie um den Babyhals zu legen und zuzudrücken, sie hatte das Gefühl zugelassen und vielleicht mehr als das, sie hatte sich jedenfalls nicht gewehrt, sondern war — in der Möglichkeit verharrt. Zudrücken und sehen, was passieren würde. Was da vor ihr lag, war ihr Kind, ein Kind, nun ja, und in diesen sich dehnenden Augenblicken mehr und mehr ein Ding, etwas, mit dem ein Experiment veranstaltet werden konnte, nichts sprach dagegen.

Sie hatte es nicht getan, es gab einen Unterschied zwischen Gedanken und Tat, sie hatte sich dort, wo sich diese Grenze durch ihr Wesen zog, selbst berührt, Wespe Alissa, eine Wespe war zu allem imstande, es kostete sie nichts, sie hatte kein Herz.

Seither konnte sie die Frage, ob man etwas gewann aus einer Gewalterfahrung, nicht mehr ertragen. Wie sollte das gehen, wenn man zum Beispiel kein Staat war, sondern nur eine Frau, wenn man zum Beispiel kein Politiker war, sondern nur eine Frau, wenn man zum Beispiel kein Stahlhändler war, kein Unternehmen, kein Dosenfabrikant, sondern nur eine einzelne Person weiblichen Geschlechts? Was noch mal hatte man dann von der erfahrenen Gewalt? Ah ja, sie erweiterte einem das Menschliche, man hatte danach ein anderes Verständnis davon, nicht wahr?

Sie wusste lediglich, dass, wo man Gewalt hinschüttete, Gewalt entstand, dass daran nichts zu ändern war, dass man nicht darüber sprechen wollte, dass ihr eigenes Kind ihr unheimlich gewesen war, vielleicht schon damals im Bettchen, später gewiss, dass sie es darum beneidete, dass es noch wuchs.

Einmal sah sie eine Gruppe Kinder in einer leeren Straße, sie spielten in einer Toreinfahrt wie stumme Fliegen.

Später flüsterte sie ihrer Tochter zu, ich wollte dir nichts tun, und Kingas kleine Finger schlossen sich um einen ihrer Finger und hielten ihn fest. Da kamen die Zweifel wieder, der Abrutsch: Spürte die Kleine überhaupt, ob sie einen Ast benutzte oder einen Menschen? Sie sah, wie sich das Gesicht ihrer Tochter im Schlaf in sich selbst einfaltete und im Wachen wieder öffnete. Dieses Erwachen, das schlagartig geschah, gab dem Baby etwas von einer Seeanemone, eine pulsende, fremde Anwesenheit.

Dazwischen der verstörende Traum von ihr selbst mit vier Kindern, eine runde glückliche Mutter, die Apfelstrudel buk, Mensch-ärgere-dich-nicht spielte, aufging in der gemeinsamen Wärme.

Während Kinga nach meinem wirklichen Ich griff und mich nicht mehr losließ und an mir zog und mich in ein Zimmer zerrte, das ich nicht betreten wollte.

Seit es sie gab, machte die Welt mir mehr Angst. Ich fürchtete um meine Tochter. Doch in meiner Angst saß auch eine Wut. Dieses Kind machte mich abhängig. Dieses Kind band mich fest. Hatte ich sie ersticken wollen, weil ich fühlte, dass sie mich erstickte? Meine Wut darauf, dieses *Mutter* nun für den Rest meines Lebens sein zu müssen.

Gebunden an einen kräftigen, seine Wurzeln in mich treibenden, mich ausbeutenden Baum.

Ich spielte Fangen mit Kinga zwischen den Bettlaken im Hof. Ich stand und rauchte, Kinga rannte. Die Laken waren niemals weiß wie einst die Betttücher, die Untersuchungsliegen, die Schwestern in Steinhöring. Sie waren ohne Erinnerung.

Der Vierkindertraum blieb. Die Mutter in ihm lebte kein Bilderbuchleben, doch sie war glücklich. Eines der Kinder bekam Mumps, ein anderes fiel in den Fluss, dann lief sie durch eine Stadt, die sie nicht kannte, auf der Suche nach Brot. Da sah ich: Es war Adele.

Während ich, Alissa, fürchtete, mein Kind könnte mich so fest umklammern, dass ich mich verlöre. Auf einer Liege läge, auf der ich *alles herzeigen* müsste, sodass mir kein Geheimnis bliebe. Das Zimmer, in dem die Liege stand, hatte Fenster bis zum Boden. In der Scheibe spiegelten sich hohe Berge.

Reni sagte es mir in dem Garten in Breslau: Es war doch Marolf. Marolf war der Kindermann. Vier Kinder hatte er gewollt.

Doch Else hatte nur Reni bekommen. Also hatte mein Vater sich gefreut über mich, die unverhoffte Nummer zwei? Hatte mit meiner Hilfe ein bisschen weitergeträumt?

Und den Traum in mein Leben hineingespuckt?

Ich krächze, möchte laut rufen: »Ihnen ist da was missglückt, Herr Gott!« Das sollte man ihm wirklich einmal mitteilen, etwa jetzt, wo ich endlich etwas ahne vom Seelenverkehr, meine Verräter-Finger, die mit einem Mal viel älter sind als ich, mühsam um eine Kaffeetasse schließe und so

atemberaubend bin. »Wo ist das Päckchen?«, frage ich den Pfleger, damit er mir nicht zuschaut bei meinen Schluckversuchen, er sucht in meinem Schrank, da liegt es in seinen Zeitungen, »stellen Sie es bitte ans Bett«.

Nach ein paar Bissen Kuchen kann ich nicht mehr, der Cappuccino schmeckt hervorragend, dann flach, Heim Hochland,

sagte ich den Frauen in Wrocław, war blitzblank
gesäbelt
es gab einen OP-Saal, nicht allein für schwierige Geburten, die Untersuchungen
der Kinder wurden fortgesetzt, bis das Ergebnis stimmte
oder das Kind entfiel,
Kind 367 schnitt über Erwarten gut ab, ich
erinnere mich an nichts, jahrelang
nässte ich
das Bett ein, Gerda fluchte, Gerda
wusch, sie untersuchten jede Körperfalte, jede Öffnung, die Reproduktionsorgane waren
entscheidend, *Beine spreizen, Köpfchen senken*
und an A Ha denken – ich
wusste, dass meine Zuhörerinnen
nicht jedes
Wort verstanden, es erleichterte
mein Sprechen, es erleichterte mich —
ich muss, ich weiß — die Tasse
vielleicht ist es wirklich
vielleicht hilft das Antibiotikum
und ich —
dünner werde ich, leichter, schwebe von selbst
hab mich selig,
die Seife brannte
in der Scheide, Desinfektionsmittel
rote Haut, man wusch
uns aus uns heraus, ich war eine der Ältesten, ich —
zählte die Zaunstäbe, Ameisen zählen, Wolken zählen,

Feindflieger zählen

Mütter zählen: eine früher, keine

heute, ich war ein Computer vor der Computerzeit, ich

erinnerte mich an meine Mutter, ich war lange

bei ihr gewesen, mein vollständiges Leben

hindurch — da war ich

in einem Kinderheim, atmete, und das Leben war wo?

Kinga wartet in der Schleuse, ich sehe sie durch die Fenster, sie wird angezogen für einen Mondbesuch, bin Ali-*au-dodo*, Ali im Nimmerwoland, mein Bauch gluckert

sie wird sich freuen, dass ich so einen lustigen Bauch habe, so einen

lustigen Mut

ich lasse mich sinken steigen, ich gleite zurück in das Öl der schönen Gefühle, meine Hände waren schon als Kind lang und wenig fleischig, die Fingernägel perfekte Mandeln mit großen hellrosa Monden. Sie waren etwas Hübsches an mir, wie die Circonflexe meiner Augenbrauen, die ich hebe, da, in Vatis Bibliothek neben seinem Schaukelstuhl. Die Bücher hatten breite Rücken mit Goldaufdruck, sie waren das Recht und das Recht war bewundernswert, andere trugen Samt und in einer Samtlücke wartete ein Foto in einem schmalen, silbernen Rahmen, das Gerda mit einem Baby zeigte. Es war zart, ein Bausch Kleider, Gerdas Gesicht dick. Vati sagte, es handele sich um ein Fremdkind, das sie im Arm gehalten habe für ihre Schulungen, sie kenne sich hervorragend mit der Erziehung von Kleinkindern aus, sagte er, und ich schaute ihn an, ein Fremdkind war ich gleichfalls —

hab mich, hab mich

»mochtest du dieses Mädchen«, fragte ich, und er sagte Ja, nahe bei mir, »frag die Mutter nicht danach, wenn ich dir einen Rat geben darf«. Er war der Einzige, der so mit mir sprach, »einen Rat geben«, die Mutter sprach nur Lob oder Tadel aus. Stolz darauf, beraten zu werden, folgte ich seinen Worten — meine

selig
nackten Füße berühren
— Erde, die Pinien duften, ich liebe sie dafür, dass sie
nicht sind, was sie sein sollen —
sie sind wie ich
Geraschel eine falsche Packung
eine windige Gestalt, pötit Schuh
die vor sich hereilt, die sich nicht sehen kann
niemals sehen kann das nie aus mir herausgekrochene Kind
das übergroße Kind
das nie aus mir entkommene, das nie fertige, das schrecklich aufgeplusterte Kind.

Zäh und winterfest berühren die Pinien sich unter dem Gras, dunkle, rauschende Wesen. Wird es windig, spüre ich, wie die Stämme beginnen, sich zu wiegen, um nicht zu brechen, hin und her

wie ich —
bin glücklich gefallen, flüstere ich — bin
ausgefallen
— glücklich, flüstere ich, der Kies —
strahlt, Gänseblümchen
blühen, Lissl-selig
krabbelt zwischen ihnen, »kimm
kleener Frumms«, eine Hand
steckt mir etwas zwischen die Lippen, kotki dwa, tylko ciebie bawiły, ich sang es dir vor, Kinga, nicht wahr, ich atme —
atme ein —

und halte mich eine Weile im Raum, sodass ich sehe, wie du das Bild auspackst, dass ich sehe, wie du danach wieder an meinem Bett sitzt, dass ich sehe, wie das Bild an der Wand lehnt, die Rückseite zu uns gekehrt, der Holzrahmen, ein paar Zahlen in Bleistift gekritzelt, dass ich den Vogel sehe am Rand des Bassins, Waterloo, so how could I ever refuse, I feel like I win when I lose, und wie er nun davon trinkt, dass ich sehe, wie du sitzen bleibst, dass ich höre, wie du nichts sprichst, dass ich sehe, wie das Fenster geöffnet wird, weil ich noch ansteckend bin für eine Zeit oder damit ich zurückkann in die Dunkelheit, die nicht mehr dunkel ist, nicht kühl, ich weiß nur die Wörter noch, dass ich dich gehen lasse, dir die Finger entziehe, die letzte Liebe, letzte Hand.

K(l)eine Lügen in der Küche

(Kinga, Berlin)

Gebrochen gesprochene Sprachen.

Weitergegebene Schamsprachen. Weitergegebene Angstsprachen. Nicht bewusst weitergegebene Erinnerungen.

Siehst du pole, das Feld? In dem die Stimmen erklingen. Einzelne Stimmen. Chorale Stimmen.

Ein Chor.

Und – die lächelnde Finsternis.

Das Gemälde hing an unserem Tisch-für-alles neben der Balkontür. Adolph Menzel, ein Breslauer Künstler, hatte es 1845 in seiner Heimatstadt gemalt und *Das Balkonzimmer* genannt. Leider war das Bild eine Art östliche Seerose geworden, durch Tausende von Wiedergaben so abgewirtschaftet wie Monets Wasserblumen, dauerkopiert, kaputtgesehen. Ich hatte es aufgehängt, weil Flummy es mochte. Und weil es Alissa wichtig gewesen war.

Nun gut, mir gefiel es ebenfalls. Besonders die Wand links des Vorhangs hatte es mir angetan. Sie war repariert. Überklebt. Da hatte jemand in der Mitte des 19. Jahrhunderts damit begonnen, die abbildende Malerei durch Farbflächen, Stückwerk und Aufbruch zu ersetzen.

Bei uns hieß es »das Vorhangbild«. Es war gut gemacht. Nicht echt, aber sehr, sehr gut gemalt. Dass es neben der Balkontür hing, verdoppelte sein Thema auf halb ironische Weise (es zeigte ein Zimmer teils direkt und teils in einem Spiegel). Fast wirkte es, als falle unser Licht durch die gemalte Balkontür des Bildes auf seine gemalte, scheckige Wand, auf der ein Bild zu fehlen schien.

Doro hatte der Polenfahrt zugestimmt unter einer Voraussetzung, mit der ich nicht im Geringsten gerechnet hatte. Der Menzel musste vorab untersucht werden. Von ihr höchstpersönlich. Sie nahm das so ernst, dass sie spontan auf einen Nachmittag bei uns vorbeikam, mit nur wenigen Stunden Zeit. Ihr Wunsch, was sage ich, ihre Bedingung: keine Polenfahrt ohne Inspektion des Gemäldes, war mir ein Rätsel. Es hing doch die ganze Zeit schon da. Hatte sie es denn nicht gesehen?

Hatte sie natürlich. Erinnerte ich mich nicht daran, wie sie an ihrem allerersten Abend beim Eintreten ins Wohnzimmer ausgerufen habe, die Überraschungen bei uns hörten ja gar nicht auf.

Ich sagte ihr, dass Alissa das Vorhangbild erworben hatte.

In Wrocław?

In Wrocław.

Es war Doro nicht anzusehen, ob ihr dieser polnische Kauf gefiel oder missfiel. Sie bestand darauf, das Bild aus dem Rahmen zu nehmen.

Alissa hatte mir den Menzel im Krankenhaus übergeben. Sie war zu schwach gewesen, noch etwas dazu zu sagen. Flummy und ich beobachteten, wie Doro die Nägel aus dem Rahmen zog, das dünne, rückwärtige Spanbrett entfernte, die Leinwand hob und umdrehte.

Das Gemälde stamme nicht nur, was den Maler betreffe, aus Breslau, sagte sie. Es habe in ihrem Eltern-, genauer ihrem Mutterhaus gehangen.

Meine Rede. Östliche Seerose. Wie viele Kopien dieses Bildes es weltweit wohl gab?

Es sei ein echter Menzel gewesen. Ein Original. Mit einem Rußfleck rechts unten, sagte meine Cousine. Nicht größer als der Nagel des kleinen Fingers. Doch durchaus sichtbar.

Unser Gemälde erwies sich als makellos. Zumindest meiner

Meinung nach. Ich sah da nichts. Auch nicht dort, wo die Rahmenleiste die Leinwand bedeckt hatte. Gewiss, das musste nichts heißen. Wir googelten. Ruß ließ sich abtragen, danach konnte man die Stelle behutsam nachmalen. Doch wer sollte das tun bei einer Kopie. Zwar waren in Alissas Nachlass zwei Gutachten zu dem Menzel gelegen, auf Englisch, von 2008 und 2011, lange her, die das Gemälde für echt erklärten. Auch das sagte ich Doro. Die Gutachten, dessen war ich mir sicher, waren ebenfalls Fälschungen. Mutter hatte viel, sehr viel Geld für das Gemälde bezahlt. Ich hatte in ihrem Nachlass eine Quittung über den Kaufpreis entdeckt und gleich wieder weggeschaut. Vielleicht hatte ich sie auch weggeworfen. Wollte ich das alles genauer wissen? Nein. Man hatte Mutter betrogen. Das echte *Balkonzimmer* hing in der Nationalgalerie, nur ein paar Kilometer von uns entfernt, sollten wir hinfahren und es ansehen?

Behutsam drückte Doro die Leinwand in den Rahmen zurück, fast, als streichele sie sie, und schüttelte den Kopf.

Als ich sie zu ihrem Wagen begleitete, begann sie, von ihrem Bruder Ksawery zu sprechen, dem jüngsten ihrer Geschwister. 1990 war er ihr nach Stadtallendorf nachgezogen, wo er, wie ich wusste, wenige Monate vor unserer ersten Begegnung überraschend verstorben war.

Bei ihrem letzten Besuch, sagte sie, hatte er ihr ein altes Gemälde beschrieben, dem er in die Niederlande nachreisen wollte. Es zeigte Menschen in einer Schneelandschaft, von denen einige einen weißen Ball über Eis schlugen. Gebeugt, den Schläger in der Hand, standen die Spieler vor der weiten, gefrorenen Fläche. Der Ball war winzig. Der äußerste Erdrand des Bildes, der dank des großen Himmels in der Mitte der Leinwand lag, habe sich auf dem Computerbildschirm scharf heranzoomen lassen. Tief habe man auf diese Weise in den Horizont gesehen, an dem die Erdkugel sich mit bläulichen Schatten selbst in die Sichtbarkeit zu schieben schien. Eine schmale Figur habe dort hinter den Bäumen gestanden und den Ball erwartet.

So konnte er nicht verschlagen gehen.

»Willst du mit einem Mal in die Niederlande?«, fragte ich. Ihre Stimme hatte traurig geklungen. Nun lächelte sie. Sie wisse, was sie wissen müsse. Polen sei richtig, für mich wie für sie. Walla gehe es übrigens gut. Sie spreche wieder mehr und liebe die Feuerwiesel. Ach ja: Ob ich bitte die beiden Gutachten fotografieren könne und die Aufnahmen mitnehmen nach Polen.

Ich stand im Bad und putzte mir die Zähne. Früher hatte Zahnpasta so geschäumt, dass sie einem den Mund verdeckte. Jetzt war sie nur mehr weiß. Wir hatten uns darauf geeinigt, am Ostermontag aufzubrechen. Dann hatte Flummy noch Ferien, eine Woche für erloschene Vulkane und Wrocław. Auf allen Kanälen wurde miserables Wetter für die Feiertage vorausgesagt, Regen, sogar Schnee. Doro hatte gemeint, zu Ostern stehe Polen ohnehin kopf, da fielen das Wetter und unsere Reise auch nicht mehr ins Gewicht.

Ein schneefarbener Ball, geschlagen über ein Feld von Schnee.

Jemand wie ich galt in Polen als Kaltschalenverwandte, dziesiąta woda po kisielu. Sprich: eine Verwandte, so spannend und süß wie das zehnte Spülwasser aus der leer gegessenen Nachspeisenschale. Kinga Schücking, murmelte ich, als ich ausspuckte: Da weißt du doch, wer du bist! Ein fades, geschmackloses Wesen mit einer toten Mutter und der umstrittenen Geschichte eines Breslauer Bildes im Gepäck.

»Meine hübsche Bombe«

(Gerda, Residenz Alpenrose, 2002-heute)

Gesang der gezwungenen Mütter

mit dem sich hebenden Wind
zu fühlen
die Übernahme des Körpers durch kleine Stöße von
Übelkeit —— heißem Hunger Spitzen des
schießenden dann sackendem
Bluts presst jeden Morgen
mit jedem Heben des Lichts Entsetzen die Kehle
hinauf
ich will ich besitze dich ——
———————————————— eine Wölbung
die niemand sieht nicht
im Spiegel das Auge nicht die
Hand die sich von außen auflegt ————————
————————

aber von innen zu spüren
wie es kriecht
———— ———————— die
blutige Erinnerung der und ich
der und der und
ich ~~verschmolzen~~
———————— zwangsverschmolzen
~~zurückzusacken~~ in diese Blase Zeit
dieses Un~~d~~

Es gibt einen Tag, den ich aus dem Weltkalender STREICHEN möchte. Den 8. Mai 1945? Seid nicht naiv. Wir hatten es erwartet, überfällig war es zudem.

Ich STREICHE den 17. September 1938. Am Morgen lebte ich in einer glänzenden Welt. Am Abend in etwas, was aus Leere bestand. Unser Kind war tot. Niemand wusste, warum. Sie röchelte, wurde blau. Mit Martinshorn ins Krankenhaus.

Zu spät.

Hier, woichbin, sind Menschen ihre eigene Umgebung und knipsen sich an wie elektrische Birnen, niemand kommt an sie heran durch die Strahlen.

Durch das jeden von uns umschließende Glas.

Nun werfe ich Gedanken und Liebe nach euch.

Sie haben mir ein braunes Honigkleid gekauft mit Frauen darauf.

Miregal. Gekauft nicht im üblichen Sinn. Hier wird gebracht und geholt. Viel geholt. Wir sind von Weiße umschlossen. Sie wächst aus sich selbst. Ich warte auf sie im Flammenbaum. Wir kennen die Namen der Dinge, tragen sie mit uns. Flammenbäume wachsen in Afrika. Ob das ein Teil der Strafe ist? Ach, nun geht. Das mit den Strafen ist zu brav gedacht. Wir sind ROAM. Wir flitschen herum. Man sagt Flamboyant zu den roten Blüten hier. Die Sprachen nehm ich mischerlich. Ihr hört miserly. Dass ich eine Meise hab. Ich pluster mein Gefieder in den Ästen und genieße es. Ein Flammenbaum ist dicht. Ob man mich sieht? Meise, das wäre was. Miserly, die olle Krägin Gerdageiz. Ich warte, bis ich weggeschnappt werde. Wir verwandeln uns, das ist der nettere Begriff dafür. Wer ich bin, nach außen? Ich sehe ein Horn. Es ist nicht weich. Trou, mon fou. Rüssel vorn, Panzer. Meine Beinchen braun. Vogelfutter bin ich, Vogelfraß.

Die Frauen und das Kleid? Das wird Erinnerung sein, REMEMBER eben: wiedergliedern. Frauen haben Herz. Vögel haben Herz und Kochenleicht. Striche, diese Frauen auf dem Stoff. Hipp-hipphu… REICHT ja für ein Kleid, das man nicht braucht. Ich hock im Flammenbaum, als gehörte ich dort hin. Käfer? Flugs vorbei. Ich bin ein Blatt. Werde dicker, flamme auf, breit, rot. Ihr seht, so geht's: weggeschnappt. Könnte Australien sein, der Garten hier. Ich seh nicht weit. So gut wie nichts. Wärme sehe ich. Die Überbringer sind da. Honigkleid. Sie wollen, dass ich zurück in die Alpen gehe. Das ist kein hoffnungsvolles Zeichen. Doch ich mache keinen Stunk mehr, kein Aufhebens um mich.

Miregal, miregal.

Ich geh durch Licht.

Dort, wo ich war, bevor das Glas mich fing, sagten sie: »Wie ist es möglich, dass sie noch so kräftig ist?«

»Mei, Frau Schücking«, »Sie san ja a Hühnin!«

Das Heim wurde Alpenrose genannt. Ein Blödsinn unter vielen. Unsinn, nonsense, Mimikry. Hipp-hier. Unversehens werde ich hinversenkt. Mimikryich. Dort geht es mir weißnichtwie. Liege da, Kopf voll, Körper zerlumpt, Bett motorisiert. Mein Bugatti, seniorenbeige. Oben unten links rechts von mir so viel Platz. Das mit der Hünin war naturgemäß ein Witz. Einer von den Witzen, die sie mit jeder machen. Meiomei. Als wüsste ich nicht, wie ich aussehe. Nie groß, jetzt ein Huhn! Auf Hühnchengröße verhutzelt. Sogar die Nasenflügel eingefallen. Der Rest Nase riesig und spitz, wie die Ohren. Mit Lauschern wie diesen konnte ich bald abheben. Der nächste Witz. Dachten sie. Ich hingegen hoffte darauf. Meine Hände zitterten. Ich war eine fleischgewordene Überarbeitung. Von abgemagerten Wangen konnte keine Rede sein, ich hatte keine mehr. Dort, wo ich gewesen war, fand man hängende Augen, Falten statt Stirn, Flaum statt Haar. Einen Rücken wie ein Kind, nur zerknittert, blaue und rote Flecken. Lag da wie ein Strich. Strich, Gerda, STREICH. Früher konnte ich stehen, wenngleich nicht lange, ich konnte mit Rollator und Schwester zum Fenster wuckeln und hinaussehen in das Dunkle, das ich draußen wie drinnen wahrnahm. Jahrelang hatte ich wenigstens den Mond gesehen. Oder es geglaubt.

»Sie woarn scho immer a ganz a Zähe, gell?«

Haha, sage ich. Es quietscht. Ich bin blind, ich höre wie ein Luchs. Von hinten, von vorn, schräg durch die Zeit. Ich habe noch ein paar Galoschen, ich meine Galopp, also Gehirnzellen zusammen. Ich werde mich hüten, Ihnen jetzt, in meinem hundert-xten Jahr, die Wahrheit zu sagen. Ich meine: nichts als die Wahrheit, verstehen Sie?

Die Nazis?

Ein Segen. Goebbels und Göring, Hitler und Himmler, S und S retteten mich. Sie retteten mir meinen Mann.

Dem schönen, löwengesichtigen Gerd taten sie tausendjährig wohl. Ich bekam ihn zurück. Hohe Gestalt, Wuschelkopf, Student der Jurisprudenz. Mein Vater handelte in Konserven, Angestellter bei Schücking & Söhne, erst Einkauf, dann Vertrieb, mein Vater liebte Lagerhallen und kleine Traktoren, die umschichteten, was er erwarb. Verdosung, Verbesserung, Auslieferung, Verkauf. Schückings Konserven florierten, es lief sagenhaft, da begann der Große Krieg. Sofort lief es besser, die Doserei spuckte Gold wie der Esel im Märchen, und das pausenlos. Mein Vater, ausgebildet als Bauingenieur, erfand, was zu entwickeln war: Stetigkeit, Geschwindigkeit, Automatisierung. Schückings Gewinnmargen stiegen, wir stiegen mit. Familie Schücking fuhr den ersten Bugatti Royale der Stadt, wir den ersten Mercedes. Schücking hatte einen Kugelbauch und den Wuschelsohn, mein Vater ein technisches Gehirn und mich.

Gerda und Gerd, seit Kindertagen miteinander vertraut, die Holzreifen rollen elegant, wir lassen sie neben uns laufen, wir treiben unser Wesen im Garten. Ich trage das Kirschblütenkleid, ich bin stolz darauf, ich renne, ich stolpere, er rettet mich, wir sind fünfzehn, er hat mich gejagt, seinetwegen bin ich gefallen, der Reifen liegt halb auf mir. Mein Bein ist aufgeschrammt, er STREICHT über die Stelle, STREICHT weiter nach oben, das Bein steht in Flammen, es leuchtet, er sieht es, ich sehe ihn es sehen, es gefällt ihm, zugleich hat er Angst, dass ich ihn verrate, »Gerd hat mich geschubst«. Ich mache ihm Zeichen, ich sage, »wenn ich will, sage ich: Maman, ich bin gestolpert«. Mutti schimpft, das Kleid ist verdorben, das ist es mir wert, Gerd im Gras, die Schramme, etwas Blut, dazu Gerds Blick: Gier, Dankbarkeit, Gier.

Es ist der Garten mit der Weide, dem Walnussbaum, den Marmorbüsten, hier ist man nicht sparsam, der Garten mit den Karpfen aus Japan, den Rhododendren und Siamkatzen, der geschwungenen Treppe, dem Marmor, der Garten der Schückingvilla mit den Seidentapeten voller Pfauen und Orchideen, den orientalischen Teppichen, den Gemälden, der Mahagoniwand, den Dienstboten, dem Stil.

Gerd bringt mir ein neues Kleid, einen Strauß Veilchen. Wir sehen uns viele Male im Jahr, mein Vater ist ein Genie der Kurbelwelle und des Stroms, unersetzlich ist er auch. Er wird gepflegt, Familienlunch bei den Schückings am zweiten Weihnachtstag, Osterfrühstück, verlängerte Sommerferien, gemeinsamer Urlaub in der Schweiz. Gerd und ich stehen auf dem Tenniscourt, ich trage einen kurzen Rock, der Sand ist rot, rot auf meiner Haut, der Schweiß, das Rufen, die Nähe, ich erlaube ihm, mich gewinnen zu lassen, ich lasse mich beherrschen von ihm. Aperitif. Die Villa riecht nach Parfum und Muff, zu dunklen Möbeln und zahllosen Treppen, Kaiserporträts und Viktoriaröcken, nach Stammsitz, Tradition, männlichem Erbe. Gerd und ich sind verschwitzt, jung und dagegen. Man sieht es auf Anhieb: Auch die Zukunft sind wir. Ich: lang, schmal, beim Dinner ohne Mieder in einem griechischen Kleid, der Krieg war gekommen, nun war er vorbei, hier im Schückingraum war niemand an der Front, keiner ging verloren, wir sind verlobt.

Nachts äug ich durch den Flammenbaum, der steht in seinem Süden, in einer Wärme irgendwo. Nachts fragt ihr: Wie merkst du das? Ich bestimme es. Ich kann eine Motte sein. Eine Fledermaus? Damit langweile ich euch nicht. Man schickt mich hierhindorthin, ich glaube, dass ich selbst es bin. Gedanken lösen etwas aus – wie Nacht. Wie mich. In das Alpenrosenbett lege ich mich als Witz. So klein. Wiege trotzdem hundert Kilo, ich seh es ihren Gesichtern an: Meine Muskeln haben mich verlassen. Allein die Knochen halten mich in einem Stück. Das REICHT!

Ich liege auf dem Grund der Welt. Man schrumpft auf ihn zu, es dauert lange, jahrelang vom Bett zum Fenster, Rollhinundher, da waren es acht Meter am Tag, acht Meter in einer Woche, in einem Monat, dann trifft man ein, in der Liegegruft, ImletztenIch, wird alle paar Stunden gerollt, acht Zentimeter nach links, acht nach rechts.

»Wir müssen ihr die Hose ausziehen.«

»Kommen Sie, wir ziehen Ihnen die Hosen aus.«

»Weshalb?«

»Sie müssen mitmachen.«

»Kommen Sie, wir ziehen Ihnen doch nur die Zähne aus.«

Das ist mal was. Ein Satz, den ich versteh. Hundert Matrioschkajahre hab ich auf dem Buckel. Unterm Buckel auch. Auf den Rippen, in den Knochen, im Hirn. Im Mund ein echtes Unechtgebiss. Da zieht mal kräftig dran.

Gerda, fleckig, tatterig, mit Duft. Darauf achte ich. Wer blind ist, riecht sich selbst.

Ist Blindheit eine Strafe für die, die allzu gern sich selbst gesehen haben? Glaub ich nicht. Da wäre binnen Kurzem das gesamte Völkchen blind.

Ein Fleck in meinem Auge löste sich auf. Ausgerechnet der Fleck, in dem man scharf sah. Ich war in das Jahrhundert gerutscht, das sich von vornherein nicht genügt, also ein Jahrtausend sein will. This rang a bell. Ich habe ja jetzt das Glöckchenhirn. Das bimmelt polysprachig vor sich hin. Englisch, Französisch, Aufsteigerkind. Bell, *bell*, vom Hund zum Glöckchen bin ich Hals über Kopf.

Gerda, die Amis sagten Gördä, Gördä Shaking, Jahrgang 1900. Geschlagen mit der Strafe, in mich einkehren zu müssen. Hört zu: Der Flammenbaum ist einSpaßistkeiner. Lasst mich meine Version der Geschichte erzählen.

Exakt: Von dort, wo ich jetzt bin. Wer sagt, dass nicht weitererzählt wird? Dass nicht jeder in einen anderen Hintergrund gerät?

Einen, der ihr ihm ihnen passt?

Ah, fragt ihr das?

Wie ausgerechnet ich zu so einem fortschrittlichen Gebrauch der Pronomen komme?

Na, was glaubt ihr denn? Wie das so ist mit den Pronomen, dort, wo ich jetzt bin?

Ich sehe: Jetzt seid ihr also da.

Schaut mich ruhig an. Ein GrundamEnde, der einem passt? Sozusagen als göttliche oder nachweltliche Lösung oder nennt es, wie ihr wollt. Eines gilt: Denkt auf dem einfachsten Weg. Und fertig ist der Zauber. Man selbst wird der Hintergrund. Besser kann nichts passen. Man wird Mehl. Ich glaube, das ist das Ziel. Vollkommen weiß. Zermahlen. Zart wie Staub. Als Müttermehl rinn ich hier herum. Versteht ihr nicht? Werdet's sehen.

Die Welt ging auf.

Ja, das ist mein erster Satz. Eine Welt ging uns auf.

Damit fingen wir an: Gerda und Gerd. Er musste nicht an die Front. Das hatte sein Vater verhindert. Und Gerd ebenfalls. Er war nicht feige. Er liebte das Recht. Im Recht wollte er etwas tun: die Welt verbessern. Die Stimmung heben. Mich und das Recht liebte er. Warf er die Stirn in Falten, verwuschelte ich ihm den Kopf. Ich beherrschte Englisch und Französisch, wurde Rechtshelferin. »Meine hübsche Bombe«, sagte er. Wir waren gleich alt. In den 20ern waren wir in den 20ern. Gerd dachte modern. In die Schückingvilla zogen wir erst gar nicht ein. Wir waren die Revolution. Wir unterstützten die Sozialisten. Unsere Väter tobten, als sie davon hörten. Als wären Sozialisten natürliche Feinde der Dose. Das Toben legte sich. Unsere Sozialisten waren national. Mein Vater starb 1931. Papa Schücking verkaufte die Firma, bevor jemand merkte, dass er mit dem technischen Fortschritt nicht mehr mithalten konnte, nun, wo ihm der Ingenieur fehlte, und wanderte nach Australien aus. Der Kontinent gefiel ihm. Kängurus betrachtete er als lebendige Dosen. Nach Australien kämen die Nationalsozialisten nicht. Für ihn waren sie »Banausen«. Gerd und mich zog ebendas an. Alle Sorten Mensch trafen bei den Nationalen zusammen. Leute ohne Vermögen und auch Leute, die etwas Gefährliches hatten. Diese Stimmung war aufregend, in meiner Welt hatte sie bislang gefehlt.

Unsere Wohnung hatte vier Zimmer, eine Bibliothek. Das war uns von Anfang an das Mindeste: Bücher. Der Rest war bescheiden. Gerd saß in seinem Lehnstuhl und las den Liebmann zum Zivilrecht. Später wurde daraus der Palandt. Otto Liebmann, ein Jude, musste an C. H. Beck verkaufen. Damals war uns das noch egal.

Ich nahm Gerd den Liebmann weg, setzte mich auf seinen Schoß. Kleider knielang, Korsett trug keine mehr, dünne Strümpfe an den Hüftgürtel geklippt. Wahlrecht für Frauen, ich zog Gerd damit auf. Es interessierte ihn. Er war dafür. Sein Vater wäre dagegen gewesen. Mich interessierte das Recht als Weg zu Gerd. Zwischen Gürtel und Strumpf gab es viel Luft, viel Haut.

So fing es an. Glaube ich. Helle Haut, das bisschen Blut. Hast du dich geschnitten? Zeig her. Er küsste mich auf die offene Stelle. Es erregte ihn. Ich spürte es an seinen Lippen und anderswo. Ich denke gern daran. Helles Blut. Wenn man blind ist, kann man innerhalb und außerhalb auf einmal sein.

Ich könnte sagen: Gerda mit achtzehn beschloss, den lieben Gerd zu heiraten. Kaum waren wir verlobt, traf er Margot Flämming, 25 Jahre alt und »erfahren«, wie sie jedem zuraunte, der es nicht zu wissen brauchte. Die Beine schlug sie à la Anita Berber übereinander. Dabei hatte Margot ein Gesicht wie eine Echse, Augen halb geschlossen, Schlafzimmerdauerblick. Ihr Busen glich einem Schwimmgürtel, man wollte ihn aufblasen, dass er nicht so hing. Gerd sah das nicht. Soblöd. Er kaufte Zigaretten für zehn Pfennig das Stück. Was billiger war, schaute er erst gar nicht an, das passte der Echse ideal, er steckte sie ihr ins erwartungsfrohe Schnütchenrot.

Äußerlich hatte er nichts Blümchenhaftes an sich, nur was Frauen betraf, war er ein Vergissmeinnicht an des Baches beschränktem Rand. Wer zuerst pflückte, hatte ihn. Kannte ich ihn nicht besser als Margot? Länger? Ich traf mich mit ihm im Garten, schnitzte an einem Stück Holz, schnitt mich, welch Zufall, in den Finger, wusste noch zu gut, wie er mich über der ersten Schramme angesehen hatte, wie er meine Brüste berührte, ein dunkler Blitz war durch seine Pupillen gefahren und in meine und durch mich hindurch.

Ohne Margot hätte ich es nicht getan. Ich staunte selbst, dass es klappte. Dieses Staunen war anfangs so stark, und was ich tat, wirkte mit solcher Kraft, dass ich nicht bemerkte, dass das Schnitzen und Schneiden mir nicht gefiel. Es überdeckte mich. Ich dachte nicht daran, dass es damit weitergehen würde, dass das nicht aufhören würde, dass es Zaubern war, leider eines durch den Zauberlehrling, also mich. Ein Zaubern nicht zauberhaft.

Gerd hielt meine Hand, leckte das Blut, ich sagte: Drück zu, dann kommt mehr. Da spürte er meinen Puls. Ich küsste ihn, ließ ihn greifen mit der freien Hand, so erfahren wurde ich im Nu.

Wir trafen uns wenige Tage später, ich sagte ihm, ich hätte weitergeschnitzt. Ich zierte mich, unbedingt. Dann zeigte ich es ihm, am Oberschenkel. Ich war eine Mischung von Wirklichkeiten, an mir fing etwas nie Dagewesenes an. Gerds und meine Vorstellungen glichen sich nicht, sie passten nur. Er war ein Imperium, einer, wie er im Buche steht, kantiges Kinn, sportlich, ohne Schmiss. Ich schnitzte uns eine Beschleunigung herbei, Hochzeit in acht Wochen, wir waren uns einig: Wir brauchten mehr Zeit allein mit uns. Nichtsdablöd. Willkommen war, was an Margot sägte. Ich hatte etwas an ihm erkannt, von dem sie nichts ahnte, ich beeilte mich, nicht dass sie es ebenfalls fand. Nasenbluten war ihm gleichgültig, es musste eine Verletzung sein, ein kleiner Makel und Schmerz, das brachte ihn – auf. »Ruckedigu, Blut ist im Schuh«, ich war die richtige Braut.

Ich war wach bis auf die Knochen, in den Nerven, den Sehnen, jeder Bahn. Es hätte mir leidgetan, meine Erkenntnis auszusprechen, es war viel besser, dass sie sich übertrug.

Wir heirateten im September 1922.

Wir, die Jahrhundertmenschen, Gerda&Gerd.

Der Stammsitz grüßte, unsere Eltern waren zufrieden und warteten. Wir waren der Villa entflohen, nicht dem Geld, der Chauffeur holte uns im Bugatti ab. Dosennahrung verweigerten wir, wir stellten eine Köchin an, vitaminREICHE Kost. Schwanger wurde ich nicht. Die Eltern warteten lauter, wie Vögelchen legten die Mütter die Köpfchen schräg, wir lachten sie aus: Wir sahen uns vor. Gerd wollte Richter werden. Referendarexamen, praktische Tätigkeiten – Notariat, Amtsgericht, OLG, großes Staatsexamen. Als Gerichtsassessor wurde er nach Düsseldorf versetzt. Wir zogen in die zweite Etage einer Villa in der Carlstadt. Vater Schücking telegrafierte *Schönheiten der Südnatur*. Mama Schücking litt, ich nicht. Sie waren eine ungewöhnliche Familie. Zu Gerd hatte Vater Schücking gesagt: »Revolution, Veränderung. Du hast mich draufgebracht, Junge. Nu sieh zu, wie du es selbst zu was bringst.«

Bei Gericht lernte mein Mann Herrmann Wigand kennen. Sie waren gleich groß, gleich blond, gleich blendend. Wigand überredete Gerd, bei ihm in die Kanzlei einzusteigen. Ging es um Geld? Um Macht? Falsch. Es ging um Spaß. War der mit Macht verbunden? Eben.

Als Gattin gehörte ich nicht nur zu Gerd, ich gehörte ihm auch. Rechtsstatus Ehefrau: Die Verwaltung auch ihres Vermögens wird durch den Mann vorgenommen. Ebenso obliegt die Verwaltung und Nutznießung des später hinzuerworbenen Vermögens ausschließlich ihm. Rechtsgeschäfte der Frau ohne Einwilligung des Mannes sind unwirksam. Nichts kaufen, kein Arbeitsvertrag, kein Lohn, keine Bewegung ohne das Gespons.

Gerd wies mir Geld zu, unterschrieb Verträge für mich. Mir gefiel das nicht. Er sagte, dann verdien selbst. Ich bin froh über eine Frau, sagte er, die nicht strickt. So war Gerd. Nicht die Gerdperson, die konnte er auch sein, dann war er knausrig, ängstlich, dann ritzte er und wollte Blut im Mund. Sondern Gerd.

Ich lernte sein Jura mit. Unser Ziel, unverändert: eine bessere Welt. Die Menschen formen, modellieren. Der Große Krieg war schrecklich gewesen. Das Sterben. Zum Glück hatten wir das nicht gesehen. Die Ungerechtigkeit aber. Die blieb. Die wuchs. Das Niederlagengefühl. Wieblöd.

Ich flüstere. 101 bin ich nicht mehr, 102 wurd ich wohl. Bin durch den Wind oder die Wand, bin, was mit sich selbst spricht durch die Zeit.

Durch die Verbote hindurch. Durch die Wand aus Zeit hindurch, die ihr so sorgfältig »Tod« nennt. Nennt sie, wie ihr mögt.

»Heho …«

»Wohin gehen wir?

»Ins Bett, Frau Gerda, ins Bett.«

»Das steht auf dem Grund der Welt.«

»Na dann, das finden wir.«

Ich habe die Beißerchen wieder drin. Sie hat nicht mehr alle Sinne beisammen.

»De oide Bissguaken.«

»Siagt aus, als hätt a Schatten in sie einibissn.«

Ich liebte ihn. Manchmal war uns etwas monoton zumute. Dienstpersonal, Kaffeekränzchen. Gerd hatte seine Arbeit. Glänzendes Examen. Für die Richterposition bewarb er sich nicht. Der

Republik dienen? Er hatte fesche Freunde. Ich tat, was ich konnte. Ich redigierte die Zeitung der Freunde. Mit Wörtern war ich geschickt.

Die meisten stammten aus Bayern. »Fesch« war neben »schnittig« ihr Lieblingswort. Sie trafen sich in Gaststätten, rauchten und sprachen über Politik. Über den Dolchstoß, die Schmach, den Ausgleich. Es klang befreiend. Was sie sagten, bedeutete, besser als die Väter zu sein. Gerd legte sich Hanteln in die Bibliothek, einen Brustgurt, an dem er sich dehnte. Er sagte, er leuchte nun. Stärker als früher.

Ich zog ihn auf. Ob er eine Lampe sei?

Steh- oder Hänge-?

Zugegeben, unsere Witzchen waren mau. Wir fanden sie großartig. Danach sagte er: Und ich leuchte doch.

Beim Stammtisch markierten die Männer italienische Sonne. Italien gehörte zunehmend zu uns. Eine traditionelle, hübsche Verbindung. Das Sonnige färbte ab. Nach Sonne sehnten wir uns, nach Erweiterung. Jede Herrschaft, jede Kleinstkolonie, jedes Fleckchen Afrika, jede Nähe zu Sonne und dem Mittelbauch der Erde, zu Gold, Diamanten und Kaffee, war verloren. Also zurück nach Indien schauen. Und nicht ausschließlich weit nach Südosten, sondern auch in unseren Nachbarosten und alles Nordische über uns. Glatt rasierte Duftgesichter wurden in jede Luftrichtung gehalten und schnupperten glänzend. Mich amüsierte, wie sie sich aufspielten mit öliger Stimme und gequollener Haltung: Schultern nach hinten, Brust raus. Ich verstand: Es war versteckt schwach, darin liebenswert. In Gerd war ich verliebt mit Kopf und Mund und weiter abwärts. Ich besaß einen Fuchs, einen Nerz, einen Feh. Zum Bier gab es Brezn, Radi, Leberwurst. Ich wurde nicht nach Hause geschickt.

Später am Abend hockten die Kerle an der Bar wie sinnliche Hasen und machten Männchen. Die Mädchen redeten und wackelten mit dem Entenpopo. Mir schien der Mond auf den Kopf. Ich war eine Frau von 33 Jahren und auch sonst auf der Höhe. Es hatte gedauert, wir hatten es oft versucht, endlich wuchs in meinem Bauch ein Kind. Ich sehe mich in Bildern wie im Kino, das Nachthemd verlockend über die anerkannte Schulter gerutscht. In diesen Wochen und Monaten war alles erstklassig an mir. Ich las Gedichte, die mich freuten, dort schossen »die deutschen Mädchen« ins Führerziel, als wäre es Kraut:

Wir sind das Tor, das in die Zukunft führt,
wir sind der Baum, an dem die Früchte reifen,
was uns begeistert, was uns heilig wird,
das pflanzt sich weiter, stark und unberührt,
das kann uns niemand von der Seele streiten.

Wurde in der Kanzlei jemand krank, half ich aus. Ein Rechtsanwalt war ein Anwalt nicht für das Recht, sondern im Recht. Er lebte im goldenen Topf. Die Paragrafen wuchsen ihm wie Kirschen in den Mund. Er half demjenigen, der ihn bezahlte. Das ist Hurerei, sagte ich zu Gerd. Er nahm mich an der Taille, fasste mich an der Brust.

Ich glaube, so war es.

Dass ich das war.

Und er, wie er damals existierte. Als Gerdperson. Die arbeitete nicht für die Gerechtigkeit, sondern für das Rechthaben. Im Recht, nicht für es. Selbstverständlich nicht gegen es. Das war die Kunst. Das Dazwischen war die Kunst. Gerd wurde niemals ein Richter des Nationalsozialismus. Gerd verteidigte Menschen. Er hatte Klienten, schnittige, fesche. Und ein paar andere. Später. Spät. Aber er hatte sie.

Mein Bauch rundete sich. Es war noch am Anfang. Wir erzählten es allen. Soblöd soblöd. Man könnte sagen, wir freuten uns.

Dass in mir so körperlich tatsächlich ein neuer Mensch entstand, überrumpelte mich. Wir zogen in eine eigene Villa, allein für uns. Gerd ließ die Fassade grün stREICHen. Er sagte Drachenfarbe. Siegfriedfarbe, sagte ich. Wir waren uns einig. Wir dachten gleich.

Er trat der Partei der Freunde bei, fesch und erfüllt, 1934. Die Mission stand ihnen ins Gesicht geschnitten. Sie hielten sich aufrecht, wir machten Ferien in Norwegen.

Ohne Kind. Ich hatte es verloren, im vierten Monat.

Verloren: das Kind, viel Blut, ein Stück Vertrauen in mich.

Die Gerdperson mochte den Norden. Dort nahm er mich öfter. Er nannte es inzwischen so, ein schmales Messer in der Hand. Er war traurig und brauchte einen Ausgleich. So erklärte ich es mir. Was brauchte ich? Ich streckte mich, während er es machte, flog ein Stück aus mir heraus. Der Schmerz war minimal. Lust machte mir das nicht. Ich tat es ihm zuliebe. Sagte ich mir. Er war dann so dankbar. Es klebte uns zusammen. Blut war wichtig, überall las man davon. Wollte ich nicht, lenkte ich mich ab. Ich ließ ihn tun, was er brauchte, ich rollte einen Reifen durch den Garten. Er war dunkelgrün, der Reifen weiß. Das zweite Kind verlor ich in der siebten Woche. Ich zählte vom letzten Tag meines Monatsflusses, vom letzten Rot. Frau Doktor Haarer zählte auch nach Wochen, jedoch nur, wenn es darum ging, wann man zum ersten Mal zum Arzt gehen sollte. Alles andere wurde nach Übelkeit gezählt.

Ich weinte auf dem Klo. Ohne 💧💧 kam ich heraus.

Gerd stREICHelte mich. Wenigstens hatten wir diesmal niemandem von der Schwangerschaft erzählt. So mussten wir es nicht un-erzählen. Ich stürzte mich in Arbeit. So viele Bücher zu Säuglingspflege und Kleinkinderziehung hatte ich gelesen. Frau Doktor Haarers Artikel waren am klarsten. Sie nannten das Kind bei seinem Namen, Tyrann. Das gefiel mir. »Tyrann« arbeitete in mir wie eine Hydraulikmaschine. Die kannte ich aus der Dosenfabrik. Haarers Worte drückten meinen Schmerz zusammen. Deutsche Mutter, bleib frei.

Ich war frei. Nach-Fehlgeburten-frei. Wenn ich Kinderabstand anderen als Ziel verkaufte, wurden sie und ich einander gleicher. Ich beneidete sie um ihre Bäuche. Wollte diese Bäuche nicht sehen. Zwang mich hinzuschauen. Zu lächeln. Mit der Zeit kam es von selbst. Haarer sagte: Lasst den Säugling schreien. Gewöhnt ihn an Dunkelheit. Sie trennte die Mutter und das Kind.

Das gefiel mir. Ich war allein im Dunkeln, all die Zeit, tot-all. Mithilfe von Haarer übte ich Stärke. Meine ersten Vorträge gab ich privat. Die Mütter legten mir ihre Säuglinge in den Arm. Ich biss die Zähne zusammen. So viel Kind, Kind, fremdes Kind. Sie rochen süßlich, nach Milch. Das Stillen im Vaterland lag schwer darnieder, so Haarer. Wenigstens bekam ich so Trageübung, ohne dass es jemandem auffiel. Kleine Kinder hatten mich immer gemocht. Bald eilte mir ein Ruf als Kindberuhigerin voraus. Ich strengte mich an.

Zuhause hatte Gerd nun ein Taschenmesser der HJ. Er ritzte die Oberschenkel. Den anderen Verkehr, den mit einem möglichen Ergebnis, hatten wir kaum mehr. Wir hatten Fragen, »warum?«, ich hatte die Frage »warum bei mir«, »was kann ich nicht?«. Anatomisch schien nichts falsch zu sein. Dennoch: Etwas war kaputt. Ich hatte auch Angst. Wenn ich wieder schwanger wurde und wieder Blut die Unterhose färbte? Da fand Gerd einen größeren Mut und sprach auf mich ein. Der Führer war der Kanzler des Reichs, Fortpflanzung war Pflicht. Gerd sagte, ein Mädchen wäre ihm ebenso recht wie ein Junge, das war tadellos, eine willkommene Haltung, der Führer verlangte Kinder, gleich welchen Geschlechts, von Menschen wie uns, eben auch von mir, »Dinchen«, sagte Gerd, »denk daran, was du weitergeben kannst, wie wichtig das ist, wie erstklassig«.

Dinchen. Von Gerdinchen. So hatte Mutter mich gerufen, als Kind, und er wusste das und kam mit dieser Vertrautheit, die war, als tränke ich Trost.

Wir waren in Not. Schließlich verband sie uns. »Gerdchen« nannte Gerd mich ebenfalls.

Das war er in klein. Das war ich.

Gerdchenfrau. Bei den Feschen kam das bestens an, sie lachten, Gerd war ihr Held, ich gönnte es ihm, es war anmutig, ab und an einfach still zu sein und an ihn gelehnt. Ohne Frauen kam ein Volk nicht voran. Das war gewiss. Die Gedichte, die kursierten, trösteten nie, die türmten Schuld und Pflicht für die Ewigkeit:

Not geht durch Tag und Traum,
und die Wiege steht leer.
Immer noch hängen am Baum
bräunliche Blätter umher.
Bald, wenn das Leben schwillt,
schüttelt die Dürren der Wind.
Aber Wiege steht ohne Kind –
Weh, unser Schoß, der nicht quillt!

Gerd verlachte sie mit mir, »hör, wie es rumpelt«, sagte, »kuschel dich her«. Wir lasen zusammen im Bett, die klassischen Bücher, Voltaire und Lessing, sie gaben uns einen Halt in der Vernunft. Man fing ja an, sich nach ihr zu sehnen.

Haarer hatte Aufsätze veröffentlicht. 1936 erschien ihr Buch *Die deutsche Mutter und ihr erstes Kind*, ich verschlang es. Die Gerdperson hatte gegelte Haare. Ich entwickelte die Gerdaperson. Sie trug die Zöpfe zu Schnecken gerollt. Es stand ihr. Ihm ebenfalls. Wir waren beide blond. Ich 1,75 nordisch mit osteuropäischem Einschlag, er arischer Muskel mit kaum merklich zu weichem Kinn. Haare stREICHholzkurz, dann sah man das Kräuseln nicht.

Ich kitzelte ihn. Dort, am Kopf, an den Armen, am Nacken, fingen wir wieder an. Auch das Ritzen fing wieder an, ich ermunterte ihn sogar. Wer sagt, dass es schlimm war? Dass es sich nicht gehörte? Es gehörte sich nicht. Gewiss. Es gehörte uns. Unser Geheimnis. Last und Lust. Und ein Vorteil: In dieser Hinsicht war ich mir meines Mannes sicher. Das teilte er allein mit mir.

Stellungen, Maßnahmen, Fälle. Gerd hatte viele davon, auch sonntags arbeitete er, zuhause. Ich wurde schwanger. Der Arzt sagte, meine Gebärmutter sei nach hinten geknickt. Abgeknickt. Das konnte von Geburt an so sein bei mir, sagte er.

Es war ein neuer Arzt.

Zu seinem Vorgänger wollte ich nicht. Der neue gehörte zu den Feschen. Zu meinen Schenkeln sagte er nichts.

Das Reich arbeitete kontinuierlich an einer Verbesserung des Friedens. SSler liefen auf und ab, damit man das schwarze Glänzen ihrer Mäntel sah. Das Volk schaute aufgeregt und atmete etwas gelähmt, wenn es angesprochen wurde. Glücklich, sagte Gerd, dass sie Angst haben dürfen und gehorchen und dass es einen Aufschwung gibt. Er meinte jedes Wort, wie er es sagte. Wer im Recht arbeitet, lernt Menschen kennen. Hitler war ein Räuber. Wenn er nicht brüllte, benahm er sich ordentlich: baute Staudämme, trat sich die Schuhe ab, aß kein Tier.

Heute streiten die Vögel. Im Baum hock ich lang nicht mehr, es gibt für unsereins keinen Ort zweimal. Das sagt sich leicht. Vielleicht ist es so: Wie zählen geht, hab ich mir verlernt. Wir gehen rund. Zeit? Ach kommt. Weltgingauf. Hier ist es sandig, kühl des Nachts, Steine, Felsen, noch mehr Sand. Ein paar Bäume hingestreut. Und ich dabei als? Sagen wir, zur Abwechslung und just für dieses Mal: nichts als Luft.

Seit ich so glasig und so reisig bin, gefällt mir der kurze Satz. Jeder Punkt macht ding-ding. Jeder Punkt hat eine Logik. Trennt. Und trennt. Und reißt dich voran. In festem Strom, auf engem Gleis. Wohin? Wer weiß.

Still hier. Schakale gibt's, Gebüsch. Keine Spur. Weltgingnieder.

Und die Geier? Die Hälse so frei und trotzdem nicht mehr als dumme geduldige Puten. Fliegen durch mich hindurch.

Weltgingnieder.

Flapp-flapp. Weltgingwiederauf.

Ein Freund von Gerd verschwand. Warum? Wohin? So mancher hatte etwas aus dem letzten Krieg mitgebracht. Zum Beispiel

Schrecken, Albträume, unvernünftigen Redemut. War es das? Wir fragten nicht.

Die Juristerei wurde eine Lernerei. Ein Gesetz jagte das andere. Gerds Freund Wolfhart war die Rechtsanwaltslizenz entzogen worden, er hieß ab sofort »Konsulent«, Jude exklusiv für Juden. Gerd übernahm keinen seiner Klienten. Es sah anständig aus, es nicht zu tun, allemal gegenüber Wolfhart. Gerd war unglücklich. Er wollte hart sein und war es nicht. Weil er es nicht war, gab er nach. So erkläre ich es mir. Gab nach in das hinein, was er sich als Härte vorstellte. Er spielte das Hartsein. Das war keine Entscheidung. Auch wenn es wie eine klang. Wer es erlebt hat, weiß, wie es geht. Ein gespieltes Hartsein ist härter als ein echtes Hartsein. Weil man unablässig übertreibt. Um keinesfalls als zu weich dazustehen.

Wolfhart gegenüber »zog er das« noch »nicht durch«.

Wer oben ist, sich im Liebmann auskennt und durch Paragrafen gleitet, als wären sie ein See und er das weiße Schnellboot darauf, der kennt Türen, wo andere nichts als Wände sehen. Opa und Oma Schücking starben in Australien bei einem Autounfall. Wir hatten Geld im Überfluss, ohne Arbeit. Am Horizont marschierten die Stiefel. Man sah es kommen. Also behielt Gerd die väterlichen Aktien an der Konservenfabrik. Dank des Horizonts stieg ihr Wert von Tag zu Tag. Wir näherten uns einer vollendeten Aufrüstung. Die in Form eines Krieges in unvermeidliche Abrüstung münden werde, sagte Gerd, gegen die man würde aufrüsten müssen. In jeder dieser Phasen werde Futter in Blech, sprich die Konservendose, gebraucht. Gerd stockte die Aktien noch auf, für einen Fünfer waren sie zu haben.

Das Dabeisein fühlte sich anders an als zu Anfang. Das Nachlernen machte wenig dauerhafte Freude. Menschen wie Wolfhart zogen weg. Zahnarzt Stüssel schloss die Praxis, Schuster Renz den Laden. Sie wurden nicht ersetzt. Ich beobachtete mich dabei, dass ich froh darüber war, dass unsere Eltern uns nicht mehr beobachteten. Mutmaßlich hatten wir mit den Nationalsozialisten nicht so recht gehabt, wie wir hätten recht haben wollen. Es war auch nicht schlimm. Nicht wirklich, nicht für uns. Es war wie Wäsche, aus der man herauswuchs. Es klemmte, zwickte. Man dehnte an der Wäsche herum. Wo sie nicht nachgab, musste man schrumpfen, sich zusammenziehen.

Ich dehnte mich, mir ging es hervorragend.

Am 5. März 1938 kam sie zur Welt. Ihrem Vater schwebte tagelang jede Menge Würde um den Kopf. Leuchtete die Sonne von hinten gegen seine Ohren, sah es aus, als würde er abheben vor Freude. Ich musste mir das Lachen verkneifen, so etwas durfte man an einem Mann ja gar nicht sehen.

Wochenlang schlief ich nicht. Eine meiner Brustwarzen öffnete sich nicht und wurde, ohne Betäubung, von außen mit einer langen Nadel aufgestochen. Juhei. Was für eine blutige Angelegenheit diese Kinderei war. Entzündungen, Müdigkeit, Wochenfluss. Wir stellten ein Kindermädchen an. Am schlimmsten war die Angst, etwas an unserer Kleinen zu beschädigen. Sie hieß Carmen, was »Lied« bedeutet, Spanierinnen heißen so, es klang abenteuerlich und war ein Name wie bei niemandem sonst. Im April wurde es stürmisch, ich schlug sie in Decken, ließ das Mädchen die Stube heizen. Schlagartig glühte das Kind, wie ein kleiner Krebs sah sie aus, lachte dabei. Wir wickelten sie rasch wieder aus und rieben sie ab, so verschwitzt war sie. Fast hätte ich sie zum Explodieren gebracht, Gerd lachte am Abend darüber, um meinen Schrecken zu mildern, er hielt unser Kind in die Höhe, sie strampelte begeistert. Mir wurde erst im Sommer besser zumute, da sah sie endlich fester aus, konnte den Kopf halten, ja heben, und rollte sich selbstständig in ihrem Bettchen herum.

Wir hatten einen flotten Kinderwagen gekauft, cremeweiß mit faltbarem Satinhimmel und einer elegant nach oben geschwungenen Schiebestange, sodass ich aufrecht und geradeaus gehen und blicken konnte, während ich schob. Ich war eine Frau mit teuren

Schultern und einem Rücken, an dem man keinen einzigen Knochen mehr entdeckte, immerhin auch kein Fett, mustergültig, diese Mischung, wie man sie an Gänsen abfühlen kann, nur dass ich viel hübscher war. Ich badete in Öl. Man sollte weinen wollen, wenn man die Familie Schücking sah, weinen vor Neid.

Schön sein wollte ich »wie eine gesungene Nacht«.

Mit meiner Freundin Elvira, null Talent zu Eleganz, viel Zeit, ging ich zu einem Vortrag der Haarerin. Das Kindermädchen passte auf Carmen auf. Was Haarer sagte, klang überzeugend. Sie selbst, als Person, war billige Luft. Sie fauchte mich an, ich sei ahnungslos. Man hatte ihr zugetragen, ich mache in Vorträgen, dabei sei mein erstes Kind eben erst geboren. Mit Gerdstimme antwortete ich: »Die Sache verlangt es, liebe Frau Haarer! Die Sache des Führers. Ihr Wissen muss weitergegeben werden, wir stehen zusammen im Kampf.« Im Sommer '44 begegneten wir uns ein zweites Mal. Da versuchte sie, mir eine Ohrfeige zu geben. Jemand hielt sie dann fest. Getroffen hatte sie ohnehin. Die Nerven lagen blank. Im Vergleich zum Sommer '44 war der düstere Sommer '43 fröhlich gewesen. Und erst der Nichtsahnsommer '38. Da hatte Haarer noch die Kraft gehabt, ein Zitronenmündchen zu ziehen und unsere »gemeinsame arische Anstrengung« abzunicken.

Elvira bekam Augen wie angebrannte Spiegeleier, kaum hatte sie das dritte Glas Champagner intus. Ihre Stimme rutschte von der Kehle geradeaus in den Bauch. So wie es klang, musste Elvira dort unten bereits ziemlich ausgeleiert sein. Wir waren Freundinnen, sprich, ich nahm besonders klar wahr, was an ihr verbrauchter war als an mir. Sie machte das ebenso mit mir, das war der Sinn des Befreundetseins. Und da passte ich Idiotin nicht auf. Kaffeerunde, Elviras Dienstmädchen krank, ich, übernett, will beim Abwasch helfen, rolle die Ärmel der Bluse hoch. Und sie gleich: »Huch, Gerdachen, wie siehst du denn aus.« »Die Rosen gemacht«, sage ich wie aus der Pistole, dabei weiß sie, dass wir einen Gärtner beschäftigen, geschwind sage ich, wir hätten jetzt eine Katze, eine obersüße, wie ich sie seit Jahren wollte, »oh«, sagt sie, »eine Katze, ein Baby und ein verkratzter Arm, und alles zugleich«.

Die blöde Nuss.

Das waren die kleinen Ärgernisse. Daneben gab es die Freuden. Carmen schlief sogar schon allein ein. Lag da, schlief. Sie griff nach allem, was man ihr hinhielt, und wollte aus einem Becher trinken. Wir hatten ein hochintelligentes Kind, auch wenn es seinen Mund nicht traf. Gerd kam aus der Arbeit und gluckste sie an.

So wurde es Herbst. Es war nicht der letzte Herbst vor dem Krieg. Es war der letzte Herbst überhaupt.

Nie rollte unser Mädchen einen weißen Reifen durch den Garten. Sie trug ein weißes Kleid. Die Kiste, so klein. Danach wollte ich weg, aus Düsseldorf, weg aus meinem Leben, weg.

Ich war in einer traurigen Wolke. Um mich war der Feh und der hatte mehr schlagendes Herz für mich als ich selbst. Carmen wurde eine Erinnerung, statt laufen zu lernen. Ich wollte Gefühle aus mir reißen, und es war so, wie wenn man betrunken wird. Sie war so klein von uns gegangen. Zerrte ich furchtbar viel Kraft aus mir, konnte ich den Gedanken an sie für ein paar Sekunden ertragen. Gerd stellte das Foto, auf dem ich sie im Arm hielt, fort. Hinter die Bücher. So wussten wir, dass es da war. In Augenblicken wie diesem gab er mir Trost und eine hohe Sicherheit wie ein Himmel.

Dann war der Augenblick vorbei.

Mein Gesicht ging kaputt zwischen Leere und Liebe. Ich schlief kaum. Zum Aufstehen legte ich Chypre auf. Es erinnerte mich an mich selbst von davor. Dieses Davor holten wir nie mehr ein. Das Parfum roch nach Pinien, Zitronen, Meer. Andere Frauen legten sich Glitzer auf, malten sich Nachtaugen tief in den Kopf. Ich hatte keine Augen mehr.

Gerd war am Boden zerstört. Ich bat ihn, mich zu ritzen, ich dachte, der Schmerz würde mich ablenken und ihn vielleicht auch. Als er es tat, spürte ich nichts, meine äußerste Hautschicht war taub, und Gerd wollte auch für sich nicht. Später, als ich innerlich wieder aufwachte, nach Monaten, sprachen wir miteinander, und das war wohl der Unterschied zwischen uns und anderen Paaren, dass wir uns so lange kannten, das Kindergesicht des anderen noch vor Augen, die kindliche Stimme im Ohr. Wir hatten miteinander geflüstert, uns verbündet, uns angeschrien, und nun waren wir die Einzigen in der Welt, die die Erinnerungen an unsere Eltern teilten, an die Schückingvilla, meinen Vater und die Dosentage. Damals hatte man noch mit den Pferdefuhrwerken die Pichelsteiner-Paletten durch die Stadt gefahren, unsere bestverkaufte Friedensware.

Mitunter war uns, als liefen wir nebeneinanderher mit den rollenden Reifen, die unsere Ideen und Wünsche und Leben waren, neben- und miteinander, und wir hatten nicht verlernt, wie wir es unterbrechen konnten, um uns auszutauschen. In einer so langen Zeit veränderte sich jeder, und wenn man nicht darauf achtete, zerbrach das Paar. Wir nutzten das Abendessen für diese Aufmerksamkeit, alle Dienstboten waren fort, nun, in der Regel hatten wir gerade mal ein Mädchen, das stundenweise kam, ich wollte niemanden, der mit uns in der Villa lebte. Gerd erzählte von seinem Tag, ich von meinem, weiterhin las ich medizinische Bücher über das Kind in seinem ersten Jahr. Es bedrückte mich, dass die Ärzte uns nicht sagen konnten, warum Carmen gestorben war, ein gesunder Säugling, der mit einem Mal nicht mehr atmen konnte, den ich mittags röchelnd und blau in seinem Bettchen gefunden hatte, für alles zu spät, zu spät. Ich glaube, dort am Tisch fiel der Beschluss, die Babysachen zu verschenken, am Ende stifteten wir sie dem Lebensborn, diese Gabe war einer unserer ersten Kontakte mit den Heimen, wir schickten Carmens Leibchen, denke ich, nach Steinhöring, ein Fahrer holte sie ab. Ich wusste, ich hatte keine Kraft mehr für ein weiteres Kind, erst starben sie in mir, dann außerhalb meiner, wie sollte etwas Derartiges noch einmal zu ertragen sein. Gerd drückte mir die Hand, ich fühlte, dass er mich verstand und akzeptierte, wie es mir ging, selbst gegen die Wünsche, die er als Mann haben musste. Das war eben Gerd.

Ein Kind war ihm wichtig, wenngleich nicht so wichtig wie sein Recht oder wie sein Bild von sich selbst als ritterlichem, großzügigem Ehemann. Dass unsere Eltern tot waren half. So entstand kein Enkeldruck.

Und es verschärfte den Schmerz. Waren wir jetzt für alle Zukunft allein?

Wir flatterten.

Ich will das rosige Strahlen meines halb gesunden Menschenverstandes wiederfinden.

InmeinerFinsternis.

Man muss aufpassen, nicht im inneren Sand stecken zu bleiben, sonst kommt man aus einem Heim nicht mehr hinaus. Dabei kann niemand ununterbrochen nur im Sterben liegen.

Miregal, miregal.

Régalienne – das ist ein Wort für die Königin. Die binnochbin. Dabei zieh ich schon Fäden. Ein glänzend Dingbin, die Spinne unter der Eichenborke, das deutsche Tier, roter Vorderkörper, heller Hinterleib, kurze kräftige strahlend rote Beine, sechs Teleskopaugen als selbstleuchtender Kranz auf der Stirn. Eiche fress ich, fress ich auf.

Noch immer schuldeten wir dem Führer ein Kind.

Gerd hatte innen ein Loch. Dass ich es kannte, liebte und hasste er an mir. Es band ihn an mich. Es schweißte uns zusammen, wie man so sagt. Das machte ihn wütend. Quoll mein Blut aus dem Ritzer, glich es dem Druck in Gerd. Ich war der Weg, auf dem er aus ihm herausplatzte. Bald nannte ich es, still bei mir, den »wirklichen Verkehr«. Ich nahm Gerd auf diese Weise etwas ab.

Er arbeitete mehr. Am Juristenstammtisch lernte er Fabian Hemisch kennen. Der kannte Heinz Rühmann und brütete über einer Idee für einen Film. Tags war Gerd Jurist, abends Erfinder. Eine Schulgeschichte, Dumme-Jungs-Streiche. Sie wussten nicht weiter, soffen mehr. Menschen seien wie Zuckerhüte, sagte Fabian. Was für eine Idee: Man lässt die Schauspieler zu Zuckerhüten greifen, Feuerzangenbowle ansetzen. Pennäler zündelten nun einmal. Und Männer gekonnt. An der Welt, sagten sie, sonst lohnt es sich nicht.

Ich nickte. Im Anzug gefiel mir Gerd wie heißer Kakao an einem Wintertag. Verpackt, glatt, duftend, mein Mann. Man bewunderte uns als perfektes Paar. Das erfüllte uns mit Zusammenstolz. Ah, und der Nachwuchs?

»Wir halten zueinander«, sagte Gerd danach zu mir, »Dinchen, auch gegen die Leere fällt uns etwas ein.«

Seine Zuversicht half meiner Kraft. Auch das Deutsche REICH, draußen »im Feld«, gewann und gewann. Der September 1939 flirrte. Münder staunten, Gesichter freuten sich, auf der Straße fühlte man einen hohen Schwung. Im Sommer 1940 wuchs er noch. Fast wäre man gern selbst dabei gewesen, im Mercedes in die Hauptstadt der staunenden Franzosen eingefahren.

Ich erweiterte Haarers Ansatz. Die deutsche Frau, nationalsozial. Ich wurde eine Hitlerette. Mein Ausdruck. Es klang nach Operette, also netter, als es war. Es amüsierte die Männer, lenkte sie von meinem Ehrgeiz ab.

Das Ritzen hat niemals jemand bemerkt. Außer Elvira. Vermutlich haben auch andere Verdacht geschöpft und nichts gesagt. Es bemerkt und im Bemerken vergessen. Es wurde täglich einwandfreier, von vornherein mitgemacht zu haben. Menschen auch jenseits der deutschen Grenzen hatten nun Hitlerliebe, Hitlerhände, Hitler-Ich. Die Männer saßen im Goldenen Kessel in der Altstadt bei Killepitsch und Bier und feierten Rühmann. In seinem Film sollte einer der Schüler gegen einen Baum treten, um das philosophische Problem eines Mannes namens Locke zu lösen. Die Frage lautete: Ist ein Baum, den nie jemand gesehen hat, wirklich oder nicht? Der Fußtritt, bei geschlossenen Augen, sollte den Beweis erbringen. Wie dämlich. Die Männer traten gegen den Holztresen der Kneipe, ohne hinzusehen. Der war so wirklich wie der eigene Fuß. Und fester! Kolossal wie Hitler, der jahrelang unterbeachtet im Wald gestanden hatte, und nun stieg er auf dem Nürnberger Rasseplatz in untadligem Fackellicht auf die Kanzel. Man sah ihn, noch deutlicher hörte man ihn, Millionen von Menschen lauschten, da wurde er zu einer wirbelnden Art Wirklichkeit. Sie glich dem Rauch aus den Fackeln, sie drang überall hin.

Das war der Krieg und wie er wuchs.

Ein Rechtsinstitut ist kein Gebäude, sagt Gerd. Der Boden schwankt, ein Luftzug umsäuselt uns. Rechtsinstitute sind Luftschlösser. Ich lasse Gerd in mich eindringen. Wir liegen wach im Bett. Er schaut an die Decke, ich schaue an die Decke, jeder an einen anderen Fleck. Coitus interruptus, totale Enthaltsamkeit um den Eisprung herum. Gerd zeigt auf unsere Kleider auf dem Sessel und sagt: »Da liegen wir ein zweites Mal. Wie Gespenster. Blutleer und schwach.«

Bald hatte diese Stimmung mehr als eine Ursache. Abends bei Tisch, wenn wir unter uns waren, kam es auf. »Ich könnt mich fürchten, Gerda, vor dem, was ich bei Gericht sehe.« Wir haben alles, sagen wir, alles, was wir wollen, was brauchen wir den hergebrachten Deutungsliebmann und die juristische Bibliothek, die vermissen wir doch nicht. Wir lügen und wissen es.

Mit einem Mal haben wir Sehnsucht nach der Zeit vor den Tausend Jahren. Sie ist wie ein Loch. Spricht man von ihr, wird die Sehnsucht nicht kleiner, nur gefährlicher. Hätten wir ein Kind, wäre das etwas wie eine Füllung. Ein Kind, das bei uns lebte. Älter müsste es sein, sodass es uns nicht einfach wegstürbe unter den Händen.

Ich erinnere mich nicht daran, ob Gerd das damals sagte oder ich. Ob wir damals schon sagten »es wird kein gutes Ende nehmen«, »ich spür es in den Knochen«. Die Idee mit dem Kind kam jedenfalls auf.

Wir ahnten, was wir nicht wissen wollten. Kann man es so

sagen? Abscheulich genau kann man es so sagen. Das Wissen gab es. Die Gefallenenlisten gab es. Den Krieg gab es. Den hatten wir nicht mit eingekauft. Ich nicht. Nun war es zu spät. Alles andere war »ohnehin nichts für Frauen«. Ich hasste diesen Spruch. Wie oft hatte er mich behindert, aufgebracht. Diesmal nahm ich ihn an. Das schien mir ein gerechter Ausgleich. Der Krieg war nichts für Frauen.

Dem Deutschen Frauenwerk, Abteilung Mütterdienst, bot ich meine Hilfe an. Die ersten verbesserten Vorträge waren gehalten, auch in Heim Hochland, Steinhöring, dem Vorzeigehaus des Lebensborns. Dort begegneten werdende Mütter dem Nichtverzärtelungsgeist der herrlichen Zeit. Ein Säugling, das waren Griffe, Beruhigungen. Der leitende Arzt, Doktor Ebner, pflegte einen nazilogischen Ansatz: Arischen Kindern musste man nicht die Nase zuhalten, damit sie Essen schluckten, das nicht schmeckte. Sie taten es aus Einsicht. Meinen Erfahrungen widersprach das mit der Einsicht, andererseits gefiel mir die Vorstellung, dem Kind etwas zu erklären, statt ihm die Luft abzudrehen. Heim Hochland führte mir vor Augen, dass Gerd und ich ein Kind, dessen Eltern nun einmal nicht verheiratet waren, vor der Bankertschande retten konnten. Es würde uns dankbar sein. Für immer. Ein Gegengespenst.

Weltgingauf.

Inmirmitmirdrin.

Falls die Adoption meine Idee war, versuchte ich, Gerd einzugeben, sie sei seine gewesen. Man musste Männer glauben lassen, sie hätten sich, was sie taten, selbst ausgedacht. Wie oft hatte ich das gehört. Und dabei das Schimmelmarmeladegefühl gehabt. Du hast den Schimmel obenauf gesehen und abgekratzt, und dann fütterst du den ungiftig aussehenden, zuckrigen roten Rest den dir Anvertrauten, auch dir selbst, und sagst dazu: Oh, wie süß ist mein machtloses Leben.

Dieses Verhalten war Dreck. Soblöd. Ich wandte es an, das Ziel war zu wichtig. Alle wandten es inzwischen an, sogar die Männer. Sie hatten es in der Politik oder was sie so nannten perfektioniert. Man redete sich die Ohnmacht schön, die daraus bestand, kleine Löcher zu bohren in die Macht, und die Macht dabei der Meinung sein zu lassen, dass es sich um gesunde Luftzufuhr handelte. Und wenn der eine das dachte, und der andere etwas anderes, was war es dann? Früher ein juristisches Argument, heute tollkühn. »Wir müssen uns beeilen«, sagte Gerd. Ein Kind bedeutete, dass wir umzogen. Die Adoptiveltern würden das Kind in ihrem nichtsahnenden Umkreis als ihren leiblichen Nachwuchs ausgeben. Gerd dürfte raus aus dem Ring, zurück in den, »ah …«, sagte er, »in den Gelehrtenberuf!«.

Nichts Öffentliches mehr. Der Krieg war kein Krieg mehr. Er war ein Schlachthaus, auf der Erde, über der Erde, im Meer. Das Brüllen hatte enorm zugenommen. Wir schauten, dass wir uns retteten, ohne dass es auffiel. Das beschäftigte uns: schlau sein vor den anderen und voreinander. Ich verdiente mein eigenes Geld. In die Naziideologie passte meine Selbstständigkeit nicht. Seltsamerweise fiel niemandem auf, dass mit mir eine Frau vor Frauen Heim, Herd, Kinderschar predigte, »dient eurem Mann, so dient ihr dem Volk«, die selbst im Widerspruch dazu lebte. Man dachte nicht nach. Über nichts mehr.

Die Oberschwester von Heim Hochland machte die Speisepläne und die Kindsverteilung. Ebner unterzeichnete nur. Also rief ich die Schwester an. Gerd wollte einen Jungen, ich bat um ein Mädchen. Was dieser Anruf war? Ein Mädchen, damit aus ihr mehr wurde als aus mir. Nicht reich-verwöhnt, sondern mit einer Ausbildung, die hätte ich mir für mich selbst gewünscht, zwar lernte ich nun für mich allein und stoisch nach, doch Medizinerin wurde ich im Leben nicht mehr. Ich glaube, dass etwas abfärbt von der Haltung, in der man jemanden erzieht, dass es so stark ist wie die Vererbung, an die man damals alles hängte. Später verschwand das für eine Zeit, niemand wollte davon hören, dann entwickelte sich die Forschung weiter und die Erblehre kehrte weltweit zurück.

Ich musste das rosige Strahlen in mir wiederfinden.

Vor einem Wiederaufscheinen Carmens in einem Mädchen hatte ich keine Angst. Im Gegenteil. Es wäre ein Trost aus der Ferne, ein zartes Winken durch die Zeit, das niemand wahrnähme außer mir, die ich im Stillen oft an unser Mädchen dachte, wie alt sie wäre, was wir spielen würden, wie sie aussähe, jetzt, mit vier oder fünf, und regelmäßig erzählte ich ihr etwas von uns und der Welt und machte ihr einen Kranz aus Gänseblümchen in der Wiese und setzte ihn einem trauernden Stein auf den Kopf.

So kamen wir zu Gerhild, so kam sie zu uns. Anfangs hatte sie eine furchtbare Ortskenntnis. Schickte man sie in einem Restaurant aufs Klo, musste man ihr einen Kompass umbinden, damit sie zurückfand. Getauft war sie Alissa Gerhild, für uns drehte man die Reihenfolge um. Man hatte uns als Eltern für sie ausgewählt, weil das mit den Namen so lustig war. Als ich ihren Koffer auspackte, fühlte ich im Saum eines roten, feschen Kleides ein Stück Papier. Es war eine Fotografie, in der Mitte geknickt, um in den Saum zu passen: eine junge Frau in einem Pelzmantel, große Nasenflügel, voller Mund. Hinten der Stempel des Fotoateliers, dazu ein Name, Valerius, und eine mit Bleistift notierte Adresse. Ich wusste sofort, dass sie »die Mutter« war, riss das Bild entzwei, warf es weg, besann mich einen Tag später, wollte es aufheben für Gerhild, es ihr geben, wenn sie erwachsen war, vielleicht. Gegenwärtig war so eine Erinnerung zu viel, zu viel für sie, zu viel für uns, die eine Hälfte des Bildes war mülldurchweicht und verfärbt, so nahm ich lediglich die andere aus dem Treteimer, trocknete und versteckte sie.

Gerhild hatte weiße, dürre Zappelbeine. Sie sprach etwas in mir an, was lange gefehlt hat. Es war wie ein Glanz allein aus mir. Als sie neben Gerd auf mich zuging, sie kamen von der Straßenbahnstation, ich erwartete sie am Gartentor der Villa, stand mein Leben überdeutlich vor mir. Manche sehen einen Film, wenn sie sterben, davon habe ich im Seniorenheim oft gehört, es ist reine Fantasie. Sie machen fast den Exitus, kehren zurück und stammeln vom Rückwärtsfilm. Gütiger Gott, was für eine bequeme Sterberei. Was hingegen ich in Solln an diesem frühen Nachmittag im Juli 1943 sehe, ist eine Erinnerung an meine eigene Zukunft. Ich liege auf einer Decke im Garten meines Elternhauses, meine beste Freundin Monika eng neben mir, Mutter strickt, wir haben einen Ausflug gemacht, trinken Brause und ich denke: Ich werde einen Mann haben, eine Villa und ein Kind, und sehe es vor mir, farbig und in allen Einzelheiten. Das Kind ist ein Mädchen, es trägt ein rotes Kleid, einen braunen kleinen Koffer und schreitet neben seinem Vater unsicher auf mich zu.

Das weiß ich noch, weiß es durch jede Nacht.

Jede, die ich wie jetzt, also anderswo, verbring. Ihr habt gefragt, seid ein Weilchen schon bei mir. Ich zeig euch was. Folgt mir in die Erde. Und wie ihr das könnt. Die Höhle dort hinten ist unser Ziel, ihr atmet weiter wie zuvor. Und nun, schaut an die Decke hoch. Kinga, bist du dabei? Ich habe keine Augen. Ich drücke einen langen weichen Faden aus meinem Körper. Den befestige ich an der Decke, neben meinem Nest. Für jedes Menschenjahr von einst darf ich einen Faden spinnen, einen, der kräftig zuckrig ist. Später lest ihr nach: Neuseeland? Mag sein. Arachnocampa luminosa, weißlich, ohne Form. Nicht weiblich, verwechselt das nicht. Frei hängen die Fäden nach unten. REICH, REICH. Ich weiß, was Erdkraft ist. Klebrig das Gesponnene, schleimig, ungesund. Mitten darin warte ich. Schalte mein Licht an, ich meine, jage Kraft in meinen Hinterleib. Ich leuchte auf wie etwas, was man sich erträumt. Schaut, gleich mag man mich. Wie fette Beute seh ich aus. Wer mich fressen will, fliegt herbei. Klebt fest. Ich zieh ihn hoch. Was mich fressen will, meist größer als ich, wird gefressen von mir.

Und ihr? Bitte, seht euch um. Über euch schwebt ein Muster aus Licht, Punkt neben Punkt. Wirklich, wenn auch ephemer. Ich bin nicht allein. Wir wandern. Wusstet ihr nicht? Habt ihr euch nicht gedacht? ROAMING FOAM. Feinste Girlanden glühender STREICHholzköpfe, einer davon ich. Eine aus Leuchtpunkten zusammengesetzte Schrift, ein Buchstabe – ein Sternenhimmel, zauberhaft in die Höhle gestürzt –, ein lautloses, schwebendes, glühendes Wunder. Ein Wunder jener Welt, die für alle Zeit ohne Sonne ist.

Die nächste Verwandlung geschieht, wir wissen nicht, wie, wir fallen flutschen rutschen zurück in eure Welt. ROAM. Ich scheine in einer warmen 💧 zu sitzen, sie nennen es »Bad«, das Wasser REICHt mir gerade mal bis zum Ende des Pos. Dass »sa se net noch selba dasäuft«.

»De oide Wuazn.«

»De Brunzkachl.«

Dünya ist das nicht. Sie würde mich nie beleidigen. Sie hält mich für eine demente Mitpolin. Wenn sie wüsste, was für eine Stützfigur ich war, jetzt Stürzfigur, haha. Ich habe Dünya ein Lied auf Polnisch vorgesungen, zwei Katzen, ah, kotki dwa, graue Katzen, wie sie an der Wiege tatzen. Als Alissa bei uns wohnte, hat sie Kinga so oft damit in den Schlaf gesungen, dass ich das Lied auswendig kann. Ich stand vor der geschlossenen Tür und hörte zu.

Es bezaubert mich bis heute. Nun singt Dünya es für mich. Ich lasse mich tiefer in die Wanne, taste nach der Armatur, fülle nach. Die Pfleger haben keine Zeit, vor der Tür zu horchen, ob ich mich »dasaufn« will.

Eine Adoption. Wir zögern. Dem REICH dienen wir auf andere Weise. Gerd schwimmt in Arbeit. Wir sind 42. Im Sommer fahre ich auf über fünfzig Vorträge: Säuglingspflege, Kleinkindzeit. Frau Haarer ist so beschäftigt, sie kommt nicht hinterher. Ich hänge mich nicht billig an, ich habe mein Lebenswissen erweitert, mein Trauerwissen. Bist du hier, Kinga? Auch in dir geh ich um.

Gehindirum.

Du denkst langsamer als dein Denken.

Erinnerst du dich an das Foto von mir mit einem Säugling

auf dem Arm? Ich bin so antik, so verhutzelt, da ist die Erinnerung endlich ebenfalls weggeschrumpft, klein wie ein Kirschkern, nein, kleiner noch, dieses …, dieses Särgelchen, das Tüchchen, das Fleischchen, das nichts mehr wog, nach ein paar Stunden so überaus wächsern, fortgeschossen aus dieser Welt.

Die Frauen hatten Fragen über Fragen, jetzt, im Krieg. Wie band man die älteren Kinder mit ein? Wurde der Säugling zuerst oder als Letztes gewaschen? Was machte man mit dem Schlaf? Ich sagte, legen Sie das Kind zu sich ins Bett. Das verzärtelt es nicht. Wir haben nichts davon, wenn es erfriert oder all seine Kraft verschreit. Ich wich von Haarer ab. Auch Ihre Nachbarn haben nichts davon, wenn sie Kinder schreien hören, sagte ich. Es war wichtig, dass das Volk schlief. Das hatte Haarer nicht gesehen.

Die Lehre war das eine. Ihr folgte die Kriegslehre.

Erst Haarer, dann ich.

Später dachte ich, dass ich den Kindern mit meinen Abweichungen das Leben erleichtert hatte. Nolens volens, wie man so sagt.

Ich schloss mich ebenfalls der Partei an. Seither durfte ich, wenn ich über Säuglingspflege sprach – ich trat bei Schulungen der BDM-Führerinnen oder vor der weiblichen Belegschaft großer Fabriken auf –, in einer zweiten Stunde das anhängende Recht erklären: die Familie unter Leitung der deutschen Frau. Sprich: Mann an der Front. Sprich: die Zurückgelassene und das Geld, die notwendigen Autorisierungen, die Ermächtigungen, das Erbrecht, die Witwenschaft. Heikles Gebiet, ich erklärte es geschickt am Standardfall, da starben nicht Ehemänner oder Söhne, sondern greise Väter und Mütter zuhause im Bett. Das war *Das Recht und der Nationalsozialismus*. Personal in SS-Einrichtungen schulte ich gleichfalls: das Leben des Führers. Die Geschichte der Partei. Der Rassegedanke. Die Kontrolle des Rassegedankens. Man fand es praktisch, dass ich gleich alles machte. Ich konnte es und vergaß nicht, von meinem Mann zu erzählen, einer beeindruckenden juristischen SS-Person. Ich reiste durch das REICH. Den Lebensborn lernte ich in verschiedenen Heimen kennen, auch dort bespielte ich sowohl das Recht als auch den Säugling. Meine Abwesenheiten brachten neuen Pep in unsere Ehe. So sagte man damals gern. Pep.

Welt auf, Welt ab. Wie von selbst wurde der Kindergedanke eine neue Sicherheit. Wenn auch noch immer voller Schmerz. Man hat nie eine Entnazifizierung von mir verlangt.

Dass wir nach Abstand vom Staat suchten, hätten wir nicht zugegeben. Wir hätten es gar nicht gewusst.

Hinterher sieht es so aus.

Was hinterher so aussieht, ist fraglos richtig. Weil es hinterher ist.

Praktisch ist es oft genug auch. Gelehrtenberuf. Am Ende war Gerd nicht mehr aktiv dabei.

Gerd las mir Thomas Manns Reden aus den USA vor. Woher er die hatte, erfuhr ich besser nicht. Bei Juristenabenden schimpfte er auf Mann und die anderen Verräter. 1942 wurde von Monat zu Monat fürchterlich. Man musste über jede ungefährliche Kleinigkeit schimpfen, um auszuhalten, was in Russland geschah. Nach außen war Gerd germanischer als nach innen. Nach außen war er dümmer als nach innen. Zuhause setzte er sich mit verwuscheltem Kopf in den Schaukelstuhl. Er machte sich Gedanken, studierte Fälle der Weimarer Republik.

Er sagte, was er von Menschen hörte mit gelben Sternen, rosa Abzeichen. Fortgebracht, tief in den Osten. Er sei nicht unterrichtet, sagte er. Er höre. Genug davon. Übergenug.

Es war ein Staffelprogramm. Bewerben, Kind vorgeschlagen bekommen, umziehen, Kind abholen. Akten löschen, das Wort »Adoption« nie mehr in den Mund nehmen. Mögliche Erinnerungen des Kindes leugnen, wegerklären, zu Märchen machen. Auch das Kind wäre glücklicher so, als leibliches Wesen.

Gerd freute sich auf seine Weise. Männer freuen sich nicht unbedingt so, dass sie selbst es bemerken. Ich hörte es, mein Ohr lag an seiner Brust. Wir seien untersucht, sagte Gerd. Nicht beim

Arzt, sagte er und lachte mich aus. Auf Rasse, Blut, Klasse, Haltung, Volkstauglichkeit.

Gesinnungstauglich seien wir. Blutunbedenklich. Was für Wörter. Gerd war erleichtert, ich wollte es sein. Der frühere Charme schimmerte in seinem Gesicht.

Es gab Wartelisten. Wir waren älter, ein Nachteil. Sie boten uns ein Kind aus Steinhöring an. Ein Kind aus Bayern, sagte man, aus den Tiefen der Bewegung. Ein Privileg.

Ein älteres Kind, da wir älter seien. Ablehnen konnten wir nicht. Das hätte unvölkisch gewirkt. Wir standen stramm. Das Kind stammte aus dem Osten. Wir zögerten. War es … rassenrein? Aus einem Zuhause in Breslau? Nicht aus einem … kurzfristigeren Heim? Keine Sorge, sagte man uns. Alles gehe mit rechten Dingen zu. Überragend rechten. Wie üblich.

Schritt zwei: Umzug nach Solln. Schritt drei, erdacht von G&G: Das Kind überforderte mich. Ich meldete mich krank und beendete meine Vortragstätigkeit. Ich hatte genug davon, in Züge zu steigen, auf die Bomben fielen. Oft standen die Züge auch ohne Bombenalarm still. Die Wehrmacht hatte Vorfahrt. All das zog die Bomben eigens an. Gerd musste den Beruf an den Nagel hängen, vorerst, um sich um uns zu kümmern. Geld hatten wir. Einzelkindtum war arisch verwerflich, praktisch erstrebenswert.

Das Recht war neutral. Gerd lachte sein neues hartes Lachen: welches Recht? Als Anwalt war er es gewohnt, alle und alles zu verteidigen. Manche logen, betrogen – er wusch sie rein. Das war vor Hitler so, unter Hitler, würde nach Hitler so sein. Womöglich sahen die Betrügereien dann anders aus. Wer war ich, das zu beurteilen. Mir REICHte es, Gerd urteilen und beurteilen zu sehen. Der Garten in Solln war dunkelgrün, er duftete nach den Veilchen, die unter den groben Pinien wuchsen, die Kiefern waren.

Vorsichtig hörten wir BBC, im Dämmerlicht. Wir waren in keine Richtung blöd. Auf den Straßen vor München lag ein hochprozentiges Licht, gepaart mit einer Vornehmheit, die Bäume kühl machte und in Zäunen als Rune erschien. Fabelhafte Steine, Schmiedekunst. Jedes zweite Haus ein »von« am Tor. Wer das nicht hatte, hatte wie wir mehr Hakenkreuz.

In Solln musste ich nicht mehr auf den Friedhof. Da lag kein Kind in der dunklen Erde. Das zugeteilte Kind würde eine Stärke sein.

Mitgliedschaft in der SS war eine Voraussetzung für die Kindgabe. Gerd war zu alt dafür. Was tun? Alles andere passte perfekt: Größe, Gesichtsschnitt, noch blondes Haar. Keine Frage, alles stimmte, auch bei mir, nur der Jahrgang nicht. Er wurde befragt. Was genau besprochen wurde, weiß ich nicht. Gerd konnte sehr überzeugend sein.

Man brauchte Eltern. Das wurde selbstverständlich nicht so gesagt. Es dauerte, mit einem Mal standen wir auch ohne Zugehörigkeit zur SS auf der Warteliste für eine Lebensbornadoption. Ältere Arier geben einem älteren Kind eine Heimstatt. Man machte deutlich, dass das die Bedingung war. Ältere Kinder brachten spezielle Herausforderungen mit. Zum Beispiel eigene Erinnerungen. Fluchtversuche.

Man traue uns zu, damit umzugehen.

Wir nickten. Alles andere wäre unklug gewesen.

Ein Mann, sich seiner Aufgaben bewusst, ein hervorragender Verteidiger. Lobesworte zergingen ihm auf der Zunge. Er stREICHelte mich, küsste mich, tat etwas für mich. Wer wollte sich da beschweren. Die Nazis retteten meine Ehe ein zweites Mal.

Auch wir bemühten uns redlich. Redlich, so sagt man. Was von Gerd ausging, was von mir, ließ sich nicht in jedem Fall unterscheiden. Ich ritzte mit, sagte er, indem ich es zuließ. Die Nähe warf Fragen auf, die eben sie selbst, die Nähe, unbeantwortbar machte. Gerd hatte einen Stau. Seine Erektionen lösten sich weder in die eine noch die andere Richtung. Ich sehe noch, wie er sich den dicken Schwanz zurück in die Hose stopft. Danach half er sich im Arbeitszimmer. Nehme ich an. Ich war es ja, die die Wäsche wusch. Er verlangte, dass ich Weißes trug und auf Weißem lag. Es durfte nicht das Bett sein. Der Wäschespeicher gefiel ihm. Er gehörte zu einem fremden Haus. Im Bett wälzte er sich bloß.

Einmal rieb ich mich selbst vor ihm, es missfiel ihm kolossal. Schmerzhaft war seine Vorliebe nicht eigentlich. Möglicherweise stumpfte man ab. Unpraktisch blieb es. Es gab lange Pausen. Ich war nicht die Einzige, die so etwas erlebte. Keine sagte einen Piep. Gerhild sah es einmal. Ich meine Alissa, als sie noch Gerhild war.

Ich war zärtlich zu Gerd, nach außen und auch von innen. Er strich Heilcreme auf, liebkoste mich wochenlang, ohne mir etwas anzutun. Bis ich selbst zu ihm sagte: Wann ist es so weit? Hatte ich mich so daran gewöhnt? Oder wollte ich sichergehen, dass er bei mir blieb?

Ich las, man solle jeden Tag fünfmal lachen, ich stellte mich vor den Spiegel und lachte den Umständen ins Gesicht, sah mir in die Augen und auf den Mund und wusste, dass es die tadellose, die tapfere Haltung war.

Gerd fuhr das Kind abholen. Er war der Mann. Aus Steinhöring rief er mich an: Es ist nur ein Mädchen!

Der Vater sei dem Lebensborn bekannt. Ein einwandfreier Mann. Die Mutter nicht minder. Selbstverständlich.

Ich hatte braunhaarige, dunkeläugige Frauen in Lebensbornheimen gesehen. Man war großzügig geworden. Es gab sogar jüdische Kinder, aus den Ostgauen. Das sprach man wohlweislich gar nicht erst an. Das war ein Widerspruch. In den Heimen konnte eine Rasse mit einem Mal etwas sein, das sich veränderte. Am Telefon erwähnten G&G so etwas nicht.

Gerd sagte: Sie ist unsere einzige Möglichkeit. Wenn wir ein Kind wollen, dann sie.

Blonde Locken, Kornblumenaugen. Das immerhin sei Bilderbuch. Östliche Wangenknochen, leider, hoffentlich verwuchs es sich noch.

Das Mädchen gelte als aufgeweckt. Körperliche Entwicklung, geistige Entwicklung, Ausbildung aller volkswichtigen Organe, alles überprüft. Sie könne ihren neuen Vornamen schreiben. Den Rest, sagte Gerd, werde sie aufholen.

Niemand musste etwas erfahren. Dass unsere Eltern tot waren, kam uns entgegen. Wir tranken darauf. Was passte, passte. Dreimal G. Eine richtige Familie. Verschüchtert saß sie da. Man hatte sie im Lebensborn vorbereitet. Sie wusste, was zählte, und stellte sich willig an. Ich nannte sie Geranie, wenn ich sie necken wollte. Anfangs wusste sie nicht, was das war. »Eine Blume«, sagte ich, »die wird hier gemocht.«

Sie lächelte mich an, wenigstens halb. Ein Mundwinkel ging hoch.

Fast verliebte ich mich da in sie. Dann wieder sah sie arg aus wie ein fremdes Kind. Klein, allerdings nur relativ. Nicht wirklich vier Jahre klein. Eher sechs Jahre groß.

Was ich euch gebe, meine Lieben? Nun – einen Abriss.

Einen Rest Geschichte, der wie ein 💧-fällchen über dem Abgrund rauscht? Und ich soll der Abgrund sein? Danke auch.

»De woar ja net amoi mehr ois a Hendl.«

»Da Dünya hat's was vermacht. Neamandm sonst.«

Ich passe in einen Kindersarg. Ich muss gestorben sein. Die Nebel in den Gesichtern bejahrter Menschen sind so dicht, dass ihre Gesichtszüge im Grunde nicht mehr von Bedeutung sind.

Alissa schrieb mir zu Weihnachten und zum Geburtstag. Ich hatte ein Urenkelkind, das nicht weißhäutig war. Es war mehrfach nicht blutsverwandt mit mir. Ich hätte es gern kennengelernt.

Es gab wunderliche Sätze. Sätze wie: Alle Menschen seien *eine* Welt.

Dieser Gedanke hatte mir ein Leben lang gefehlt. Das behaupte ich, damit ihr mir weiter zuhört. Damit ihr mich nicht widerlich findet. Vielleicht denke ich es wirklich. Vielleicht sehne ich mich danach.

Als ich geboren wurde, hatte Deutschland Kolonien in West-, Süd- und Ostafrika. Die Geschichte unserer Generation ist noch nicht geschrieben. Wir, die Frauen von 1900, wurden in jedem der deutschen Reiche benutzt wie Teig. Durch die Kriege hindurch: geknetet, geknechtet, gebraucht.

Weltinmirdrin, auf, ab. Mittagstisch in der Villa Schücking. »Nach dem Essen sollst du rauchen oder eine Frau gebrauchen.«

Was ich für euch habe, meine Lieben? Wie gesagt: einen Abriss. Ein hübsches Wort, nicht wahr? Den Abriss eines Lebens geb ich euch.

Ich sehe mich mit ihr am Küchentisch, das Fenster steht offen, die Pinien duften. Kaum war Gerhild bei uns, wurde sie eingeschult. Kann das sein? Ich atme den Geruch des schweren Papiers. Sie war also doch fünf, als wir sie übernahmen, wurde im Oktober sechs? Ein Hochlied auf die Erinnerung. Die lügt so unwiderlegbar, ist niemals matt – wie irr sie geht, ist alles, was ich hab. Hals über Kopf, zur Schule wollte unsere Tochter unbedingt. Sie lernte wie ein Schwamm. Den Bugatti bewunderte sie. Seinen Motor hielt sie für ein Herz.

Die Schwarzkiefern geben sich samtig, Schatten tief und grün.

Alles wird gut, sagt Gerd.

Es ist unsere zweite Hochzeit.

Die falschen Pinien rauschen, stark riechen ihre Organe.

Gerd wollte ein Buch schreiben. Bisweilen verschwand er für ein paar Tage. Ich fragte nicht, damit er nicht sagen musste, dass ich besser nicht begriff, wohin er fuhr. Es war klug, so wenig wie möglich zu wissen, egal wie es ausging mit den Größtführern, dem Schnittigen, dem Sausen der Schwerter. Gerd war treu. Das war mir wichtig. Andere Männer hatten Liebschaften. Ich wurde geschont. Wir waren verflochten. Wir steckten gemeinsam darin.

Hilf jemandem, sagte ich zu Gerd. Bevor du als Anwalt aufhörst, sieh zu, dass du ein paar Leuten hilfst. Da, in diesem tüchtigen Recht.

»Solln« bedeutet Schweinesuhle. Abgekürzt SS. Villa wurde an Villa gesetzt. Balkone aus Holz, Geranien, die sich wie kleine Blutgekräusel um Geländer flochten. Unser Haus stammte aus dem 19. Jahrhundert, sein erster Eigentümer hatte in einem Anfall von Italiensehnsucht die Kiefern gepflanzt. Für Pinien reichte die bayrische Wärme nicht. Sie waren zu riesigen Wesen geworden, die uns in die Küche schauten, in den Salon, in das Gästezimmer im ersten Stock. Feindlich konnten sie sein, kratzig und so lebendig, dass ich erschrak. Gerhild spielte mit ihren harten Zapfen. Wenn sie nach Harz roch, wusste ich, dass sie sich abermals für Stunden zwischen die Bäume verkrochen hatte. Fragte ich sie, was machst du dort, sagte sie: lesen. Sie hatte wirklich ein Buch dabei, *Pucki*, *Trotzkopf*, *Goldköpfchen*, alles, was auch ich als Kind gelesen hatte. Diese Bücher malten aus, wie Mädchen Frauen werden und keinen Beruf haben, sondern Mann und Kind.

»Magst du es?«

»Nein.«

»Warum liest du es dann?«

»Um euch zu verstehen.«

»Dann lies den *Völkischen Beobachter*.«

Sie tat es.

Dieses blonde Mädchen konnte unheimlich sein. Ihr Alter: eine Lüge. Ihre Haarfarbe: mit jedem Jahr dunkler. In ihren Augen wanderten Gedanken und Gestalten umher, die ich nicht deuten konnte. Nach den Stunden unter den Pinien, die keine waren, trat sie gestärkt ins Haus zurück, gesammelt, heiter geradezu.

Sie hatte Zugang zu einer mir verborgenen Welt. In weißen Röcken trieben die Kinder im Garten ihr Wesen und waren Gerda und Gerd, als es noch etwas wie Unschuld gab. Wollt ihr mir bitte einen Kaffee herüberREICHen? Ein Käffchen ins KnochenklapperREICH.

Das war ein Witz, was sonst.

REICHt mir eine Iris. Eine Mensсheniris.

Eine Pupille. Ja, durch die Wand.

Die drei letzten Jahre meines Lebens war ich blind. Die Jahre davor nahm ich Schatten wahr. Mirdochegal. Schon wieder ein Witz. Das ist die Alte-Frauen-Frequenz! Fangen die erst mal damit an, können sie nicht mehr aufhören. Kennt ihr, ja? Habt euch gefragt, woher es kommt? Ich sah den Mond, ich sah jedes halbe Licht.

Ich überlegte, ob es eine Strafe sein sollte. Sehenden Auges war ich blind gewesen. Nun holte, was ich gelebt hatte, den Körper ein, die physiologische Wirklichkeit bog sich den Gedanken, der Psyche, dem Erleben nach? Nichts da. Psychokram! Auf eines geb ich was, geb euch mein Wort: Schaut, ihr wuselnden Blümchen, ihr, deren Füße die weiche Erde noch treten, ihr, die ihr auf Gras wandelt, die Zehen in braune Krümel bohrt, es fühlt, lebendig seid – es gibt uns. Wir sitzen in eurer Gegenwart. Wir sind das Moirémuster eurer Träume. Der Stoff, aus dem sich eure Ängste weben. Eure Gene flüstern euch unsere Geschichte, unsere Gefühle, unsere Gedanken zu. Jene Gene, die die Biologen nicht entziffern können, das nette Material zwischen den Buchstaben, das sie »dark matter« nennen. Gar nicht so falsch. Wir sind Teil der Familie, das Muster, eure Struktur. Über viele Kanäle wandern wir in euch ein, ohne Sprache. Über kleine, kleinste Berührungen, Fehler, Male. Wie niemand etwas sagte. Wie hier oder da ein verstohlener Blick geworfen wurde. Wie jemand auf deine Frage hin abwinkte, wie eine ältere Frau an der Bushaltestelle stand, als wollte sie sich unsichtbar machen. Wie ihr die überwältigende Traurigkeit darin fühltet. Die Verzweiflung. Mit welch unendlicher Müdigkeit ein Strumpf hochgerollt und wieder abgestreift werden kann.

Wie ein Mundwinkel sich verzog, eine 💧 unterdrückt war.

Gerd war tot, da kehrte er in mich zurück. Was wir gemeinsam getan hatten, suchte in meinem Gesicht seinen Ausdruck. Ich bat Dünya, mir meine nutzlosen Augen zu beschreiben. Es war eine Enttäuschung. Wässrigkeit, nichts weiter. Die Pupillen pulsten auf Licht, ruckten sogar. Die Lider hoben sich, senkten sich. Sie schützten vor Staub, was erloschen war.

Januar 1945. Mehr und mehr fühlte man sich wie eine Maus, die durch Piepsen eine Lawine aufhalten will. Das Warten auf die Russen, die Amerikaner, die Sieger war zersetzend. Wer ahnte, was bevorstand, war dazu verdammt, es doppelt zu erleben: erst in der Fantasie, dann in Wirklichkeit. 20. April: Bunkerpiepsen Berlin. Die Nichtnazis von Solln, ein paar Starkkatholiken und Zwangsarbeiter, wurden mit jeder Radiomeldung munterer. Ich wurde müde. Jeden Abend schluckte ich Phanodorm.

Im Mai schneite es. Ich konnte nichts denken, musste liegen. Sogar die Luft, die ich atmete, war verknäult. Die Nachrichten sagten »gilt«, »ab sofort«, »muss«. Als ich wieder jeden Tag hinunter in die Küche ging, stand das Kind jeden Tag am Zaun. Den ganzen Tag.

GIs baten um Souvenirs. »Bitten« war ein dehnbares Wort. Sie dehnten es; wir dehnten »nichts« wie in »nichts getan«. SS-Runenzeichen, schwarze Emaille an fester Anstecknadel, Werbematerial von meinen Vortragsreisen, ich hatte noch über hundert. Sie ernährten uns. Bis einer meiner Kunden, ein Amerikaner, mich rapportierte. I reported you. Wer er war? Sagen wir: ein gebildeter Mensch aus Manhattan. Er sprach dieses östliche Deutsch tief aus der Wüste. Ich stand vor ihm und seinem Vorgesetzten, Schreibtisch zwischen uns. Wir unterhielten uns auf reizende Art. Das Deutsche klebte an den beiden wie Zuckerwatte, Faden um Faden. Sie kamen nicht dagegen an. Ich hielt ihnen die Schachtel mit den Ansteckern hin. Sie wollten sie nicht berühren. Es war exakt ein Viertel der Nadeln, die ich gerettet hatte. Hätten sie nachgefragt, hätte ich gesagt, es ist die Hälfte, und das zweite Viertel gebracht. Sie fragten nicht. Vielleicht durchschauten sie, wie sinnlos es gewesen wäre. Ich wurde verwarnt. Da wir nicht weiterkamen, entließen sie mich.

Ich verteilte nichts mehr. Der Wert der Nadeln, die ich versteckte, würde mit den Jahren steigen. Das hatte ich verstanden. Ich war zynisch geworden. Wie man aus einem Krieg herauskommt, lässt sich vorab nicht erraten. Wütend war ich auch. Fast als hätte ich an das Tausendjährige geglaubt.

Das war ein brauchbarer Satz. Ein Satz mit einem Standpunkt aus dem akuten Jetzt. Aussprechbar. Vertretbar. Und kam den Gefühlen sogar nahe. Ein Kleinlügensatz. Zu lügen hatten wir die gesamte Skala rauf und runter gelernt.

Am Esstisch spielten wir jeden Mittwoch Vergangenheit. Wir nahmen Gurke, die konnte man mühelos eckig schneiden. Wir legten Hakenkreuze aus Gurke auf die Teller. Wir bewiesen Humor: Die stachen wir ab. Die aßen wir auf.

Gerd saß da, klein – er, der gar nicht klein sein konnte, mit hellen Augen und verwehtem Haar. Alle Unsereins mussten sich an der Wirklichkeit vorbeidrücken. G&G&G waren praktisch überflüssig geworden. Das war der beste erREICHbare Zustand. Die Kleine las Zeitung, stand am Zaun. Sie pickte englische Wörter auf wie Vögel die Körner am Futterhäuschen. Ehe ich mich versah, fing sie an, auf Besatzerisch zum Zaun hinauszureden. Ich fand ein Englischbuch unter ihrer Matratze. Aus Gerds Bibliothek. Er hatte es ihr gegeben. Er war naiv.

Sie durfte nicht wissen, was wir wussten. Die draußen durften nicht einmal wissen, was Gerhild wusste. Sie hatte Erinnerungen an Steinhöring und an davor.

Den Amerikanern war alles zuzutrauen. Wir kannten sie nicht. Alles zuzutrauen hatten wir gelernt. Es war, was wir bislang nicht zur Genüge getan hatten. Konnte man sagen. Es stimmte vielleicht sogar. Sumpf war es auch.

Ich wollte Gerhild nicht verlieren.

Sie war kindisch und ernst, verspielt und durchtrieben. Wenn ich ihr sagte, »sag niemandem, woher du kamst«, lachte sie.

Es war, als röche sie meine Angst.

Es war nicht lustig. Ich musste sie bewachen. Bald stand sie nicht mehr am Zaun. Die wenigen Leute, die bei uns vorbeiliefen, REICHten ihr nicht. Sie setzte sich ins Gras und las. Friedliches Kind. Ich kümmerte mich um die Post oder musste an den Herd. Schaute ich wieder hinaus, war ihr Platz leer.

Anfangs lachte auch ich. Um mich zu täuschen. Ich redete mir ein »Kinder sind so«. Sie spielten Verstecken. Sie spielten Macht. Das verstand ich. Gelegentlich versteckte ich mich ebenfalls. Doch was bei anderen harmlos war, war bei uns harmlos und etwas hinzu.

Erst sagte sie es nicht. Mit der Zeit verstand ich: Sie wusste, dass der Krieg zu Ende war. Sie wollte ihre Mutter suchen gehen.

Da rannte ich ihr nach. Dreck auf den Straßen, Dreck an den Menschen. Schuhe und Strümpfe durchgelaufen, ich spürte jeden Stein. Die Blüten in den Bäumen standen aufrecht wie gefrorenes Glas.

In jeder Ruine glänzte ein Himmel. Man würgte sich aus dem Schlimmsten heraus. In Solln war eine einzige Bombe gefallen. Irrläufer. Er traf einen Acker. Der Bauer fluchte. Aus Lautsprechern tönten Sondermeldungen. Der Krieg war vorbei. Etwas Namenloses ging weiter an uns. Irrläufer.

Abends kehrte Gerhild aus eigenen Stücken zurück. Dreckig, hungrig, erhitzt. Sie hatte Angst vor dem Draußen und rannte doch in es hinein. Ermahnungen fruchteten nicht.

Ich wusste nicht, was tun.

Gerhild war ein Kind. Das durfte ich nicht vergessen. Was sie antrieb, war eine vielfach zusammengesetzte Kraft, die an mir vorbeischoss, obwohl ich ihr Ziel sein sollte. Da war ich ihre Mutter und stand im Schatten. Lebte mit ihr, sorgte für sie, liebte sie, sagen wir es endlich, sag es, Gerda, und sie blickte an mir vorbei und richtete ihre Liebe auf eine Mutter, die es nicht gab, ein Mutterphantom. Nach dieser fremden Frau sehnte sie sich.

Sie lief herum. Sie blieb, war sie erst einmal entwischt, stundenlang fort. Ich konnte froh sein, wenn sie zurückkam. Was an dem einen Abend gegolten hatte, galt nicht unbedingt für den nächsten. Ich erklärte es mir auf eine ihr wohlgesinnte Weise: Sie liebte uns eben auch. Doch wie sehr? Wenn ich sie fragte, nickte sie nur. Sie umarmte Gerd. Die Villa war ihr Zuhause geworden. Ihr Leben bei uns gefiel ihr. Sie konnte auch fröhlich sein.

Später erkannte ich, dass das stimmte, wenngleich als halbe Wahrheit. Ich weiß nicht, wie sie es erlebte. Ich erlebte sie als irre Vernunft. Erst als ich versuchte zu denken, wie sie denken musste, dämmerte mir, warum sie jeden Abend wieder auftauchte. Sie nahm an, ihre Mutter könnte unsere Adresse kennen. Und gezielt in die Villa kommen. Diese Möglichkeit, gefunden zu werden, wollte Gerhild nicht aufgeben.

Es war eine abscheuliche Stunde. Nicht jede Wahrheit schmeckt bitter. Aber wenn, dann immer wieder.

Ich konnte es nicht aushalten, erneut ein Kind zu verlieren.

Da band ich sie an.

Heute glaube ich, dass all dies in ihr und mir gleichzeitig galt. Ein Mensch ist kein Register, kein Baumkuchen Schicht um Schicht. Er gleicht in allem, auch in den Gefühlen, seinem Körper, ununterbrochen wird herumgepumpt, umgelegt, raus- oder reingezogen, erhitzt, vermischt. Der Mensch ist einer, der das Durcheinander liebt.

Nach außen glücklich zu sein, bis man sich das Glücklichsein glaubt, ist eine Anstrengung. Es gibt Dinge, die ich nicht erwähnen will, nicht einmal vor mir selbst, weil sie in Worte gekleidet so bösartig würden, dass ich nicht mehr hinter sie zurückkönnte. Dieses Hinter ist ein genauer Ort: das Abendessen mit Gerhild, das Zubettbringen während der Woche, das In-Urlaub-fahren, Zusammen-im-Garten-Blumen-abschneiden, Hand in Hand, wenn Gerd im Schaukelstuhl las. Die schöne Welt. Schön damals, schön in der Erinnerung.

Diese Welt muss ich schützen. Es geht nicht an, dass Gerhild mitten in Solln auf der Straße steht und nach ihrer Mutter fragt. Ich schäme mich, ich fürchte mich. Am Ende nimmt man sie uns weg, weil etwas nicht rechtmäßig war da im Lebensborn mit Doktor Ebner und seinem Duzfreund Himmler, »der sei Hand über uns hoit«.

Ich binde sie an die dritte Pinie von hinten, nah an der Garage.

Ich binde sie aus Liebe an.

Und aus Wut. Wie kann sie weglaufen wollen von mir?

Ich binde sie fest. Ziehe das Seil zu. Was ich tue, ist vernünftig. Meine Wut ist nicht heiß, sondern wiederholt. Gerhild kann sitzen, wo sie ohnehin sitzt. Sie kann lernen, ohne in Rennversuchung zu geraten, ohne Gefahr.

Sie kann schreien, wenn sie will. Ob sie es versucht hat, weiß ich nicht. Die Villa nebenan stand seit Juni leer. Der Garten war groß. Und Kinder schreien ja immer wieder mal. Und hören wieder auf.

So verstREICHen die Sommerferien ohne großen Ärger. Im September muss ich sie hinauslassen. Sie geht zur Schule, kommt erst abends zurück. Sie lügt über den Stundenplan. Ich frage nicht bei ihrer Lehrerin nach. Es ist mir peinlich. Wie stehe ich da, wenn sich zeigt, dass mein Kind nach Schulschluss nicht nach Hause gehen will? Und lügt? Mit meinem Schweigen hat Gerhild gerechnet. Ich male ihr aus, was ihr draußen zustoßen kann. Dass man sie überfällt, ihr etwas nimmt. Etwas, was sie für später braucht. Soldaten, überall.

Ich nenne das Aufklärung. Ist es ja auch.

Da sagt sie: »Du hast ja Erfahrung damit, was Männer einem tun.«

Ich gebe ihr eine Ohrfeige.

Das bessert nichts. Sie kennt mich nackt. Ein arischer Körper versteckt sich nicht. Eine Schramme lässt sich ohne großen Aufwand erklären.

Als sie sich im Wäschespeicher zwischen den Bettlaken versteckte, sagte ich zu Gerd nicht »das Kind ist da«. Ich wollte, dass sie es mitbekam. Es mit mir teilte.

An einem Abend schrie sie es uns endlich ins Gesicht: »Ich suche meine Mama.«

Ob sie sich an den Namen dieser Frau erinnerte? Die Adresse?

Ab sofort brachten wir sie zur Schule und holten sie ab. Zuhause band ich sie an ihren Schreibtischstuhl, damit sie mir nachmittags nicht entwischte. Ich wickelte ein Band um die Lehne und ihren Oberkörper, die Arme drin, nicht zu fest. Lernen konnte man auch ohne Hände. Davon durfte sie in der Klasse ruhig erzählen. Gerd und ich besprachen uns. Ich ging zu Gerhilds Klassenlehrerin. Das Kind habe eine Störung. Ausgelöst durch das Kriegsende. Den Schrecken. Es fantasiere sich andere Eltern herbei und wolle sie suchen gehen. Man müsse sie davor bewahren.

Ob die Lehrerin mir glaubte, weiß ich nicht. Nichts weiter geschah. Niemand wollte sich einmischen. Man kannte uns. Wir waren einwandfreie Eltern. Angesehene Menschen. Spendable Menschen.

Musste Gerhild etwas schreiben, brauchte sie also eine freie Hand, bewachte ich sie. Einmal in diesen Stunden klingelte das Telefon. Es stand unten in der Diele. Ich hatte auf den Anruf gewartet, jemand aus der amerikanischen Verwaltung interessierte sich für meine Kenntnisse in der Säuglingspflege. Ich konnte Englisch, wie man von meinem Verhör wusste, nun wollte man mich engagieren, man brauchte eine verbesserte Beziehung zur Bevölkerung.

Als ich in ihr Zimmer zurückkam, war sie mit dem Stuhl umgestürzt. Wie bewusstlos lag sie da, ich beugte mich über sie, sie war wach. Ich legte sie ins Bett, drückte ihr eine kalte Kompresse auf die Beule am Kopf. Ich zitterte. Für eine halbe Stunde wusste sie ihren Namen nicht mehr. Nicht einmal den ursprünglichen, halb polnischen.

Eine Gehirnerschütterung.

Ich glaube, das rettete uns.

Bettruhe für fünfzehn Tage. Ich saß bei ihr, pflegte sie.

In mir saß der Schrecken. Er hatte Carmens Gesicht.

Gerhilds Hand glühte. Ich erklärte ihr, warum ihre Mutter hier nicht auftauchen würde. Die L-Akten vermerkten nicht, wohin das Kind gegeben wurde. Auch den Lebensborn erklärte ich ihr. Wem er gehörte. Und wie man die Kinder verteilte. Ich sagte ihr die Wahrheit. Ich schmolz dahin.

Da war ich so eine ausgereifte, harte Gerda.

Dann das.

Gerhild hatte einen starken Geist. Einen Willen wie Stahl. Arisch eben. Was man einmal zu denken gelernt hat, verschwindet nicht über Nacht.

Ich fühlte mich so elend, dass ich mich bei ihr entschuldigte. Keine 💧💧. Kühl schaute sie mich an. Wir brauchten eine Lösung. Ich wollte das Angebot der Amerikaner annehmen.

Sie sagte: Du bringst mich zum Heim. Wenn meine Mutter nicht dort ist und sie nichts von ihr wissen, suche ich sie nicht mehr.

Sie hatte also ebenfalls nachgedacht.

Sie war der Überzeugung, dass ihre Mutter nach ihr suchte. Unsere Adresse, das wusste Gerhild nun, kannte diese Frau nicht. Sie konnte also nur in das Heim gehen.

Falls sie ihr Kind finden wollte.

Und wenn nicht? Auch darüber hatte unsere Tochter sich offensichtlich Gedanken gemacht. Mit dem Ergebnis: Eine Mutter, die nicht erscheint, ist elender als eine Ersatzmutter, die Essen bereitet, am Bett sitzt, vorliest, die Hand hält. Ich stimmte ihrem Vorschlag zu. Ich hatte etwas gelernt.

Ich musste Verträge schließen mit ihr. Sie hatte etwas Juristisches an sich. Ständig urteilte sie.

Sie sagte: »Deine Rettung ist das, nicht meine.«

Mit der Zeit lernte ich schätzen, wie sie sich an Verabredungen hielt. Ich tat es nicht anders. Darin achteten wir uns. Tatsächlich waren wir uns darin ähnlich. Nur wir beide fuhren im Oktober 1945 nach Steinhöring. Das Haus war in ein Kinderkrankenhaus verwandelt, betrieben von Salesianerinnen. Der Garten stand in prächtigem Laub, niemand wollte darin spazieren und sich erholen. Wir sprachen an der Pforte vor und fragten nach Adele Herschel. Ich wusste den vollen Namen. Wie gesagt: Ich sagte die Wahrheit. Und alles davon. Der Pförtner behauptete, die kenne er nicht. Als ich weiterfragte, holte er eine Namensliste aus der Schublade seines Tisches, mit der Hand geschrieben, kurz. Herschel stand nicht darauf. Doch ich ließ mich nicht abspeisen. Ich hielt mich an die Verabredung mit meinem Kind.

Die Oberschwester wurde gerufen. Im August hatte sie angefangen. Ich sagte, wen wir suchten. Gerhild neben mir sagte nichts. Wie ein verkörpertes Gewissen stand sie da. Es war unangenehm.

Von einer Adele hatte niemand gehört.

Das war zu erwarten gewesen. Doch es war wichtig, dass Gerhild es hörte. Aus einem fremden Mund.

Die arischen Kinder, die NSV-Schwestern, die Zwangsarbeiterinnen, Doktor Ebner, Oberschwester Maria – fort. Die Bäume trugen bunte Blätter, Dahlien blühten. Welche Idylle. Ich glaube, erst da begriff ich, dass alles, alles vorbei war. Das gesamte Nazitum verschwunden, ein Spuk. Allein das Kind, das kühl neben mir herging, war wirklich. Eine geballte Tapferkeit war das.

Auf der Rückfahrt im Zug saßen wir einander gegenüber und schwiegen.

Mehl. Mütterlichkeitsmehl. Wenn man einen Falter berührt, zerfällt er zu Staub. Haftet am Finger, löst sich auf. Ich rann aus mir heraus. Ein Kind zu haben öffnete mich. Verletzlicher und weicher hing ich an der Welt. Nun, mit dieser Verlängerung von mir in eine neue Lebendigkeit. Irgendwann ist so ein Kind aus dem Haus. Die Liebe rinnt und rinnt ihm hinterher.

Gerhild wurde dicker bei uns, hungerte es sich wieder ab, je nachdem, wie viel Welt sie gerade vertrug. Gerd gegenüber war sie nicht halb so wehrhaft wie mit mir. An seinen Stuhl lehnte sie sich an, ihm kletterte sie auf den Schoß, ihm zeigte sie ihre Noten, er öffnete ihr das Herz.

Gerd, der seine feschen Bekannten nicht mehr kannte. Nach außen buckelte er, es stand ihm nicht. Schutt- und Baurecht, Abwasser, Bomben. Ein Jahr, und er verdiente mehr als zuvor.

Solln blühte. Villen wurden renoviert, hübschere gebaut. Unsere blieb drachengrün, der Runenzaun war durch Schmiedeeisen ohne Runen ersetzt.

Gerhild hatte das Weglaufen nicht für alle Zeit aufgegeben. Das war mir klar. Wir lösten das Problem auf klügere Weise. Ich fuhr zu meinen Vorträgen. Sprich: Ich war nicht ständig daheim. Führerschein, weißer VW-Käfer, eigenes Geld, Gerda mobil. Die meisten Frauen mussten an den Herd zurück. Sie waren mein Publikum. Ich verwies darauf, dass ich Haarer persönlich kannte, es kam ausgezeichnet an, ich war ein verbindendes Glied in ein Zurück, das sich zwischen uns von selbst verstand. Die Volkshochschulen und Bildungsstätten in den 50ern zeigten sich froh um meine Kenntnisse. Bühnen gefielen mir, Hotelzimmer nicht. Tat mir der Magen weh, trank ich einen Underberg. Und einen zweiten. Die Frauen waren mein Trost. Sie fühlten sich von mir verstanden. Wenn ich mit ihnen nach dem Vortrag zum Essen ging, erzählten sie von ihren Ehen. Jetzt. Dann von der Zeit davor. Die Frage, was die eigenen Männer im Krieg getan hatten, wurde nicht besprochen. Wir wussten es. Die Russen hatten davon erzählt. Nun ja, »erzählt«. Wir holten Luft. Eine fing dann davon an.

Von sich.

Dem, was sie erlebt hatten. Und den Folgen. Von den toten Kindern. Den Kindern ohne Vater. Den anderen Kindern ohne Vater. Den Kindern, die keine gewollt hatte. Kindern, die lebten, obwohl man versucht hatte, sie abzutreiben. Kinder mit fremden Gesichtern. Blutkinder. Zwangskinder. Gespenster im eigenen Haus.

Das war unser Nachkrieg.

Wir lebten im Nachkrieg.

Man nannte es: die Festigung. Den Wiederaufbau. Das Wirtschaftswunder. Es war ein schleppender innerer Zusammensturz.

Ich veränderte mich – mir selbst unter der Hand. Ich zerkrümelte. Das klingt lächerlich. Von außen sah man es erst später. Wir waren wie Häuser, die noch standen, nachdem eine Bombe das Haus nebenan zerstört hatte; Häuser, die intakt aussahen, und dann, ein oder zwei Jahre später, sackten sie unvermittelt und mit beängstigender Lautlosigkeit in sich zusammen.

Mitunter erlitt ich einen nervösen Anfall. War man schlicht das: ein verkalkendes Gefäß, das nicht richtig vergessen konnte? War das Erlebte auch im Körper gespeichert? Sodass es Dinge gab, von denen man sich nie erholte, selbst wenn alles vorbei war? Ich stellte das Geschirr in die Küche, gab dem Dienstmädchen Anweisungen, nähte Knöpfe an. Ich spiegelte mich in den silbernen Kerzenleuchtern, polierte unser Essbesteck, ordnete die Blumen auf dem Tisch. Abends blieb ich lange wach und hörte eine mir auf fast legendäre Weise fremde Musik, genannt Jazz. Wolken flogen, Katzen schrien, nichts davon konnte ich sehen oder hören, ohne an Carmen denken zu müssen, ohne sie zu spüren. Das war, als Gerhild wieder Alissa hieß und mit ihrem Baby zu uns zurückzog. Ich sagte mir, das hältst du jetzt aus.

Nach derartigen Nächten schwoll mir der Kopf und schmerzte, als stießen Umzugswagen darin herum und bremsten von innen gegen die Knochen. Ich rieb mir die Schläfen mit Kampfer ein. Oder ich wachte schweißgebadet auf, und das Haus war für einen Tag von einer Finsternis durchzogen, die man nicht sieht, einer Art Verdichtung der Luft. Fast war dieses Erinnern, dieses Stürzen, schlimmer als das Erleben, als es geschah.

In der Apotheke kaufte ich Pastillen, die Nerven beruhigten, als wären Nerven ein Husten. Dem Apotheker jammerte ich vor, wie aufreibend mein Leben war, verwirrt vom Jetzt. Am schlimmsten wurde mir, wenn ich in die tiefen Träume sank, dort, wo der erste Gerd auf mich wartete, wo ich ihn liebte und an ihm zweifelte. An ihm? An mir? An meiner Zuneigung zu ihm? An manchen Tagen hatte ich keine Kraft. Ich nahm die Tabletten, trank Underberg.

Gefühl?

Underberg. Wenn das nicht passte. Wir lagen unter einem Berg.

Wir waren Unterirdler geworden. Zwerge waren wir schon vorher gewesen. Geisteszwerge. Handlungszwerge.

Unterirdler jetzt. Unterbergleber.

Kingas Vater, Korbinian, schrieb uns lange. Er hatte sich nicht aus dem Staub gemacht. Gerhild-Alissa wollte ihn nicht haben. Kinga taufte sie ihre Tochter, polnisch. Polnische Wiegenlieder sang sie ihr vor. Sie sprach Polnisch mit ihr, damit wir nichts verstanden. Sie lernte es an der Uni nach. Sie wollte das Kind für sich.

Zu mir sagte sie »Mutti«, wenn sie nett sein wollte. Was sie dabei fühlte? Meist sagte sie »Oma«. »Die Mutter« fiel nie mehr. Dafür war ich ihr dankbar.

Die Macht hatte sich umgekehrt. Zwischen Eltern und Kindern war das eine Frage der Zeit. Wie konnte es sein, dass Gerd und ich das nicht bedacht hatten?

Dabei hatte es das andere ebenfalls gegeben. Auch ohne Wäsche waren Gerhild und ich auf den Wäschespeicher gegenüber gerannt. Während die Nachbarn in die Keller liefen. Wir, unter den Dachbalken, sahen den Rauch, hörten die Sirenen, schmiegten uns aneinander. Wir teilten den Schrecken und den stummen Glanz. Wir wussten, was es hieß, Menschen wurden verletzt, manche starben. Verstand man es? Wir starrten darauf. Es gibt eine Lust an der Zerstörung. In diesem Speicher waren Gerhild und ich all jenen, die ihre Lust am Untergang nicht wahrhaben wollten, einen abgründigen Schritt voraus.

Ab und an schnappt das Bild weiter zurück. Ich stehe vor der Villa. Mädchen Gerhild, eingeschüchtert, mager, trifft aus Steinhöring ein. Sie stinkt nach Desinfektionsmittel, gibt mir die Hand, macht einen Knicks. Gerd umarmt mich, flüstert mir ins Ohr: »Für dich hab ich sie geholt.«

»Mei, heut sieht's aus wie a Engerl.«

»Oans mit Krallen. Schau da moi derane Finga an. De kriagn ma nimmer ausanand.«

Ich zucke mit den Lippen. Die sind auch kaum mehr da. Kopf unversehrt, Körper zerfressen. Zeit, die große Nagerin.

Man lernt nichts.

Man lernt Nichts.

Der Wechsel vom Flammenbaum zum Nichts der Luft: eine verstohlene Sekunde. Irgendetwas hat ein 🌢-loch in meinem Seelenkörper hinterlassen. Solche Sätze kann ich durchaus sagen. Woher ich sie habe? Aufgeschnappt. Ich bin in mich gegangen. Bin eingegangen, pausenlos weiter geschrumpelt. So was von. Keine Lippen mehr. Und dahinter die Anderssprichsprech. Die »Seelenkörper« zitiert. Kein Zitat: die miteinander vermengten reisenden Frauen, taumelnd blind, wie sie hier am Fenster sitzen und auf das warten, was keine kennt.

Sturz zurück. Vielleicht auch nach vorn. Das Bett wimmelt von Erinnerungsföten, ich meine -pfoten. Ich gehe über meine Kräfte. Mit meinen Pfötchenhänden, den Fingernniemehrgerade in die Decke gekrallt, seh ich aus wie ein Eichhörnchen aus der TiefedesWaldes …

Spring. Spring hervor. Ich bin endgeschäftig, zweifelhaft, ein dubioser Raum. Endlich hinuntergearbeitet in meine letzte Figur, jene, die man nicht öffnen kann, die man kaum sieht, die verloren geht. Am Ende beneidete ich die Pinien um ihre Wurzeln. Um ihr Leben in Dunkelheit. Nach unten wird es kühl in der Erde, bis zu fünf Metern, dann setzt die Wärme ein, zieht und zieht. Wir fallen. Gerd sagte, ich war nicht an der Front, weiß trotzdem, was geschah. Die Scheißspannung, jeden Augenblick sterben zu dürfen für Volk-Sülze-Vaterland. Da hatte sich bei Gelegenheit, solange es ging, das Soldatenkörperchen, das Schussmännchen mit dem Mütchen, ebendieses Mütchen an den Frauen der anderen gekühlt. Zuhause dann standen sie einander gegenüber: die es getan hatten und jene, die es erlitten hatten. Jeder mit je anderen. Die einen »im Feld«, die anderen »daheim«. Scham saß unten und oben, zwischen den Beinen und im Gesicht. Wer hatte was? Die Frauen jedenfalls. Da gab es nur eines: Beide Seiten schlüpften zurück in die überkommenen Rollen.

Gerd und ich ärgerten uns über uns selbst. Im Nachhinein sah, was geschehen war, leicht durchschaubar aus.

So ist es nicht gefasst. Man konnte die Person, die man einmal gewesen war, nicht einfach so in den Treteimer kippen. Wir versuchten es, das Alte quoll wieder hervor. Also hüllten wir es in Nebel. Es funktionierte, wir empfanden es als Linderung. Dann erfasste der Nebel uns. Er machte uns weich wie Schnecken, die kein Haus auf dem Rücken tragen. Hatte ich Alissa gegenüber ein schlechtes Gewissen?

Ach ihr, mit euren Lebendenfragen aus dem REICH Schwarz-Weiß. Dazu ich in meinem LiegeREICH. Jedes Fleischchen, das ich noch hab, hängt, da kann man an nichts mehr ziehen. Brust senken, heben, wo sind die Muskeln dafür, die Hand kriecht über den Stoff. Die Schwestern kenne ich an den Schritten auseinander. Ich lausche. Ich glaube, sie wischen über Bildschirme. Vor dem Heim stehen die Berge.

Weltinmirreinraus.

Zum Trinken legt man mir 💧💧 auf die Zunge, weit nach hinten, da schluckt nicht der Mensch, sondern der Reflex. Mein Körper verlässt mich. Köpfe hingegen sind da, jede Stunde ein anderer, jeder auf meinem Hals, jeder voll mit anderen Erinnerungen. Ich bin etwas Warmes, in die Ungnade des fortgesetzten Sterbens gefallen.

Das Aufgeben des Geistes ist die schwerste aller Arbeiten. Wieder und wieder, danke schön. Kaum bin ich raus, muss ich zurück. Von wo? Bin wer? Gerd. Er ist das Letzte, was ich erzählen will. Dass ich ihn wählte, war so richtig wie falsch. Dass ich nicht loskam, ihn deckte, mich so behandeln ließ, das ebenfalls deckte, dass ich den Mut nicht fand, ihm etwas entgegenzusetzen, dass ich mit meinem Leben an ihm hing, mit meiner Zuneigung und meiner Bequemlichkeit, festhing an dem Gefühl, abgesichert zu sein, mich sonnte in Gerds Freundlichkeit, unsere gemeinsamen

Auftritte liebte, meine Pelzmäntel und den Schmuck, die Villa, den Weihnachtsbraten und unseren Lamettabaum, das war so falsch wie richtig wie vielfach ein Genuss.

Ich, *Das Frau Gerd*. Nun bin ich wir beide, bin der Rest von uns.

Und heute Nacht? Ein Falter. Das will jede einmal sein? Wirklich? Leben, um Eier zu legen, niemals essen, niemals trinken. Danke, nein. Wahrscheinlich musste ich eben deswegen in diesen hinein. Mein Körper ist braun, kräftig, plump, stark behaart. Ich drücke mich in eine Ritze im Mauerwerk. Es ist das Heim. An jedem Fenster sitzt eine Frau. Jede strengt sich an. Sucht ein Hinaus. Einer jeden hängt das Gesicht so weit ab vom Knochengerüst, dass man es vollständig fahren, ich meine fallen lassen kann.

In der Suhle Solln haperte es mit der Wahrheit. Einstige Freunde schrieben Gerd aus Argentinien, wo sie in Silberflüssen badeten, die Sonne genossen mit ihren weiterhin eckigen Strahlen, den Wind, das Fleisch.

Ich schnitt Apfelsinen. Sie sahen wie vergessene Sonnen aus. Legte *Mir geht's gut* von Rühmann auf. Auf Platten vererbt sich die Stimme von Menschen. Sie sind tot und singen weiter.

Gerds Parkinson war schlimmer geworden.

Er sollte eine fröhliche rosafarbene Kugel sein von einem reifen Mann. Daraus wurde nichts. Dem Arzt gefiel sein Gewicht nicht, untere Grenze. Einen derartigen Menschen raffte die kleinste Infektion hinweg. Die Tabletten schluckte Gerd, ohne dass ich ihm die Nase zuhielt. Zu derartigen Mitteln hätte ich nicht gegriffen. Tabletten, doppelte Ration.

Es waren viele. Ich machte mehr daraus.

Ich half ihm. Er war hungrig, er nahm, was er kriegen konnte, dann schlief er mitten im Essen ein. So wurde er dünner. An Parkinson muss man nicht sterben. Irgendwann schon. Irgendwann. Das hätte ihm nicht gefallen. Das sagte er nicht. Das nahm ich an. Wozu kannte ich ihn. Wer schläft, spürt den Hunger nicht.

Müder, müder Gerd.

Er starb mit 77 Jahren. Lungenentzündung. Müdigkeit.

Ich wünsch mir andere Gedanken in den Kopf und ein Blut in mein Herz, das ihn hätte retten wollen. Ist man jung, hält einen die Sinnlichkeit im Kittchen. Das ist die Liebe. Eines Tages wird sie entlassen. Mit dem Rollator schaffte ich es vom Bett zum Waschbecken. Von meinem Zimmer zum Lift. Eine Schwester führte mich. Was man nicht bewusst vergaß, kehrte wieder. Ich schlüpfte durch ein Wurmloch in eine bessere Welt.

Gerda: dysfunktional, abnormal, choral. Viele Stimmen, zerfuselter Leib. Die Stimmen nur so durch mich hindurch. Ich bin eine kranke Gleichzeitigkeit. Eine kranke Gemeinschaft von Zeiten-zugleich. Ein Rudel, eine Meute, ein Rest. Floral war ich nie, final lange, eine Qual. Ein Tal wäre ein Euphemismus, ich bestehe aus Schluchten, »abysmal« sagten die Amerikaner, Abgrund eben, exakt.

Meine Versäumnisse und Verbrechen, Gerhild nannte sie Gefühlsverbrechen. Sie wollte hören, wie Gerd gestorben war. Ich sagte es ihr. Früh. Müde. Zu müde. Das war korrekt. Mehr sagte ich nicht.

Das Portal führt vom Garten in den Saal. Sodass man aus der Natur geradewegs in die Künstlichkeit tritt. Vor dem Haus verläuft die REICHSstraße. Hier, im Anbau, strahlen die Wände wie Gletscher. Schwestern, Kinder, werdende Mütter, das Direktorium und ich vom Reichsmütterdienst. Es ist eine herrliche Atmosphäre. Verstohlen blicke ich mich um: Ob unser Kind schon zwischen ihnen spielt? Ich entwickele mich, ich habe eine freudige Zeit.

Heute erkenne ich: Alles hat Erde im Leib.

Schwerfälliges Lieben rutscht von einer Generation zur nächsten.

Ich habe einen Baum gepflanzt. Kaum stand er, machten seine Zweige und Blätter, was sie wollten. Kommt, ihr Lieben, ein kleines Stück noch. Kommt in eine groteske Art von Zusammenhang. Hier, in der Tiefe von 102 Jahren plus x, versammelt in einem Ich, drängt die Finsternis sich hinter jedem Licht zusammen. Das ist eine aufschlussreiche Tatsache und das, was in der Menschengeschichte wiederkehrt. Die Häuser treten in Schatten zurück, Himmel und Erde verschwimmen.

Ich sage zu den Händen, die ich auf mir spüre: Können Sie mich bitte wenden? Bitte, ich müsste ..., ich muss hier weg.

In der Bibliothek zogen sich juristische Bücher über die Wände, der Palandt, die NJW, eine Kontinuität, die 1947 begann. Im Silberrahmen unser Hochzeitsbild, daneben ich mit Carmen auf dem Balkon in Düsseldorf, dann wir drei unter den Pinien, ein paar Tage nach Gerhilds Ankunft. Gerd atmete mit offenem Alte-Männer-Mund. Er war grundsätzlich ein bescheidener Abendesser gewesen. In der letzten Zeit konnte er noch das weiche Brotinnere kauen, ich schnitt es ihm mit dem geriffelten Messer vor, wir blickten auf die Klinge. Uns sahen wir dabei nicht an. Unsere Leben schauten auf uns zurück.

Ich gab ihm die müden Tabletten. Was die Liebe ist? Ach ihr, mit den Definitionen, den Fragen danach, was bleibt. Wisst ihr, was wahr ist? Wer langsam ist, wird langsamer. Er konnte kaum mehr sprechen. Er drückte meine Hand. Leben geregelt, Testament gemacht. Lebenserhaltende Maßnahmen lehnte er ab. So war es doch? Früher zumindest, dessen war ich mir sicher. Zur Sicherheit fragte ich nun nicht weiter nach. Füttern war eine lebenserhaltende Maßnahme. Sie konnte größer sein. Und kleiner. Die Pinien rauschten, Eichhörnchen sprangen von Ast zu Ast.

Wir hatten uns erdrückt und berauscht und aneinander gesteigert und keinen Raum, uns zu streiten. Wir waren davongekommen, durchgeschlüpft. Er war mir nah gewesen, nun gehörte er mir. Die Pinien warfen in seinem letzten Sommer vor Hitze die Zapfen von sich. Ich sah, dass Gerd Angst hatte. Ich fürchtete mich nicht mehr. Er starb im Juli. Die Lunge wurde nicht besser, akutes Organversagen. Allgemeine Schwäche, die Medikamente jahrelang.

💧-los erwache ich. NachtohneEnde. Wenn ich einen Menschen sehe, sehe ich in seinem Schatten all die Erinnerungen, die andere an ihn haben, mit ihm durch das Zimmer gehen.

Dünya bringt mir ein Glas Erdbeermarmelade. Ich stelle mir das Rote, Süße vor. Ich kann weder schlucken noch kauen. Ich habe ein volles Leben gehabt. Ein Leben, das unvorstellbar war, als wir die Reifen durch den Garten rollten. Ich habe mein Wesen vor mir hergetrieben. Ich bin den gesamten Weg gegangen, das ist das Eine, was ich für mich sagen kann. Ich spüre das Rot an meiner Wange. Was ich mir vorstelle, ist meine Wirklichkeit. Das weiß ich nun: dass diese Wirklichkeit stets unter der Wirklichkeit dahinrauschte, die wir kennen und beeinflussen können. Meine Wirklichkeit oben, darunter die Wirklichkeit, die bleibt. Meine Hand findet den Mund. Ich liege im Weißen, unter mir liegt der vor Jahren begrabene Mann. Ich schmecke Laub. Im Radio läuft Verdummungsmusik. Täglich das Gleiche. Die Schwestern verstehen nicht, warum Stimmen mich nicht besänftigen.

Bitte, geben Sie mir eine Iris.

Eine Menscheniris.

Durch die Wand.

Ich setze kleine Schnitte in die Tapete, die mich von euch trennt. Ich sehe euch über die Schulter. Ich spreche euch mit. Euch, die ihr in die 💧💧 meines Schattens schaut.

K(l)eine Lügen in der Küche

(Kinga, Berlin)

Ich bin es, die im Bett liegt und ihre Knochen fühlt. Die sucht, wie ein Wunsch sich mit einem Wort verbindet, wie der gekrümmte Faden zwischen ihnen läuft. Die einen sagen »Zellwand«, die anderen »DNA«, die Dritten »dark matter«, die Vierten »verstehen wir nicht«.

Nebelkind, Nebelkind, ich lieb dich so.
Wie denn, Mama, wie liebst du mich?
Nun, nebelig.

Kinga: Im Studium brachte man uns bei, dass selbst eineiige Zwillinge unterschiedliche Fingerabdrücke haben, weil sich das Muster der Hautrillen abhängig davon entwickelt, wie das Kind im Fruchtwasser treibt, bewegt von den Muskeln der Mutter, dem Schlag ihres Herzens. Erst jetzt begreife ich, was das eigentlich bedeutet: Die Fingerrillen eines Menschen sind ein geisterhafter Abdruck des Mutterkörpers auf der Oberfläche des Kindskörpers. Ebendort, wo dieses Kind sein gesamtes Leben hindurch nach der Welt greifen wird.

Doro: Wir färbten Eier, zu dritt. Es war der Abend vor unserer Abfahrt, Teréza hatte x-Mal angerufen und mich an die Narbencreme für Mutters Schenkel erinnert. Drei große Taschen mit Geschenken standen gepackt im Flur, die bunten Eier sollten obenauf.

Kinga: Wochen nach Alissas Tod suchte ich Kafkas Drachen in der Werkausgabe. Und entdeckte, dass Mutter stets den letzten Satz unterschlagen hatte. Das Tier schob sich tiefer ins Zimmer, bot sich an: »In hartem Schlag strahlte das Licht herab, zerriss das nach allen Seiten sich flüchtende Gewebe, brannte unbarmherzig durch das übrig bleibende leere großmaschige Netz.«

Doro: Flummy rollte ihre rot gefärbten Eier zum Trocknen über die Zeitung und meinte, ihre Oma sei wie sie gewesen. Alissa habe ebenfalls eine Mutter gehabt, die sie weggegeben hatte. Nicht als Baby. Sondern später. Erst behalten, sagte Flummy, dann weggegeben. Während Kinga, ihre Mutter, nicht weggegeben worden sei.

Kinga: Alissa hatte mich, den »Unfall«, nicht abgetrieben. Sie musste daran gedacht haben. Und sie hatte mich nicht einer anderen Familie überlassen. Stattdessen war sie zu Gerda und Gerd, ihren Adoptiveltern, zurückgezogen, um mich zu behalten.

Doro: Vorm Einschlafen schaute ich einen Film über Feuerwiesel an. Sie sind sehr viel hübscher als Marderhunde, russischer Import mit leuchtend bronzefarbenem Fell. Zum Schlafen rollen sie sich zu einem Pelzring zusammen. Auf den Aufnahmen sah man, wie sie atmeten. Sie waren wie Flummy und ich. Sie schliefen bei Licht.

Kinga: Meine leibliche Großmutter hieß also Adele. Mein allererstes Ich wuchs als Keimzelle in ihr. Unvorstellbar. Wie die gesamte Frau. Es gibt nichts von ihr bis auf ein halbes Foto. Und das finde ich nirgends mehr.

Doro: Mutter ging wieder ans Telefon. Sie war seltener verwirrt als zuletzt in Wrocław. Als ich nach Adele fragte, wusste sie »stantepede«, wen ich meinte. Sie erinnerte sich an unseren Besuch in dem Garten mit den Strickschläuchen und die Begegnung mit Alissa. Was aus Adele geworden war? Walla wusste es nicht. Sie sprach Deutsch mit mir. Ich war das deutsche Kind. »Vermisst«, sagte sie, »vermutlich vermisst. Sagt man so?«

Kinga: Vor der Adoption durften wir Faiza jeden Tag im Kinderheim besuchen. Der Schlafsaal, zwei Reihen einst weißer Gitterbetten. Ein schwacher Ventilator drehte sich. Tagsüber versuchten die Bewohnerinnen zu kochen, zu waschen, still zu sitzen, nachts erinnerten sie sich an Dinge, die sie nie hatten wissen wollen. Faiza war drei. Sie konnte kaum sprechen. Die Frauen im Heim sprachen nicht. Faiza konnte nicht weinen. Die Frauen im Heim weinten nicht. Die von ihnen betreuten Kinder verlernten es.

Doro: Am Morgen frühstückten wir ausführlich, schmierten Stullen. Gerade noch rechtzeitig dachte ich daran, ein paar von Flummys alten Pullovern mitzunehmen. Zu gern ribbelte Mutter Gestricktes auf.

Kinga: Als wir mit Faiza zurückkamen, sagte Alissa, Mutterliebe müsse wie ein gehäkelter Vorhang sein. Auf die Löcher komme es an.

Doro: Die gewonnene Wolle wurde verschenkt, bis auf ein oder zwei Knäuel. Für den Notfall. Immer wieder stecke man in einem Labyrinth fest, sagte Walla. Nur mithilfe einer Schnur finde man hinaus.

Kinga: Als Kind hasste ich Alissas Vorhangspruch. Ich wollte keine löchrige Liebe. Ich wollte eine Decke.

Doro: Als Kinga beim Runtertragen der Gepäckstücke fragte, was der Labyrinthsatz für Walla, in Wallas Leben, bedeutet, konnte ich es nicht erklären.

Kinga: Man muss nicht alles erklären. Es ist gut, sagte ich zu Doro, wenn Mutterliebe ein löchriger Vorhang ist. Dann kann das Kind hindurchatmen. Und die Mutter auch.

Yuu need underrrstand

(Die gesamte Familie im Gebiet der erloschenen Vulkane)

Gesang der gezwungenen Mütter

——— der Schleim lange Zeit mit Blut ——— nicht dem ———
——— Vielblut ——— das ausblieb ——— sie wartete ———
auf den kleinen Stoß
die freudige ———
Befreiung die Entledigung des Ichs von diesem ihr auf
gezwungenen ihr angetanen Selbst
~~Verletzung Scham~~ nackter als nackt
er hatte ihr Kleid zerrissen ——— er hatte ihre Person
zerriss nun ihre Zeit die chemische
——— Invasion
wie Laich in Trauben in den
Buchten der Oder hängt
in langen Ketten mit den Wellen weht ———
etwas Durchsichtiges sein schreckliches
~~bald herzförmiges~~ Pulsen
während es
sich ausdehnt ——— klammernd
ihren Körper in eine neue Konzentration zwingt
einen Schlauch sticht
von hinten durch ihre Brüste bis in die
Spitze der Nippel (bis es / *bises*)
eines Morgens
——— a
——— uch
——— in ihren Augen sitzt

Hellgrün, schrumpfgrün, Regen. Die Tourismusbroschüre der Woiwodschaft Niederschlesien sagte *Fahren Sie in den Goldenen Topf.* Doros Familie war weder ein Topf noch ein erloschener Vulkan. Flummy sagte nichts. Die Musik auf ihrem Handy hätte für eine Umrundung der Erde gereicht.

Das schien mir passend. Nichts anderes hatten wir vor.

Seit einer halben Stunde rollten wir durch Polen. Als Beifahrerin schenkte ich Tee aus, verteilte Süßes. Auf der Gröditzburg spukte ein schwarzer Großmuttergeist. Zahllose Menschen verdankten seinen guten Taten ein glückliches Leben. Doro bat mich, eine SMS an Teréza zu schicken: *sind gleich da.* Mehr als dreißigmal hatte Herr Hokusai Japans Supervulkan in Holz geschnitten. In Europa hatte der Philosoph Empedokles versucht, seinen Zeitgenossen nahezulegen, er sei zu den Göttern aufgefahren, indem er in den Ätna sprang. Beim Absprung verlor er eine Sandale. Niemand würde nun an seine Himmelfahrt glauben. Er muss sich noch im Fallen immens geärgert haben.

Dicht bewachsene Vulkane, wohnzimmerhaft. Angebissene Zuckerhüte. Sie glichen Familien: sprengten sich selbst, brodelten nach.

In Wrocław würden wir in Alissas Wohnung übernachten, die uns sauber und möbliert erwartete. Das wusste ich sehr genau. Vor einer Woche hatte ich einen Tagesausflug an die Oder unternommen. 350 Kilometer, näher an Berlin als Kassel, fünf Stunden holpernde Fahrt. An der Grenze wurde gewartet, die Spurweiten Ost-West passten noch immer nicht zueinander. Tschechischer Büfettwagen. Vorhänge, Lampenschirmchen, schweres Besteck. Rückwärts durch die Zeit. Was vor dem Fenster vorbeizog, gefiel mir, fast schien es vertraut. Ich hatte die seltsamste Empfindung: eine Mutter verloren, eine Landschaft gewonnen. Ringelblümchen standen auf weißen Deckchen, jede Blüte war echt.

In der Wohnung hatte ich nach Adeles Passbild gesucht, vergebens. Stattdessen war »die andere Mutter« erschienen: Gerda.

Rundlich und jung lächelte sie mir mit einem Baby auf dem Arm, das höchstens ein paar Wochen alt sein konnte, entgegen. Mir wurde heiß, so unvermittelt stand ich wieder in Opas Bibliothek, und seine Hand griff dieses Bild in seinem schmalen Silberrahmen von dem Regal über uns. Er war ein großer Mann, schwer und besonnen, ich fühlte mich sicher im Strahlfeld seines Körpers. Gerda stand im Freien, unter freiem Himmel, und der Gerd meiner Erinnerung sagte: »Das war Carmen, unser Kind.«

Hatte Alissa davon gewusst? Ich erinnerte mich an kein einziges Gespräch darüber. Auch Oma hatte nichts erzählt.

Vergessen wir immer, die uns nahestehenden Menschen, solange sie da sind, nach dem Wichtigsten zu fragen?

Weil wir uns vor einer ehrlichen Antwort fürchten?

Uns fürchten, in dieser Antwort nicht vorzukommen?

Oder weil sich das Wichtigste ständig verändert?

Der höchste Vulkan namens Spitzberg, er glich einem auf die Erde gesetzten Saugnapf mit abgebrochenem Stiel, fuhr im Seitenfenster mit. Teréza schrieb: *Nehm Zeit. Wir füttern Tier.*

Menschen fragen sich nach ihren Lebensgestalten, den Mustern, zu denen ihre Entscheidungen, Begegnungen, Lieben und Trennungen sich zusammensetzen, nach ihrem Woher und Wohin. Ich suchte keine Antwort. Das Schattenreich der Vergangenheit stellte ich mir vor wie die Krone eines weiten, nie im Ganzen sichtbaren Baumes, zwischen dessen beweglichen Ästen Nachtfalter schwebten. Die erdfarbenen, lautlosen Geister des Lichts? Oder doch nur Motten? Kaum griff man unbedacht in eine Schublade, traten die in Silberhalogenid gebannten Konturen vergangener Körper hervor, deren Namen man kaum mehr kannte.

Das war nicht schön, es war beinhart: Wäre Baby Carmen nicht gestorben, hätten G&G Alissa nicht adoptiert. Mich hätte es niemals gegeben.

Wir zuckelten an aus Steinen aufgemauerten Reihenhäusern vorbei, passierten ein auffälliges Schlösschen im Stil eines englischen Manorhauses, vor dem Weinfässer lagerten wie hingeworfene Bauklötze. Die Sonne sank, schrumpelig-wilde Dornenhecken zuckten im Glanz unserer Scheinwerfer auf.

Seit unserer Abfahrt heute Mittag hatte Teréza mindestens fünf SMS geschickt mit Fragen zu unseren Vorlieben beim Essen. Doro erklärte, alles müsse exakt zu unserer Ankunft fertig sein, knusprig und frisch.

Die berühmte polnische Gastfreundschaft. Nun kochte man also für uns so auf? Ich war gerührt und bat Doro, am Straßenrand anzuhalten, um ihrer Schwester auf jeden Fall genug Zeit zu geben, und schrieb an Teréza.

Mein Handy piepte: *Brauchen noch 20 Minuten, Google Maps hat sich verfahren.*

Das verstand ich ohne Mutter, ich hatte halbes Deutsch und Google Maps machte immer große Kurve um unser Dorf. Ich schickte ein Smiley, das war richtig auch für Cousine, die praktisch Kinga hieß. Ich versuchte zu denken auf Deutsch fier Begrießung glaich. Der letzte Rot Sonnenschein rutschte auf den Fenstern von Gehege. Wort »Stall« konnte Mutter nicht ertragen, aber alles andere aus Schläsing mit polnischen słowa dazwischen wie Mehlmisch mit Ei fiel ihr lieb. Die eiffrige Heimerle aus Wrocławia Kultur hatten es »Jesöika« genannt, ihre Jacke von Sprache. Heimerle war aber nicht »Heim«, wie ich es verstand, sondern Grille. Lachten serr ieber mich. Eifrig wie Zirpegrille wuckelte Mutter schon lange Tag lang neben mir her und geisterte das Haus. Sie war ein Bündel von Nerv: der Besuch.

Der Besuch war die Fröide. Und ein Grauen fier mich mit ein Aufgabbe, die wollt nicht denken an.

»Nu kommen se gleich«, murmelte ich und schaltete auf Polnisch zurück.

Unser Hof bildet ein Viereck. Auf der Längsseite, der Straße gegenüber, befindet sich das Haupthaus, im rechten Winkel links davon ein Nebengebäude mit vier Ferienwohnungen, rechts die Stallungen, in denen Geräte stehen sowie die Hühner schlafen, und ein Stück weiter nach hinten, Richtung Osten, die Anlage mit den Pelztieren.

Manchen Menschen half Tierfreude. Ich musste bloß sagen »Kimm, wir jächen Witomir besuchen«, schon freute Mutter sich. Witomir war unser bestes Zuchtmännchen. Ksawery solle die neue Narbencreme schicken, hatte Walla erst gestern wieder gesagt. Was sie wusste, war jeden Morgen anders. Und am Abend erneut.

»Ksawery ist tot, Mamusch.«

Sie verstand, was ich sagte, ich sah ihr an, dass sie nachdachte. Ich wusste nicht, wie oft ich ihr erzählt hatte, dass ihr jüngster Sohne nicht mehr lebte.

»Nu sind se gleich do«, wiederholte ich.

Waschen, beim Anziehen helfen, aufpassen, dass sie nicht fiel, die Zähne, die Nägel, die Haare. Die Zusammenstellung der Pillen, das Schlucken fürs Herz, für den Blutdruck, gegen die Verkalkung, gegen das Cholesterin, Vitamine, Mineralien, acht Pillen morgens, abends sechs. Wachsam sein, ihren Willen achten, ihre Launen erraten. Immerhin sagte sie es, wenn ihr etwas wehtat, da kam die Krankenschwester durch. Die Neunzig war ein herrliches und erschreckendes Ding. Alle Wirklichkeit zerschellte daran.

Über den Parkplatz für den zitronengelben Lieferwagen und die Autos der Übernachtungsgäste kamen wir gut voran. Unsere Ferienzimmer im Anbau und in den beiden Hexenhäuschen am Rand des Gartens, freier Blick auf die Vulkänchen, waren blau und taubengrau gestrichen. Die Möbel passend zu den Wänden, das Essen selbst gekocht, grundschlesisch, das gefiel. Die meisten Gäste kamen, weil sie Verbindungen hatten, über die sie nicht sprechen wollten – was soll man sagen, sagten sie, stießen auf Walla und staunten, das alte Schlesisch im Ohr, das ist ja was!

»Wann kimmen se nuu?«

»In Stunde halb«, sagte ich.

Unser Angebot hatte sich herumgesprochen, günstige Preise, würzige Bergluft, nicht weit von der deutschen Grenze entfernt. Nachts blinzelten die Sterne von nah, tags führte ich zum Waldbaden. Für zwanzig Euro brachte man Menschen in den Puusch und bat sie, sich still auf den Boden zu legen. Wenn jemand »Puusch« nicht verstand, sagte Mutter »na, puszcza eben«, und betrachtete die Person besorgt. Auf dem Hof dann Hahn Nikotin, der Unermüdliche, etwas Wieselgold und reichlich Sträselkucha, ofenwarm.

Sträsel. Wenn ich leise vor mich hin plutschte und meine Gedanken auf Deutsch aus mir herausdrückte wie Honig aus einer verklebten Plastikflasche, hörte Mutter besser. Mutter, noch immer zwei triumphale Zentimeter länger als ich. In Bussen mussten wir uns beim Einsteigen bücken. Hier, zuhause, waren die Türstürze großzügig bemessen.

Zuhause ist, wo du den Kopf nicht einziehen musst.

»Mamla, kimm.«

Mütter waren eine lange Geschichte. Ich schrieb an Doro, dass Szymon in die Töpfe schaue, sie solle sich keine Sorgen machen.

Geschickt schob Mutter den Rollator durch die Hühner. Vielleicht waren aber auch die Hühner, hübsche braune New Hampshires, geschickt im Ausweichen. Nur »der Herr Hahn« wich keinen Millimeter von sich selbst ab. Er herrschte, notwendig schillernd, notwendig aufgeregt. Den Gästen gab er *das authentische Landgefühl*.

»Jitz sein se gleich doo«, sagte Mutter und schubste die Gehhilfe über die Schwelle zu unseren Tieren.

»Zaraz tu będą«, sagte ich.

Wenn ich ihr Deutsch auf Polnisch wiederholte, musste ich mir nichts eigenes ausdenken. Zuhause war ich die Stillste gewesen. Die anderen redeten und redeten, vor allem Jesche und Doro, in dieser Hinsicht waren sie wirklich sehr miteinander verwandt, während ich oft in dem Moment, in dem ich den Mund aufmachte, das Gefühl hatte, die Wörter zu verlieren.

An der Vorderseite des Rollators hing eine große Tasche, über ihr befand sich eine Ablage für Kleinigkeiten. In das schwarze Netzgewebe hatte Mutter längliche Rechtecke in Gelb mit Unterbrechungen gestickt, die Türen sein sollten. Ein Gängesystem, durch das sich ein roter Faden wand, ihr Labyrinth. Weil es mir so gefällt, sagte sie auf Polnisch, weil es mich daran erinnert, dass ich laufen muss.

Auf Deutsch sagte sie: bin das Schwankealt. Bin die Stapferkeit.

Das fand man in keinem Lexikon. Die Wiesel tanzten am Gitter. Hell an den Bäuchen, tiefgoldener Rückenstrich. Eda, meine beste Fähe, legte den Kopf schräg. Die Jungen glichen überdimensionierten Igeln, ihr Haar, im Ansatz schwarz oder braun, wurde zur Spitze hin nach und nach golden, bis auch sie in der Dämmerung glänzten. Ich versuchte, Tiere zu züchten, die über Baumstämme und Steine glitten wie eine Welle Wasser, silbern, golden und schnauzen-gischt-weiß.

47 Seelen spielten, während die Menschen im Haus schliefen. Felltiere hatten mein Leben begleitet, Marder, Eichhörnchen, das Wissen darum, wie man ihnen pfiff. Ohne ihre nächtliche Wachheit hätte ich Angst gehabt, im Schlaf aus der Welt zu fallen.

Kinder hielten einen im Leben fest, hieß es. Ich hatte keines gewollt. Zur Nacht saß ich auf dem Pouf und bürstete mir das bis auf die helle Stirnsträhne noch dunkle Haar. Ich kämmte alles auf eine Seite, dann auf die andere, am Ende glatt nach hinten, rollte es um den Gummi. Ich fühlte mich ein wenig jungferlich, auf eine verborgene, mir allein gehörende Art. Mein Körper hatte sich nicht vermehrt. Meine Wiesel taten es. Für sich und mich.

Sie hatten reichlich Platz, ein Innengehege mit drei Klappen nach draußen zu einem Wasserlauf, Höhlen in alten Baumstämmen, nicht zu fester Erde zum Eingraben. Büsche, Moos, zwei Linden. Die Männchen hielt ich den Sommer und Herbst über nur draußen. Noch waren alle hier, das Wetter zu kalt, zu nass.

»Muttla, nu sei amo nich so graglich. Heb de Fissel und kimm.«

Bindung entsteht durch Gaben. Im Nebenstall zog ich mir die Handschuhe über die Hände, tauchte blind in den Käfig. Die Mäuse, die ich erwischte, setzte ich in die Mikrowelle. Zwei Sekunden, dann kippten sie um. Ich wollte nicht, dass die Wiesel mit ihnen spielten, während sie noch lebten. Wer Nutztiere hielt, sah auch dies: die Fehlgeburten, die Krankheiten. Hatte zu tun mit »dem Ernten«, dem Töten. Jeden Tag fand es statt.

Das Handy piepte. *Danke, dass wir Sie besuchen dürfen! Kinga*

Ich schickte ein weiteres Smiley und bat Mutter zu pfeifen. Es lenkte die Wiesel ab, und so dauerte es nicht lange und eines der jungen Männchen nahm die Maus, die ich in den Transportkäfig gelegt hatte. Ich klappte das Türchen zu, Walla machte die schnalzenden Beruhigungsgeräusche. Wir alle bis auf Jesche hatten von ihr gelernt, mit Nagern zu sprechen. Das ist der Winter '45, sagte Mutter. Und vielleicht der Sommer '45. »Solang ich pfeife, gicks ich nicht ab.«

Alle, bis auf Jesche, mein ältester Bruder. Blondkopf, kleiner als ich, stürmischer, romantischer. Jesche, den man leicht ins Herz schloss, Jesche, so jung in jedem Erinnerungsbild. Dabei lernte ich ihn erst kennen, als ich zwölf war, und unser gemeinsamer Vater, Witomir, mich jeden zweiten Sonntag zum Bratenessen einlud. Zu sich, Jesche und Otylia, seiner Frau von jeher. Witomir war nach dem Krieg Mutters erster Mann gewesen, als Otylia als vermisst galt, bis sie sich wiederfand und zurückkehrte in ihre Ehe. Witomir und Mutter trennten sich, doch es dauerte, es zog sich hin, und ich kam noch auf die Welt.

Vor zwei Wochen hatte Doro uns geschrieben und den Besuch zu dritt angekündigt. Seither kämmte ich abends mein Haar und dachte daran. Lag wach im Bett und dachte daran. Ich musste ihnen endlich sagen, was im Sommer 1982 auf der Panzerwiese passiert war. Den Mut dafür suchte ich noch.

Hier im Stroh? Zwischen den Wieseln? Bei Walla, wenn sie mit den Füßen schlurfte? Mutter stapelte Handtücher, Wollknäuel und

Streichhölzer in ihrem Zimmer. Sie sagte »Labyrinth«, sagte »Bunker«. Mehr sagte sie nicht. Auch die Touristen aus Deutschland verstanden nicht alles, was sie von sich gab. Ich selbst holte für unsere Gäste mein Wasser- und Buntdeutsch aus der Tüte: lacha, recka, tanza, sitza. Ich grieß ock scheen! To, co musi być zrobione, jest zrobione.

Ein alter Mensch war eine Verkleidung. Kaum jemand, der ihn sah, wusste, was er gewesen war. Mutter flackerte. War still, war verwirrt. Dann hellwach, kaum zu zügeln. Vulkan Walla. Na gwałt!

Sogar vor uns, ihrer Familie, hatte sie das Deutsche nur stockend zugegeben. Scheene in der Weise des Schritts. Fissel um Fissel war Mutter eine Zurückdeutsche geworden. Ich nahm sie am Arm, ohne ihre Hand vom Rollator zu lösen, drehte das Licht aus.

»Du machst mich verriekt mit deine Lamstern.«

Der Stall schwamm im späten Licht. Die Wiesel traumwandelten, vor Kurzem erst waren sie aus dem Winterschlaf erwacht. Sie mussten fressen und wieder ankommen in der Welt, die nach Frühling roch. Für sie. Meine Nase schnüffelte Schärfe, Stroh und Fell. Die Luft im Stall war dichter als vor der Tür, gefüllt mit Wieselgedanken, auch wenn man das niemandem sagen konnte außer Mutter, und die wusste es ohnehin. Mit Wieselgedanken und Wieselträumen und einer starken, geschichtslosen Lebendigkeit.

Mutter zupfte mich am Arm. »Daj mi nen Pürschel.«

Ich gab ihr den Strohwisch. Sie strich sich damit über die Stirn. Im Gegenzug nahm ich ihr die Tüte mit dem Trockenfutter weg, ohne dass sie es bemerkte.

»Det kullert so scheen«, sagte Walla und fuhr mit dem Stroh in mein Gesicht: »Was schaust du so triebe, meen Lunze?«

»Immer sein wir den Felligen nah gewesen, gellock, Mamla?«

Ich war ein Tierfreudemensch wie sie. Gemeinsam blickten wir zurück. Eda knabberte auf zierliche Weise, appetitlich geradezu, an ihrer Maus.

Szymon rief an. Statt die Pelmeni zu bewachen, stand er im

Hof. Er konnte einen deutschen Wagen die Straße heraufkriechen sehen.

Walla und ich eilten über den frisch gelegten Weg. Der Käfig mit dem Wiesel schwankte an meinem Arm. In dem Baumgehäufel von Robinien, Eschen und einer Eiche, deren Eicheln die Feuerwiesel partout nicht fraßen, war ein Hauch von Grün erschienen. Linker Hand zogen sich die ersten Lichter aus dem Dorf an unserem Hügel entlang. Die Dämmerung ging auf, als wäre sie eine vulkanische Sonne, körniges Grau stieg aus den alten Ascheböden.

Kurwa. Was waren wir langsam. Nun gut. Ich hetzte Mutter nicht wirklich.

Wollte ich sie schonen? Das gehörte schließlich dazu.

Zum Tochtersein.

Die ganze Wahrheit freilich sah anders aus. Ich blickte auf Mutters Sticklabyrinth im Netz ihres Rollators. Hatte ich aus Rücksicht auf Walla so lange geschwiegen? Wer jemanden schonte, schonte meist auch sich selbst. Mein Nichtsprechen hatte vielleicht ein wenig auch Mutter geschützt, wirklich profitiert aber hatte ich davon.

Walla lebte bei uns, ich pflegte sie, sie stapelte Handtücher, sie stapelte Streichhölzer, sie hatte die Tiere, es ging uns gut. Und da rollte Doro an. Mit einer fremden Cousine im Tau.

»Noch eine Schücking«, sagte ich, »in unserre Lebben.«

Mutter schaute auf das Gesticke und sagte, sie wollte lieber sitzen, wenn sie kämen, ihr sei schwankerich, so brachte ich sie ins Haus, ohne Hetze, es war mir recht, langsam zu gehen, und langsamer noch ging ich wieder hinaus.

Ein neuer Familienmensch ersetzte niemanden. Wieder und wieder hatte die Hoffnung geflackert und uns getröstet: Jesche würde wiederkommen. Er war nur verschwunden, untergetaucht. Im April 1982 hatten wir ihn zuletzt gesehen. Er hatte Flugblätter in der Garage gedruckt, die Mietek, mein Stiefvater, mit ihm an unser Haus angebaut hatte. Es war, wie wenn man in freiem Feld unter einem Bussard steht, beobachtet, wie er seine Kreise über einer Beute zieht, die von nichts weiß, und die weiße Brust flammt im Licht auf, als wäre, was da fliegt, nur eine Spiegelscherbe, nicht ein Tötungsapparat.

Und Doro? Kleine Schwester, wild und sprachlos, mit aufgerissenen Augen … Als sie im Herbst '81 in Deutschland als Kellnerin arbeitete, wurde das Kriegsrecht verhängt und sie kehrte nicht nach Wrocław zurück. Für fast zehn Jahre sahen wir uns nicht. Wir telefonierten.

Als sie im Mai 1982 am Telefon sagte, »ein Sprechen, pathetisch und wahr, verliert, kaum ausgesprochen, seine Wahrheit an der Oberfläche der Wörter«, wusste ich, dass jemand mithörte.

Beim nächsten Mal sagte sie: Darunter bleibe ein Rest, ein sich langsam drehender, dunkler Planet. Das Öl, das auf seinen Meeren schwimme, setze sich ruhelos zu neuen schillernden Gestalten zusammen. So sehe es aus, unser Seelenleben.

Ich weiß, warum sie kommt. Sie hat geschrieben, dass sie das Bild gefunden hat. Es hilft nun nicht mehr, langsam zu gehen. Auch ich kann die Scheinwerfer sehen. Es kommen: Doro, die halbe Cousine mit ihrem Kind und das Bild. Unser Balkonzimmer. Jesches Geschenk.

Ich setze mir die Miene »sieße Begrießung« ins Gesicht, nicht für Dorotschka, sondern für Kaltschale Kinga, rufe, »viel willkommen«, laufe, hebe die Hand und freue mich wirklich, dass sie unseren Hof besuchen mit seinem Storch und den Wieseln und uns. Jesche muss für den Abend noch einmal zurück in sein Grab »aus dem Gedenknis«, das er in mir hat, aber ich verspreche ihm und mir: Allen werde ich reines Wasser eingießen, diesmal, und Wodka, und so leise, dass ich selbst es kaum höre, flüstere ich, »dissmal Ende lass sein mit dem dunklen Sack, in dem Bruder vasteckt«.

Menschen liefen auf den Hof, undeutlich zunächst in dem verlöschenden Licht. Terézas Mann Szymon, runder Schädel, breites Gesicht, trug einen Anzug, um uns gebührend zu empfangen. Man lachte, streckte die Arme aus. Das nahm uns den Wind aus den Segeln, falls wir, sprich Doro, welchen darin gehabt haben sollten.

Wir sprachen Englisch, Polnisch, Brocken von Deutsch. Doro übersetzte für Flummy und mich. Ich hatte das Polengefühl. Kaum fuhr man über die Grenze, stand man als Nachfahrin von Einsthierlebern da. Auch in Wrocław war es so gewesen. Jeder Ort ein verschobener Ort, ein vergrabener Winkel, Rübezahlstatt. Erzählen und bezahlen, powiedzieć und opłacić, mit einem Mal diese beiden Wörter im Kopf, Zukunft und Vergangenheit.

»Dorota fällt wie der Schnee auf Kopf, fährt vorr und rutscht in Gesicht«, sagte Teréza. Sie war bestimmt fünfzehn Zentimeter größer als Doro und ich und hatte ein Wiesel dabei, in einem Käfig. Für uns. Damit wir sahen, wie hinreißend ihre Felltiere waren.

Wir traten in eine große, quadratische Eingangshalle, halb Lagerraum, halb Wohnbereich. Steinboden, Holzdecke, Balken. In der Tür, die in eines der Wohnzimmer führte (Teréza und Szymon besaßen drei, eines zum Essen mit breitem Übergang in die Küche, eines zum Ausruhen, eines für zahlende Gäste), stand eine breite, ebenfalls hochgewachsene, leicht gebeugte Frau.

Walla, von vorn. Augen wie Disteln, hellblau in einem hellen Faltenkranz. Dazu die Kisschen: zwei altersrote Wangen, die sich nahezu glatt über die Knochen spannten. Sie stieß ihren Rollator von sich und schwankte auf Doro zu. In den vergangenen vier Monaten war sie viermal gestürzt. Jetzt nicht.

Danach war ich an der Reihe. Ich hatte mich nicht getäuscht. Meine Rechte verschwand zwischen ihren Händen wie ein Brötchen zwischen Backhandschuhen. »Rein in die Kamurke.« Gute Stube? Wallas Stimme war tief, anders, als ich sie mir vorgestellt hatte. Selten hatte ich eine alte Frau gesehen, die bei aller Gebrechlichkeit noch so viel körperliche Festigkeit besaß. Viermal gestürzt, nichts ernsthaft verletzt? Ich glaubte es sofort. Diese Frau wusste, wie man fiel.

Natürlich dachte ich auch an Alissa. Wie nicht.

Hinsetzen, überschüttet sein. Wir brauchten nicht zu reden, wir mussten kauen. Flummy hielt sich neben mir, schüchtern. Zu viele Fremde? Oder die Sprache? Ich wollte, dass sie auch den zweiten Stöpsel aus dem Ohr zog. So einem Teenagerohr schadete frische Luft nicht. Doros Schwester, die uns beobachtete, sagte, »mich das nicht schenniert, lass das Kindla nur«.

Als ich meiner fremden Cousine antwortete, sie habe eine Susan-Sontag-Strähne, meinte sie, das habe sie schon einmal gehört, und goss mir Wein nach. Das Wiesel in seinem Käfig auf dem Sofa, Teil des Familienbildes, sah unzufrieden aus. Teréza stellte es Flummy vor (»Kindla braucht Tier«) und erklärte etwas, das ich nur halb hörte. Alles redete kreuz und quer. Doros Familie vermietete Zimmer, verkaufte Tonwaren und Holzengelchen mit Echthaar, die gingen das gesamte Jahr. »Nachfahren am Rand eines Struddels«, sagte Szymon, »sehen Sie mit eigenen Glutzen, wir wissen!« Walla nickte. Sie trug keinerlei Schmuck, keinen Ring, keine Kette, schon gar kein Kreuz. Ihr kurzes Haar war, was man wohl schlohweiß nennt.

Mehr Wein. Familienanekdoten wurden zum Besten gegeben. »Ständig Doro mit dem größten rosigen Rouge«, sagte die Hausherrin. »In ihre Hamburger mit dem Händeklatsch macht den Kamin an. Ksawery hat uns gemalt.«

»Hamburger« hatte Teréza englisch ausgesprochen. Sie zupfte mich am Ärmel: Sie hatte ebenfalls den Händeklatsch! Sagte es und holte einen Saugroboter aus dem Schrank.

Hugo. Doro hatte »die gesamte Bagasche« versorgt. Fast war ich schon wieder gerührt. Es musste an dem Alkohol liegen. Ich ließ mir nachschenken. Dann lag es ganz sicher am Alkohol.

»Fleißig wie früher nicht mehr müssen sein! Szymon stolpert ihn an und dann ›kurwa‹ schreit und Roboter, der auf Doitsch ist Programm, macht Kurve an Schuh.«

Auch darüber, wer wir waren – Kaltschalenverwandte, Mischpoke aus der Ferne –, wurde »ausfiehrlich« gelacht: Wir wussten ja nichts. Einweihen musste man uns. Kurzes Tuscheln, dann hieß es: Beim Wallawunder fangen wir an. Ausflug zur Breslauer Liebichshöhe Ende der 60er-Jahre. Und Walla rettet die gesamte Familie vor dem sicheren Tod. Auf magische Weise. »Du dankbar mit uns«, flüsterte Teréza mir zu, »wärst sonst auch in Welt leer.«

Man habe die Aussichtsterrasse der Höhe vorzeitig verlassen, weil Walla »weg!« geschrien habe, »wie von der Tarantula geküsst«. Zehn Minuten später sei die Plattform eingestürzt. Fünf Tote. Walla hatte gespürt, dass etwas passieren würde. Ihre Tat war in Schmiedefeld als Wallawunder bekannt geworden. Man staunte sie an und hatte ab sofort auch Angst vor ihr: Diese Frau besaß das zweite Gesicht.

Dem Essen folgte das Nachspeisenessen. Das Haus roch nach Herdfeuer, frischem Kuchen und Kaffee. Jede redete, egal wer zuhörte, jede sagte, was sie meinte. Ich half abräumen, während Teréza mit Flummy das Wiesel in den Stall zurückbrachte (»Nerzla braucht renna«). Als sie zurückkamen, setzte meine Tochter sich neben Walla. Erst dachte ich, weil die alte Frau am meisten Deutsch verstand. Ich sah, wie meine Halbtante die Lippen spitzte und etwas pfiff, sehr leise. Die Anekdoten hatte sie ohne jede Regung über sich ergehen lassen. Alle Kämpfe gelebt, alle Wunder geschehen? Ihre Riesenhände hielten einen Pullover, dessen Maschen sie auflöste. Meiner Mutter war sie bei ihrem einzigen Zusammentreffen nicht gerade entgegengekommen. Auf der Fahrt vorbei an den Vulkanen hatte Doro mir erklärt, wie Walla und sie damals im Garten der Deutschen Sozial-Kulturellen Gesellschaft Alissa empfunden hatten. Überheblich. Beängstigend deutsch.

Ich musterte Walla, sie mich. Flummy winkte mich herbei, doch auch als ich näher stand, konnte ich die hohen Wallapfiffe kaum wahrnehmen. Flummys junge Ohren hörten sie genau und Walla sagte, sie sei taub wie eine Nuss, die Nagergeräusche mache sie nach Gefiehl.

Teréza rief, jedes Monster finde seinen Liebhaber, schob Doro neben uns und fing an, Fotos zu machen. Es war zu komisch, dass wir einander so ähnelten. Und wie wir bewiesen, was niemand hat wissen wollen.

Doro übersetzte mir alles und erzählte, ebenfalls schön zweisprachig, wie ich früher Familie nur für Organspenden gewollt hatte. Also hatte sie Schwester und Mutter nach ihrer Blutgruppe gefragt. Teréza, Doro selbst und Flummy waren A, nicht weiter sinnvoll bei einem Adoptivkind. Walla hatte AB, ich B. Gesamtergebnis: Der Nutzen der hinzugewonnenen Mischpoke war für jede Seite null, zero, nic.

»Wenn du hättest eingebaut Wallas Leber«, sagte Teréza, »wärst betrunken von selbst. Sei froh, dass nicht nehmen musst. So kann Mutter dir um dein Nichtwill nicht geleidigt sein.«

Meine gesamte, mir bekannte Blutsverwandtschaft auf dem gesamten verseuchten Planeten konnte mir medizinisch gestohlen bleiben. Und andersherum ebenso. Wunderbar. Darauf die nächste Runde Wässerchen.

Als wir im Bett lagen, sagte Flummy, »sie mag dich«. Wir teilten uns ein Zimmer im Dach, Doro schlief nebenan.

»Wer?«, fragte ich.

»Na, Oma.«

Doros Mutter sei ihre Tantenoma, kurz Oma, sagte meine Tochter, während sie über ihr Tablet strich, um mich über Feuerwiesel aufzuklären. Kühle, klare Nachtluft strömte durch das schräg gestellte Fenster herein. Wieselgeschwister lebten zusammen, das Wertvollste an ihnen seien die Schwänze, die schneide man nicht ab, die ernte man. Nur die Haare am Ende. Für Pinsel. Ein Pfund koste 12 000 Euro.

Sie zeigte mir die Website. Eine Art dünnbackiges Murmeltier mit riesigen Ohren machte Männchen an einem Käfigmaschennetz. Die Zahl stimmte, ich staunte. Flummy erzählte, dass sie stanken. Obwohl der Stall hoch war, zwei Stockwerke ohne Decke, darüber ein steiler Dachstuhl.

Weil Zuhause sei, wo man den Kopf nicht einziehen müsse.

Ich lachte. Das hatte Teréza gesagt? Dann würde es uns hier auf jeden Fall gut gehen. Flummy, Doro und ich waren die Kürzesten der Bagasche.

Es regnete und tropfte von den Sparren, dass der Kies unter den Dächern klickerte. Walla stand am Fenster und sagte: »Regentratsch. Bei so einem Wetter wünscht man sich nicht zu den Vorfahren zurück.«

Das Wasser blitzte heller als der Himmel. Im Stillen dachte jeder an den Klimawandel und unsere Wetterschuld. Als der Guss vorbei war, blieb der Boden im Schatten lange nass; und auch an lichteren Stellen wurde die Erde nicht trocken und klebte an den Rädern der Schubkarre und im Stiefelprofil. Es gab nichts ein- oder auszupacken, nichts zu planen. Ich ließ meine Arbeitsthemen fallen, wie ein herbstlicher Baum seine Blätter abwirft: bedenkenlos, undurchblutet. Teréza und Szymon, kräftig durchblutet, stapften in überkniehohen Gummischuhen zwischen dem Gehege der Feuerwiesel und dem Wohnhaus hin und her. Walla sagte: »Im blendenden Licht bestaunen wir die pausbäckigen Wolken«, ging zurück zu ihrem Platz und ribbelte einen weiteren Pullover auf.

»Was hast du mit ihr gemacht«, rief Teréza aus der Küche. »Hast du sie aufgeregt?«

»Dieses Geribbel hat schon immer genervt«, sagte Doro.

»Das hat sie immer schon beruhigt«, sagte Teréza und strich sich die Sontag-Strähne aus dem Gesicht.

Doro: »Ich habe in ihr Zimmer geschaut.«

Wo sie einen Turm Streichholzschachteln auf der Kommode entdeckt hatte. Was sollte das werden? Das Haus abfackeln? Das Dorf gleich mit?

Walla lächelte.

»Sie erinnert sich das Glück«, sagte Teréza.

»Wenn sie Streichhölzer sieht?«, rief Doro. »Jesteś szalona! Sie ist froh, weil ich vorhin mit ihr über Wrocław gesprochen habe.«

Beim Namen der Stadt hob Walla den Blick. Ihre Augen waren heute blauer als der Himmel, wenn auch ebenso wässrig. Sie schaute mich an, als habe sie mich soeben entdeckt: »Warum du glaubst, kein Polsku zu verstehen, kann ich dir nich ertifteln.«

Szymon rief aus der Vorhalle: »Doro, everrrrything is alrrright. Wreszcie zmierz się z tym. Yuu need underrrstand.«

Er sprach Englisch mit mir, wenn sein Deutsch nicht reichte.

Teréza, in der Tür, wedelte mit dem Geschirrtuch in meine Richtung: »So muss Mamusch nicht in Heim. Dabei rutsche ich oft genug auf Nerven blank.« Und in Doros: »Deine Dankbarkeit dafür ist in den Himmel gefahren und hat gleich den Leiter gezogen mit sich. Wdzięczność poszła do nieba i drabinę ze sobą zabrała.«

Gegen Abend zerrte Flummy mich in einer Regenpause zum Stall. Der Weg war zwischen den Platten mit Brettern ausgelegt, damit auch Walla uns begleiten konnte. Der lang gezogene Ruf der erwachenden Wiesel klang wie eine Mischung zwischen Krähe und Tröte. Tags schliefen sie, sank die Sonne, krochen sie aus ihren Baumstämmen und Höhlen, nachts rannten sie im Gehege herum. Meine Tochter war perfekt eingewiesen: ausmisten, Futter bereitstellen. Crunch-crunch und die Maus war zerrupft. Die Wiesel rochen raubtierhaft, das Fell wirkte in dem schräg fallenden Licht unfassbar dicht, glänzendes Rot umschloss Flanken und Bauch. Ein jüngeres Tier zeigte einen nahezu rosafarbenen Hals mit besonders langer heller Kehle. Die Männchen vom letzten Jahr ließen sich durch den Käfigdraht füttern. Flummy hielt ein Stück Trockenfutter hin, zuckte im letzten Augenblick zurück, das Wiesel fauchte. Zum Ernten der Schwanzhaare wurden sie betäubt.

»Mit der Pistole?« Meine Tochter klang interessiert.

»Jeronje, Affenärschele«, sagte Teréza, »ich misch ihnen Schlafmittel ins Fressen.«

Die Wiesel stammten aus Sibirien, in den 50er-Jahren hatten sie über die Ukraine Polen erobert. »Eine sovjetskaja invazja«, sagte Teréza, »von Ausnahme ihr Geld wert.«

»Sie knurren, wenn sie dich nicht mögen«, erklärte mir Flummy.

Ein Weibchen war so schwanger, dass es nur mehr knurrte. Walla folgte uns, leise pfeifend. Die Felligen hörten auf sie. Teréza sagte, sie spürten das Alter und nähmen Walla nicht als bedrohlichen Menschen wahr. Flummy flüsterte mir zu, dass Walla ihr das Pfeifen beibringe.

Wir aßen und tranken, das Wetter spülte jeden anderen Impuls fort. Meine Tochter saß im Stall und versuchte, die Vulkanwiesel zu zeichnen. Sie sprach inzwischen ohne Hemmung Deutsch-Englisch-Kauderwelsch, war deutsch ohne Geschichte, freier als ich. Meine Kanzleiwelt hing in kleinen Glitzertropfen zwischen den noch kahlen Zweigen der Büsche am Hof, zitterte ein wenig im Wind und zerplatzte ohne Geräusch. Eine Amsel war gelandet, aus der Weißdornhecke am Nebengebäude stoben Wolken kleiner grünbrauner Vögel auf, die Doro mithilfe ihres Handys als Gartengrasmücken bestimmte.

Im Dorf gab es, was es gab, exakt einmal: den Bäcker, den Metzger, den Arzt. Wenn die Dörfler sich trafen, redeten sie umstandslos aufeinander ein. Noch während man sich einander näherte, fing man zu sprechen an, bei jedem Spaziergang fiel es mir auf. Man halte Monologe, hatte Teréza erklärt, erzähle längst Bekanntes tausendmal, die kleinen Veränderungen zeigten an, wo »jetzt« sei und als welche Art von Person man darinstehe. Nur Touristen oder solche wie wir, Deutschfremde, wurden gegrüßt, für alle anderen floss die Zeit in einem kontinuierlichen Strom. Selbstverständlich führte auch hier fast jeder ein virtuelles Zweitleben. Menschen wie Walla hingegen trugen stark zur Dorfzeit bei, ebenso wie der Regen, der alles miteinander verband. Die Welt wirkte schwammiger, als ich sie kannte, mein Bauch eiferte ihr nach.

Man sollte nicht mit der Tür ins Haus fallen, gewiss. Aber vier Tage? Noch immer hatte niemand gefragt, was wir hier wollten.

Ich war dankbar dafür. In der kühlen Nachtluft träumte ich von einem Kind mit dickem schwangerem Bauch, das an meiner Hand ging, ich träumte von einem Boden, glänzend fett, von einem Luftschiff, das andere Schiffe aus seinem Bauch entließ. Ich träumte von Mutter, glaube ich. Den Ort, an dem ich mich befand, empfand ich als ein spätes Geschenk, das sie mir hinterlassen hatte.

Nachträglich reiste ich auf sie zu.

Am Morgen griff Doro nach dem Schürhaken und hob einen der Feuerringe vom Herd. Schwaches rotes Licht fiel ihr auf Hände und Gesicht. Sie warf ein Scheit ins Loch, Glut zerbarst und sprühte Funken, und das Licht wurde heller und stärker. Sie legte Stück für Stück Holz nach, bis die Flammen loderten. Ein Abbild des Feuers flackerte in der Fensterscheibe.

»Ihr gehört dazu«, sagte sie, »find dich damit ab.«

Die Nickelbeschläge am Herd schimmerten, rote Lichter tanzten auf dem Boden. Als sie die Platte einsetzte, sank das Zimmer zurück in den Regentag.

Erst zwei Tage später erschien die Sonne wieder. Irreal weiß stand sie mittags über den Dachtraufen. Eine dünne, schiefe Frau, an jedem Arm zwei Einkaufstaschen voller Gemüse, kam mir gemächlich durch den Matsch neben der Straße entgegen und grüßte mich. Am Ende des Dorfes graste mitten auf der großen Wiese ein Pferd, dessen Rücken stark durchhing. Ein Junge in Jeans rieb es ab, während aus der Senke daneben dünner weißer Rauch stieg. Als ich mir im Vorraum zu den Wohnzimmern die verdreckten Schuhe auszog, war der Streit in vollem Gang.

»Und wem verdankten sich deine Kuren, die ständigen Arbeitsbefreiungen?« Doro. »Du kanntest den Sicherheitsdienst, viel zu gut kanntest du ihn.«

»Ja«, sagte Walla schlicht. Sie saß aufrecht, das weiße Haar verstrubbelt, als wäre Flummys Haargel darin.

»Lass sie in Ruhe mit dem Gezeuke. Sie bleibt hier wohnen, und wenn du dich auf den Kopf stellst.«

Szymon flüsterte mir diese Sätze seiner Frau auf Englisch zu. Meine weltweit einzigen Verwandten hatten ins Polnische gewechselt. Mit einem Mal seien, sagte er, Mietek und Walla Anfang der 80er nicht mehr auf Kuren gefahren. Und dann sei Jesche verschwunden.

»Jesche?«, flüsterte ich zurück.

»Der älteste Bruder.«

»Was weißt eigentlich du«, sagte Doro Richtung Teréza. Ein paar Sonnenstrahlen stachen durch das feuchte Fenster und befingerten das Zuckerdöschen auf dem Tisch, eine rosafarbene Erdbeere aus Glas mit grünem Plastikstiel als Deckelgriff. »Wer konnte wie der Feuerblitz ausziehen, Agrarwirt studieren, obwohl wir kein Geld dafür hatten?«

»Das Geld kam von mir«, sagte Szymon. Für einen Augenblick schien er nicht zu wissen, ob er gehen oder sich weiter einmischen sollte. Er räusperte sich: »Es gibt etwas, was wir euch sagen wollen. Teréz will es euch sagen.«

Es wurde still. Keine Uhr tickte, die Katze bewegte sich lautlos auf ihre Katzenart. Nicht einmal Terézas Kleider raschelten, als sie aufstand und sich neben Walla auf das Sofa setzte.

Nach einer Weile sagte sie: »Odra.«

Odra. Das verstand auch ich. An der Oder hatte sie etwas gefunden? Beim DOB. Dieses Wort kannte ich von Dorota. Es hieß »Panzer«. Ein sowjetischer Panzer war auf der Oderwiese nahe ihres Hauses 1945 stecken geblieben. Für Jahrzehnte lag er da, aufgerissen an einer Seite, und diente als Spielhöhle und Versteck, als Gespenst und Mäusenest. Doro hatte davon erzählt.

Wiese, mähen. Ich verstand Szymons genuschelte Übersetzung nicht genau. Teréza hatte ein Bild im Gras gefunden. Im Frühjahr 1982. *Das* Bild.

Sie sprach stockend. Szymon sagte, sie wolle sich nicht entschuldigen. Genau das müsse sie aber tun.

Ende April sei es gewesen, kühl, in Stiefeln sei sie auf die Panzerwiese gestapft, um Trollblumen auszugraben für die Gärtnerei in Wrocław, in der sie die Lehre machte. Da habe ein Päckchen im Gras gelegen. Einige Meter vom DOB entfernt.

Sie habe es aufgerissen. Erst Plastik. Dann Zeitungspapier. Dann das Gemälde.

»Wir kannten uns damals schon«, sagte Szymon, »sie zeigte es mir. Ein echter Menzel aus ihrem Elternhaus.« Ich lauschte Terézas Stimme und versuchte, zugleich ihm zuzuhören. Menzel?

»With a curtain?«, flüsterte ich zurück.

Die anderen sprachen weiter, allmählich wurde ein Schuh daraus, ich meine ein Zusammenhang: Das Menzelbild hatte Walla gehört. Einst. Es hatte im Haus an der Oder über dem Esstisch gehangen, das wusste ich. Neu war mir, dass Walla Jesche das Bild geschenkt haben sollte, im Frühjahr 1981. Und dann hatte er es … verloren? Und Teréza fand es beim Panzer im Gras? »Dieser Fund«, sagte Szymon mit rollenden Augen, »machte uns Angst.«

Teréza sagte, sie habe nicht gewagt, der Familie davon zu erzählen.

»Weil.« Sie schluckte. Doro rückte auf ihrem Stuhl nach vorn.

»Ich konnte nicht«, sagte sie. »Ich wollte nicht … Ich wollte es nicht glauben.«

Ich schaute Doro an, die auf den Boden blickte.

Je länger sie den Fund verschwiegen habe, murmelte Teréza, umso unmöglicher sei es geworden, ihn zuzugeben. Sie hätte dann auch alles andere … erzählen müssen. Sie habe sich geschämt. Und immer weiter den Mund gehalten. Buzię na kłódkę trzymać. Vor ein paar Jahren hätten sie das Bild verkauft. An eine Frau aus Deutschland, die sich in das Fenster und seinen Vorhang verliebt hatte. Für all dies hier – Teréza machte eine Bewegung mit dem linken Arm, die das Zimmer umfasste, den Hof.

Es hatte keine Erbschaft auf Szymons Seite gegeben.

Das Bild hatte den Großteil des Hofes und der Zucht finanziert.

Mir wurde still zumute.

Stiller mit jedem Satz.

Puzzles hatte ich schon als Kind nicht gemocht. Jedes Mal fehlte am Ende etwas, ein Teilchen Erde oder Himmel oder Kopf. Walla schien es so puzzlig zu gehen wie mir. Sie hielt ihr Wollknäuel derart vorsichtig in der Hand, als könnte es zerbrechen. Ich spürte, dass ich nicht verstand, was hier angedeutet und was verschwiegen wurde. Nicht verstehen wollte.

Unser Bild das verlorene Wallabild? Die Frau aus Deutschland, die es gekauft hatte Alissa? Das war doch zu … unwahrscheinlich. Und hatte Doro nicht nachgesehen und behauptet, ein Rußfleck fehle?

In Berlin musste ich dringend nach der Quittung für den Menzel suchen. Wie hießen Teréza und Syzmon überhaupt mit Nachnamen, wie hatte der Laden geheißen?

»Wie Menschen damals verschwanden«, sagte Doro leise. Sie schien einem eigenen Gedanken nachzuhängen. Blickte zu ihrer Schwester. »Du hattest Angst?«

Und gab gleich selbst die Antwort: »Du hattest Angst.«

Doro hatte mir erzählt, dass, als sie aufwuchs, Menschen aus Fenstern kippten oder eben dann auf ein Gleis taumelten, wenn ein Zug um die Kurve bog. Ohne dass sie hätten fortfahren wollen.

Teréza wirkte starr: »Wir waren auf eine verwüstete Erde gefallen. Sogar der Panzer war kaputt.«

Doro nickte.

»Wir beeilten uns mit dem Wachsen«, flüsterte ihre Schwester. »Mit siebzehn zog ich aus. Wer älter war, arbeitete wie blöd oder gar nicht, stand Schlange, schob möglichst unauffällig den nächsten vollgepackten Koffer unters Bett. Wir lebten in einer Geisterbahn und spielten Gespenst, damals im DOB. Und da …«

»… im DOB«, echote Doro. »Du hast nicht allein das Bild gefunden, damals?«

Leiser: »Du fandest auch … ihn?«

»Genug«, sagte Walla. »Jesche ist tot. Seit … seit Das-zählt-kein-Herz. Was wollt ihr denn …?«

Da verstummte auch sie.

Ich atmete kaum. Teréza hatte das Gemälde im Gras gefunden. Das dem Bruder gegeben worden war. Und den Bruder, ihn hatte sie ebenfalls gefunden?

Walla legte den Arm um Terézas Schulter. Sie, Walla, wisse, wo sie sei. Und wo sie bleiben wolle. Nichts, aber auch gar nichts werde daran etwas ändern. »Es tut mir so leid, mein Mädchen, dass du ihn finden musstest. Mein armes, liebes Mädchen.«

Terézas Schultern begannen zu beben. Ich glaubte zu verstehen. Da musste man etwas aushalten, etwas tun – für eine Bettmutter wie Alissa etwa, und stark sein und fest. Doch nahm einen dann unversehens jemand bei dieser Anstrengung wahr und sagte gar noch etwas Weiches, Verzeihendes, brach man ein. Mitgefühl – und die letzte Beherrschung weggespült.

Verstört saßen wir da.

Wieder war es Walla, die Worte fand. Ob Doro und Teréza noch wüssten, wie sie am Schwarzen Meer in Ferien waren? »Selbst dort tauchte der SB auf. Noch an dem Tag, an dem Jesche verschwand, klingelten sie bei uns. Als er dann nicht mehr kam … Da wussten wir es«, sagte sie. »Wir sprachen es nicht aus voreinander. Aber Teréz, wir wussten es. Du musstest es uns nicht sagen.«

Die Tür zur Eingangshalle öffnete sich, Flummy sah uns sitzen, zog sich wortlos zurück. Es dauerte höchstens drei Sekunden, doch Walla schien ihr Erscheinen an etwas erinnert zu haben, denn sie wurde, wie soll ich sagen, mütterlicher. Sie drehte sich auf dem Sofa zu Teréza und nahm sie an beiden Schultern. »Es ist ein Segen«, sagte sie und blickte sie fest an, »dass du das Bild gefunden hast. Du und nicht ein anderer. Ich danke dir.«

Teréza weinte nun noch heftiger, Walla umarmte sie und ich hörte sie sagen, dass es eine ausgleichende Gerechtigkeit sei, dass

Teréza das Bild entdeckte. Und dankbar sei sie dafür, zutiefst dankbar, denn so habe der SB nichts davon gehabt, zu blöd sei er dafür gewesen, und während sie sprach, strich sie Teréza übers Haar und blickte über ihren Kopf hinweg auf mich und Doro, die bleich auf ihrem Stuhl saß und langsam zu nicken begann.

Szymon übersetzte nicht mehr, er fädelte die Bänder durch die Löcher seiner Ausgehschuhe und musste los, Gäste vom Bahnhof abholen. Teréza löste sich aus Wallas Armen, strich sich die helle Strähne aus dem Gesicht und sagte ihm, er solle ruhig fahren. Doro gab ihr ein Taschentuch, Walla stand ebenfalls auf, Szymon schaute wie jemand, der sich nicht wohlfühlt, und dachte an Bier, denn er sagte, er habe es schon kalt gestellt, genug davon für die Gäste und uns, und ich sagte, wunderbar, das sei genau, was ich brauche, »wspaniałe, dokładnie tego mi trzeba!«, und alle starrten mich an.

»Mówisz po polsku«, rief Doro, »sie spricht Polnisch! Ich glaub, mich leckt 'ne Schlange am Kopf.«

Ich hatte verstanden, was gesagt worden war. Ohne Szymon. Ich war – ins Polnische gerutscht, ohne es zu bemerken. Wie als Kind? Doro schaute mich vorwurfsvoll an. Warum hatte ich das nicht früher gesagt?

Mein Gesicht fühlte sich rot an, ich schwitzte. Erinnerte man sich an eine Sprache in Hitzeschüben? Cud Kingi przynosi radoś. Was hätte ich erklären sollen? Ich hatte es selbst nicht gewusst.

»Was war mit Jesche?«, sagte ich. »Ich versteh das nicht.«

Walla griff nach meiner Hand und fühlte krankenschwesterlich den Puls. Man zwang mich auf das Sofa, Füße hoch.

Teréza brauche Zeit. Ich auch. Ich solle jetzt nichts weiter sagen. Nic nie mów. Das polnische Wort für sprechen, »mówić«, klang in der ersten Person Präsens wie das englische »movie«, »Film«.

Eine Überraschung folgte der anderen.

»Der Kreislauf«, meinte die alte Frau, »das geht vorbei«, und tätschelte meine Füße. Teréza, bleich, lächelte mir vorsichtig zu.

Polnisch sprechen.
Und das einfach so.
Doro schüttelte nur mehr den Kopf.

Der folgende Tag war trocken genug für einen Ausflug zu einem der vulkanischen Felsenreste. Kurzer Aufstieg, Blick in den »Krater«, der sich als grün überwucherte Kuhle von bestenfalls fünf Metern Tiefe erwies. Wir setzten uns auf eine Isodecke, kauten die mitgegebenen Brote. Der Wind fasste eines der Butterbrotpapiere und wirbelte es davon, bis es sich in einem Busch am Boden des selbstvergessenen Feuerschlundes verfing.

Flummy stand auf, klopfte sich die Hose ab und begann, in die Kuhle zu klettern. Niemand wusste, ob der Vulkan, an dem wir saßen, je wieder ausbrechen würde. In der Ferne wummerte ein Motor, vermutlich ein Ackergerät, Gräser und dichtes Buschwerk wuchsen rundum. Im Gegensatz zu uns blieben sie für ein Leben an einem Ort, hatten Zeit für tiefe Wurzeln. Ich dachte an Walla. Sie war es gestern gewesen, die erst Teréza und dann auch mich aufgefangen hatte.

Endlich wusste ich, wie die Frage lautete, um derentwillen ich gekommen war. Walla war nicht deswegen wichtig, weil sie als Letzte der Mütter noch lebte. Walla war um ihrer Kraft willen wichtig. Es war nicht einfach, die Kraft einer Frau zu sehen.

Die Kraft war das Unsichtbarste an einer Frau.

Oft wurde sie versteckt. Oft kannte man sie nicht einmal an sich selbst. Oder fürchtete sich vor ihr.

Wer war diese Renate Valerius gewesen, damals, als sie im Dunkeln saß, angeblich in einem Bunker, und zu Walla wurde?

Ich bat Doro, mir von ihrer Mutter zu erzählen. Wir sahen uns ähnlich. Das war schön und schwierig genug, aber reichte nicht, wenn Flummy und ich wirklich dazugehören sollten.

Opowiedz mi o niej.

Meine polnische Stimme klang ungewohnt.

Doro lachte. Sie denke gar nicht daran. Die Geschichte sei hier zu Ende. Jeder normale Mensch sei mit dieser perfekten Geschichte zufrieden: Reise nach Polen, Aussöhnung mit der Familie, gratis obenauf eine polnische Wundererweckung, gekrönt von einem Ausflug zu einem Vulkan. Was wolle man mehr. Mit eigens tiefer Stimme rief sie, »this is the end«, und begann, unsere Sachen zusammenzupacken.

Ich half ihr. Ich hatte Zeit. In den nächsten Tagen würde ich in einer ruhigen Minute Teréza nach der Frau fragen, die das Menzelbild gekauft hatte. An diese Kundin würde sie sich mit Sicherheit erinnern. Ich rechnete damit, eine Beschreibung meiner Mutter zu hören, vor Jahren in Wrocław. Ich freute mich auf diese, wie soll ich sagen, unverhoffte Begegnung, diesen Nachtrag aus der Zeit, und fürchtete mich ein wenig davor.

Flummy zupfte das Butterbrotpapier von dem Busch, an dem es sich verfangen hatte. Ihre dünnen Zöpfe standen nach allen Seiten vom Kopf, die Wölbung ihrer dunklen Stirn glänzte. Sie rief etwas herauf wie »Müll« und »mitnehmen«, ich rief hinunter, »bring's hoch, wir gehen, Doro sagt, to jest koniec«.

To jest koniec. Das ist das Ende. Vorerst, dachte ich. Dachte: Dorotka mówi.

(Wurmloch)

Ein junger Mann in orangefarbener Schutzjacke spannt einen kniehohen, aus festem Maschengewebe geflochtenen Schutzzaun auf. Das abgesteckte Quadrat misst exakt drei mal drei Meter. Das Wetter wirkt an diesem Tag kurz nach Ostern erfreulich milde und beständig. Nach einer raschen Triangulation legt der Geodät, Andro, wirkt südeuropäisch, stammt aus Wasserburg, ein wie eine Schraube geformtes, im Übrigen schmales Gerät in das Zentrum des Quadrats. Das Gras ist leicht feucht, die Ebrach fließt keinen Meter entfernt vorbei. Kameraauge und Scanfläche der hoch entwickelten KI, die im Jargon der Tester »die Schraube« heißt, sind nach unten gerichtet, Audiosensoren sitzen rundum. 14.30 Uhr. Geräuschlos richtet die KI sich schräg auf und beginnt, sich mit erstaunlicher Geschwindigkeit in die Erde einzugraben.

Die Zielkoordinaten sind sorgfältig eingegeben. Auf direktestem Weg wird sie sich in einer Idealtiefe von ein bis zwei Metern unter der GOK (Geländeoberkante) dorthin vorgraben. Muss sie auf ihrem weiteren Weg Hindernissen ausweichen, kann sie tiefer ins Erdreich vorstoßen oder sich, unter Schonung von Wurzeln, knapp unter der Grasnarbe fortbewegen. Sie ist wasserfest. Die Schraubenwindungen schneiden messerscharf, können aber auch hochgeklappt werden, sodass eine glatte, gleitende Oberfläche entsteht. Den kürzesten Weg ermittelt die Maschine in ständig erneuerten Rechenoperationen nach dem EIP-Wert des Geländes (Emotional Impact on the Present). Man spricht auch von der Untergrundwirksamkeit vergangener Menschen und Geschichten.

Das Gerät hat sich nach Osten mit leicht nördlichem Einschlag ausgerichtet und Steinhöring verlassen. Auf Andros Kontrollbildschirm zeigt sich, wie tadellos das Kiesbett der Endmoräne den Eigenschaften der Schraube entgegenkommt. Sie durchquert ein Feld rund geschliffener, eiszeitlicher Kiesel, eine ausgedehnte Agrarfläche, deren Erde trotz jahrzehntelanger Auffüllung recht sandig ist, und bewegt sich, geschickt zwischen Baumwurzeln, Pilzmyzelien und Gebäudefundamenten navigierend, durch lehmige Sande und sandige Lehme. Das Gelände steigt leicht an, die Dichte von Glasscherben, Milchtüten, Getränkedosen, Blechen und sich zersetzenden Lederstoffen variiert. Die Schraube passiert ein Areal von Plastiklöffeln und -gabeln in verschiedenen Zerbrochenheitsgraden und biegt nach einer Strecke durch äolische Deckschichten, Löß und Lößlehm von feiner, gleichmäßiger, leicht zu durchdringender, wenn auch monotoner Konsistenz, am Inn nach Norden ab, um dem Flusslauf in Ufernähe bis Passau zu folgen. Süßwassermolasse und limnisch fluviale Äquivalente, schluffiger Feinsand, schmale Felder von Bryozoenkalk, sogar etwas Blättermergel werden registriert. Nach Gneis, dessen Bänderungen die Schraube unter Auswertung der Gefügebilder geschickt zu nutzen weiß, wird der Boden an der Donau wieder weicher. Weniger Plastik, keinerlei Papier oder Frischmüll mehr. Stattdessen weicht die Schraube den Scherben einer Vinylplatte, auf der *ite alb* zu lesen ist, sowie einer Barbiepuppe fast ohne Brüste aus. Da das Gerät weiterhin auf minus einem Meter fährt, diese Dinge also nicht tief in der Erde liegen, müssen sie aus der näheren Gegenwart stammen.

Andro ist zufrieden, die zeitliche Rückspulung, die oft Schwierigkeiten macht, scheint diesmal zu funktionieren. Gedankenverloren betrachtet er die vor den Steinhöringer Werkstätten neu angelegte Permakultur, neben der sein Vermessungsfeld liegt, und kontrolliert das Self-Monitoring der Schraube durch einen Fehlimpuls, den sie sofort korrigiert. Sie weiß, dass sie Tschechien erreicht hat. Das Gelände steigt an, der Energiespeicher des Gerätes ist entsprechend geladen worden. Anders als etwa bei Messungen im Weltall kann er nicht sagen, was auf dem Weg zu erwarten ist, die Sensoren müssen ständig angepasst werden. Dafür erübrigt sich die nachträgliche Fehlfarbeneinfüllung. Dass Bilder unbunter ausfallen, wenn man in der Zeit zurückgeht, lässt sich medialen Unzulänglichkeiten zuschreiben und kann geistig ausgeglichen werden.

Die Schraube folgt Flussläufen, so weit das möglich ist. Er muss darauf achten, dass sie ihm nicht mit der Moldau nach Prag abbiegt. In der Nähe von Städten verdichten sich die Emotional-Impact-Linien und die Stimmen, an denen sich das Gerät ausrichtet. Es kommt nicht allein auf die direkteste Verbindung an, sondern auch darauf, im entscheidenden Augenblick zu zögern, etwas zu entdecken, um Kurven zu fließen.

In Tschechien wechseln stark steinige, gebirgige Untergründe mit verbraunten und verlehmten Cambisolen, denen in abflachendem Gelände leichtere Cambisolsubstrate und feinkörnige, grundwasserbeeinflusste Pseudogleye und Gleye folgen. Die Schraube ist, wenn man bei einem aus Stahl gefrästen, scharfen und scharfsinnigen Gerät so sagen möchte, ganz in ihrem Element. Zum zweiten Mal durchquert sie das Flussbett der Mäander-Moldau. Andro hakt ab: Wassergebiete bei Hulice, Luvisol bei Šlechtín, schwergängig. Selbstregulierend klappt die Schraube einige ihrer Fortsätze oder »Arme« aus, mit denen sie sich stabilisiert. Sie gleicht in diesem Zustand einem Kraken, saugt auf, was sich darbietet, liebt Wurmgänge in immer neuer Form, wischt mit einem Arm Matsch beiseite. Raum und Zeit werden verdaut. Und wozu? Damit ein Herz sich umkehrt, ein Rock neu genäht wird, eine Geschichte erzählt. Die Schraube gräbt sich voran, indem sie sieht. Sieht, indem sie gräbt. So ungefähr muss man sich das nicht vorstellen, genau so ist es. Sie hat Witterung aufgenommen. Lockere Schwarzerde, schiefer- und tonhaltige Hänge, Schwarzerde, Braunerde, Pseudogley.

Die Grenze zu Polen ist erreicht, die Erde fühlt sich anders an. Die Schraube kennt sie als das Gebiet, in dem rote lose Augen, nur die Pupillen und der Glaskörper, ein langes Stück Sehnerv hinter sich herziehend, durch die oberste Bodenschicht rollen, was unheimlich klingt, für die Schraube jedoch in die Kategorie »schön« fällt (Licht in Dunkelheit, überraschend, doch erkennbar, nicht bedrohlich). Sachlich wühlt sie weiter, umgeht die Gipfel des Adlergebirges, indem sie der Wilden Adler gegen die Fließrichtung des Wassers nach Norden folgt, verringert die Suchtiefe, um im Wald- und Wiesenboden des Heuscheuergebirges, trotz des Aufstieges, Energie zu sparen. Wo die Krume nicht reicht, begeistert die Nachgiebigkeit des Sandsteins, der nicht nur weich, sondern auch skelett- und müllfrei ist. Die EIP-Linien lassen keinen Zweifel über die einzuschlagende Richtung. Nach den Tafelbergen folgt die Schraube dem Tal rechtsseitig der Weistritz. Der Fluss ist gestaut, unruhig, von Wehren besetzt, der Boden gängig gemischt aus Sanden, Kies, Torf und Schluff des Holozäns. Sie spürt die Feuchtigkeit, ja Frische des Zobten, die Erde scheint ihr sprudelnder, vielleicht ist es auch eine Freude im EIP.

Oder der magmatische Kern? Feuerland ist erreicht, dunkelgrauer Gabbro, hart wie Granit, zusammengesetzt aus Plagioklas und Hornblende, stark zerklüftet, wollsackartig verwittert. Amphibolitfazies. Granulitisch. Der Geodät zwingt die Schraube daran vorbei, hier bliebe sie stecken. Stattdessen saust sie knapp unter der Erdkrume weiter nach Norden, durchschneidet Buchenwurzeln, den einen oder anderen roten Bodenwurm. Sie kann sich einen Himmel vorstellen, möchte fast ins Fliegen geraten, muss Bodenhaftung bewahren. Nur dank ihrer kommt es zu der entscheidenden Verschränkung, die die Zeit rückwärts spult. Manche haben sie voranstürmen lassen, etwa in einem leer stehenden Haus, in dem Jahre vergehen, was folgerichtig, sprich chronologisch, bedeutet, dass Menschen sterben. Hier soll es anders sein, Menschen werden jünger, manche haben soeben erst das Licht der Welt erblickt. Die Oder beginnt zu murmeln, der teilchenreichste, verkettendste Fluss der Reise. Flach liegt sie in ihrem Urstromtal auf mächtigen Sedimenten, windet sich, bildet Ufermulden, tastet in dem geringen Gefälle dem einstigen Eisrand nach. Oft sandig, oft silbern, selten klar.

Vorbei an einem Hechtgerippe, ein paar Jahrtausende alt, in Stein gepresst, der Boden ist schwer durchwühlt. Schlachtfelder und Armeerouten kommen ins Spiel, es empfiehlt sich, sie möglichst zu umgehen, zu viel Metallschrott, zu skeletttragend, zu nachhaltig von Panzern verdichtet. Der Boden füllt sich mit Porzellanscherben, Einweckgläsern, einer Pflugschar, Schweineknochen. Einzugsgebiet Breslau Süd. Der Weg gabelt sich, nach rechts geht es tiefer nach unten, nach links kürzer und wie es scheint glitzernder an die Oder, die als Ziel programmiert ist, wenn auch mit, wie sich nun zeigt, leicht abweichenden Koordinaten. Da Zeit mit Masse verbunden ist, verdreht sie sich, wenn sie in Gesteinsschichten abgelagert und den Erdkräften überlassen wird.

Das Zurückdrehen der Zeit kostet Kraft. Die Schraube entscheidet sich für den kürzeren, linken Weg. Patronenhülsen und eine ovale Erkennungsmarke, korrodiert, Zink. Noch vollständig, der Träger also nicht gefallen, oder gefallen und niemand da, der die untere Hälfte abgebrochen hätte, auf der die Buchstaben und Ziffern der oberen gespiegelt wiederholt sind: TENO 49273.

In Steinhöring sitzt der Geodät inzwischen im Gasthof Ramsl bei einem Cappuccino und gleicht die Daten ab. TENO, Technischer Notdienst, keine Blutgruppe, kein Regiment, vermutlich Zwangsarbeiter. Die Schraube sieht klein aus im Vergleich zu der Flasche Смир …, die sie passiert, das Etikett ist halb abgerieben. Eine noch rosafarbene Plastikrose prangt auf einer Kindersandale, eine abgeriebene Zwanzigzłotymünze, 1970, mit stilisierten Ähren, liegt daneben. Der Boden wird feuchter und lebendiger: Regenwürmer, Käferlarven, Mäuse. Von links nähert sich ein weiterer Fluss, seine Mündung in die Oder ist das Reich der Wasserratten. Die Schraube gleitet an allem vorbei, anorganisch und elegant, obwohl, recht bedacht, auch Asseln unsterblich sind, und biegt erneut in einen kurzen Gang nach links ab, glitzernd und feucht. Zwei Meter unter der GOK dreht sie sich an seinem Ende halb in die Oder, Wassertemperatur zehn Grad, halb vier Uhr nachmittags, Mitte März, keine Eisschollen mehr, Fische im Winterschlaf. Die Sicht ist trübe. Als die frisch aufgewirbelten Sedimente sich setzen, zeichnet sich die Kontur eines größeren Fischerbootes ab, das mit Schlagseite im

Schlamm steckt. Auf dem Bug steht in großen Buchstaben PEWEX, darunter klafft ein beeindruckendes Loch.

Die Schraube will abdrehen, das EIP-System wird noch erprobt, es scheint sich getäuscht zu haben, als die Bildsensoren längliche, dunkle Fische registrieren, die von oben auf den Kahn zuschweben. Im Zoom zeigt sich, dass sie an Seilen hängen, schmale, fettglänzende Lebewesen, die ihre letzten Minuten auf Raubzug verbringen. Die einen halten wild entschlossen ein Messer zwischen den Zähnen, andere haben die Backen weit aufgeblasen.

Kein Laut ist zu hören, dies bleibt: das träumerische Bild einer Schar Knaben in kurzen Hosen, schlotternd vor Kälte, die mit ausgebreiteten Armen durch das eisige trübe Wasser treiben, auf der Suche nach ihrem Glück.

Das 20. Jahrhundert behängt
sich mit Glorie und schwankt

Hab Zonne-im-Hertsen

(Doro an der Oder, eine Kindheit lang)

Gesang der gezwungenen Mütter

—————— ihr entgegenschaut ~~aus~~
ihren Pupillen ———— auch ihr Blick nun voll des unguten Lichts
jede Nacht —————— den Wasserstand gefühlt
Wachstand Wachstumsstand die magnetischen Geräusche
———————— (das herabsausende, sich sammelnde
Blut)
~~eine Nacht~~ ein geräuschloser Schnee Erinnerungsschnee
(wie ein Baum im Wind das sich spannende nachgebende Holz
) ——————

wie sie wieder aufstehen, auf dem Feld
mit dem sich
hebenden Wind ——————

————— und in ihrem Körper eine versteinerte eine vergessene
Frau

Ganz Kuźniki, einschließlich der Ältesten, war am Ufer versammelt, wo noch Schnee lag und das Wasser, auf dem kaum mehr Eisschollen trieben, dunkel glänzte. Der Glanz des Schreckens lag auf den Gesichtern der wenigen Matrosen und des Kapitäns, die, gekauert in Decken, die Ladung beschrieben – Kaffee, französisches Parfum, Seidenstrümpfe, Haarwaschmittel, Herrlichkeit –, als Walla und Ksawery zu den versammelten Schaulustigen stießen. Stieß der Kahn bugvoraus in die Tiefe? Tief war die Oder in diesen Tagen der Frühjahrsschmelze, marode das Schiff, nichts davon war ihnen anzulasten, den Zusehenden. Zusehen war erlaubt, alles andere verboten, wie jeder wieder wusste, als die Polizei erschien. Erschien gegen die Gier, die man hätte empfinden können, erschien wie erwartet, nicht um zu helfen, sondern um die Zuschauer zu bewachen, nicht dass sie versuchten, Rasierwasser, Seifen, Kaffee und Tee zu retten und Schokoladen. Schokoladen, die braun glänzten statt grau und schmeckten wie nichts sonst in ganz Polen. In ganz Polen, dem verschobenen, kräftig zu erfindenden Polen, galten Tauchen und Einsammeln als Staatsverrat. Verrat des Volkes am Volk, das lernten bereits die Fünfjährigen. Fünfjährige, die für dergleichen nicht auf Jahre ins Gefängnis wanderten, standen mit am Ufer und rührten sich vorerst nicht. Nicht, dass es Sommer gewesen wäre, es war März, die Kleidung sozialistisch braun grau tarngrün, hell leuchtete das Wasser der Oder. Oder leuchteten die starrenden Augen? Augen, die bitter wurden, so sinnlos sanken die Schätze fort, die Polizei verstand, ja empfand nicht anders und sah still zu, wie einige Jungen, kaum älter als Ksawery, sich die Kleider vom Körper rissen, das Schiff war weit auf seinem Weg nach unten. Unter den Wolken hingen Seile wie vom Himmel heruntergelassen und schlangen sich um die nackten Bäuche der Kinder. Die Kinder zogen aus eigenem Antrieb an den Seilen, die gesunden, strafunmündigen Kinder von Kuźniki hatten nun einmal Lust, zum Ende des Winters in der Eisoder zu baden. Baden war kein Verrat, und den Erwachsenen war es erlaubt, ihre Kinder zu jeder Jahreszeit am Fluss spielen zu lassen, sie tauchten, was konnte man tun, für ihr Leben gern kopfüber in den Frühling. Frühling, und nicht die winzigste Ordnungswidrigkeit auszumachen. Es machte den Erwachsenen nichts aus, die fest um die Leiber der blassen Jungen geknoteten Seile zu halten, und als die Strudel des Unterganges sich aufgelöst hatten, schwammen die so

Gesicherten zur Mitte des Flusses und tauchten für Minuten ins Dunkle. Dunkel und bibbernd kehrten sie nach einer Weile zurück, sie hatten das Schiff nicht gefunden, das Wasser war zu schlammig. Schlammige kleine Menschen im Ufermatsch, auch Ksawery wollte ein Seil, da rief Walla: »Du nicht.«

Der Kahn war verschluckt, das Silber des Flusses spiegelte flach. Flache Polizisten rieben sich die Augen, die Erwachsenen schlugen ihre Kinder, diese Streichhölzchen von Körpern, in die mitgebrachten Handtücher, man sammelte, was man fand, am Ufer auf, Walla kniete neben ihrem Jüngsten, tak się o ciebie bałam, ich hatte solche Angst um dich.

Walla war Walla, ein Kopf, zwei Personen, ein unregistriertes katholisches Wunder, was in Polen nicht vorkommt, also eine Übertreibung, »zwei Pilze in der Rote-Beete-Suppe«, sprich Walla, die immer viel Pilz und die gesamte Suppe war. Auf Anhieb als Mutter, Mama, Mamusch zu erkennen: Lautstärke, Aufräumkraft, Stahlseile-statt-Nerven. Mutter war Mutter, jeder Mensch braucht Sätze, die hundertprozentig stimmen, dies ist meiner. Drückte Mutter ein deutsches Lied aus ihrer Kehle, klang es nicht nach Nachtigall, aber erweiterte uns um einen Horizont. Ihren eigenen Horizont, sprich Bauch, erweiterte sie mit Liebe zu schwipsigen Früchten. Streichhölzer und Wolle kamen fürs Äußere hinzu. Sie malochte, sagte sie, mit einem Loch hatte das nichts zu tun, es war das Gegenteil. Ihren Kiosk betrieb sie, als wäre er eine Windmühle, kauerte, die Füße nackt auf dem Heizstrahler, in der Baude und rauchte heimlich. Morgens saß sie an der Oder, Füße in Schuhen, rauchte unheimlich und war Walla Dombrowska. Ihren Geburtstag zu vergessen wäre dumm wie eine Ziege gewesen, die verhungern wollte durch Kopfab. Mutter spuckte auf die zarte Weiblichkeit, sie war ultramodern, ein Flüchtlingskind aus Ostpolen, das aus dem Wald stammte, von

Buchen und Pilzen, also aus dem polnischen Herzen. Mit der eigenen Mutter im Sommer '42 vor Unruhen nach Breslau geflohen, die Bagasche, sagte sie, polnisch-deutsch-polnisch, der Rest ein Trichter im Gedächtnis, nur eines stand fest: Den goldenen Löffel hatte das Wallakind nirgends gehabt, schon gar nicht im Mund. In Ostpolen, das jetzt im sowjetischen Magen gegen die Verdauungssäure kämpfte, hatte es viel Unsüßes gegeben. Die Bücher, die man uns in der Schule in die Hand drückte, sagten: Arme Geknechtete wehrten sich gegen die deutsche Oppression, bis der sowjetische Bruder kam und sie befreite. Das war die Deutung, die auch in Moskau galt, wir, als Befreite, hatten eine Klebedankbarkeit, die den polnischen befreiten Körper für alle Ewigkeit, die Kommunismus hieß, als Ganzes umschloss.

Walla, ein Hals, viele Köpfe, hatte bei Deutschen gearbeitet, dort war sie ausgebombt worden. Sie kannte die deutsche Stadt, Breslau, von oben und unten, »in der Oder«, sagte sie, »fließt mein Herz«. Beim Rauchen sah sie in die Wolken, sie waren Kohlköpfe, Tiger, eine Herde Bisons, waren, anders als Walla, so Walla, nie sie selbst. Mutter hatte ihre eigene Mutter in Wrocław verloren, als Wrocław fast noch Breslau hieß. Ich erinnere mich nicht, sagte sie, kaum denke ich daran, gibt es einen otchłań in meinem Kopf, glaubt mir, dass das keine Ottomane ist. Niemand wusste, was eine »Ottomane« war. Walla, eindeutig, war ein tschechischer Film: absurd, faszinierend, international. Dabei nützlich und warm. Und deutsch? Unsinn. Das war ja wohl »ne triebe Fischerei«. Mutter trällerte, »suche Professor für trübe Gewässor«, lachte dem eigenen Witz hinterher. Deutsch stand auf den Grabsteinen der Friedhöfe und kippte mit ihnen ins Gras, es rieselte von kaputten Wänden. Frau Król erlaubte ihren Karpfenlippen nur, wenn sie sich mit Walla allein glaubte, etwas davon auszublubbern. Da wurde getuschelt, dass der Wind es nicht mehr verstand, Pflaumen verwandelten sich hastenichgesehn in ein Stück Fleisch, Guttla für jeden dazu. Bald plapperten wir mit, was ein Segen war, denn unangekündigt schwankte eine Else um die Ecke und hatte ein Polnisch, das war stark in den Brei gepustet, und uns, hastenichgeglaubt, hatte sie darüber hinaus am Hinkebein und langen Elsenhals, als Enkelschar.

Walla war Walla.

Ich war Doro, das mittlere Kind. Sprich, in der Festtagsversion: die Cremefüllung zwischen den Teigschichten. Alltag: das Stück Käse, zwischen den Stullenseiten flach gedrückt.

Else war ein Wallawunder. Aus einem heiteren Himmel, der aussah wie ein Zug, fiel sie als Großmutter auf uns. Sie wohnte von Mal zu Mal länger mit im Haus an der Ślęża. Ihre Erinnerungen an früher waren wolkig, Else war sich in der Zeit in Wrocław, als Wolken aus Feuerrauch bestanden, selbst abhandengekommen. Wie Mutter erinnerte sie sich an keinerlei Details von damals. Das war überzeugend. Es wirkte hochgradig verwandt. Zwanzig Jahre nach den Feuern an der Oder hatte Oma Überraschungs-Else sich unvermutet in Leipzig wiedergefunden und in den Zug gesetzt.

Warum sollte es uns erstaunen? Menschen hatten drei Arten von Löchern: im Lebenslauf, in der Erinnerung, im Körper. Bei Frau Kundera zwei Häuser weiter zum Ende der Straße war es ein Loch im Herzen, Herr Danyljuk hatte einen Fuß in der Ukraine stehen lassen und im Übrigen ein Gedächtnisloch. Erwachsene taten Dinge und hatten Körper, die wir nicht verstanden. Im Verstecken waren sie ziemlich gut. Sie versteckten sogar noch das Verstecken. Wenn Ksawery sagte, dass es unter uns Menschen in der Erde gab, mit roten Augen an langen Nervenleinen, musste man das in Erwägung ziehen. Oma Else hatte über zwanzig Jahre unterirdisch geschlafen, war von den Bewegungen des Erdreichs nach Leipzig gedrückt worden und dort wieder, erholt, an die Luft geklettert.

Die neue Oma half. Man weinte, wenn man vom Roller fiel, von der Schaukel kippte, sich die Knie aufschlug, man rannte zu seiner Mutter, drückte sich an ihre Brust und ihren Hals. Ihr Geruch tröstete, ihr Gemurmel.

Doch was machte man, wenn die Mutter einen schlug?

Da fehlte jedem Trost, auch dem Trost durch andere Menschen, sein Fundament.

Nur Oma half. Oma arbeitete bei uns als Unterboden, Aufräumkobold, Klagemauer, Hinkewunder, Geschenkeautomat und Geist.

Und ich? Ich bin Doro, wie sie auf Polnisch lebt, denkt, träumt. Der deutsche Witz, die deutschen Fehler: fort. In Polen bin ich in der Oderstimmung. Eher dunkel, eher still .

Melancholisch also, ganz das Polenklischee? Weil alles untergegangen ist, weil der Osten der Osten ist, absurd und abgrundtief?

Unsinn!

In mir sitzt Marolf. Opa Marolf mit dem Himmeljuchhe, zu Tode betrübt. Marolf, Welle um Welle, rauf mit der Stimmung, runter, der nächste genetische Schub: Doro am Fluss.

Familie. Dazu habe ich etwas zu sagen, was Kinga nicht kennt. Ich, von allen, habe diesen Marolf geerbt. Schon zuhause an der Oder hieß es so: Jetzt hat sie wieder den Marolf.

In meinem deutschen Ich spüre ich es nicht so deutlich. Nicht, weil die Tabletten besser sind. Nun gut, früher waren sie besser, aber jetzt ist es gleich. Doch mit meinem deutschen Ich halte ich mir die Schaukelei ein Stück weit vom Leib.

Abgrundschauen. Ah, Lieblingssport.

Auf dem Kopf gehen: Ah, die schwankende Welt.

Ist es wieder so weit, mache ich Fehler auf Deutsch, jage mich auf die Straße mit dem Gummibaum, lasse den toten Hund schlafen, unter mir, und heitere mich selbst mit meiner Sprachverkleidung auf.

Zu ihrem 12. Geburtstag bekam Teréza einen Extravater, bei dem sie sich sonntags zum Bratenessen an den Tisch setzte. Ich, acht Jahre jünger, erwartete zu meinem 12. Geburtstag eine ähnliche Gabe. Walla schüttete ein heißes Lachen über mir aus, tätschelte meinen Kopf so, dass ich danach nichts mehr sah, und rannte auf den Geldverdien. Im Haus verstreut lagen Zettel mit Anweisungen für uns. Daneben fanden sich Wollknäuel, Wallas Schuhe, Haarklammern, eine halbe Mutter-immer-da. Die andere Hälfte kauerte im Kiosk mit Zigarettenluft oder wälzte Männer im Krankenhaus. Drückte man sich dort um die Ecke, sagte sie »jemine, was willst du denn«, aber schickte einen nicht weg. Zweimal pro Woche machte sie Pizza mit Resten aus der Krankenhausküche, sprich »Pizza mit allem«, wir riefen »igitt«, auf Deutsch klang Ekel ekelig. Die Pizza aß Mutter allein. Seit Else existierte wie eine Großmutter, die man im Märchenwald findet, weil der Wolf sie ausgespuckt hat, hatte Walla einen stark verbesserten Zugang zu Westseife, Kaffee und Seidenstrümpfen. Der Kiosk schaufelte Złoty beinah von selbst. »Seht, so eine Mutter bin ich«, sagte Mutter, »ich schaffe euch nicht einfach eine Oma her, sondern aus dem Westen ist sie außerdem.« Das stimmte zumindest geografisch, stolz ließen wir unsere Brüste unter den Kunststoffhemdchen schwellen. Unsere Mutter war wie *drei* Pilze in der Rote-Beete-Suppe und das Wasser noch dazu.

Sie fluchte, war jähzornig, stank nach Rauch, lachte zu laut, hortete Geschirrtücher, Pullover und Streichhölzer und arbeitete in Kuźniki als Spinne.

Intuitiv bewegte sie sich im System der Tauschketten, fuhr jeden Morgen ins Sankt-Georg in der ul. Rydygiera, eine Stunde Bus und Bahn, Schicht bis zwei Uhr nachmittags, dann der Kiosk, nach tausend Eingaben, Amtswegen, Amtsstunden endlich eröffnet. Man konnte sich kaum umdrehen darin, nicht, weil er so klein war, sondern weil sie ihn voll und voller stopfte. Stundenlang kauerte sie auf einem Hocker zwischen Waschmitteln, Bonbons, Magazinen oben, Magazinen unten, man verbrannte sich die Füße an der Heizung, einzig Walla verbrannte sich nichts, unten die Hitze, oben der Qualm. Mutter saß da, bis die Lichter erloschen in den Plattenbauten, im Schaukasten am Kulturhaus gegenüber, Nowy Dwór, das Neue Gut, Musik, Theater, Ballett, dessen Kino wir am Wochenende besuchten, »bloß Schauspieler haben wir in diesem Staat zur Genüge«, sagte sie, schloss früher ab und ging mit uns in den nächsten Film. Mithilfe einer Strumpfhose oder Tafel Geheimschokolade in lilafarbenem Papier kamen wir jedes Mal rein. Walla war unbesiegbar, meine Sicherheit, meine bunte Welt.

Das Haus, in dem wir lebten, verdankten wir dem weißen Kaninchen. Ein schöner Name, biały króliczek, für Mutters Erinnerungsdeutsch.

Es wurde aus dem Zauberhut gezogen, wenn sie es brauchte, und sofort wieder in ihn zurückgestopft. War da was? Schmiedefeld hatte die Gegend einst geheißen, Kuźniki nun. Feld, Vogel, Beere, Fluss. Und das Haus wäre für uns allein, Gemüse und Obstbäume im Garten? Da hatte es, so Walla, keine Sekunde zu überlegen gegeben, da galt es zu laufen. Die Familie, der es gehörte, musste aussiedeln und hatte Walla als Erster davon geflüstert, in

Kaninchensprache. So war Mutter auf dem Wohnungsamt mit der Nase am vornsten gewesen. Ein Haus an einem Fluss muffelte, eines zwischen zwei Flüssen war feucht im Keller und ab und an überschwemmt. Der Garten schloss fast an die Ślęża, die in die Oder floss, in der Mutters Herz trieb, mal unten, mal oben, mal überall.

Überall, da auch noch von damals, als Wrocław Breslau hieß, dann Wroclau und Breswaff. Menschen waren von Osten nach Westen gerannt, von Norden nach Süden, quer, im Kreis und jede Richtung wieder zurück wie nasse Hühner. Hühner im Regen, sagte Mutter, Kindlas, nu seid nich so tälsch. Die Hühner waren Soldaten, Russen und Polen mit deutschen Gefangenen, die nach Russland laufen durften, und den soeben befreiten Gefangenen der Deutschen. Polen aus jedem Landesteil trafen ein, jüdische Menschen, fahrende Menschen, politische Menschen, verlorene Kinder, verletzte Frauen, amputierte Männer. Mutter schaute uns tief in die Augen und raunte: Hunger und Angst. Dazu die Feuer, die Hitze, na, und die Russen, sagte Mutter, bissen in die Stecker der Lampen, um herauszufinden, ob ein Kabel eine Nudel ist. Deutsche erkannte man an den weißen Armbinden, sie mussten putzen, schippen, Maschinen bedienen. Walla sprach nicht mit ihnen, wo dachten wir mit unseren Froschgehirnchen denn hin. Ihr eigenes Deutsch habe sie im Rydygier aufgeschnappt, das unverändert bis auf den Namen das St.-Georg-Hospital der Borromäischen Schwestern gewesen sei, und als Krankenschwester arbeite sie, weil sie es könne, tadelnd schaute sie mich an, wir hatten zuzuhören, nicht Fragen zu stellen, und leise sagte sie, »und weil es nötig war«.

Blühend, in weiten Schwaden, stieg aus der Oder am frühen Morgen Nebel auf. Auf noch feuchten Zweigen zwitscherten Singvögel, Bärlauch wuchs in dicken Teppichen unter Ulmen, Eichen und Birken, das Gras war voller Insekten. Insekten, denen wir zu gleichen suchten. Suchten stumm nach Käfern, versteckten uns in Bäumen und standen nachts eng aneinandergelehnt am Fenster unseres Zimmers im Speicher. Speicherten mit jedem Blick, wie die Marder lang gestreckt, mit wippendem Schweif über die Mauer am Ende des Gartens liefen, um unter dem sie bewachsenden Efeu zu Boden zu gleiten. Gleich einer Welle bewegte sich das Blattwerk über den Körpern aus Fell. Felle spielten auf dem Rasenstück vor den Steinen, zwischen Rhabarberstauden und Jasmin, fauchten sich an, verschlangen sich. Verschlungen, Arm in Arm, stand das Mädchen T&D am Fenster, Wölfe heulten den Mond an, Marder spielten mit ihm, aufgeweckt sah es zu, bis es lernte, ihr Pfeifen nachzuahmen. Atmen, Lippen leicht aufeinanderlegen, die Zunge halb an den Gaumen pressen, gleichmäßig die Luft aus dem Mund strömen lassen. Zulassen, dass sie eine breite Welle wirft, eine unmögliche Bewegung, ein unerhörtes Geräusch, gib nicht auf, du kannst es, alles, was war, kommt auch aus dir.

In der Nacht, in der Ksawery mit dem Fußball spielte, leuchtete der Mond mäßig, doch die sommerlichen Büsche des Gartens und Bewegungen zwischen ihnen waren deutlich zu erkennen.

Die Freunde meines Bruders beluden Spielzeugautos, er buddelte Löcher, seine Freunde rannten, er buddelte, seine Freunde aßen Kekse, er buddelte. Jetzt spielte er allein für sich Nachtfußball. Ksawery war der Philosoph der Familie. Der Ball wies längliche Teile auf. Mein Bruder, gerade erst in die Schule gekommen, erschrak vor Vögeln. Alles Erdige verband er mühelos mit sich.

Eine Mauer schloss den Garten ab, hinter ihr lagen die Garagen der Nachbarn. Man hamsterte, tauschte, brauchte Lagerplatz, Autos standen auf der Straße, die rosteten ohnehin. Die Erde war lose und leicht. War der Garten feucht, rannten Ratten von der Ślęża an der Mauer entlang. Walla pfiff nach ihnen. Ksawery mochte es. Wir alle lebten doppelt, sagte er, als Körper und Schatten eines Körpers von früher, als eine Person über und eine unter dem Gras. Wie man sich oben bewege, verrate, wie man unten herumkrieche, unter den Wurzeln bei Steinen, Knochen und Uniformstücken. Traf man beim Pfeifen den Ton, standen die Ratten wie Hündchen still, hoben den Oberkörper in die Luft und schnüffelten. Der Ton war schwierig zu kontrollieren, da Menschenohren ihn nicht hörten.

Das war die Welt, die wir vorfanden: Schon die Tiere reichten an jedem Ende über unsere Sinne hinaus.

Mir machte dieses Tierkönnen Angst. Teréza liebte es. Man hatte mit Unsichtbarem und Unhörbarem zu tun, und mit sich.

Verträumt springt Ksawery dem Ball hinterher, da stürmt Mutter aus dem Haus. Sie trägt das gleiche weiße Nachthemd wie Teréza und ich. Ksawery pflückt sie vom Boden, als wäre er ein Gänseblümchen. Wir hören ihn »Mamschu« rufen, er wirft ihr die Arme um den Hals.

Sofort spuckt das Haus den nächsten Elternteil aus. Argwöhnisch nimmt Mietek den Ball auf und trägt ihn Richtung Schuppen. Erde in der Nähe von Wasser wandert jedes Frühjahr. Der Boden, auf dem wir lebten, schwamm auf seine Flüsse zu und wieder von ihnen fort. Er flüsterte Deutsch.

Als es dämmert, schleichen Teréza und ich durch den Flur zur Haustür. Ksawerys Buddelloch zwischen Birnbaum und Brombeerverhau findet sich rasch, der Spaten liegt da. Wir heben die verletzte Grasnarbe ab, buddeln nach. Gibt es mehr? Dann könnte jede ihren eigenen Ball haben.

Nichts.

Wir huschen zum Schuppen.

Er ist erstaunlich zart, aus der Nähe zerbrechlich. Acht Zähne. Die Nase ein Loch, anrührend. Unten, am Kieferknochen, grüne Schleifspuren vom Gras.

Stiefel drangen aus dem Boden, Blechgeschirre, Gewehre, Abzeichen mit Adlern und Hakenkreuzen, Töpfe. Töpfe für Pflanzen, Töpfe zum Kochen und sogar die Mohnmühle waren zu uns aufgestiegen durch die Flusserde. Flusserde floss, Flusserde verkettete, Flusserde war eine zähe Welle voller Dinge. Dinge hießen postdeutsch, sie waren, was die Deutschen in ihren Häusern zurückgelassen hatten, gegen Nahrung eingetauscht oder unterwegs »verloren«. Verlorene Teppiche, Kaftane, Samoware, bestickte Hemden waren meist ukrainisch, sprich postlembergisch, von den Repatrianten herbeigeschlepptes Hab und Gut. Gut waren die sowjetischen Dinge selten, Ausnahmen wie Moskauer Eiscreme bestätigten die Regel. Regelmäßig gab es sozialistische Waren aus den Bruderstaaten, ostdeutsche Dinge neben westdeutschen Luxusdingen und westpolnischen Wenigdingen aus der Zeit vor dem Krieg, polnischen Erinnerungsdingen aus der Zeit ohne Staat, polnischen Nahdingen von jetzt, wertvoll und heimlich. Heimlich kroch einem etwas in die Hand, wenn man grub, oder sprang einem vom Fuß. Fußball hatte Ksawery gespielt, mit einem deutschen Schädel.

Oder Schädelball mit einem sowjetischen Kopf?

Pscht. Bist du wohl still, du verrücktes Kind!

Das verrückte Kind liebte den sowjetischen Panzer, Kuźnikis höchsteigenen DOB, der bei Kriegsende auf der Wiese zur Ślęża liegengeblieben war. Links hinter dem Rohr klaffte ein Spalt, war man schmal, passte man auch als Erwachsener noch hindurch.

Ein perfektes Versteck. Durch seine Schlitze gesehen wirkten die grauen Häuser des Dorfes, manche übertüncht in grellem, rasch verbleichendem Gelb, andere verbleichend türkis, noch ärmlicher als sonst. Wir überblickten fast die gesamte Wiese, es gab auch kleinere Risse auf der anderen Seite des Gehäuses, und im Inneren wühlten wir in altem Laub, atmeten Tiergeruch, flüsterten geheimnisvoll. Der längliche Schlauch aus durchsichtigem Plastik, den wir einmal fanden, mit einer runden Spitze an dem einen Ende, einem Gummiring am anderen, blieb undeutbar.

Zurück, zurück. Als wäre ich eine Biene, eingeschlossen in einen Erinnerungspanzer, kreise ich um das Gehäuse. Suche eine Spalte, eine Öffnung im Stahl, stoße wieder und wieder gegen die scharfen Kanten des dubiosen Idylls.

Und dann, mit einem Mal, steht etwas offen, was zuvor nicht existierte, ein Wind, eine Blume, das glitzernde Fenster des Wassers, und ich jage, nennt man das noch Erinnerung, mit Teréza und Walla darüber hin. Gelingt es, muss ich in keinem Supermarkt etwas mitgehen, nichts in meine weiche und dunkle Handtasche gleiten lassen, gelingt es, spiele ich mit meinen Grenzen und sie, friedlich, spielen mit mir.

Und ich sehe sie wieder, wie sie im Mondlicht unter der Wäschespinne steht, Ksawery im Arm, den sie an sich drückt, als wollte sie ihn für immer beschützen. Vor aller Welt.

Oder ihn ersticken.

Ksawery umklammert den Schädel. Wie ein Bild stehen sie da: Mutter und Kind.

Das helle, knöcherne Wesen, ihre Zukunft, halten sie zwischen sich.

Ksawery sprach wenig und niemals nur aus Freundlichkeit. Zwei Arten von Sätzen benutzte er, zum einen Alltagssätze wie »gib mir die Butter«, »ich will nicht zur Schule«, die aus vier oder fünf Wörtern bestanden, keinesfalls mehr, und bemerkenswerte Sätze, die nicht länger waren. Subjekt Verb Objekt, rascher Punkt. Bemerkenswert, weil sie von etwas erzählten, was wir nie gesehen hatten, aber aufregend fanden, oder weil sie so lange an den Objekten herumbastelten, meist mit Bindestrichen, bis die etwas anderes wurden. Ich nehme an, dass er sie sich ausdachte, während er in der Erde buddelte, und an uns probierte. Wir aßen eine von Wallas Beerenkaltschalen, viel Wasser, viel Vitamin, wenig Zucker, der Holunder färbte die Zunge schwarz, Ksawery streckte die seine hervor und verkündete: »Das Wir ist nicht waagrecht wie der Horizont. Kein Nur-heute-Wir.«

»Heute-Wir«, sagte er in Wallas Kaninchensprache. Wir mochten, wie sie Wörter aneinanderklebte. Auf Polnisch ergab solch ein Kettenwort keinerlei Sinn.

An jeder Stelle seines Satzes hätte ein anderes Wort stehen können. Sagte er. An jeder Stelle der Welt hatte einmal ein anderer Mensch gestanden. Sagte er. Auch dort, wo man sich selbst soeben befand. Und ein anderer würde kommen und ebendiesen Platz einnehmen. Wir waren ein Ich-durch-die Zeit.

»Familie«, murmelte Ksawery, schwarzzungig und, wie es schien, ein wenig träge, »Familie ist ein Name für dieses Durch-die-Zeit.«

Für ihn krochen vergangene Menschen in der Erde entlang. Walla rief »SchlussmitdemKram« und begann abzuräumen. Kaum saßen nur mehr Teréza und ich am Tisch, wurde unser Bruder munter. Er kannte alle Details. Rote Augen hatten sie, die sie sich aus dem Gesicht nehmen konnten, um sie durch die engsten Gänge vor sich herzuschicken. Pupille, Glaskörper, flatternd der lange Sehnerv, der aus der Augenkugel hing.

Und, schon mal gefunden?

»Ich suche noch«, sagte er.

Teréza, große Schwester durch und durch, lächelte gnädig. Man sah genau, was sie dachte. Ich schwankte. Ich wusste, wovon Ksawery sprach.

Für mich trieben die vergangenen Menschen in der Oder. Bei Sonnenaufgang konnte man an der Oder ihre Stimmen hören.

Ich hieß nach dem Fluss.

Odra. Dorota.

Sie floss durch meinen Namen. Durcheinanderlich.

Ksawery verstand das Wort. Und auch das Gefühl.

Lautlos wechselte die Oder von ihrer Nacht- in die Morgengestalt. Gestaltlos noch im Halblicht lag das Wasser in der geschützten Bucht, an der Walla zum Rauchen saß, wo es modrig war mit Rohrkolben und Seerosen an den seichten Stellen. Stellen, an denen ich Kaulquappen und Fischlaich fand, und Elritzen zeigten sich, die Seiten von braunen und schwarzen Tupfen bedeckt, in dem zunehmenden Licht knapp unter der Wasserfläche, wobei die hellen Bäuche leuchteten wie Münzen.

Morgens verließ die Oder ihr Bett. Krumm und selbstvergessen schwebte sie in der jungen Sonne über sich selbst.

Und jeden Morgen, den wir nicht zur Schule mussten, krochen Teréza und ich in den DOB. Man sah zum Wohnzimmerfenster hinaus, da stand er und erinnerte an den Krieg, den Frieden und den sowjetischen Bruder, der gar nicht daran dachte, alles wieder mitzunehmen, was er uns gebracht hatte.

Der DOB hatte Löcher wie ein Käse aus der unerreichbaren Schweiz. Davon hatten wir keine Vorstellung und keine Sehnsucht danach. Wir sprachen es den Erwachsenen nach, die öfter von Essen träumten als wir. Weil sie den Hunger kannten, sagten sie, und so ein »weil« war schon viel. Lieber knieten sie stumm auf dem Boden, Kohl da, Kartoffeln dort, Bohnen überm Kopf. Walla durchkämmte den Boden geradezu, zupfte herum und streichelte die Erde, als spräche sie zu ihr, als fände sie dort einen Trost. Heimlich beobachteten wir sie aus den Schlitzen des Panzers. Wenn der Wind in unsere Richtung wehte, hörten wir sie manchmal singen. Aaa, kotki dwa war ihr Lieblingslied, für uns, im Haus. Auf den Knien im Garten sang sie auf Deutsch, und der Wind trug uns etwas zu, das hieß »Mussidenn«, wir verstanden das Wort nicht, es machte nichts, die Melodie bezauberte uns, *mussidenn zum Städtele hinaus*.

Wrocławs Fassaden verfielen, da traten deutsche Inschriften hervor: *Kaufhaus, Bäckerei, Putzmacherei*. Die Laternen der Uferpromenade warfen in einem lang gezogenen Bogen ihren Glanz in das Wasser zwischen den Oderbrücken, spiegelten sich. Wie fahle Zitronen lagen die Lichter im Abendrot der Oder, zarte zitternde Ideen, und Walla sagte, da wollt ich nicht fort. Erst seit Kurzem, sagte sie, brannten die Laternen wieder. Endlich hatten die Menschen, die aus Zentralpolen nach Wrocław gezwungen worden waren, gelernt, wie man lebte in einer Stadt an einem Fluss, nach dem Krieg.

Das polnische »wojna« hieß in der Kaninchensprache »Krieg«, aber klang nach einem ihrer anderen Wörter, »weinen«. Walla sagte, das sei sehr wahr. Im Krieg steckte das deutsche »Kriegen«, und durch das Polnische auch das »Weinen«, so waren die Wörter »wojna« und »Krieg« miteinander verbunden. Beide wirkten wie Lawinen. Das ausgesprochene Wort raste auf einen herab, riss

Schutt und Staub mit sich. Kaum fiel es aus einem der Münder über uns, rannten wir weg, doch lange Arme hielten uns fest. Menschen atmeten tief ein, öffneten die Lippen und heraus kamen ein, zwei Sätze, die sich niemals veränderten. Sie wurden mit einem falschen Lächeln gesagt, »es war …«, »wir schafften es …«, brachen ab. Die Gesichter klafften an sich selbst vorbei, die Münder wurden geschlossen, doch gingen nicht mehr ganz zu, und die Sätze, die sich nach außen kämpften, wurden durch die ständige Wiederholung zu Lügen. Was sich immer gleicht, kann nicht die Wahrheit eines Menschen sein. Die Lügensätze machten jene, die sie sprachen, staubig, unfertig sahen sie aus, und die Luft, die sie umgab, zitterte von unterdrückten Wörtern und Gefühlen. Eltern und Großeltern sprachen so. Ihre Geschichten waren wie die Kätzchen, die aus der Nachbarkatze purzelten, taub und blind, umschlossen von einer Hülle, die aufgebissen werden musste. Nur dass niemand kam und biss.

Teréza und ich schliefen im Speicher. Die Dachsparren waren totes Holz. Trotzdem atmeten sie mit der Hitze, mit der Feuchtigkeit.

Sie stammten nicht von dort, wo sie nun schräg in den Raum ragten.

Wir stammten nicht von dort, wo wir nun schräg in den Raum ragten.

Wir waren Polen in einem Deutschenrest, Polen in Deutschpolenland, Deutschpolen in der Oder-Niemcy-Schwemme.

Hab Zonne-im-Hertsen, sagte Ksawery, wenn er zu uns hinaufschlich und sich zwischen uns legen wollte, zum Einschlafen. Er war ein Extraofen und nicht so klein, wir mochten das Zusammenliegen trotzdem.

Über die Matratzen spannten sich Laken mit Monogrammen, die, hochzeitsrot und verschlungen, nicht zu unseren Namen passten, im Schuppen stand ein Tier aus Holz, es reichte mir über den Kopf, sein Bauch und sein Rücken stöhnten, wenn Walla ihm unsere Laken zum Plätten zwischen die Balken schob. Sie klagte, dass wir nachts schrien. Jeden Abend schleiche sie zu uns hinauf, krieche auf Samtpfoten, wolle uns überführen, jedes Mal verstummten Sekundenbruchteile, bevor sie das Zimmer betrete, unsere winzigen, durchdringenden Rufe. Da lägen wir, still wie die Küklein im Stroh. Ksawery versteckte sich zwischen uns.

Wir hatten nicht geschrien, wir hatten gelauscht. Das Lied, das Walla hörte, drang aus den Sparren, ein Summen erst, einzelne Worte darin, der zerbrochene Refrain »gelogen gehungert«, »gelogen betrogen«. Sangen wir im Schlaf mit? Zonne-im-Hertsen, Zonne-im-Hertsen, flüsterte Ksawery dagegen an. Dem Summen tat das nichts, es drang aus der Wand, zitterte auf die Melodie »Aaa, kotki, szarobure obydwa …« in der Luft: Ah, zwei Katzen, ah, so grau, tun dir nichts, spielen lau.

Die Mehrzahl unserer Nachbarn stammte aus dem Osten, dort lag der polnische Wald, er enthielt das polnische Herz. Mutter mochte dieses Herz und seinen Wald, ihre Sprache kannte es gut, in ihr hieß unser Wald der »pulsche Pusch«, worüber wir herzlich lachten, denn puszcza war ein Dschungel, kein Tannenwald. Mutter lachte besser, also zuletzt: Was wüssten wir, ein Urwald, selbstverständlich, der letzte in Europa, Puszcza Białowieska, was brächten die uns in der Schule denn bei? Dabei drückte sie sich die Mohnmühle, die wir mit dem deutschen Haus übernommen hatten, so entschieden an die Brust, dass man nicht wusste, ob das Mahlwerk oder eine Rippe knirschte.

Mutter sagte, sie spüre das Leben vergangener Dinge.

Sie war damit nicht allein.

Die Luft schwirrte von Nichtsprache.

Schiebesprache. Betriegesprache.

Wir alle hatten es, das Radebrech.

Mit fünfzehn stellte mein Land mich vor Gericht für eine Tat, die ich mit vierzehn nicht begangen hatte. Da man die Ermittlung hinauszögerte, erreichte ich vor Abschluss des Verfahrens mein 16. Lebensjahr, wie schön, eilends wurde die Sache dem Strafgericht überstellt, war ich doch nun mündig genug, Verbrecherin zu sein. Mein Delikt: Ich verweigerte die Aussage zu einer Tat, die ich nicht nur nicht begangen hatte, sondern deren Opfer ich gewesen war.

Wrocław, Sąd Okręgowy, Kammer 2, Verhandlungsraum 309, linker Flügel. Gerichts-, Polizei- und Verwaltungsgebäude. Außen Backstein, Holz und Linoleum innen, dunkle Flure, Programm Einschüchterung. Kaiserreich – Weimarer Republik – Hitler – wir. Zermürbungsprozess, murmelt Mutter, von dem einen Regime ins nächste geschlüpft. In jedem Gang gleiten die Zeiger der Moskauer Atomuhren lautlos über die weiß lackierten Zifferblätter, groß wie Sonnen, in luftdichte schwarze Rahmen gepresst.

Zu Tausenden krochen sie an einem nicht zu heißen Tag im Juni aus dem Sand, schwarz glänzend, ungewöhnlich groß, mit silbernen, leicht ansitzenden Flügeln. Der lautlose Flug, der folgte, musste für ein Leben reichen. Für ein paar Stunden, mitunter weniger, schwirrten sie über der Wiese am DOB, ein Spuk.

Ihren schweren Körpern gleich schwirrt das Gedächtnis, wenn es die Vergangenheit zusammensetzt. Bricht auf, treibt im Wind, glitzert, sucht. Etwas Neues entsteht, wenn man sich findet. Vor jedem Blick verborgen, in einer Samentasche, in Säuren und Proteinen wird die Zukunft geschrieben. Sie ist nicht mehr als eine Möglichkeit. Jedes Leben ist unwahrscheinlich.

Die Ameisen kommen zur Ruhe, werfen die Flügel ab.

An den Namen der Richterin erinnere ich mich nicht.

Ihre Haut hatte die Farbe giftiger Pilze, ihr Haar glich einem Wespennest, grau und hochtoupiert. Hinter dem hohen Gericht hing schlaff die polnische Fahne, der Saal roch nach Bleichmittel, Sonnenstrahlen fuhren quer durch ihn, ohne jemanden wegzuschmelzen. Ich stand seit einer halben Stunde, ich wollte geschmolzen sein. Im Fenster glitzerte der Wall mit seinem Wasser, Mücken stiegen aus der Böschung, flogen gegen die Scheiben des Gerichts, ich sah überscharf, hob den Arm im Reflex, und die kurze Gestalt im Richterstuhl sagte: »Abermals verweigerst du also die Aussage.«

Die Richterin betrachtet ihre Armbanduhr. Nur die vertrauenswürdigsten Freunde und Freundinnen des Staates und seiner Kader nennen ein derartig selbstständiges Instrument ihr eigen. Meine letzten Sekunden laufen. Dass mein »trotziges Schweigen« meine Zukunft gefährdet, haben Walla und Mietek mir vorgebetet. Meine Polnischlehrerin ist in Tränen ausgebrochen, die Direktorin meiner Schule hat etwas von Schande gesagt, von meiner Zukunft, przyszłość. Stumm und verloren sehnen zwischen den Zeiten stecken gebliebene Menschen sich an die Erdoberfläche zurück, stumm hebe ich die Augen, starre auf die Schrumpfgestalt der Gerechtigkeit vor mir und schüttele den Kopf.

Der Überfall lag achtzehn Monate zurück, Bronia, Ugor, Ruy und ich waren im Kino gewesen. Als wir aus dem flachen Bau inmitten der mehrstöckigen Plattenbauten traten, nicht weit von Wallas Kiosk entfernt, der weiß-rot zwischen Platanen auf einem

Straßenstreifen inmitten des sozialistischen Wunder- und Beweisviertels stand, dämmerte es. Der Weg zurück nach Kuźniki führte zwischen Feldern hindurch. Wind, Schotter, schattige Maulbeerbäume, deren Inneres dunkler Tinte glich. An der Hausecke, an der es immer nach Männerpisse stank, stank es nach Männerpisse, die großen Hirschzungenfarne rollten ihre Blätter ein.

Eine unvorstellbare Zeit hatte begonnen: Wir waren geschminkt. Unsere Brüste wuchsen jede Nacht und in jeder Kinovorführung. Männer mutierten zu Bienen, brummten heran und wollten kleben bleiben. Dass die Luft nach Abgasen roch, dass so viele Fassaden grau oder braun waren, wen störte es. Nachts, hier draußen, ohne die Lichter der Stadt musste die Oder, leise und ein wenig schläfrig, ihr Geheimnis preisgeben: Ihr Funkeln und Schimmern war geborgt. Unsere Augen indes strahlten von selbst, eine innere Macht drang als Glanz aus der Haut, den Haaren, dem Blick. Leider auch als Pickel auf der Stirn oder am Kinn. Das abendliche Zwielicht versteckte dies netterweise und die geschicktesten der Jungs machten Geschenke. Mädchen sein: Sie fegten für uns durch Schatten und Wind, warfen sich hinaus auf den Fluss, schrien in seiner Mitte unseren Namen, so wurde er in alle Richtungen getragen, ähnlich wie ein Lockruf von den Vögeln in den Himmel verbreitet wird. Wir sollten beeindruckt sein, wir waren es.

Die beiden, die sich uns in den Weg stellten, gehörten in Block VIII neben den Kasernen. Wir kannten sie vom Sehen, sie waren älter als wir. Obgleich, was folgte, mich von heute aus gut dastehen lässt, fürchte ich mich vor der Erinnerung. Polizisten im Haus, Woche für Woche, eineinhalb Jahre lang, und die Stimme einer Richterin, mechanisch hell, schneidet in glasklarem Polnisch mein kleines bisheriges Leben entzwei.

Mietek und Walla hatten im Wohnzimmer gesessen, als ich zurückkam. Alles an mir fühlte sich größer an, als es sein sollte. Stücke meines Körpers drangen aus der zerrissenen Bluse, während mein Körper ab der Taille nach hinten verschoben schien, so sehr wollte er nicht mehr da sein.

Mutter rief die Polizei. Ich bin ein ängstlicher Mensch, doch es gibt einen Zustand, der alles kippen lässt, man glänzt als mutig, obgleich man in Wirklichkeit wie ein in Salz gebackener Fisch starr unter der Angstkruste lag. Bis heute weiß ich nicht, ob Walla ihre deutschen Papiere vernichtet hatte, weil es zu gefährlich war, sie zu behalten, ob sie es tat, weil es ihr darauf ankam, jede Brücke hinter sich abzureißen, oder ob sie das letzte Konvolut erst am Abend dieses Tages verbrannte. Auf der Arbeit und zuhause kommandierte sie. An diesem Abend schrie sie in den Telefonhörer und bettelte um Schutz.

An den Film, den Bronia, Ugor, Ruy und ich gesehen hatten, erinnere ich mich nicht. Vermutlich spielte Zbigniew Cybulski mit, mein Lieblingsheld. Er war im Hauptbahnhof von Wrocław vor einen Zug getaumelt. Es gab zahlreiche Plötzlichtode bei uns, Mühl-, Sturz- und Zugtode, ein Mädchen meiner Klasse fiel vor einen Vorortzug; ein Cousin Mieteks, um vieles jünger als Vater, rutschte vom Dach seines Hauses, er hatte zwei kleine Kinder, eine Frau, niemand verstand, was er auf dem Dach zu suchen gehabt hatte. Cybulski: »Von einem Dreh in den Studios neben der Jahrhunderthalle kommend, rutschte der beliebte Schauspieler im Wrocławer Hauptbahnhof aufs Gleis, als er versuchte, auf einen fahrenden Zug aufzuspringen.« Der James Dean Polens, vierzig Jahre alt, war unter die Räder geraten.

Bronia schimpft über ihren splitternden Nagellack, die beiden Jungs schlendern vor uns, ölig-grünes Gras, Straßenstaub. Hinter der Busstation, fast an der Ślęża, brauchen die zwei aus Block VIII Geld. »Was für Nutten habt ihr dabei«, sagen sie zu Ruy und Ugor, lachen, schlagen zu. Ugor geht zu Boden, Ruy boxt um sich, ich mache es ihm nach, Bronia mir, dabei schreien wir, so laut wir können, und bevor sie mehr als unsere Brüste erwischen und zwischen den Beinen mehr als die Finger drinhaben, bevor mehr als der Ärmel der Bluse und der halbe Rock zerreißt, lassen sie von uns ab. Erwachsene helfen uns auf die Beine, Polizei erscheint. Wir beschreiben die Täter und werden nach Hause geschickt.

Offizielle Version: Die Delinquenten verschwanden, wir kamen mit heiler Haut davon.

Ich stand vor Gericht, weil ich einen Namen nicht preisgab und weder Einsicht in meine staatlichen Pflichten noch Reue über mein »obstinates Schweigen« zeigte. Zwei Typen hatten sich über uns hergemacht? Richtig. Ein Dritter war dazugekommen und hatte uns verteidigt. Er war Profiboxer. Er schlug die beiden in die Fresse. Erst da liefen sie weg.

Ihn, den Helfer, sollte ich verraten.

Kaum hatte ich an dem Abend des Überfalls zuhause alles erzählt, hatte Walla die Polizei, die den Vorfall vor Ort protokolliert hatte, noch einmal angerufen. Wir, die Kinogänger, hatten uns gewehrt, statt zu dulden. Dafür wollte sie sich entschuldigen, denn ich hatte ihr den Namen dessen genannt, der mir die Bluse zerriss. Sein Vater gehörte zum Parteikader. Waren wir von allen guten Geistern verlassen?

Meine Tochter, sagte sie am Telefon, wusste von nichts. Sie ist nur ein Mädchen.

Zwei Tage später stattete uns die Milicja einen Besuch ab. Walla rief mich ins Wohnzimmer. Der Kadersohn hatte einen Zahn verloren. Nun musste der Zahn zurück. »Wer hat euch geholfen?« »Raus damit!«

Unser Retter hatte eine Strafe zur Bewährung, verrieten wir ihn, musste er ins Gefängnis. Wir schwiegen. Körperlich geschah uns nichts. Es reichte, unsere Zukunft zu zitieren. Unsere Eltern zitterten. Ein offenes, herrliches Leben im Austausch gegen einen Zahn? Die Alternative: keinerlei rosige oder wenigstens nichtschwarze Aussichten eines Zahnes wegen, war da schlicht lächerlich.

Bronia brach ein. Ebenso Ruy.

Ugor und ich schwiegen.

Wir wurden wegen Lügens gegenüber der Staatsgewalt angeklagt.

Das Gefängnis befand sich neben dem Gericht. Es war backsteinrot wie die Räume der Gerechtigkeit, von zwei hohen, eckigen Türmen flankiert. Man zeigte es mir. Mietek und Walla besorgten einen Rechtsanwalt. Für mich stand der Übergang ins Gymnasium an. Ugor war zwei Jahre älter.

Er redete.

Er gab zu, getreten und geschlagen worden zu sein. Doch, ah, er wusste nicht, von wem. Er nannte den Namen unseres Retters, der nun »der Täter« hieß.

Den Namen zu verraten genügte nun nicht mehr.

Ugor musste bereuen. Er musste die Reue beschreiben. Darstellen, wie sie ihn bedrängte, nachts im Bett. Wie dumm es von ihm war, auf die Idee zu kommen, der Sohn eines verdienten Genossen würde ihn jemals angreifen. Er musste sich bezichtigen und öffentlich Abbitte leisten.

Nachts im Bett bedrängte Ugor die Angst. Das wusste ein jeder.

Er bettelte, entschuldigte sich bei der Richterin. Sie sprach immer gleich laut, immer gleich deutlich, immer gleich.

Waleria machte mir Zeichen aus ihrer Bank heraus. Meine Eltern. So nah, so fern. Sie taten mir leid.

Ich konnte nicht. Es war keine Heldentat. Es fühlte sich elend an. Ich weiß nicht, woher ich wusste, was ich im Leben nicht aushalten könnte, von mir für mich selbst.

Die Richterin wartete mit Ugors Freispruch. Ich starrte auf

die Biegungen ihrer Wangenknochen unter der Haut. Das Wort »Erziehungsheim« fiel, ich höre es noch.

Ein Vorhang wehte, ein Saal versank. Ich fiel nicht, war bloß nicht bei Bewusstsein, später sagte man mir, nahezu bedächtig hätte ich mich zu Boden gleiten lassen, mich hingelegt, schlafwandlerisch. Die Richterin habe meine Strafe »drei Jahre Erziehungsheim« auf Bewährung ausgesetzt.

»Sie ist nur ein Mädchen.« Walla am Telefon, bettelnd vor der Polizei. Man kannte diesen Satz, als Mann, als Junge, als Mädchen, als Frau. Es verletzte mich daher nicht, als Mutter es sagte, »ein Mädchen, ein ahnungsloses, dummes Ding«, verletzte mich nicht, möchte ich denken. Und weiß, dass es gelogen ist. Der Satz spritzte Säure. Jedes Mal kränkte er. Jedes Mal schob man, Frau, ich ihn weg. Mutter sagte ihn, um mich zu schützen, sie tat, was alle getan hätten, und vielleicht wollte ihr Handeln mir eben deswegen nicht einleuchten. Die Frau, die am Telefon stand, war nicht die Walla, die wir kannten. Nicht unsere Mutter, die wusste, wo und wie man zugriff, die nie aufgab, die rauchte, trank und Mitglieder des Kaders in den Himmel der Schmerzerleichterung oder in die Hölle drehen konnte. Ihr Betteln, der völlige Zusammenfall ihres Widerspruchsgeistes hätte mich stutzig machen sollen, doch in dem Augenblick, als es geschah, war ich beschäftigt mit den an mir verschobenen, berührten, beschmutzten Körperteilen, mit der Angst und dem gebrochenen Vertrauen. Ich wusste nicht, wer ich war. Geschweige denn, wer die anderen wurden. Erst später kamen die Bilder des Abends zurück, später, als ich anfing, mich danach zu fragen, was Mutter selbst erlebt haben mochte, am Rock, an der Bluse – in meinem Alter – und zwischen den Beinen.

Wir begegneten den Symptomen, was nicht verwundern kann, sie sind, was man bemerkt. Erstaunlich war, dass wir sie als Symptome erkannten, obwohl niemand sie je so nannte und die Betroffenen selbst sie vermutlich nicht so aufgefasst hätten, obwohl sie sich an ihnen vollzogen.

Das schlimmste all dieser Zeichen war das Lachen. An einem Mann habe ich es nie gesehen. Heute nenne ich es das Marshmallow- oder das Symptomlachen. Das Gesicht, in dem es sich ausbreitet, verliert an Form. Die Augenwölbungen und die Nase schmelzen in die Fläche ein. Die Lippen ziehen sich weit und weiter auseinander, debil, eine Clownsfratze. Ein hysterisches Geschehen, das sich lautlos entwickelt. Als Lachen kann es keinesfalls beherrscht werden. Die Lachende könnte zu lachen nicht aufhören, und wer es einmal beobachtet hat, vergisst es nie mehr. Es hatte sich in Wallas Gesicht breitgemacht, als ich in meinen zerrissenen Kleidern vor ihr stand. Falsch: Sie hatte mich in die Arme geschlossen, an sich gedrückt, die vertrauten Bewegungen und Fragen der Krankenschwester waren ihr eine Hilfe, denke ich heute, sie hatte meinen Arm gebeugt, meine geschwollene Faust gedreht, den Kratzer quer über die Brust desinfiziert, hatte »dir ist nichts passiert« gesagt. Sie und ich hatten wortlos gewusst, was sie meinte: Schrammen, blaue Flecken, das verging.

Und – der Rest?

Da war das Lachen in ihrem Gesicht erschienen wie eine aus klarem Seewasser in unnatürlicher Beschleunigung aufsteigende schmierige Alge.

Nur einmal zuvor, bei einem Fest im großen Saal des Bürgerhauses, war ich einer ähnlichen Verzerrung der Züge begegnet. Der Gastgeber, in Anzug und weißes Hemd gekleidet, trotz seiner relativen Jugend fast kahl, hatte eines seiner Kinder, ein gut entwickeltes Mädchen von mindestens vierzehn, das den Kaffee servierte, mehrfach ins Gesicht geschlagen, weil sie etwas von der Flüssigkeit auf dem Teppich verschüttete. Die Frauen am Tisch hatten, eine um die andere, das Lachen bekommen.

In diesem Lachen saß die Scham. Sie hatte große Zähne und war fies anzusehen. Das Lachen, das die Frauen ereilte, offenbarte eine befremdliche, vollkommene Hilflosigkeit, gepaart mit einer schmutzigen Komplizenschaft, die man den Lachenden hätte wegreißen wollen, hätte man nicht auch ihre Angst gespürt. Was das gesamte Ereignis – das Lachen glich dem Aufgang einer bösen Sonne – noch elender machte. Niemals hätten diese Frauen sich gewehrt. Sie fürchteten sich, selbst dranzukommen. Beschämung und Schuld breiteten sich über ihre Gesichter und schmolzen ihnen die Züge weg. Es dauerte Stunden, bis sie wiederkehrten. Keine dieser Frauen wäre eingestanden für eine andere, für ein Mädchen, ein Kind. Sie taten es ja nicht einmal für sich selbst.

Man teilte mich Gymnasium Nr. 12 zu, mitten in der Stadt, gleich hinter dem Freiburger Bahnhof. Nr. 12 war elitär. Behütete, geförderte Kinder. Das war perfide ausgesucht. Ich musste weit fahren. Ich verlor meine Freunde. Ich sollte eine Welt betreten, in der ich mir klein vorkommen musste. Dumm.

Doch am Ende waren es nicht die Gedanken der anderen, die mich störten. Sie hatten keine. Mich verstörten ihre Familien. Die Eltern halfen bei den Hausaufgaben. Sie hatten Zeit für Gespräche und forderten sie ein. Ihre Wohnungen standen voller Dinge, die Geschichten erzählten. Man hatte sie geerbt, Stammbäume hingen an der Wand.

Da erst fiel mir auf, wie leer es bei uns war im Vergleich. Gepriesene Vorfahren, familienwichtige Ereignisse, Jahrestage, Familienanrufe zum Geburtstag oder Namenstag, Schmuckstücke, Hutschachteln mit alten Briefen und Fotografien? Vaters Verwandte im Dorf besaßen keinen Schmuck und schrieben nicht; seine Mutter, unsere Babunia, glaubte an Geisterpost, ich weiß nicht, ob sich die vererbt. Wallas Seite war lange ein Totalausfall, bis Else erschien, die Geschenke brachte, aber nichts von früher erzählte, »das versteht ihr nicht«. Nichts da Tiefe der Zeit, Kontinuität oder Versicherung, die lautet »uns gibt es seit Jahrhunderten, das hier überstehen wir auch«.

Kein Erbe.

Bis auf ein postdeutsches Bild. Aus Wrocław? Mutter schüttelte den Kopf: »Aus Breslau. Ein echter Menzel, das ist was wert.«

Das klang abschließend. Und deutsch. Menzel kam sonst nirgends vor. Mir gefiel das Durcheinander auf dem Bild. Ein halber Teppich, eine Wand mit Flecken, ein Diwan, der im Spiegel hübscher aussah als in echt, aber auch dieses Echt war gemalt. Die beiden Stühle wiesen in unterschiedliche Richtungen, der Vorhang bauschte sich, es zog, irgendjemand war rausgerannt und hatte die Tür offen stehen lassen.

Walla sagte nichts weiter dazu.

An der Erblosigkeit änderte das Gemälde nichts.

Offiziell musste Mutter mein Prozessverhalten tadeln. Das tat sie selbstverständlich, nach außen hin. Mich ermahnte sie, klüger in meinen Bewegungen in der Öffentlichkeit zu sein, mich vorzusehen und gegebenenfalls mein Denken zu verstecken. Hie und da, wenn sie mir ein Pfund weißen köstlichen Zucker mitgab, damit ich Marias Ohrringe ertauschen konnte, oder mir dickere Butterbrote schmierte als früher, spürte ich, dass sie stolz auf mich war. Und im Geheimen, tief bei sich, zufrieden mit meinem Trotz.

Die Geschichte, die uns als Familie erledigte, begann erst einige Jahre nach meinem Prozess. Es war ein Sommernachmittag 1979, es klingelte an der Tür, ich war allein zuhause.

Er sah aus wie Cybulski in jünger. Ich erkannte ihn auf Anhieb: Der hatte mir letztes Jahr an der Jahrhunderthalle nachgerufen.

Er lachte. »Du erinnerst dich? Dann lass mich rein, kleiner Elefant.«

Charmant, beleidigend, unverschämt selbstsicher, alles in einem Atemzug. Ich war mit Else, die von polnischen Filmen, polnischer Kunst und polnischen Streiks schwärmte, auf dem Weg in den Zoo gewesen, als ich ihn das erste Mal sah.

Jede gerade Woche ging Oma, hager, dünnes Haarfell, das sich flaumig über Wangen und Kinn zog und dreißig Jahre später genauso bei Walla zu sprießen begann, in der Stadt spazieren. Danach schilderte sie uns, wo sie einen Zwerg entdeckt hatte, aufgesprüht oder mit Kreide aufs Pflaster gemalt, Aktion Orange. Man demonstrierte mit List gegen das, was man nicht mehr wollte, schuf eigene Zeichen. Krasnale, flüsterte Else, Zwerge, Zwergenaufstand, ihr polnisches Lieblingswort.

Jede ungerade Woche fuhr sie zur Jahrhunderthalle. Ab und an brüllte ein Elefant vom Zoo nebenan, aus den Lautsprechern am See klang staatstragende Schmalzmusik oder, mit Glück, auch mal ein Lied von Anna Jantar oder Czerwone Gitary. Kinder liefen durch Wasserbögen. In Breslau hatte man traditionell eine Hand für Orte des Müßigganges, sagte Oma, die sich »dem Charme der Anlage in ihren menschlichen Maßen«, was die Halle von vielem, was gefolgt war, wohltuend unterschied, nicht entziehen konnte oder wollte.

»Bist du nicht die Dorota Dombrowska aus der Woźnicza?«, hatte eine Stimme hinter uns gerufen. Else war zusammengezuckt. Kannte ich den?

Als ich den Kopf schüttelte, hatte sie mich am Arm genommen und war mit mir Richtung Haltestelle geeilt. Ich verstand nicht, warum sie so erschrak. Nun gut, wie kam es, dass jemand, den man selbst nicht kannte, einen so gut kannte, sogar mit Adresse? Wurde man bespitzelt?

Doch wofür?

Ich wusste, dass Oma Walla davon erzählen würde. Das beruhigte mich. Walla würde mich befragen, und dann würden sie entscheiden, was davon zu halten war.

Ich, in der Haustür, staunte den Kerl an. Przystojny. Braune Locken, weiches Kinn. Er stand auf dem Plattenweg, noch vor den drei Stufen zur Tür, sodass er halb zu mir aufsah. Er mit dem Adonislächeln.

»Sie wohnt nicht mehr hier«, sagte ich. Es musste sich um einen der bedauernswerten Männer handeln, die Terézawitterung aufgenommen hatten und von ihr an unsere Adresse geschickt wurden. Damit auch ich jemanden abbekam! Meine Schwester war unverschämt, mir gegenüber, und verrückt, diesen Mann abzuweisen, er zog eine Augenbraue hoch: »Teréza sehe ich jeden Sonntag, Kleine.«

Kleine!

Das überhörte ich geflissentlich. Er war ein Prinz, in Fleisch und Blut vor unsere Tür geweht, mir zu Füßen. Also sagte ich zu den Sonnenstrahlen, die ihn umgaben: »Wspaniały, komm rein.«

Einen Fremden ins Haus lassen. Wie oft war ich gewarnt worden? Und, bitte, wusste ich nicht selbst am allerschmerzlichsten, wie schnell etwas schiefging? Er fiel ohne Aufforderung in unseren einzigen Sessel, sagte, »Doro, was hast du zu trinken?«, machte es sich breitbeinig bequem. Muskelshirt über heller Jeans. Sie musste ein Vermögen gekostet haben, oder er verfügte über bodenlos bewunderungswürdige Kontakte. Auch er musterte mich von oben bis unten, krönte den Vorgang mit einem Lächeln, das mich auf die nächste Wolkenstufe hob, und bot mir eine Zigarette an.

Die ich naturgemäß nahm.

Aus einer Vierzigerschachtel, verziert mit Palmenmotiv vor Weiße-Säulen-Hotel. Kubanischer Rauch hing in Schleiern zwischen uns und gab mir Zeit, wenn mich auch ablenkte, dass ich mein Husten unterdrücken musste. Er war von mittlerer Statur. Das Blau seiner Augen schwebte, und es bezauberte mich, wie er zum Sofa schlenderte, sich nach vorn beugte und mir die ausgegangene Zigarette wieder anzündete. Er behandelte mich, das Schulmädchen, als wäre ich erwachsen, und allmählich, in einzelnen Sätzen, halb weggeworfenen Bemerkungen, berichtete er mir von Walla und seinem Vater, von seinen ersten Jahren, die er selbst mehr aus Erzählungen als aus Erinnerungen kannte, von den Sonntagsessen mit Teréza, seiner Schwester, die ihn aufgefordert hatte, uns endlich zu besuchen. Uns, seine Halbgeschwister. Und Walla, seine Mutter. Er holte eine schwarze, die Augen vergrößernde Brille aus einem Etui, sie gab seinem Gesicht eine Mitte, die Hässlichkeit des Gestells hob die Feinheit und Symmetrie seiner Züge noch einmal hervor. Zugleich versteckte sie Ängste oder Zweifel, die er haben mochte, und so saß er da, der wundervolle Jesche, in »meinem« Wohnzimmer, das Sonnenkind, wie es später hieß, aufrecht, durchtrainiert, der Einzige in der Familie, der in sich ruhte, wie es später ebenfalls hieß, der seinen Weg ging, mein Halbbruder Jesche, der Älteste von uns, und das war auf gewisse Weise besser, viel besser als ein Prinz, aber enttäuschend war es auch.

Alles wollte er erfahren. Wer hat das Sagen bei deinen Eltern? Wie findest du die Staatsschule? Hast du Freunde?

Jede Frage war harmlos. Jede doppelbödig. Je nachdem, wer er noch so war. Hatte Teréza etwas angestellt? Ich versuchte, vorsichtig zu sein. Ging es im Verborgenen um meine Bewährung? Als ich die Chemielehrerin lobte, sagte er: Ich glaub, ich hab mich verhört.

Ich sagte, dass ich Pädagogik studieren wolle, weil man Menschen so herrlich manipulieren könne. Er lachte. Ich musterte ihn: »Was ist daran so komisch?«

»Die Wahrheit«, sagte er.

Die Schichten im Krankenhaus wechselten, den Kiosk öffnete und schloss Walla nach Belieben, oft erst um 22 Uhr, nach dem Ende des letzten Films im Kino gegenüber. An diesem Nachmittag, als die Fenster offen standen, die Wohnung nicht so klein aussah wie sonst und die beiden Flüsse die Luft milde machten, drehte sich der Schlüssel im Schloss, noch bevor wir die Zigaretten aufgeraucht hatten. Ich erschrak, während Jesche sich aufrichtete und zur Wohnzimmertür blickte, die angelehnt war. Mutter rief, »hallo, ist jemand zuhaus?«, warf ihre Taschen in der Küche hin, ich hörte es rascheln, sie musste etwas ergattert haben, vermutlich war sie einfach erschienen, um es in unserer Höhle zu sichern, und nicht aus einem zweifelhaften Mutterinstinkt, wie ich befürchtete. Ich hörte, dass sie sich beeilte, dazwischen rief sie, ich solle in die Küche kommen, sie spüre, dass ich da sei, und mit ungeduldigem Gesicht, die Wangen leicht gerötet, die Frisur halb aufgelöst, steckte sie den Kopf zur Tür herein und den halben Körper.

Die Zeit wurde eine große durchsichtige Blase. Wir drei schwebten darin, jedes Geräusch verschwand wie unter einer Plastiktüte, aber ich atmete, ich sah alles, ich sah, wie Wallas Gesicht sich erleuchtete.

Das Licht drang langsam von unten durch die Haut. In Werbefotos kopiert man einen Abglanz hinein. Damit hatte der Glanz in Wallas Gesicht nichts zu tun, ihr Antlitz spiegelte ein fantastisches Geschehen, ein Licht, wie Propheten es wahrnehmen, was weiß ich, es war wunderschön und bestürzend und die reine Liebe …, anders kann ich es nicht sagen.

Erkennen und Schrecken, Angst und Entzücken breiteten sich von den Augen über Wallas Wangen und ihre Stirn. Mutter bewegte den Mund, nicht zu einem Lächeln, sie öffnete ihn bloß.

Erst bei Ksawery, der von der Schule zurückkehrte, setzt meine Erinnerung wieder ein. Barfuß tappte er ins Wohnzimmer und ich rannte hinaus, um seine Schuhe für ihn zu holen, froh um den Vorwand. Die anderen am Tisch machten Scherze: Jesches unerwarteter Besuch war von himmlischen Instanzen mit dem Einkauf zehn fetter Koteletts verbunden worden! Die abgenagten Knochen lagen vor uns, und Vater, statt mir zu helfen, begann ein Mann-zu-Mann-Gespräch mit dem Sohn seiner Frau. Jesches Ähnlichkeit mit Walla bezauberte Mietek, dachte ich, bis mir aufging, dass Vater anders als Ksawery und ich von Jesches Existenz gewusst hatte, ja wie er später mehrfach betonte, ihn als Kleinkind gekannt und mitunter gehütet hatte.

»Ich hab dir schon den Arsch abgewischt«, sagte Mietek.

»Umso besser«, meinte das Bruderherz, »dann kannst du ihn mir ja jetzt retten.«

Als Jesche in die Schule gekommen war, hatten Walla und Witomir die Kinder getrennt. Jesche war bei seinem Vater aufgewachsen. Walla hatte ihn seither nicht mehr gesehen.

Er arbeitete als Elektroingenieur, raunte, »Computer«, tat geheimnisvoll. Arschrettung? Nein, nein, brauche er nicht. Aus Sehnsucht und Neugier sei er da.

»Die Männer« sprachen über Politik, Trinken und Rauchen,

und Walla saß, gegen ihre Art, still dabei. Ihre gewinnendsten Seiten hatten sich in ihrem Ältesten vereint. Einmal im Leben wollte er nach Kanada, um Lachse zu fangen und Wale zu sehen, Meeresbiologe würde er werden, der einzige Ort, der dazu ausbilde, sei Danzig, er brauche Geld.

Eifersucht? Neid? Bei allem, was folgte, spielte beides eine Rolle.

Jesche rauchte zwischen den Koteletts, die drei größten waren ihm serviert worden, das war nicht, was ich ihm missgönnte, ich brachte keinen Bissen runter. Niemand außer Ksawery beachtete mich. Von Walla kein Blick. Sie war in Jesche gestürzt mit all ihrer Liebe.

Wie die Penunze floss. Sie hatte einen Drall nordwärts ans Meer. Jesche fuhr nach Danzig, kehrte zurück, trat in das deutsche Haus, Wallas Gesicht strahlte. Ksawery marschierte zur Schule, Teréza wohnte bei ihrer Ersatzmutter in der Stadt. Witomir unterstützte Jesche nicht mehr, kein müder Złoty, wir unterstützten ihn umso mehr.

Ich staunte, welche Welten sich mit Jesches Erscheinen öffneten, unsichtbar, nicht minder wirklich. Damit, dass Vorgänge dieser Art die Bedeutung von Erwachsenwerden sein könnten, hatte ich nicht gerechnet. Gestohlen vertrieben gehungert verraten geflohen. Ein Schatten huschte durch Wallas Augen. Kam er von dem Bild über unserem Tisch? Konnte man etwas von der Seele eines anderen Menschen sehen, das diesem Menschen selbst verborgen war? Anfangs nannte ich es Schnee. Etwas, was hereinschneite in mein Leben. Ich hätte es Nebel nennen sollen. Jesche erzählte und erzählte, gab sich als Aufklärer, reiste hin und her, hatte Bitten,

Freunde, Kontakte nach Kanada, vierzehn Tage später auch nach Moskau, »natürlich«. Nebel breitete sich aus.

Mutter hatte eine Einstfreundin aus dem Zauberhut gezogen, Anne im Westerwald. Im Sommer 1980 hatte ich bei ihr gewohnt und buttrige D-Mark verdient, die ich brav mit nach Hause nahm. Für 1981 war die exakte Wiederholung geplant. Ich war fertig mit der Schule, erst nach Weihnachten musste ich mich im Pädagogischen Institut der Universität melden. Walla wollte, dass ich fuhr. Meine drei Jahre Bewährung waren soeben vorbei.

Billetts kaufte man mit Rückfahrt, anders konnte man sie nicht erwerben, meine Heimreise wurde auf den 18. Dezember festgelegt, ein Freitag, gleich nach der Arbeit. Ich verließ Wrocław Anfang August, kaum Wintersachen, dickes Gepäck machte verdächtig, Tasche, kleiner Koffer, Mietek wollte mich zum Bahnhof bringen. Der Efeu wucherte, der Jelängerjelieber. Vorsichtig tastete Vater sich mit dem Wagen rückwärts aus der Garage, die er inzwischen mit Jesches Hilfe vollständig neben dem postdeutschen Schuppen aufgemauert hatte. Er war ein unsicherer Fahrer geworden, ab und an schwindelte ihn.

Nach wenigen Metern stieg er aus und zog das Garagentor herab. Kräftig schrien die Amseln gegeneinander an. Überzeugend polnisch, sprich grenztauglich stand ich da. Nie wäre ich so auf die Straße gegangen: schreirosafarbene Kommunismus-Synthetik-Bluse, unbestrumpfte Beine, Flechtzopf. Auf die Details kam es an. Das Mädchen vom Lande. So weit, mir ein Silberkreuz an die Kette zu hängen, ging ich nicht. Nylon im Koffer, ein selbst genähtes Kleid, daneben ein Stoffbeutel mit Buletten, Paprika, Racuchy. Nachtzug und Grenze, niemand konnte abschätzen, wie lange ich unterwegs sein würde. Über mir spreizte der in den Mantel der postdeutschen Straßenlaterne geprägte schlesische Adler, ein ewig zu mageres Hühnchen, die Flügel, die Isolatoren der Telegrafenstange glänzten im Abendlicht.

Mit grauen Schläfen und scharfen Linien zwischen Nase und Mund stand Tata in der offenen Wagentür und überfiel mich mit der Bitte, ich möge dableiben. In Zeiten wie diesen gehöre jeder Pole nach Polen. Es gehe darum, was sich durchsetze, was die Regierung wagen würde. Um uns gehe es. Und um den Widerstand.

In Zeiten wie diesen.

»Was weißt du?«, fragte ich. »Was sagt Jesche dir?«

Teréza war nach einem Streit mit Mietek vor ein paar Monaten ausgezogen. Mietfrei wohnte sie bei Frau Ostrowski am Podwale, damit Frau Ostrowski, hieß es, nachts nicht allein war. Meine Schwester, das Gesicht voller Kraft und Charakter, starke Nase, bewunderungswürdige Oberweite, hatte auf Tourismusführerin studiert. Nun sattelte sie auf Agrarwissenschaften um. Pflanzen mussten nicht politisch unterwiesen werden, nur gegossen. Ob sie heimlich bei Witomir, ihrem Vater, und seiner Frau Otylia wohnte? Niemand sprach das Thema an. In einer Familie, in der nicht gesprochen wird, sind der Fantasie keine Grenzen gesetzt.

Es war, als spielten wir als Familie Karussell: ein Kind gewonnen, eines verloren. Die Erweiterung der Garage war die Idee meines aus dem Himmel gefallenen Bruders gewesen. Er nutzte den gewonnenen Raum als Lager, brachte Koffer voller Papier, die er tagelang bei uns ließ. Niemand schaute hinein, so war es wahr, falls man befragt wurde: Man hatte nichts gewusst. Gemeinsam hatten Vater und er den Boden abgehoben, eine Grube zur Seite und eine nach unten gegraben, gemeinsam die Verstecke geschaffen.

Meist verschwand Jesche nach einem Besuch für Wochen, er hatte eine Freundin in Danzig und ohne Studium viel zu tun. Seine Familie war wie ein auf das Eis gebautes Schloss, nie bekamen wir sie zu Gesicht. Ich nehme an, dass Mietek die Kriegsstiefel, die beim Ausgraben erschienen waren, in einer Nacht mit oder ohne Nebel in der Oder versenkte. Die Ślęża war zu klein. Die Oder schluckte, was man ihr überließ, es fiel durch den Mond, der sich in den Wellen spiegelte, und der Mond blieb stehen, für ein paar Sekunden, und rückte weiter, und in der Garage entstanden Flugblätter, die altertümlichen Maschinen liefen wie lautlose Teufel, wenn man sie schmierte, und nichts war geschehen.

Ich war dabei gewesen, meine Schuhe im Flur zu wechseln, als ich Jesches Stimme aus dem Wohnzimmer hörte. Ein Stuhl wurde gerückt, etwas kratzte, Zeitungspapier raschelte. Mutter sprach. Am Abend hing über dem Esstisch ein rechteckiger, heller Fleck. Das Menzelbild war zu dem Fenster hinausgeweht, das es selbst abgebildet hatte. Dahin das unberührte Bett, der Vorhang, das tröstliche Licht der vor meiner Geburt untergegangenen Stadt.

Der Augenblick, der Vaters Bitte folgte, wölbte sich nach vorn, gefangen und gedehnt in einer bauchigen Linse. Mietek rannte ins Haus, als er merkte, dass seine Worte vom Bleiben an mir abglitten wie an einer Wand, gegen die man Erbsen wirft. Mühsam stieg er die Stufen zur Eingangstür hinauf, drehte sich oben noch einmal um und hob die Hand. Es ist mein letztes Bild von ihm, er war 48 Jahre alt, die jahrelange schwere Arbeit mit den Kühlungsmitteln hatte ihn vergiftet, wir hatten keinen Verdacht, er ahnte es.

Walla trat aus der Tür, den Autoschlüssel in der Hand, wo er sich an eine Gurke presste, eine große, selbst gezogene, grüne Gartengurke, von der sie kräftig abbiss. Sie fluchte nicht, was nur an ihrem vollen Mund liegen konnte, sondern klemmte sich hinters Steuer. Wobei »klemmte« der treffende Ausdruck ist. Ich glaube, sie machte eine Gurkendiät. Es war ein roter Polski Fiat, einer von den großen, nicht die überdachte Zündkerze. Sorgsam lenkte sie das Kistchen auf die Straße hinaus.

Meine Eltern schienen mir wie das Männchen und Weibchen in einem Wetterhaus, war der eine drin, musste der andere heraus und immer so fort. Mein Blick fiel auf das teichgrüne, fast blaue Gras der Auffahrt, das so kräftig wuchs von all dem im Boden gespeicherten Blut, und Jesches Lachen klang mir in den Ohren, sein Liebeslachen, und ich vermeinte im Nachhinein ein Wort zu verstehen, das zwischen ihm und Waleria gefallen war, »Blutgeld«, oder hatte es »Brutgeld« geheißen, mein Deutsch war zu unsicher, um zu unterscheiden oder zu wissen, ob es diese Wörter überhaupt gab.

Wir hatten mehr als einen grünen Schimmer von der Politik, die Jesche in Danzig studierte. Man musste den Wolf nicht gleich aus dem Wald rufen, sagte Walla und trat derart aufs Gas, dass Häuser, Bäume und Himmel zu einem kupferfarbenen Kessel verschmolzen. Tiefe oder Höhe, Polen oder Deutschland, Breslau oder Wrocław, Mutter oder Vater, der Stern im Wasser oder der Himmelsstern, die Wirklichkeit oder ihr Bild, Waleria, die nicht Waleria war, gespaltene Welt. Licht leckt durch Staub, lang, zärtlich und fremd. Wahrheit eins und Wahrheit zwei halten sich an den Händen, umkreiseln einander, blecken Zahn um Zahn. Tritt eine in ihr Häuschen zurück, tritt die andere hervor. Mutter karretelte durch die Stadt, mir schwirrt die Erinnerung. Geboren werden, aufwachsen, zuhause sein.

Dem spät dahergelaufenen Kind hatte Walla ihr Heiligtum geschenkt. Mich versorgte sie mit Deutschland. Ich war wütend auf sie.

»Verstehst du denn gar nichts?«, fragte sie.

Ihr Gesicht, konzentriert wie beim Pizzaschneiden in dem Restaurant an der Elisabethkirche, in dem man auf einer Veranda an der Straße Platz nahm, erhöht unter gelben Sonnenschirmen. Walla zerteilte ihre Mit-allem-Pizza akribisch, bevor sie aß, und jetzt fuhr sie, als hätte sie das Gefühl, ihre Familie in saubere Stücke zerschneiden zu müssen. Oder zu können.

Mit der Rechten griff sie in die Plastiktasche, die sie an den Schaltknüppel geklebt hatte, förderte aber statt eines Bonbons leere Einwickelpapierchen hervor. »Eh die falschen«, sagte sie, sie lutschte ausschließlich Kirsch, niemals Johannisbeer.

»Ich mag die«, sagte ich empört.

Schweigend erreichten wir den Centralny, der einmal gelb gewesen war, so Walla, dann staubig, so Walla, dann staubiger, und nun war er grau. Man hätte beim Eintreten einen Helm tragen wollen, und ich dachte daran, als ich die Fiattür aufstieß, wie sauber der Bahnsteig in Frankfurt am Main sein würde, wo ich umsteigen sollte. Vom letzten Sommer noch erinnerte ich mich an den Schock des bunten Westens, hektisch, laut, voller Werbung. Diesmal wollte ich gleich zu Anfang Notizen machen über die kapitalistische Menschenaushöhlung, das konnte ich vorweisen, wenn ich im Dezember wieder nach Polen einreiste. Beschäftigt mit meiner inneren

Welt kletterte ich aus dem Wagen, sagte »adje«, ohne Hand, ohne Küsschen, und schritt auf die Halle zu mit den edlen Wandfiguren, all den steinernen jungen Frauen, die Fackeln trugen, wenn auch erloschene, als ich es hörte, ihr »ich liebe dich«.

Sie war ausgestiegen und hatte es mir nachgerufen, als habe sie sich dafür eigens ein Herz fassen müssen. Als ich das dachte, verstand ich, dass es wirklich so war, und erschrak, was mir die Adern weitete und das Gesicht wärmte. Jesche hatte Mutters Herz für diese Worte geöffnet, jetzt, zum Abschied, rief sie es mir zu, kocham cię, und ich schmolz und war wütend auf Jesche und zugleich die brillante Tochter, die geliebte Dorota, obwohl ich wegfuhr.

Mein Zug ruckelte, stand. So fing, wie immer, das Warten weit vor der Grenze an. Hatte das Menzelbild ursprünglich Jesches Vater gehört? Dann traf mich nicht, dass sie es seinem Sohn übergab. So dachte ich mir einen Frieden herbei. Er hielt nicht lange. Kaum setzte der Waggon sich wieder in Bewegung, knispelte die Eifersucht von Neuem, schlau und zäh.

Als Jaruzelski im Dezember 1981 das Kriegsrecht über »sein Land« verhängte, als wäre es nicht auch das unsere, blieb ich in einem Westen, der, anders als das Deutschland, das Else zu uns gebracht hatte, ein wirklicher Westen war. Walla bezeichnete mich als den Außenposten der Familie, die Verbindung der Dombrowskis an die Luft, aus dem Bunker hinaus.

Jesche verschwand im Frühjahr 1982. Ich sah ihn nie wieder. In der Kindheit spielt man zusammen und dann folgt eine Tiefe, die keiner kennt?

Jesche und ich spielten nie.

Seine Frau heiratete einen anderen. Mehr weiß ich nicht.

Mehr weiß ich nicht, sage ich meiner Erinnerung.

Ich warte ab. Sie schweigt.

Mehr wissen wir nicht, sage ich mir.

Nicht wahr?

Nicht wahr. Ich lebte in Deutschland, wollte fort aus Stadtallendorf, hatte in Hamburg einen Platz ergattert, um mich zur Logopädin ausbilden zu lassen, und dazu einen deutschen Freund an der Alster, zum Heiraten.

Was Männer anging, war ich, meiner tiefsten Überzeugung nach, das Gegenteil von Walla. Bett-, Nah- und Liebespersonen behandelte ich wie eine Schwalbe, die im Sitzen Mücken fangen will: So eine muss gefüttert werden, sonst verhungert sie. Es war bequem gewesen, aber nun waren da Nils, mein Hamburg-Pendel-Freund, und Hormone, die statt in den Bauch ins Herz schossen, wovon es schlug wie vor einem Torschuss. Der hieß Torschluss und war ein Phänomen, das es einzig im Deutschen gab. Balde, ich wusste es, ruhte nicht ich im Walde, sondern eine Karte mit einer lustigen 40 angriffsbereit in meinem Briefkasten, abgefeuert von Teréza. Als ältere Schwester ließ sie keine Gemeinheit aus. Ich beschloss, an meinem 40. Geburtstag zu heiraten. Dann musste sie eine Hochzeitskarte schicken. Zudem sollte der Rest meines Lebens ein Weg in breitem Sonnenschein sein, mit jeder Menge Gummibaum am Rand.

Leider entdeckte Europa, wie ich still und leise in Wärme und Steuerbegünstigung abbiegen wollte. Europa rief: Wo ist deine Eheunbedenklichkeitsbescheinigung? Zehn Silben, prächtiger Wurm. Meine »Heimat« konnte so etwas nicht verstehen, nur ausstellen, denn Europa wusste, wo meine Heimat lag. Sie schlief, nahm ich an, im Personenstandesamt zu Wrocław zwischen zwei Aktendeckeln. Da das Personenstandesamt zugleich als Ehestandesamt diente, thronte es in den Farben einer Hochzeitstorte am Podwale, dem Uraltwall der Stadt. Vögel zwitscherten und die Platanen ließen Samen, die aussahen wie Hoden, im Wind baumeln, passend für alle, die heiraten wollten. Auch das Haus war exakt, wovon man beim Ehe-Tor-Schluss träumte: irreal. Nie im Leben würde man sich etwas Derartiges leisten können.

Walla begleitete mich. Kurve ins Amt, danach gemeinsam einkaufen gehen. Alle Wolken hingen als Schafe am Himmel. Meinem zukünftigen nordischen Nils war fast Hamburg noch zu warm. Wollte ich keinen Regen mehr, nannte ich ihn Nieß, was er für einen Aussprachefehler meinerseits hielt. Ach, ungenossener Nils. Es erwartete uns mehr Kennenlernen hinter dem Hochzeitshorizont. Der Himmel an der Alster klebte nah am Kopf, während der Himmel über der Oder immer schwebte. In mir klebte alle paar Wochen die Odersehnsucht wie Superman an der Fassade, nur mein Polnisch hatte ich aus mir gescheucht, als wäre es ein Fuchs im Hühnerstall. Ich versuchte, ein braves Hamburger Huhn zu sein – offizielle Rassebeschreibung: aktiv und kaum zu bremsen –, also ein Ei nach dem anderen zu legen für das deutsche Bruttosozialprodukt. Man bezahlte mich dafür, dass ich Kinder erzog. Kinder, die nicht so sprechen konnten oder wollten, wie sie sollten. Logo-Kinder. Sie mochten das Erzogenwerden nicht und zogen an mir zurück. Sie brachten mir perfektes Sprechdeutsch bei.

Der Antrag, der beweisen würde, wie unbedenklich ehefähig ich war, war gestellt. Es handelte sich nur noch darum, die Urkunde abzuholen und die fällige Gebühr zu entrichten. Zimmer 9, altsowjetische Möbel. Pani Ladka, schmal, schwarze Brille, zuckte mit ihrer Maus. Lange. Länger. Um schließlich zu erklären, dass ich die Bescheinigung nicht erhalte. Meine Geburtsurkunde habe sich als Fälschung entpuppt.

Was sollte ich dazu sagen? Ich war nicht dabei gewesen, als sie ausgestellt wurde.

Pani Ladka entfaltete die Details, wie es ausschließlich einem Amt zusteht: Meine Geburtsurkunde müsse als Fälschung betrachtet werden, da bereits die Geburtsurkunde meiner Mutter eine Fälschung sei, da eine Frau in meiner Geburtsurkunde als Mutter eingetragen sei, die nicht existiere, was naturgemäß keine valide Geburtsurkunde ergebe, selbst wenn ich fraglos geboren sei und meine vorgeschützte Mutter als Beweis meiner Geborenenhaftigkeit vorausschauend mitgebracht hätte. Was nichts helfe.

Es handele sich, so die Beamtin, um eine Grundfälschung. Ja, um einen Tiefenbetrug. Auf Wallas Urkunde stehe kein wahres Wort. Man habe nach Eingang meines Antrages eine Routineprüfung durchgeführt. Sie blickte uns bedeutend an: Deep Data. Es seien bei der Fälschung Spuren hinterlassen worden. Details dürfe sie nicht preisgeben. Doch das dürften wir glauben: kein einziges wahres Wort, nicht einmal eine wahre Zahl. Obwohl das Dokument den ungefälschten Stempel des Amtes trage, in dem wir säßen.

Dieser Umstand schien Pani Ladka zu betrüben. Der Rest bereitete ihr Freude. Walla reckte den Kopf wie eine Schildkröte, die in den Finger beißen will, der ihr das Salatblatt hinhält, und schnappte zu: »Ich beschwere mich.«

Der Drucker ratterte, damit wir es schriftlich mitnehmen konnten für den schriftlich einzureichenden, »bei dieser Datenlage« aussichtslosen Widerspruch. Mutter war Charlotte Renate Valerius, geboren in Breslau im Dezember 1928. Nicht 1924, wie ihr Ausweis behauptete. Deutsch, dann reichsdeutsch. Am 4.7.1945 zur Zwangsausreise gemeldet. Mit ihren Eltern Else und Marolf Valerius. Zu dieser Ausreise nicht angerückt. Seither vermisst.

Ich lachte laut auf. Walla, vermisst!

Dabei wusste ich kaum, wie ich die Spucke durch den Hals bekam, wo der Vogel das Brett bohrte, wo es klopfte, mein Herz. Meine Hochzeit schwamm soeben die Oder hinunter. Do widzenia Termin.

Das war nicht beglückend. Ich musste Nils anrufen und ihm alles erklären.

Wie sollte er es verstehen? Ich verstand es schon nicht. Ihn hielt ich von polnischen Dingen fern. In Deutschland war ich eine Deutsche. Wir waren noch nicht so lange zusammen. Er war ein Zuvielverdiener, heiraten half ihm und mir, für Ohne-weißes-Kleid reichte es, Liebe wuchs im Zusammensein, mit fast vierzig aß man den Fisch eben von hinten und sprang ebenso aufs Pferd.

Mit einem Ausdruck tiefster Verachtung versenkte Mutter Ladkas Formblatt, auf dem amtlich gestempelt die Abgabe von Ausweis, Reisepass und Führerschein verlangt wurde, in ihrer Handtasche.

Die Katze ist Tiger für eine Maus, aber Maus für einen Tiger. Ladka sagte, wir seien keine Mäuse, sondern eine aufgedeckte kriminelle Energie.

Da erst sickerte es durch bei mir oder ging mir auf wie eine Sonne, die sich nach Verfinsterung sehnt: Mutter, eine Deutsche? Das hatte sie nie erzählt. Sie sah nicht erstaunt aus. Vergessen hatte sie es also nicht. Lediglich »verschwiegen«. Und für mehr als ein halbes Leben. Trotzdem war ich bestenfalls halb erstaunt. Das wunderte mich fast am meisten. Ich spürte so gut wie nichts.

Wir gingen einkaufen, nun erst recht.

Erst daheim in Kuźniki sah Walla-ist-Walla ein wenig bleich aus. Sie habe sich an sich als Deutsche erinnert …, selbstverständlich. Hielten wir sie für vollkommen belämmert oder was? Immer wieder habe sie daran gedacht. Auch gern. Gern und ungern. Nichts unterschlagen … nicht wirklich. Nichts Wichtiges. Was komme es darauf an?

Walla hatte das deutsche Haus nach Mieteks Tod behalten, den ersten Stock an eine Familie, den Speicher an eine Studentin vermietet. Sie bewohnte das Erdgeschoss, beherrschte den Garten. Den Eingangsflur teilte man sich. Wir flüsterten, damit uns niemand hörte. Teréza war herbeigeeilt, wir hatten sie angerufen.

»Na endlich«, sagte sie und tätschelte meinen Arm. Meinen, nicht Wallas.

Sie wirkte amüsiert. Und lobte Pani Ladka: Wie hübsch die ihr weißes Kaninchen aus dem Zauberhut der Nach-1989-Inquisitionen gezogen habe. Mutter mit einem Schlag vier Jahre jünger? Niech to diabli wezmą, das wolle sie für sich, sofort.

Mitunter war es nützlich, eine große Schwester zu haben, die einem vormachte, wie Familie ging. Himmel wolkenlos, Familie behördenfest. Mutter war Mutter, was sonst!

Ein weißes Kaninchen, Zauberhut etc. war sie eben gerade nicht. Nebenher war Mutter zwar Mutter, wenngleich nicht Walla. Konnte man so sagen? Ich wollte mich ausruhen und nicht telefonieren. Je länger ich in Deutschland gelebt hatte, umso schneller wurde mir Polen in Polen zu viel. War ich in Hamburg, ging es andersherum. Manchmal wäre ich gern ein weißes Kaninchen gewesen, nur für mich selbst.

Teréza nickte: Wer 55 Jahre als Walla gelebt hat, ist Walla. Mutter Walla war Mutter und Walla und etwas Drittes, das seltsamerweise Renate hieß. Renate Charlotte. Meine immer herzliche Schwester griff mir an die Stirn. Walla war Walla, wir kannten sie von oben bis unten und zurück, in uns und außerhalb von uns. Teréza drückte mir ein Glas in die Hand und schenkte von dem Wässerchen ein, das gegen Fieber half. Walla-Mutter war keine amtsgültige Walla? Kurwa. Eine töchtergültige war sie allemal.

»Charlotte Renate Valerius! Äußerst gelungen.« Teréza ließ sich in Wallas breitem Sessel nieder: »Nun erzähl endlich.«

Mutter schaute wie eine Kugel: »Warum?«

An Kugeln glitscht alles ab.

»Na, zum Beispiel, weil wir deine Töchter sind«, sagte ich. »Wie wär's mit etwas Vertrauen?«

Und Teréza wie aus der Pistole geschossen: »Wir sehen dir an, dass du dich erinnerst.«

Mein Wässerchenglas war leer. Der Hochzeitstermin fiel mir wieder ein. Nils war doch mehr als die Steuer.

Teréza: »Du wurdest ausgewiesen und bist dann einfach verschwunden?«

Pani Ladka war Mutter über den Mund gefahren: Lügen Sie nicht so preußisch! Beide Eltern, Vater Marolf Valerius, Theaterdirektor, Ottostraße 32, Breslau, und Gattin Else, wohnhaft ebenda, waren deutsch. Familie deutsch, Sprache deutsch, Pass deutsch, Identität deutsch.

Ausweisungen Nur-Deutscher ab Sommer 1945, schubweise, in langen Zügen Richtung Westen. Ziel: die Heimat der Polen den Polen! Das wusste jeder. Das wussten sogar wir.

Adje, Waleria Dombrowska, geborene Koszyk, ins Licht der Welt gehoben in einem Dorf im östlichen Wald, dessen Name auf jeder Landkarte stand und gleichwohl erfunden war.

»Charlotte Renate Irene Valerius, wenn ihr's genau wissen wollt«, sagte Walla und verlangte vier weitere Wodka-Wässerchen, allein für sich, für jeden verlorenen Namen eines.

Aber wie waren sie ihr auf die Spur gekommen? Walla zuckte die Schultern. Ich zuckte die Schultern. Für mich war Charlotte bislang der Name einer Eistorte gewesen. Die war im Kühlschrank schön, schöner im Bauch. Im vollen Besitz ihrer Geistes- und Willenskräfte hatte Waleria die Täuschung unternommen.

»Unsinn. Die Reni hat sich damit derpelzt.«

Reni hatte sich im Sommer 1945 von einem deutschen Mädchen in eine Polin verwandelt.

»Kurwa«, sagte Teréza, »warum hast du dich denn älter gemacht?«

Mutter rollte mit den Augen: Sei das nicht offensichtlich? Um schneller volljährig zu werden. Am besten wären natürlich sechs Jahre gewesen. Aber das hätte man ihr nicht geglaubt. Da habe sie eben vier genommen.

Mein zweites Glas war leer wie nichts, das war ein Fehler. Aus der Leere stieg eine Ahnung, die mich schlagartig entsetzlich müde machte. Ich, das Gegenteil von Walla, das unabhängige Vögelchen im großen reichen Deutschenland? Reni hatte sich mit sechzehn Jahren in die Polin Walla verwandelt. Ich, die junge Polin, hatte mich in eine Deutsche verwandelt, nachdem ich 1981 in Deutschland Bier herumtrug und nicht mehr nach Polen zurückfuhr, weil der Advent dort nicht nur Kerzen, sondern auch ein Kriegsrecht gebracht hatte. Walla sprach Polnisch ohne deutschen Akzent, polnischer als die Polen, und ich sprach Deutsch wie eine Hannoveranerin, da hörte man keinen Unterschied. In Kürze wollte ich einen deutschen Nachnamen annehmen und Deutsche werden. Während meine Mutter einen Polen geheiratet hatte. Ich hatte Mutters Leben nachgespielt, überkreuz. Ich war vor ihr und ihrem Wesen weggelaufen – nach Deutschland! Also geradewegs in die Falle. Na ja, in eine Art Programm. In eine Undurchschaubarkeit.

Dzięki Bogu. Teréza schaute mich an, als könnte sie Gedanken lesen, grinste etwas verlegen und schenkte nach.

Da begriff ich. »Du hast von Mamas Deutschentorte gewusst, all die Jahre hast du es gewusst und geschwiegen wie ein fauler Fisch.«

»Beruhig dich«, sagte sie. Es habe jede Menge Zeichen gegeben. Ich könne nicht wirklich ahnungslos gewesen sein. Ich hätte es nicht wahrhaben wollen. Hätte es vorgezogen, blind durch die Welt zu hüpfen und das Leben unserer Mutter nachzuspielen.

Else zum Beispiel, unsere Oma. Else Valerius, deutsch vorn, deutsch hinten. Das hatte mir niemand verschwiegen. Wir hatten eine polnische Mutter, die Deutsch sprach, und eine deutsche Oma. Und ich hatte mir dabei nichts gedacht?

Und es auch nicht gesehen? Etwa während unseres Urlaubs in Misdroy, als Walla-ist-Walla bis zu den Hüften im Wasser zwischen Schilf und schwankendem Himmel stand und ich sie, tauchend zwischen Algen, Schlingpflanzen und Kleinfischen, die wie Silberschrapnell zwischen den Stängeln standen, in Ruhe umschwommen hatte?

Natürlich hatte ich es gesehen: die Narben auf der Rückseite ihrer Schenkel, ihr Sternenfeld.

Gesehen und kurz darüber nachgedacht. Ultrakurz. Auch andere Kinder hatten zwei oder drei Sprachen in der Familie und Mütter, die als Jugendliche vom Fahrrad gefallen waren. Allerdings hatte Walla, daran erinnerte ich mich nun leider ebenfalls, stets durchblicken lassen, dass sie nicht erwartete, dass wir alles an ihren Geschichten glaubten. Es waren persönliche Geschichten. Wahr, aber von Flunkerei durchsetzt. Wahr, *weil* durchsetzt.

Walla gab ein tiefgründiges »was ist, ist« von sich und wallte in die Küche.

»Keine Rosinen«, rief Teréza ihr nach.

Dombrowskische Familienroutine: Hefe im Bauch macht Wodka den Ga-ga-raus. Der Zopf würde eine Stunde brauchen.

Teréza sagte: »Du liegst nicht unterm Hund. Und brauchst auch nicht so zu tun. Außerdem ist er noch nicht mal nass.«

Da saßen wir, jede für sich, schräg vor dem alten Wohnzimmerfenster, in dem es keinen DOB mehr gab. Baumaschinenlärm war zu hören, die Wiese wurde planiert für einen Parkplatz, den niemand hier brauchte.

Ich dachte an mich. Kann man einen Krieg beenden, der vorbei ist, wie es heißt, aber nicht aufgehört hat, wie man fühlt? Etwa indem man das Leben der Mutter dort nachspielt, wo der Krieg, schnippschnapp, einst den Faden kappte?

Und wenn man das tut: Huckert man? Springt auf einen fahrenden Wagen auf?

Ist das eine erbärmliche Geste, vergebens? Oder eine große?

Ich wusste es nicht. Wie Blitze kamen sie, da auf dem Sofa, die hellen und bösen Erkenntnisse. Hätte Walla uns als Kindern erzählt: Ich war einmal ein deutsches Mädchen, das verkroch sich hinter eine Dornenhecke und wurde Polin, hätten wir es aufgenommen wie etwas, was man eben macht in der Welt.

So indes, halb verschwiegen, war die Geschichte größer geworden. Sie hatte an mir angedockt. Ich hatte das zugelassen.

Man bezahlte mit dem eigenen Leben, wenn man ein anderes auszugleichen versuchte.

Haha, wie pathetisch. Einer anderen nachzuleben ist auch eine bequeme Schummelei. Man hat sich eingerichtet in der fremden tożsamość. Lässt alles stehen, wie man es vorfand, die Möbel, die Wände, rührt die Tiefe nicht an. Zwei Katzen so grau.

»Erinnerst du dich an Elses deutschen Ausweis?«, fragte Teréza. Deutsch und noch mal deutsch. Jeder Drämel hörte den Akzent, nur wir, die drei Kinder Wallas, hatten bei unserer Juchhegroßmutter keine Sekunde die Stirn gekraust. Mutters Mutter lebte in Leipzig und war Deutsche. Mutter hingegen war polnisch wie polnische Wurst, mithin durch und durch.

Ein Widerspruch?

Wir mussten lachen. Teréza sagte, bei ihr habe es auch gedauert. Mitunter komme sie sich im Rückblick vor wie eine dieser in Schnaps eingelegten Pflaumen oder Birnen. Zumindest, was ihr

Gehirn betraf. Einbalsamiert hatte es im Kopf herumgelegen und geglaubt und geglaubt.

Dabei dämmerte mir: Mutter hatte uns wie nebenher etwas Entscheidendes beigebracht. In ihrem Haus durfte es eine Welt der vielen Wahrheiten geben. Eine Welt, in der noch Wolken Gesichter hatten und Geschichten sich wandelten wie Wolken.

Während in der Schule die Welt herrschte, in der nicht gelogen wurde. Dort war alles wahr, und zwar staatlich. Also einsam und unumstößlich.

Daher stimmte nichts, wie jeder wusste.

Jeder musste lügen. Lügen erhielten einem das Leben.

Doch was mit der Zeit dadurch entstand, war lebensgefährlich. Balken, die sich vor Lügen bogen? Nein. Nicht einmal dünnes, helles Papier. Die Lügen schmiegten sich einem als Transparentfolie um die Gestalt. Eine um die andere. Man musste zusehen, dass man darunter nicht erstickte.

Zu deutlich erinnerte ich mich daran. Und hörte Mutters Gegenstimme: »Ich habe eine Lücke! Jaja, ich kann die Kaninchensprache, Kindlas. Ich erinnere mich nicht und erinnere mich und von beidem erzähle ich euch. Gefällt es euch?«

Ihre Lügen waren wie Pudding. Zucker, Ei, Grieß und Milch untrennbar, ja inniglich, miteinander verrührt. So wie Mutter selbst beides war: Renate, genannt Reni Valerius. Und Waleria, genannt Walla Dombrowska.

Mutter hasste Talglichter, verabscheute den Geruch frischen Betons, hortete Streichhölzer. War das Reni in ihr?

Wir aßen den Zopf. Sie verdrehte die Augen: »Nu fantert nich.«

Den Film *Shining* konnte sie nicht zu Ende ansehen. Nicht die Geister erschreckten sie. Es war das Labyrinth, das sie nicht ertrug.

»Und?«, sagten wir und wollten von Reni hören.

»Und«, sagte sie.

Die Narben auf den Schenkeln? Sackerdi, Madlas, gebt endlich Ruh! Da bin ich vom Rad gefallen, es hat wehgetan, es war Pech.

Mühsam baldowerten wir es aus. Aber nur halb.

»Jeronje, Kindlas, mein deutscher Ausweis war einkassiert. Bei den Pulschen. Für die Ausreise.«

Da hatten die Polen ihr ein paar Wochen später eben neue Dokumente ausgestellt. Ganz offiziell! Wallas Augen funkelten. Auf dieses »offiziell« war sie bis heute stolz.

»Jeder war ein Durcheinandermensch! Hattest du ein Fitzelchen pulsche Bagasche, wurdest du umgeschrieben. Nachname polnifiziert, schon bliebst du da.«

»Wie du?«

»Nu jo.«

Mutter kaute. Bei ihr sei der Name »ebenst« ohne den polnischen Nachweis umgeschrieben worden. Mit dem neuen Datum. Und den neuen Vornamen. Und dem neuen Nachnamen.

»Wie denn das?«, fragte Teréza.

»Auf gut Glück«, antwortete Walla, strahlend.

Sie hatte Hilfe gehabt, im Amt, und überhaupt keine Dokumente und zwei allerletzte Abzüge des alten deutschen Ausweisbildes, die das Amt umstandslos kassiert habe. Eines für den Antrag, das andere für die polnische Identitätskarte, die auch gleich fertig gewesen sei.

Ein Segen, das alte Foto. Neue waren kaum zu bekommen. »Kindlas«, sagte sie erneut, »was wisst ihr das olles nicht?« Ein neues Passbild machen lassen? Damals? Bei viel zu wenig Fotopapier und kaum Entwicklerlösung. Und bei dieser Nachfrage?

Teréza und mir dämmerte: Jahrzehntelang also hatten Mutters alter deutscher Valeriusausweis und ihr neuer Koszykantrag friedlich in verschiedenen Archivkästen des einen zuständigen Breslauer Amtes gelegen. Niemand interessierte sich für den Kram. Dann kam 1990. Seither wurde gegraben. Und digitalisiert. Zu viele Menschen suchten Verwandte. Noch immer. Vermutlich hatte man Mutter über die identischen Fotos »enttarnt«.

»Enttarnt!«, sagte sie und kicherte. Der Wodka tat seine Wirkung. Eine Software hatte die gescannten Dokumente verglichen und festgestellt, dass es da, wieder einmal, ein einziges Bild für zwei Personen gab.

Nun gut. Vielleicht war es auch anders gewesen.

Wollten wir es wissen?

Vielleicht halb. Oder eher auch nicht. Wir mussten nicht. Und niemand wollte sich anstrengen dafür. Der Wodka tat auch bei mir seine Wirkung. Ich saß zwar fest auf dem Sofa, doch in meinen weiten, weiten Adern schwamm eine friedlich polnische Doro umher und stieß nirgends mehr an.

Die Oder war unser Glück. Sie zeigte uns, wie man sich anschmiegte, mit etwas floss. So wurden wir nicht zu Stein. Steine wurden zerrieben. Wie Mutter summe ich beim Bügeln vor mich hin, wichtige Dinge wie »I am alive«, wie »twentieth century, go to sleep, really deep«.

Jedes Frühjahr, wenn der Boden gepflügt wurde, stieg aus den Furchen der stechende Atem des Wassers, der Wind wurde feucht und alle Brunnen, Bäche und Gräben rochen nach Fluss. Flüssig die Erde, zu viele Rohre verstopft, die Weichböden von schwerem Kriegsgerät über die Maßen verdichtet. Dicht bis zu den Spitzen badete das Gras in eisigem Nass. Nass wie der Keller – man wich Gummistiefeln aus, die, die grüne Sohle nach oben, in brauner Brühe trieben, fischte mit dem selbst gebastelten Kescher nach einem von Wallas goldgelben Pflaumenweckgläsern auf dem Vorratsbrett. Bretter und Eimer klatschten gegen die Schwelle, die beiden untersten Stufen der Treppe waren nicht mehr zu fühlen.

Fühler voraus glitten auf den rasch wachsenden Pfützen die ersten staksigen Insekten, und im Obstgarten bildete sich zwischen der Birne und der Kirsche ein länglicher Teich. Teich, nicht Pfütze, das Wasser so kalt wie die Luft und von erstaunlicher Klarheit, wuchs lautlos über die Halme und färbte die Blätter vom Vorjahr leuchtend braungrün. Grünlich schimmernd lag, war es windstill, in jeder Pfütze der Himmel mit Wolken und den nächsten Bäumen und mitten darin, umschlossen und gewölbt, schwebte mein bleiches Gesicht.

Gesichtslos spiegelten im Sommer die Weiden ihre Schlangenarme im Fluss und verdursteten, die Ufer rochen freitags bis sonntagabends nach Chemie. Chemische Abwässer, die Zeitungen berichteten von der geplanten Eindämmung und Begradigung des flüssigen Schwertes Oder, was niemanden beunruhigte, da, was die Zeitung ankündigte, niemals geschah. Schaden des Krieges, hieß es, der Freiburger Bahnhof, Świebodzki genannt, bröckelte, der Weg nach Hause blieb mühsam, vorm Bahnhof in die Tram, an ihrer Endstation in den Bus, das letzte Stück zu Fuß auf das Wasser zu.

Zu stark wehten mitunter die Winde nach Westen, nicht einmal mehr auf dem Uferdamm konnte man etwas vom Aroma des Wassers erschnüffeln, dann wieder legte sich einem die Luft am Haus träge um den Körper, als versinke man in dem Morast, in dem die Oder in den Innenbahnen ihrer Schlingen zu stehen kam. Komatös hielten die Weiden ihre langhaarigen Häupter in diese Mittagslagunen und tranken aus ihnen, weit über den lichtlosen, luftlosen Wassern der Tiefe, wo sich ein alter Fluss sein an der Oberfläche gemach dahinziehendes Wellengesicht noch einmal in den eigenen Schlamm drückte, namenlos und schwarz. Schwarzrußig stand Wrocław vor seinem Horizont, die Oder, durchdrungen von Licht und lebendigem Kobalt, schlängelte sich um Hügel von Sand, schäumte wochenlang weiß oder stank von totem Fisch, während sie im Herbst, wenn der Fünfjahresplan für Engpässe in der Chemoindustrie sorgte, so klar wurde, dass man die an ihren Stegen gründelnden Karpfen sehen konnte, das steinige, von Scherben, Granatsplittern und Trümmern übersäte Bett.

Betört gehen Walla und Ksawery für alle Zeiten im Herbstwind spazieren, alle Bäche und Gräben riechen nach den Erdelementen der herabgeschlagenen Blätter. Blatt um Blatt fällt tief in die Brunnen hinab, Walla erntet Kartoffeln und Rüben, pflückt Brombeeren am Feldweg zwischen der ul. Świnoujska und der ul. Woźnicza, wo Mieteks Zweitgarage aus zwei halbhohen, sich gegenseitig stützenden Steinplatten besteht, »besser als nichts«. Wie nichts verlor die Riesenlinde ihr Laub in einer Nacht, diesen Winter holte sich das Wasser die Gärten zurück. Zurück würden auch jene müssen, die aus Ostpolen gekommen waren, viele dachten es, keiner sprach es aus, fast jeder hatte einen gepackten Koffer unter dem Bett. Unser Bett war der Krieg, er hatte eine Reihe undefinierter Areale zwischen den Feldern und den nichtbestellten Äckern hinterlassen, dort sah man, wie das Land genutzt worden war und wie es nun brachlag, ahnte den Unterschied zwischen der Oder, wie sie voller Fisch unter den Türmen und reichen Kuppeln Breslaus hervorgeflossen war, und der Odra, wie wir sie kannten. Kannten und liebten, weil sie, wie es hieß, zu oft über die Ufer trat, uns verschlang und wieder ausspuckte, uns um die Füße leckte, ein Raum für all das, was nicht sein durfte, in dem wir in unseren Träumen auf- und abstiegen, lebendige Körper, hell, wenn auch frierend, in kaltem Wasser an einem unsicheren Seil.

(Wurmloch)

Grenzen werden untergrunds nicht eingehalten, was wahr ist wie »die Liebe hat Lücken«. Sandige Grauwackenschiefer, Ziegelwände, Fundamentsteine, Lumpen, Eisen, die Rose einer Gießkanne, ein lederner Fahrradsattel. Der Schacht eines Brunnens, der erste, den die Schraube erreicht, ein Brunnen gehört, wie das Rathaus und die Standuhr, zu jeder mitteleuropäischen Stadt, die etwas auf sich hält. Auf ihrem Ring, einem Straßenzug, der um ein zentrales Häuserquadrat herum angelegt ist, wird der Markt abgehalten, während der runde Markt der Stadt, auf dem Salzplatz nebenan, dieser Tage keine Freude ist. In fünf Metern Tiefe werden Wände in einem Schachbrettmuster aufgemauert und, noch unter der Erde, mit einer Decke versehen. Andere Mauern stehen halb im Matsch, Wurzeln finden sich selten, eine Stadt auf zwölf Inseln hat keinen Platz zu verschenken. Steingemauerte, alte Kanäle führen unter der Oder und ihren vielfach verzweigten Armen hindurch. Die Schraube bohrt sich in das obere, trockene Drittel eines Abwasserkanals, ohne die parallel verlaufenden Leitungen für Telefon und Strom zu berühren. An seiner Wand folgt sie dem Trittsims, den Steinen mit dem Adler, der magere, also schlesische, Flügel streckt.

Unter ihr plätschert Wasser, über ihr rauscht die Oder. Eine mächtige Pickelhaube, versehen mit einem *Arsch ab,* prangt auf dem Mauerwerk, gegenüber ein Hakenkreuz, *Hitla, da swidanja*, übermalt mit einer dicken roten *88*. In dem dunklen Wasser, das aufglitzert, wo der Wegestrahl der Schraube es trifft, windet sich eine endemische, den Daten der KI unbekannte Aalart, fett geworden vom Krieg, der in sein viertes Jahr geht. Die Schraube berechnet, wie es riecht – nicht gut. Vorbei an einer Hutwerbung, die völlig fehlplatziert wirkt, führt der Sims schräg aufwärts. Am nächsten Einstieg in die unterirdische Entsorgungswelt arbeitet die Schraube sich senkrecht nach oben und schlüpft durch eines der Löcher des Kanaldeckels ins Freie, nicht ohne das eingeprägte Stadtwappen Breslaus zu registrieren. Sie muss Witterung aufnehmen, die Emotionslinien sind nun so dicht, dass sie ein paar Sekunden braucht, um die spezifische Mischung von Verletzung und Wärme wieder zu orten, die sie leitet. Sie bohrt sich in den feinen Sand zwischen zwei Pflastersteinen, folgt auf etwa fünfzig Zentimetern Höhe dem Straßenverlauf, biegt nach 302 Metern halb nach links und dringt durch eine rote Ziegelwand.

Kisten. Ein rostiges Herrenrad lehnt an der Mauer, auf den Regalen Einmachgläser, in denen Birnen schweben. Die Verschläge des Kellers sind durch Lattenwände voneinander getrennt. Es folgen eine Betonmischmaschine, die Trommel grau und verklebt, die Kohlenschütte und ein Abteil von genauester Ordnung voller Kästen mit chemischen Elementenzeichen und einem Karton, auf dem ein ZEISS-Lichtmikroskop abgebildet ist. Goldene Stellschrauben, hohes Okular. Auf der anderen Seite der Trennwand steht ein Puppenwagen. Die Schraube wechselt von der horizontalen in die vertikale Bohrrichtung, arbeitet sich in der Wand exakt bis zur Mitte des fünften Stockwerkes des Hauses vor, hält neben einem silbernen warmen Rohr, was angenehm ist, denn auf dem Zeitweg zurück ist sie in etwas tief Winterliches, Frostiges geraten, das droht, die Prozessoren zu behindern, schiebt sich nach vorn und platzt an einem Sonntagnachmittag in ein Wohnzimmer, das sich Salon nennt, mitten in eine Familienszene.

Das 20. Jahrhundert zeigt seinen Bauch

Die Mutter aller Lügen im Blauen Salon

(Reni, Januar 1943, Breslau)

Gesang der gezwungenen Mütter

Nacht um Nacht diese ~~Müh~~ Müdigkeit
für den Rest
ihres Lebens diese Uh —
—————————— Usurpation
steigt die Kehle hinauf ~~und~~ räumt den Kopf aus das Gehirn
das Körperchen wie es schuftet
gegenschuftet was
—————————— ist ihm nur passiert wie
wie's schweißt sich gegen das ~~ha hab~~ heimliche Wachsen
nicht wehren kann — gegen das Introjekt sich aufgibt sich
ekelt davor die Hosen in
——————
—————— Blut tauchen möchte wen täuschen und wozu sich selbst
~~mich selbst~~ hört s-i-e ——— das Stimmchen
Stimmchen, das im Mund sitzt wenn s-i-e kotzt
s-i-e- s-i-e-
Arbeitsbiene fleischgewordene Dauerfront ——— haltdichaufrecht
——— Tapferkeit ——— ein versteckender lügender
verkommener achimmersoguter
versorgender verantwortungsvoller
sich aufreibender liebender
Mutterkuh–kutter

Vati hängte eine halbe Kuh auf die Bühne, um sie dort verrotten zu lassen für den *Kaufmann von Venedig*. DADA war erwachsene Menschen auf kindisch, Künstler, die sich selbst Kuh-hurt nannten und Hitlerfotos vom Bühnenrand fallen ließen. »Die haben zu viel Kraft, wie du«, sagte die Gnädige-Frau-Mama, wenn ich jeden Abend ins Theater wollte, aufs Klavier eindrosch, statt zu üben, das zehnte Kleid an- und sofort wieder auszog. Und mit Ernalein stritt. Erna Henrich, meiner Mädelschaftsführerin.

Wollte ich mittwochs und sonntags nicht aus dem Bett, hatte ich die Reifezeit oder den Tagesschmerz. Ich roch unter den Achseln, ich dampfte vor mich hin. Für heute, Kaffeekränzel Menzeltänzel Affenschwänzel, Sonntag durch und durch, dufte ich, eine friedliche Charlotte-Renate-Irene, nach Muttis Maiglöckchenparfum, in Gesamtbreslau beliebt, dauernd gekauft, dauernd verschenkt. Mutti hatte fünf Flacons in Betrieb, ich fand schon einen zu viel, man musste niesen davon, ich nahm es aus Trotz, das Niesen unterdrückte ich, ich war vierzehn, was kümmerte mich ein Widerspruch.

We are glad the Dauphin is so pleasant with us;
His present and your pains we thank you for.

Henry V, Vatis Lieblingsstück des Lieblingsbarden. Früher *Macbeth*, nun, seit das Deutsche Reich im Krieg stand, Heinrich mit seiner Kriegserklärung, die aus Tennisbällen bestand. Der französische Dauphin hatte das Schlachten ausgelöst, indem er seinem englischen Cousin ein Kästchen mit zwölf der weißen, grasgefüllten Bälle schickte und ein paar Worte anfügte, in denen die Jugend des englischen Herrschers eine unrühmliche Rolle spielte. Selbstverständlich, sagte Herr Theaterdirektor Valerius, ging es den Herren um Boden. Und Bräute. Und konnte mit dem Zitieren gar nicht mehr aufhören. Direktor Valerius a. D.! Das Theaterchen war geschlossen, im Prinzip, ausnahmsweise für ein paar Wochen wieder geöffnet, den *Kaufmann von Venedig* verbot das Regime nie und nimmer, Herr Simpel-Valerius versteckte sich hinter Sprüchen und ihrer Fröhlichkeit und sagte, »gerade jetzt«. Jeder wusste, was das hieß.

Lenkte Frankreich da nicht wunderbar ab? »Frankreich, längst erledigt.« Vati verzog den Mund: klang blutrichtig. Oh, ein Stück der französischen Lande fehlte noch? Jetzt die Ostkatastrophe, und im Westen ein Loch. Zu dumm. Tennisbälle, *balls*, Schlag um Schlag. Oder seien die Unseren nicht so gelenkig, spielten nicht Tennis in Paris, trügen sich brav als Fackeln nach Moskau, das solle ich mal Ernalein fragen, die sei genau die Richtige dafür.

Sie mochte Marolf nicht, ich mochte sie nicht, sie mochte das Theater nicht, ich machte Theater, so sie, wir mochten uns weniger als wenig, Vati unterstützte mich, aber nur verbal, Mutti sagte, »ich bin die Realistin«, sie hatte Angst. Erna gab mir Strafaufgaben, jeden Mittwoch Nachsitzen nach dem BDM-Treffen, jeden Mittwoch Heimatbriefe an unbekannte Soldaten schreiben, *ich kenn dich nicht, ich denk an dich*. Theater über Theater, bloß zugeben durfte man das nicht.

Für heute hatte ich meinen Dienst erledigt. »Ah, die Frauen«, sagte Vati am Kränzchentisch. Drei Frauen – ohne Adele, mit mir –, vier Männer. Die Hofkastanie machte den Raum zum Schattenkabinett. Marolf seufzte: Nicht einmal hier entfleuche man der Politik. Ich, neben Mutti und Rosemarie, strich mir den glatten Rock glatt. Charlotte Valerius, jung, offenes Haar. Der Rock blieb kurz. Blick von der Gnädigen-Mama. Ich lächelte zurück, als verstünde ich nicht. Der Rock war keine Verkleidung und kein »Unfall«. Er war, wie ich sein wollte: schick. Sah sie das nicht?

Der Menzelbesuch hieß dank Verheiraterei auch nicht mehr Menzel. Das machte niemandem etwas aus. Drei Generationen gemeinsame Weihnachten Valerius-Menzel, drei Generationen gegenseitiger Hilfe, waren anders als das Tausendjährige eine Ewigkeit mit Tradition. Matze Leschke von nebenan und Vatis Freund Doktor Kamp ließen sich von Adele Kaffee einschenken.

Alle Möbelstücke waren aus Holz, sie hatten Gesichter und Tierfüße, Krallen und Klauen, waren geschwungen und halb Afrika, halb Fabelwelt, der Teppich ein Garten aus Ranken und stilisierten Blumen, ewigen Blättern, alles weich, halbdunkel, das gesamte vergangene Jahrhundert und nichts von der modernen Zeit, wir saßen im Erbe, ich war das Frischeste daran, und blau war im Blauen Salon nichts. Unterwassergrüne Möbel hätten mir gefallen, Else sagte: »Jahrhundertkitsch.« Einzig das Lacktischchen mit den Schildpattintarsien glänzte in anderen Farben als Lila, Braun und Türkis. Adele gab zwei Würfel Zucker in meine Kaffeetasse und einen großen Schwapp Milch, obwohl ich größer als Vati war, wenn auch halb so breit. In Adeles polnischen Liedern wurde nicht gezuckert, da wurde gestolpert, Katzen saßen auf Zäunen und Kuckucke schrien. Draußen auf der Straße tat ich, als verstünde ich kein slawisches Wort, trübte kein deutsches Wässerchen, man lief als Anschein herum, das sollte so sein, ich übte noch, Charlotte Renate Valerius. Junge Frau, Rock. Meine Beine versteckte ich nicht. Hungrig saß ich da.

Vati, feines weißes Hemd, hielt Adele die Kaffeetasse hin und strahlte sie, also Adele, an: »Man kann den Menschen nicht verwehren zu denken, was sie wollen.« Mary Stuart, Königin von Schotten und Schiller, sprich Vatis frohe Laune war echt, Phase Laut-und-rund. Marolf fungierte bei uns und im Theaterchen als Mond, sprich Wandelgestirn, ein Aufgang, ein Abgang, eine Dunkelheit, ein strahlender Kreis. Wurde er leise, plagte ihn die Niedergeschlagenheit, und er musste in Ruhe gelassen sein. Mitunter kam er mir vor wie ein Frosch, viel Stimme, runder Bauch. Er kletterte in seinem Glas auf und ab, womit er auf etwas reagierte, was niemand sehen konnte, er allein spürte es. Marolf, immer auf der Bühne, auch ohne Publikum. Adele gab ihm ein Stück Zucker, er summte »fair«, nahm ein zweites, »is foul«, zog eine Schnute und bekam ein drittes, »and foul is fair«. Er war wie ein Radio, bei dem man am Senderknopf drehte. Nur Hitlersch kam nie heraus. Das Hexenlied aus dem *Macbeth*, bei uns bekannt als »Lied von der

Verwandlung der Welt durch den Mäuseschwanz«, war ein passender Kommentar. Vati sagte, Sprachverstand hätte ich jedenfalls, fraglos von ihm, »nicht wahr, Bätschel?«, und einen Rock, der ihm gefalle. Weißes Geschirr, er betrachtete seine Tasse, sei leichter zu haben als eine weiße Weste. Außer »Bätschel« nannte er mich auch »Herz am rechten Fleck«. Tante Rosemarie sagte »Backfisch« zu mir, sie hatte keinerlei Sprachtalent und auch sonst mochte ich sie nicht. Eben zischte sie Mutti ein lautes »wie eure Adele das alles hinkriegt« zu.

Die beiden aßen erst von Adeles Windbeuteln, dann von den Nussnugatbällchen, ich machte es andersherum. Vati hatte bestimmt vorab probiert. Wer ihn suchte, musste in die Küche, da stand er bei Adele, die runder war als »die gnädige Frau«. Mutter ärgerte sich, wenn ich sie so rief, auch »die Frau Mama« oder »Mutter Valerius« missfielen ihr. Der Herr Papa hingegen naschte, und das von jedem Teig. Wir litten keine Essnot. Im Vergleich zu unseren Feinden hatten wir den Wenigkrieg.

Überaus sichtbar saß ich da. Eine erwachsene Einladung. Und? Niemand sprach mit mir bis auf die Begrüßungsfloskeln, das »wie geht es in der Schule« oder »wächst du jeden Tag?«. Die Erwachsenen wollten sich miteinander unterhalten, in ihren Augen war ich ein Kind. Ich hatte jede Menge Zeit, zu kauen und sie zu beobachten, um besser beschließen zu können, wie ich nie werden wollte. Warum waren auf Englisch Bälle mit Männlichkeit verbunden? Vielleicht konnte ich Adele danach fragen. Mit Englisch kannte sie sich nicht aus, mit Männern schon, und Mutti gab mir, sicher wie das Amen in der Kirche, das bei uns jetzt »das Heil Hitler im Rathaus« hieß, keine Antwort darauf.

Vorm Fenster hing Breslaus mildes Dämmerlicht. Nach Meer roch es an der Oder auch, meine Fantasie reichte dafür. Schlick gurgelte in den Kanälen, man hörte es an den Deckeln mit zahlreichen Greiflöchern, die das Stadtwappen umzingelten. An den überraschendsten Stellen wurde in der Erde gebuddelt, geschachtet, wieder zugemacht. Offiziell reparierte man die Wasserleitungen. Mitten im Winter und weit neben den Rohren. Haha! Jeder wusste, worum es ging, die Bauverwaltung wusste es auch. Selbst der Salzplatz war aufgewühlt, heute Matsch überall, Bunker demnächst. Ich spürte, dass Matzke Leschke mir auf die Beine schaute, und drehte mich etwas zur Seite.

Adele arbeitete bei uns, solange ich mich erinnerte. Seit sie das Kind hatte, sagte Mutti, strengte sie sich endlich an. Nudeln und Nockerln, Beugel und Beutel. Was klebt oder strudelt, sagte Else, kann diese Köchin aus dem Effeff. Dachte meine Mutter zu häufig an die überwältigenden Strudel, die Adele erzeugte, bestellte sie Frau Galatoni ein, als Gegenstrudel. Die Schneiderin hieß italienisch, sprach Schlesisch. Das Italienische floss ihr als Mode durchs Blut. In Kostümen war sie Meisterin, Else verlangte Hosen und Hosenanzüge, das war fortschrittlicher, als Frau Galatoni begriff. In Hosen versteckte Mutti ihr linkes Bein, seit der Kinderlähmung dünner als das rechte. Eine Hose mit passender Jacke sah an Elses dünnem Gestell hervorragend aus. Vati, der sagte, dass auch ich ihn Marolf rufen solle, er wolle jede Minute genießen, dass sein Name so viel besser als Adolf sei, mochte Frauenhosen nicht. Hosen gehörten Männern. Dank der Hitlerei gefielen sie ihm nun wie das Lametta am Nichtmehr-Christbaum. Hosenfrau Else war marolfisch statt adolfisch, mondän statt reichsmütterlich. Zudem trug sie kurze Haare statt des üblichen Flechtwurms ums Hirn.

Flechtwurm! Paps, das war erstklassig. Leise konnte ich es mir vorsagen, während ich selbst als Flechtwurm neben anderen die Sammelbüchse schüttelte, Nazisprüche leierte, mich einmadelte ins Volk. Erna Henrich, Hexe, Banausin, konnte mich mit dem Theater quälen, weil sie alles wusste, von uns, und alles durfte, an mir. Ich dachte leise »zurück«, schoss »Flechtwurm« auf sie ab, Trampel, Tschippe, Totsch.

Tante Rosemarie schlug ein Bein über das andere und schob den Fuß des übergeschlagenen Beines noch unter dem Schienbein des Standbeins hindurch. Hatten Frauen ihrer Art Knochen aus Gummi? Übten die das zuhause? Mutti und sie flüsterten von Hitzeschüben. Die Männer sollten es nicht hören, für mich war es laut und uninteressant genug. Lieber sann ich auf Rache. Helden »sinnen« schließlich immer, dann fällt ihnen etwas ein. Dein Vater Marolf, hatte Ernalein heute Vormittag von oben auf mich hinuntergesagt, ist erst 49 und nicht an der Front? Weichling, Halbkünstler, Pantoffelheld!

»Wir machen wichtige Unterhaltung für das Volk.« Den Satz »Was meinst du, Schaftführerin, warum dein Führer die Stimmungsmacher so dringend braucht?« hatte ich in letzter Sekunde verschluckt.

Die anderen Mädchen bewunderten Erna: »Die hat Zug drin.« »Die riecht, was wir denken.«

Konnte sie durch meine Stirnknochen hindurch erkennen, was ich dachte? Schlank, blond, knappe zwanzig, einen dämlichen Kopf größer als ich, grinste sie: »Unterhaltung. Welch treffendes Stichwort, Valerius. *Erntelager Geyer*. Vorlesen, jetzt.«

Das wieder. Nicht mal ein richtiges Buch, lose Schreibmaschinenseiten. Den Verfasser, Otfried Preußler, kannte Erna persönlich. In seinem Roman hantierten Jungen mit Pferden, Waffen und Mut. Mädchen machten Heu.

Ich piepste: »Er verstand, wenn sie daheim sagten, dass Deutschland an allen Enden blute.«

»Mehr Schmackes!«, sagte Erna.

»… und erlebte in seinen Gedanken noch einmal die stolzen Tage nach, an denen der Führer Zug um Zug das Bluten gestillt und alle Deutschen ins Reich geholt hatte, die unter fremder Herrschaft dahinleben mussten.«

Ins Reich geholt. Das stimmte gar nicht. Das Reich war in Form von Besetzung und Krieg zu den Deutschen gekommen, die als Minderheiten in anderen Ländern lebten, unter einer dort rechtmäßigen Herrschaft. In Polen etwa. In Österreich. In Frankreich.

Vati sprach darüber in aller Deutlichkeit. »Heimgeholt ins Reich« wurde niemand. Das Reich wurde durch Krieg, Verfolgung und Mord maßlos ausgedehnt.

Noch jetzt kratzte mir der Hals vom Strammlesen. Am liebsten wäre ich in die Küche gerannt und hätte mich von Adele bemitleiden lassen. Leider blieb sie verschwunden mitsamt ihrem Nasenflügelbeben »wie ein belgisches Riesenkaninchen beim Kohlfressen«. Mutti hielt oft den Mund, doch niemals auf Dauer. Das mit dem belgischen Riesen sagte sie freudig. Adele hatte den Rest dieses Sonntags frei und war mit ihrer Tochter Alissa, genannt Lissl, unterwegs. Die war ein Plappermäulchen. Wenn man sie kitzelte, sagte sie alles. Der Gott der freien Nachmittage hieß Ratibor und war »ein Riss-Iko«. Alissa plapperte, ohne zu verstehen, sie liebte ungewöhnliche Wörter, Theaterwörter, die sie bei Marolf lernte. Den liebte sie auch.

Ihn und das Bild. Es hing als Salonkunst neben der Tür, geschützt vor direktem Licht. Warum hatte der junge Adolph Menzel der noch jüngeren Ururoma Josephine im revolutionären Jahr 1848 dieses Bild überreicht? Ein leichter Vorhang wehte in einem Fenster, das, so Vati, unserer Wand auf die Sprünge half. Es vergrößert euch den Salon, sagte Rosemarie. Gemalt war das Bild allerdings nicht zur Raumvergrößerung, sondern zur Vergrößerung der Liebe. Adolph Menzel hatte das Zimmer einmal auf die Leinwand geölt und dann, weil meine Ururgroßmutter krank wurde, aber berückend war, das Bild, das ihr so gefallen hatte, aber verkauft worden war, ein zweites Mal gemalt, ausschließlich für sie: ihr höchsteigenes Balkonfenster, mit Sommerwind. Josephine genas, sie hatte nicht die Pocken gehabt, wie man zunächst befürchtete, am Ende behielt sie ihre Schönheit ebenso wie das heilende Bild und heiratete Ururopa Ruben Valerius.

Das Stimmentalent hatte ich wohl wirklich von Paps geerbt. Bei den Proben durfte ich in Notfällen einspringen. Shylock wurde auf Deutsch aufgeführt, damit jeder alles mitbekam. Eine Bühne war schließlich eine Bühne. Marolf zwinkerte: Verstehen wir uns?

Ich bewunderte, wie sagenhaft direkt man auf Bühnen sein durfte. Und reden, und reden. Da saß man, Rampenlicht pur, und die Beine nicht ineinander verknotet.

Shakespeares *Kaufmann*?, hatte Erna gesagt, die Judenfrage sei als gelöst zu betrachten, da müsse man nicht nachtarocken. »Frische Jüdlein wachsen immer«, hatte ich erwidert, es war ein Satz nach dem Geschmack der Bafin, tatsächlich lachte sie auf: »Du bist so ahnungslos.«

Immerhin war ich dank der sich in meiner Ahnungslosigkeit ausdrückenden deutschen Haltung an den nächsten dreißig Seiten Geyerlager vorbeigeschrammt. Marolf hatte ein paar Verse des *Kaufmanns* gestrichen, andere umgestellt. Den Fleischsatz sang und murmelte ein glatt rasierter, strammer Shylock. Am Ende schnitt er das Pfund und ein zweites und drittes aus der halben Kuh, die noch in ihrem Fell an einem festen Seil auf die Bühne hing wie im Schlachthaus, und es war gruselig, und Adele sagte, dass Vati sich was anderes ausdenken solle, sie werde nicht monatelang Rind kochen, nicht mal ihr Töchterchen, das sich bekanntlich alles anwampe, rühre es noch an.

Ich schlug das rechte Bein über das linke. Sie waren nackt, als wäre Sommer, und ich tat so, als fröre ich nicht. Arier waren aus dem Norden, so was von schneefest ..., und wir waren arisch, dass es knackte. Von Elses Mutter Magda erfuhren möglichst wenige, ihr polnischer Mädchenname wurde versteckt, und erst recht versteckt wird, sagte Mutti, die ältere polnische Bagasche, die vielleicht weder katholisch noch protestantisch war, am besten wusste ich nichts. Oma Magda jedenfalls hatte meinen Eltern die deutsch-polnische Adele geschickt, jung, schüchtern und erstaunlich wenig an Männern interessiert, somit ideal, bis sie zehn Jahre später unversehens dem Lissl eine Welt brachte und der Welt, die keineswegs darauf gewartet hatte, so Mutti, das Lissl.

Muttis Laune war mäßig.

»Na, Reni, und wir bleiben heute beim Kaffee halb nackt?«

»Mir ist auch heiß, ich wachse.«

Mutti hatte Angst, ich könnte wie Anita Berber enden. Marolf, der die Tänzerin, »phänomenal«, in Berlin gesehen hatte, nannte Berber »die nackte Sächsin«, und jetzt hatte er Else gehört und rief, »da muss sie noch üben«. Alle lachten, und ich wurde rot.

»Gebt ihr was Süßes und lasst sie mal«, sagte Matze Leschke. Er war Chemiker, eben aus Frankreich zurück. Man brauchte seine Chemie vor Ort, nicht seine Brust zum Zerschießen im französischen Wald. Rosemarie hielt mir die Kuchenplatte hin. Ich war noch immer hungrig. Den gesamten Vormittag hatte ich im Kino gesessen, Morgenfeier, Hymne, Wochenschau samt *Lied der Getreuen*. Am Ende hatte Erna-Führerlein mir trotz des Vorlesens einen Makel eingetragen: Mädel Valerius fragt zu viel.

Ich hatte mich bedankt. So gehörte sich das. Allemal für mich. Seit Oktober galt ich als besonders erziehungsbedürftig. Die Flüchtlinge aus dem Osten waren auf den Straßen nicht mehr zu übersehen gewesen. Erna nannte sie »Menschen aus den Ostgauen des Reichs auf Verwandtenbesuch«, dazu ließ sie ihre arischen Affenschaukeln schwingen. Jeden Mittwoch hängte sie vor uns eine Landkarte auf, steckte den Frontverlauf ab. Das Reich als Trumpf und Triumph.

Während sie sprach, brachte sie die Stecknadeln auf den aktuellen Stand: Westbegradigung, vom Führer befohlen, um Material zu sparen und die Stellungen zu sichern. Jagoda hatte gezischt »sei still«, doch meine Energie schoss schon zum Mund hinaus: Warum habe man dies nicht früher bedacht? Erst rücke man bis Moskau vor, dann gebe man das schwer erkämpfte Land auf.

Zwölf Wochen war das her. Volk und Vaterland hatten als Erna vor mir gestanden. Strafe eins: »Wenn alle weg sind, bleibst du noch da und zeichnest zehn Mal den Endsieg ab. Moskau erobert. Derzeit ziehen die deutschen Truppen sich zurück, um dem deutschen Volk die Russen zu zeigen! Verstanden!«

Seither war Endsiegzeichnen Ernas Dauerfreudenmaßnahme

für mich. Gerecht? Danach durfte ich nicht fragen. Aufrecht, Uniform picobello, stand sie jeden Mittwoch im BDM-Unterweisungsraum neben mir und überwachte meine Papiersiege. »Zeichen des Endsieges sind …«

Alles von heute, dazu England, ganz Frankreich, der Westen Russlands: in Reichsfarbe braun. Der Rest, auch die Amerikaner: beige. Beige gefiel Erna. Für Erna war Beige die Farbe des Siegfriedens.

Im Übrigen warf ich, dunkelblauer Rock, weiße, an den Rock geknöpfte Bluse, Kletterweste im SA-Braun, Lederknoten, schwarzes Dreiecktuch, stramm wie jede den Arm in die Luft und zurück an die »Hosennaht«. Füße zusammenschlagen, Stimme laut und deutlich – wie jede, nur seit November doppelt so oft. Doppelt so oft sammelte ich Gold, Silber, Altkleider, Eisen. Wir sammelten uns, stammelten uns – pscht, flüsterte Jagoda. Altpapier, Tee, Maulbeeren, Bucheckern. Winterhilfswerk, wir, volksdeutsch, Rotes Kreuz, wir, dein Volk alles, du nichts, klappernd zogen die Büchsen durch die Straßen, ich wünschte mir, in einer zu stecken, fort zu sein. Kriegshilfsdienst, Hitlerjugenddienst, Arbeitsdienst, Ost- und Ernteeinsatz, Erntehilfe, Winterhilfe, »Erscheinen Pflicht«. Für Reni Valerius BDM nachmittags *und* abends. Ich musste für Kranke einkaufen gehen und half im Kindergarten aus. Verse begleiteten mein Leben:

Händchen falten, Köpfchen senken
und an Adolf Hitler denken,
der uns gibt das täglich Brot
und uns führt aus aller Not.

Letzte Woche waren »ein Erziehungspflichtiger und das Mädchen Valerius« einbestellt worden. Mutti durfte als Erste hinein, ich wurde nachgeholt. Die Untergauführerin saß an einem Schreibtisch, Else vor ihr, ich musste stehen bleiben, »Köpfchen senken«. Eine Scheibe solle ich mir abschneiden von der Schaftführerin. Else schaute mich mit ihren Krokodilsaugen an, also nickte ich, ohne Shylock und Fleischscheiben zu erwähnen. Man bestimmte, dass ich noch dreimal zehn Endsiege malen müsse, dann dürfe ich in die Gnade zurück.

Eine klebrige Hand griff nach meinem Arm, zwanzig Kilo plumpsten auf meinen Schoß. Alissa liebte, neben Marolf, auch den Salon und mich. »Ratibor iss nich gekommen, taki pech«, sagte sie und krümelte auf mich herab. Sie roch von oben bis unten nach Kind, kaute Nussröllchen, lehnte sich an.

Meinen Vater nannte sie Tata, als wäre er ihr Vater, mich Tante. Was für ein Durcheinander. Wie ihre Haare, noch verstrubbelt von der Mütze. Ich flüsterte ihr ins Ohr, dass sie für die Reise mein feierlichstes Kleidchen kriegte, das rote mit den Puffärmeln, wenn sie stracks – *dalej*, dalli-dalli, husch-husch – wieder verschwand. Sie konnte süß sein und tapfer, als Mutti mich einmal ausschimpfte, hatte sie sich vor mich gestellt und zu Else gesagt: »Ich mag dich nicht, geh weg!« Es tat mir leid, dass die Kleine bald fortmüsste. Den Eindruck, den ich mit dem Rock machen wollte, verdarb sie trotzdem.

Lange Ferien in Bayern für ein Kind, das nicht mal zur Schule ging? »Mir würde das gefallen«, sagte ich, aber Mutti meinte, ich hätte keine Ahnung. Das Lissl sollte den Abschied am Mittwochmorgen möglichst nicht bemerken, sonst heulte es. Da half ein rotes Kleid bestimmt. Mutti würde sie nach Bayern bringen, Adele war die Reise nicht zuzutrauen. Die gedrückte Stimmung im Haus hing mit den Vorbereitungen zusammen. Das Lissl sollte bei Verwandten abgegeben werden, wo es in Sicherheit wäre. So hieß es zuerst. Mir hätte das als Erklärung gereicht. Da hörte ich eine zweite: Adele wurde »das alles« zu viel. Sie kochte nur mehr, wenn sie wollte. Die Strudel hatten aufgehört, nun vermissten wir sie. Mutter sagte, die vollständige Wahrheit sei das nicht. Es gebe um Adele im Gegenteil viel zu viele Strudel, sodass sie, Adele, und ebenso sie, Else, eben damit nicht mehr fertigwürden. Wahrheit drei: Das Köchinnenkind sei ein Kind zu viel.

Hier, bei uns?

Nein, auf der ganzen Welt.

Ich glaube, Mutti meinte damit, dass Adele weder einen Mann noch einen Verlobten hatte. Ratibor stammte wie sie aus Klettendorf und war um drei Ecken mit ihr verwandt. Als Frau sah Adele »rassig« aus, so Leschke. Allemal wenn sie Dienstmädchenkleidung anlegte. Das vermied sie. Hätte ich auch getan. Die Haare trug sie kurz. Hätte ich nicht getan. Hosen waren ihr lieb. Da schwankte ich. Sie schien auch nicht ohne Zweifel zu wissen, wie Frausein geht, dabei war sie so viel älter als ich und hatte ein Kind. Nachher in der Küche wollte ich sie fragen, ob sie die Beine verknoten konnte wie Rosemarie.

Über das Lissl klagte sie, meist meinte sie damit das Nachtlissl. Für ein zweites Bett war das Mädchenzimmer zu klein. Und Lissl wollte partout bei seiner Mama liegen. Sie und ich hatten es auch zusammen probiert, doch da schlief sie nicht ein. Dabei hätte mir das Enge gefallen. Ich war natürlich froh, dass ich zum Beispiel nicht mit meiner Mutter in einem Bett kuscheln musste, bei Donner hätte ich es aber wohltätig mit Else geteilt, geradezu ideal wäre das gewesen. Ein Jammer, dass das Lissl sich als eine solche Nulpe erwies. Adele sagte, es wachse und wachse und schlage im Schlaf um sich wie ein Windrad. Jede Nacht liege sie an der abweisenden Wand, steif wie ein Stock, und mache kein Auge zu. Alle hörten es, alle sahen Adeles Müdigkeit.

Da gab es noch Wahrheit vier. Ausgesprochen wurde sie nicht. Diese Wahrheit tat Mutti weh. Ein Blinder sah das, Vati nicht. Er nannte das Lissl »Alissa«, dann spielte er große Dame mit ihr, oder »meenen kleenen Frumms«, dann naschten sie zusammen, oder sie saß auf seinem Schoß und er las ihr vor. Vati liebte sie, doch nicht durchgehend. Das tat er nur mit mir. Hatte er die Niedergeschlagenheit, war er wie ein abgeklemmter Feuerwehrschlauch, da liebte er sich selbst nicht, und auch die Liebe zu anderen, erst ein Riesenstrahl, dann Getröpfel, wurde zu nichts.

Es gab Tage, da schaute er Alissa nicht an, dann wieder nahm er sie und Adele für Stunden ins Theater mit. War ich neidisch darauf? Ich musste zur Schule gehen. Das Lissl war wild, kaum kam ich mittags zurück, begrüßte es mich wie ein Hündchen, ich meine begeistert. Vor allem wollte es spielen. In Muttis Welt gehörte das Lissl in die Küche oder noch weiter fort, das fand ich zu streng und saß mit der Kleinen und ihren Puppen im Erker im Blauen Salon. Sah ich, dass Else traurig darüber war, schickte ich den Frumms zu seiner Mutter. Die hatte ein neues Armband, Rotgold mit Rubin. Dazu schwieg ich. So saß ich beim Kaffeekränzel, beobachtete alles und war für die Erwachsenen wie versteckt hinter mir selbst.

Waren auch Familien Bühnen?

Ich hatte Adele auf Marolfs Schoß gesehen. Sie hatte ihm das Gesicht gestreichelt. Bei uns war das Familienleben nicht einfach wie Theater, es war wie Dauerspringen vom Federbrett. Vati schnellte auf und ab, wechselweise riss er uns mit, alles hüpfte. Das war so anstrengend, dass man innerlich ständig keuchte, Zuneigungen hü, Gnaden hott, Treue hier, Abneigung dort. Nichts blieb, was es war. Da brauchte auch Adele Erholung, das leuchtete mir ein. Wer von beiden sich mehr erholte, wenn sie auf ihm saß? Sie oben oder er unten? Hu, das waren Fragen. Die durfte ich gar nicht erst denken. Umso eifriger dachte ich sie.

Ich lernte, dass wir uns erholen mussten. Dass *wir* es nicht mehr aushielten. *Wir* brauchten einen Druckausgleich, sagte sogar Adele. Wenn man den Dampftopf nicht öffnete, explodierte er und das Essen flog zum Fenster hinaus. Mutti würde durch Kriegsdeutschland fahren, ausschließlich tags. Sie würde »das Adelekind« fortbringen, damit es in Bayern nicht einfach eintraf, sondern blieb. Steinhöring, Lebensborn, arisch blauäugig, blond. Das Lissl wurde dunkler, es war *höchste* Zeit, sagte Mutti mir im Vertrauen, »du bist erwachsen genug dafür«. Adele hatte »ihre überflüssige Tochter« im Heim in Steinhöring zur Welt gebracht und versprochen, sie dort zu lassen, hatte aber schwupps mit dem Säugling auf dem Arm wieder in der Valeriustür gestanden. Glücklich wie ein Honigkuchenpferd, debiles Grinsen im Gesicht, sagte Mutti, das seien die Hormone gewesen, Marolf habe es erlaubt.

Er war rot geworden damals, wie vor Wut, sagte Else, sei allerdings keineswegs wütend durch die Wohnung gerannt, das Ding im Arm. Mutti nannte Alissa jetzt immer »das Ding«. Das Ding kostete sie den letzten Schlaf. Ich war acht Jahre gewesen bei der Ankunft, gern hätte ich Geschwister gehabt.

Kaffeekränzel Lebensschwänzel. Mutti meinte, dass Adele sich, war das Kind erst mal weg, um eine neue Stelle bewerben sollte. Ich erschrak, doch Vati meinte, seit jeder die Stadt Stalingrad kenne, halte man sein Geld unter der Matratze versteckt. Man trage es nicht mehr zur Bank und erst recht nicht zu einer frisch daherlaufenden Angestellten.

»Nu mach mal langsam, Elschen!«

Dank meines Kampfes mit Erna verstand ich, wie Mutti sich grämte. Meine drei Erwachsenen lebten in einer gespinstigen Welt. Vermutlich musste man als frisch auf diese Welt gekommener Mensch so lange erzogen werden, weil man dieses Gespinstige als Kind nicht verstand und auch nicht wollte. Das Lissl klebte äußerlich, alles andere zeigte es offen. Marolf kletterte sie auf den Schoß, rief: »Mama weint, musst sie trösten«, stellte sich vor das Vorhangbild und rief: »Tata, schenkst du's mir?«

Wahrheit fünf: Sie ähnelte Vati. Früher schlimmer, doch man sah es noch. Adele hatte rote Augen. Else sagte, das komme von Adeles Dauermüdigkeit, Marolf sagte, das komme vom Lissl-Frumms, Adele sagte, »wenn, dann«.

Rosemarie und Mutti flüsterten davon: Wenn das Kind fahre, sei das ein großer Abschied. Ein idealer Einschnitt, flüsterte Mutti, *der* Zeitpunkt für einen weiteren großen Abschied. Doch den werde es leider nicht geben.

Kaum hatten die Männer den Salon verlassen, um in Vatis Studierzimmer zu rauchen, stand Mutti auf: »Stell dir vor, er hat es ihr abgenickt! Ich will ihr kündigen, ich meine, habe ihr gekündigt, damit sie sich was Neues suchen kann, und sie rennt zu ihm und schaut ihn an und wer weiß was«, sagte Mutti, »Krokodilstränen oder echte, und da, da fällt er mir in den Rücken und unterstützt sie.«

Jedes Widerwort von ihr, Else, habe Marolf sich verbeten. Adele zu behalten gebiete der Anstand.

Mutti sagte, sie habe ihn, Marolf, angeschaut wie die Finsterkeit selbst. Anstand! Aus seinem Mund. In diesem Fall.

Alle schwiegen.

Nach einer Weile griff Rosemarie nach Muttis Hand und zog sie neben sich auf den Diwan zurück. Sie sprachen wieder leiser, ich verstand es gleichwohl. Man musste recht schwerhörig sein, wenn man die vierzig überschritten hatte. Zum Glück war das noch weit entfernt von mir.

»Betrachte es als ein kleines Schlüpfen, wie wie … wie bei den Hasen. Bedeutungslos.« Die Aufgabe als Frau sei es, eine Szene zu machen, tief getroffen zu sein, sich beschenken zu lassen, sich zu versöhnen. Gegen den Trieb bei den Männern wachse kein Kraut.

Da verstand ich: Mutti hatte Angst, dass es noch einmal passierte. Ein weiteres Kind.

»Mensch, Else, die ist nicht männererpicht, begreif's endlich. Zahm ist die wie ein Leberbliemel. Die macht nichts mehr mit dem Gatten. Und so ein Wunder auf Breslaus Märkten.«

Die Angesprochene schaute gurkig. Gesichtsfarbe leicht grün.

»Else! Sei nich teppert. So ein Mensch schickt man nicht fort. Und wenn, dann schick sie zu mir.«

Mutti hob den Blick zu mir, schien mich aber nicht zu sehen. Was seien wir Menschen, sagte sie.

Diesen Spruch kannte ich. Er hieß auch »was für Menschen sind wir bloß«. Rosemarie nickte: »Lullebottel! Du solltest es i…«

Die Männer polterten durch die Tür, ausgeraucht und ausgelassen, Mutti sprang auf, griff nach der Kanne und rief künstlich fröhlich, »echter Bohnenkaffee, wer will?«.

Sie hatte einen schwachen Tag. Seit auch ich schwache Tage hatte, bekam ich ebenfalls Kaffee. Else hatte »es« leider noch, ich hatte »es« neu. Man hatte davon die doppelte Wäscherei.

Doktor Kamp, Doktor für Altphilologie, sah Mutti nachdenklich an, als sie sich zu ihm beugte, um ihm einzuschenken. Er hüstelte und sagte, das Schönste, wenn man aus dem Krieg komme, sei eine Frau in einem weißen Sommerkleid mit weißem Hut auf den Locken. Winterkleid und weiße Stiefelchen nehme er auch. »Mit Handkuss, gnädige Frau.«

Handkuss, wie eklig. Ich hatte genau gesehen, wie er es bei Mutti machte. Feucht! Als Frau durfte man nichts wegziehen. Da war es doch angenehmer, ein Kind zu sein. Nur meine Brüste kümmerten sich nicht darum. Jede Woche standen sie weiter nach vorn. Kamp rührte Zucker ein, verdrehte die Augen: und sie zu riechen. Das sei das Zweitschönste. Nach Monaten zwischen Gesichtern voller Bartstoppeln und Männerschweiß.

Die anderen Männer, Rosemaries Hartmut, Matze Leschke und Vater lachten. Was daran so komisch war, verstand ich nicht.

»Winterkleid, Strümpfe, Haare«, rief Matze Leschke. Alles habe er vermisst. Er nehme jede Farbe, er freue sich. »Freie Fahrt«, sagte er. Hier in Brassel sei ja vom Männertum nichts übrig. Bis auf Opas. Dabei grinste er Marolf an. Er, mit seinen 27 Lenzen, schwimme im Angebot wie ein Hecht im Karpfenteich.

Hartmut meinte, für ihn sei das Schönste nach der Front ein Bad gewesen, ein weiches Bett. Und nach dem Krieg sei es das Wissen, dass man seine Ruhe haben werde, darauf warte er noch.

Vati sagte: »Die Frauen sind schuld.«

Doktor Kamp fuchtelte mit den Händen: Bitte, nein. Bitte, wenn man wie er oben in den Bergen gelegen habe, wo jeder Schuss fünfmal hin und her geworfen werde, sei das Schönste die Stille. Einfach hier sein, an der Oder stehen, nichts hören als Wellen und Luft.

Für einen Augenblick hörte man Keksgeknurpse. Alissa! Sie stand neben der Tür vor dem Menzelbild, kaute und starrte es an. Jedes Mal rief sie »wo ist das Bild«, damit meinte sie die Zeichnung in dem goldenen Rahmen, die man in Menzels gemaltem Spiegel bewundern konnte, nicht aber in dem Zimmer, das sich spiegelte. Das Lissl verstand naturgemäß nichts von Sichtlinien und hielt das Bild im Spiegel, auf dem halbe Menschen zu sehen waren, für ein Bild, auf dem jemand Gespenster festgehalten hatte. Der Maler hatte sie gefunden! Das zog sie mächtig an.

Und was, fragte Leschke nüchtern, was war das Grässlichste, was sie draußen gesehen hatten?

Nach einer Weile räusperte sich Marolf: »Man geht. Und die Frauen lassen es zu. Das ist das Grässlichste.«

Er war im Ersten Krieg gewesen. Man konnte nicht sagen, dass er nicht wusste, wovon er sprach.

Matze Leschke kaute ebenfalls. Auf seiner Backe? »Habt ihr gehört, was dem Dill geschehen ist? Den kennt ihr doch? Am Weihnachtstag! Eine 28er schlägt ein, 200 Schritt vor uns, ich blicke erst gar nicht auf. Da sehe ich im Augenwinkel was Schwarzes fliegen – und der Dill fällt um, mit dem Bild seiner Feschen in der Hand. Im Kopf steckt ihm ein Stiefel, ein Stiefel mit dem Bein von einem Reiter, den die 28er zerrissen hat.«

Er nickte Marolf zu, triumphierte: »Nichts hat der mehr gesagt, der Dill, mit dem Sporn im Schädel, groß wie ein Fünfmarkstück. Die Augen hat er verdreht und traurig das Bild seiner Frau angeschaut, dass sie so etwas hat zulassen können.«

Zu viert hätten sie ihm den Stiefel samt Sporn herausziehen müssen. Zu viert! Am Ende sei etwas von seinem Gehirn mitgekommen, wie ausgerissene Wurzeln.

»Da saß es, ein grauer Polyp, ein krepierter, auf dem Sporn.«

»Der Abmarsch war grausam«, sagte Doktor Kamp.

»Dass die Frauen grausam sind, ist grausam«, sagte Vati. Keiner ließ sich von seinem Thema abbringen. Ich sah zu Mutti. Sie war still. Wie auch Rosemarie.

Hartmut sagte: »Hat der Krieg einen von euch überrascht?«

Mein Rock war grasgrün. Meine Finger kühl. Mich hatte der Krieg überrascht. Zehn war ich, als er ausgebrochen wurde.

Vati sagte das so: ausgebrochen wurde.

In der Kastanie vorm Fenster saß eine Amsel und untersuchte einen kahlen Zweig.

Vati sagte: »Dass die Frauen lächeln können und Rosen werfen und dabei ihre Männer an die Front schicken, war die Überraschung. Sogar ihre Söhne, die sie tausendmal ins Bett gelegt, tausendmal zugedeckt, gestreichelt, die sie aus sich selbst hervorgebracht und aufgebaut haben.«

Und nun säßen die Weiber herum in ihrem bequemen Krieg. Mit ihrer verdammten angeblichen Unschuld. Mit ihrem Geheule. Ihrer großen Sorgerei.

Ich verstand nicht, was er meinte. Hier wurde nicht mehr zitiert. Er sprach mit seiner echten Stimme. Es war ihm ernst. Er war wütend. Der Krieg saß im Salon. Saß da, kaute einen Keks und fühlte sich wohl.

Marolf ist einen Kopf kleiner als Else, doppelt so breit. Wenn sie als ansehnliches Paar gelten, dann seinetwegen, sagt er. Ich habe seine kurzen Beine geerbt, Elses obere Längen. Adele lobt an Marolf, wie großzügig er sein kann. Ein leicht zu durchschauendes Angestelltenlob. Sie darf Marolfs Bibliothek nutzen. Statt zu kochen, liest sie. Dann gibt es kalte Platte. Mitunter lacht sie, wie flink er ist. Sollte das nicht er loben, an ihr?

Mein Vater ist ein Frauenmann. Das wissen alle so restlos, dass sogar ich es weiß. Das Phänomen Frauenmann ist ein naturgemäßer Teil der Theaterwelt. Sagt Else. Männer dürfen das, sagen die anderen Frauen. Marolf darf. Was genau? Als Mädchen sitzt man beim Kaffeeklatsch, strickt, spielt mit Püppchen und lernt. Die Frauen, die über das Dürfen sprechen, gehorchen ihren Männern. Die Gesetze regeln das. Bis auf Else haben sie kein eigenes Geld. Else hat ihr Erbe behalten. Marolf kann ihr dankbar sein. Dennoch regelt er Else. Er hat das Dürfen, sie die Sicherheit. Gemeinsam haben sie mich. Ich war zufrieden mit uns, bis eben.

Ich schaue meinen Vater an. Die Frauen schuld am Krieg?

Er, der Frauenmann, mag Frauen also gar nicht?

Sind auch daran die Frauen schuld?

Mag er auch mich nicht?

Leschke drückte mir die Hand: »Wachs, Fräulein, sonst bin ich vergeben.« Alissa war zu ihrer Mutter in die Küche gelaufen, ich hörte beider Stimmen durch die Salontür. Sie stand weit offen, unsere Gäste verabschiedeten sich.

Die Wohnung roch nach Geborgenheit, die Kastanie wedelte vor dem Fenster, Kerzen brannten. Als ich vom Flur zurück in den Salon trat, saß der Krieg noch immer darin. Ich wurde eine Frau, aber ich war nicht schuld. Vati hatte unrecht. Das musste er wissen. Warum sagte er es dann?

Es war anders als sonst. Keine seiner dunklen oder hellen Phasen. Er log. Oder? Kurz zweifelte ich. Waren die Frauen schuld? Schickten sie die Männer vor?

Ich fühlte mich elend, weil ich nicht wusste, was richtig sein sollte. Nichts davon konnte ich glauben. Nur eines war klar, es schien mir am schlimmsten: Vati war wütend. Nicht raschwütend, nicht rot im Gesicht. Sondern tiefwütend. Weil er nicht an die Front musste? Weil er nicht durfte? Weil Else das Lissl wegbringen würde?

Der Krieg saß im Salon. Und in unser aller Kopf.

Vati schämt sich, dachte ich. Das Lungenleiden hatte er aus den Gräben in Flandern mitgebracht. Aber wer war daran schuld?

Der Nachmittag war kaum vorbei, da erinnerte ich mich bereits an ihn – das letzte Glück. Wir zusammen, auch der Frumms. Noch einmal war alles, wie es immer gewesen war. Bis zu Vatis Satz: »Die Frauen sind schuld am Krieg.«

Als ich an dem Abend zu Bett wollte, hörte ich meine Eltern im Salon streiten. Die Tür stand halb offen, Else lehnte neben dem Fenster, Marolf musste in seinem Sessel sitzen, ich sah Lehne.

Das Zitieren habe sie von ihm gelernt, sagte sie.

Vatis Antwort verstand ich nicht.

Allemal aus dem *Macbeth*, sagte Mutti. Den sie, wie er wisse, so bewundere wie er. »Ich habe nicht dich gemeint mit dem ›idiot‹, obwohl du es verdient hättest. Sondern den Krieg. Der Krieg ist der Idiot.«

Zu Rosemarie hatte Mutti es gesagt, an der Tür: »It is a tale, told by an idiot, full of sound and fury, signifying nothing.«

»Tomorrow and tomorrow and tomorrow«, sagte Marolf. Exakt. Dann sei Mittwoch. Schon jetzt fühle er sich, als wandere der Wald auf ihn zu. »Fahr nicht. Lass das Kind hier. Kannst du dich denn gar nicht damit anfreunden? Sie muss nicht …, sie könnte auch eine Freundin werden für Reni.«

»Was?«, fragte Mutti. »Schiebst du jetzt auch noch unsere Tochter vor?«

Wieder verstand ich Vatis Antwort nicht. Der Kamin brannte, das Holz knackte. Muttis Stimme knackte leise.

»Rölfchen, da kannst du so glänzend zitieren und so schlecht lügen.«

Sie schwiegen und ich atmete kaum, damit sie mich nicht bemerkten.

»Für dich fahre ich nach Steinhöring«, sagte Mutti, »mehr noch als für mich. Das musst du endlich begreifen. Für … für unsere Zukunft. Dein Kind wird's überleben.«

Seltsam, was sie da sagte.

Abermals war es Vati, kurz, rund, empfindlich, der am Ende getröstet wurde. Vorsichtig zog ich mich zurück. Wenigstens das

Letzte war, wie ich es kannte, sie nannten es ihre Liebe, jedenfalls ihre Ehe, und ich freute mich daran – gleichgültig, wer mit wem wie lange hin und her fuhr –, weil alles, was sie miteinander anstellten, uns zusammenhielt, selbst wenn meine Eltern dabei schwankten wie die Pappeln im Wind. Sie waren mein Zuhause und sie bemühten sich darum.

Der älteste Wind der Erde

(Else, Januar 1945, Breslau)

Gesang der gezwungenen Mütter

sie denkt es sich
~~weg~~ mit jeder Faser
Fieber drückt sich auf
den Bauch
steht auf dem Kopf lange an
__________ einer Wand
__________ trinkt diesen Tee, einer anderen hat er
geholfen ____ sie wird __________
verrückt : schieben __________
drücken es gibt __________
keinen Tee es gibt keine Kräuter es gibt nichts Blut jagt
ihr ~~aus Kopf und Herz~~ in den
pochenden Leib wie es ~~das kann~~
__________ das kann, was da wächst, den
Laich
den Laich

Reni fand mich auf dem Boden halb unter dem Klavier, wir hatten es in die Küche geschoben, um es zu
schützen
eine Bombe im Hof eingeschlagen, eine andere hatte das Wohnhaus gegenüber

getroffen, als ich
wieder stehen konnte, starrte ich auf
das Spülwasser, noch da, das begriff ich nicht, ich konnte nicht sprechen, zwei große Schatten flogen erneut über
den Himmel, der vordere
kam auf mich zu, als hätte er mich
erspäht, senkte sich herab, der Steuerknüppel, das Gesicht des Piloten, nur wir beide durch
nichts
als zwei Glasscheiben getrennt, seine Handschuhhand zog den Knüppel nach hinten, er wirkte vollkommen
bei sich, anziehend in dieser Konzentration, Scheiben
klirrten, »Mutti?« –
»Mutti!«, ich tauche
die Hand in das Küchenwasser, tunke sie ein, tunke sie ein, bin zuhause, das Gespüle bewegt sich nicht, gelöst von
meinen Armen, durchsichtig, treiben meine Hände darin.

Es ist vier Tage her, ich
habe den Halteatem, es ist nicht
normal, es
ist vier Tage her, meine erste
Begegnung mit der Zartheit, ich meine Zerteilung
ich meine der Zeit, alles
voller Glassplitter, Staub, vier Tage
her, zugleich jetzt, hellwach
blitzwach, wach wie nie
bin ich quicklebendig, queck-
silberwach auch die Welt
durchströmte mich
das Gefühl
ein heller Aufgang stehe bevor, eine Sonne, die sich in äußerster Drangsal bildet, man

kann süchtig werden nach diesen Augenblicken der Gefahr, man kann süchtig werden nach
dem Überleben. Nach
dem Sterben.

In dichtem Gestöber fällt Schnee vor unserem Fenster, Reni und ich legen die Winterkugeln in Seidenpapier ein, wir haben
das Halteleben, alles wie immer, Atmen wie immer
stockend, Hände wie immer, und
ducken, verstecken
– und
wieder Luft holen, weiter. Adele hat frei. »Weihnachtskugeln« sagt man nicht mehr, »Nikoläuse« sagt man nicht mehr, »Schokomänner« für den Baum dürfte man sagen, lass es
zu kaufen gibt es nichts ~~ho ho ho Weihnachtsmann~~. Wir wollen die Glaskugeln in den Speicher bringen, rollen sie in Papier, pummeln sie ein, nächstes Jahr heil hervorholen
heil
heil
wir
spielen das und
spielen es
nicht, wir glauben daran.

Am ersten Advent kachelten wir den Kamin kräftig an. Wärst du noch ein Kind, sagte ich zu Reni, wärst du, Renate Charlotte Irene Valerius, bitte noch klein. 16. Geburtstag, Sandkübel standen im Treppenhaus, meine Schwestern, Gustl aus Klettendorf, Frieda, im Oktober aus Ostpreußen geflohen, untergeschlüpft bei der Tschelotka ihres Mannes in Oels, riefen an, um zu gratulieren. Die Telefone funktionierten prächtig, nur die Zeit
hatte die Kümmernis
die Krümmernis
stockender Atem, heil, heil

sie zerfiel so formvollendet, Flocke um Flocke, löchrige Kälte, kein Vor, kein Zurück. Wir

sitzen hier

nicht herum und warten auf das Ende

sagte ich, als ich endlich an den Hörer durfte, wir sind, sagte ich, Magdas Töchter, ~~Ende~~, Gustl, Frieda, wir haben Ideen.

Reni und ich stapfen durch tiefen Schnee ins St. Georg. Ein Wagen nach dem anderen steuert die Gräbschener an, auf der eine Seit-Oktober-endlose-Kette von Fahrzeugen

ich keuche, ich weiß

genau, was ich sage, westwärts rollt. Der Zug aus dem Freiburger Bahnhof soll bombardiert worden sein, geistesabwesend

weht Doktor Tschopkau an uns vorbei. Die Vögel schlafen, schwarz-weiß, wir tragen Hilfsschwesterntracht, alles dunkel oder schwarz, aus unseren eigenen

Beständen ~~braun~~. Die Haube stellt das Spital, Drache und heiliger Georg, beruhigendes Zeichen für jeden Kopf, der sich über die Kranken beugt, die Schwestern sprechen von ~~Zyankali~~ Gauleiter Hanke, der spricht: Alle Frauen

über siebzehn schippen, alle Mädchen ab

dreizehn melden sich. Mädchen ab

fünfzehn leisten Dienst in der Krankenstation, die ihrem Wohnort am nächsten liegt. Ich, Hinkebein, werde wie Reni zum Krankendienst eingeteilt, den ganzen Tag rennen wir aneinander vorbei. Das große Krankenzimmer zur Rosenthaler ist ~~zertrümmert~~ geräumt. Brandherd Heinrichstraße. Mundreste flüstern meinen Namen, Mannreste greifen nach

meiner Hand. *Ein heller Aufgang steht bevor, eine Sonne, die sich in äußerster Drangsal bildet* –

meine andere hält

das Mulltuch, einen Becher mit Wasser, sucht

nach einer Pervertin-Tablette, nun, wo man sie braucht, werden sie rar. ~~Ein Gespenst~~ Doktor Tschopkau weht die große Treppe hinauf. Oben zieht es durch jeden Gang. Dunkelheit hier. Draußen

die Welt, wieder und wieder die Welt.

Haube weiß, schwarzer Rock, Elster Else. Jedes Ich versucht zu schlafen. Nachts gelingt es keinem. Die Nacht quillt über. ~~Mannreste. Mundreste.~~ Morgens funkeln die Dächer von

Eis, wie es sich

gehört im Januar. Diesen Winter frieren die Vögel daran fest. Die oberste Eisschicht taut von

der Hitze der Brände, sie setzen sich auf die Ziegel, wie sie es seit Vogelgedenken tun, frieren an. Wie schlagen sie mit den Flügeln. Wieder und wieder wollen sie auffliegen. Manche versuchen es stundenlang. Sie sterben an Erschöpfung.

~~Sie sind wie wir.~~

Zuhause hinke ich durch die Wohnung.

Ich fuhr Fahrrad, als sie mich nach der Kinderlähmung aus dem Bett ließen, stundenlang Fahrrad. So kam ich in Gang, wenngleich schief. Mein Skelett hat sich daran gewöhnt, wie wir sind, es und ich. Frieda, flüsterte ich, wir warten hier nicht auf das Ende wie das Huhn, das durch den Hof rennt schon ohne Kopf, sag es auch Gustl, wir gehen.

»Die ruhige Hand der älteren Frau«, rufen sie, holen mich zum Spritzen, Wunden reinigen, Wundränder spreizen, wir stapeln Mensch auf

Mensch, ich übergebe

mich nicht mehr, spüre meine Beine nicht mehr, sehne mich nach Zuhause, ~~tod~~müde, und kaum bin ich Zuhause, weiß ich nicht, woran

ich denken soll, und schlafe aus Angst vor dem Erwachen nicht ein.

Elsenschief schleiche ich durch unsere Zimmer, Marolf liest,

Adele versteckt sich in ihrer Kammer, Reni verdreht die Augen: Englisch, Mathematik, die reichsgefälschte Geografie. ~~Heil.~~ Das Theater seit siebzehn Monaten geschlossen und Marolf mit seinem Bauch, Marolf mit dem ewigen Husten, einberufen zum Volkssturm. Er ist niedergeschlagen, ich wäre es an seiner Stelle auch. Adeles Sachen sind gepackt, Adele-ade, Adele will Adele retten, sagt Adele, sie gehe ~~zu~~

~~ihrem Kind in Bayern, vielleicht ist es noch in~~

~~dem Heim~~, sagt sie, nun, wo alles …, pscht, sagte ich mir, lass gut sein, pscht, halt den Mund

doch Jahre wie die unseren schweigen sich nicht weg, jahrelang Adele und Kind im Nest, nicht nur das Kuckucksei, sondern die Kuckuckin obendrein. Dein Mädchen hat einen SS-Vater, sagte ich da gern zu ihr, einen strammen SS-Vater, du erinnerst dich gewiss? Alissa war blond wie Marolf, es war freilich ein SS-Blond, Marolf hatte einen der Strammen für all das Blond bezahlt, für den Namen, die Unterschrift, ich weiß nicht, wen er fragte, den Sohn eines alten Freundes, den Sohn der Garderobenfrau, Fronturlaub, da sei es passiert, war schnell bestätigt, hintenherum bezahlt, kurz darauf in den Akten gelöscht, wer immer es war, ich will nichts davon hören, ich hatte wirklich genug, und du sei ruhig, mein Herz, ruhig.

Eine helle Sonne, eine äußerste Drangsal.

Im Theater musste Marolf glänzen, in den Glanz hatte ich mich verliebt, treu war er nicht, »hab ich nicht versprochen«, sagte er, »als ich dich nahm mit deinem …«, pscht, Marölfchen, halt rechtzeitig den Mund. Politik schrumpfte das

Theaterchen, mein Mann schrumpfte mit, er

merkte, dass ich es merkte, das setzte

ihm zu. Adele

war nicht die Erste, dafür, schwor ich mir, die Letzte, sie kochte immer besser, fast konnte ich ihr nicht gram sein, sie hatte eine Familie gesucht, sie war noch ein Mädchen, als wir sie in Dienst nahmen, ein Vorteil, so eine ist formbar, hieß es, das hatte nicht gestimmt. Auch darüber konnte ich ihr nicht gram sein, darüber war ich wütend und ließ es sie spüren: gab ihr die Aufträge nicht mehr als Bitten, sondern als Befehle, schnitt sie von den kleinen Gaben ab, die unseren Alltag bestimmt hatten, war eisig korrekt mit ihr.

Und ärgerte mich über mich selbst. Eigenhändig hatte ich es in Gang gesetzt, ihr gesagt, sie solle ihn streicheln, wenn er Trübsinn blase, es hatte ihn beschwichtigt. Bald hatte ich mit einem erleichterten und einem argwöhnischen Auge zugesehen. Warum konnte sie etwas, was ich nicht zustande brachte? In der nächsten Dunkelzeit hatte ich sie von ihm ferngehalten, es selbst versucht, aber ich schaffte es nicht, drei Stunden neben ihm zu sitzen, stumm, ihn nur zu streicheln und zu bewachen, da rief ich sie doch wieder, sie übernahm »die Schicht«, und wir verstrickten uns mehr und mehr. Dank Adele, das sah man bald, gab es keine weiteren Marolf-Sprünge, das bedeutete weniger Klatsch in der Stadt über uns, weniger Auffälligkeit, ein Segen in dieser Zeit, und ich saß im Erkerfenster des Blauen Salons und wusste nicht ein noch aus. Mein Besitzanspruch und mein Schmerz zerrten in die eine Richtung – wirf sie raus, schieb ihr einen Diebstahl unter, du weißt doch, wie es geht –, während meine Bequemlichkeit und dass ich Adele eigentlich mochte und die Angst um Marolfs und unser Schicksal in die andere zogen.

A landslide victory, sagen sie in der BBC, ~~kein gutes Ende,~~ geh mir mit deinem tomorrow, Rölfchen, wenn der Wald sich nicht bewegt, muss der Mensch es tun, das Ende fliegt uns um die Ohren, dass man den Halteatem kriegt, die Atmung Schnapp

hab

hab

ich sowieso. Marolf Volkssturm, Adele Tschüss, ich nehme Reni, meine Schwestern, alle Kinder, Ende ~~Reich~~, die Stadt brennt, wir sind kein Vieh, wir erdulden es nicht, wir

nur wir zwei, haben eine Lösung

wir fliehen in den Süden, »Reichsprotektorat Böhmen und Mähren«, Evakuierungsgebiet, Kinderland.

Es ist dunkel ~~zuhause~~
still, die Menschen
von Breslau liegen im Schnee und machen
Engelchen, sie sehen aus wie hingemäht, eine neue Gattung Fliegen: dick und schwarz. ~~Kein Vieh.~~ Dabei säubern wir uns, so harmlos, holen Luft: Werfen uns ins Weiße, reiben und reiben und hoffen, dass, wenn wir aufstehen, die Angst beim Schneeengel bleibt.

Dass sie ihn frisst statt uns.

Marolf stritt nie ab, dass er mich betrog, lügen muss nur, wer schwach ist, komm, Else, ruder im Schnee. Adeles Soufflés fielen nicht in sich zusammen, sie schon, mit dem Kind schlüpfte ihr eine Wahrheit aus dem Körper, die keiner hatte wissen wollen. Marolf verlassen, hübsche Idee. Und wohin als ältere hinkende Frau mit Töchterchen, putt-putt? Da konnte auch ich schlau sein, sagen: Ich liebe dich, Rölfchen-Wölfchen, ich will dich zurück. Mein Preis: Das Kind der Köchin muss fort, die Köchin auch. Eine Lüge war mein »ich liebe …« nicht einmal, oder nicht ausschließlich, die Grenze zwischen Brauchen und Lieben gleitet, »ich brauche dich« stimmte, da sagte sich leicht das andere dazu.

In meinem kleinen Ruckelleben, in der Wirklichkeit, wie sie sein sollte und wie sie war, im Unterschleif.

Das ist mein Einst. Mein Jetzt: im Schnee Engel spielen. Bereits einer sein. Ich weiß nicht, ob ich noch erschreck davor.

Im Sommer stiegen Reni und ich in den Zug nach Pommern, an der letzten Station holte uns Friedas Pferdefuhrwerk ab, sie war noch zuhause in Grauden, einst Papuschienen, tief in der Provinz, bald auf
dem Mond. Kühe standen auf den Weiden
Mondpreußen

funkelte in seiner Pracht, die Sterne hoch wie nie, Zugvögel versammelten sich. Elstern bleiben und glänzen stahlschwarz, Stare und Drosseln kommen zurück, wir

nicht. Ihr leidet

keine Not da in eurem Brassel, sagte

Frieda, Reni hatte dienstfrei, für drei Wochen war sie ~~der Verfolgerin~~ Erna entronnen. Das Total der deutschen Rüben steckte total in deutscher Erde und war uns total egal, wir hatten dort oben

Ruhe und das nordische Licht. Arier trieben fast vergessen als Schatten darin. Die Dorfbewohner hoben die Hände an den Kopf, wenn sie uns sahen, als grüßten sie, in Wirklichkeit starrten sie den großen vertrauten Störchen nach

die ihre letzten Kreise zogen. Leichte, kaum ins

Bewusstsein dringende Stöße, *eine Sonne, die sich in äußerster Drangsal bildet,* ließen das Land erzittern, die Straßen steckten voller ~~Flüchtlinge~~ Sommerfrischler aus Litauen, in den Nächten reihten sich die ~~Feuer~~ Lichter wie auf einer Landkarte, und die Sterne, hoch wie nie, verwandelt in Zangen, hoben

die brennenden Städte

zu sich hinauf: Mele, Tilsit, Ragnit, Schirwindt, Eydtkuhnen. Helle, vielmals unter ~~Bombeneinschlägen~~ Gewittern aufzuckende Punkte, eine im Bogen von Norden nach Süden gezogene Flammenlinie, die östlichen Grenzstädte ~~verloren~~, sagte meine Schwester, als sie mich in der frühen Dämmerung

weckte, trottete eine riesige Viehherde durchs Dorf, marmorn, gespenstisch

marmorn verflüssigt im Morgenlicht, stumm bewegt, kein

Schnauben, es war, als versteckten sie sich, versteckten ihr warmes Blut, wie glichen sie uns, wir wussten es nicht ~~sie waren uns~~

~~voraus~~. Tags darauf hieß

es, sie grasten in dem flachen, vom Pregel in zahllosen Windungen durchflossenen Tal, ich nahm das Rad, suchte sie, zu Tausenden standen sie in der Weite der Wiesen, Futter in Hülle und Fülle, dennoch krampfte sich mir das Herz zusammen

ohne Beziehung zueinander

stolperten sie über die Felder, traten Zäune nieder

brachen in

Gärten, als stammten sie aus einem Land, in dem es keine Ordnung gibt, ~~so sehr waren sie uns voraus,~~ das Schützende, das

sie zur Herde gemacht hätte, war von ihnen gewichen, zurück in Breslau sagte man »das Land, ehe die Kriegswalze darüber

hinwegging«, zurück in

Breslau sagte Reni: »Ich sehe tief hängende Wolken und in ihnen den Schnee, der uns begleiten wird«, zurück in Breslau wollten wir die Tapferen sein, wir packten die Julkugeln aus, wir packten sie ein, wir warfen sie in die Luft, wir fingen an, sie fallen zu lassen, wir fingen mit dem stockenden Atem an, pscht, halt mir den Mund, dass ich nichts sag, nichts

weiß, pscht, halt mich fest.

Auf gepackten Koffern sitzen wir nicht, wir haben die Gedanken auf Gedanken gelegt, die Bilder von Menschen auf

Menschen, wir haben die Schlaflosigkeit, die Traumdichte, die Weggeh-Angst, die Großfurcht, das Verstecken, wir sind daheim, ~~anders als die Menschen, an denen alles kaputtgeht,~~ wir haben das Zipperlein. Am 18. Januar muss Marolf zum Volkssturm ~~Sterbeaufgebot~~, und wir, Reni und ich, Gustl mit ihren beiden und Frieda mit den Zwillingen sowie Benschi, dem Kleinsten, gehen aus eigenem Antrieb ~~haha~~. Noch ist es verboten, die Luft schwirrt von Gerüchten, sie werden die Sperre um die Stadt aufheben für Frauen, Kinder und Alte, Breslau soll eine Festung werden, wer nutzlos ist, darf raus, weg wie Schnee, den die Sonne aufleckt

sitzen wir ~~die Niederlage~~ den Endsieg im Süden aus, böhmische Knödel, mährische Lieder, kehren ~~danach kehren~~ bald nach Hause zurück.

Selbst im Flur zum Wintergarten des St. Georg liegen die Verwundeten auf Pritschen oder Decken, für Schwerverletzte schieben wir Stühle zusammen, der Röntgenraum ist geräumt, ~~wir haben keine Stühle mehr,~~ es hätte ohnehin niemand Zeit, die Apparate zu bedienen. Wir sind, ~~was über~~

~~die sterbenden Körper fährt, sind,~~ was »Heimat« schreibt, »19. Januar 1945«.

»Heimat«, sagt Oberschwester Gottwalda, »Träumerin! Die Apotheke ist ins Empfangszimmer verlegt«, sie schiebt mich

zur Tür hinaus, durch

die zerbrochenen Fenster dringt Winterluft herein

der Geruch von Pulver, Eisen, Schnee. Treffer drei, Westseite, 1. Stock, brenn auf, mein Licht

der heilige Georg hilft im Wald, Doktor Tschopkaus Gesicht weht vorbei, über den Himmel ziehen flammende Geschosse, wir hören ihr Zischen, wenn sie abgefeuert werden, wir hören ihr Krachen, wenn sie einschlagen. Die Sirene heult auf, nervös und drohend steigt der Ton, sinkt. ~~Am Himmel ist Weltuntergang,~~ zwischen uns wird es ~~toten~~still, wir fühlen uns wie Ameisen in einer brüllenden, brennenden Hölle, eine Frau hält mir ihren linken Arm hin, aus dem Ellbogengelenk ragt ein besenstielstarker Holzsplitter, ich möge ihn herausziehen, sagt sie, Offiziere suchen

unseren Keller nach versteckten Soldaten ab, die Patientin ist so höflich, »bitte herausziehen«, sie müsse weiter

höflich ziehe ich bis

an die Sterne, die sie sieht. Mich

bittet sie um Hilfe, sie muss verrückt sein, sie merkt das Verrücktsein nicht, ich starre hinaus, jage als grauer Dunst über den Platz, »untern Russ' lässt der Führer uns nicht fallen, da vergast er uns lieber in die Luft«, flüstert die Nachbarin der Ellbogenfrau. Eben noch steckte ihr ein Metallstück im Hals, jetzt rollt sie sich die Zöpfe über den Ohren auf, als könnte sie mit den Schnecken Funk hören, Führerfunk, ihren

Totaltrost, sie ist bei

einem Verstand, den ich kenne: *Hohe Nacht mit großen Feuern / Die auf allen Bergen sind / Heut' muss sich die Erd' erneuern / Wie ein junggeboren Kind!*

Schuster Buffke nagelt die zerschlissenen Stücke Leder, die ich ihm brachte, auf meine Holzschuhe, die Luft über der Stadt hat die Farbe von Renis Lieblingsbonbons, Kirschfüllung, in die Zuckerkruste ein Hakenkreuz geprägt, das sich beim Lutschen in

die Zunge stempelt. Marolf schimpfte, dass ich denen noch Geld in den Rachen warf, Töppel & Knausch, Reni liebte den Laden mit der

Bonbonniere neben den Torten, neben

der Tortencreme ~~neben~~

~~der Totencreme~~

schimmernde Rubine aus

bombigem Naziglas, ich

lächele Herrn Töppel an, Lieferengpass bei der Hitlersüßigkeit, das kann nicht sein, zu wenig Zucker im Reich, das ist nicht wahr, sage ich, er findet noch fünfzehn Stück, Marschgepäck, denke ich, Feuerbonbons, wir lutschen

hingebungsvoll

an der Glut. Reni saß im Erkerfenster des Salons auf dem schlesischen Adler, den Frieda vor Jahren für uns auf ein Kissen stickte, die einquartierten Soldaten wollten Milch, wo war der Grieß, Reni sollte helfen, der Offizier nannte sie »Pudding«, sein Bursche griente, die beiden waren wenig älter als sie.

Hakenkreuzbonbon, Hitler verehren, wir gehen nach Tschechien, in vierzehn Tagen sind wir zurück

wir essen wie nie, über den Häusern pendeln Leuchtschirme, ihre Schatten sind lang, in mir fällt etwas, zerbirst und springt von Neuem auf

springt vor
Liebe, fällt, splittert und bricht, ich
schneide Renis Haare ab, Eisblumen überziehen das Fenster, das Feuer im Ofen ist erloschen, Marolf ist gepackt, auf dem türkisfarbenen Diwan, auf dem Reni schläft, seit die Soldaten bei
uns wohnen, spielen die Hofkatzen mit
einem Wollknäuel, sie haben die Enden herausgetatzt, ziehen daran. Wie dreht sich die Knäuelmaus
in der Luft, wie springen sie
ihr und ihren Schatten nach, ~~zuhaus,~~ die Russen
stehen dreißig Kilometer vor der Stadt, ~~vermutlich näher,~~ sie sind zu hören, nach wie vor fahren die Straßenbahnen, man lässt sich barbieren, geht ins Kino, Gustl und Frieda haben bei uns übernachtet, ich lehne im
Türrahmen mit
verwehtem Gesicht, ~~wohnen,~~ der letzte Blick, Matratzenlager ~~Erntelager~~ Salon, das Durcheinander der Decken, Allhart und Bärbel, Friedas Zwillinge, und Krabbelkind Benschi, ich räume hier nicht mehr
auf, ich reibe dein Sandherz, Breslau, der Deckel des Klaviers steht offen, die Tasten mit
Glassplittern übersät, und der älteste Wind der Erde, der Abschied
greift nach
uns.

Wir schultern ~~uns~~ das Gepäck, *in*
14 Tagen sind wir, wir spielen das, spielen es nicht, glauben daran, spielen, daran zu glauben, der Wind
drückt zum geborstenen Küchenfenster herein, die Zimmertüren klappern, es wird ~~bitter~~kalt, ~~zuhaus,~~ jede Nacht undurchdringlich, wir bekleben unsere Fenster mit schwarzem Papier, unsere Türen, unser Ich, kein Verkehr mehr, kein Austausch, kein Außen,

ich habe den Halteatem, der Film ruckelt, steht …, Unterbruch, Unterschleif, das ist die Wirklichkeit, wie sie mich mit sich reißt, Nacht um Nacht lehne

ich im Türrahmen, Bonbon im

Mund, ein Hakenkreuz, das auf

der Zunge zergeht, adje, Brassel, dein Sand, dein tapferes rotes Herz, *in*

14 Tagen zurück –

wir tapsen durchs Treppenhaus, Alle-wir, Leises-wir, ~~Blut-wir,~~ Engel im Schnee.

Ich spreche wie ein Propeller, dem das Benzin ausgeht, Stoß, Pause, Stoß, es weht uns, weht uns aus der Stadt

hinaus, wie

sollen wir da nicht

keuchen, wir atmen

gegen die Schals, eng um Hals und Gesicht, Augenschlitze frei, wir zerren die Schlitten, führen die zitternden Pferde

und wenn wir reden, dann eckig, dann wenig, halt mir, bitte, den schmerzenden Mund. Marolf wird im Graben

husten, da

wird er erschossen werden, Sabine und Melanie Friedberg von gegenüber, Herta Miska, Opa Kaubert nehmen wir mit, ich

gaffe in mein Leben zurück

Hohe Nacht mit

großen Feuern / Die auf

allen Bergen sind, niedrig klappern die Russen über den Himmel, die Bahnhofsgegend leuchtet, düsterrot schleichen wir

mussidenn, mussidenn unter einer dicken Wolkenwand die erste Anhöhe hinter Breslau hinauf, hundert Menschen, zweihundert, wie zählen, was vor

uns ~~verweht~~ geht, was uns folgt, Opa Kaubert keucht

~~weniger als ich~~, ich

habe ein Federbett in eine Decke gerollt, zwei Taschen dazugepackt, der Himmel brennt, gebannt starren *mussidenn* wir

in sein Widerlicht, am Morgen hat das Huhn im Garten ein Winterei gelegt, statt es zu braten, nahmen wir es roh mit, die Welt schießt in

Flammen zu

den Wolken hinauf, fällt als Staub herab, Soldaten eilten hinter eine Barriere aus Reisig und Holz, Richtung um

Richtung zerfiel

Panzersperre?, Pferdehürde!, einer lachte, ~~was für eine Hochstimmung aber auch,~~ alles hämmerte, sägte, offener Kistenbau seit Tagen, ~~eine einzige hochwürdige Dengelei,~~ das deutsche Volk, ~~Großvolk der Bastler und Nichtdenker,~~ Beine vor dem Leiterwagen in

den Schnee gestemmt.

Flüchtlinge trafen auf der ~~Ausfall~~straße aus allen Ecken der Stadt zusammen, ~~fast zersprang einem das Herz,~~ ich hake mich bei Frieda ein, ~~Friedas Herz ist schon aus Ostpreußen ausgewandert, es ist schon zersprungen,~~ an

der anderen Hand halte ich mein Kind, mein weiches, unschuldiges Mädchen, Ottostraße 32, 5. Stock, Fenster

zersprungen, das Bajonett der Petljakov, »Mutti!« –

Reni über mir, um mich zu retten, mein furchtloses Kind, meine Hände, durchsichtig, treiben im Spülwasser, jetzt ist immer wieder, immer wieder

jetzt, ich

habe die Zerteilung, ich meine Zerfallenheit der Zeit, halt mir den Mund, bitte, hellwach, blitzwach, eingeblitzt, schneeblind

durchströmt mich das Gefühl

ein heller Aufgang stehe bevor, eine Sonne, die sich in äußerster Drangsal

bildet, ich

schiebe meinen Arm in Renis, wir gehen nebeneinanderher, die Zeit hat sich gedehnt, das Wollknäuel fliegt durch die

Luft, Anfang und Ende ~~wir~~

hetzen durch tiefen Schnee, »Rentierchen«, sage ich, »Rennchen, es tut mir so leid.«

Die Straßen Breslaus menschenleer, die Stadt gelähmt, wir stapeln Kugel auf Kugel, Erinnerung auf

Erinnerung, Ich auf

Ich, es ist helllichter Tag, es schneit in

dichten Flocken, du stehst

im Keller und wirfst die Weihnachtskugeln gegen die Wand, du, Else, wie du dich an

dich erinnerst, es ist schon ein anderes Leben, ihr seid noch in der Stadt und ein anderes Leben, du wirfst noch und schon erinnerst du dich daran, Doktor Tschopkau weht an

dir vorüber, der Freiburger Bahnhof ist beschossen worden, vor einer Stunde hat er Frau und Kinder zum

Gleis gebracht, das St. Georg flüstert: »Rosa«, »Erna«, »Marie«, Mannreste, Mundreste flüstern: »Rosa«, »Erna«, »Marie«, das Ende trägt weibliche Namen, Reni zieht die Kiste auf

dem Rollwagen, *eine* ~~Hölle~~ Helle steht bevor, ~~ein Feuer~~ eine Sonne, die sich in äußerster Drangsal bildet, Gustl hinter dir, Frieda neben dir, Breslaus Dächer funkeln von

Eis, ihr

habt die Anhöhe erklommen, Opa Kaubert keucht ~~nicht~~ stärker als du, die Wagen, das Rückengepäck, Friedas Zwillinge, sieben Jahre alt, laufen, den Kleinen trägt sie über

der Brust, »nimm ihn quer«, ruft eine, sonst frieren die Beinchen ab, *muss-i-denn* bleibt stehen, Alle-wir, Leises-wir, die Sprache verschlagen, die Atemfahnen vorm

Mund.

Vor diesem Anblick hat uns niemand gewarnt, hinter

der weiten Fläche des uringelben schwefelgelben aschig rauchigen grauen Schnees schwebt die aus

der Ferne unverletzt wirkende Stadt, jeder Turm, die Dominsel, die Kreuzkirche, der Knubbel zum Sande, die Kuppel der Universität, St. Elisabeth, jede Schönheit einzeln zu sehen, gestochen gegen

das ~~Himmelstot~~ Himmelsrot. Wir sind Atem, der Rauch einer Herde dunkelgrauschwarz, zweihundert tränende Paar Augen, Else, die sich erinnert, sie, die da bis

~~heute~~ St. Nimmerlein steht, in diesem Augenblick auf dem Hügel vor

der wie in einer Schneekugel geborgenen, in

sich ruhenden Stadt, Else, ~~zuhause,~~ in

dem irrealen Licht eines Krieges, der tut, als jagte er niemanden, jagte nichts vor

sich her. Noch einmal will alles unverletzt scheinen, Breslaus stolze Türme und Dächer, die vertraute Silhouette der Spitzen, die Noten der Hauben, diese Augenmelodie, von

der etwas Beruhigendes, auch Sanftes ausgeht, läge nur nicht so viel Schnee zwischen

muss-i-denn und Brassel, wäre er nur nicht so schwefelgelb, so rußig schwarz, so zertrampelt, begönnen nur die Wolken nicht

von euch weg auf die Stadt zuzufliegen, sie stützen sich auf

euren Schultern ab

erstaunt, euch hier zu finden, nehmen euch als Sprungbrett und wehen, euren Gedanken gleich

zurück ~~was vor euch geht, was euch~~

~~folgt~~.

Das Brüllen der Tiere ist leiser geworden, das Nähmaschinensirren der Petljakovs verstummt, da schreit Reni auf

liegt in

den Armen eines Mädchens. Der Wagen der Familie ist gebrochen, »nehmen Sie Jaga mit? Bitte!«, eingepummelt stehen wir da, halt mein Gesicht, halt mir den

Mund, Schnee

stiebt aus dem Gesträuchicht, Offizier
Söllner an Renis Diwan, ~~zuhaus~~, mitten in der Nacht, es war ihm sichtlich unangenehm, dass ich auftauchte, es war mir
unangenehm, ich
hatte die Empörung, die Mutterwut und die eigene Sehnsucht, ein stattlicher Mann, jung, bedürftig, Lebenssucht in
der Hose, Todesangst im
Bauch, ich sage
nein, Reni wird bleich, die Koschorkes bereden sich, über die Münder gewickelte Schals, tief in die Gesichter gezogene Mützen, sie beschließen: die Oma mit Jagoda abzustellen, mit uns sollen sie ziehen, Renis Gesicht leuchtet auf, *muss i denn hinaus,*
Oma Koschorke ist erst 67 Jahre alt, Oma Koschorke zeigt einen schwarzen Zahn, so ziehen wir
vermehrt weiter
Else, an die ich mich erinnere, Reni, an die ich mich erinnere, zerrissenen
Herzens, wenden uns ab
von unserer Stadt, laufen zu
auf einen Stall, tief in Tschechien, tief.

Wunderschöne Rennnächte

(Reni, Februar – März 1945, Breslau – Tschechien)

Gesang der gezwungenen Mütter

nur freuen
__________ dass sie es ihr rausstoßen mit ihren
Schwänzen den Stielen ihrer Peitschen ihren Flaschen und Scherben sie
hasst dass sie schwanger ist
es macht sie empfindlicher es gefährdet sie zerstört ihren Körper
was schon nicht aufhörte als es geschah hört
nun nie mehr __________ auf (»ha, Fotze«) es
löscht das Vergessen ______
__________ was da wächst ______ sie
weigert sich es zu denken
nachts kommt es sie sieht in ihren Bauch
zu mehr als der Hälfte ist es aus ihr aus ~~ihr wird es gebaut~~ es
saugt es frisst es hat sie okkupiert es hat ~~keine Stimme aber~~
__________ ein Herz
und
Finger
auch Zehen einen Kopf eine Brust Beine Augen ______
eine Macht eine geradeaus durch ______ sie ______ hindurch aus ihr
schlagende schlangende ______ ______
Wirrklichkeit

Wir rennen in den Süden, hinter jedem Hügel liegt dicker Schnee, vor jedem Hügel matscht Gras, eine blasse Sonne steht am Himmel, einzelne Jagdflieger streichen wie *friedliche Falken* durch sie hindurch, über uns hinweg, *friedliche Falken* ist Müllsprache, unsinnig, tot, Bonzensprache, sagte Vati, so wie

tief in der Seele das Ferne, wir rennen, tief in der Seele den Unsinn

tief im Herzen und weit oben in der Kehle die Angst

in den Bei-Bei-Beinen, die nimmer ruh'n

wie verzaubert liegt das verlassene Land mit seinen Höfen und Dörfern im Glanze des Schnees. Oh ja, Erna im Kopf rennt mit, fast ist es, als vermisste ich sie, ein gleichförmiges Dröhnen hat uns bei Sonnenaufgang geweckt, jede Nacht kehre ich in unsere Wohnung zurück, jeden Morgen wische ich mir im Stroh an einer Decke, an Elses Rücken das Gesicht ab, vielleicht verschwindet es, klebt

eines Morgens an der Wolle, an einem Stück Stoff

der Schnee ist Matsch, man muss neben den großen Rädern stapfen, backbords, steuerbords, wir haben den Keuchatem

den Beinrhythmus

wir sprechen im Takt

scheißen im Takt

fressen im Takt, ich trage Benschi eine Stunde, Schneemeer, Feldermeer, aus den grauen Winterwolken stoßen vier etc., Müllsprache, es folgen die Einschläge, wir haben die Einschläge, dann springt alles auf, um den Weg

fortzusetzen, haben wir uns

eingemummelt, wir sind kaum unterscheidbar, niemand spricht, es ist zu grimmig, zu anstrengend, zu wahr, wir wandern auf einer riesigen Bühne dahin, sie hat Kuhlen, Hügel, Wegegeschlängel und uns, einen langen dunklen Zug, sie wird von oben gesehen, sie wird beworfen, sie dreht

sich, wie man nie will, der Horizont schwankt wie Wasser in einem Glas, unsere Füße zeigen vorwärts, der Kopf zeigt rückwärts, meiner wickelt zuhause die Bettdecke um sich

die verlassenen Höfe, Gräben, Dreckrutschen, Holperstraßen,

das Durcheinander, die Armee, die Scheuchgestalten, die Heuschrecken

wir.

Ich keuche Else hinterher, stoßweise Atmen gegen den dicht gestrickten, doppelt gewundenen Schal, in mir fallen einzelne Wörter herum, *Volk* ist

»Klo« rückwärts, Flieger-V angehängt, so hat er uns benutzt

der liebe *Führer*

der *Anführer*, ich führ dich an und leg dich rein

wir haben keine Flügel, nur Münder, wir betteln um Milch, die wir bezahlen, wir

schlafen bei Fremden auf der Tenne, ich schlafe eng an Else und Jaga gedrückt, ich liege in der Mitte, schwitze und wackele, Mutter ist ein Ofen, Jaga ein Espenlaub, das

nicht bei seiner Oma zittern will. Liegen

wir in einem Haus, vibrieren die Fensterscheiben unter den *Jägern*, die Ställe sind ruhiger, statt Fenstern nur Schlitze, die wir mit Kleidung verstopfen, da vibrieren dann

wir, Jaga und ich kichern darüber, wir sind noch so

Kind, wir fühlen es, wir spielen es

aus.

Ich sehe mein erstes Sterben mitten auf dem Weg, der ist kein Weg, nur das, was wir mit den Wagen machen, den Pferden, den Schlitten. Jaga vermisst ihre Eltern, will es nicht sagen, ihre Oma hält sich am *Arischen* fest und keucht über den Schnee

mitten in der Straße, an den Seiten liegen die Bü- Bündel, niemand sieht hin, wir haben alle von allem genug, was lässt man am Straßenrand zurück, eingewickelt in Tücher, Tücher über dem Gesichtchen, und rührt sich nicht mehr. Benschi ist dick und rund, Jaga trägt ihn mehr als zwei Stunden, niemand soll bereuen, dass sie bei uns ist, ihre Oma und sie haben eigene Essensvorräte, sie reichen nieundnimmer, dieses Fliehen kann keiner erschleppen, aus den Winterwolken die *Jäger* etc., wir sind dauernass, wir liegen im Schnee, Jaga auf Benschi, Frieda auf Jaga und Benschi und mir, ich wische mir das Gesicht ab, es bleibt nicht im Stroh, bleibt nicht im Schnee, sauber fürs Frühstück was-es-so-gibt, die Dächer Breslaus glitzern im Oderlicht, es ist nicht wirklich, wir vermissen es bloß, Jaga und ich nehmen uns an Händen und fippern, wir stecken die Finger in Handschuhen zurück in die Taschen, wir enteisen uns, wir stolpern

nach Böhmen und Mähren, wie paradiesisch das klingt.

Der deutsche Tann ist

schwarz, wenn er sich nicht bewegt, Vatis Zitate hat der Schnee gefressen, Vatis Zitate sind aus dem Kopf geflogen, *mussidenn, Mädelchen Mädelchen* fliegt hinterher, halt mich fest, halt mir die Hand, wir haben so viel Wirklichkeit, sie wickelt sich um uns herum mit dem Wind, sie kracht uns als Hunger im Bauch, sie macht uns den Kopf übervoll mit allem, was war, schwarzes Gehölz, steifer Rücken, wir sind hinter der

Grenze, schlafen auf der zugigen Tenne eines Gutshofes, mehr als hundert, dicht aneinandergepresst, Streichhölzchen auf Stroh, so warm, so still, Oma Koschorke, Jaga, Else, ich, wir

atmen

und sprechen jetzt alle mit den Pausen, den

Hängewörtern, ich

keuche Mutti hinterher, Tupfenwolken stehen rosa an einem giftgrünen Himmel, der sich zum Horizont hin rostrot färbt, kalt und planetenweiß leuchtet die Venus inmitten der Papageienfarben, wir haben

wunderschöne Rennnächte, ich spinne wohl

Else, Gustl und Frieda brechen auf, die Mütter wollen tiefer in den Puusch. Puusch, das ist puszcza, das Wilde, »der Tann« ist eine Sonntagserfindung, Jagas Oma hat sich schief gelaufen und darf im Wagen der Köhlers übernachten, wir hingegen müssen mit, drei Uhr nachts, stockdunkel, geisterdunkel, Tann

total, wir hungern, frieren, die Mütter sagen, »setzt euch«, sie gehen weiter, zu dritt, um sich gegenseitig zu schützen, wir haben *wunderschöne Raubnächte*, »Reni, pass auf die Kinder auf«, bin ich nicht selbst noch eines, Mutti *mussidenn* schaut sich nicht einmal um, drei Mütter da, drei Mütter *total* weg

bei einem Bauern um Lebensmittel bitten, sie haben Schmuck und uns am

Hals, wir rotten uns unter der Schutzfichte zusammen, wir vergraben die Füße in steifes Laub, ich bin sechzehn Jahre alt und die Anführerin, ich habe Angst und die Wärme

der Kleinen, sie drängen sich an mich

wir machen es wie Pinguine im Sturm, wer eine Weile innen war, muss nach außen mit Ausnahme von Benschi, »du mit deinen Tieren«, sagt Else später

man muss sich jetzt an alles erinnern, was man je gehört hat

das ist der Krieg

sie haben uns alleingelassen

das ist der Krieg, wie er sich nach innen frisst

da im Wald verstehen wir es nicht, da fängt es lediglich an, der Wald bewegt sich nicht, er hat kein Hexenhäuschen, keinen verzauberten Bach, es ist nicht wie im Märchen, es ist der Krieg, wie er sich zu der Wirklichkeit voranfrisst, wie sie in jedem Menschen strömt mit allem, was er denkt und fühlt und weiß und nicht weiß, und bei sich selbst in seinem Tiefsten ist.

»Woher hast du das?«, fragt Jaga, ich habe es von Vati-weit-fort, »erzähl uns Weit-Fort«, rufen die Kleinen, da sage ich, »es ist ein Märchen und keines, so geht es und weinen dürft ihr nicht:

Mein Bruder war ein Soldat, es war Sommer und er aß einen Apfel von einem Apfelbaum. Der Apfel war besser als jeder Apfel, den er zuvor gegessen hatte, da riss er einen Trieb vom Apfelbaum und brachte ihn nach Hause, den Trieb den Trieb wie ein Dieb. Erst steckte er ihn in die Erde, wo er geradestand, und Zuhause pflanzte er ihn und seither aßen sie jedes Jahr Äpfel von diesem Apfelbaum.

Ein anderer erzählte, wie der Soldat, sein Cousin, einen Schäferhund sah, der keinem anderen glich. Da er einen Mann kannte, der Schafe hielt, nahm er den Schäferhund mit. Er brachte ihn zu sich nach Hause und übergab ihn dem Mann. Nun stammen alle Schäferhunde von dem Hund ab, den der Cousin in die Heimat führte – dem Hund so lieb so lieb, dem Hund aus dem Krieg.

Und ein Dritter erzählte, sagte ich, dass ein Freund, der ein Soldat gewesen war, eine Schwägerin hatte, und die hatte den kleinsten und hübschesten braunen Hasen, den der Freund je gesehen hatte. Er fragte seine Schwägerin, welche Rasse der Hase war und wo sie ihn herhatte. Oh, sagte sie, ein Soldat gab ihn mir für mein kleines Mädchen. Er hatte sich den Hasen über alle Maßen alle Maßen aus dem Krieg mit nach Hause gebracht und schenkte ihn mir für mein kleines Mädchen. Sie spielten noch eine Stunde zusammen. ›Für meine Tochter‹, sagte die Schwägerin, ›so war das gemeint: Ich bekam den Hasen für meine Tochter, sie war der Preis. Der Soldat nahm sie mit, ist das nicht fein getauscht, schaut, schaut‹« –

die Mütter packten Kartoffeln aus, getrocknete Pilze, ein Stück Brot, drei Liter Milch, »es waren doch nur ein paar Stunden«, sagte Gustl, »die wir euch im Wald ließen«

es waren doch nur ein paar Jahre

deutscher Tann, ich erbrach die Milch, sie schmeckte nach der Nacht, nichts war geschehen, nur die Kinder und ich

ich, das Kind

verantwortlich für sie

und eine Nacht voller Wind und Geräusch, voll von schlagenden Herzen und Tieren, das war es nicht, frostklar

die Nacht, das war es nicht, unsere Mütter marschierten einfach ab, ließen uns allein, ließen uns

zurück

in dem glitzrichen Schnee, den sie »Sicherheit« nannten und »muckst euch nicht«, da kam der Wald auf uns, schwoll an, griff uns ins Gesicht, durch die Haut, mit seinen waldigen Fingern, seinem kratzigen Ich.

Solch eine Welt sollte es nicht geben.

Schnee leuchtete aus allen Ecken, aus jedem Winkel glänzte ein Soldat. Die Vögel waren schwarze Splitter einer gesplitterten Zeit. Mir hatten die Mütter als Letzter zu essen gereicht, die wertvolle Nahrung sickerte in den Waldboden, in meinem Kopf sagte etwas »diese Nacht war dieses Essen nicht wert«, sagte »du bist allein«.

Nach einer Weile fingen die Mütter an, es zu bemerken. »Die Kinder wachsen uns davon.« Sieh an: Ein Krieg, der im Inneren sitzt, treibt durch den Menschenkörper aus. Vati hätte sich schlapp gelacht, sollte das *deutsche Wesen* am Wald *genesen*, seit einer Woche waren wir in Tschechien, man ließ uns in Schobern oder Ställen schlafen, wenn wir dafür bezahlten, wir fragten nach Wegen, bogen nach Westen ab oder Süden, du bist nichts, dein *Volk* ist *alles*

wir würden abwarten, bis *alles* vorbei war, wir würden Vati wiedersehen, immerhin war es Mitte März, sonnig, eine blendende Landschaft, die Ausläufer des Altvatergebirges so sanft, ein *Konvoi* von Militärfahrzeugen schnitt uns den Weg ab, wir waren auf etwa fünfzig Leute geschmolzen, geht an jedem größeren Ort vorbei, flüsterte die Luft, wir hatten uns geteilt, teilten uns noch einmal, kleinere Gruppen waren unauffälliger, tagelang hatten wir keinen *Jäger* gesehen, genug Sirenen gehört, ein Gut nahm uns auf, wir halfen, die Wiesen instand zu setzen, über den Winter hatten Wildschweine Löcher gebuddelt, man hielt über 200 Schweine, man brauchte Stroh und Mais, wenn wir kräftig anpackten, konnten wir bis zum Ende des Krieges bleiben, Benschi päppeln, die Blasen an den Füßen pflegen, Jaga und ich wurden allein zum Milchholen geschickt, wir liefen an den Händen gefasst

durch Sonnenschein

zogen unsere Spur, als ob Feld, Weg und Wald uns gehörten,

nach der Kälte und Dunkelheit der ersten Fluchtwochen und ihrem endlosen Weg blühten Narzissen am Rand, wir

mussten kein Pferdefleisch mehr essen, die Pferde starben uns nicht mehr fort von den Gewichten, die sie ziehen mussten, vom Nichtfutter, vom Schnee und den gebrochenen Beinen, und unsere

Köpfe machten Ferien, unsere Alarmanlagen machten Ferien, zwei Kannen Milch, der Bauer stänkrich, wir erfolgreich, Bettelmilch, Schmuckmilch, Überlebensmilch

baumel, baumel am Arm

die Landschaft blüht im Kopf, ein Feld, grün im kurzen, dichten Pelz des Winterweizens, wir singen, entronnen dem Treck, der Aufsicht der Erwachsenen

wir glucksen und lachen, von hinten überholt er uns, zieht die Straße entlang und verschwindet rechts über dem Wald, sodass wir wieder

atmen.

Der hat uns nicht gesehen!

Da kommt er zurück, bereits abgesenkt, Jaga rennt rechts ins Gestrüpp, ihm entgegen, ich werfe mich in den Graben

mit der Kilometerlaufmilch, der Rettungsmilch

er wendet um 180 Grad, hält keine zehn Meter mehr über dem Boden unmittelbar auf mich zu und feuert aus der Bordwaffe, sein Gesicht hinter dem Stachel des Flugzeuges, jung, bartlos, der sticht dich ab, vier Meter hoch, zweieinhalb, ist über

mich hinweg, Jaga

läuft in den Wald, er mäht den Waldrand entlang, ich starre, keiner fragt, wie man

sich erinnert, die Zeit

schwebt in der Luft, statt meinen Körper mit der Milchkanne zu schützen, liege ich auf der Kanne und schütze die Milch, Jaga ist hinter einen Baum verschwunden, er wird umkehren

zu mir zurück, ich

kriecht vom Graben in die Röhre, die den Feldweg untertunnelt, ich bin kein Kind mehr, ich bin zu lang, die Arme an den Körper gepresst liege ich wie eine Sardine in der Dose, Sardinen haben keine Beine, ich schon

ohne zu

beschleunigen, seiner Sache sicher schwingt er auf mich zu, ich höre, wie er kommt, zuhause schwebt das Wollknäuel über dem Diwan in der Luft, die Kater tatzen nach seinen losen Enden, ich denke: »gleich bin ich tot«, denke: »wenigstens *mein letzter Gedanke* ist wahr«

es beginnt zu hageln, es

hagelt Lücken, Gedächtnislücken hageln aus der

Sonne, Jaga

liegt hinter dem Baum, an dem ich sie zuletzt sah, Bäume atmen

durch Löcher in den Blättern, sie heißen Stoma, es bedeutet Mund, der Baum über Jaga hat noch keine Blätter, also atmet er nicht, Jaga hat keinen Mund, also atmet sie nicht, sie hat auch keine Nase mehr

die Kanne schwingt an meinem Arm, ich habe sie aus dem Graben geholt, die Kanne ist voll, die Straße eine Schlange, ich gehe die Schlange entlang, ich hab

hab

hab

mein Ohr nicht auf Jagas Brust gelegt, um zu hören, ob ihr Herz noch schlägt, ich hatte Angst, sie könnte im Augenblick der Berührung zu einem Schemen zerfallen, da ist sie ohne diese Berührung

zerfallen.

Die Sonne reißt die Straße zurück in meine Augen, meine Füße spüren die Straße nicht, meine Hand spürt die Kanne nicht, ich

summe, damit jemand da ist, der geht

und die Kanne trägt, sonst trägt sie ein Gespenst. Gespenster summen nicht, wie kann es sein, dass ich summe und unsichtbar bin, unfühlend, namenlos. Es ist keine Eile mehr, ich gehe schleppend, vielleicht kehrt der *Jäger* um, *Feuer* brennen links und rechts am Straßenrand, ich sehe, was war, sehe, was kommt, *Feuer*

brennen in den Wiesen, ich brenne nicht, Schürfungen, blaue Flecken, Blut unter der Haut, ich habe

das Riesen*reich*, eine Verbindung zu den Geistern, eine Taubstelle in der Brust, einen Mut, ohne mutig zu sein, ich trödele, bin gleichgültig, ohne gültig, was kann mir geschehen, alles kann geschehen, ich bin durch

den *Blut & Boden* gebrochen.

Ich glaube, ich liege am Grund.

Dann reißt auch er, von Neuem stürze ich.

Am Abend brennen die deutschen Soldaten, die auf dem Gut eingetroffen sind, Schnaps im Hof, sie braten Hühner, tanzen, singen verträumte Lieder, jung sind sie wie wir, *Wehrmacht* aus verschiedensten Landesteilen, Hitlers Wir-überholen-Flüchtlinge-Kompagnie. Sie helfen uns, Jaga zu begraben, nach

meiner Beschreibung haben sie sie geholt, sie ist gleich tot gewesen, sagen sie, sie hat so viel Blut verloren, sagen sie, sie kennen sich aus, ich sage nichts. Vormittags kann man sie Briefe schreiben sehen, ohne Befehl dürfen sie nicht weiterziehen, sie lätscheln im halb erwachten Frühlingsgras, abends geht ein Ruck durch sie, man gießt Benzin auf den Müll im Hof, zündet ihn an, packt die Nächste zum Tanz, teilt Bonbons

aus. Soldaten machen uns den Hof, sie begitschkern uns, anfummeln wenigstens, einen Kuss, ein Lulatsch leckt das Bonbon ab, bevor er es mir schenkt, ich gebe es zurück, das in die Zuckerkruste geprägte Hakenkreuz strahlt in die *brennende Welt*.

Zwischen drei und sieben Uhr nachts wird es ruhig, die Soldaten schlafen ihren Rausch aus, zuhause in der Ottostraße spielen die Katzen mit der Zeit, die Luft, durch die das Knäuel fliegt, ist die Luft, die mir zum Atmen

fehlt.

Lodenitz, Nähe

Sternberg, Verdunkelung

von selbst, keine Straßenlampen, Verdunkelung

unserer Sinne, schlaflos, auf nervöse Weise wach, schmiege ich mich an die Lehne des Stuhls, auf dem ich verkehrt herum sitze, Mutti

schneidet mir die Haare nach, etwas tun. Ruckweise spürt man das Herz, sagt Else, mein Blut schießt in mir dahin, *Blutzoll*, höre ich Erna sagen, zuhause machen sie weiter, zuhause hätte ich BDM, es ist ein nebliger, starrer Tag, der 46. im Reichsprotektorat, keine Ahnung, wie viele mühsame, fußwunde Kilometer hinter der Grenze wir sind, hier seid ihr in Sicherheit, sagen die Soldaten, sie packen ihr

Zeug. Wie eilig sie sind, wie organisiert, fort nach einer Stunde, ein Spuk, wir haben keinen Boten kommen oder verschwinden sehen, es gibt keinen Funkverkehr mehr, was hat man ihnen gesagt?

Uns sagt man nichts.

Am Abend wissen wir, was ein Fehler ist. Vielleicht wussten wir das zuvor, neu ist die Fehlergeschwindigkeit. Zack, ist der Fehler gemacht. Die Gutsarbeiter haben uns in den Austragsstall gesteckt, seitab. Dort sperren sie die Muttersauen ein, die in Ruhe werfen sollen. Auf vier Verschläge haben wir uns verteilt, halbhohe Holzwände, etwas Heu. 21 Frauen, dreizehn Kinder. Die anderen Mädchen sind wie ich, dünn geworden, mit Ruß eingerieben. Was der *Wehrmacht* folgt, kann nichts Angenehmes sein. Im Vergleich zu allem um uns herum sind wir klein, deutsch und ach, so eng. Luken statt Fenster, den Muttersauen tut Dunkelheit wohl.

Wir wollen ebenfalls dunkel sein.

Finstrich.

Still.

Wir hören etwas. Wir hören uns. Da kracht ein Bauch, eine hat Schluckauf, ein Junge weint. Still. Nicht rascheln, nicht nuckeln. Ich bin ein Lamm, ein Huhn, eine Frau

lacht, zwei

halten ihr den Mund zu, weißt du, was

ein Stall ist? Bald weiß es eine jede: Ein Stall
ist kein Versteck.

Wir malt mit dem Finger die Eisblumen nach. Acht Wir liegen am Zaun auf einem Haufen, an den Rändern schauen nackte Füße heraus, nackte schmutzige Füße, es ist ein besonderer Schmutz, kein Schweinedreck, Schweine sind sauber, darüber schaut der Totengräber in die Luft und auf Wir. Soldaten, Gewehre in der Hand, kauern um ein Feuer im Kreis, wo eben noch eine Wir war, ist keine mehr, ist eine nach hinten gesagt, das Feuer brennt ein Loch in den Erdboden, sie fällt hinein, ist schon gefallen, abseits lagert ein anderes Häuflein, gefangene deutsche Soldaten, das schaut zu. Wir begreift nicht, wie die Zeit vergeht, wie viele Male.

Als sie weg sind, flieht Wir weiter fort in eine Strohhütte, die an einem Hügel liegt, Wir hat zu trinken dabei
Wir hat kein Ich dabei
Wir hat kein unberührtes Stück Haut mehr
keine nichtwunde Scham.

Wir hat noch Ohren, die hören, mehrere Paar unverschwollener Augen, ein paar Hände, die greifen, ein paar ungebrochene Arme, noch Füße, die gehen, noch zu viel Fühlsinn, Fühlsinn an unsinnigen Stellen. Wir ist, setzt man es zusammen, drei Viertel unbeschädigter Mensch, von der Haut abgesehen, von den Brüsten abgesehen, vom Inneren der Bäuche abgesehen.

Else spuckt Blut, ihr Kiefer ist gebrochen. Es ist derselbe Tag, es ist der Tag darauf, es dämmert, Wir hört sie kommen. Es ist Tag, es dauert, es ist Tag, Nacht, Tag, dauert. Manches Wir ist taub, manches Wir ist stumm, etwas an Wir kann noch schauen, kann reden, kann Finger biegen, Zehen, Füße, Knie, kann immer wieder aufstehen, nur eines kann selbst Wir nicht: weinen. Wir hat keine Tränen. Wir ist ein Körper mit elf Röcken, die höchstens halb zerrissen sind, drei Fläschchen Jod, dreißig Windeln. Blutbinden benutzt Wir erst gar nicht mehr.

Wir hört jetzt besonders scharf. Es hört die Ferne, es hört die eigene Angst, es riecht, was sich heranschiebt, lange bevor es eingetroffen ist. Schwärme von Russen gleiten, Fackeln in den Händen, zwischen den Stämmen auf Wir herab. Noch haben sie Wir nicht erreicht. Noch starrt Wir in ihre fremden wilden Gesichter. Wir ist weniger Personen als im Sauenstall, Wir kauert hinter Bäumen, mit einem Mal wird dort die Luft zu eng, ein Teil von Wir, ein Mädchen, stürzt hinaus, schreit, »nicht, nicht«

»lauf«, schreit Mutti

»Madla, renn«, und ich renne gegen diese Brust, eine Wand, die ein Mensch ist, es ——————

es ——————— Mutti, taste am … Boden … voll … *Volk*, fasse einen Rand, vom Rand hinauf in ein Stück Luft, Wir, fast nicht da, Nichtatem ——————— es ist fast

vorbei, Mutti, es ist bloß eine ——————— Wand, Mutti

ich habe …, ich singe leise, Wir verstecken uns

in der Nacht.

Am Morgen ist Benschi tot. Da lacht die Nacht. Sie

ist in uns gekrochen, da bleibt sie sitzen. Der liebe Pinguin, wie er mit den Armen flappte, wenn er versuchte zu laufen oder sich freute, ein Arm hat ihn …, eine Hand hat ihn … gegen eine Wand. Wenn ich schlafe, steige ich dur ch das *Feuer* auf dem Dorfplatz, wenn ich schlafe und mich strecke, steigt der Dorfplatz durch mich. Nie wieder wird etwas betuslich sein – zutraulich zart.

Sie tragen runde Tellermützen mit einem roten Band und Sowjetstern über dem Schild. Kurze zerschlissene Stiefel, in die sie die weiten Hosen stecken, darüber Hemden mit Stehkragen, die ein Gürtel mit Koppelschloss zusammenhält. Ohne Uniformjacke sehen sie jünger aus, sie gleichen den Hiwis im Krankenhaus, sowjetischen Kriegsgefangenen, die sich freiwillig meldeten, erst nun fällt mir die Verbindung auf.

Die Zweiten waren müder als die Ersten, die Dritten sind müder als die Zweiten. Sie legen sich früh am Abend zur Ruhe. Bei Tageslicht durchsuchen sie das Gut. Wir sind Gänse, jeden Abend stopfen sie uns, jeden Morgen, jede Nacht. Ein wilder Traum? Eine Zirkusaufführung, bei der sie Frauen durch den *Feuer*reifen springen lassen, wieder und wieder. Die Gutsleute hat Wir seit der ersten Welle nicht gesehen. Wir ist auf dem Hof. Wir geht nicht nachschauen. Wir ist keine Anfängerin mehr. Jaga, ich schwebe neben dir, es ist alles eins

lauf, lief

übrig das Wort »übrig«, übrig der Satz:

Es gibt kein Versteck.

Auf der ganzen Welt gibt es kein Versteck.

Wir macht sauber. Irgendjemand muss sauber machen. Es ist praktisch, jemanden zum Saubermachen zu haben. Ich stehe. Ich stehe auf einen Besen gestützt. Ich stehe da. Es macht Spaß und ist praktisch, sich auf. Einen Besen. Zu. Der Besen macht sauber, wenn ein Soldat hinschaut. Wenn er den Besen sieht. Sieht er mich nicht. Ich, stehend, atme. Der Besen atmet. Jaga, der Baum hatte noch keine Blätter. Jaga, ich habe keinen Mund. Ich möchte keinen Mund mehr haben. Ich bin sauber gemacht, sagen sie. Sie. Haben. Mich. Sauber gemacht. Ich mache den Stall. Sauber. Ihr Schweine, sagen sie.

»Ihr räumen auf!«

Die eine, die hinkt, lassen sie vorhinken, immer rundum. Hink dich weg. Wenn du fällst, schissen wir. Ihr Gesicht ist geschwollen, sie spricht nicht mehr. Eine Dritte flüstert, wie beneidenswert, die Letzte zu sein.

Sie holen das Nazihafte aus

Wir. Rammeln rein, um

es zu lockern, dann ziehen. Als

Blut, als Gedärm, als Haar, als Zähne, als Zunge kommt es aus Wir heraus. Es gibt mehr Gewehre als Männer, sie haben den Weinkeller des Gutshauses gefunden, sie lallen, durchsuchen uns, Wir ist so lappig, sagen sie, wenn ihnen die Taschen an uns nicht reichen, schneiden sie neue hinein, da wird in alle Zukunft nichts mehr gesagt.

Wer hier ist, trägt ein Tuch vorm Mund, wir haben Säcke um die Füße gewickelt, was gibt es so viele Fliegen im März, es wird warm, der Frühling bricht auf uns hernieder, sie haben Schaufeln geholt, ich schaufele neben Jaga ein frisches Loch, sie sind die Ersten, sie sind die X-ten, Kolonne, Haufen, Zug, Russland ist tief, meine Schuhe sind fort, der *Blut &* ist nass, der *Boden* kriecht, wir schauen nicht hin, wir haben Säcke gefunden, laden sie auf die Schubkarre, was in den Säcken steckt, ist vorbei, meist hängt noch erkennbarer Körper daran. Sie haben gezählt, als sie fertig waren, haben sie uns durchgezählt, da swidanja, bljadi, das klingt wie »blöd«, sie haben uns ihre Wörter beigebracht, ihre Namen für uns, ihre Verachtung, wir verstehen alles, wir salutieren und lächeln, wie wir nun lächeln, wie wir nun für alle Zeit lächeln werden, ganz einfach, ganz unsichtbar.

Vom Zungennagel

(Reni, April 1945, Tschechien – Breslau)

Gesang der gezwungenen Kinder

——— Winterhonig
bitterer Biss
die Säure einer Batterie ———
Wälder schwimmen darin
Fäulnis altes Bärlauchblatt ———
Maiglöckchengift ———
die Zunge taub hart wie Kiesel jedes Kristall
treibt silbern durch die Luft
———
die Möglichkeit
wir wären die Möglichkeit gewesen
zu begreifen
dass die Unterschiede Erfindungen waren die Nationen die Namen
dass es diesen Krieg nicht
geben konnte, nicht ~~wenn das~~ wir euch eingestoßen
——— aufgezwungen, wenn wir
——— ihr und wir
voller hauchdünner Menschen die Luft

Sie, ich meine ich, die da

die in einer Tannenmulde liegt, halb bedeckt von Schnee, die da, die noch da ist, übrig

die ihn noch in ihren Armen liegen fühlt, Benschi, das Vögelchen, Milchschaum vorm Mund

die da jeden Nachmittag beim Aufwachen nach Else fasst, mit den Händen sieht sie nach, ob ihre Mutter bei ihr ist, ob sie sicher sind, sie die Augen aufschlagen kann.

Tag um Tag bleibt das Licht länger, es ist Anfang April, halb kalt im Vergleich zu Januar. Zwei Rucksäcke, auf jeden eine Decke geschnallt. Mit Koffern dringt keine durch den Wald.

Sie da, die beiden da

auf dem Weg zurück nach Breslau, sie, die aussehen wie Else und Reni, und die eine Else und eine Reni in sich enthalten, wenn auch klein, eine geschrumpfte Else, eine geschrumpfte Reni, verborgen tief unter der Haut, so wie der Körper das Blut zurückzieht aus den Gliedern, wenn er auskühlt, so eine Reni, so eine Else, zurückgezogen noch unter die Muskeln, abgezogen aus den Armen, den Beinen, zwischen den Beinen, den Brüsten, sie da, diese zwei Elsen und zwei Renis haben viel gelernt. Erna Henrich würde hübsch staunen, denkt Reni, als Renis Hand, die auch meine ist, Else spürt, und ich die Augen öffnen kann. Letzte Wache Abenddämmerung. Who can tell the trees to walk? Überlaut flüstert Macbeth die Antwort in meinem Kopf: der Feind, der Feind. Wir schlafen tags, bewegen uns nachts. Ich bin eine makellose Feuermacherin geworden. Nur dass wir das hier im Wald nicht tun. Feuer erzeugen Rauch. Wir lesen Spuren, hinterlassen keine. Ich fühle nichts. Gefühl wird überschätzt. Ein Gefühl ist ein wertendes Urteil darüber, ob das, was passiert, das Wesen, das fühlt, also etwas wie Schrumpf-Reni, oder wenigstens Renn-Reni, oder vielleicht Tochter-Reni, vorwärtsbringt. So einfach ist das. Vorwärts oder nicht, vorwärts oder rückwärts. Vorwärts ist Breslau. Das ist zugleich rückwärts. Einfach ist tot. Seit wir auf Zuhause zugehen, träume ich nicht mehr davon, mich in mein Bett in der Ottostraße zu schmiegen. Seit wir gehen, schlafe ich nicht mehr.

Nichts da Gefühl. Nachts folgen wir der Straße, einer möglichst dünnen, engen Straße, einem Weg, einem Pfad, einem Nichts. Gegen Morgen, alles muss still und auf sichere Weise, nicht einfach nur durch eine Wolke vorm Mond, dunkel sein, klopfen wir Menschen aus ihrem Haus, wenn das Haus einsam steht, und bitten um Essen und Unterkunft. Die Flammen brummen, der Horizont brennt. Nichts ist vorbei, die Kriegsfeuer wandern, sie haben uns mehrfach überholt und sind nach Westen gezogen, sie kehren zurück. Nichts geschieht hier nur einmal, das haben wir gelernt. Es ist April und wir sind zurück im Deutschen Reich, das bald geschehen ist, vorbei.

Meist klopfen wir nirgends, wir übertagen im Wald. Eine wacht, die andere schließt die Augen, wir fallen in Tiefschlaf, kaum liegen wir, schrecken auf, kaum schlafen wir. Wildschweine, die in ihre Kuhlen zurückkehren, hört man von Weitem. Mutti packt die Rucksäcke, ich esse einen Apfel. Mutti isst nichts. Ich esse den Strinkel mit.

Wir nehmen nicht den Weg zurück, den wir gekommen sind. Wir nehmen einen längeren Weg zurück. Wir sind nicht die gleichen Personen. Wir brauchen nicht den gleichen Weg. Wir wollen nicht erleben, dass Menschen, bei denen wir mit dem Treck übernachteten, uns nicht erkennen. Doch das müssen wir uns nicht eingestehen. Das müssen wir gar nicht so denken. Wir sagen: Wir brauchen einen Weg an den Feuern vorbei, an den Soldaten vorbei, einen Weg durch den Wald. Bring me no more reports; let them fly all. Wir sind auf einem anderen Weg als im Januar. Wir sind zu zweit, wir sind leicht. Schrumpf-Reni in Reni schläft, während Reni einen Fuß vor den anderen setzt. Else geht hinter oder vor ihr. Schrumpf-Else in Else ist stumm. Auch die sichtbare Else schweigt.

Mitunter rauscht ein Flug kleiner Vögel über uns hinweg durch die Vorfrühlingsnacht. Zwielicht, wir verstecken uns. Sind die Käuze erwacht, ist es Abend. Wir müssen los. Jeder befindet sich auf seiner eigenen Flucht. Wir erlegen nichts. Wir haben kein

Gewehr, keine Zeit für Fallen, keine Kraft für den Tod. Wir schieben uns Steine in den Mund, spucken sie nach einer Weile wieder aus.

Wir sehen uns dabei nicht an. Wir wissen, was wir tun. Wir sind Reni und Else und etwas anderes. Wir passen aufeinander auf, seit es uns gibt, sie auf mich, ich auf sie. Else legt sich zuerst zum Schlafen in die Vertiefung, die wir gefunden oder gebaut haben, nach zwei Stunden wechseln wir. Der Abdruck ihres Körpers auf den raschelnden Blättern, sie deckt mich zu, eine Decke sie, eine ich, eine tschechische Decke, eine deutsche, keine hält warm. Wir sind zurück in Hitlers Reich von Tausend Jahren. Wir spüren es.

Wie von Geisterhand

passieren wir ein Dorf, die Einheimischen ziehen festlich gekleidet durch ihre Straßen, Glocken läuten, Frühlingsblumen sind erblüht, man feiert, als wäre nichts. Wir tun, als hätten wir nichts erlebt, sie geben uns ein Rosinenbrot mit auf den Weg. Alle sehen, wer wir sind, was geschehen ist, die Frauen sehen es, die Männer tun so, als wüssten sie nichts, ihre Augen verraten sie nicht. Allein die Frauen lassen ihre Augen etwas sagen, ihr Wegschauen etwas sagen, sie geben uns ein bisschen mehr zu essen, möchten wir glauben –

wir möchten in dieser Geste bei ihnen sein.

Primeln, Krokusse, Forsythien in ihrem gelben Licht, eilends ziehen wir weiter, Muttis Wange ist so geschwollen, dass Mutti nur mehr schweigt, es liegt an ihrem Kiefer, an der Stufe in ihrem Kiefer, es liegt daran, dass ich ihr den Mund zugebunden habe, damit sie nicht versucht zu sprechen, damit sie nicht Gewehrkolben sagt, als wüsste ich es nicht.

Sie hat vier Zähne ausgeschlagen, so denke ich das

sie hat

nicht: »man hat ihr«, erst recht nicht: »die

haben ihr«, »die« sind gelöscht

sie hat vier Zähne ausgeschlagen unten, oben zwei abgebrochen, die haben wir noch in Tschechien versorgt, Splitter rausgefischt, Kanten gefeilt, ist der Nerv erst einmal durch, tut das nicht mehr weh, haben wir gesagt, und gesehen, dass es nicht stimmt. Halt, halt bitte den Mund. Wir sind zu zweit, wir sind unsere Rettung, Mutter und Tochter und etwas anderes, Frau und Frau. Wir reinigen die Zähne mit Kieferzweigen, die ich entrinde. Muttis Kiefer ist angebrochen, so nennen wir es. Meine Finger sind schmal, ich stecke sie ihr auf der gesunden Seite in den Mund, wir haben eine Gabel, aber nichts, was man damit zerdrücken könnte, wir haben Brot, drei Scheiben Speck, alte Rüben und Äpfel, ich kaue es ihr vor, spucke es in meine Hand, schiebe es ihr auf einem flachen Hölzchen oder mit dem Finger durch den Spalt.

Der Wind pfeift so kalt, dass der Schnee zwischen den Bäumen leicht wird wie Spreu. Jeder deutsche Wind kann einen Berghang leer blasen und den Schnee haltlos wie Rauch durch die Gegend treiben. Fingernägel, wir haben euch noch, Lippen, wir haben euch noch. Wir finden einen offenen Verschlag, kriechen ins Stroh. Wir machen Pause, wollen diesmal erst nach Mitternacht los. Die Sterne stehen über uns gefühllos, glitzernd wie Frost. Hastig esse ich die Butterbrote, die uns die letzten tschechischen Bauern mitgegeben haben. Ich schleiche umher, um nicht auszukühlen. Waldnächte sind zu frostig für einen Menschen ohne Fell. Ich finde eine kleine Zuckerrübe, auch sie ist erfroren.

Mutti schläft.

Ich kauere ein paar Meter von ihr entfernt auf einem Baumstumpf, der Wald ist so still, wie es ihm zusteht, mal knackt etwas, mal fährt Luft um einen Zweig, sodass man es hört, ein Flügel um einen Stamm. Er ist lebendig, er atmet, zufrieden, bedingungslos bei sich, die Bäume öffnen und schließen sich miteinander, schieben sich als ein Wesen, als ein Körper voran. Ich habe keine Angst mehr vor ihnen. Ich weiß nun, dass ich allein bin auf dieser Welt.

Als ich aufwache, sind meine Glieder steif. Sie heilen, dabei müssen sie sich krümmen, vielleicht wollen sie das sogar, willig krümmen sie sich in jeden Traum. Gelegentlich schläft auch Else auf Wache, meist sieht sie wach aus, sie versucht, eine Frau ohne gebrochenen Kiefer, eine Frau in ihrer alten Stärke zu sein. Der Morgen versucht, milde zu sein. Die Sonne scheint, Frühling im deutschen Wald. Wir haben im Schutz der Bäume gelegen, wenngleich so, dass wir das nächste Feld, die Straße, ein Stück Weg im Blick hielten. Unsere Kleidung ist dreckig, erste Grashalme und Moosfleckchen schieben sich aus der Erde. Man kann sie essen, ich esse sie. Heute schmilzt der Schnee, unsere Rettung, keine Spuren, so können wir auch tagsüber weiter. Else liegt auf der Seite. Als ich sie berühre, ist sie heiß, heißer als die Sonne, ihr Gesicht ein Ballon rechts und dort, wo man ein Kinn sehen soll. Else ist jetzt eine Frau ohne Kinn.

Die Gleise in den Kurven über der Brücke am Sande, der Herzbrücke, du liebst diese Stadt, die Schienen singen, Brassel ruft uns, Mutti, hörst du nicht?

Else im Moos, auf den Nadeln vom letzten Jahr. Mutti!

Die nicht mehr geht, gehen kann. Else aus dem Matsch im Stall.

Elsenmutti, flüstere ich dicht an ihrem Ohr, sie riecht nach Eiter, ich schüttele sie nicht, ich bin vorsichtig, ich habe im Krankenhaus genug gesehen, dass ich sie liegen lasse, loslaufe, ich lasse sie im Wald.

Glück kommt von Lücke, wir haben Glück gehabt, wir haben Lücken gehabt, wir sind zu Lücken gemacht worden, ich weiß, wovon ich spreche, wir sind so erschöpft, dass wir keine Zeit mehr haben für die Angst. Ich brauche ein Glück im nächsten Haus, als ich klopfe, öffnet ein Kind, kleiner als ich, ein verängstigter Junge, der sagt, ich habe nichts, ich bin niemand, dann presst er den Mund zu und macht ihn nicht mehr auf. Er ist höchstens sechs, seit Tagen nicht gekämmt, ich spähe an ihm vorbei in den Hausflur, alles sieht ordentlich aus, nichts riecht verdächtig, ich bin überall wach, mit allen Sinnen und schiebe ihn zur Seite, er brüllt los, hängt sich an mich, ich schreie wie er.

»Suche Mensch«, schreie ich, der Junge versucht, mich am Weitergehen zu hindern, als ich die nächste Tür aufstoße, steht ein Mann am Tisch beim Fenster, das Gewehr auf mich gerichtet, die Frau neben ihm hält eine Sense in der Hand, vier oder fünf Kinder, größer als der Kleine, drängen sich um sie. Ich bin erleichtert, ich bin erschrocken, den Jüngsten haben sie vorgeschickt, als Köder, als Beute, den hätten sie geopfert, kein Wunder, dass er schreit, vielleicht wäre es sogar ein Schutz gewesen, er wäre als Erster abgeschlachtet worden, ihm wäre das Zusehen erspart geblieben, ich weiß, wovor ich keine Angst habe, für Angst ist keine Zeit.

Vorsichtig lächele ich, die Familie ist exakt, was ich brauche, deutsches Volk, sie müssen erkennen, dass man auf eine wie mich nicht schießt. »Mutti braucht Hilfe«, sage ich, sage es leise, hier hört man jeden Atemzug, jeder Gedanke ist laut. Der Tisch, die karierte Decke, die Uhr, die nicht mehr tickt. Sie haben Angst, ich habe keine mehr, das ist unser Unterschied. Er heißt: Hier war noch niemand, bei uns waren alle. Er heißt: Ich bin ihre erste Überraschung. Und eine Lächerlichkeit. Wenn sie das nicht erkennen, wenn die Furcht zu groß ist, wenn sie mich für eine falsche Vorhut halten, wenn sie das denken oder gar nicht denken, bringen sie mich um.

»Bitte, helfen Sie uns«, sage ich, und sie lassen langsam von ihrer Erstarrung. Noch bin ich ein Schatten ihrer Furcht, es ist der gefährlichste Augenblick, ich bewege mich nicht. Habe ich Pech, schießen sie mich tot, obwohl ich nicht die bin, die sie erwartet haben. Doch ihr Schrecken sitzt so tief, dass er nach einer Handlung verlangt. Der Kleine neben mir ist ebenfalls erstarrt, ich sage ihm, er solle zu ihnen laufen.

Kurz darauf rede ich und rede, der Bauer und ich laden Mutti in die Schubkarre, es sind keine zehn Minuten vom Wald zum Haus, wir rollen sie über die Wiese, klebrig von getautem Schnee. Im Haus schieben wir ihr ein Holz in den Mund, es ist der erste zweihöckrige Zahn rechts unten, zum Glück keiner der größten, eitrig und schwarz. Wir ziehen ihn heraus, das machen wir wie bei den

Tieren, sagt der Bauer. Sie haben Kühe und Hunde und Katzen. Else beißt auf das Holz, so beißt sie nicht uns, und ich darf raus, als das Ziehen beginnt, schreien höre ich sie dennoch.

Halt mir den Mund, halt mich fest. Ich übergebe mich in den Matsch vor der Tür, buddele es weg, wir wollen niemandem zur Last fallen, wollen nichts erzählen und werden nicht gefragt, sagen »Tschechien«, »zurück«, die Familie nickt. Sie geben mir zu essen, Mutti trinkt Kamillensud, nach drei Tagen klingt die Entzündung ab, Mutti trinkt Brühe, Brühe mit Hühnerknochen, wir geben jeden Pfennig, den wir haben, und wissen, wo wir sind, fünf Tagesmärsche vor Breslau, vielleicht auch sieben – in unserem Fall. Glück gehabt, sage ich zu Josef, das ist der Kleine, sie überlassen uns sechs Äpfel, verschrumpelt aus der Winterkiste, und machen Kartoffelmansch, den Else schlucken kann, an den zerstörten Zähnen, dem zerbrochenen Kiefer vorbei.

Wir sind bei klarem Verstand, wir haben Möglichkeiten: Wir kommen durch oder wir verrecken. Zwei Personen, ein Verstand. Diese Klarheit glänzt wie ein Frühlingsblümchen, das hat Marolf immer gesagt, wenn im Radio wieder etwas verkündet worden war, was klar wurde durch Brüllen. Möglichkeit drei, wir begegnen Soldaten, lassen wir aus. Darüber sprechen wir nicht, ein Verstand, der sich aus zwei halben zusammensetzt, muss das nicht sehen.

Beim Verrecken gibt es Alternativen, die netteste ist, wir bleiben eines Morgens einfach liegen, damit müssen wir uns allerdings beeilen, bald wird es zu mild für sanftes Erfrieren, es soll ein angenehmer Tod sein, wir haben es im Treck an den Straßenbündeln gesehen, den Wickelkindern, auf dem Arm ihrer Mütter erfroren, eisig, die Kleinen, eisig wie die Erde, aufgraben konnte man hier nichts, die Mütter durften auch nicht, sie mussten weiterziehen.

Erfrieren. Else würde es sich erlauben, aber verbietet es mir, ich würde es mir erlauben, aber verbiete es ihr, so hängen wir aneinander fest, die eine am Willen der anderen, und jede sorgt sich um sich selbst, gegenseitig schieben wir uns ins Leben hinein und stapfen weiter, weil wir zwei sind, eine Mutter, eine Tochter, die die jeweils andere nicht lassen kann.

Oder doch?

Die Straßenschilder sagen: Breslau, 35 Kilometer. Es soll Minen geben. Wir versuchen, auf keinem Weg zu gehen. Der Ort, an dem wir vorbeischleichen, ist ein halb verwester Fisch, dessen schwarze Gräten in die Luft starren. Wir sehnen uns nach Feuer, bei uns. Stattdessen der Geruch. Nach Tagen und Nächten: der Geruch. Der Körper möchte nicht mehr atmen. Es ist kalt. Die Kälte ist schlimmer als der Hunger. Schnapp-schnapp. Man möchte sich nicht rühren. Wenn wir uns setzen, schläft alles ein, ohne dass wir schlafen. Das Mienenspiel schleicht sich davon. Lachen kann man nur mehr tief innen. Brassel, haben Josefs Eltern gesagt, heiße Festung. Sie haben uns beschrieben, wie eng der Belagerungsring gezogen ist. Tote liegen in den Gräben oder platt gewalzt davor.

Glück ist eine Lücke, wir kommen von Süden, müssen von Norden hinein, dort oben sind die Russen sich ihrer Sache seit Januar sicher, nachlässiger, im Süden wird gekämpft, ich kaue es Else vor. Damit meine ich nicht den Plan. Wir haben keinen, wir schleichen auf Sicht, nach Instinkt, wir sind dünn geworden, schwarz wie die Schatten im Wald, es ist der letzte Apfel, vorkauen, spucken, wir sind widerlich, den Ekel haben wir hinter uns, wir

sind Reni und Else von einer anderen Welt.

Mutter und Tochter, Frau und Frau.

Wir haben einander zugesehen. Ich kniete neben ihr auf dem Boden, bessere Aussicht, Kleine, sagten sie. Sie sagten es auf Russisch. Was man nicht verstand, verstand man bald, Mutter lag neben mir, der Gewehrkolben, Augen geschlossen, dann wurde es dunkel, halten wir das fest, halt mich fest, halt mir den Mund, beiß mir die Zunge ab.

Wir folgen der Straße ostwärts, bis wir einen Bogen schlagen können nach Nordwesten, wir haben die Karte im Kopf, täuschen dürfen wir uns nicht. Wir sehen Breslau nicht liegen, wir sehen es rauchen. Else schluckt. Still, Mutti, still, mit dem angebrochenen Mund vor der brechenden Stadt. Schrumpf-Reni liegt in mir und tut keinen Mucks. Als ich erwache, lehnt Else mit gerötetem Gesicht an meiner Seite, zieht die Winkel nach oben, wird röter, weil sie die Lippen wieder öffnen und schließen kann, weil sie sich freut. Sie fühlt sich besser, zu sagen braucht sie das nicht.

Unter den Tannenzweigen, in der Kuhle, ist es von Stille warm. Muttis Hand liegt auf der Decke über meinem Arm. Was pocht, ist mein Herz, das pocht überall zu ihr hin.

»Du warst mir anvertraut, ich wollte dich beschützen, nun sieh …«, sagt sie. Frieda und Gustl zogen weiter, Mutti entschied, dass wir umkehrten, zu Marolf zurück. Das war keine Rechnung, sondern eine Sehnsucht nach unserem Zuvor, eine Gewohnheit, eine Trostspur, Rechnung vielleicht auch. Ich sah, wie Mutti kleiner geworden war, wie sie hinkte und zurückwollte, »ich kann euch nicht mehr führen«.

»Du hast mich geschützt«, sage ich ihr, »dir geht es schlechter als mir, das ist der Beweis.«

»Mach dir keine Sorgen«, sage ich, »Schrumpf-Reni hat sich zusammengerollt in mir wie ein Wintertier und schläft einen Heilschlaf.« Else glaubt mir das nicht, vielleicht glaube ich es selbst mir nicht. Was genau rollt? Auf solch einer Flucht blutet keine, in dieser Kälte, bei dieser Anspannung, mit so wenig Ernährung, auch Else nicht. Ich beschließe, dass alles, was in mir wächst, meine Knochen sind, meine Muskeln, mein Gehirn.

Das erste Tageslicht beginnt zu schimmern, wir liegen am Rand eines Feldes. So weit das Auge reicht, entrollen sich Grün- und Brauntöne. Wir erwachen aus einem leichten Schlaf, auch ich, die tiefschlafen und wachsen sollte, letzte Traumweben ziehen vorüber, auf der Welt Else und ich, niemand sonst, Nadelduft steigt von der Erde auf. Noch ist das Laken der Morgendämmerung straff ausgespannt, glitzernd von frischen Eiskristallen auf den Mulden voller Schnee. In unseren Augen liegt ein leises Lächeln.

Es ist das Lächeln vor der Angst. Bevor wir wieder sind, wer wir nun sind.

Wir schnallen die Decken auf die Rucksäcke. Zwei Märsche noch?

Huschen durch ehemaliges Kampfgebiet. Auf den Feldern sind Panzer liegen geblieben. Tierkadaver ziehen Scharen von Aasvögeln an, die aufschwirren, wenn wir uns nähern. Abgeschossene Kirchtürme, fast ein vertrautes Bild. Kalt und klar steht der Mond über den dächerlosen Häuserreihen, wenn wir aufbrechen.

Wir werden an der Oder liegen im Sommer, Mutti, am Sande werden wir baden, über jede Brücke schreiten, den Kai an der Universität entlangpromenieren, die Stadt wird zerstört sein, aber das milde Breslauer Licht wird uns begrüßen

sie wird in Flammen stehen, sagt Else
aber wird gelöscht werden, sage ich
in Trümmern, sagt sie
besser als nichts, sage ich
wir werden dort zuhause sein wie einst, sage ich
wir werden nie mehr wir sein, sagt sie
aber Zuhause, zurückschlüpfen in unser Zuhause, sage ich
wir werden uns erinnern, sagt sie
es wird uns auffressen, sagt sie
aufbauen wird es uns, sage ich.

Die Vorräte reichen für drei Tage, dann müssen wir es um die Stadt geschafft haben. Wir sind flink, Mutti, sage ich ihr, wir sind Wiesel. Die Liebe zu Felltieren teilen wir, wir ziehen sie mit Geräuschen an, die einzig Magdas Töchter zu machen verstehen, Klick- und Schnalzlaute, schlesisch-polnisch gemischt. Die Eichhörnchen sind frühlingswach, wir folgen ihnen, wer sich bückt, findet eine Nuss oder zwei, die sie vergessen haben, ich nehme sie ihnen weg, sie werden es überstehen.

Mein Ohr für Töne, mein Stimmentalent, das ist schon die gesamte Schauspielerei, die Marolf an mich weitergegeben hat.

Zum Glück, sagt Else, das reicht. Tatsächlich beherrscht sie das mit den Stimmen besser als er, tatsächlich habe ich es von ihr. Die Aufmerksamkeit der Tiere tröstet mich, mit Menschen will ich nicht mehr sprechen, mit den Felligen ist es leicht, sie sind unsere Begleitung, sie leben nicht im Krieg.

Graue Hügel, die Reste eines überrannten Walls, der ausgefranste Rand eines eisernen Topfes, der vor sich hin köchelnd immerfort Wasser zu Licht verdampft – es muss Breslau sein. Es gibt keinen Mond, nicht einmal einen Himmel scheint es zu geben, nur einzelne Geräusche, ortlos, körperlos, dicht. Eulen schreien, in der Dunkelheit greifen Krallen wenige Meter von uns entfernt nach Beute. Die vielleicht schwanger ist. Was denk ich bloß. Bin sechzehn, denke Sätze wie: Wo ist die Gnade hin, dass man nichts weiß? Nichts aus dem Körper fühlt? Wie gern wäre ich zurück in der Schule. Dass mir das passiert. Morgens glüht das Gras kräftig grün, die Blätter der Leberblümchen spitzen aus dem Boden, erste Lerchen stehen jubilierend in der Luft. Unsere Verlorenheit in dieser von Leben zerspringenden Natur zerreißt mich fast.

Banden jagen durch das Land, Todesbrigaden, die die Deutschen verfolgen, wir haben die Gerüchte gehört, Echos liegen auf dem Weg. Wir haben eine Ewigkeit gebraucht, wir kehren aus einer Ewigkeit zurück.

Wir sind im Ring um die Stadt. Aus dem Gebüsch beobachten wir den in einer Mulde liegenden Hof, alles still, ein schlanker Jagdhund schnüffelt in der Einfahrt, legt sich in einen Sonnenfleck. Wie im Märchen komme ich mir vor: nach einer Suppe fragen, nach Tee. Das Haus ist gepflegt, Rosenspalier am Eingang, die Tür steht offen.

Wir rufen, niemand antwortet, der Jagdhund hat den Kopf auf die ausgestreckten Vorderbeine gelegt, er nimmt keinerlei Notiz von uns, verteidigt nichts.

In der breiten Diele brennt Licht, ebenso die Lampe über dem runden Esstisch, an ihm knien sechs oder sieben Personen ich kann sie nachzählen, sie bewegen sich nicht

die Köpfe nach vorn gefallen, sind sie mit der Zunge an die Tischkante genagelt

dem Bauern die Augen ausgestochen

die Hände der Bäuerin hängen verdreht neben den Armen herab, mehr sehe ich nicht

auch der Hund ist tot, wir erkennen es, als wir gehen, wir trauen unseren Augen nicht mehr, wir trauen der Wirklichkeit nicht mehr, eben hat er sich noch bewegt, das haben wir wahrgenommen, die Wirklichkeit hat sich diese Neigung zugelegt zu kippen, sie hat sich diese Neigung zugelegt, sich über uns lustig zu machen, Krieg heißt, dass zu einer Fata Morgana wird, was man mitten an einem klaren Frühlingstag sieht, ein Hund, eben lebendig, ist tot, eine Familie, eben lebendig, ist genagelt, Krieg heißt, dass du nicht weißt, ob du, während du fühlst, dass du läufst, wirklich auf Materie läufst, Materie bist oder schon Gespenst.

Zwei Dörfer weiter weist man uns auf die Tenne, wir machen die Augen zu, so ertragen wir sogar einen Stall. Schweinestall ertragen wir nicht. Stall ist wärmer als Wald, solange Kühe da sind, sind wir nicht in »der Tschechei«, sind wir nicht in »der« Vergangenheit, wir müssen nichts sehen und nichts wiedererleben, so beruhigen wir uns, so sagen wir es uns vor. Wir wissen, was wir flüstern müssen, »mach dir keine Sorgen, ich spüre nichts«, wir wissen, was wir einander stumm in den Arm streicheln, wir liegen nebeneinander, wir schlafen gleichzeitig ein, wir strecken uns. Else ist noch immer länger als ich, ich will unter ihr liegen, in sie zurück, Jaga, du hast nichts verpasst, Jaga, du hast es angenehm, Jaga im Kinderverschickungsland, nie mehr will ich dieses Wort hören, mir wird übel, denke ich nur daran.

Als ich aufwache, stinke ich nach Tier, nichts sonst. Also ist die Nacht gut vorbei. Glück, sagt Else, ist ein Wort für Zufall, für Hilflosigkeit, für Das-durchschauen-wir-nicht, ein Gefühl ist ein Urteil, sage ich, das bewertet, ob etwas uns nützt oder nicht, Glück ist das Gefühl, durchgerutscht zu sein, entkommen, eine Lücke, mehr nicht, man fasst in leere Luft.

Wir stinken nach Tier, so stinken wir nicht nach uns, nach den heilenden Wundrändern, nach dem Mund, nach unserer Angst. Jeden Morgen wissen wir, was leere Luft wert ist. Leere Luft um den Körper herum, keine Menschen um den Körper herum, schlichte Luft, die man atmen kann.

Abermals erreichen wir den Ring. Belagerung, Festung, wir stecken fest. Am Abend sind wir auf dem Hof mit dem Kuhstall zurück. Sie geben uns Milch, die kann Else trinken, wir denken an Benschi und sagen es nicht, ich kaue ihr Brot vor, löffele es ihr ein, wir waschen alles heiß ab, kochen Wasser auf, St. Georg sei Dank, solange Mutti nicht von Omi Magda fantasiert, Gott-hab-sie-selig, ist es halb-schlimm.

Wir banden sie fest, als wir den Zahn ausrissen, der Josefbauer gab ihr etwas, das sie betäuben sollte, kein Schnaps, ein Tiermittel, ich kriegte vorab auch einen Schluck, wir ziehen gleich noch den nächsten Zahn, sagte er, so machten sie es bei den Kühen, seien die erst mal im Schmerz, wirke der neue nicht so stark, ich rannte, Else blieb einen Tag wie bewusstlos, mein wichtigster, einziger Mensch.

Der dritte Anlauf, in die Stadt zu gelangen. Wo ist niemand, wo wird nicht aufgepasst. Der vierte. Breslau liegt tief zu unserer Rechten, fast sind wir herum, brauchen den richtigen Augenblick für den scharfen Winkel, ein Gebüsch, eine Kette von Gebüschen, von Bäumen, wir versuchen, uns an die Dörfer hier im Nordwesten zu erinnern

wir versuchen, die Russen zu erraten
wir beobachten und lauschen
es gibt Wölfe, vor ihnen haben wir keine Angst
es gibt keine Bären
ein Kauz hoch im Baum dreht den Kopf
ein Fuchs, tiefrot, wohlgenährt, streicht vor uns über eine Wiese, wir folgen den Tieren, wenn sie sich zeigen, ist die Luft rein, was

nicht stimmen kann, wir sind schließlich da, uns haben sie übersehen, vielleicht auch andere, doch an etwas müssen wir glauben.

Wir treten in zermatschten Schnee. Die Gefahr, dass jemand nachkommt in der gefahrenen Spur, ist groß; andererseits sind sie eben hier bereits durch. Ich bringe dich heim, sagt Mutti, ich bringe dich heim, sage ich, wir müssen ins Bild schmelzen, aussehen wie Schatten, gleiten wie Schatten, die Schmerzen zwischen den Beinen sind vergangen, trotzdem zittere ich. Einzig, wenn ich mich an Else schmiege, wird es besser, sie drückt mich. Ihr Schlaf, wie meiner, ist leicht, ist nichts.

Morgens zwitschern die Vögel auf diese helle Aprilweise, die auf den Nerven spielt. Die Breslauer Luft dröhnt, der Krieg rollt. Er schießt aus dem Boden vor uns, taucht auf wie ein Irrlicht hinter uns, verflackert, will endlos sein.

Himmel und Wasser sind vom gleichen schimmernden Grau, schwarz der Wald. Wir huschen von Busch zu Busch, tilgen jede Erinnerung, löschen, streichen aus, etwas ist in unseren Köpfen verändert, seit die Männer sich uns zeigten, ihre Gesichter, jenes oben, jenes unten, das aus Bart besteht, aus dem Überdicken und Schmerz, ich erinnere mich

nicht, der Rücken

krümmt sich, Zweige schlagen, ich bin steif, als Mutti stehen bleibt und mich vor sich schiebt, sodass ich mich an sie lehnen und sehen kann: Brassel, Breslau, unser Zuhause, schwimmt im ersten Grau des Morgens vor uns wie auf einem Wasserfarbenbild.

Der Himmel ist zart blütengelb, aufstrebende Wölkchen schwelen und glühen rosa

während die Sonne einen Strahl über die Oder schießt, und dann noch einen, ein langbeiniges Insekt stemmt sich aus seinem Kokon, unregelmäßig morsen die Wellen, locken uns durch die Schleier der Feuer, wir sind durch, wir schleichen durch Frühlingsgras.

Erinnerst du dich, wie wir uns eine Kuhle suchten, wenn der Morgen dämmerte, und uns unter den Tannen verbargen, mit morschen Zweigen bedeckt, wie du Laub auf mich schaufeltest, mein Gesicht streicheltest, es war rußig, das hatte nicht geholfen, die Haare kurz, das hatte nicht geholfen, wie wir schliefen, uns abwechselten, wie du aufwachtest, lange bevor deine Schicht begann, mich anstießt, übernahmst, und ich einschlief, an dich gedrückt, um der Wärme willen, Mutti, nicht wahr?

Ein einziges Mal auf der gesamten Herumflieherei im Reich nimmt uns ein Lkw mit: *jetzt*, hinter dem Belagerungsring.

Der ist dünn geworden, sagt der Fahrer,

Achtelkraft, Sechzehntelkraft, die Russen marschieren auf Berlin, der Süden der Stadt brennt, die Nazis selbst stecken die Häuser an, »natürlich«, sagen wir, als wären wir nicht bestürzt, was sind wir

verständig geworden, was sind wir leicht nun, wo wir fast Zuhause sind, bricht Else zusammen, sie setzt einen Fuß vor den anderen, aber ich fühle, wie sie splittert, innerlich.

Abschnittskommando Oder Nord. Seit dem 16. März werden alle jungen Frauen vom 16. bis zum 35. Lebensjahr zur Wehrmacht eingezogen. Es ist der erste warme Tag des Jahres. Unser Haus ist weg. Ich meine

weg.

»Ich muss dich zurückbringen.«

»Wir sind zurück.«

Ich führe Else. Wie flach Breslau ist, zerschneidet das Herz: Schneestück, Rasenstück, Trichterstück, Frühlingsstück, die geteilten, abgebrannten Türme der Dominsel, die zerbombte Silhouette, Vati hockt neben dem Schutthaufen, der unser Haus war, und sagt: »Wo seid ihr so dreckig«, sagt: »wo?«, sagt

nicht mehr, hält uns im Arm, beide zugleich.

Keiner rührte sich, so mussten wir einander nicht ansehen, Marolf war gesund, Marolf Volkssturm, der Volkssturm saß in der Stadt, unser Haus nicht, Vati presste uns an seine Brust, presste unsere Geschichten in uns zurück, presste das gesamte Reichsprotektorat, diesen Riesenfehler, unsere Kehlen hinunter. Da schluckten und schluckten wir mächtig und wurden stumm, stummer, als wir waren. Wir versuchten, ihm das abzugelten, drückten und quetschten seine Rippen, er japste und sagte, »meine Freude, mein Leben, mein Kind« und umarmte stärker zurück.

Er log. Ich sah es in seinen Augen, ich wünschte mir etwas anderes, ich spiegelte mich in seinen Pupillen, so klein, so nah, auf dem Kopf, das waren Vati und Vatigeruch und ich, und ich sah es: Er hatte Angst. Es war etwas Silbernes. Angst und.

Er hatte es sich gut gehen lassen, ohne uns.

Die Freude des Wiedersehens und der Schrecken über die zerbombte Wohnung hielten sich in den ersten Tagen die Waage, zumindest für mich. Mutti lag auf der Matratze bei den Schlüters, die wohnten drei Häuser weiter, so ein Haus drei Häuser weiter war nicht beschädigt, das war unser Unglück und Glück, Familie Schlüter nahm uns auf. »Sie haben eine Stufe«, sagte Adele zu Else auf dem Sofa, das uns nicht gehörte, Adele war zu Marolf zurückgekehrt im Januar, kaum waren wir weggegangen, das war nun nirgends mehr ein Geheimnis, und dachte sie an das Lissl, tat sie es laut und sagte »unser Kind«.

Mutti auf dem fremden Diwan schwieg. Dass Adele bei Marolf lebte, war eine Überraschung, die hatte keiner gebraucht. Bis auf Marolf vielleicht. Und Adele, mag sein. Dieses Zusammenwohnen war das Silberne in Vatis Angst und seinem Gleißen, es war auch ein »umundum schön«. Er hatte sich streicheln lassen, während wir im Süden etc. Was wir erlebten, war unabhängig davon geschehen, was er erlebte, hätte er mehr gelitten, hätte uns das nicht geholfen. Trotzdem machte seine Zeit in der Stadt, seine erneute Treulosigkeit, die vielleicht einfach seine Schwäche war, unser Erleben im Nachhinein schlimmer.

Mutti war eine Else mit zu wenig Zähnen im Mund, eine Else-wieder-zurück. Die hatte kein Wort, viel Auge. Und eine Stufe im Gesicht.

Adele ging.

Ich saß bei meiner Mutter auf der Kante des Diwans der Schlüters, hielt ihre Hand. Vier Wochen hatten wir für den Rückweg gebraucht, für vier Wochen hatte ich sie so nahe bei mir gehabt wie nie zuvor, wir waren

Mutter und Tochter, Frau und Frau

wieder führe ich sie, die Sonne leuchtet, die Stadt liegt vor uns, Brassel

ich reibe dein Sandherz, dein tapferes rotes Herz, es pocht mir in der Hand, Mutti und ich ducken uns frohgemut, wir halten uns aneinander fest, wieder und wieder schleichen wir durch Frühlingsgras.

Die Rückkehr, der ein Bauch wächst

(Reni, April – Juli 1945, Breslau)

Gesang der gezwungenen Kinder

ihr sagtet ihr dachtet ————————
ihr wolltet ~~euch festhalten daran~~ : dass wir
keine Seele
nichts als Klumpen waren
als Erinnerungen
Albträume ———————— nichts eigenes
nur Gespinst ————
als gezielte Schwäche, als menschliches Moment ————————
erklingen die Lieder ———— der verlorenen Kinder Un~~d~~kinder
der gezwungenen wie sie sich
zur Seite legen ——— auf dem Feld wie
sie wieder aufstehen mit dem Wind auf dem Feld
mit dem sich hebenden Wind
————————————————
das Schwarze der Augen
der Krallen
der Kehlen
der durchschnittenen
Federn wo
bist du, Mama? ————

— bist du ein Mensch?

Die Stadt brannte, die Stadt war rot, roter Wind trieb um die zerbrochenen Ecken, ich hatte rotes Haar, rote Haut, wir hatten kaum Wasser, um uns zu waschen, wir gaben Else, was wir ergatterten, Ratten rannten mit Horden von Rattenjungen umher, sie hatten ein glorioses Jahr. Der Leutnant, der die Einsätze verteilte, grinste.

Ich fand es nicht mehr dämlich. Man grinste, um nicht zu schreien, im Kopf stoben brennende Vögel umher, außen sah man sie auch, sah sie jeden Tag. Häuser explodierten, Brandbomben fielen, lodernde Trümmer flogen durch die Luft, zündeten an, was sie berührten. Der Leutnant grinste, weil ihm peinlich war, der Leutnant zu sein, der Leutnant grinste, als wäre ich ein Freele oder ein kleines Gake, als gäbe es das noch. Kürzer als Else stand ich vor ihm, dabei erfahren wie kaum eine, die der Leutnant hätte gehabt haben wollen.

Ich hatte die Nacherwachsenengedanken, ich war turbogebraucht, wusste, woran ich nicht denken wollte, dachte daran. Der Leutnant fiel durch sein eigenes Lachen hindurch.

Vati musste schippen, Vati musste eine Landebahn bauen auf der Kaiserstraße, die es nicht mehr gab, die Nazis hatten die Kaiserstraße gesprengt, seit Jahren hatten sie sich heimlich danach gesehnt. Am Ende hatte sich gezeigt, wie unsere Führer uns hassten, sie zerstörten, was wir hatten bewahren wollen, zerstörten uns. Ich war kein Pudding mehr, umso reizender spielte ich es vor, Gehirnpudding, Harmlospudding, so ahnungslos schien ich dem Mann unter dem Stahlhelm, dass er mich fragte, was ich arbeiten wolle.

Minuten später ging ich allein zum St. Georg hinunter. Bislang hatte ich ausschließlich auf bestimmten, beschränkten Routen ohne Begleitung durch die Stadt gehen dürfen, zur Schule, zum Bäcker, zu Töppel & Knautsch, ins Theaterchen, alle anderen Male war ein Elternteil dabei, Adele oder mindestens eine Freundin. Nun war es gleichgültig, ich streunte, wenn mir danach zumute war, niemand wusste, wo ich steckte. Frei wie eines der Atome, die wir im Chemieunterricht gesehen hatten, bewegte ich mich südlich und nördlich der Oder, und die meiste Zeit schien mir das reine Himmelsblau auf den Kopf, und selten der Schatten eines *Jägers*. Noch bevor ich die Oder sah, roch ich sie, und die Häuser – bemalt die älteren, die modernen mit Glasbändern geschmückt – standen in vertrauten Bildern zusammen, sodass ich an sie glauben konnte. Ich wurde besseren Mutes als all die Monate unterwegs, obwohl die Lage nicht rosiger war, rosig war kein Wort, das eine wie ich noch verwendete, zu viel Rosiges gesehen, wie es sich mit Blut füllte, umgestülpt wurde, zerriss. Im Krankenhaus ging es so weiter, viel zu viel Rosafarbenes von innen, war erst einmal der Mund weggebombt, hingen die Wangen erst einmal in Fetzen, waren die Därme erst einmal gespült. Dagegen waren jeder Baum, jeder Strauch, jeder Vogel, jede Mauer, an der Knöterich hing, jede Bank im Gras, jeder Spielplatz mit seinen Wippen, Pferdchen und Buchten aus Sand, jeder Blick ins Wasser, wie es zum Meer floss, eine geschenkte Kraft, denn das Meer gab es noch, wie eingesperrt man uns hier auch hielt.

Bei der Krankenpflege lernte ich, was man in jeder Art von Zukunft brauchen würde. Mutti ruhte sich aus, mein Bauch spannte, ihr Kiefer heilte. Wir sprachen nicht über Vati, sprachen über nichts. Auch vor mir sank sie weg wie ein in trübes Wasser geworfener Stein. Sie hatte zurückgewollt. Es gab kein Zurück. Was wir stattdessen fanden, war für sie abscheulicher als für mich. Ich machte dort weiter, wo ich im Januar noch ich gewesen war. Die Stadt sah anders aus. Dafür war ich ihr dankbar, so passte ich, als die andere, die ich geworden war, wieder zu ihr.

Jede Nacht rollte ich mich in der Dunkelheit der sinnlosen Fensterpappen im Sessel der Schlüters zusammen. Die Russen stiegen aus den Stellungen in Oels, flogen ein paar Kilometer nach Westen und ließen die Eier fallen. Meine Eltern lagen zueinandergedreht auf dem Sofa. Sie hielten sich an einer Fluchtdecke fest.

Wünschte ich mir, dass einer von ihnen aufwachte, elefantenmüde ein Auge öffnete und flüsterte: Ach, Bätschel, was is?

Mein Kälbchen, mein Lämmchen. Wie du nicht schlafen kannst, weil dir übel ist, weil du dich ängstigst vor allem, was Zukunft heißt?

Nicht schläfst, weil du dir wünschst, einen Treffer abzukriegen, mitten in die Wohnung, ohne Vorwarnung, rasch, sauber, vorbei? Und zugleich fürchtest, dein schwarzer Gedanke zöge die Bombe an?

Ach, Herzpinkerle, soll Mutti sagen, wenn das funktionierte, wäre die halbe Stadt überm Jordan. Ach, Herzpinkerle, komm her. Das schaffen wir, auch mit einem Kind.

Statt etwas zu sagen, schläft sie. Tief und lange, viel länger als ein gesunder Mensch. Sie drückt sich an Vati. Ist sie so erleichtert, dass Adele weg ist? Marolf wirkt heiter. Diese Eltern sind mir ein Rätsel. Oder liegt es am Rundum? Dunkelstimmung ist so allgemein, da fällt Vatis Auf und Ab nicht mehr auf, alle Freude wird gespielt. Else hat die Schweigsamkeit, Marolf ein Gemüt wie jeder, ich den Bauch und das Mutterloch, wo Else war.

Die Schlüters pachten das Glück. Verschonungsglück, Urkundenglück, Geldglück, sie bieten Chaiselongue, Sofa und etwas Boden-unter-den-Füßen gegen kräftigen Zins. Meine Eltern tuscheln nicht, beraten sich nicht, wie die Murmeltiere sitzen wir da, selbst wenn wir wach sind, in Decken geschlagen, in Kleinmut, Ratlosigkeit.

Mein Denken kehrt wieder, der Atem, der es miteinander verbindet von Satz zu Satz. Dazwischen habe ich die Wut, um sie schlingt sich die Angst, und meinen Bauch habe ich, in dem beides sitzt, Wut und Angst, und umeinander wächst wie ein Polyp, der sich mit seinen eigenen Armen umarmt, und so haben sie ein Herz gemacht. Ich verstehe, worum ich nie bat, verstehe, dass das Lissl so blond aussah, und Adele so dunkel, und Mutti dunkel, und Vati blond wie auch ich und Adeles SS-Freund, an den niemand glaubte. Das Lissl wurde zurückgegeben, der Fehler wurde gebügelt, ausgebügelt und noch mal drüber und platt. »Platt« ist auch so ein Wort. So ein elendes Wort. So eines wie »flach«. Ich ziehe enge Hosen an. Mir fällt Shakespeare ein, bei dem Männer die Frauenrollen spielten und sich in dieser Rolle als Mann verkleideten. Als hülfe das was. Alte Welt! Da steht sie, schaut sich um und wundert sich, dass niemand sie mehr brauchen kann. Flach. Die Hose drückt den Bauch zurück. Wir kochen nun selbst. Für uns drei, und die vier Schlüters, macht sieben, und ein bisschen für Nummer acht, die hat keinen Mund, frisst trotzdem mit.

Doktor Tschopkau ist fort, die Zartheit ist fort, fort mein Ich-suche-mich. Welch Luxus das war. Der Salon, das Dabeisitzen, Ausprobieren, Zukunftsdenken. Die Hälfte der Schwestern ist übrig, die Hälfte des Sankt-Georg nutzbar, Giebel eingestürzt, Fenster zersprungen, »der russische Angriff berührt das Weichbild der Stadt«. Das stand in der Zeitung, folglich darf man es laut sagen, ohne Kopf-ab. Wir haben diese praktischen Neuwörter: Kopf-ab, Hunger-Krebs, Festungs-Befehl. Das Dach zwischen Längs- und Giebelseite des St.-Hedwig-Hauses ist eine Schlucht, das St.-Barbara-Haus Staub, der Leichenstapel im Empfangszimmer deckenhoch, Vatis Wörtertalent ist auf mich gefallen. Er schweigt, ich habe den Zorn, der macht Wörter, rasch deckt die Angst sie zu, unter ihr schwelen sie weiter. »Berühren«, sagt Schwester Gottwalda, »Weichbild«, »Humor«.

Bäume bestehen aus schwarzen Stämmen, die als dicke Stacheln in die Luft ragen. Schießt dennoch etwas frisches Grün auf, streiten die Vögel darum. Kohlmeisen und Spatzen, rot vom Staub der zerriebenen Häuser, torkeln, tschilpen »dobry djen«.

Hörst du es? Nichts wie runter, der Himmel ein glühender Teller, ohrenzerreißendes Splittern. Schlachtflieger in großer Zahl nordöstlich, sieh nur, wie lustig sie pendeln. Ich liege auf dem Rücken, so habe ich etwas davon. Quillt rundum der Menschenstrom wieder aus der Erde hervor, rappele ich mich auf und laufe, wie jeder hier, als Teil der Wehrmacht weiter herum: Abschnittskommando

Oder Nord, Einschlag, Ende, Einschlag, Erde. Ah, wie viel Sehnsucht das hat.

Nachts bin ich eine blöde Durchlässigkeit. Was stehe ich vor meinen schlafenden Eltern? Was denke ich nach und finde keinen Traum? Das Gehör ist zu klein für das, was wir erleben, zu klein die Augen, der Kopf. Da sackt das Erlebte ab in den Körper. Was machte die Frau im Rinnstein heute Morgen mit dem Kind. Es wiegen? Es würgen? Mitten in der Straße dienten die Schaufelnden als Ziele und lachten noch. Wir sind so ein lustiges Volk. Manche stellen sich ohne Kiefer im Krankenhaus vor, fallen auseinander ohne einzigen Schuss. Sie haben den Wasserkrebs.

Wiegen. Abend, Morgen, Abend, Morgen. Unsere Wohnung ist Luft. Knietief liegen Akten aus der Kanzlei, die im ersten Stock der Nummer 32 nach dem Recht suchte, noch immer auf der Straße, braun und verschmiert. Gegenüber fegen Frauen vor ihrer Noch-Tür, ein Kind spielt Einsam-Ball, ich laufe die menschenleere Ottostraße hinab, denke an ein frohes Leben ohne Bauch, ohne Rot, ohne Wissen, bis ich hoffnungslos

außer Atem bin.

Würgen. Abends kehrt Vati vom Schaufeln in der Kaiserstraße zurück. Wir haben Feindberührung. Niemand spricht aus, dass, was wie Äste in einem Sturm durch die Straßen weht, Menschen sind.

Es ist normal, Halluzinationen zu haben. Wir leben in den Bergen, wir haben uns eine schleichende Gangart angewöhnt, überlegen jeden Schritt. Vor dem Krankenhaus türmen sich die verbrauchten Verbände meterhoch, rutschen ab in den Teich. Menschen ziehen Karren, stapeln Barrikaden auf, sprechen nicht, schauen nicht, wissen nicht, wer sie sind. Die Zeit wird aus Rinderknochen gekocht, wir liegen im Knochentopf Breslau, der Ofen hat sich über uns gestülpt.

Treffer Westseite, erster Stock. Dobry djen. Im Trichter liegt mein Herz, schaut, das kriecht unter den Wurzeln herum, verstört und blind, das ist kürzlich von mir fort. Schwester Mariannas Gesicht von tausend kleinen Ziegelsplittern durchbohrt, die Hoflinde entwurzelt, links wühlen Flammen, niemand fragt, ob oder wie man das aufnimmt oder hin-, Schwester Marianna auf dem Boden im Wintergarten, beide Augen zerstört, niemand fragt, ob oder wie ich mich erinnere. Wie von selbst, wie von Geisterhand durch die Tunnel geweht renne ich von Neuem durch die Stadt, süchtig nach Gefahr, Schatten, Angst. Ich stolpere. Stolpern ist verboten. Liegen lassen ist verboten. Verbotsdenken ist geübt. Wie: totale Verdunkelung, totale Reglosigkeit, totale Mäuschenhaftigkeit. Die Feindeshand streckt Spinnenfinger durch die Wolken herab, sie wühlen in meinem Kopf, danke, danke, dunkel die Kapsel, die Schwester Elfriede mir ins Kitteltäschchen steckt.

Glühende Trümmer gleiten an unserem Wagen vorüber. Fünf Schwestern des St. Georg werden zu einem Einsatz am Stadtrand gefahren, wir müssen dort übernachten. Dumpf und gleichmäßig, schwachen Schrittes, müht sich, als es dunkel ist, ein Rinnsal Männer die Straße herab. Je zwei nebeneinander, zerschlissene Mäntel, manche mit Mützen, keiner hat Handschuhe, Schuhe zerrieben. Sie ächzen wie rostige Kähne, niemals hätte ich mir vorgestellt, dass derartige Laute sich einer Brust entringen könnten. Wer stehen bleibt, wird nachgeschoben, wer fällt, wird überstiegen, zertreten.

Ich habe das Doppelfenster aufgezogen, einen Flügel, lehne zwischen drinnen und draußen, »schneller, ihr Kanaillen«, »dawai dawai«, ich renne in die fremde Küche, hole das Brot, das wir mitgebracht haben, werfe Stücke davon hinaus. Unter dem Fenster bildet sich eine Traube von Körpern, ein, zwei Sekunden, ein deutscher Soldat fuchtelt mit dem Gewehr zu mir hinauf, erschrocken schlage ich das Fenster zu.

»Die Heimat, 25. April 1945.«

Vati rennt draußen herum, manische Phase, Vati sucht Nazis, um mit ihnen zu sprechen, extrem manische Phase, die Schlüters basteln ein Türschild, auf dem *Zyolkowski* steht, Frau Schlüters Mädchenname. Jürgen, der älteste Schlütersohn, Rückstellung von der Front, schwer verletzt, was soll ich sagen, grinst mich an mit dem halben Gesicht, das ist, was er noch hat: »realistische Phase«. Man bringt Frauen und Kinder mit Schussverletzungen ins Spital, Soldaten und Flüchtlinge liegen im Flur.

»Die Heimat, 5. Mai 1945.«

Du bist nichts, das Volk ist alles. Das Volk hat Hungertyphus, Karbunkel, wir raspeln mit Sparschälern an geschwollenen Waden, »fühlen Sie noch was?«, ein Arzt schneidet in die speckig-glasige Haut. Bein amputieren oder den Jungen lieber so sterben lassen? Als ich in die Schule kam, marschierte er zu Hitlers Geburtstag über das Hermann-Göring-Feld, fesch sah das aus, stramm.

Gläser werden zerschlagen, Mehl- und Zuckersäcke zerrissen. Fleischbüchsen, Kaffee und Tee auf einen Haufen geleert, die Russen interessiert nur Haltbares, Hartes, sie haben nur mehr eines: das Jetzt. Man kann das nicht verstehen. Ich glaube, sie sind leer.

Etwas hat sie leer gemacht.

Neben dem Nahrungshaufen liegt halb eingedeckt ein Toter, sie turnen über ihn hin. Wir sind im Frieden. Wir verstecken uns hinter Mauern, kauern in Kellern. Der Frieden rumpelt in die Stadt und stinkt. Er ist ein Panzer hinter einem Panzer. Sie treffen mit der Morgendämmerung ein, Sowjetsterne an den Hemden, rote Bänder um die Hüften gegürtet. Sie sind jung, dick mit Läusen bedeckt, Hosen und Jacken zerlumpter als erwartet. Gegen Mittag sickern sie aus den Häusern am Ring wieder heraus, wie Schlittenpferde behängt mit den abenteuerlichsten Gegenständen, einer hat ein Bügeleisen am Gürtel, in dem man die glühenden Kohlen liegen sieht. Uns im Krankenhaus beschnüffeln sie nur, wir sind Schwestern, wir riechen nach Tod. Da bleiben ihre Hände weg.

Am dritten Tag wagten wir uns auf die Straße, sie spielten Balalaika, lungerten herum, wurde ihnen langweilig, zogen sie los, um zu plündern. Weißer Staub wirbelte, man konnte nichts und niemanden verstecken, nachts war die Stadt durch Brände taghell erleuchtet, Frauenstimmen schrien: »Schieß doch, schieß doch«, die Russen ließen sich lieber auf einen Ringkampf ein

für

den Verkehr

war durch das schiere Trümmermeer ein Weg gebahnt, Tiere, Fahrzeuge, Menschen, alles wollte fort, bloß wovon, die Stadt war bereits weg. Bald hatte keine mehr Kraft zum Widerstand, innerhalb weniger Stunden ging eine Veränderung mit den Frauen vor sich, das irre Lachen erschien.

Es machte die Russen wilder.

»Unk-ra-uuuu-t vergeht nicht«, sagte sie, als ich sie das erste Mal behandelte, acht oder neun Mal, sagte sie, als wäre es eine Geschichte aus dem Lesebuch, unaufgeregt, unbeteiligt, »wenn man bedenkt, dass vier von uns dabei umgekommen sind«.

»Ah«, murmelte ich, »na dann.«

Es war Mitte Mai, stürmte und regnete, die Temperaturen sanken nachts auf null Grad. Sie kamen mit herausgerissenen Fingernägeln, blutenden Mündern, gestopft mit Scherben, sie starben an zerschnittenen Kehlen, eingeschlagenen Augen, mit Fackeln weggesengten Brüsten, Feuer oben, augenblicklich bewegten sie sich unten, brenn auf, mein Licht

brenn auf.

In den Trümmern schlichen wie verregnete Hühner Reste der Bevölkerung umher, mitunter verriet sie ein mattes Flügelschlagen. Sie liefen aufrecht, griffen nach einem Zigarettenstummel, sanken auf einmal in sich zusammen wie ein Tisch, der unter einem Höchstmaß an Belastung so lange standhält, bis das zusätzliche Gewicht eines gefüllten Glases ihn zusammenbrechen lässt. Russen wuchten einen Blindgänger unsere große Treppe hinauf, wir stehen unten neben unseren Patienten, wir müssen zusehen, sehen zu, bis das Lachen uns fasst. Eine Bombe, aber ja, bitte, hier in den dicksten Menschenhaufen hinein. Das Ding überschlägt sich, poltert über ein paar Stufen, bleibt auf dem Absatz liegen, bleibt blind.

Und die Wi — inde wehn
und die Wi — wi — nde wehn
wenn wi — r in die indi — in die Berge — gehen.

Ich schlief im Rydygier, so hieß das Krankenhaus seit zwei Tagen. Nicht mehr auf die Straße, nicht hin und her laufen ist sicherer, wollte man denken. Bei den Schlüters war mir ohnehin nicht mehr geheuer, wollte ich denken, und es stimmte, was war es dort so leer.

Im Gegenzug wurde die Stadt von Woche zu Woche voller, Waggons aus dem Osten voller Hausrat, Vieh, Menschen trafen ein. Sie waren die polnische Westverschiebung, Schafe blökten auf Balkonen, Hühner rannten durchs Treppenhaus, Ziegen hatten elektrisches, in der Sonne weiß schimmerndes Fell. Es roch fremd, es roch verlockend, gezaubert wurde zudem. Greise in langen gewalkten Mänteln saßen auf Bänken, die Gesichter gegen Osten gerichtet, zottig und still, sie hängten Zweigbündel gegen böse Geister an die Türen. Ziegenbärte, geschnitten bei Neumond, wehrten die Deutschen ab. Neben der Zauberei, den Chaiselonguen im Regen, dem Polnisch, das ich trotz Adeles Küchenpolnisch nicht verstand, den huzulischen Kelims, die ich anstaunte, hatte man einen Szaber gegründet. Dort wurde verkauft und getauscht, eine wie ich trug die neugierige Nase am besten gar nicht erst hin. Es gab Mädchen in meinem Alter, deutsche Mädchen, gestrandet, und polnische Mädchen, frisch eingetroffen, ich sprach mit keiner, zwischen uns lief ein Graben, tiefer als eine Sprachentrennung, zwischen uns lief eine Feindschaft, die nicht vergehen wollte. Auch von »den Unseren« hielt ich Abstand, wer noch da war, gab sich hoffnungsvoll polnisch, war hoffnungsvoll naiv oder einfach spät dran. Ich hatte genug mit mir selbst zu tun, die Schwestern im Krankenhaus fragten nichts, sie kannten sich mit Körpern aus, ein Blick auf meine Brüste, ein Nicken, ein leises »nu wart erst mal ab«.

Das Schießen wurde seltener, die Übergriffe auch, vielleicht weil Befehle es verboten, weil die Russen und Polen sich stritten, weil es weniger zu rauben und nichts mehr zu plündern gab. Als man das Gefühl haben konnte, aus dem Ende allmählich herauszufinden, Schwester Agnes nannte es »eine neue Kurve zu fahren«, als meine neue Kurve allmählich unübersehbar wurde, trat eines Morgens Anfang Juli zielbewussten Schrittes die Unkraut-vergeht-nicht-Frau in den Bretterverschlag, der uns als Schwesternzimmer diente, durchbohrte mich mit ihrem Blick und sagte mit unverkennbar stolzer Stimme: 71-mal.

Den Rest des Tages sang sie. Wir versuchten, sie aus dem Verschlag zu drängen, was dazu führte, dass sie lauter schrie, dazwischen schlug sie sich an die Brust, »hier, hier«. Wir gaben ihr zu trinken. Sie bescherte uns eine unerhört friedliche Nacht, kein Mann betrat das Haus, ihre Stimme hielt sie uns vom Leib.

Da ließen wir sie nicht mehr fort. Die Sieger fürchteten sich vor ihr, als wäre sie ansteckend, dabei war sie lediglich zerbrochen, das konnte passieren, ein Leben hin oder her. Frau 71-mal. Dann Frau 106-mal. Frau 139-mal. Wir fütterten sie. Wie Irrlichter tauchten mehr und mehr Polen auf, suchten mit Blendlaternen nach versteckten Soldaten, nach Weiblichem. Frau 139 nannte es »knack-knack«. Wieder hat es knack-knack gemacht. Wenn man sie im Arm wiegte, schlief sie ein. Der Himmel war von einem hohen, gleißenden, einheitlich weißen Schleier bedeckt.

Frau 144, Frau 153, unser lebender Schutzschild, läuft, sie ist fiebrig, dabei konstant, konstant irre, wir bewundern sie, ich laufe ihr nach durch die Stadt, helllichter Tag. Am Exer, dem einstigen Exerzierplatz, ist alles dicht, großes Gejohle, es steigert sich, wir, ich mittendrin. Eine gespenstische Sonne leuchtet mir ins Gesicht, »Valerius, wach auf!«

Hat sie mich geohrfeigt? Schwester Gottwalda, korrekt, erbarmungslos, schüttelt mich, ich lächele sie an, was tut sie hier, und finde komisch, wie ihr Gesicht über mir schwebt.

Halb nackt liege ich zwischen Splittern im Kies, drübergeschleift, sagt Gottwalda. Sie hockt vor mir, als gäbe es keine Bomber

da fällt mir ein, dass es keine mehr gibt

Frau 153 ging Männer suchen, »nehmt mich ...«, rief sie, »ich bin so polyglott«

»bin so polyglatt«, sage ich, Gottwalda trägt die weiße Deutschenbinde am Arm, Erde, Stein, ich trage die weiße Binde am Arm, weiße Binde, zu starke Sonne, wir sind so niedliche Hühnchen, so frisches Geflügel, Freihühner, Fotzen, Dreckshuren, wir verstehen jedes Wort, »sag nichts«, sagt Gottwalda und gibt mir ein Stück Holz, »beiß« —

sie zieht die Splitter mit der Zange aus meinen Schenkeln, Steinchen und Glas

Zange also, was Gottwalda so mit sich herumträgt, das vollständige Besteck

Gottwalda im Brandlicht, im Feuerrußlicht, ich

bin voller Staub, rot, rosafarben

»reiß dich zusammen«, sagt sie, »deine ungeborenen Kinder brauchen dich«

Sonne, Sonnenlicht, Biss, »du hast einen Abgang gehabt«.

Ich möchte lachen, es war schon die 19. Woche, es war schon ein Teil von mir, nun ist es Blut, ich drehe mich unter einer siedenden Sonne, hänge still unter ihr an viel zu dünnen Stricken, die sind aus Luft, es ist der Übergang, für Sekunden weiß ich, diesmal war es nicht wie sonst, er drang nicht sofort in mich ein, er stanzte, so bescheiden, meinen Umriss mit Kugeln in den Kies, erst schleifen, dann das, ich war ein Spektakel geworden

eine Riesenangst
die mich erstarren ließ
ich wurde das Johlen
war nicht mehr als
die über mich dahinsausenden Stimmen
sauste mit ihnen, verließ mich, da

drückte mir die Angst das Kind aus dem Bauch.

Als ich Gottwalda wieder höre, sagt sie etwas über ein Zuhause, »Reni, ich bring dich nach Hause, kannst du gehen?«, das Krankenhaus ist voll, dort haben sie keinen Platz für mich. Da sage ich es ihr, »meine Eltern sind weg …, seit Tagen …«

Zuhause?

»Zuhause ist abgebrannt«, flüstere ich, flüstere, »und bei den Schlüters ist es so leer, so leer.«

Vati lief draußen herum, teilte allen, den Russen, den Polen, ohne Pause mit, wie nützlich er ist, wie er dableiben muss, er hat sie so genervt, dass er sofort auf die Ausweisungsliste kam, Mutti stand mit darauf, da sind sie fort, ohne mich und ohne meinen Bauch, sie haben sich, sage ich Gottwalda und greife nach ihrer Hand

»meine Eltern haben sich vom Acker gemacht«.

Odermenschin sein

(Reni Anfang Juli, Walla Mitte Juli in einem Bunker in Wrocław)

Gesang der gezwungenen Kinder

Ich missglückte. Ich ging ab.
Gehe ich dir ab? ————
Wirst du mich jemals
————————————
silberne Schuhe flügeln durch die Luft
vermissen? du warst nicht schuld sie stießen es dir
hinein ~~heraus~~ hattest du die »Begegnung« etwa
gesucht ~~heraus, heraus~~
———————————— gehofft …
»ich hatte einen Abgang«
ich hatte schon eine Seele, weißt du
»ich weiß«

Es ist schön hier unten, musst nichts sehen, riechen reicht

reib dir den Dreck aus dem Gesicht

Personen mit ansteckenden Krankheiten dürfen den Bunker nicht benutzen

ich pfeife, dann verschwinden die Ratten, wie lächerlich

mein Hindenburglicht flackert, hier werden sie mich nicht suchen, Gottwalda schleppte mich, ich konnte kaum laufen, es war nah, es war sicher, Reni im Unterland, in der Welt unter der Welt.

Liege auf drei Decken auf dem Boden, ausschließlich auf dem Bauch, höre ein Wischen, das muss der lange Schwanz sein, denk nicht dran, hier in Hankes Bunker, vorbei an der Standuhr auf dem Salzplatz die von Trümmern bedeckte Treppe hinab vor eine eiserne Tür. Dahinter ein Gang, dunkel, feucht. Der Strahl von Gottwaldas Taschenlampe huschte über Wände, wir taumelten hinterher. Beton überall, oben unten links rechts. Alles rechtwinklig, alles gleich, ein schmutziges Nest, gebaut von einem Stamm mechanischer Insekten, Gang um Gang, Zelle an Zelle. Nach einem guter Meter Wand eine Öffnung, keine Tür, nur das Rechteck, dahinter eine Pritsche oder der nackte Boden. Neben jeder Öffnung steht in milchgrüner Leuchtfarbe eine Nummer, an die Decken der Zellen sind große Kreise aus fluoreszierender Farbe gemalt. Leuchte ich sie an, leuchten sie zurück durch die Bunkernacht.

Flache, giftige Früchte. Als wären die Nazis noch da.

Alles nackt, halb nackt ich. Mitunter rieselt Staub aus den Rissen in der Decke. Dann fährt ein Panzer über den Salzplatz. Meine Zuflucht riecht nach Moder, Verlassenheit. Gluckert eine Leitung, erschrecke ich. Heil! Damit meine ich meine Haut.

Johlend schossen sie am Körper der am Boden liegenden Frau entlang in den Sand oder Kies, so konnten die Schützen sich beweisen, manchmal setzten sie noch ein paar extra Ovale in den Grund, Fotzen für Fotzen, sie

lachten über das Häusermehl, unsere zerschossene Heimat, das verlorene Spiel, schossen uns

zu Angstherz, zu Knochenmehl.

»Arme zu Seite, pizda!«

Es war eine Übung

nicht zu zucken

»Augen auff oder ich schisse sie dirr. Welche Seit zuerst, sag, Deutsche?«

ich sagte, »links«

ein Knall, »po russki, schljucha«
wir waren nicht allein, wir hatten Publikum
Mutti, was war ich froh, dass du nicht da warst
er spielte, ich spielte, er konnte nur gewinnen, ich konnte alles
ich war der Einsatz
ich war ihm dankbar, dass er so geschickt
schoss, Reni ließ die Dunkelheit des Himmels mit der Dunkelheit in ihrem Inneren und in ihren Knochen zusammenfließen
und entkam.

Als ich die Augen öffnete, lag ich auf der Seite, von hinten beugte sich Gottwalda über mich. Das war eine Überraschung. Waren wir zusammen unterwegs gewesen? Sie pickte Scherben und Steinchen aus meinen Schenkeln und meinem Po. Der Soldat hatte mich, wie es schien, an den Armen gepackt, mich, unten schon nackt, nach dem Schießen über Scherben und Kies in eine Ecke geschleift, für Ha-den-Rest, für ——————, sich auf mich gelegt, mir dabei die Scherben noch reingedrückt.

Der Rest. Das rote Geschäft.

In Zelle 118 breitete Gottwalda die Decken aus, gegenüber steht 145 an der Wand, 45 wie das Jahr, »das merkst du dir leicht«.

Seither liege ich in einem wie ein Schachbrett gebauten Labyrinth auf dem Bauch, atme Erde, bin bei Bewusstsein und sage laut: »Dobry, dobry djen.« Lautlos ist nur die Angst. Brenn auf, mein Licht, brenn. Gottwalda steckt mir Penicillin zu durch das Gitter, bitte hilf, Gottwalda ist mein Engel, hielte ich meine Haare in die Flamme, wär es vorbei, da würde uns wärmer, ha, ihr Rättchen, hört ihr mich?

Ratten sprechen Deutsch, das steht fest für alle Zeit, brenn, brenn, mein Licht.

»Renn«, sagt das Echo der Wände. Tag fünf, ich presse die Zähne aufeinander: Vierfüßlerstand, hoch. Atmen. Alle zwei Stunden hoch. Für den Kreislauf. Die Haut am Po dehnen, vorsichtig. Wundkrusten dehnen. Kriechen. An das kleine, nur halb verschüttete Seitengitter bringt Gottwalda mir auch Brot, Käse, Apfelstücke und Wasser, jeden Mittag warte ich dort auf sie. Vier Meter im Vierfüßlerstand geradeaus, an der 124 rechts abbiegen, vorbei an den Einschnitten der nächsten zwei Gänge und dem Waschraum, drei Zellen zusammengelegt, mit Becken und Toilettenschüssel, unbrauchbar, ich mach in die Ecke, bedecke es, Lumpen gibt es genug. Ein Knie nach vorn, das andere, buckel den Rücken, Reni, spann an. Körperlicher Schmerz, hallo, alter Freund, solang ich dich an der Backe hab, stürz ich nicht zurück, ha, Pobacke eins, Pobacke zwei, solang man über sich lacht, ist man nicht tot, »ironisch sterben hab ich noch keinen gesehen«, hat Gottwalda gesagt.

Wär ich nur da nicht lang …, hätt ich doch …, das will ich nicht wissen, das brauch ich nicht, brenn auf, mein Licht. Fünfter Tag, 19. Juli, vier Meter unter dem Salzmarkt zu Wrocław krieche ich unter der Erde dahin in dem Frieden, den wir jetzt haben

in der großen Stille der Luft.

Meine Eltern sind fort.

Mein Lachen klingt wie die Zinkstreifen, die die Bomber zu Hunderten abwarfen, um den Radar der Flak zu verwirren. Wir zogen sie uns durch die Zähne, wir machten so frohen Unsinn, waren so Kind.

Mache hier Urlaub, habe ich Gottwalda gesagt, lass mich im Versteck, ich muss mich sammeln. Ein schöner Ausdruck. Sich sammeln.

Reni hat eine Sammelzeit. Erst mal Ordnung machen, höre ich Mutti sagen.

Ha, Mutti, denke ich, das ist gerade das Problem. Ich meine: Du bist es. Vati hatte eine dunkle Phase, also hast du entschieden, dass ihr ohne mich fahrt.

Halt, fang von vorn an, Reni, und nur Tatsachen jetzt. Der Befehl kam am 1. Juli. Das weiche graue Papier der Stadtverwaltung mit dem polnischen Staatswappen: Anordnung der Ausreise in die sowjetische Besatzungszone auf dem Territorium des Dritten

Toten Reichs. Unsere drei Namen. Wer nicht als produktionswichtig galt, wurde auf die Zwangsliste gesetzt. Termin: 4. Juli. Sammelpunkt: Westseite Freiburger Bahnhof, vier Uhr nachmittags.

Immer wieder stelle ich mir vor, wie du im Abteil sitzt, Mutti: zerstört, doch aufrecht – oder heulend – oder reglos? Hast dir gesagt: Meine Reni, die ist groß genug, die kommt allein durch? Ich war nicht da. Ihr habt Breslau, habt Polen trotzdem verlassen. Als wäre ich nicht euer Kind, als bliebe da nichts zurück.

Bist weggerannt vor meinem sich rundenden Bauch? Du schwiegst, als ich den wertvollen, die Schlüters-teilen-mit-uns-Schinken nicht essen konnte. Da wussten wir beide, dass dir mein Zustand nicht verborgen geblieben war.

»Oh«, sagt Gottwalda am Gitter. »Oh.« Sie meint meine Eltern, nicht mich. Meine Eltern hätten mich aufgegeben? War es nicht andersherum? Habe nicht ich mich versteckt? Die Ausreise verweigert.

Soldaten haben im Rydygier nach mir gesucht.

»Lass mich in meinem Versteck.«

»Mit voller Absicht hast du's gemacht«, sagt sie. Sie lasse sich nicht zerkudeln von mir. »Aasmädel, du.«

Meine Eltern säßen hinter der Grenze in Deutschland-Klein-Russland, würden verhört. »Was hast du dir dabei gedacht?« Sie zieht ein sorgenvolles Gesicht. »Mich fiehrst de nich an. Keen Lerge verklingelt einfach so das eigene Kind.«

In Gottwaldas mit Gott gefüllter Welt musste es eine gute Wahrheit geben. Sie wollte ein Geständnis von mir. Sorgende Eltern, trotzige Reni. Und verlassen hatten sie mich doch. Verlassen fühlte ich mich. Ich senkte den Blick, kroch zu meinem Lager zurück.

Brenn auf, mein Licht.

Ja, ich kam nicht in die Wohnung der Schlüters, wo wir uns treffen wollten, um gemeinsam zum Sammelplatz zu gehen. Irgendwann bracht ihr auf. Dachtet, dass ich vielleicht schon am Freiburger Bahnhof war, wir uns missverstanden hatten?

Als ihr dort ankamt, wurden eure Namen auf der Liste abgehakt. Soldaten, Polizei. Ich verstehe: Wer erschienen war, wurde festgehalten. Ich war nicht da.

Und ihr konntet nicht mehr gehen.

Ich glaube, Vati wünschte es sich: Er wollte weg.

Die Post hat eure Karte gebracht. So ein Spital ist als Adresse nicht einmal in diesen Zeiten zu verfehlen, wenn sie auch lange brauchte. Übergangslager Elsterhorst in der SBZ. Gottwalda hat sie mir gegeben. Vierzehn Tage, schreibt ihr, wäret ihr noch dort. Die sind nun fast vorbei.

Ihr meint, dass ich euch nachgefahren komme.

Die Ratten pfeife ich mit Tönen weg, die kein Menschlein hört. Liege auf dem Boden, der Gedanken so müde. Brenn auf, mein Licht. Dann kann ich Schatten sehen an der Wand. Dann bin ich nicht allein.

Mutti, hör: Das Kind hab ich verloren. Nun, wo es fort ist, darf ich selbst wieder eines sein. Nicht wahr?

Mutti, halt mich an der Hand.

Saß Vati schon im Zug, gedrückt, still, als dir deutlich wurde, dass ich zu dieser Ausreise nicht mehr erscheinen würde? Es war mühsam genug gewesen, Marolf zum Sammelplatz und von dort weiter zum Gleis zu bringen, im Abteil sackte er in sich zusammen, du hingegen standest da, einen Fuß auf den Trittstufen des Waggons, den anderen auf dem Bahnsteig, und schautest zum Beginn des Perrons? Seit über einem Jahr war ich nicht mehr dort, in meiner Vorstellung ist der Bahnhof, wie er immer war, mit dem schwingenden Holztürchen am Ende des Bahnsteigs. Die Sonne scheint, Menschen mit Gepäck streben zu den Türen des Zuges, Staub, der nichts Böses hat, Sommerstaub, wirbelt in der Luft. Warst du kurz davor, Vati allein fahren zu lassen? Und bist am Ende abgereist – als Ehefrau, pflichtbewusst und auch ein wenig stolz darauf?

Ich möcht mir einen Zinkstreifen durch die Zähne ziehen, dass es in den Ohren schmerzt, rolle mich auf die rechte Seite, wenigstens kurz …, Druck auf die Verletzungen …, er war ein hervorragender Schütze, traf mich kein Mal ins Fleisch, das war seine Kunst, sein Spaß war meine Angst.

In Sachsen seid ihr, Schwester Anika kannte den Ort. Ein Neuanfang ist das für euch. Gib's zu, Mutti, mir kannst du es doch sagen. Unsere alte Wohnung war viel mehr *euer* Nest als meines. Ihr hattet es euch eingerichtet, und dann saß jahrelang Adele darin. Ich weiß, dass du den Möbeln und Kleidern, den Teppichen und dem Service hinterhertrauerst, aber ich weiß auch, dass du tiefer in der Brust …, dass es eine Befreiung war. Alles war verschwunden – und Adele riss es mit. Vati fing auf dem Diwan der Schlüters wieder damit an, dir das weiche »wir gehören zusammen« ins Ohr zu flüstern, das herzberuhigende »du wirst immer das Wichtigste für mich sein«. Ich kauerte in dem Schlafsessel neben euch und hörte es.

Dreh dich zurück auf den Bauch, Reni. Schlafen Ratten nie? Ich klappe die Uhr auf, Vatis Familienuhr, und halte mir das Zifferblatt an den Mund. So lese ich die Zeit. Tastete ich mit den Fingern, verstellte ich die Zeiger nur. Fünf Pullover übereinander, und ich friere, drei Röcke übereinander, und kalt, die Füße in Socken, Schals um die Knie gewickelt zum Kriechen, die Schenkel darüber nackt, keine Unterhose, ertrage nichts, »untenrum« ist Luft das Beste, das weiß inzwischen jede, kennt es am eigenen Leib.

Brenn auf, mein Schlaf, nimm mich zurück.

Dann träum ich von der alten Welt. Wie lieb ich sie hatte, trotz Erna Henrich, Sammelngehen und Turnen. Die Kastanie, meine Stifte, die Kaninchen im Hof mit ihrem Löwenzahn, das Breslauer Licht, den Breslauer Wind: hatte sie lieb. Lieb die Oder und ihre Tümpel, den barocken Saal mit den Perückenmännern an den Wänden, die Guttla von Töppel & Knausch, flüssiges Kirschrot unter dem ewigen Kreuz.

Fünf davon, versteckt in der Tasche des zweiten Rockes, habe ich noch. Eiserne Ration. Mutti, hörst du mich? Wärst du nur da.

Heiß ist mir, es muss wirklich Abend sein, das Fieber kommt. Die Schuhe ziehe ich nie aus, damit ich laufen kann, wenn sie den Bunker durchsuchen. Laufen, ha, war ein Witz.

Wir wussten, dass sie niemanden, der den Transport nach Westen verweigerte, erschossen. Sie hätten euch verhört, ihr hättet euer Gepäck verloren, es hätte Ärger gegeben. Das war es euch nicht wert, ihr wolltet nicht warten auf mich, euer einziges Kind?

Gut, sie hätten euch vermutlich kurzerhand in den Zug zurückgestopft. Den oder den nächsten. Vielleicht war es sogar so.

Genug! Du machst doch Ordnung, Reni, wolltest bei den Tatsachen bleiben.

Das sagt sich lustig. Tatsachen!

»Hallo, Tatsachen, wo seid ihr?«

»… ei i-hier«, flüstern die Wände zurück.

So dunkel, so feucht. Hier, wo alles in Schutt liegt, auf zerschossener Erinnerung schwimmt, auf zerlegtem Gefühl.

Die Tage nach dem Vierten schlich ich herum. Ihr wart weg. Ich verstand mich selbst nicht: Da war ich so stark gewesen. Wie konnte es sein, dass so viel Zuversicht mit einem einzigen, bedrückten Elternpaar abgefahren war? Ich meine: Da hatte ich … ja, beschlossen, nicht auszureisen. Ich konnte nicht noch einmal fort. »In vierzehn Tagen sind wir wieder zurück.« Diesmal wurde das nicht mehr gesagt. Ich hatte, wie ihr, meinen Koffer für den Vierten gepackt. Jetzt steht er im Spital. Mit dem Namensschildchen aus weichem schilfgrünem Leder, das du mir geschenkt hast. Ich packte, klappte ihn zu und wusste, dass ich keine Flüchterin war.

Manche Dinge gehen einfach nicht. Dennoch macht man sie mit, beim ersten Mal. Weil man noch ein Kind ist oder sich selbst nicht kennt. Aber ein zweites Mal?

Es gibt, Mutti, Vati, versteht ihr das, es gibt Menschen, die sind bei Menschen zuhause.

Und Menschen, die sind an Orten zuhause.

Das weiß ich seit Tschechien.

Menschenzuhausemenschen. Und Ortezuhausemenschen.

Ich bin eine Odermenschin.

Als ihr fort wart, fing ich an mit dem Pfeifen gegen die Angst. Die unglaublichsten Pfiffe habe ich erfunden, du würdest staunen, Pfiffe für Mut. Ich pfeife und erzähle mir laut, wer ich bin. Und mitten darin, ich aß eben Gottwaldas Apfelschnitze, rattete, ich meine, rättelte sich die Idee an mich hin: Ihr seid schon weg. Was, wenn ich auch noch verschwände?

Oben suchen sie mich. Also fort mit mir. Schluss mit Reni. Für immer! Schluss mit Düsterdeutsch. Schluss mit uns ist ja schon.

Vati hat uns mehr als einmal verlassen, dich, Mutti, genauso wie mich. Vati von null auf nichts in Welterklärungslaune, hektisch, wuselig, begeistert am Sammelplatz, drei Zahnbürsten dabei, alle für sich, zehn Koffer, dazu die große Geste: »Pani Offizier, unsere Tochter fehlt, wir fahren trotzdem, auf uns können Sie sich verlassen«, sprach's und hievte die Koffer in den Zug und dich, Mutti, gleich mit?

Vielleicht. Sagt ihr euch, ich sei es gewesen? Ich, die euch allein fortschickte, die …

»die hier überlebt«, rufe ich, brenn auf, mein Ich. Ich hatte eine g-l-o-r-i-o-s-e Idee, eine ganz und gar hilfreiche polnische Idee, an ihr halte ich mich fest. Ein geschmeidiges rotes Zünglein neben mir zischt: »Mutterseelenallein bist du, weißt du dummes Mädchen überhaupt, was das *für den Rest deines Lebens* bedeutet?«, doch davon lasse ich mich nicht kleinkriegen. »Was«, sage ich laut, »die nächsten Tausend Jahre oder wie?«

Sagen wir so: Das war die Nacht.

Nun ist es Tag. Frühstücken! Reni, komm hoch. Tag sechs. Dauergeriesel von der Decke heute. Habe eine volle Schachtel Zündhölzer, anstreichen kann ich im Dunkeln, bedächtig sein, nichts umwerfen, nichts fallen lassen. Mein Schatten schießt auf. Sagen wir so: Es gibt ein Elternpaar, das ohne seine geliebte Tochter ins

Weißnichtwo abfuhr. Und es gibt eine Tochter, die nicht am Sammelplatz erschien, an den die gesamte Familie durch die neuen Machthaber befohlen worden war. Sagen wir so: Das ist keine gute Wahrheit. Ich hoffte, dass ihr bleibt. Ich wartete bei den Schlüters. Die Züge fuhren erst bei Sonnenuntergang, das hatte sich rasch herumgesprochen. Es sollte bald dunkel werden bei diesen wilden Ausweisungen, wenn auch, falls die zu Deportierenden sich wehrten und die Abfahrt verzögerten, noch spähhell sein.

Damit keiner der unnützen Deutschen entkam.

Ich krieche zum Waschraum. Eine Hand hält das Licht, die andere stützt. Wer robbt, kommt kaum voran. Die 157 leuchtet türkis. Wer mit sich selbst spricht und weiß, dass sie es tut, ist nicht verrückt. Ich presse mir die Zeit gegen den Mund. Vatis Familienuhr. Ihr hattet sie mir auf das Sofa der Schlüters gelegt.

Hatte ich euch gestanden, dass ich nicht ausreisen würde? Dass ich die Flucht verweigerte?

Der Satz will mir bekannt scheinen.

Doch ich erinnere mich nicht.

Gottwalda sagt, so etwas komme vor. Nach einem großen Schrecken vergesse man Dinge, die vor dem Schrecken lagen.

Irgendwelche Dinge?, fragte ich.

Sie sagte Nein. Andere Dinge, sagte sie, schmerzliche.

Mitunter kehre die Erinnerung an die Vorgeschehnisse wieder. Niemand könne voraussagen, ob es geschehe. Oder wann.

Ich halt mich fest, ich räume auf. Die Uhr ist hier, eine Tatsache. Ich halte sie fest. Könntet ihr sie bei den Schlüters vergessen haben? Das glaube ich nicht. Ihr hattet sie mir hingelegt.

Freue ich mich darüber? Es war also abgesprochen.

Nein, das verstehe ich nicht. Man lässt doch sein Kind nicht allein zurück. Allemal nicht sein schwangeres Kind. Wenn es nicht mitwill, nicht mitkann, das glaubt man dem Kind doch? Und bleibt dann bei ihm?

So sitze ich hier und bin eine Reni, die als Elternpaar eine Uhr hat und ein Bild. Das sind die Tatsachen: Uhr, Bild. Das Bild ist auch da. Ich weiß, ich weiß.

Doch eine Reni, die so traurig ist, mit einer Uhr als Vater und einem Vorhang aus einem Gemälde als Mutter, hält das nicht alles auf einmal aus.

Halt, denke ich. Du musst keine Reni mehr sein. Deine gesamte Familie ist weg. Denn das ist meine Idee: Wenn ich eine andere werde, werde ich frei.

Wenn ich wieder nach oben tauche. Als anderer Mensch. Was für eine Hoffnung: dass man das kann.

Ratten huschen durch die Leere hier. Darin gleichen sie meinen Gedanken: Die huschen auch durch eine Leere. »Amnesie« nennt Gottwalda die Tatsache, dass der helle, stechende Mittag über meiner Erinnerung an den Abschied von euch liegt. Wie das dicke helle Lid, das Vögel sich blinkend über die Augen ziehen.

Nur dass sie das Auge wieder öffnen können, wie sie wollen.

Knie heben, rechtes Bein aufstellen, hochdrücken, linkes Bein nachziehen. Tag sieben? Ich stehe, fange mich mit der Hand an der Wand auf. Reni schnappt nach Luft wie ein Fisch an Land. Tag acht, Tag neun? Als ihr der Name des Labyrinthmädchens einfällt, Ariadne, lacht sie laut auf. Reni lernt Polnisch wie die Feuerwehr.

Tag neun, zehn, elf.

Die Feuerwehr löscht Brände.

Bald-nicht-mehr-Reni löscht was? Gottwalda hat die Lehrbücher gebracht, sie passten durch den Gitterschlitz.

Do widzenia, Vati und Mutti. Reni nimmt sich ein Bonbon aus der Rocktasche links. Flüssige Kirschfüllung, Renis Lieblingsmarke, Renis Rettung, Renis Trost. »Du hattest einen Abgang«, hatte Gottwalda gesagt, sie identifizierte

Reni meint »desinfizierte« sie

total …

gut

gut, dobrze, cudnie

»totalnie«, flüstere ich.

Totalnie. Hatte ich, als Reni, gedacht, ich müsste einfach jemanden dazu bringen, mir gegen den Bauch zu treten?

Das dachte doch jede.

Eben an der richtigen Stelle.

Das dachte doch jede.

Müsste mich nur in den Russenweg legen.

Das dachte sich leicht.

Das brauchte nur ein bisschen Mut.

Mut brauchte es eben im Leben. War ich Frau 153 absichtlich nachgerannt, in der sicheren Annahme …

Wie auch immer. Danke, Nichterinnerung! Was ich nicht weiß, macht mich nicht

aus. Schmerzmittel soll ich nicht nehmen, sonst bewege ich mich zu viel, sagt Gottwalda, Schmerzmittel gibt es für schwere Fälle, sei froh, sagt sie, dass du keines kriegst, du musst dich erholen, ein Abgang ist keine Kleinigkeit, hoffentlich entzündet sich nichts.

Ich übe gehen. Reni-Ich. Das geht so leicht nicht weg. Diese Reni klebt an mir. Der Bunker ist ein Labyrinth

der dreckige, verlassene Bau eines neuen Stammes mechanischer Insekten

unter dem Krachen von Panzerketten, die sich über den Salzplatz wälzen, unter dem Schieben der Sonne, die den Teer schmilzt, unter den Lastwagen, die Breslaus Steine nach Warschau

fahren, ich

muss laufen können, muss mein Hindenburglicht tragen. Eckig fließt das chemische Licht um jeden Stock, ich atme ein, atme aus, ich will nicht so große Angst haben, dass ich nicht mehr atmen kann, will mich nicht so ducken für den Rest meines Lebens, dass ich unsichtbar werde, ich ribbele den Pullover auf, den ich als äußersten trage. Tiefschwarz meine Hand in dem milchigen Licht, selbst wenn man den Docht mit Fett tränkt, brennt er nicht lange, im Januar brachen wir auf, das Gesicht so tief in Schals und Mützen verborgen, dass man die Augen nicht sah …, auch die Natur wurde erschossen, später kroch sie überall wieder hervor, in der Verdunkelung unserer Sinne, in der Dunkelheit der Nähe schmiege ich mich an dich

ein letztes Mal, Mutti

wünsche dich zurück, ich – wünsche – dich – mir, was für einzelne hilflose Wörter, du wäschst mir den Kopf über dem Becken in der Küche, Vati steht in der Tür und schimpft, du hast eine Tüte Kirschguttla gebracht, die Konditoren lassen sich etwas einfallen

das Bonbongeschäft, das Bombengeschäft

Reni, lutsch einmal noch, dann Reni ade, zwischen Torten unter rosabunten Marzipanmänteln bieten Töppel & Knausch die Bonbons in dem bauchigen Glas an der Kasse feil, die Zunge blutet, wenn man so gierig wie ich

in sich zusammensinkt.

Ich bin erst sechzehn, fast noch ein Kind, wer weiß, was das heißt nach diesem Krieg, ich wollte groß sein, unabhängig

bin es. Ihr, geschätztes Elternpaar, glaubt, ich führe euch nach in die SBZ, die Polen, glaubt ihr, werfen mich raus

allein, ich

auch wenn ich nur halb groß bin, und sicher halb klein

weiß, ich bin …, man nennt das …, hier eingesperrt, ja … und doch hier unten zum ersten Mal in meinem Leben

frei.

»Froh!«, ruf ich gegen die Wand, »oh …, oh«, ruft die Wand zurück. Deine Eltern haben dich verraten, sagt das Rattenstimmchen in mir, das will ein Wahrheitsstimmchen sein, darauf hör ich nicht. Wahrheit ist ein Knäuel, Gottwalda darf man das nicht sagen, es könnte sie erschüttern, jeder Faden führt mich tiefer in die

»alte Heimat«

so würde Breslau nach der Ausweisung heißen müssen, ekelhaft. Ständig sprach Vati bei den Polen vor, betonte, wie nützlich er sei, manische Phase. Ergebnis: Ausweisung sofort. Während Mutti sich in ihrer Sofastille für ihn entschied, gegen mich, für seine Schwäche, nicht meine. Keinmal haben wir über meinen Zustand gesprochen, Mutti. Ich glaube, du schämtest dich. Für mich? Für dich selbst? Für jene, die es uns angetan hatten?

Nein. Ich weiß, ich weiß. Du hattest die Frauenscham. Ich muss es aussprechen, sonst werd ich Reni nicht los. Jede von uns hat sie kennengelernt. Man schämt sich für das eigene Geborensein.

Das ist die böse Wahrheit, die böseste von allen. Dass es uns so ging.

Und uns auseinandertrieb.

Ich schämte mich meiner selbst. Du schämtest dich deiner und meiner. Vielleicht war das der Unterschied.

Der, den man »Verantwortung« nennt. Denn du glaubtest, mir gegenüber versagt zu haben.

Doppelte Scham war das. Du schämtest dich für dich als Frau und für dich als Mutter.

Ertrugst nicht, wie dir aus meinem Gesicht die Erinnerung entgegensprang an all das, was wir auf der Flucht erlebt hatten. Diese lächerlichen Worte von einst. Als wäre es ein Ferienausflug gewesen: »Wir hatten viele Erlebnisse im Urlaub in Tschechien.« Was für ein Pech auch, dass es ein Urlaub mitten im Winter war, ein Urlaub mitten

unter den Toten.

Ich war, was du loswerden konntest.

Wolltest mich nicht mehr … sehen, Mutti

und ich? Wollte dich sehen, Mutti. Wir

wollten von vorn anfangen, beide

doch jede auf andere Weise, flüstert deine Stimme in meinem Kopf.

»Do widzenia, Else«, rufe ich gegen die Wand, »do widzenia, Marolf, do widzenia, Reni«, brenn auf, mein

Ich, die Wand gurgelt »…ch, …ch«

ich ziehe mir den äußersten

Pullover über den Kopf.

Er ist grün. Unter ihm schwimme ich in Grün. Unter ihm beginne ich zu lachen. Ein Abgang, und nicht noch ein zweiter, eine Schießerei, und nicht noch eine zweite, Gottwalda und ich lachten, das hatten wir von Frau 153 gelernt, vergiss es, rief sie, *vergiss, wer du bist.*

Tag zwölf. Ich döse und wache. Man durfte sich nicht als Opfer fühlen und sich darin sonnen. Was bei einem sonnigen Opfergefühl entstand, hatten wir an Frau 153 gesehen. Es war eine so starke Sonne, dass man daran verbrannte. Er schleift mich, ich blute und freue mich fast darüber, ich löse mich auf, ach so, das habe ich schon einmal wiedererlebt, das ist schon einmal und einmal und einmal in mich hineingeblitzt, so oft, wie ich es erlebe, werde ich es nie erwähnt haben können, bitte, Zeit

vergeh. Ich

küsse das dunkle Gesicht der Uhr, draußen ist Hochsommer, hier ist Reni-Wanderung. Ich habe das lose Ende der aufgeribbelten Wolle an der Pritsche der 145 festgebunden und gehe in die Tiefe des Bunkers. Mithilfe des Fadens finde ich zurück. Muskeln üben, polnische Vokabeln üben, meinen leeren Bauch streicheln, wie

er mich freut.

Kirschfüllung, außen hart, innen weich. Früher, sagte Mutti, trug kein Bonbon ein Hakenkreuz, meine Kinderwelt trug Hakenkreuz

überall

ich stecke mir ein Ende des Einwickelpapiers in den Mund, drehe am anderen, das Bonbon fällt vor meinen Augen zu Boden, springt

ein Stück weg. Ich

lausche. Nichts huscht. Rasch, Bodenleberin, runter, greifen, zwei Meter, komm – ein Schritt, ein nächster, die Wände fließen vor Schmerz, geschwinder als die Nager fassen meine Finger den roten Kern.

Hoch. Über mir liegen Frauen auf der Straße, sie
sterben in der prallen Sonne
in den Schatten
blühen tiefblaue Clematis an Mauern und Fenstern, Gottwalda hat nicht vorbeigeschaut, Tag zwölf, keine Gottwalda, kein Essen, keine Verbindung, mich schüttelt die Angst, Angst um Gottwalda, Angst um mich. In Indien, hat Vati erzählt, streckt man die Zunge heraus, wenn man sich schämt, blitzartig und unwillkürlich. Ich strecke meine Zunge heraus, es nützt nichts, die Scham will gesehen werden, sie ist das, was in mir brennt, ein rotes Licht, das löscht sich nicht.

Ich schäme mich, hier zu sein in meiner Hilflosigkeit. Ich bete, dass Gottwalda nichts zugestoßen ist auf dem Weg zu mir. Gott hört mir nicht zu, der Winter hat es gezeigt. Auf keine von uns hat er gehört. Für Gottwalda, die Ordensschwester, hat er vielleicht eine Gnade übrig, oder auch zwei.

Tag dreizehn. Von den Wänden fließen fluoreszierende Schleier. Ordentliche Geister werden das nicht, ich weiß. Die braucht niemand mehr. Die Unterwelt von unsereins ist ja jetzt innerlich. Im Kopf und in der Brust wandeln die Gespenster umher. Mit einem Mal erinnere ich mich: Ich sitze in der Wohnung der Schlüters und warte auf meine Eltern. Draußen der Sommerabend. Milde. Es dämmert. Sie kommen und kommen nicht. Ich bin überzeugt davon, dass man sie am Bahnhof festhält. Niemals sind sie ohne mich gefahren. Es wird 23 Uhr. Draußen ist es dunkel. Ich werde wütend: Wo bleiben sie?

Dann weine ich.

Wie hatten Mutti und ich seit Tschechien gekämpft, uns durchgeschlagen, überlebt. Trotzdem sprang etwa Mürbes auf uns über, weich und verbrannt. Uns war etwas zugestoßen, wir hatten Mitleid verdient. Hinterrücks drehten unsere Gegenüber es um: »Was habt ihr nur mitgemacht.« Da wurde es beides: Wir hatten es erlitten und doch auch betrieben, mitgemacht eben. Als hätten »wir Frauen« eine Lust daran gehabt, als gäbe es eine ewige kleine weibliche Bereitschaft, unter welchen Umständen auch immer.

Zweiter Anlauf. Ich brauche eine Geschichte, in der eine Frau sich selbst rettet. Gibt es die? Meine Ohren rauschen. Kreuzung, links ein Gang, rechts, Lücke Wand Lücke Wand, unterdrückungsschlau gebaut: Allein durch Selbstwiederholung wird die Klarheit einer Ordnung undurchschaubar. Menschen zu Rättlein machen, um Ecken hetzen. Über mir rumpelt Verkehr, »Köpfchen senken und an Adolf Hitler denken«, niemand fragt

wie man sich erinnert
wie von selbst
wie von Geisterhand

durch die Tunnel geweht. Sie hatten hier unten Kranken- und Wartestationen eingerichtet, schwarz stehen die Bezeichnungen neben den Türstöcken, ich trage die restlichen beiden Pullover übereinander, mein Fieber löst sich. Ich kann wieder laufen

kann noch nicht davonlaufen, aber laufen
kann noch nicht klar denken, aber denken

po polsku, Wort um Wort, ja, tak, dziękuję, jutro, sein, dein, mein. Beim Klang einer Balalaika will ich kotzen, Sperma stinkt, Albträume kriechen über den Boden, ich muss die Vorräte finden, die Mitte des Bunkers, Theatervati grölt: Jedes Labyrinth hat eine Mitte, dort haust das Ungeheuer, dort liegt der Schatz, sie sind ein und dasselbe, weißt du das nicht?

Eine fluoreszierende Maus huscht an mir vorbei, hat sich an der Wand gerieben, das Bätschel. Adele war zu Marolf zurückgekehrt, kaum waren wir Richtung Tschechien aufgebrochen, Jürgen Schlüter steckte es mir, nach Tschechien war ich erwachsen, ich hörte

die Erwachsenennachrichten.

Auch vor Adele bist du davongelaufen, Mutti, nicht wahr, am Ende hattest du Angst vor ihr. Hast nun mich hiergelassen als eine verdrehte Buße dafür, dass du ihr die Tochter wegbrachtest? Ist es so verquer, das Menschenherz?

Es war Marolfs Vergnügen und wir baden es aus, fast lache ich, ein Schnarren und Keuchen presst sich mir aus der Brust. Das Bonbon für heute knistert, »so ein Pech, gleich beim ersten Mal«, hörte Reni ihre Mutter über ein anderes Mädchen sagen, nichts daran stimmte, »gleich beim ersten Mal« war ein Satz aus der untergegangenen Welt, »gleich beim ersten Mal« war kollektiver Wahn, brav

wusch Reni, schwanger, alle vier Wochen die eigenen Bindenhosen aus, wusch und wusch, was sauber geblieben war. Das war die Heiternotwendigkeit, das Theatertalent, Tag vierzehn, Kreuzung um Kreuzung

Rauchen polizeilich verboten

303 Bunkerwart Waschgruppenführer

im Südgang der Eimer mit dem frischen Wasser, »ja jestem Waleria«, werde ich sagen, ein guter Name, er klingt vertraut, den hör ich noch im tiefsten Schlaf.

»Ich bin Waleria.« Als Polin darf ich in Wrocław bleiben. Gehe ich als Polin zur Polizei, hört man mir zu. Als Waleria Koszyk trage ich keine weiße Armbinde. Als Polin werde ich für meine Arbeit bezahlt. Als Polin muss ich mich nicht um Else und Marolf grämen. Als Polin brauche ich die Erinnerungslücken in meinem Gehirn. Als Polin bin ich mein eigener Mai.

Jeden Tag zuhause hörte ich Adeles polnische Lieder. Jeden Tag hier lerne ich hundert Wörter, alle Körperteile, alle Farben, alle Jahreszeiten und Monate, alle Zahlen, Technisches wie Verbrennungsmotor, Turbine, Schraubenmutter. Auf vier Füßen lerne ich, Buch am Boden, dann muss ich es nicht halten.

Nic na to nie poradzę (»ich kann nichts dafür«), nic na to nie poradzisz (»du kannst nichts dafür«), nic na to nie poradzi (»er kann nichts dafür«), wszyscy możemy coś na to poradzić (»wir können alles dafür«).

Wie heiter das Mädchen am Abend vor der Abfahrt mit seinen Eltern umging, zärtlich in der Nachkriegsmilde, die sich bildet, weil etwas fehlt und man dieses Fehlen als angenehme Lücke, als befreiendes Ausbleiben spürt: das Nichtheulen der Sirenen, das Nichtheben des Armes beim Grüßen, die Nichtankunft des Wehrmachtsboten mit der Todes- oder Vermisstenmeldung, die Nichtangst vor Kampke, dem Blockwart. Müde rannte Reni bei Schichtende am Abend des Vierten vom St.-Georg-Krankenhaus in die Schlüterwohnung und fand niemanden mehr vor, auch die Schlüters, jetzt Zyolkowskis, waren ausgeflogen, das Sofa zerwühlt.

Das Wollende vom Bündchen des zweiten Pullovers an den Gitterhaken gebunden, gehe ich im fluoreszierenden Dunkel der Bonzen festen Schrittes

zitternden Herzens

weiter, ganz

bei Trost

total

bei Trost, sagte Mutti noch am Abend vor der Ausweisung, »wir trennen uns nicht«, dabei hatte die Familie sich bereits im Januar getrennt. Mein Schatten flackert über die Wand, das Knäuel dreht in der Tasche, die Katzen in der Ottostraße tatzen danach, eine Hand gleitet über die Mauer, »moja mama mnie opuściła«, auf Polnisch tut das nicht weh. Sich *fortmachen*, so haben wir es zuversichtlich genannt, »fortmachen aus Breslau«, doch wer war das Subjekt in diesem Satz, wer das Objekt, »mam na imię Walla«, oben muss es Nacht sein, einmal noch klage ich um dich, Mutti, bis übermorgen reicht mein Wasser, übermorgen muss mir der neue język am Leib sitzen, mein polnisches Jäckchen

mein frischer Pelz.

Die Scham ist ein uraltes, schuppiges Tier, das hält dich im Maul und beutelt dich, bis du nicht mehr weißt, wer du bist, bis du auseinanderfällst. Kaum liegst du am Boden, verwandelt sie sich in eine Motte, die ruckweise die braun-grauen Flügel aufstellt, sodass du sehen musst, was sie verdeckte. Es ist

»das Schlimmste«, doch

das Schlimmste ist explodiert, in zahlreichen

scharfen Bruchstücken ist es um dich verstreut: Das Bildschlimmste, das war Benschi

das Traumschlimmste, das Gehschlimmste, das Schmerzschlimmste, das Übelkeitsschlimmste, das Kotzschlimmste, das Kratzschlimmste, das ZwischendenBeinenSchlimmste, das IndenMundstopfSchlimmste, das NägelausreißSchlimmste, das Benzin-Schlimmste, das ZungennagelSchlimmste, das Liderabschneid-Schlimmste, das Verleugnetwerden

das Vergessensein.

»Do widzenia, Reni.«

Ich sitze vor der 145, »jestem Waleria Koszyk«, Koszyk war Oma Magdas Mädchenname. Breslaus Feuer brennen von unten, der Sommer brennt von oben, meine sechzehn Lenze brennen, fünfzehn erlebt, den sechzehnten gewürgt, der rote Ziegelstaub ging auf uns nieder, das Sonnenlicht spielte auf der Oder, die herbeigetriebenen Kühe standen halb im Wasser, um sich zu kühlen, und tranken, die Tierleiber glänzten, da wusste ich,

ich wollte, ich konnte nicht ein zweites Mal fort.

Reni schluckt, atmet mit der Haut, ich lasse sie schrumpfen, iść, siedzieć i biegać, spać i jeść i spać, Diphthonge, Nasalieren, »rozciągając się przed szczytem«, die Deutschen haben mich verletzt, »Niemcy mnie skrzywdzili«, Deutschböses glaubt sich von selbst, die Schleier der Wände bringen mir, Stunde um Stunde, Tag um Tag, was Krieg heißt, was Sieg, was Ende, Silbe um Silbe neu bei, keine

Sekunde war man bei Schlüters allein, ich vermisse euch trotz des Überdrusses aneinander, trotz unserer Sprachlosigkeit

unserer fraulichen Einsamkeit, kann ich es so nennen
ich habe ein Kind verloren, das ich nicht wollte
ich habe ein Elternpaar verloren.

Mutti sagt, »du bist kein Kind mehr«, ich lutsche das letzte schlesische Guttla, gleich wird es zerbrechen

wie das Glück, das ich kannte, die mir vertraute Welt, dass sie

noch einmal untergeht. Dunkelblauer Rock, weiße, an den Rock geknöpfte Bluse, die Jacken SA-braun, Zöpfe gescheitelt, Lederknoten perfekt gebunden, bis zu mir hindurch lächelt Jaga Reni an, naprzód, naprzód, Walerio! Du darfst sie lieben, die Oder, sie kennen, darfst dich auskennen in dieser Stadt, kannst die Polizei an den Ort führen, an dem du dich verborgen hieltest, Ottostraße 32, Keller eingestürzt, wenn du auch den Sprachschaden hast, Wörter in deiner polnischen Muttersprache plötzlich nicht findest. Die Deutschen hatten dich nach Bayern verschleppt, prügelten das Polnische aus dir heraus, du entkamst, Waleria, geboren am …, ich bleibe bei Dezember, vielleicht 1925, nein, 1924, dann bin ich bald volljährig. Niemcy mnie tu przywieźli …, ich werde stottern, sie damit von meiner Aussprache ablenken, »die Deutschen haben mich …«

Waschraum Männer, Nummer 146 147, Vati duckt sich über die Inhalierschüssel, Adele kocht Rüben, fahle Sonne, es muss

die Suppenküche sein, wir sind ausgebombt, mein Gedächtnis wackelt, die immer gleichen Töpfe, die immer gleiche Brühe, mein Gedächtnis stottert »die Heimat«, stottert »jestem kamieniem«.

Eisblumen überziehen das Fenster, acht Leichen liegen hinter dem Friedhofstor auf einem Haufen, unten schauen die nackten Füße heraus, koniec, finito, the end, Reni-Pudding hab ich dem Minotaurus vorgesetzt, der frisst ausschließlich Jungfern, an dieser wird er krepieren.

Dobrze, sie, ich meine ich, Walla, fasst sich ein Herz, ich, Walla, das Mädchen, das dem Labyrinth entkam, husche zur Eisentür, von den Wänden winken die Schleier der Frauen, Ordnung wird durch Selbstwiederholung undurchschaubar, ich werde

durch Selbstwiederholung undurchschaubar

am Ende des nächsten Ganges links abbiegen, Leben ist eine Minutensache, draußen ist Juli, niemand

fragt, ob oder wie man sich erinnert

wie von Geisterhand

weht man durch die Menschen, die einem nahestanden

Reni hört die eigenen Knochen aufeinander reiben, leise wie harter Schnee, hätte man gedacht, dass Menschen so klingen?, dass man sich des eigenen Körpers entringt

Alt-Reni, Traum-Reni

sieht sich davongehen, jeden Morgen vor der Arbeit musste sie sich übergeben, Rennchen, Bienchen, sagte Marolf, bleib hier, versteck dich, sagte er nicht so?

Als Reni in der Nacht des Vierten ihr Bettzeug vom Sessel auf die Couch hob, fand sie das Menzelbild, Marolf hatte es aus der Wohnung gerettet, nun hatten sie es ihr hingelegt, dick in Zeitungspapier eingeschlagen und sorgfältig verschnürt. Sie fühlte den Rahmen durch die Verpackung, erkannte die Größe, da war deutlich, was Sache war –

deutlicher als allein mit der Uhr, unmissverständlich: Sie hatten ihr ein Zuhause dagelassen, wenn auch nur als Gemälde. Einen Familienort. Kein Mensch war in dem Bild zu sehen, nur die angeschnittenen Schemen einer Zeichnung im Spiegel, es traf sie, dies nun so zu denken. Sie fühlte die Angst ihrer Eltern vor der Fahrt in den Westen, ihr Nichtmehrkönnen, und sah, dass diese Eltern Reni retten *und* loswerden wollten, dass Reni an der Oder *und* bei diesen Eltern bleiben wollte, das

echte Labyrinth baute man nicht in Stein oder mit Hecken, es wuchs in den Menschen, fuhren die Eltern am Ende aus Furcht, Ärger, Schutzinstinkt, Liebe? – und wenn aus Liebe, dann Liebe zu wem?, blieb Reni am Ende aus Ärger, Wut, Selbstüberschätzung, Selbstkenntnis, Liebe? – und wenn aus Liebe, dann Liebe zu wem? Wallas Kehle gluckert – tonlos zunächst – sie, Walla, muss das nicht unterscheiden

ihre, Wallas, Vergangenheit

besteht aus einem toten Stier und einem Faden, der durchschnitten wurde. Man wird ihren Daumenabdruck nehmen und ihr auf ihr Wort hin, ihr polnisches Wort, eine Identität geben, mit ihr lebt sie in alle Zukunft, sie

weiß, dass sie das kann.

Das Gemälde liegt zuunterst in ihrem Koffer im Spital, in schmutzige Zeitung geschlagen, als es im Blauen Salon hing, dachte sie, es zeige ein Mädchenzimmer, nun weiß sie: Es zeigt das Zimmer der Mutter, die Mutter hat es verlassen, jemand Neues darf einziehen, ich

halte das Hindenburglicht an das Vokabelheft, am Morgen des Fünften stand die gelöschte Tochter in der lichtgefluteten Juliwohnung der neugeborenen Zyolkowskis, das Breslau, das sie gekannt hatte, ging unter, das Breslau, das übrig bleiben sollte, entstand, da wusste sie, was tun, da ging sie Frau 153 nach, doch wer muss das wissen, Reni schrumpft, Reni, fünf Jahre alt, schmiegt sich ein letztes Mal auf Elses Schoß, nackte Knie, rosa Söckchen, spürt jeden Atemzug ihrer Mutter als Wort, als Geste, als Ich, und Else sagt: »Jedes Herz, das du so hörst, gehört dir.«

Das Heft brennt lichterloh, froh-froh, znam to na pamięć, *in Wirklichkeit*

hörte das Herz auf zu schlagen

renn, Mädchen, ruft eine Stimme

ein Leben entscheidet sich in einem Augenblick und dann noch einmal in der Erinnerung daran

in Wirklichkeit habe ich das Gitter gehoben, atme frische Luft, habe mir mich selbst aus dem Herzen gerissen, will, dass es zerbricht, will mir ein frisches Herz wachsen lassen

jemand richtet mich auf, sagt, »73 Steinchen und Splitter, pscht, alles gut«, sie trägt mich die Treppe hinab, »ob dein Herz zersprengt ist, ist mir egal«, sagt sie, »reiß dich zusammen«

in Wirklichkeit stehe ich in der flutenden Sonne des Salzplatzes zwischen hetzenden, humpelnden, eilenden Gestalten

taumelig *lebendig*

ein aus der Erde gezogener Maulwurf

geblendet *lebendig*

das Mädchen aus dem Unterland, Reni mit dem zerwehten, Walla

mit dem neu sich fügenden Gesicht.

Das glühende Jetzt der Erinnerung

(Walla, Sommer 1945–Oktober 1946,
Breswaff/Wroclau)

Gesang der gezwungenen Kinder

sahst mich nicht
ich   war verkleidet ich ______________   hatte mich in Blut
gehüllt   ich flog ____ durch ____ die
Krähe
die dich ____ bitterer Honig ____________
scharf und kristallen ______ schmecken wir nach Harz
Wermut Wacholder
nach Säure   trübe Klümpchen   was ihr empfandet
Hilflosigkeit, jetzt ______   abgestoßen verachtet
__________ wir
Batterie
~~hilflos~~   Kristall   auf der Zunge ~~was schneidet~~
was zergeht wenn man es mit Wärme umgibt mit ____________
eurem Speichel eurem Erinnern

Es hörte

auf. Die Straßen waren wieder betretbar, die Polen beruhigten sich, die Reste beruhigten sich, was wütete der Sommer, was schlich der Herbst, ich wohnte im Krankenhaus, ich lebte im St.-Georg-Umbenannt, zwei Namen, zwei Treffer, ein Dach, das war wie ich, die

Arkaden wurden aufgemauert, die Poliklinik geöffnet, Ausbildung zur Krankenschwester und Gottwalda nicht verloren, Gottwalda war vom Orden nach Jackschönau geschickt worden, *fast nimme zu erkenna* kehrte sie

zurück. Die Schwestern, die Hauben, die Haltung, ich wollte dem Orden beitreten, sie sagten, prüfe dich, sprich mit uns, ich besuchte die Messen, die Blumen am Altar trösteten mich, sie waren abgeschnitten und verwelkten, doch standen liebreizend da, niemand sah, was sie fühlten, das war wie ich, das konnte ich sein, ein Leben in der Krankenpflege verbringen, ohne in den Orden einzutreten, denn da fehle viel, sagte Gottwalda, zum Beispiel der Katholizismus und leider auch Gott, sagte sie und nahm mich in

den Arm. Wir waren beschädigt, aber es war vorbei, wir hatten überlebt, außen wummerte, innen wimmerte das Herz, jeder Tag wog

schwer. Wir machten Pause in dem »Apotheke« genannten Kabuff, Gerstenkaffee und Klimpelsuppe, dazu einen Löffel Zucker und eine Art Brot, das nach Petroleum schmeckte und zu viel Wasser enthielt, untereinander sprachen wir über den Schwarzmarkt, Eltern- und Ehestreit, heimlich fiel ich an den Krankenbetten über die Kerle her, die meisten waren Polen, sie verstanden kein Wort, ihnen erzählte ich, wenn sie Fieber hatten und sich an nichts erinnern würden, was andere Männer gemacht hatten, polnische oder russische Menschen wie sie, sie sollten den Dreck abbekommen, ich sah, dass ihnen unheimlich zumute wurde, ich erzählte es ihnen auf Polnisch, und wenn ich wusste, dass sie kein Polnisch sprachen, erzählte ich es ihnen auf Deutsch, das Fieber würde ihnen ihre Erlebnisse, die meine Erlebnisse waren, vergrößern, ich gönnte es ihnen. Frauen müssen sich eigene Wege suchen, um die Machtlosigkeit nicht immer wieder nur in sich reinzuschlucken, da tat es gut, einmal Männer wie Fische vor mir liegen und nach Luft schnappen zu sehen, etwas in mir sagte »erbarmungswürdig«, ich fühlte es

nicht. Deutsche Soldaten waren um nichts besser gewesen, wir »zuhause« hätten es uns lange vor Kriegsende denken können, die russische und polnische Armee machten uns überdeutlich, was wir nicht gedacht hatten, der Offizier, der in der Ottostraße einquartiert gewesen war, hatte es sogar an mir, der »Volksgenossin« versucht, »Pudding« war kein harmloser Spitzname, »ein Pudding braucht einen Löffel«, »Pudding muss umgerührt werden«, »Pudding, willst du als Jungfer sterben?«, heute würde ich laut schreien:

»ja!« Damit ich nicht schreien musste, sang ich als Walla den Kranken, gleich, ob sie Polen oder übrig gebliebene Deutsche waren, Naziparolen ins Fieber, sagte ihnen, dass Hitler herrsche, *im Pusche sitzt er und woart uff dich,* dass sie zurückmüssten an die Front, und jedes Mal, an jedem von ihnen, rächte ich

mich. Das war nicht

nett. Nett war

tot. Ich aber lebte, sorgfältig kroch ich in meine polnische Form, erst mit der Zeit konnte ich sehen, dass die Soldaten in Tschechien etwas Hilfloses gehabt hatten, einige von ihnen waren so jungfräulich gewesen wie

wir. Wir erschreckten einander für den Rest des Lebens, sie machten nach, was die Älteren vorrammelten, zufällig waren sie und wir so zueinander gestellt, gleich alt, gleichermaßen unreif, jede und jeder auf einer Seite in den Krieg gestoßen, russisch oder deutsch, Mann oder Frau, jede und jeder weit weg von zuhause, in einem Waldstück bei einem Dorf, das keiner kannte, in das keiner gehörte, in einem Nirgendwo von Stall, wo es nach Angst roch und nach anderem, in dem wir bald ertranken, alle ertranken, alle die, die wir gewesen waren, alle verschwanden, alle verschandeten, Männer wie

Frauen. Was mit uns vor sich ging, nahm eine fleischige, sumpfige Dimension an, auf unerhörte Weise steckten wir körperlich darin fest, so fest wie Breslau in seinem

Schutt. Feine Wasseradern drangen aus den Straßenbelägen, wurden dicke Rinnsale, Rohre gebrochen, unterirdische Brunnen geöffnet, die Oder lag auf den Steinen, quoll nach, verschwand in den Himmel als

Dunst. Der Exer wurde geräumt, über das blaue Wunder fuhren Kutschen und Motorwagen, die Kaiserstraße entplanierte man, indem man Löcher grub, sie waren, was man für die Zukunft brauchte, sie waren wie

wir. Wir operierten, sortierten Verbandsmaterial und Medikamente, ich träumte auf Polnisch, die Luft spiegelte, oft war mir so heiß, selbst wenn draußen Winde wehten so kalt, als kämen sie aus Sibirien

herab. Die Gotteshäuser hatten Dächer aus Pappen, es regnete nicht mehr hinein, nicht in die Kirchen, umso mehr in unsere Leben, das war die Erinnerung, Schießen, Sandspritzen, meine Letzte, so sagte man, was war deine Erste, was deine Letzte, alle dazwischen ein langer Strich, ich schlief. Mein Körper war innerlich tot, ich zweifelte, ob mich das betrüben sollte, eine Innentote wurde wenigstens nicht schwanger, ich blickte in die Wolken, die Vögel zogen davon, um wieder zurückzukehren, manche trugen im Frühling ein neues Gewand, die Krähen nicht, schwarzgrau, hackwild, saßen sie in den Bäumen am Ufer, niemand und nichts rannte mehr oder

flog. Ich arbeitete so viel wie möglich, ich ertrug es nicht, unter Menschen zu sein, allein die Kranken nahm ich hin, sie bewegten sich nicht, sprachen kaum, wurden die schlimmsten Fälle wieder munter, verließ ich sie mitten in der Schicht, floh in den Arkadengang zwischen den Haupthäusern, zerschossen, mithin luftig, biss mir auf die Lippen, lehnte mich an die

Wand. *Laba und Treiba*, Patienten und Pflegerinnen liefen an mir vorüber, als sei ich ein Stein, sie schoben Betten und Bahren, wollte einer rauchen, fuhr ich ihn an, »du fackelst mir das Haus nicht ab«, biss mir in den Unterarm, bis es schmerzte, schlich in den nicht eingestürzten Teil unseres Kellers und

schrie. Man schlüpft nicht in einen Bunker und dann einfach so aus ihm heraus, er bleibt einem nach, er fordert sein Recht, im Keller war es dunkel und feucht, Ratten huschten, ich übte die Pfiffe, *rieb ma die Ooga vor*

Rooch. Mitunter reichte der Wintergarten als Zuflucht, er glich einer Glasglocke, sprich meinem Lebensgefühl, unter seinen hohen Fenstern wurde es im Herbst rasch kühl, weit und groß hing der Himmel über der halb verkohlten Esche, die sowohl freudig wie traurig lebte und atmete, also mit jedem meiner Gedanken mithalten konnte, nur dass es keine Gedanken waren, sondern

Blitze. Man denkt nicht erst und steckt das Gedachte dann in Sprache, »die Männer standen dabei und sahen zu« ist kein Gedanke, nie warf sich einer der deutschen Zuschauer dazwischen, feige war das, vernünftig und schändlich, nun sollten wir sie retten und pflegen, und mein Ich wurde glitzericher davon als die kleinsten Oderuckel und glitschte mir

davon. Ausschließlich in Begleitung einer der Schwestern machte ich Besorgungen, Frauen gingen zu zweit auf die Straße, es half nicht wirklich, nur psychisch, Schwester Agnieszka half mir auch beim Baden, eintauchen, abwaschen, ich fürchtete mich vor dem Wasser, dann wieder tauchte ich zu lange unter, Luftblasen statt Wörter stiegen von meinen Lippen auf, *und eh'merr ins versahn*, niemand hörte mich, da wurde ich ruhiger, das Stimmchen auch, *wo fielht eens sich*

geburga. Wanne einmal die Woche, duschen jeden Tag, ich war nicht die Einzige mit der Säuberungswut und dem Erinnernvergessen und der Kopfmilchigkeit, wenn ich versuchte, die vergangene Woche zu fassen, die vergangenen

Stunden. Ich drängte mich um Nachtschichten, mitunter konnte ich für Tage nicht essen oder schlafen, wie in Trance verrichtete ich die mir übertragenen Aufgaben, innerlich ständig auf der Hut, was niemandem auffiel, alle sahen so angestrengt aus, Ringe unter den Glutzen, grau von der Müdigkeit, die aus den Knochen, aus dem gnadenlosen, glühenden Jetzt der Erinnerung drang, das löschte, was wirklich

war. Ich sehe mich über einen Flur eilen, in der Apotheke, unserem Schwesternzimmer sitzen, mehr ist nicht geblieben von der Zeit, der Efeu wuchs an der Wand, glänzend sein Schitscheringrün, ich ribbele Pullover auf, Brygida und Agnieszka spielen Rommé,

Lotte kocht den Kräutertee, der ihr »Pullover« ist – er hält sie fest, und als es tatsächlich Winter wird und der Frost über die Scheiben zieht, ist es wahr: Die eisigsten Blumen

blühen. Wir hauchen sie an, kaum eine schmilzt, stärker sind sie als wir, stumm sehen wir einander ins bleiche Gesicht: atmen stumm und wissen

warum. Mitunter sagten wir »rück mit der Sprache

heraus«. Doch Sprachlosigkeit ist nicht Nichtsprechen. Nicht dasselbe wie ein geschlossener Mund. Wir redeten umso

mehr: »Lotte, wo ist der Tee«, »wer hat meine Babuschen gesehen?«, »ich nehm zwei Löffel Zucker, immer«, doch auch mit Zucker hatten wir keine

Kraft. *Gemeensomm* legten wir uns unter die Gläser des Wintergartens, ich summte ein wenig, *gemeensomm*, razem, wspólnie, einige Amseln hatten an der Oder überwintert, nun pickten auch Drosseln im Gras nach Würmern, und als der Igel aus seinem Winterhaufen erschien, trockenes Laub zwischen den Stacheln, wussten wir, dass es doch wieder Frühling werden

wollte. Da versuchten auch wir, aus der Starre zu erwachen, »spuck's aus«, doch was wir fühlten, war eine Art Zwang, er drückte, was geschehen war, aus dem Sprechenwollen ins Verstummen, uns quälte eine besondere, wie allein für uns erdachte Brutalität: Da ist einem als Mensch die Sprache angewachsen bis unter die Haut, und dann, wenn man sie braucht, versagt sie sich: *Doas woarsch, meine*

Lieba. Andererseits begrüßten wir das Stummsein, ja hüteten es; hätte eine angefangen zu erzählen, wäre für jede alles von Neuem lebendig geworden, als glühender Klumpen, das fühlte ich, als dunkle, rollende Sonne saß es in der Brust und wartete nur auf die Gelegenheit

auszubrechen. Dachte ich an etwas Frohes von früher, Kaffeekränzel, Mensch-ärgere-dich-nicht mit Vati, der sich von Grund auf ärgerte, Adeles Vanillepudding, dachte ich an Reni, die nicht völlig verschwunden war, nur fast, ließ das Geschehene sich zu meiner Freude beherrschen, wie es sich gehört und man es von sich selbst verlangt, doch kaum öffnete ich den Mund, um aus meiner Zeit-Allein zu erzählen, der Zeit nach dem Bunker, der Wallawelt, verlor ich

mich. Die Wörter, die es mir selbst zum Trotz zwischen meinen Lippen hindurch nach außen schafften, blieben in der Luft stehen wie in die Höhe geworfene Christbaumkugeln, jeden Moment zersprangen sie auf dem Boden in tausend Stücke, man sah es kommen, konnte nichts

tun. Auch den anderen Frauen kamen die eigenen Wörter unzuverlässig oder wie von einer Fremden gesprochen vor, es war ein fortgesetztes Zermürbungsgeschehen, nicht einfach ein Schweigen, das sich an uns

vollzog. Gottwalda trug eine Narbe im Gesicht, rechts am Mund, den man ihr auseinandergerissen oder mit einer Scherbe aufgeschnitten hatte, ihr durfte ich es zuflüstern, *ich muss flenna*, ein Messer war es nicht gewesen, dafür war die Linie nicht gerade

genug. Das einfache Schweigen von früher hatten wir verloren, wir lebten in einer überdurchsichtigen, ich meine, fleischsichtigen Welt, es war sinnlos, sich Vorwürfe zu machen, man tat es trotzdem, und das übergut, *doo koam ich heem nicht zur rechten*

Zeit. Aus dem Nirgendwomehr schossen mir die vertrauten Laute durch den Kopf, nun, da ich kaum mehr Schlesisch hörte und selbst keines sprach, wurde es stärker als je, zuhause hatten Else und Marolf sich um Hochdeutsch bemüht, in mir hingegen redeten kräftig und sicher die Kinder vom Hof, die Leute in den Geschäften, das Früher, und die verlorene Sprache schmerzte, wie ein abgeschnittenes Körperglied schmerzt, ein

Phantom. Phantomen glichen auch wir, Halbgestalten, begleitet von Selbstvorwürfen wie von einem Dauerhusten: Hättest du bloß die Seitengasse hinter der Schweidnitzer genommen …, wärest du niemals in diesen Keller …, und weil es nicht aufhörte, spürte man irgendwann, dass dieses Hadern auch tröstete, klammheimlich rettete es einem ein Stückchen

Ich. *Ich* hatte einen Fehler gemacht, *ich* hatte eine Entscheidungsmöglichkeit gehabt, *ich* war noch jemand, mit dem nicht einfach umgesprungen wurde, keine Wolke, keine Null, keine

Nichtigkeit. Der Krankenhausigel fraß am liebsten Rindfleisch, er gefiel uns mit seinen Stacheln, die waren mehr als ein Panzer, sie waren eine Wehrhaftigkeit, die alles Weiche, Untere so verbarg, dass es kaum mehr existierte, und als er anfing, mehr und mehr zu fressen, wenn er in der frühen Abenddämmerung hervorkroch aus dem Gebüsch an dem Gärtchen, das wir vor dem Schwesternzimmer angelegt hatten mit Kohl, Rüben, Mangold und Dill, wo er uns von den Schnecken befreite, und nun ankam mit seinem Geruch nach feuchter Erde und den bereits speckigen Lippen, da war der nächste Sommer vorbei, ein weißer langer Fleck, eine milchige

Wand. Im Garten versteckten wir unsere verwilderten Augen, versteckten das Getilgte in den Gesichtern, bis eine sagte: »Es erwischte jede, es war eine Frage der Zeit«, was vielleicht wahr war und in jedem Fall übergiftig, denn es nahm uns das eben eroberte Ich-Stückchen gleich wieder fort, »hilflos«, flüsterte der Satz, »hilflos wart ihr und werdet ihr auf alle Zeit

sein«. Müde saßen wir um sechs Uhr beim Schichtwechsel zusammen, Lottes Tee dampfte, ich ribbelte einen Pullover auf, am nächsten Tag sollte ich den polnischen Oberst, der nun jeden Monat unsere Vorräte an Medikamenten kontrollierte, durch das Spital führen, »pułkownik Mischewski«, sagte Agnieszka, »was zitterst du?«, den wahren Grund, mein löchriges Polnisch, konnte ich ihr nicht gestehen, die Mitschwestern waren nachsichtig, sie fragten nichts, ein Oberst der polnischen Verwaltung hingegen hörte von Berufs wegen

gnadenlos. »Ach was«, sagte sie, als ich den Mund öffnete und kein Laut herauskam, »streich dir die Haare glatt, die stehen dir noch zu Berge«, alle lachten, »… stehen dir noch zu Berge« war einer der Witze zwischen uns, wer nicht reden kann, weil sie, kaum spricht sie, das eigene Erlebte nicht wiedererkennt, kann Witze reißen, da jede Art von »reißen« passend scheint: »Reiß dich zusammen, Walla«, flüsterten sie, »reiß dich am

Riemen.« Nachts erst war man allein, *und eh'merr siech versah* kam die Erinnerung mit ihren Einzelheiten an wie ein Kind mit einem Sack

Murmeln. Reni sprach die schlesischen Sätze und lag in mir und weinte, mitunter erkannte man es kaum, dann wieder verzog sie das Gesicht wie auf einer Bühne, ihretwegen versuchte ich später, als Witomir und ich uns aneinanderkrallten, nicht zu sehr zu stöhnen oder zu schreien, ich fürchtete mich davor, was es losreißen

mochte. Auch körperliche Schmerzen versteckte ich oder sprach nur von ihnen, wenn ich mir sicher war, sie im Griff zu haben, sodass ich mitunter glaubte, in mir existierte eine Schicht, durch die hindurch ich spielte, dass ich Schmerzen hatte, die ich tatsächlich empfand, so weit stand ich außerhalb meiner

selbst. Ich hatte Angst vor dem Ende jedes Satzes, machte ihn länger, ich hatte Angst vor der Stille, vor dem Schweigen, und sei es nur in meinem Kopf, vor dem Loch, in das ich fallen konnte, vor den Bildern, die aufstiegen aus ihm, da schaute ich lieber in die Nacht, leere Nacht, vertraute Dunkelheit, riss die Augen auf und hörte die Stimme, die in mir sprach, die ich mir sprach, mit der ich zu mir sprach, … ich mir zu, und machte doch einen Punkt, weil atmen, atmen auch ich noch

musste. In den letzten Tagen war ich, sooft ich konnte, an die Oder gelaufen, hatte ihren Duft geatmet, ob Schönheit gegen die Schande hilft, geatmet, geatmet, und, obgleich es erst Oktober war, den ersten Schnee

gesehen. Die Mehrzahl der Todesfälle im Rydygier beruhte bereits wieder auf Auskühlung, es gab weniger zu essen als im Krieg, weniger zu verheizen als im Krieg, man sah keinen Kampf, die Bewegungen von Tag zu Tag schwächer, die Menschen murmelten, wenn man sie anstieß, es war, als flösse kein Blut mehr durch ihre Adern, sondern Gel, man war froh, wenn es so weit war und man sie aus der Reihe ziehen und in den Keller bringen konnte, wo sie am Abend abgeholt würden. *Drei Toage fiela die Flocka,* ich ribbele den nächsten Pullover auf, sitze im Schwesternzimmer und im Bunker zugleich, »getrommelt voll hier bei dir«, hätte Jaga gesagt, ein Schub Traurigkeit fasst nach mir, kaum denke ich an sie, denke an Mutti-liebtmich, an Else, wie sie damals, bei Sternberg, die Lähmung durchbrach und nach Haus zurückfand, mit

mir. In der ersten Oberfläche, ich meine, durch das gesamte erste Jahr hindurch, habe ich mich ununterbrochen beherrscht, kein deutsches Wort ist mir entkommen, außer wenn man es von mir verlangte, wer sich aufregte, brach zusammen, wer zu viel Angst spürte, brachte sich

um. »Ach was, reiß dich am Riemen, Walla«, da riss ich am Erinnerungsriemen, um die Erinnerung anzuhalten, doch ein Stall ist keine Erinnerung, sondern ein dunkler Topf, *do sein die Kroha drin, ei grußa Schoar*, grau, dunkel und wild, das Gesicht des Mannes, der mich über Kies und Scherben schleifte, hatte ich nicht gesehen, anfangs kniff ich die Augen zu, für den Rest lag ich auf dem Bauch, trotzdem schoss mir zweimal auf der Straße, als ich einen Soldaten auf mich zugehen sah, ein heißes Erkennen, ein völlig unsinniges Wiedererkennen, »der war's«, durch die Adern ins

Herz. Lotte und Brygida sprachen von der zweiten Nacht, in der ersten Nacht danach hatten sie tief geschlafen, dann nie mehr, die Brachwasservögel an der Oder schliefen ebenfalls nicht, nur fast, leise rührten sie die

Flügel. Meine »zweite Nacht« kam, als ich aus dem Bunker zurück war, sie wurde ein »zweiter Monat«, ein »zweites Jahr«, mitunter fühlte ich sogar tags, wie meine Organe in sich zusammenfielen, *ich kunnt merr nich halfa*, schlagartig schrumpften mein Mund, mein Hals, meine Luftröhre und Lungen zu armseligen Gummistücken, schrundig und

platt. Es drehte sich nicht um Vergessen oder Nichtvergessen, ich fehlte mir selbst, die Gesellschaft meiner Unschuld fehlte mir, die eigene, freie, nach Kind riechende Seele und ihre tiefe, süße Erwartung des

Lebens. Die Menschen, die ins Krankenhaus gebracht wurden, sprachen von »Schicksal«, man hörte ihnen zu und fragte sich, was sie früher gesagt und getan hatten, mit einem trübseligen Lächeln sahen wir einander an, fast enttäuscht darüber, dass wir vorhanden waren und es irgendwie weitergehen musste mit uns, den

Beschädigten. Dabei hatte ich Glück, ich erinnerte mich an all das, was Reni geschehen war, ohne Teil dieser Erinnerung sein zu müssen, ich war Walla, Reni ein Teil meines Körpers mit den Narben und der deutschen Stimme, umschlossen von einer starken polnischen

Frau. Dies war meine »dritte Nacht«, Reni und Walla zusammen waren meine Lösung, Vergessen und Nichtvergessen in

einem. Leise sprach ich meine tief vergrabenen Herkunftssätze, *oabends, doas se kenner nich hörte*, wenn ich zusammengekauert an einer der Glasscheiben im Wintergarten saß, bis Reni an diesem Abend sagte *fast siste aus wie een Schneck*, was so wahr war, so befreiend, dass ich wusste: Diesen Oberst schaffe ich, selbst wenn er meinen Akzent bemerkt, was ahnt er

schon. Mag sein, dass vor dem Fenster ein Schwarm Krähen vorbeiflog, dunkel blitzten ihre Flügel, dunkel blitzte mein Gesicht in der

Scheibe: Mein Wallasein, meine Wallalüge waren die einzige Kraft, die mir wirklich gehörte, auf sie wollte ich mich verlassen, und Reni nickte und flüsterte: *Ma denkt hin und ma denkt haar*
träumet uns mit uffne Ooga

goar.

Die Liebe hinter den Ordnungen

(Else, ab 1967, Wrocław,
wo sie auf Walla trifft)

Gesang der gezwungenen Kinder

euer Sprechen
wieder aufnehmt: die, denen ~~zu helfen nicht war~~ die Nahrung
——— für Zukunft nicht
die selbst alle Zukunft
die nicht gefüttert
wir verschmolzen
die Angst machten
die Ununterscheidbarkeit von Futter &
Gefüttertem
wir
die greifen lichtlose Wurzeln ——————— winden
halten uns ein
langsam ——————— langsam im Mund
salzig, scharf im Nachgeschmack
im Abgang bitter das Feuer, das Holz
des Veilchens Staub
voll hauchdünner Menschen diese Luft
~~silberner Abfall~~
ein Flackern im Laub ——————— 1 helles Licht
das sickert ~~meine Güte~~ Winterhonig
Alabastergeist

Sie, die da. Die war ich. Die in einer Ehe lebte, die ein Leben lang hielt. Die nicht zerbrach. Die geklebt wurde, ohne zerbrochen zu sein. Die Ehe. Die Else. Die, ich.

Und er. Er, der hustete. Ich duckte mich, er schimpfte, ich duckte mich, er hatte eine Phase, er war traurig, er war der Jubel, das blieb sich gleich. Ich als keineswegs taufrische Verlobte, Mutter halb polnisch, Vater Kürschner, Leder und russische Pelze, Mitgift hübsch, war lange her. Mitgift dahin, Pelze dahin, am Finger der Ring. Es hielt. Es, wir zwei. Wir, nur wir zwei. Wie kann man sehenden Auges ein Kind verlieren? Wir.

Er sprach in Zitaten. Das Theater, versunken, ragte schief aus dem Sumpf der Erinnerung. In seinem zweiten Leben zog er den Roman vor. Der Roman war Fontane, Fontane rauf runter, aus Shakespeare war Fontane geworden, das beschreibt unsere Reise. Fontane war Marolfs Versuch, in der Ersatzheimat anzukommen, Wanderung Mark Brandenburg, wir fuhren an den Stechlin, wir starrten in die Tiefe, wir mochten es. Mein Mann sagte, »ein weites Feld«, damit meinte er sich selbst, frühpensioniert. Unser Kind hieß nicht Effi, der Rest passte noch weniger. Doch ein besseres Zitat fiel ihm nicht ein, die Bücher waren zuhause geblieben, daheeme. Ich solle nicht so oft »doch« sagen, sagte er, »lass das mal mit der Docherei«. Das war auch staatlich geboten, keine Aberei, kein Trotzdem, kein Nichtsdesto etc.

Und. Und wenn sie nicht mehr lebte? Da sagte er nach einer Weile, »mach, was du meinst«, »antworten wird sie nicht«, »aber leben«, sagte er, »leben tut sie bestimmt«. Ich zitterte, ich hielt es nicht aus, nichts zu tun, er sagte, »sie wird sich eingerichtet haben, stör sie nicht auf«, er war großzügiger oder vergesslicher als ich, kränker war er auch. Er hörte zunehmend weniger, vielleicht damit er seinen Husten nicht hören musste, nichts hören musste von seinem Herzen. Ich hörte es. Ich dachte daran, wie er Adele nicht hatte ziehen lassen wollen, bloß ihr Kind, wie er sich geteilt hatte und dann an mir hängen geblieben war, der beschädigten Else, die von den Wassermännern und Wasserfrauen der Oder träumte, so oft. Die »die« geworden war.

Wir hatten eine Tochter, die Briefe nicht beantwortete, aber man wusste nicht, ob sie sie erhielt, denn wohin sollte man sie senden? Und. Marolf sagte, »ihr reicht es von uns«. Sagte, »und mir reicht es von ihr«, und war beleidigt als Vater und Mensch. Sie war nicht zum Bahnhof gekommen. Sie war uns nicht nachgefahren. Wo war sie überhaupt?

Die Briefe lagen in einem fremden Postkasten, lagen im Sack »nicht zustellbar«, sie waren eingestampft, und ich musste selbst wissen, was ich tat.

»Wir« war der Rumpf. Der in einem Westen saß, der Osten hieß, mit kleinem »deutsch« daran. Fest saß. Das Habenwollen schaute westwärts, das Herz fieperte ostwärts. Derkreuz und derquere, hatte man daheeme gesagt. Sagte ich »daheeme«, hielten die Sachsen es für sächsisch. Das war praktisch und ein Versteck. Wir-Rumpf hatte die Sehnsuchtskrägerei, das Kopfverdrehen, die Krankheit »Nichtda«: Einzig an der Oder wohnte das Glück. Wir hatten es ebenfalls, eine Wohnung, zweiter Stock, am Zoo, mächtig grün. Mächtig viel Tier hatten wir, so konnte man sagen. Tauben nisteten zwischen den Balken des verrottenden Daches, eine Birke wuchs auf dem Kamin, feucht war es durchaus. Ich stand an der Speichertür und träumte davon, einer der nistenden Vögel könnte zu meiner Tochter fliegen. Dabei war ich gemeinhin nicht so, so drämelig. Ich, die. Die Else-Wiederzusammengesetzt.

Es hatte Bomben geregnet, die Stadt hatte gebrannt: hier, dort. Die Vögel waren rot von Ziegelstaub, die zermahlenen Häuser wirbelten in der Luft, die zermahlenen Leben. Ich lag bei den Schlüters. Das war ein Wunder. Lange liegen zu müssen kannte ich, Kinderlähmung mit sieben. Etwas in mir sagte: Du weißt, wie man wieder aufsteht aus einem halben Grab. Helga Schlüter bemutterte ihre Söhne und ein wenig auch mich. Marolf war da. Ohne Theater, ohne weiteren Frauenanhang. Ohne Adele. Marolf, der mich jeden Abend auf dem Sofa der Schlüters von hinten umarmte, es war eng, anders konnten wir nicht liegen, so gewöhnten wir uns wieder aneinander.

Einer an der anderen Haut. In des anderen Arm.

Umarmte er mich von hinten, spürte ich seinen Körper von den Schultern bis zu den Füßen, fühlte mich geschützt.

Reni war schwanger, Morgenübelkeit, rundere Brüste, veränderte Augen. Marolf wusste es, ich wusste es. Marolf betrieb unsere Ausreise. Er entschied für jeden von uns mit, die alte Ordnung galt wie eh und je. Ehemänner und Väter verfügten über das Verfügungsrecht, doch die alte Ordnung hatte einen Riss. Was sage ich. Viele. So sah und dachte es eine jede still für sich, und ich war mir nicht sicher, was Reni tun würde, und je länger ich darüber nachdachte, umso unsicherer wurde ich mir über mich selbst. Reni und ich konnten in Breslau bleiben, das Wrocław hieß. Oder Reni allein blieb zurück. Sie war jung, man würde sie behalten wollen, und wenn sie dann noch einen Polen heiratete, hatte sie ein Leben da, in der vertrauten Stadt. Und ich, wenn ich bei ihr aushielt? Sie musste fortwachsen von mir. Doch. Ein Kind wuchs in ihrem Bauch. Und? Wenn sie es hatte, brauchte sie mich. Wovon sollten wir leben? Reni wollte Krankenschwester werden, erfahren war sie schon. Und ich, mit dem nachgezogenen Bein? Unser Geld würde mit Marolf davongefahren sein, das Konto wäre gesperrt. Ich überlegte, wendete es hin und her. Ich war knapp über vierzig. Nicht so alt. Doch wenn ich blieb, wäre ich eine Witwe mit lebendem Mann.

Der Kiefer heilte, etwas Inneres, Marolffreundliches heilte mit. Der Eheschwur war mir ernst. Das Paar ist stärker als das Kind. Allemal als ein Kind, das fast keines mehr ist. Alle Kindheiten waren durch das Jahr 1945 ausgekehrt worden. Nicht allein bei Reni. Da lag noch der Milchflaum auf den Wangen, blühte die Rosigkeit, blickte man dagegen auf Stirn und Mund, sah man Dreißigjährigen ins Gesicht. Die Augen waren noch älter.

Ich wusste, dass Reni nicht noch einmal fortwollte. Marolf sah an der Oder keine Zukunft für sich. Deutsches Theater, in Polen? Ging ich mit ihm, folgte ich meinen Pflichten. Reni würde sich durchschlagen. Und. Ich müsste das Schreckensbaby nicht sehen.

Nach der Ankunft in Leipzig im Sommer 1946, es dauerte, es gab Umwege, Befragungen, Lagerzeit, schrieb ich ihr ans St.-Georg-Krankenhaus, das halb so hoch wie einst und unter fremdem Namen in einer umbenannten Straße lag. Ich schrieb vier Mal.

Keine Antwort. Schon da wusste ich nicht, ob die Briefe sie erreichten. War die Rydygiera wirklich von dieser Welt?

Damals sagte Marolf es zum ersten Mal: »Das, meine Liebe, ist ein weites Feld.« Er hatte recht. Es gab viele Weisen, ein Kind zu verlieren. Seine andere verlorene Tochter konnte er nicht einmal suchen. Wollte er es deswegen auch bei unserer nicht tun?

Mir gefiel der Sozialismus. Eine Erholung im Vergleich zu dem Tausendjährigen davor und dem Nichts, das dem Tausendjährigen gefolgt war. Frauen durften und sollten arbeiten. Auch ich verstand mich aufs Theater, als Reiseführerin kam es mir zupass. Mein eigenes, selbst verdientes Geld. Wir standen auf der besseren Seite der Geschichte, ein paar Jahre hindurch sah es danach aus. Jeder Mensch hier kannte mich neu. Dank des Krieges fiel mein Hinken weniger auf, viele meiner Generation waren noch schlechter zu Fuß als ich. Ich hatte meinen Kriegsgewinn. Kriegsschaden, Kriegsgewinn. Ich war eine, die wusste, was sie wollte und wie sie es bekam, Handel nach links, Geschäft nach rechts. Trafo Else! Deutsch-sowjetische Freundschaft, ich war dabei, in Kürze hatte ich genug Russisch gelernt und, fragte man meine Füße, den gesamten Bruderosten durch Leipzig geführt. Bahnhof, Völkerschlacht, Deutsche Bibliothek, geplante Sprengung der Unikirche, Plattenbauten in die Höhe, Messe, Zoo, Löwenzucht, falsch, Löwenwucht. Mein Hinken störte als Reiseleiterin nicht, die Gruppen trotteten reisegruppisch oder fuhren Tram, für Politdelegationen tuckerte der Edelbus. Nach ein paar Jahren lauter kommunistischer Begeisterung vor befreundeten Kadern und der dabei erzeugten Sicherheit, die nicht ich mir erworben hatte, sondern die über mich gesammelt worden war, durfte ich Gruppen aus der »Deutschen Bundesrepublik« führen, ich nannte sie den »Sport West«.

Und kam nicht los und träumte von ihr, und hatte ein Kind an der Oder, das war eine Sache, tiefer als der Stechlin, größer, dunkler, schrecklicher. Hoffentlich war sie noch dort, hoffentlich war sie gesund, hoffentlich lebte sie mit Freude. Sie musste mich für eine Idiotin halten. Mindestens. Verachten? Lieben – noch? Verständnis erwartete ich nicht, ich verstand selbst immer weniger, was geschehen war. Und unser Enkelkind? Ich meine, das erste? Das Denken und Fragen sickerte in mir herum, stand auf in Träumen, legte sich tagsüber, gluckerte, murmelte nach. Nachts rief es mich, ich sagte, »sie ruft mich«. Marolfs »lass sie« war eine Weisheit, die so dumm war, oder eine Dummheit, die so weise war, dass ich nicht mithalten wollte, er war es zufrieden, er hatte sie alle ziehen lassen, alle Freunde, alle Erinnerungen, mir half das nicht, ich konnte nicht mehr still an dem Ort bleiben, an dem wir lebten, und konnte nicht fort. Ich rang mit mir.

Der Tauschhandel blühte, das brachte Bewegung. Marolfs Husten wurde besser, dank »Sport West« hatte ich Zugang zu Medikamenten von überall. Theater wurde vermehrt gespielt, etwa im Hof, und nicht allein dort. Mit einem Mal war ich 65, Elster Else, reisefrei. Ich nannte, wo ich lebte, das Zwischenland. Auch ohne Fremdgruppen besuchte ich den Zoo, ging Löwen schauen. Die sandfarbenen waren Leipzigs Züchtungsstolz. Sie standen für Mut, vielleicht steckten sie mich damit an? Was kann man innen so zittrig sein bei dem kurzen Gedanken an eine Möglichkeit wie »Wiedersehen«. Es gab den Suchdienst des Roten Kreuzes, den kannte jeder, ständig hörte man die Meldungen im Radio, die halbe Menschheit suchte, die andere Hälfte ließ sich von der suchenden Hälfte finden, zugegeben, das war überideal, nicht von dieser Welt, in der suchte man in der Regel ins Leere. Schaute Doktor Elze am Löwengraben vorbei, wurde ich froher, er erklärte mir, wie er seine Raubtiere paarte und warum sie ihn nicht auffraßen, was sie bitte nicht ändern sollten. Als oberster Zootierarzt träumte er von Afrika, ich drückte ihm ein Westbuch über die Serengeti in die Hand. Ich träumte von Breslau, zu meiner Art Traum gab es kein Buch, der Doktor und ich hatten die Sehnsuchterei auf unterschiedliche Art. Er wollte Löwinnen sehen, ich fürchtete mich vor einer, dabei wusste ich nicht, nicht mehr, nicht wirklich, was oder wer sie war.

Der Sommer '45 lag über zwanzig Jahre zurück. Was mein Leben betraf, war ich eine Sickergrube, andere Frauen kannten das ebenfalls.

Was hatten wir nicht alles in uns aufgenommen und versteckt.

Dass wir das voneinander wussten, war das einzig halbwegs Verständliche daran. In mir sackten die Geschehnisse allzu allmählich ab, tief unten lagen sie dann übereinander und verbuken statt zu verrotten zu einem festen, stallförmigen Block. Ich war glimpflich davongekommen, mit allen Zehen, allen Fingern, einem verheilten Kiefer. Nur ein paar Zähne verloren, nur das Vertrauen und ein Fast-noch-Kind. Dass das »glimpflich« hieß, war ein historischer Scherz. Meine Gedanken waren nicht anschmiegsam, sondern quälten mich, statt biegsam zu sein, bestanden sie aus Glas, Erstarrungen, die schmerzlich aufstiegen, schneidend klar. Wie restlos wir Frauen gelernt hatten, uns in die Rolle der Verliererin zu fügen. Das gesamte Jahr 1945 hindurch war dies an mir ständig zum Vorschein gekommen, in alles hatte ich eingewilligt, funktioniert wie ein Rädchen, eine Närrin, die dabei noch schnurrte. Seither wortlos den Haushalt besorgt, gekocht, gebügelt, geputzt, und wenn ich fertig war, die Handtasche unter den Arm geklemmt und zusätzliches Geld verdient. Wie jetzt. Fast. Ich klemmte mir die Handtasche unter den Arm und fuhr mit der Straßenbahn in die Innenstadt. Rotes Kreuz, Suchdienst international.

In der Woche darauf verlasen sie die Nachricht, die ich aufgegeben hatte, im Radio in allen Deutschlands, in Österreich, der

Schweiz und den gesammelten Bruderstaaten des Ostens, sie verlasen sie in verschiedenen Sprachen. Mein Mädchen, das inzwischen fast vierzig war, unter welchem Namen auch immer, an welchem Ort auch immer, mein Mädchen, das sich selbst erkennen musste, das war nicht schwer, das sich selbst melden wollen musste, wie das war, konnte ich nicht sagen. Ich wagte nicht zu hoffen und hoffte, es fühlte sich an wie Roulette, schlimmer: Man schickte die Meldung hinaus und spürte danach, wie man rief und rief – in den Wald. Ich fürchtete mich vor dem Schweigen, mit dem ich rechnete, rechnen musste. Hockte im Wohnzimmer in Leipzig mit meinem Mutter-Bin, wusste für Nächte, für Wochen nicht, wohin mit mir.

Es geschah mir recht, es war das Mindeste für meine … Untreue? Warum hatten wir nicht zu dritt darüber gesprochen, bevor der Ausreisetag gekommen war? Allein vor mir hatte Marolf es einmal erwähnt: »Sie will in Breslau bleiben.«

Und nach einer Pause: »Lassen wir sie.«

Weil alles so untergegangen war? Weil wir es waren, die den Kindern diese Scherbenhaufen hinterließen?

Die Totenhaufen.

Und jetzt? Handtasche unter den Arm klemmen? Unsinn, das sieht ängstlich aus. Tasche am Riemen quer über Schulter und Brust. Wozu habe ich jahrelang Gruppen von Menschen durch eine Stadt geführt.

Ich stehe an der Ecke ul. Paulińska, ul. Bolesława Chrobrego, gegenüber vom Matthiasplatz. Du arbeitest im Rydygier, holst deine Kinder in der Krippe in der ul. Kazimierza Jagiellończyka ab. Jeden Nachmittag geht ihr hier vorbei, schon den zweiten Tag starre ich euch über die Straße hinweg an.

Ich muss mich gewöhnen.

An deine Fremdheit. Mit der ich gerechnet habe. Dabei ist sie … gar nicht so groß.

Das macht das Gewöhnen schwieriger.

Es hat mich getroffen. Ich hätte dich sofort erkannt. Bist du mir so wenig fremd, weil ich dich nur sehe, nicht sprechen höre? Du sprichst Polnisch mit deinen Kindern, schriebst du.

Ich erkenne dich daran, wie du die Hand ausstreckst. Du fährst deinem Sohn über die Haare, bückst dich zu ihm.

Mädchen, Reni. Ich drücke mich stärker zurück an die Hauswand, die mich verstecken soll. Gestern begann das Herzrasen, als ich zurück war im Hotel.

Fast idyllisch, diese verfallenden Mauern. So träge in der Sonne. Die Polinnen tragen Plastekleidung wie in Leipzig, aber schicker. Mehr Farbe im Gesicht. Die Läden leer, ebenfalls wie zuhause, die Schaufenster voller, richtiggehende Kunstwerke, Tischchen mit Spitzendeckchen, eine Ecke lässig über die Kante nach unten, darauf drei angestaubte Flaschen Waschcreme oder eine Packung Kaffeebohnen im Geleitschutz von Plastiklöffel und Kunstnelke. Fliegenschisse, Lochmuster, Gilb. Hier fällt es mir auf, in Leipzig nicht mehr. Du hast in deiner Antwort klare Bedingungen gestellt. »Nur einer von euch.« Tag und Datum hast du genannt. Ich bin drei Tage früher über die Grenze gefahren. Kann das Beobachten nicht lassen, das Herz geht mir zu flatterig. Sehe ich dich nicht ein wenig vorab, traue ich mich morgen Abend nicht zu dir, acht Uhr, eine Adresse in Schmiedefeld, nun Kuźniki.

Die Hauptpost am Ring mit ihren Schaltern mit Holzrahmen und den Schiebefenstern ist unverändert. Das Rathaus hervorragend wieder aufgebaut, kein Türmchen vergessen, die Farben nach dem ursprünglichen Geschmack gemischt. Besser als bei uns. Wir haben die Schwämme und Pilze in den Wänden, den Wind, der um die Ecken saust, eine Regierung, die intakte Gebäude sprengt, eine Stadtmitte, nicht mal zur Hälfte saniert, Bäumchen aus Erkern und Türmchen, als handelte es sich bei ihrem Wachstum um einen gutzuheißenden, die Baukunst vollendenden Vorgang. Wir haben die rumpelnden Bahnen, die hastenden Menschen, die Werkstore und das Werksirenengeschrei, die Moskauer Uhren, die ich hier wiedererkenne. Ich sehe dich mit den Kindern, vermutlich seid ihr auf dem

Weg nach Hause, nach Schmiedefeld, Entschuldigung, Kuźniki, du hast mir die Adresse in Druckbuchstaben geschickt, den Weg.

Du willst mich sehen. Du hast dich gemeldet.

Das Rote Kreuz schickte einen großen gelben Brief. Mit einer kleinen Nachricht darin. Mir sackte das Herz in die Hose, kehrte um, schoss an seinem herkömmlichen Platz vorbei durch meinen Kopf und aus mir hinaus. Ich erkannte die Schrift nicht. Warst das du? Ich spüre mein Herz noch dort oben hängen, durch eine lange, dünne Leine mit mir verbunden. Man sieht nicht, dass ich es auf so seltsame Weise mit mir herumtrage, sonst hätten sie mich an der Grenze aufgehalten:

»Schmuggeln Sie etwas?«

»Ja, ein Pfund Herz.«

So stehe ich hier. Wir haben uns geschrieben, ein paar Mal. Eine einzelne Antwort war nicht sicher. Man hörte Geschichten von Eltern und Kindern, die sich getroffen hatten, um nach all der Freude und dem Zittern zu merken, dass sie nicht die Richtigen waren. »Jaga hieß deine Freundin.« »Benschi kam um.« Wir befragten uns. Es zeigte sich rasch, dass wir diejenigen waren, für die wir uns hielten. Solange die Briefe liefen, konnte jede überlegen, ob sie das Wiedersehen noch immer wollte. Diese Freiheit machte mir Angst. Ich fürchtete mich stärker als in der Zeit, bevor ich die Suchmeldung aufgegeben hatte. Wenn du nun noch Nein sagtest, verlor ich dich ein zweites Mal.

So stehe ich in Brassel an einer Mauer, über die die Schatten der Blätter spielen, und versuche, mich zu verstecken vor meinem eigenen Licht und meiner Dunkelheit.

Die, die ihr Kind verließ.

Wir wussten, dass wir vom Bahnhof nicht mehr fortkämen, wären wir erst einmal dort. Trotzdem tappte ich hinter Marolf her. Später hörte man, dass Leute, die nicht ausreisen wollten, sich einfach für ein paar Wochen versteckten. Am Ende lebten sie noch jahrelang in Breslau.

Wir hätten … Ich muss wohl erkennen, es ist nicht anders zu erklären: Auch ich wollte fort. Wenigstens ein Teil von mir. Der größere Teil. Der lief weg, der hatte genug. Nicht mehr Mutter sein.

Bloß nicht Oma werden.

Ehefrau. Das schien am ehesten aushaltbar.

Du warst mutig, mit sechzehn. Ich muss mutig sein jetzt. »Waleria.« »Walla.« Ich übe. Marolf wartet in Leipzig. Vielleicht hat er sogar mehr Angst als ich. Dein Jüngster kann kaum mithalten mit deinem Schritt, das Mädchen muss Dorota sein, deine Dritte, wir haben nicht telefoniert, man kriegt keine ordentliche Verbindung, selbst auf das Rauschen wartet man lange, es war auch zu bedrohlich, wäre viel zu viel gewesen, gleich die Stimme zu hören. Du fürchtest dich wohl ebenfalls vor unserer Begegnung, wenn gewiss auch anders als ich.

Ich werde klingeln, die Kinder werden im Bett sein, du hast einen Mann, Mietek. Wir werden etwas essen, schriebst du. Polnische Speisen. Nichts da Köchin, nichts da Salon.

Du willst den Unterschied betonen. Als wüsste ich das nicht. Polin bist du, deine Kinder ahnen nichts von deinem ersten Leben, so nanntest du es, Mietek sei eingeweiht, er werde mich begrüßen und sich ins Nebenzimmer zurückziehen. Deutsch verstehe er nicht.

Ich verstehe, was du mir schreibst. Er wird uns durch die Wand hören, du willst flüchten können zu ihm. Falls du mich rausschmeißt, wird er sicherstellen, dass ich wirklich verschwinde.

Als ich dich verließ, ging etwas in mir zu Bruch. Etwas anderes, Unerwartetes, öffnete sich: Mitunter sah ich in dein Leben. Das meine ich real, wirklich, wie soll ich es nennen. Es geschah nie, wenn ich es mir wünschte oder es brauchte. Es fiel über mich her. Ich empfand es als Strafe und Segen, wusste ich dadurch doch, dass du lebtest. Bei einer der Geburten sah ich dich, du warst ohnmächtig und blutetest, das an die Welt gezerrte Mädchen schrie, ich bangte um dich.

Diese Bilder brachen, mal mit Geräusch, mal ohne, in einen Abend vorm Fernseher ein, ins Staubsaugen, Kochen, in eine Bewegung der Hand. Unsichtbar, unzugänglich für andere. Normal war das nicht, dafür umso wirklicher auf seine Art. Mein zweites Gesicht.

Du warst mein zweites Gesicht.

Ich sah dich in einem Kiosk sitzen, die nackten Füße auf einen Heizstrahler gelegt. Sie rührten mich. An deinen Füßen hätte ich dich unter Hunderten erkannt, sie waren unverändert, vollkommen du. Visionen? Es hatte nichts Glorioses. Was soll ich sagen. Ich stehe an einer Straßenkreuzung in Wrocław, verborgen von einem Vorsprung im Mauerwerk, und sehe dich und meine beiden jüngeren Enkel auf der anderen Straßenseite. Ihr seid real, das ist das Unfasslichste. Du sprichst mit Dorota, die etwas aus der Tasche in ihrem Kleid zieht und es dir zeigt. Auch zu ihr beugst du dich etwas hinab. Du, groß wie ich. Die Kinder tauschen Platz. Als ihr weitergeht, gibt Ksawery dir die Hand, Doro hüpft voran, ihr verschwindet zwischen den Menschen auf dem Gehweg gegenüber.

Kein roter Staub wirbelt mehr durch die Luft. Meine Augen sehen, was fehlt: dort das granitene Schmuckband in der Fassade, da ein Denkmal. Die Oder wühlt über schlammigen Grund. Ich habe ein Leben hier verbracht – das erste Leben, mein Liebesleben, mein besseres Leben. Führe ich wieder fort, wenn ich ein zweites Mal entscheiden dürfte? Hach ja, die Politik. Hier hätte ich mehr Polin werden müssen, wie du. Dass du auf meine Suche geantwortet hast, ist ein Geschenk.

Selbst wenn du morgen Abend vielleicht nur abrechnen willst.

Mein Mund verzieht sich zu einem schiefen Grinsen: Wenigstens das habe ich begriffen. Was ich jetzt empfinde, ist …

Ich fürchte mich.

Ich fuhr nach Leipzig zurück, ohne mit meinen Enkeln gesprochen zu haben. Einen Monat später wurde ich offiziell eingeführt: Trara, Oma Else ist da. Die Kinder nahmen es hin, die beiden jüngsten zumindest. Teréza glaubte es nicht, man sah es ihr an der Nasenspitze an.

Walla erzählte wenig. Ich fragte nichts. Ich musste mich nach meiner Tochter richten. Keine Aussprache suchen. Die äußeren Daten waren im Handumdrehen erzählt gewesen. Aber zwanzig Jahre erzählen? Abgesehen davon, dass das Vertrauen dahin war. Gespräche würden sich ergeben. Hoffentlich. Vielleicht. Irgendwann.

Sie nannte mich nie mehr Mutti. Marolf war zu krank, um zu reisen. Walla hätte sich in den Zug setzen können, zögerte. Wollte sie unser kindloses Heim nicht sehen? Die beiden telefonierten miteinander. Ich weiß nicht, wie das für sie war, für ihn. Ich hörte nicht zu. Im Frühjahr nach der Wiederbegegnung starb er. Unsere Abermals-Tochter sagte: »Dann ist es so.« Sie ließ sich von ihm berichten, sie hatte ihm stets Grüße bestellt, sie betrachtete das Foto von seinem Grab.

Erst war ich Else. Dann Oma, auf Deutsch. Und endlich Babuschka oder Babka, Schlesisch oder Polnisch, wie es gerade kam.

Walla war nicht Reni. »Tochter« durfte ich sagen. »Madla« rutschte mir heraus. Mein Kind war so praktisch geworden. So überlebenstüchtig. Hatte sich meine Bitte um Verzeihung angehört, an unserem ersten Wieder-Abend in ihrem deutschen Haus. Sie war doppelt so breit wie ich und sah mütterlicher aus, als es mir je gelungen war. Wodka, Zigaretten, nichts davon zu knapp. Sie ließ mich reden, schaute mich an, schaute zurück auf den Tisch. Ich durfte den Abstand spüren.

Gott weiß, warum ich die Probe bestand. Weil sie mich brauchte? Bestimmt. Ein wenig anderes mag, bitte, mitgeschwungen haben. Walla sagte: Wenn du Kontakt willst, musst du mein Leben respektieren. Du fügst dich ein.

Ich beichtete ihr, dass ich sie und die Kinder vor unserem ersten

Treffen auf der Straße beobachtet hatte. Sie lächelte. Sie hatte mich gesehen, beide Male.

Sie sagte: So können wir anfangen. Dass du das von dir aus gesagt hast.

Ich bemühte mich, ich lernte um.

Zurück in Leipzig lernte ich polnische Grammatik. Meinen Tauschhandel dehnte ich aus: Westdeutschland, Ostdeutschland, Polen. Walla liebte ihren Kiosk. Mit Westwaren kam sie aus dem Lieben gar nicht mehr heraus. Ihren Handel trieb sie gern und geschickt, darin erinnerte sie mich an meine Mutter Magda. Ihr Großvater, mein Uropa, war Pole gewesen, das gab es oft in unserer Gegend, dass man bunt heiratete und zwei Sprachen sprach in der Familie. So hatte sie einen polnischen Mädchennamen und polnische Wörter im Alltag, auch wenn Magda nicht mehr richtig Polnisch sprechen konnte, schon ihr Vater war schlecht gewesen darin. Urgroßvater Jakub stammte aus einer jüdischen Familie, es hatte nie eine Rolle gespielt, man hatte es gar nicht gewusst, bis das Erbgesundheitsgericht einen Ariernachweis verlangte, zurück bis in das Jahr 1800, für Marolf und, als potenziell Zeugungsbeteiligte, auch für mich. Das Theater störte, die Krankheit des Direktors kam den Machthabern als Vorwand gerade recht. Wir hatten doppelt Glück. Uropa und Uroma hatten katholisch geheiratet. Und Jakubs Geburtsurkunde mussten wir nicht mehr vorweisen: 1798, vor der großen Arierschranke, war er zur Welt gekommen, spät erst Vater geworden.

Meine größte Freude war das Menzelbild, das über Wallas Esstisch hing. Das Zuhausegefühl, das es mir gab, erwischte mich erst kalt, dann selig. Und manchmal wieder kalt. Ich sagte es Walla. Erzählte ihr von Jakub, von allem, was ich noch wusste, von meinen Gefühlen dazu. Es war nicht so einfach wie gedacht. Da wollte ich endlich sprechen, aber die Worte kamen nicht.

Ich musste schlafen darüber, halb wach eintauchen in Verschüttetes. Musste durch eine Kruste hindurch. Wer war die Person, die

Menzels Balkonzimmer verlassen hatte? Wo stand der Mensch, mit dessen Augen wir blickten? War er – übrig geblieben? Es war das Zimmer einer Frau. Die Muster verrieten es, die leichten Stoffe, auch jener auf dem Koffer am Spiegel.

Walla sagte, das ist keine Person, die hier schaut. Es ist das Zimmer selbst. Ihre Worte trafen mein Gefühl. Und strahlten Trost aus: Hier betrachtete sich etwas Kompliziertes, vielfach Zusammengesetztes in aller Stille. Ohne Mensch.

Das war besser, als zu denken, dass die Frau, der das Zimmer gehört hatte, geflohen war. Dass ein Mann darin stand und schaute und es ausräumte, denn die Wand an der Tür war fleckig und leer. Es gab eine Zeit, da fingen meine Hände an zu jucken, kaum dachte ich über Derartiges nach. Daran merkte ich, dass, was ich in Gedanken zu durchqueren suchte, ein Teil von mir war. Ich begriff, dass sprachlos zu sein nicht dasselbe wie Nichtsprechen ist. Nicht dasselbe wie ein geschlossener Mund.

Vielleicht fing es damit an. Ich tauchte und schürfte und suchte und das Bild half mir dabei, es handelte von einem durchlässigen Raum. Doch, ja, damit fing es an. Ich wartete nicht darauf, dass meine verlorene-wiedergefundene Tochter sich öffnete. Ich öffnete mich ihr.

Das Eis schmolz. So sagt man wohl. Mietek kannte sich mit Kühlsystemen aus. Jedes Eis, sagte er, hat eine Geschichte und ein Umfeld, das es ernährt. Es war also, oje, ein Berg. Die Kinder lachten. Wir fuhren ein jeder auf einem Eisberg herum, mag sein. Die hielten uns mit ihren Unterwasserleibern auf Abstand. Doch wir sahen uns, wir konnten miteinander sprechen, wir unterstützten einander.

Walla wurde eine Kur genehmigt. Sie arbeitete im Krankenhaus, sie hatte Verbindungen, jemand fiel aus, ihr bot man den Platz an. »Sie arbeitet als Spinne«, raunte Doro mir zu, sichtlich stolz. Sogar Mietek sollte mitfahren. Vier sagenhafte Wochen. Sie brauchte Hilfe, ich hatte Zeit. »Deine Chance«, sagte sie.

Dass ich deutsch war, ließ sich nicht verstecken. Erzählen durfte ich nichts.

Sisyphos rollte einen Stein einen Berg hinauf. Rollte ich eine ganze Tochter bergan? Ich rollte eine Geschichte. Nicht einen Berg hinauf. Eher rückwärts. Sardinendosen wurden mit einem Blechschlüssel verkauft, den man in die Schlaufe am Deckel stecken musste, dann drehen. Ging alles gut, öffnete sich das Ding. Meist ging es halb gut, Sardinensaft schwappte, man stank nach Fisch, der Schlüssel brach ab.

Ich hütete die Kinder. Jedes halbe Jahr, bald öfter. Es war kein Ausgleich.

Es war mein Lebensabend.

Wir sprachen Deutsch miteinander. Ich glaube, das machte Walla ein wenig weicher. Ein Klang voller Erinnerungen, die sich melodisch fügenden Wörter. Mit ihnen rief ich die Kinder: Schnakala. Springkinkerle. Meine Tochter schmolz rasch. Daran erkannte ich sie wieder.

Die Zeit vor dem Krieg war durch den Krieg nicht vollends gelöscht.

Eine andere Sache hatte ich ebenfalls zu erledigen. Ich suchte Adele.

Niemand schien etwas von ihr zu wissen. Vor zwanzig Jahren waren Menschen hier in der Stadt aufgetaucht wie Bojen, wieder abgetaucht, spurlos verschwunden. Ob sie noch lebte?

An der Jahrhunderthalle stiegen wir aus der Tram. Doro wollte mich führen, hier gab es das beste Eis. Oma, zu den Fontänen! Ksawery versteckte sich hinter mir. Ich hatte keinen Sohn gehabt, es gefiel mir, einen Jungen zu versorgen.

Sie waren dreizehn und fünfzehn Jahre alt. Seit Marolfs Tod reiste ich öfter zwischen Leipzig und Wrocław hin und her, Bruderstaat war Bruderstaat, Glück gehabt wenigstens damit, die Fahrten kosteten fast nichts. »Wir florieren«, sagte Walla. Meine Nachbarn in Leipzig hatten Verwandte im Westen, alle Nachbarn hatten jemanden, ich hatte Walla. Ich tauschte polnische Würste gegen Seidenstrümpfe von Kunert, Frau Krüger, dritte Etage links, hatte so viel abgenommen, dass ihr ohnehin nicht mehr passte, was ihre Tochter aus Wuppertal schickte.

Doro versuchte, ihren Bruder nass zu spritzen, was sie aufgab, als ich vom Bärengehege schwärmte. Zuvor musste ich nur noch kurz in die Halle. Sie war wie das Innere eines Kopfes. Licht fiel durch eine Reihe von Fenstern, so weit oben in die Wände gesetzt, dass sie wie Beatmungsluken wirkten.

Ich will mich in diese alte Luft halten und von Silber bestäuben lassen. Ich will leise atmen und mich strecken. Ich will die Augen öffnen und werde für Minuten im versunkenen Breslau sein.

Da ruft eine Stimme hinter uns Doros Namen. Die Adresse kennt der junge Mann zudem. Ich sehe, dass meine Enkelin ihn großartig findet, so starrt sie ihn an. Mein Herz pocht, allerdings vor Sorge. Wie schnell man in etwas hineingerät, steht mir von zuhause vor Augen, hier könnte es schneller sein. Woher will dieser Knabe Doro kennen, wenn sie ihn so gar nicht kennt? Wallas Geschichte macht uns angreifbar. Raschen Schrittes, nicht zu auffällig, strebe ich mit den beiden zur Tram. Die saust hier durch die Waldschneise tief hinab in den Süden und schleicht, auf umgekehrtem Weg, um eine Kurve zurück in die Stadt, vorbei an den selbst im Verfall prächtigen einst-deutschen Villen. Als ich Walla am Abend unter vier Augen die Begegnung schildere, sagt sie, so sah er aus, wirklich, und hübsch war er? Ich frage nicht weiter, sie scheint einen Verdacht zu hegen, der sie nicht beunruhigt, und mir reicht es, das zu spüren und gelernt zu haben, dass daraus, sich zu begnügen, nicht selten ein Vergnügen erwächst.

Ich habe meine Mutter wieder in mein Leben gelassen. Ich bin fest. Ich bin gegliedert. Ich bin rhythmisch. Ohne Rhythmus könnte ich nicht Waleria sein. Ich stecke Else in diesen Rhythmus. Ich war gespannt auf Else. Ich hatte Verwendung für Else. Ich hatte noch

Verbindung zu ihr. Ich meine innerlich. Ich hatte eine Sehnsucht, gemischt mit Neugier, Enttäuschung, Unglauben, Wut. Ich sage zu viel »ich«. Menschen, die sich selbst ständig befragen, sagen dauernd »ich«. Erst denkt man, dass jene dauernd »ich« sagen, denen niemand anderes wichtig ist. Oder die sich ihrer sicher sind und mit geschwellter Brust groß im Raum stehen. Dabei ist es andersherum. Das Rydygier hat es mich gelehrt. »Ich« sagen jene, die zweifeln. »Ich« sagen jene, die sich selbst suchen. Reni wuchs nicht mehr in mir, sie schrumpfte nicht. Die Nachkriegszeit versank und versank, und mit jedem Silvester schubsten wir sie weiter weg, und Reni schaute es sich an. Else war nicht Reni, aber etwas von ihr. Und Else konnte erscheinen.

Nützlich sein konnte sie.

Etwas ausgleichen. Reni in mir konnte sie beruhigen. Oder das Gegenteil. Ich wusste es nicht.

Wir probierten es.

Else kümmerte sich um die Kinder, Mietek und ich fuhren. Sie verteilte das Geld, sie war streng, folgte meinem Wort. Auf der Kur aßen Mietek und ich, so viel wir konnten. Sie sparte. Sie erzog die Kinder nach ihrer Façon. Ich war ihr dankbar dafür. Dann konnte ich den Rhythmus loslassen. Er sprang auf sie über. Und den Kindern vermittelte sich, ohne dass ich etwas sagen musste, etwas von Reni. Dass Zeit vergangen war, bedeutete, dass man die Suppe nicht mehr so heiß löffeln, das Getrennte nicht mehr so strikt getrennt halten musste.

Nach der Kur blieb sie. Ich arbeitete in meinem Rhythmus im Kiosk und verkaufte westlichen Spaß. Else fuhr, kam bald wieder, diesmal durften Mietek und ich in ein Ferienheim an der Ostsee. Else war da. Walla tat sie wohl und Reni ebenfalls.

Ich rauche und lasse den Rauch durch mich hindurch. Ich denke und lasse die Gedanken durch mich hindurch. Ich vermisse Jesche und lasse das Vermissen durch mich hindurch. Ich denke an Witomir und lasse die Gefühle durch mich hindurch. Ich drehe mich auf dem Stühlchen und schaue hinaus und glaube, Jesche auf der Straße zu sehen, und lasse ihn durch mich hindurch. Ich bin in Wrocław, wo ich sein will, und man achtet mich, wozu bin ich die Herrin des Kiosks. Ich bin hilfsbereit, beliebt, ich habe das zweite Gesicht. Ich habe meine Familie davor gerettet, mit Teilen der Liebichshöhe in die Tiefe zu rauschen. Ich bin die Seherin. Ich habe eine Mutter aus der Tiefe gefischt. Das passt zu mir. Man achtet mich, man ängstigt sich ein wenig, eine grandiose Kombination.

Von Else habe ich gelernt, dass man so sagt: zweites Gesicht. Sie sagt es von sich, ich sage es von mir. Belegen kann ich es leicht. Ich weiß Dinge aus der Vergangenheit der Stadt, die keiner hier weiß. Ich habe ein Gedächtnis und einen Instinkt. Dort gibt es etwas zu holen, sage ich, sie graben und finden. Ich habe das Erzählen, ich bin der Knoten, die Königin des Kiosks und der Zigaretten und der inoffiziellen Zigaretten, der Strümpfe und der Shampoos. Walla, ich. Ich habe eine Mutter mit so exzellenten Westkontakten, dass niemand eine Frage stellen will. Ich habe eine Mutter. So haben wir uns. Ein zweites Mal: verschlungen, umfasst, geordnet, zerlegt. So haben wir uns lieb. Das auch.

Else. Mutti nenne ich sie höchstens vor mir selbst.

Dass die Welt in so zahlreiche Facetten zersplittert ist, will mir an manchen Tagen als Rettung erscheinen. Niemand kann mich zu einer lückenlosen Person zusammensetzen, wenn ich selbst es nicht tue. Ich bin zufrieden mit meinem Muschelleben. Sich schließen, etwas verbergen, gerollt werden. Das ich an anderen Tagen kaum ertrage. Dann muss ich mit Else in Leipzig telefonieren. Wir sprechen Schlesisch. Ein Mensch hat eine Schlange in sich. Von Zeit zu Zeit muss sie sich berühren, biegt den Kopf zum Schwanz, wird zum Kreis. Zum Kreis geschlossen lebt es sich sicherer als lang ausgestreckt.

Wenn die Telefonverbindung knackt, legen wir auf, und Else setzt sich in den Polenbus. Ihr Hinken fällt kaum mehr auf. Sie hat bessere Einlagen. Vater habe ich nicht wiedergesehen. Er hatte eine Freudephase, sprang in die Weiße Elster, im April. Davor war er stundenlang glücklich. Nehmen wir an.

Else führt ein Leben links und rechts der Grenze. Der Bus braucht fünf Stunden. Wir unterhalten uns am Küchentisch. Sie gibt mir ein Stück Zuhause in meinem Zuhause. Vielleicht hat jeder Mensch einen Schwerpunkt im Leben. Dort wird er auf besondere Weise gefordert. Das beult ihn aus wie einen Sack, in den Steine fallen.

Der Schwerpunkt meines Lebens, zu dem ich zurückkehre und aus dem ich mich erkläre, liegt vor der Zeit meiner Kinder und jenseits ihres Horizontes. Sie spüren etwas von dieser Getrenntheit. Dorota war sechs, rührte Kuchenteig, schob sich den Teigfinger in den Mund, richtete die Augen auf mich und sagte: »Ich will so deutsch sein wie du.« Als ich die Suchmeldung im Radio hörte, konnte ich mir denken, wer von meinen Eltern dahintersteckte. Else also, erst auf Probe und wie ein Mond. Ich blieb der Planet. Sie schluckte alles, ihr schlechtes Gewissen glich eine der Verlassenheiten in mir aus. Ich wollte sie nicht zu nahe an mich heranlassen, nicht mehr an meine Wurzel, die hatte sich verschoben, und wenn ein Mensch ein Tiefhaus ist, also eines, das in die Erde reicht, dann steckte ich nun in einem anderen Stück Boden. Else kam von oben hinzu und vielleicht ein paar Spatenstiche in die Tiefe hinab, weiter nicht.

So dachte ich. Es war falsch. Sie besuchte uns öfter, ich bemerkte, dass ich zwei Wurzeln hatte, eine ursprüngliche, die sich belebte durch Else, und eine rot-weiße, die Else nur von außen wahrnahm. Mutter war ebenfalls verändert durch die zwanzig Jahre. Was uns 1945 schmerzlich zusammengebunden hatte, wirkte nach, eine giftige Erinnerung, etwas, was wir teilten, ohne es teilen zu können. Man nannte es »die Schmach«. Das war ein altes, rauchiges Wort. Es lag in den Kriegsgräbern, stieg bei Nebel aus ihnen hervor.

Sie steht in der Küche in meinem deutschen Haus und kocht

Pudding aus der Tüte, sagenhaft kapitalismusgelb. Dr. Oetker und meine Kindheit schauen mich an.

Mietek staunt über die Pulverspeisen. Else staunt über die Milchbar am Ring. Die ist ein Märchen, wie Leipzig es nicht zu bieten hat. Mutti löffelt Eis aus dem Pappteller. Milchmixgetränk Erdbeer, serviert im Stielglas mit Sahne und Schokostreuseln. Sie sitzt hinter dem Fenster der Bar, auf einem der dünnen Stühle, die Handtasche auf dem Schoß, und schaut auf einen Platz, auf dem sie viele Zeiten sieht. Ich sehe diese Zeiten wie sie.

Erinnerungen sind davon geformt, sagt sie zwischen zwei Bissen, was wir vergessen. So, wie ein Ufer geformt wird von seinem Fluss. Ausgespült, angeschwemmt.

Oder, sage ich.

Oder, sagt sie.

Die Menschen, die in Brassel wohnten, schienen mir unwirklich wie Schlafwandler durch die Straßen zu gehen. Dabei war meine einstige Welt längst die ihre geworden. Und ich, verpflanzt, lebte dort etwa die Hälfte des Jahres als Mutter einer polnischen Werktätigen. Lernen von Jüngeren war meine Devise. Jetzt, nachdem alle Alten zerbrochen waren.

Wenn sie da ist, habe ich das Gefühl, ein anschmiegsames Mädchen in mir bewahrt zu haben. Es ist voller Zukunftsideen und blickt aus dem Kinderzimmerfenster der Wohnung, in der es aufgewachsen ist, einer Wohnung, durch die seit Dezennien ungehindert die Lüfte streichen, in deren imaginärem Geviert die Blitze spielen.

Nach Doros Prozess war meine Tochter nervös: Ständig achtete sie auf ihren Auftritt, ihr Polnisch, ihre Gesten. Nachts lag sie wach im Bett. Mietek schlief, ihr rauschte das Blut in den Ohren. Mitunter stand sie auf, schlafen konnte sie so ohnehin nicht, rief mich an.

Meine Stimme besänftigte sie. Aus blau strahlendem Himmel war ihr Ältester aufgetaucht, Jesche, ebender junge Mann, dem ich mit den Kindern an der Jahrhunderthalle begegnet war.

»Er ist das Kind, das im Winter 1946 auf die Welt kam?«

»Nein«, sagte Walla. Dieses Kind sei nie auf die Welt gekommen. Jesche stamme von später. Von Witomir. Der … nun, kein Unglück war.

»Siehst du mir das nicht an, wenn ich von ihm spreche?«

Jesche verfügte über unendlichen Mutter- und Omacharme. Wir bewunderten, wie unterschiedlich die vier Kinder meiner Tochter geraten waren. Witomir, den ich nie kennenlernte, musste hochgewachsen sein, die beiden Älteren glichen ihm, während an Doro und Ksawery eine Rundlichkeit zutage trat, die sie mit Mietek ebenso wie mit Marolf verband. Wie sein Großvater hing der Jüngste mitunter ins Dunkle, er kannte die Schaukel der Gefühle, rauf, runter, weiter runter. Er schaufelte dann in der Erde, ich sah, wie es ihm ging, Walla blendete es aus. Man musste achtgeben auf ihn.

Hörst du mich, Mutti? Ich liege im Bett, der Vorhang weht. Oderlicht dringt in mein Zimmer. Die Kinder schlafen oben, in ein paar Tagen wirst du wieder bei uns sein. Unten der Panzer, der ihn umgebende Matsch. Die träumenden Brücken der Stadt, das tänzelnde Licht, die wilden Kräuter, die hüfthohen Unkräuter, am Himmel das Butterhörnchen Mond. Und Reni.

Dunkelrote Ziegel, danach ein breiter Streifen mit Katzenköpfen, in der Mitte der Straße Pflastersteine: das traditionelle Breslauer Muster. Unvermittelt setzte es ein, löste sich nach vier Metern auf, auf der rechten Seite nach fünf. Ein Weg, mit schwarzem Schotter belegt, führte durch die Wiesen hinter Wallas Haus an den Fluss.

Sie war ein weiteres Mal mit Mietek auf Kur gefahren. Sie mussten jemanden kennen in der Zuweisungsstelle. So krank konnte man bloß sein, wenn man in einem Krankenhaus arbeitete. Mietek liebte sie wie einen Menschen, den man aus Unachtsamkeit einmal verloren hat, angstvoll und mit Besorgnis. Es hielt sie an ihrem Leben fest, dass er sie brauchte.

Frisch aus der verordneten Erholung zurück, fragte sie mich: »Was meinst du heute dazu – lobst du dir, dass ich damals hiergeblieben bin?«

Es gibt Fragen, auf die es vor lauter »wäre« und »hätte« keine Antwort gibt.

Fragen, die man nur im Fieber stellt.

Das Fieber stammt aus dem Krieg. Am Einzelnen übersieht man es, an allen zusammen tritt es hervor. Wir rüsten wieder auf. Wir sammeln Waffen. Man zündelt nicht mit ihnen. Man zündelt mit uns.

Bin ich ängstlich oder nervös, beschäftige ich mich mit meinem Haar. Mit raschen Bewegungen stecke ich es hoch. Die Haarnadeln reichen nie. Etwas rüttelt an mir. Mietek streichelt mir nachts die Glieder wieder zurecht. Er versteht etwas davon.

Sprach meine Tochter von Jesche, leuchteten ihre Augen. Sie dachte an Witomir. Mietek sah es. Teréza war ebenfalls Witomirs Kind. Die Ordnungen vermischten sich.

Hinter ihnen standen die Lieben.

Ich hatte mir nur eine erlaubt.

Reni und ich hätten viel früher aufbrechen sollen: schon als Marolf sagte, die Frauen seien schuld am Krieg. Nicht südwärts, sondern strikt Richtung Westen fliehen.

Meine Tochter hat sich verschiedene Lieben ins Leben gelassen. Die großen und die kleinen, die zehrenden und die stützenden.

Mietek war kräftig gebaut in den Schultern, stämmig, ohne dick zu sein. Wenn er das Hemd wechselte, sah man das Fett an seinen Hüften. Er hatte etwas Weibisches und suchte seine kurzen Zehen zu verbergen. Sie waren die Schwäche, derer er sich schämte. Er passte zu meiner Tochter, er mäßigte sie. Ohne ihn wäre sie irgendwann explodiert. In die Oder gesprungen. Nun rauchte sie dort. Jeden Morgen verzog sie sich ans Ufer. Manchmal blieb sie eine Stunde draußen. Ich bereitete das Frühstück, sah zu, dass die Kinder das Haus verließen zur rechten Zeit.

Ich hätte gern auf Dauer in Wrocław gewohnt, aber ich hatte das Gefühl, kein Recht darauf zu haben.

Weder Walla noch der Stadt gegenüber. Ich stieg in den Zug nach Leipzig.

Ich achtete auf das Maß.

Ich stelle Suppe hinaus, um die Hunde zu füttern, die am Fluss wohnen, lege Decken aus, die ich am Morgen taufeucht einsammle. Wiesel fressen hier, Marder, und einmal finde ich Dorota zusammengerollt, den Mund von Hafergrütze verschmiert, schlafend neben einem der Näpfe. Dorota, in deren Namen die Odra schwimmt. Ich backe Mohnkuchen, weil ich glauben will, dass die schwarzen Samen das Vergessen befördern, doch jedes Mal benutze ich zum Mahlen des Mohns die schlesische Mühle mit ihrem schweren Gegänge und erinnere mich an die frühere Stadt und all ihre Leben.

Vieles von ihrem Kind wird eine Mutter nie wissen, sie kann es sich vorstellen, wird manches erraten. Walla hatte einen Panikanfall in der Straßenbahn. Danach sagte sie: Alle Fahrgäste seien in den Schlaf gesunken, ausnahmslos. Mit verrenkten Leibern hätten sie in ihren Sitzen gehangen. Dem einen kippte der Kopf nach vorn, dem anderen seitwärts. Eine Frau habe einen Spitz auf dem Schoß gehalten, der habe als Einziger den Blick gehoben und Walla aufmerksam aus Knopfaugen angesehen, die leuchteten wie bei einem Nachttier, groß und rund. Mehrere Menschen hätten leise geröchelt.

Normalerweise, sagte sie, fand sie wieder zu sich, indem sie nach draußen starrte, die Schemen der Bäume und Häuser betrachtete, das glänzende Band des Asphalts.

Beharrlich gerieten diese Panikzustände in sie hinein. Seit Tschechien, sagte sie, »seit unserer Wanderung«.

Sie werde fast ohnmächtig, für ein paar Sekunden oder länger nicht ansprechbar, atme rasch, die Augen starr.

Ich hielt sie. Sodass, als sie sich beruhigte, die Welt fraglos da war. Wenn diese Welt auch mein Gesicht trug für diesen Moment.

Es wird sie enttäuscht haben.

Sie ließ es mich nicht merken. Weil Schonen dazugehört. Zum Mutter-Tochtersein. Weil wir das aneinander lernten.

Später, als ich allein im deutschen Haus lebe, schlafe ich in Ksawerys ehemaligem Zimmer, das zu den Wiesen hin liegt, und die Nacht hindurch zirpen meine ausgezogenen Kinder wie Grillen unter dem Fenster und in der schwarzen Wildnis des nahen Flusses, der sich nach allen Seiten erstreckt und auf die Stadt zufließt, die, weil sie so dunkel unter den Sternen liegt, dass man ihren Schmutz und die heruntergekommenen Farben nicht sieht, als das alte Breslau vor meinem inneren Auge, nein, in meinem gesamten Inneren aufsteigen mag. Es gibt eine Art von Einsamkeit, die bewirkt, dass Uhren sich in Wellen verwandeln. Die Zeit selbst löst sich nicht auf. Wellen sind laut und Stimmen hören sich an, als kämen sie, sogar wenn sie aus dem Radio hinter einem dringen, weit über das Wasser gereist.

Konnte ich in Kuźniki nicht schlafen, schlenderte ich hinunter zum DOB. Was hatten wir Angst vor diesen Maschinen gehabt. Ich blickte Richtung Oder. Immer hatte sie mir Kraft gegeben. Ich wusste, dass er darin saß. Im Inneren des Panzers. Er. Ein Mann. In einem T-Shirt. Er trug jedenfalls etwas. Ich wollte nicht wissen, wer er war. Ich hatte Angst zu wissen, wer er war. Sie hatte ihm das

Menzelbild gegeben. Sie hatte mich gefragt, und ich hatte genickt. Zuhause. Ich meine, in Wallas Haus, sagte ich nichts. Ich wollte das nicht. Nichts zerreißen. Nicht an dieser Stelle. Nicht ich, nicht abermals ich.

Die Kürze der Zeit, in der sie das Lügen vergaßen

(Walla, Ende 40er-, Anfang 50er-Jahre, Wrocław)

Gesang der gezwungenen Kinder

Winter ———— der nach Honig
riecht ———— nach uralten Insektenaugen nach Pilz Mühe
Ekstase: im Jubel, Mutti der Luft
gebunden entbunden unter den Eisblumen
unter den Erinnerungen ————————————
bis wir euch finden
———— zu sagen : wachst mit den klebenden
———— ~~noch zusammenhängenden~~
~~fast nicht durchbluteten Lippen~~ Elementen : von
Stärke durchsetztes kaltes flechtenfarbenes
Licht —— Winterhonig ich bei dir
—— was sickert ~~noch was~~ sickert nach

Sie steigt die fünf Stockwerke in der Traugutta Nr. 52 hinauf, aus jeder großen Wohnung sind sechs kleine gemacht, Zimmer, Kochnische, Etagenklo, Reststuck Kaiserreich. Was ist das Kind schon so schwer. Dank der kunstvoll geschmiedeten Eisentreppe, bei der man ausschließlich die Trittflächen mit Holz belegt hat, keucht sie mit etwas Fantasie einen Hügel aus Bändern hinauf, durch deren Muster Licht in Blümchenformen scheint. In der Mitte jedes Stockwerkes schnauft sie vor den alten zweiflügeligen Eingangstüren aus. Ihre eigene Tür, außen links, hängt klein und schief in den Angeln. Sie kann froh sein, Wohnraum zugewiesen bekommen zu haben. Etagenklo. Kaum Platz, sich einmal umzudrehen. Aber sie kann zur Arbeit laufen und auf dem Weg Teréza in der Krippe abgeben.

Teréza, das neue Kind.

Das sie jeden Tag neben den Einkäufen, hoffentlich, den Milchflaschen, unbedingt, in ihre Höhle schleppt. Gestern hatte jemand in den Kinderwagen gepullert, der im Hauseingang stehen bleibt, heute hat sie ihn hinter der Treppe Richtung Hoftür versteckt. Zwei Stunden hat sie den Wagen geputzt, alles eingeweicht. Der Hof ist zerstört, kein Baum, kein Busch, das letzte Hölzchen verheizt, alle Erde mit Teer bedeckt. Die Mauer zum Nachbarn schneidet den Himmel entzwei. Den Ratten geht es prächtig, besser denn je.

Sie lehnt an der Spüle. Das Fenster, zwei Flügel, schneidet ein Wolkenbild aus. Das Kinderbettchen steht gleich neben ihr, nirgends sonst ist genug Raum. Schau, die Kleine versucht sich aufzurichten. Teréza ist zwei Jahre, sie fällt ihr noch aus dem Wagen, wenn sie nicht aufpasst, jedit nee – ist es nicht Jesche, als ihr hier einzogt, da war er so groß wie Teréza jetzt, da liegt er und streckt dir die Ärmchen entgegen.

Dir, Walla Koszyk, in deiner Bleibe mit der Nische zum Kochen, dem Fenster zum Schauen, dem Bett, in dem du allein liegen sollst. Witomir hat den Wohnraum vermittelt, Witomir hat darauf bestanden, dass ihr hier einzieht. Mithin auszieht bei ihm. Seine Gattin ist wieder aufgetaucht. Meist fließt kein Wasser aus dem Hahn, heute spritzt dir ein Schwall ins Gesicht.

Das Kleid ist ohnehin noch feucht. Auf dem Weg hatten sich die in der Oder gespiegelten Lichter zu Perlschnüren gereiht wie der Besatz an einem Kragen. Tränen oder glitzernder Tau? Dann hatte es angefangen zu regnen. An rußigen Linien läuft man entlang, zwischen freiliegenden Kellern und Treppen, die in den Himmel führen. An manchen Stellen sieht man viel zu viel von ihm.

Otylia, Witomirs jüdische Frau. Warum nun? Nach all den Jahren?

Nun, wo man sich an das neue Jahrzehnt herangelebt hat. Sich darin einrichtet.

Otylia, in Krakau in der Zuckerfabrik von Freunden versteckt, war im Dezember 1944 von den Nazis gefunden und in ein Lager gebracht worden. Mehr wollte sie, Walla, davon nicht hören. Witomir wusste, wer sie, Walla, war. Wen sie enthielt.

Jesche ist zwei Jahre alt, frisch sind sie hier eingezogen, er und sie, und Witomir sitzt im Zug nach Krakau. Nicht das erste Mal. Er muss herausfinden, sagt er, ob die Frau, die er kannte, noch lebt in dem Körper, auf den er dort trifft. Und fährt, und fährt erneut. Otylia scheint klug. Sie hat lange gewartet, bevor sie sich bei ihm meldete. Um jemand zu werden, nimmt Walla an. Wieder-zu-werden. Eine, die einer als seine Frau erkennt.

Ihr ist zum Weinen zumute.

Sie sollte sich freuen.

Ein den nationalsozialistischen Mördern entronnener Mensch. Sie möchte, dass Witomirs Ehefrau verloren gegangen wäre. Das Leben gönnt sie ihr. Dafür ist sie sogar dankbar. Doch warum konnte sie nicht verschwunden bleiben?

Sie denkt es und schämt sich. Denkt: so viele sind. Und diese eine, ausgerechnet. Dieser Gedanke schert sich nicht um das Erlaubte. Er bleibt.

Und wenn es eine Lüge ist? Eine Frau, die vorgibt, Witomirs Gattin zu sein? Sie hofft darauf. Sie glaubt daran. Dann nicht.

Sie kann sich nichts glauben dieser Tage.

Das ist das Schmerzlichste.

Dass sie sich in sich selbst bewegt wie ein Vogel über brüchigem Eis.

In jedem Gedanken steckt ein Gefühl. Ein zitterndes, böses Nein. Ohnmächtige, weggeschobene, wiederkehrende, lebendige Empörung. Wohin damit? Die Angst, dass ihr Leben durch Otylia ein weiteres Mal zerbricht.

Nur Jesche liegt da. Jesche Blauauge. Er, der von nichts weiß. Den ersten Geburtstag gefeiert und noch immer kein einziges Haar. Vielleicht sehen deswegen die Kornblumenaugen so groß aus? Im Gesicht des Obersts. Denn Jesche trägt Witomirs Gesicht. Nur ohne die Hagerkeit.

Damit würde Frau Otylia, wenn sie Otylia war, leben müssen.

Sie, Walla, erholt sich bei diesem Gedanken.

Sie, Walla, ist unabweisbar. Eine Tatsache in Witomirs Leben.

Jeder war verwildert von diesem Krieg. Das saß in den kleinsten Gewohnheiten. Versteckte sich in der aufgeribbelten Wolle. Walla, so ordentlich, hektisch, arbeitsam. Darunter ein Durcheinander. Sie hätte nicht sagen können, welchem Muster es folgte. Folgte es einem? Schwester Marta lebte in Kurkova, feuchte muffige Häuser an der Oder, Rattennester in den Höfen, Einschüsse im Putz, die Leute müffelten ebenfalls. In der Traugutta fehlte dazu nicht viel. Der Himmel über der Oder war ein Gemälde. Sie konnte nicht hochsehen, ohne *Jäger* darin zu sehen. Die Beschädigungen saßen wie Patronenhülsen im Kopf.

Wenigstens war sie hier, an der Oder. Am richtigen Ort. Sie sagte es sich mehrmals vor. Damit es stimmte. An ihre Eltern dachte sie dachte sie dachte sie nicht. Sie warf mit Chlorkalk um sich. Der bedeckte nicht nur, der fraß, was herumlag und stank. Die Russen hatten verlangt, dass man ihn verteilte. Bis heute war sie eine, die zeigte, was sie gelernt hatte, was erfahren.

Chlorkalk hatte bewiesen, dass man die russische Kultur begrüßte. Gegen Geräusche waren die Russen unempfindlich gewesen. Sie verbrachten ihre Tage in Garagen, setzten Autohupen in Gang. Aus ihren Unterkünften brüllten pausenlos die Radios. Die Beleuchtung musste so grell wie möglich sein. Lichtleitungen waren in Windeseile gelegt, klebte zufällig noch eine Scheibe im Fenster, schoss man ein Loch hinein, um den Draht durchzuführen. Das Loch in ihrem Fenster ist mit Pappe gestopft. Wer den Russen zusah, konnte staunen. Sie staunte noch. Es war kein Leben nach der Devise »nach mir die Sintflut« gewesen. Die Sowjets hatten eine Zeit mit sich gebracht, in der es scheinbar kein »nach« gab, nicht für diesen Ort. Eine Zeit ohne Zukunft.

Im Herbst '46 waren sie abgezogen. Man rechnete mit ihrer Rückkehr. Man hamsterte Vorräte. Man hatte Verstecke. Es gab wieder Grütze. Die Polen aus dem Osten entpuppten sich als Meister des getrockneten Brotes.

Noch immer war das Gefühl »keine Nazis mehr« unvertraut. Das Gefühl Freiheit hatte sich im Sommer 1945 nicht einstellen wollen. Jetzt blitzte es mitunter auf. Wie das Mondkalb erlebte sie Minuten eines Glücksrausches. Das war ohnegleichen. Sie war Walla, und sie erlebte es.

Es lag an Oberst W. Mischewski. Das auch.

Er war daran schuld. Durchaus. Ebenso wie sie selbst. Walla Koszyk aus Wrocław, Geliebte, ~~Tochter~~, Mutter, Schwester. Im St. Georg wurde sie als Polin eingesetzt, die Deutsch verstand. Arbeitsnützliche Deutsche lebten weiterhin in der Stadt. Seit Herbst 1946 wurde die Belegschaft regelmäßig inspiziert. Deutsche raus. Die Ordensschwestern, die Reni gekannt hatten, schwiegen. Sie hätten niemals gelogen. Doch was waren Gehirne nur so löchrig in dieser Zeit.

Das kam noch hinzu.

Der Stadtteilverwalter aus Krakau, zugleich Oberst der polnischen Armee, trat alle vier Wochen höchstpersönlich auf, um sie auf Linie zu bringen.

Ideologische Linie. Durchhaltelinie. Lebenslinie.

Wie man so sagte. Oder wie er es so nannte.

Sie hatte ihm aufmerksam zugehört. Er sprach vor den versammelten Schwestern und Ärzten. Auf Polnisch sagte er andere Dinge als auf Deutsch. Auf Polnisch pries er die Heldentaten der nationalen Armee, die rote Ordnung, die sowjetischen Brüder. Auf Deutsch drohte er.

Die Diebstähle im Krankenhaus häuften sich. Jeder verstand, was da los war. Jeder fror.

Einzig der Oberst fiel als Oberst aus dem Rahmen. Er, der aussah wie ein distinguierter britischer Offizier, groß, mit ausdrucksvollem Gesicht und einem deutlichen Zug von Güte. Kein echter Oberst, sondern ein hoher Verwaltungsbeamter aus Zentralpolen, beauftragt mit dem Aufbau eines Zivilwesens in der zerstörten Stadt. Administration hatte er von den Preußen gelernt. Sie konnte sich nicht vorstellen, dass er ebenso schamlos log wie die anderen. Auf Deutsch sprach er über den Zustand der deutschen Nerven. Der Nationalsozialismus habe Menschen zerrüttet. Es wäre sonst nicht möglich, dass so viele aus der Bevölkerung in diesen Friedensmonaten krank würden und stürben. Es sei ein Gefallen, den man ihnen erweise, sie nach Hause zu schicken. Weg von hier. Darüber sollten sie nachdenken. Sie, die Deutschen. Von selbst sollten sie die Stadt verlassen.

Es gab Bissigkeiten und Widerhaken an ihm.

Wie ein englischer Oberst aussah, wusste sie vom Theater.

Ein Oberst in seinen Vierzigern. Nicht klein, mit rundlichem Kopf, fleischigem Gesicht wie Mietek, der in der Traugutta ein paar Häuser weiter wohnte und ihr in den letzten Wochen viel geholfen hatte. Auch ihr eigener Vater hatte jede Menge Anlehnfläche geboten. Der Oberst tat dies nicht.

Im Herbst vor vier Jahren, als er die ersten Male kam, sah sie ihn lediglich aus der Ferne. Wohlweislich stand sie hinten in der Gruppe der Schwestern, versteckt in der Menge der Gleichaussehenden.

Das Rydygier brauchte mehr Material. Man führte den Mann, der über die neue Welt bestimmte, in das leere Lager, um ihm die Not zu zeigen. Man holte den Bohnenkaffee aus dem Geheimfach im Schrank, um ihn gnädig zu stimmen. Gerade ein Oberst, der eigentlich Zivilist war und sich gegenwärtig als Schnelloberst selbst im Aufbau befand, konnte mit guter Kaffeelaune gewiss etwas anfangen. Da verlangte er nach ihr, um weitere Räume zu erkunden. Vor versammelter Mannschaft ließ er sie vortreten, fragte nach ihrem Namen.

»Kommen Sie!«

Sie schwitzte Blut und Wasser. Ihr Polnisch … Hatte eine der neuen Krankenschwestern sie angezeigt? War sie aufgeflogen? Sollte sie sich am besten gleich selbst enttarnen? Sie schwieg. Es fiel nicht auf, wenn sie wenig sagte. Das war Bescheidenheit. Das stand ihr an. Ein paar Wörter musste sie dennoch herauspressen. Um Gottes willen, nicht pressen: »Hier entlang, bitte.« »Was wollen Sie zuerst sehen?«

Ein Bote für ihn kam, die Besichtigung musste verschoben werden, ihr wurde gesagt, sie solle sich für den nächsten Tag bereithalten. Sie verbrachte eine Nacht voller Ängste, in der sie überlegte davonzulaufen. Nur wohin?

Da war es wieder, das beeindruckende Gesicht von nah. Oberst Mischewski reagierte nicht weiter auf ihre Sätze. Sie senkte den Blick, notierte den Fehlstand, den sie anhand der Restbestände auszählten: über hundert Schmerztabletten, Mullbinden, drei große Packungen Penicillin, zwanzig Dosen Insulin. Als sie ihm den Zettel reicht, begegnen sich ihre Blicke. Nicht ihre Hände. Nur fast. Wie es eben ist, wenn man einen Zettel übergibt. Er ist klein, man spart Papier.

Gottwalda hat sie instruiert, wie sie den Kaffee zubereiten soll. Eine letzte, halb volle Dose aus der Rösterei Machwitz haben sie noch. Drei schwarzhäutige Kinder mit Röckchen sind darauf abgebildet. Sie lachen, wie kein Mensch lachen kann. Vor dem Krieg sah sie das nicht. Nun kann sie es nicht übersehen.

Sie hat gehofft, in der Apotheke auf Mitschwestern zu treffen. Marta, die ein Kreuzworträtsel löst, springt auf, als der hohe Gast und sie eintreten, und verschwindet mit ihrer Tasse Tee. Das haben sie alle fürs Leben gelernt: möglichst unauffällig sein. Der Obrigkeit ausweichen, wo immer es geht. Insbesondere dem Militär und allem, was mit ihm verbunden ist.

Ein tiefes Misstrauen ist in sie eingesenkt worden.

Der Oberst steht am Fenster, bis das Wasser endlich kocht. Kaffee, türkisch.

»Bitte, setzen Sie sich«, sagt er zu ihr.

Sie reicht ihm Zucker und Milch. Er trinkt ihn schwarz, bietet ihr etwas von seiner Portion an. Mehr als die eine Tasse hat sie nicht gebrüht. Jedes Kaffeestäubchen ist kontingentiert. Der dunkle Sud riecht sagenhaft, sie kann nicht Nein sagen.

Unhöflich wäre es zudem. Sie holt eine zweite Tasse, setzt sich mit an den Tisch.

Er schüttet um. Geschickt, seine Hand.

»Bitte, Genossin Koszyk.«

Kaum hat sie getrunken, wird ihr schwindelig, die Ohren fallen ihr zu.

Die Haut an den Rückseiten ihrer Oberschenkel ist taub. Ihr gesamtes Körpergefühl hat sich verändert, seit sie im Bunker war. Mitunter hat sie die Vorstellung zu schweben.

Auch nun. Dabei spürt sie den Druck des Stuhls gegen ihre empfindliche Haut. Dabei hält sie sich eigens an den Seitenkanten der Sitzfläche fest.

Der Kaffee ist zu viel. Der Oberst ist viel zu viel.

Bruchbänder waren den Russen unheimlich. Sie rissen sie den Kranken weg, um sie sich ans Ohr zu halten. Geheimsender? Es war so komisch. Warum muss sie daran denken? Unversehens lacht sie auf. Weil sie mit ihm spricht. Auf Polnisch. Weil sie flüstert, »es geht schon«, und dabei, schwankend, nach seiner Hand greift. War das wirklich auf Deutsch? Egal. Wenn einem so schwindelig ist, so extraordinär rauschhaft, kann man gleich das ganze Scheit, sprich Ich, ins Feuer werfen: »Sie sind der schönste Oberst, den ich kenne.«

Ist sie von allen guten – und bösen – Geistern verlassen? Bevor sie nachgedacht hat, fällt ihr die Wahrheit aus dem Mund.

Eine Bemerkung, die ihr nicht zustand. Respektlos. Um das Mindeste zu sagen. Und dann auch noch so. Sie wusste, dass er ihr Deutsch verstand. Was das Lexikon anging. Und auch den Rest. Dieses …, nun, dieses »sie« darin? Das Mädchen von einst, das sich unversehens regte. Sie hatte nicht gewusst, dass es noch existierte.

Er stand auf, schüttete den Kaffeesatz in die Spüle, verließ den Raum. Am Nachmittag meldete sich ein Bote. Sie war in das Büro des Obersts bestellt, für den folgenden Morgen acht Uhr.

Immer ihre Zunge, die ihr vorausgaloppierte.

Immer? »Die trägt das Herz im Mund« traf auf sie nicht zu. Nicht mehr, nicht nach dieser Zeit.

Sie brauche sich nicht aufzuregen, sagte er, als sie in sein Zimmer trat. Ein Büro, keine Kommandantur. Die Militärkarte des geretteten Polen hing an der Wand. Davor ein absurd roter Teppich. Darauf ein dunkler, reich beschnitzter Sekretär. Ein einfacher Tisch daneben für die Sekretärin. Sie blieben zu zweit. Eine schwarze Schreibmaschine. Oberst Mischewski saß halb auf der Vorderkante seines Schreibtisches. Kein Verhör, sagte er.

Es sei nicht nötig, sie zu verhören.

»Nicht wahr, Fräulein Valerius?«

Sie soll ihm sagen, für wen sie arbeitet. Was alles sie versteckt, was sie aus den Vorräten des Hospitals weitergibt. Sie kenne sich ja besonders gut aus in der Stadt. Seit so langer Zeit schon.

Sie starrt ihn an. Eine der Frauen im Hospital muss sie verraten haben.

Er liest ihre Gedanken. Später versteht sie, dass das nicht schwer ist. Wer, wie Mischewski, mit diesen Dingen zu tun hat, Tag für Tag, weiß, was die Ertappten denken.

»Ich habe mir die Stuben der Schwestern zeigen lassen, die im Haus wohnen. Ihr Gepäck. An Ihrem Koffer steht Renate Valerius. Und eben haben Sie nicht widersprochen.«

Es trifft sie wie ein Brett gegen die Stirn. Sie hat eben ertappt geschaut, statt empört. So dumm, so dumm.

Er will wissen, wo das Depot ist. All die Dinge, die aus dem Rydygier fehlen. Er legt ihr ihre eigene, am Vortag geschriebene Liste vor.

Noch seine Hand sieht feindlich aus.

Wenngleich nicht nur.

Sie hat mit Diebstählen nichts zu tun. Hätte sie etwas dieser Art zu verstecken, niemals hätte sie Deutsch mit ihm gesprochen. Sie hätte ihren Satz nicht gesagt. Sie blickt ihn an. Hat er es nicht verstanden?

Doch sie bildet es sich nicht ein.

Es. Das, was sie fühlt.

Es ist ein milder Novembertag. Sein Büro, bis vor Kurzem eine deutsche Wohnung, riecht bereits nach Büro. Sie wurde an einer Reihe von Zimmern vorbeigeführt. Akten, Schreibmaschinen. Menschen stehen im Flur und warten. Es ist warm. Ihr ist warm.

Sie braucht nicht auf die Liste zu schauen. Auch wenn er sie ergänzt zu haben scheint. Andere müssen ihm zugearbeitet haben. Ihr ist ebenfalls bekannt, was alles darüber hinaus noch fehlt: Katheter, Kanülen, Bettwäsche, Bettschüsseln, Spritzen.

Der Schwarzmarkt ist gierig. Die Geldnot groß.

Sie passt auf, wenn sie etwas für Patienten entnimmt, hakt ab, lässt gegenzeichnen. Sie ist korrekter als korrekt. Trotzdem wird ihr übel vor Angst, sie drückt sich die Hand vor den Mund, schluckt.

Er, dezent, steht auf. Mit einer Serviette kommt er wieder. Sie zittert, stößt an seine Finger, aus Versehen. Es ist ihre erste Berührung.

Er steht nah bei ihr. »Wie alt bist du, Niemka.«

Auf Polnisch. Von oben herab. Sie drückt ein Aufschluchzen weg.

Als sie sich gefasst hat, sitzt er auf seinem Stuhl hinter dem Schreibtisch, blättert durch ihre Papiere. Sie sehen nicht sonderlich überzeugend aus. Nicht einmal in ihren eigenen Augen. Bislang hat niemand nach ihnen gefragt. Er schüttelt den Kopf, sieht sie an.

Nein, sie bildet es sich nicht ein.

Eine Woche nach dem Verhör, das keines war, wohnte sie bei ihm.

Weil es mitunter so einfach ging zwischen zwei Menschen?

Er handelte aus den richtigen Gründen. Zumindest jenen, an die sie glauben wollte. Es waren die Gründe, die sie ebenfalls fühlte. Einfach war es nie. Nicht einmal in diesen Zeiten. Oder erst recht nicht? Es war anders. Dinge und Verhältnisse hatten Löcher bekommen; Risse, die es früher nicht gab. Türen waren zugeschlagen. Andere verschwunden. Wo das der Fall war, bewegte man sich freier. Die soziale Kontrolle – ach. Wer zerriss sich das Maul, wenn die Haut zerrissen war und das Maul aufstand vor Hunger, Zwang, Gewalt. Dann, erst danach, gab es eine kleine Strecke Einfachheit neben Hunger und Angst. Die Stadt war ein Nest. Eines aus roten Erdbrocken und Trümmern, roten Fahnen und roten Träumen, roten Gliedern und roten Eisenklammern, rot gefärbten Vögeln und roten Strohhalmen, die sie, er und sie, Witomir und Walla, der Pole und die Polin, der Deutschsprechende und die Deutsche, ineinanderlegten. Zu einem eigenen Nest? Löchrig. Zugig. Windig. Ein Nest war ein Gedächtnis. Eine Vergangenheit, aus der ein Jetzt gemacht werden musste. Eine Zeit lang hatte man darin Platz und ruhte sich aus.

Sie war ihm aufgefallen, unter den Schwestern. Da hatte er nachgefragt, wer sie war. Sie ausgesucht, ihn auf dem Rundgang zu begleiten.

Und dann? Oberst Witomir Mischewski braucht jemanden, der ihm den Haushalt macht, einkauft, wäscht, kocht. Er hat viel Arbeit. Eine Frau hat er auch, sie ist nicht da. Den Nazis galt sie als Jüdin. Er weiß nichts Genaues, man sucht. Er sagt: Strach ma wielkie oczy. Die Furcht hat große Augen. Sie muss an einen nichtflüggen Vogel denken. Sie muss denken: Aus noch jedem Nest ist ein Küken gestürzt.

Es gibt Orte, deren Namen nun alle kennen. Sie liegen in Polen. Sie, die Menschen von Wrocław, haben Bilder aus den Lagern gesehen. Da waren die Menschen, die man dorthin gebracht hatte, ermordet. Die wenigen, die überlebt hatten, waren fast ermordet. Amerikanische und britische Soldaten hatten die Filme gedreht.

Hatten auch sie, was sie sahen, nicht glauben können? Es war schwierig, das anzusehen, was auf den Filmen zu sehen war.

Sie starrte darauf. Und sah es doch nicht.

Im Bett lag sie mit Fragen. Hatte Erna das gewusst? Von Erna Henrich hatte sie jahrelang, jeden Tag, jede Minute, inbrünstig das Schlechteste geglaubt. Doch dies?

Und ihr Vater? Ihre Mutter? Adele?

Sie hatten gewusst, dass es im Süden der Stadt ein kleines Lager gab mit Kindern aus Polen, später auch Tschechien, Mähren, den besetzten Protektoraten und Gauen. Arisch aussehende Kinder wurden zur Adoption überstellt. Adele hatte davon erzählt. Adele, bleich. Eine hohe weiße Mauer, gekrönt von der Nachahmung eines Daches aus roten Ziegeln, eine heimelige Haus-Mauer umschließe das Areal.

Sie erfuhr, dass das Vernichtungslager Groß-Rosen vier Außenstellen allein in Breslau unterhalten hatte. »Unterhalten.« Sie wusste nicht, was das hieß, in diesem Fall. 30 bis 37 Kilometer entfernt. Daran waren Menschen, Menschen ihrer Stadt, doch vorbeigefahren. Hatten dort gearbeitet.

War es ein Glück gewesen, in dieser Zeit noch ein Kind zu sein?

Sie glaubte nicht. Nichts gewusst, so sagte man jetzt. Zu klein, um etwas zu wissen.

Gewiss, sie hätte es nicht sagen können. Nicht benennen. Doch wuchs man nicht mit? Nahm etwas auf von dem, in das man hineinwuchs? Färbte es einen nicht ein?

Wege waren verschwunden. Torbögen standen schief, offen, verrußt. Hier ein Durchgang von Steinen blockiert, dort eine unerwartete, verwirrende Lücke, Staub. Jedes dieser Substantive konnte man durch das Wort »Mensch« ersetzen.

Menschen? Ruinen. Menschen? Verschwunden. Menschen schief, offen, verrußt, eingestürzt. Hier ein Mensch von Steinen blockiert, dort ein Mensch Staub.

Durch Wrocław zogen die Zusammengestückelten. Mit Schuhen, ohne Schuhe, mit Gepäck, ohne. Erst von den Deutschen, nun von den Sowjets im Osten in Züge gezwungen, herbeigekarrt, verschleppt. Zwangsarbeiter, Zwangswanderer. Die Kleidung stand vor Dreck. Viele wollten immer der Sonne nach, Richtung Westen. Andere suchten den Osten, Dritte sahen die Sonne nicht mehr, aber glaubten, ihr zu folgen. Straßen waren Abstürze, Kanten, man schlich zickzack, man sprang zur Seite, nahm, was man zu fassen kriegte, rannte, hungerte, stahl, verlor, jeder für sich. Ein Ameisenstaat war eine träumerische Ordnung im Vergleich.

In Witomirs Herbst hatte der Verkehr wieder Richtungen und etwas wie Adern. Abends strömten die Waggonmenschen zurück in das Viertel um den Matthiasplatz, an dessen Aufbau der Oberst wesentlich Anteil trug. Rechtsseitig der Oder wuchs die zukünftige Stadt. Hier wohnte auch er. Noch immer versteckten sich Menschen in den Ruinen. Falsch. Sie lebten in ihnen.

Jeder musste Wasser am Hydranten holen. Als sie an einem späten Nachmittag drei Mädchen in der Haustür sah, durch die sie selbst auf die Straße treten wollte, hielt sie inne. Sie trugen kurze Röcke und gebügelte helle Blusen. Das Wetter war zu kühl für eine derartige Mantellosigkeit. Also waren es deutsche Mädchen. Keine sagte ein Wort. Endlich trat die Älteste nach vorn und sprach die drei russischen Soldaten an, die an ihr vorüberwollten. Walla hörte die Stimmen. Die beiden älteren Mädchen zogen, keine Minute hatte die Verhandlung gedauert, mit den Männern ab. Die Kleinste zögerte, lief dann ebenfalls aus der Tür und verschwand über die Straße in die Schlange hinein, die am Hydranten um Wasser anstand. Walla folgte ihr. Die meisten der Wartenden trugen grüne Henkeleimer, auf deren Seiten »schlesische Gießereien« aufgeprägt war. Fast hätte sie gerufen, »die gehören uns«. Sie hätte es auf Polnisch gerufen, so ein Durcheinander war ihr »sie«. Das jüngste Deutschenmädchen sprang wie ein erschrockenes Häschen zwischen den Wartenden hin und her, erst in die den Älteren entgegengesetzte Richtung, dann drehte sie um. Überall standen Pfützen vom letzten Regen, und als Walla schließlich an der Reihe war, ihren Eimer zu füllen, spiegelte sich der Himmel im Rund des Blechs, als benutzte der Himmel den Eimer als Auge. Für Sekunden schien es das Einzige, was von der vertrauten Welt übrig geblieben war.

Ständig musste sie auf der Hut sein. Noch waren viele Deutsche in der Stadt. Sie trug ein Kopftuch, zudem war sie gewachsen seit Januar und ihr Gesicht hatte sich verändert. Es war ihre Heimatstadt, in der sie lebte, trotzdem bewegte sie sich durch die Straßen wie eine Fremde. Die Beine hatten einen neuen Schritt. Ihr Ich einen fremden Ton. Brenn auf, mein Licht.

Ziegen im Hof, und nun, in der Traugutta, Hühner in der Wohnung neben der ihren. Im Winter war das wärmer für alle. Man lebte mit den Tieren, wie man es aus dem Dorf kannte. Anfang Oktober hatte sie ein eigenes Zimmer bei Witomir Mischewski bezogen. Wie lange war es her? Die Zeiten schwanken ihr in der Erinnerung wie Herbstdahlien, dicht und tieflilafarben, tiefrot. Es ist schon der Sommer 1955? In der Traugutta wohnt sie noch immer. 1952 zog sie hier ein. Mit Jesche, der nun zur Schule geht. Ihre Tochter ist ihre Tochter, sie hebt sie aus dem zu kleinen Bettchen, hält sie an gestreckten Armen in die Luft. Oh, der Geruch. Sie legt Tücher auf das Tischchen neben dem Waschbecken, auf dem sie essen, an dem sie liest, auf dem sie Geschirr trocknen lässt. Wie weiß und speckig diese Beinchen sind. Der feuchte Lappen tut seinen Dienst. Als sie noch bei Witomir wohnte, konnte sie ein Wannenbad nehmen, sooft sie wollte. Die deutschen Häuser waren ihr vertraut. Sie hatte ihm gezeigt, wie man die neumodische Mischbatterie bediente.

War das der Anfang gewesen?

Teréza war zu groß für den Kinderwagen, sie musste auf der Seite liegen und die Beine anziehen. Otylia war zurückgekehrt. Als Person? Ja. Als Ehefrau? Witomir hatte gesagt, »sie ist da«. Wieder und wieder sagte er es leise in ihrem Kopf. In Wirklichkeit war es laut und deutlich gesagt worden. Niemals werde er sich scheiden lassen.

Otylia war nach Wrocław gezogen.

Walla nannte, was sich abspielte, »Adele«. Das Adeleprinzip. Das fiel ihr so ein. Sie musste Adele sein. Es stimmte nicht ganz, blieb hängen.

Das zweite Kind, das erste, die Zeit davor. Ihre Gedanken waren Klammergedanken geworden. Wenn sie lachte, bebte ihr Körper. Es kam ihr unwahrscheinlich vor, dass sie lachen konnte. Denken konnte oder wollte sie, indem sie Rahmen zog und ordnete, was sie sah. Damit nichts aneinanderstieß.

Einfache Kausalfolgen waren ihr unerträglich geworden.

Weil seine Gattin wieder da ist, wird er dich endgültig verlassen. Er wird dir den Laufpass geben.

Wirst sehen.

Niemand im Rydygier sagte das. Nicht so laut. Nicht so deutlich. Niemand außer der gehässigen Stimme, die sie in sich trug. Es war die Frauenstimme, die sich »wir unter uns« nannte. Sie hatte sie bei anderen Gelegenheiten gehört. Kaum war die Betroffene aus der Tür gewesen, ging er nieder, der Frauenhammer. Der war geballte Erfahrung: »Die wird noch Federn lassen.« »Der lässt die stehen mit dem Kind.« »Der macht ihr noch eines und schickt sie in die Wüste.«

Wie recht sie gehabt hatten. Ein zweites. Und dann entscheidet er sich doch und noch immer und wieder für seine Frau.

Im Frauenraum war die Wahrheit ungeschminkt. Abgekürzt. Die Erfahrung. Die Bitternis.

Sie wusste also genau, wie sie über sie tuschelten, kaum verließ sie das Schwesternzimmer. In der ersten Zeit, als sie mit Witomir zusammen war.

Als sie ihre »Privilegien« genoss. Nichts dergleichen wollte sie. Auch nichts von diesem Frauen-Schwarz-Weiß. Sie nannte, was fehlte, die Hoffnung. Hoffnung war das Grau dazwischen. Als Otylia im Sommer 1950 wieder auftauchte, dachte sie mit aller Kraft: Es wird sich etwas weiten – sie dachte es herbei – und verschieben und dann gibt es Platz für uns drei oder vier, uns fünf …

Endlich ist die Milch warm, sie hat Teréza auf dem Arm und steckt ihr den Sauger der Flasche in den Mund. Ihre Tochter sieht anders aus als der blonde Jesche. Teréza wird dunkel. Das Blau ihrer Augen schimmert grünbraun.

Sie haben die Kinder geteilt. Sie, Walla, hat nicht genug Geld, um beide zu ernähren. So einfach ist es. Er hat reichlich. Und eine Frau, die bereit war, ihm diese Freude nicht zu nehmen. Da hat sie, Walla, um wenigstens eines von ihnen gekämpft. Er hätte beide genommen. Am Ende blieb ihr das Kleinere. Da mussten sie nicht losen. Sie kämpfte auch um das Recht, Jesche regelmäßig zu sehen. Witomir hatte es ihr zugestanden. Fragte sie nun nach ihrem Sohn, sagte der Oberst: Jesche will das nicht. Zu Weihnachten hatte sie ihm einen Rennwagen geschickt. Das Geschenk war nicht zurückgekommen.

Witomir. Noch einmal denkt sie an den Anfang zurück.

Da: Im Schwesternzimmer des Rydygier, als sie ihm Kaffee kochte und er ihn mit ihr teilte, wirft sie ihm einen Blick zu und ein Lächeln, still und zart wie ein Hefeknoten, der eben vom ersten Gehen im Ofen kommt, der geknetet werden will, Berührung und Wärme braucht. Ihr Gesicht leuchtet. Sie muss das nicht sehen, um es zu wissen.

Da: Witomir in der Tür des Hospitals hinaus auf die Rydygiera. Als er den Kaffee hinuntergestürzt hat, ist sie ihm nachgelaufen, er spürt es, dreht sich um. Ein frühlingshafter Schein zuckt ihm mitten im November über die Stirn, als blitze ihm eine in die Luft geworfene Münze aus der Ferne den Glanz ihres Goldes zu.

Da: Sie haben in dem Teich gebadet, obwohl es verboten ist. Nach Süden sind sie hinaus aus der Stadt. Er sammelt ihre Sachen in die mitgebrachte Tasche. Kraniche ziehen über den Himmel. Sie betrachtet ihn. Sie nimmt den Saum des Rockes hoch, lehnt sich an den noch warmen Ulmenstamm. Er beobachtet sie. Sie erwartet ihn.

Da: sie. Wie gern sie an all dies zurückdenkt, sie fliegt den Gedanken hinterher. Er hatte sie zu sich nach Hause genommen. Sie sollte bei ihm wohnen, weiter in der Krankenpflege arbeiten, ihm nebenher den Haushalt besorgen. Er bot ihr ein eigenes Zimmer. Viel zu überlegen gab es nicht. Er wusste, wer sie gewesen war, und er machte ihr ein Angebot.

Mischewski wohnte im dritten Stock eines Gründerzeithauses, sieben Straßenzüge nordwestlich der Ottostraße. Eine Deutschenwohnung, was sonst. Sie empfand es als günstiges Zeichen, dass sie in diesem Haus niemanden gekannt hatte. Die Wohnung war mit deutschem Leben überfüllt. Er sah es vielleicht nicht. Sie roch es sogar. Eine Speick-Seife neben Zahnpasta Doramad extrafrisch. Witomir hatte sie als Erstes ins Bad geschickt. Die Penaten-Creme auf der Ablage am Waschbecken, Schäfer mit Hund. Fast weinte sie. Das war lächerlich. Ihr eigenes deutsches Leben lag kein halbes Jahr zurück. Eine Ewigkeit. Was sie sah, berührte sie fremd. Streckte sie die Finger aus und berührte es tatsächlich, war es vertraut. Sie hatte eine Kippwelt betreten. Stellte der Oberst sie auf die Probe? Auf welche? Er wusste also, dass sie Valerius geheißen hatte. Sie sollte sich waschen. Sie stank nicht, schließlich arbeitete sie im Krankenhaus. Er musste etwas anderes beabsichtigen mit diesem Gebot.

Wollte er ihr Raum geben? Nachdenkzeit?

Er schenkte ihr den immensen Luxus eines heißen Bades.

Als sie sich in der Wärme des Wassers ausstreckte, verlor sie sich fast.

Eine Stunde später stand sie vor ihm, dampfend, sauber, die Haare feucht. Sie wusste nicht, was er erwartete. Es wäre ihr nicht schwergefallen. Er gefiel ihr. Sie dachte an Frau 153. Sie selbst war übererwachsen. Nicht wahr? Bei diesem Gedanken lächelte sie ihn an.

Das wache Breslauer Abendlicht fällt durch die bodentiefen Fenster. Witomir, im Lehnsessel, sitzt schräg vor dem Licht. Sie steht auf dem dunklen Teppich, der dicke, lilafarbene Ranken trägt. Es gibt vieles, was man nicht mitnehmen kann. Sie öffnet das Handtuch.

Er blickt zur Seite, steht auf. »Lass das.«

Da schämt sie sich. Auf andere Art als sonst.

Fast ist es eine gute Art.

Sie schlägt das Handtuch um sich. Die Sonne fällt auf ihre Hände. Er hätte jedes Haar einzeln gesehen.

Es ist eine Entscheidung. Was sonst soll es sein. Irgendetwas hat ihm missfallen. Sie will packen gehen, als er sagt: »Du kochst jetzt also für uns. Das ist recht.«

Als wäre es das Normalste der Welt, dass Frauen nackt im Salon stehen, bevor sie anfangen, das Essen zuzubereiten.

Sie kocht, putzt, kauft ein. Am Kaufhaus der Gebrüder Barasch macht sie einen Fehler. Else besorgte dort einst für Festtage, was Adele auf dem Markt nicht fand: Stollen aus Dresden mit Marzipan, die echten Lebkuchen aus Nürnberg, ohne Mehl, das Parfum von Helena Rubinstein, Apple Blossom, ein Fläschchen mit rotem Etikett und dachartigem Stöpsel. Das Barasch war von innen Gold und Glanz, und von außen ein Zauberort: Es trug einen Globus auf dem Dach, dessen Länder und Meere aus farbigen, geschliffenen Steinen bestanden. Nun haben die Fenster keine Scheiben mehr, Teile des Gebäudes sind eingestürzt. Vor ihren Augen schlüpfen ein hellblonder Junge und ein Mädchen durch die zerbrochene Drehtür. Sie bewegen sich geschickt, kennen sich aus. Die Wischblätter kehren über den Boden, auch sie fühlt sich durch den engen Türspalt in die Ruine schlüpfen. Nicht auffallen. Dass die alte Ordnung zusammengebrochen ist, heißt nicht, dass es keine neue gibt. Schutt, Dunkelheit, Beute. Die neue Ordnung hat Messer im Maul.

Seit der Zeit im Bunker kann sie sich hervorragend ohne

Licht orientieren und hat keine Angst mehr davor, sich in einem Gebäude wie diesem zu verirren. Sie zählt die Etagen, der Grundriss wiederholt sich, solange sie weiß, auf welcher Höhe sie steht, weiß sie, wie lange sie braucht, um zu fliehen. Das Innere ist düster, der Boden ein Feld aus Trümmern, weicheren Hindernissen, Schmutz.

Eine Leitung gluckert, verstummt. Staub rieselt von der Decke. Der Junge und das Mädchen, das er fast zärtlich an der Hand hielt, müssen genau über ihr sein. Die Wände gleichen Papier, sie sind feucht, aufgequollen, Farbe blättert ab. Mit einem Mal geht sie in Wärme und Licht mit Else zwischen Tischen voll zarter Wäsche einher, es duftet nach Leinen, Lavendel und Cremes, die Kathedrale der Wünsche ist ein Jugendstil-Blumenmeer. Am Ende der Einkäufe stieg man weiter hinan, um sich in dem Café neben dem Globus zu erholen und im Blick über die Stadt auf die Oder ein Weltgefühl zu genießen. Der Fluss eilte zum Meer, man flog mit.

Sie schreit nicht auf, als die Hand sich um ihren Arm schließt. Es ist der Junge. Die Frau steht neben ihm, leuchtet ihr mit einer Karbidlampe ins Gesicht.

»Was willst du?«, sagt sie auf Polnisch. Gerade rechtzeitig ist sie zurückgeschlüpft in die Dämmerung aus eingestürzten Deckenteilen und Staub. Das Barasch ist der verlassene Kokon einer Armada von Hornissen, ausgezogen in den nächsten Krieg. Sie wendet an, was Witomir ihr beigebracht hat.

»In unserem Staat wird geteilt. Alles gehört allen. Lass mich los.«

Er gehorcht. Hat er ein Messer in der anderen Hand? Da sieht sie: Er hat nur die eine. Die Frau trägt den Arm voller Damenhandschuhe, edle Stücke aus Leder. Ihre freien Finger legt sie dem Jungen auf den Arm, an dem die Finger fehlen.

»Walla Koszyk.« Ihre Stimme ist stolz. Sie will die Handschuhe nicht. Auch nichts sonst.

»Ich kenne dich«, sagt der Junge zu ihr.

Stimmt. Er war ins Rydygier gebracht worden. Bewusstlos, mit blutendem Arm. Sie hatten ihm die Hand abgeschnitten. Sie. Jemand eben. Die Hand war mit im Spital. Es half nichts. Es gab niemanden, der sie annähen konnte. Die Polizei kümmerte sich nicht. Das war klar. Es gab keine Polizei.

Er hieß Adam.

Ein Wolfskind. Der Wusch Haare, der Blick. Die Frau stammte aus Ostpolen, darauf hätte sie gewettet. Die war keine Städterin.

»Kann man aufs Dach?«, fragte sie. Witomirs erste Regel: Zeig keine Angst. Die zweite: Lenk ab. Das Wort Globus fiel ihr auf Polnisch zwar ein, glob, aber sie traute ihm nicht. Sie musste vorsichtig sein.

»Die Kugel ist weg«, sagte der Junge. Trotzig aufgeworfene Lippe.

»Von unten ist sie noch da.«

»Eine Hälfte ist weg.«

»Die andere reicht mir.«

Sie schwiegen.

Der Junge flüsterte der Frau etwas zu. Er bestand darauf, Walla hinauszubegleiten.

Sie nickte. Mit beiden wäre sie nicht mitgegangen. Mit dem Einhändigen allein wurde sie fertig.

Unten an der Drehtür überlegte sie, wie sie sich am besten zurückzwängte ans Tageslicht, ohne sich zu verletzen. Da sagte er: »Du bist eine von uns.«

Auf Deutsch: »Eine von uns.« Sollte das eine Falle sein? Dieses Kind! Wie ein Schatten war er ihr nach unten gefolgt. Sie quetschte sich durch das geborstene Holz. Als sie sich umschaute, war niemand mehr zu sehen. Hatte er wirklich »Erna Henrich« gesagt, »Ernalein«? Hatte er gesagt, dass er sie »ebenfalls« nicht mochte?

Witomir verheimlichte sie diese Begegnung. Ihr war, als würde die Entscheidung über sie immer wieder aufgeschoben. Nicht allein bei ihrem, wie soll sie sagen, Arbeitgeber, sondern auch in der Stadt. Ernalein! Seit der Bemerkung des Jungen fürchtete sie sich noch stärker davor, jemandem von früher auf der Straße zu begegnen. »Reni, welch Wunder, was machst du denn noch hier!« »Das wollte ich dich gerade fragen!«

Sie geht auf Station, verrichtet ihre Arbeit, kehrt zu Herrn Mischewski zurück. Sie übernachtet im hintersten Zimmer, rechts vom Flur. Er im vordersten. Dazwischen liegen drei weitere Räume.

Sie halten Abstand.

Voneinander. Und damit auch von sich.

Wochen verstreichen. Es wird winterlich kühl. Mitte November fällt der erste Schnee. Bald bleibt er liegen. Schneit es, kommt für Minuten, für Stunden, der Glanz zurück. Witomir besitzt keinen Weihnachtsschmuck. Sie kauft eine rote Kugel, schlägt sie aus dem Seidenpapier und hängt sie an einen Zweig. Am liebsten isst er Pfannkuchen oder Reis, gekocht in Milch, mit Zimt – sie hat ein paar Stangen davon im Küchenregal der Deutschenwohnung gefunden – und eingelegten Pflaumen. Damit ist er in Schlesien bestens aufgehoben. Zu seinem Geburtstag macht sie ihm Schlesisches Himmelreich.

Im Krankenhaus stehen die Pritschen dicht an dicht. Die Laute, die von außen hereindringen, sind leise geworden. Diese Stille, noch verstärkt durch frischen Schnee, ist ungewohnt. Der Lärm eines Krieges hört langsamer auf als der Krieg.

Witomir Mischewski. Nachdenken kann man nur im Liegen. Eine seiner Wahrheiten für sie. Er päppelt sie auf. Ihre Nieren funktionieren vor allem nachts. Schuld daran ist ein zum falschen Zeitpunkt ausgeschüttetes Hormon, ADH. Das lernt man in der Schwesternschule. Und was hilft es? Sie weiß: Ihr Hormonhaushalt ist eine Achterbahn. Nichts mehr trinken nach fünfzehn Uhr. Oder: Melde dich für Nachtschichten an.

Sie kocht für den Oberst, er besorgt ihr Papiere. Sie hat noch zwei Abzüge ihres alten Passbildes, es wäre klüger, ein neues machen zu lassen, ihr deutscher Ausweis liegt in dem Amt, in dem Witomir arbeitet, der Antrag für den polnischen Identitätsnachweis wird mit einem der Fotos zu den Akten gelegt. Das wird nie jemand herausfinden, nie wird jemand Zeit haben, alles zu durchwühlen, man hat wirklich andere Sorgen, und als Witomir sagt, heute sei vermutlich ein guter Tag, gestern schon war der Stempelmann krank, er, Witomir, könne daher alles selbst machen, gibt sie ihm die Bildchen mit.

Am Ende, als es auseinandergeht zwischen ihnen, als Otylia angekommen und geblieben ist, als sie, Walla, wieder im hintersten Zimmer liegt und drei Räume zwischen ihr, der Gespensterfrau, und dem geliebten Mann, als sie weiterziehen muss, als er sie loswerden muss und es gegen sie durchzwingt, der Herr Oberst, hört sie in seinem Namen ein »wie-du-mir«.

So weit beugte ich mich dir entgegen, Walla!

Sagte er damals so? Sagte: Ich lüge meine Liebsten an (nun: bestenfalls indirekt, im Winter 1946 weiß er nicht, wo seine Frau ist, Kinder haben sie nicht), um mit dir zusammen zu sein.

Gehört haben möchte sie es.

Sie bewunderte an ihm: Alter, Lebenswissen, Macht.

Er bewunderte an ihr: Unschuld. Eine Deutsche. Und trotz aller Führung so … unberührt.

Die Haare sind ihr in diesem ersten Nach-Winter bis auf die Schultern gewachsen. Sie sehen golden aus, allemal im Vergleich zu anderen Dingen in der Stadt. Das blühende Leben schaut ihr als Walla Koszyk von dem soeben amtlich gestempelten Passfoto entgegen. Gereift, ein Schatten im Blick. Die Wangen rosig. Eine junge Frau, die etwas will. Und Hilfe braucht.

Wenn sie ein Kleid trägt, strahlt sie. Ein Kleid betont die Brüste, die Taille. Die Männer drehen sich um.

Sie ist so hell, ein wandelnder Schein. Oder Milchkuchen. Die Deutschen um sie herum sind unerträglich. Denen kreist alles um die eigenen Lebensgeister. Als hätten sie nichts gewusst, für nichts etwas gekonnt. Graue Molche, mit dem Rest einstiger Leidenschaften wie mit nassen Pilzen behaftet, schwatzen sie ein Zeug zusammen – man weiß oft nicht, soll man lachen, heulen oder um sich schlagen.

Sie ist still und füttert den eigenen Magen.

Die Toten werden in die Reste des Verdunklungspapiers eingerollt.

Das erste Jahr in der untergegangenen Stadt gleicht einem Fotografiervorgang. Muster erscheinen. Es ist die Zeit nach der grellsten Beleuchtung.

Bosheiten erscheinen.

Sie hat mitunter die Vorstellung zu schweben. Weil sie ihre Beine nicht fühlt. Weil sie in Witomirs Armen liegt.

Also doch. Witomir, im Bett, bringt ihr Polnisch bei. Die Sprache muss sich mit Gefühlen verbinden.

Es fällt ihr leicht, mit ihm.

Er findet, dass sie zu ihm gehört. Die besiegte Feindin. Die er auch retten und beschützen kann. Eine andere Frau, eine Deutsche, die weiterhin Deutsche ist, bestellt er für den Wohnungsputz und die Wäsche ein.

Annemarie, nahezu im Alter ihrer Mutter, die sie, Walla, herumkommandieren darf.

Es ist ein Test, ob Annemarie Wallas Deutschsein bemerkt. Reni in Walla kann hervorragend Befehle geben und sich, während sie spricht, vorstellen, was die andere nicht merken darf. Beides zugleich. Walla darf Deutsch sprechen mit Annemarie, das gibt ihre Geschichte her. Sie spricht Deutsch, verrät sich nicht.

Noch ist es das zweite Jahr nach dem Krieg. Tag und Nacht pfeifen die Lokomotiven. Die schwer mit Stückgut, Raubgut, Kriegsbeute beladenen Züge rollen Richtung Osten. Züge mit Menschen rollen nach Westen. Breslau ist voller Deutscher. Zehn Deutsche kommen auf einen Polen, so war es im Sommer 1945, so muss man weiterzählen, selbst wenn jede der Zahlen falsch ist, Deutsche verstecken sich, Plünderer leben in der Stadt von wer weiß woher, der Süden und Westen, die großen Ruinenfelder, heißen »Wild-West«, dort gilt kein Gesetz. Die Regierung möchte die Deutschen loswerden, doch wo die Polen hernehmen, die sie ersetzen? Und »die

Polen« gibt es gar nicht, die einen kommen tief auf dem Osten, von jenseits des Bugs, und sprechen ein Polnisch, das die anderen verachten, die Umsiedler aus Zentralpolen streben zu ihren Verwandten zurück, Re-Emigranten aus Übersee reiben sich ungläubig die Augen: Ihre Nachbarn stammen aus Podolien, Wolhynien, aus Wilna. Kriegsheimkehrer, als Zwangsarbeiter durch halb Europa gekommen, haben verlernt, wie man sesshaft ist, die Landbewohner, auf die sie treffen, trauern der Dorflinde nach. Zu jedem Feiertag leert sich die polnische Stadt; ihre Deutschen bleiben unter sich.

Doch egal, zu welcher Gruppe man gehört, man sitzt auf gepackten Koffern. Der Frieden – ist was? Die einen hoffen, den Koffer hervorholen zu dürfen und nach Osten zurückzukehren. Die anderen hoffen, ihn nicht zu brauchen, unabkömmlich zu sein, der Ausweisung zu entgehen.

Es ist nicht leicht, jemanden besiegt zu haben und dann auf ihn angewiesen zu sein. Nicht einmal die Breslauer Straßenbahn wäre gefahren ohne ihr deutsches Personal. Es ist nicht leicht, in eine Hals über Kopf verlassene Wohnung einzuziehen, umgeben von fremden Leben. Nicht leicht, sich einzurichten, nicht leicht, zu wissen, wie man in Gebrauch nimmt, was andere aufgeben mussten. Nicht leicht, nicht erschossen zu werden, nicht leicht, nicht abgestochen zu werden. An den Gleisen, zu denen die Deutschen gebracht werden, herrscht eine große polnische Wut.

Annemarie, ausgewiesen, schickt einen Brief aus Halle:

… bis die Nacht um ½ 2 Uhr vor dem Freiburger Bahnhof bei der Kälte gewartet. Unterwegs kamen halbwüchsige Bürschchen, 15–20 Jahre, und stahlen den Leuten Taschen, Säcke. … alle durch und durchgefroren. Ich hatte noch ungefähr auf 80 Zloty, da sagte ich zum Fritz, hol dir noch ein paar Zigaretten, so ging er und als er drüben bei dem Gastwirt war, merkte er, dass etwas sich an seiner Manteltasche zu schaffen machte, und als er rauskam, rückte Miliz an mit Banden und sprach: Revolver aus der Tasche, Fritz natürlich weiß wie Schnee … und so nahmen sie dem Fritz 500 deutsches

Geld ab, Rasierapparat Tabak Zigaretten ... er sollte froh sein, dass sie ihn laufen ließen ... ein Hilferuf nach dem anderen ... rechts war ein großes Loch, Miliz schoss zum Schein in die Luft.

Sie zeigt Witomir das Blatt. Er sagt, dass sie, Walla, zwischen den Welten steckt, ob sie will oder nicht.

Er nicht.

Als sie an der Oder entlanggeht, wirkt der Fluss schlammiger als früher. Sie denkt an ihre Eltern. Die Gläser der Uferlaternen sind noch zerschossen. Aber in den Häusern huschen wieder Schatten über Wände, die nicht von den Lichtern der Brände lebendig sind. Wege führen nach vorn und zurück. Auch zuhause sind die Laute von draußen leise. Auch zuhause, bei Witomir, ist die Stille eine Entdeckung.

Die ersten Automobile brausten wieder über die Kaiserbrücke. Dicke Baumstämme stützten das einst so blaue Wunder nach allen Seiten ab. Deutlich fiel in klaren Nächten der Nachschein des Gemetzels auf die Stadt. Er glich einem Theaterfeuer, das über den Horizont der Kulisse kroch, ein Drache, der kleiner wurde, sich selbst verschlang. So hätte man früher gedacht. Früher hätte es gestimmt. Inzwischen wusste man, dass nichts, was stattgefunden hatte, einfach so wieder verschwand.

Sie musste kochen lernen. Witomir liebte Kuchen jeder Art, Mandarinen und rote Paprika. Eine jüdische Frau? Weihnachten hatte er also lange nicht gehabt? Er sagte wenig. Sie sagte nichts. Weihnachten 1946. Sie blieben drei Tage im Bett. Wunderbarer gab es nicht.

Sie will Witomir gefallen.

Was er anrührt in ihr? Ihren Körper? Der hat Männer jeden Alters in sich gehabt. Haben müssen. Der Reni-Körper. Mit Witomir scheint er endgültig ausgetauscht zu sein.

Der Oberst gibt ihr Wärme, Aufmerksamkeit, Kraft. Ihr Vater war ein weicher Mann, hart ihre Mutter. Sie hat einen Mann gefunden, der stark ist. Der kommandiert. Der dabei strahlt. Eine natürliche Souveränität geht von ihm aus. Ein leiser Sieger. Seine Macht schützt sie.

Die Sorge um seine Frau teilt sie. Es fällt ihr leicht. Die Frau ist alt. Und abstrakt.

Wenn sie selbst Adele ist, ist ihr klar, was sie verlieren kann. Sie glaubt nicht daran. Adele vermisst sie mitunter. Sechzehn Jahre lang haben sie sich jeden Tag gesehen, und manche Nacht, wenn Adele einer fiebrigen Reni kalte Wickel auflegte, ihr Tee einflößte, Lieder sang. Und dann, mit einem Schlag, war man getrennt. Millionen von Menschen sind gestorben. Dem Krieg reicht das nicht. Er reißt auch die auseinander, die noch leben. Schneidet ab, was leben möchte, was verbunden hat.

Überall fehlen Menschen.

Und es gibt keinen Weg, sie wiederzufinden, keine Möglichkeit, die Geschichten mit ihnen zu füllen, Erinnerungen und Zukünfte zu teilen. Es bricht einem das Innenlieben in Puzzlestücke.

Es sägt an einem, innerlich. Es kostet Kraft.

Auch Witomirs Frau blieb gründlich verschwunden. Nazigründlich. Walla wehrte sich gegen die Befriedigung, die dieses Wort begleitete. Und empfand sie nichtsdestotrotz.

Zwei Seiten. Er und sie.

Sie, Walla, auf der Flucht. Sie flieht in ein polnisches Leben. Was Witomir will, spürt und gibt sie. Sie erkennt seine Überlegenheit an. Dafür bedeckt er ihre Wirbelsäule mit Küssen. Ihren Po. Das Narbenfeld. Er leckt sie. »Ich habe dich.« Er lässt sie zappeln, gebraucht sie, trägt sie auf Händen, bewundert sie, küsst sie, die erhöhte und abhängige Frau.

Alles ist intensiv.

Intensität ist die einzige Möglichkeit, jemandem zu begegnen. Etwas zu fühlen. Das hat sich durch das Jahr 1945 IN IHR verändert.

Es bleibt.

Es ist die einzige Möglichkeit, für Sekunden NICHT ALLEIN ZU SEIN.

Der glutrote Himmel. Die brennenden Menschen.

Sie haben es nicht zusammen gesehen.

Sie beide haben es gesehen.

Sie haben es beide gesehen und wissen das voneinander.

»Ich bin bei Trost.«

»Auch ich.«

Walla, zu sich selbst: Ich bin wie ein Kind, das an Abgründen spielt.

Es scheint ihr eine friedliche Möglichkeit.

Sie hält ihr Gesicht in die Dämpfe, in den dicken Atem der Töpfe.

Dunst, dicht wie Nebel, steigt auf.

Sie duscht und duscht. Es dauert nie lange genug, der Boiler stottert, stöhnt, versiegt. Gierig saugt sie den wenigen Dampf ein, den er erzeugt. Er fördert das Vergessen. So wäscht sie sich. Gießt Hitze aus dem Kochtopf nach. So verschwindet sie für Sekunden vor Witomir, vor sich selbst.

Frühjahr 1947. Die Straßen wellig von gefrorenem Schnee. Sie beobachtet sich: Wie wirkt sie von außen? Sich mit den Augen der anderen zu sehen gehört zu ihrem Leben wie Atmen. Die junge Polin an Witomirs Seite, die mit der leichten Sprachstörung, die hie und da das korrekte Wort nicht findet, macht sich bei den Nachbarn beliebt, indem sie ihnen zeigt, wie man Fahrrad fährt. Sie habe es selbst von den Deutschen gelernt. Ab und an stürzt sie halb oder tut so, als könnte sie kaum eine Kurve fahren.

Es taut. Sie hat einen Achterkurs im Hof aufgebaut. Regnet es, geht man barfuß, zieht sich Strümpfe und Schuhe erst im Hausflur wieder an. Überall stehen Pfützen. Wasser fließt aus dem Hahn, solange es nicht gefriert. Kerzen oder Glühbirnen macht man so spät wie möglich an. Witomir halb nackt, magerer Oberkörper, sieht lang aus in jedem Schatten, jedem Licht. Die Haare auf seiner Brust sind grau. Das feste Gesicht. Ein anziehender Mann, immer wieder. Der ihren Rocksaum in der Hand hält. Im Glaseinsatz der

Tür spiegeln sich ihrer beider Silhouetten. Sie legt die Bluse ab. Den Büstenhalter. Setzt sich auf sein Bett, lässt sich nach hinten fallen.

Sie liegen nebeneinander. Gemeinsam blicken sie nach draußen auf die Platane im Hof. Halb verkohlt. Anfangs ist es nicht mehr als das: nackte Haut auf Haut. Selbst das ist fast zu viel. Nach einem Tag im Rydygier ist sie so müde, dass sie nicht mehr stehen kann. Ihre Beine sind schwächer als früher.

Am nächsten Morgen, auf der Straße, holt sie tief Luft. Am Barasch muss sie fast täglich vorbei. Wege zacken aus, laufen in Spitzen zusammen, bilden Sackgassen. Menschen, die einst hier lebten, Menschen, die nur mehr geträumt werden, Menschen, die spät hinzuerfunden wurden, laufen kreuz und quer. Eine vierte Dimension entsteht: Schatten durch Schatten durch warme Körper bewegt. Nicht als Geister, nicht als Abzüge von Körpern, sondern als Formen der Zeit. Eine Stadt, von Wegen und Geschichten durchkreuzt, in vielen Wirklichkeiten zugleich.

Witomir lacht: Was um Himmels willen will sie da spüren? Er lacht es weg. Da er selten lacht, ist sie froh, wenn sie ihn unterhält. Der Rest ist so ab-sonderlich geworden. Das Wort hat sich auf seine kleine, wörtliche Bedeutung reduziert. Man ist geöffnet worden, hat Löcher, ein zugiges Ich. Witomir sagt, das komme dabei heraus, wenn man Menschen in eine Festung einschmelze. Wenn man, wie die Nazis es jahrelang verbrochen hatten, Menschen verarbeite. Knochen verbrannt, Zähne und Haut gegerbt, Innereien, Gehirne ausgekocht. Dann ergibt sich, in rascher, leichter Konsequenz, so Witomir, der Gedanke, die eigenen Leute in ihre Stadt einzubacken. Kostengünstig sei das für das Hitlerregime zudem gewesen: Die Russen verrichteten die Mordarbeit und bezahlten sie obendrein.

Walla denkt an den Satz »Untern Russ' lässt der Führer uns nicht fallen, da vergast er uns lieber«, den sie nach der Rückkehr aus Tschechien mehr als einmal auf der Straße hörte. Hat sie Witomir davon ein Sterbenswörtchen erzählt? Ausdrücke gibt es … Oder sagt er ihr den Satz? Und in welcher Sprache, Deutsch oder Polnisch? Sie erinnert sich später nicht daran. Er, mit maliziösem Faltenspiel um den Mund: Dass es eine Konsequenz des Wahnsinns und der Wahnsinnigkeit des Festungsbaus sei, der das 18. und 19. Jahrhundert bestimmt habe, obwohl er sich bereits damals ständig selbst überholte, denn wenn das Bauwerk endlich fertiggestellt gewesen sei, sei es von der Reichweite der pausenlos verbesserten Geschütze sowie dem Können der gegnerischen Artillerie längst übertroffen worden, also obsolet gemacht gewesen. Und schließlich hämisch überrannt von der Entwicklung des Luftkrieges. Am Ende sei die Dummheit des immer gleichen Denkens, mit dessen Hilfe die Erbauer der Verteidigungsanlagen einander auf die Zinnen und in den ach-so-sicheren Tod getrieben hätten, erst durch Hitler überwunden worden, in letzter Konsequenz, durch die absolute Perversion des Festungsbaus, indem der Obergermane jene, die er zu schützen vorgab, zum Baustoff der Festung machte, somit in arischer Hochlogik Steine durch Menschenfleisch ersetzte, demzufolge, so Witomir, wenn man es recht betrachte, an einer allerletzten Humanisierung der Welt gearbeitet habe, einer Humanisierung in einem ungewöhnlich deutschen Sinn. Verwandt mit Humus. Von jeher seien diese niemieckischen Niemande ein findiges Völkchen gewesen, sie gehöre freilich nicht dazu, seine Polin, seine kleine fickrige Polin, er stieß sie in den Bauch, von außen mit der Hand, sodass sie es spürte, und mitunter von innen, sodass sie spürte, was sie spüren wollte: ihn. Dabei zog er ihren Kopf an den Haaren nach hinten, damit ihr Hals sich ihm entgegenwölbte, sie fand es richtig, als löste sich durch den Schmerz etwas von ihrem Deutschsein auf, Millimeter um Millimeter schabte er es ihr von der Haut, und es war leichter, als wenn er nichts sagte oder nicht mehr sagte als »mit Deutschen sprechen wir nicht«, womit er insbesondere sie meinte, die mit Deutschen nicht reden sollte, letztendlich, um sie wieder zu schützen, aber sie glaubte, er wollte sie auch abschneiden von allen anderen, ihr möglicherweise nahen

Menschen, um sie vollständig zu beherrschen, und so lagen sie eng beieinander, die Körper, und mit ihnen die Schichten des Dankes und der Bitterkeit, der Melancholie und der Wut, des Schmerzes und des Zufügens von Schmerz.

Auf ihr Drängen hin machten sie einen Ausflug. Welches Jahr es war?

Später.

Später, als die Kinder geboren waren, rechnete sich leicht zurück: Es musste der Herbst 1948 gewesen sein.

Die Straße glich einem Sturzacker. Mal um Mal musste man sich aufraffen zu begreifen, dass die Stadt im Hintergrund Breslau gewesen war. Im Hitlergrund. Kälte wirkte schlimmer als Hunger. Das wusste man nun auch nachkrieglich. Was nützte es, so etwas zu wissen? Lachen konnte man in der innersten, versteckten Tiefe. Die Ortschaften rauchten, was brannte, waren harmlose Kamine und Herbstfeuer. Von den Einwohnern ließ keiner sich sehen. Die Höfe, von Bomben zersiebt, nicht mehr übersät von Bettfedern. Und es war gar nicht kalt, erst Anfang Oktober. Wieder Anfang Oktober. Das war etwas Goldenes, sie musste es lediglich sehen. Hühner gab es, lebendes Vieh, nicht nur ein paar verstörte Hunde. Der Brandgeruch, na ja. Wird man den je wieder los? Sie gehen Hand in Hand oder, wenn es sein muss, hintereinander. In die Gräben schau nicht. Auch auf der Straße liegt, noch immer, zu vieles zu flach.

Rozjechane zwierzęta.

Der Teich befindet sich in freiem Gelände, von hohen Trümmermauern kulissenartig umstanden. Klares Wasser, kleines Theater. Reni schwimmt mit. Man ist für sich. Witomir bewacht Walla und ihre Kleidung. Zusammen zu baden wagen sie nicht. Diebe überall. Auch das Wasser ist gefährlich, man darf auf keinen Fall etwas davon schlucken, Typhusgefahr.

Danach liegen sie nebeneinander auf der Schafwolldecke. Buche und Silbereiche rauschen. Die Bäume haben ihr eigenes, geheimnisvolles Leben. Sie selbst war den gesamten Weg über müde, fast hätte sie nicht so weit wandern können. In den Stunden am Weiher wirkt jeder Zug an Witomir offen und nach vorn drängend. Es ist, als werfe die Zukunft ihr Licht auf sein Gesicht. An diesem Tag zeugen sie Jesche, später wird sie sich dessen sicher sein.

Von Anfang an sah sie ein Widerbild der Teichnähe auf seinem Gesicht. Griff er nach ihren Fingern, schien er mehr sich als sie zu spüren. Später, mit Teréza, fielen ihr die Unterschiede auf. Teréza, ihr auf den Bauch gelegt nach der Geburt, käsig, die Nabelschnur hing noch an ihr. Die Hebamme machte es bei ihrer Mitschwester Walla so, da die es sich wünschte, und das Kind blickte sie, Walla, an mit den Tiefseeaugen der eben Geborenen. Augen, die in einem spitzen Winkel zusammenliefen, helle zarte Brauen und der gesamte Körper umschlossen von Flaum, blond und unfassbar weich. Dünne Haut hatte dieses Kind, ein Leben lang, dieses Menschenkind mit dem Blick, der ihr Kraft gab weit über diesen ersten Tag hinaus. Während Jesche in sich trieb, zufrieden, selbst wenn er schrie, da vielleicht am zufriedensten, weil er sich fühlte und hörte und die Welt bewegte. So einer war er, ein heimlicher Weltbeweger, das hatte er von seinem Vater, dachte sie mit Freude, wobei ihr halb bewusst war, dass es nicht stimmte, er hatte es auch von ihr.

Glasklar hatte der Wasserspiegel des Teichs gelegen, Fische kreisten in seiner schwarzen Tiefe. Sie schwamm gern. Tat es im Wasser weniger weh, Reni mit sich herumzutragen? Reni, die sie gelöscht hatte. Im Wasser vergaß nicht allein sie, Walla, das Denken. Im Wasser vergaßen ihre Erinnerungen sie.

Sie erwartete ihre Regel, aus unerfindlichen Gründen schaltete ihr Körper um, der Teich, die Nähe, ein Eisprung aus dem Nichts, am Abend im Bett Erde, Wasser, Wind in den Adern. Es war der 26. oder 27. Tag, sie wurde schwanger, ihr Körper hatte gewaltsam, überwältigend, begeistert das Ruder herumgeworfen und beschlossen: jetzt.

Dass es nicht ihre erste Schwangerschaft war, brauchte Witomir nicht zu erfahren. Davon, dass jemand um sie herumgeschossen hatte, hatte er gehört. Er hütete sich, mehr wissen zu wollen. Sie hütete sich.

Sie wollten kein Kind. Sie hatten selten Verkehr. Ihr Bund beruhte auf etwas anderem. Etwas Verlorenem.

Der Ausflug war eine Ausnahme gewesen. Eine Ausgelassenheit.

Im Frühling brachen die langen Risse im Odereis schwer wie Knochen. Es war nicht einfach, niemals von früher zu erzählen. Auch damals hatte sie fabelhafte Erlebnisse gehabt, es war schade darum und sie kam sich abhanden. Zumal sie häufig auch verschwieg, was sie-als-Walla erlebte, aus Angst, im Erzählen unversehens etwas von früher preiszugeben. Sie überlog dieses Ich, ihr Polnisch wurde eine glitzernde Decke, dem Schnee auf dem Odereis ähnlich, das zum Laufen einlud, und darunter strudelte das Wasser, schlammig, wühlend, und hatte seine Sehnsucht nach dem Meer.

Im März schien und schien die Sonne und das erste Hochwasser bildete den fast makellosen Spiegel eines wolkenlosen Himmels, überquellend und still. Ihr eigenes Verlangen nach Wärme wurde übermächtig. Da war jemand gewesen, dem sie ihre Füße gezeigt hatte, er trug sie durch Wald zu einer Hütte. Setz dich, zieh die Strümpfe aus. Sie hat keine Zehen. Ihre Füße enden in roten Stummeln. Sie muss die Augen schließen. Reißt sie sie wieder auf, ist das Bild fort. Sie greift nach Witomirs Hand. Sie stehen auf der Liebichshöhe. Die ist angebombt, trotzdem freigegeben für Kioske, Buden, ein lachhaft kleines Kettenkarussell. Sie trägt eine ausgefranste Hose, eine Schilfleinenjacke, gefundene Stiefel ohne Strümpfe und beobachtet eine Gruppe Kühe, die, von einem Jungen bewacht, zwischen den ehemaligen Hindernissen weidet. Um sie herum Unkraut, Trümmer, polnische Menschen, polnische Laute, Witomirs Hand. Der Himmel ist der gleiche geblieben. Die Stadt ist die Stadt. Sie fragt sich, zu welcher Wirklichkeit, aus der Sicht Breslaus, die Menschen gehören.

Ihre Ausstrahlung hat sich verändert. Frühling 1949. Sie sieht wie eine Polin aus. Flucht wie eine. Einmal glaubt sie, den Jungen mit dem blonden Haarwusch wiederzusehen, durch den er sich mit der einen Hand fahren kann. Aus jedem zweiten Fenster des Krankenhauses ragt ein Ofenrohr, das mit Pappkarton abgedichtet ist.

Am 11. April wird es warm. Elses Geburtstag. Ihre Eltern denken heute gewiss auch an sie. Sie geht in den Wald, allein diesmal. Sie ist müde. Bald sitzt sie im Altholz an einer Schirmfichte, deren Zweige bis auf die Erde hängen. Es gibt keine Schutzfichten mehr. Sie denkt an Benschi, dann an das Kind in ihrem Bauch. Das mit den neun Vätern. Das jetzt. Sie hat sich einen Apfel mitgebracht, isst ihn zu getrocknetem Brot.

Auf dem Weg zurück verfliegt ihre Bangigkeit. Sie geht wie jemand, der ein Bilderbuch mit durchsichtigem Papier betrachtet und vor dem Umblättern sehen kann, was auf der nächsten Seite geschehen wird. Lebt man seine Zeit wie eine zusammenhanglose Folge von Tönen und Misstönen? Dennoch ist eine Melodie darin. Ob einer sie kennt? Steht der letzte Ton unweigerlich fest, wenn der erste angestimmt wurde? Und hie und da darf man als der Mensch, der so gelebt wird, ein wenig mitsingen?

Und in diese Welt bringt sie ein Kind? Da muss sie noch eine Pause machen. Sie legt sich in ein Sonnen-Schattengeflecht am Rand einer Schonung und starrt in den hellblauen April. Ist sie für sich, wechselt sie frei zwischen den Pronomen »sie« und »ich«. Sie war aufgestoben, ein lockerer Schwarm einzelner Elemente, auf und nieder, sie-ich luftig, nirgendwo. Mal setzte das eine Wort sich auf »sie«, mal das andere auf »mich«, dann lag sie da und war Reni, ein wenig, und Walla, viel, und ein Du, als das sie mit sich darüber sprach, wer sie irgendwann vielleicht sein würde. Was dummes Gedenke gewesen wäre, hätte es sich nicht mit einem angenehm weiten Körpergefühl verbunden, das Platz zwischen ihren Zellen schuf. Wie das Wesen unter ihrem sich aufwölbenden Bauch singen würde? Ihr Körper schien an der Kinderstelle keinen Schaden genommen zu haben. Das überraschte sie.

Regentropfen reisten vorüber, zwei Eichelhäher schwangen sich von Baum zu Baum, Blätter sprossen. Ich kann hierbleiben, sagte Reni, ich spüre es in meinem Bauch, sagte Walla.

Ende des Monats kam es zu einem gewaltigen Frühlingssturm. Stare, Kiebitze und Kraniche torkelten durch die Luft, auf der Schweidnitzer stand das Wasser einen halben Meter hoch. Welches Jahr? Jedes. Einige Polen verfielen auf den Gedanken, Eis in den Eiskeller der Stadt zu fahren. Sie sah Frau 153 am Arm eines Offiziers. Sie war verrückt geworden und schlau obendrein, sie redete nicht mehr von der Verrücktheit, also bemerkte er es nicht. Deutsche Frauen standen bis zur Hüfte in dem eisigen Oderteich und versuchten, die verbliebenen Eisbrocken mit Stangen anzuentern. Abends klingelte der polnische Schneider und brachte ihr eine weite Hose mit Gummibund.

Achtzehn Monate später stand sie mit ihrem Sohn an der Oder. Unter dem glasklaren Himmel vibrierte das Land in herbstlicher Pracht, und auf dem tiefblauen Wasser lag der Widerschein des goldenen Buchenlaubes. Jesche war über ein Jahr alt, der Geruch des Flusses beruhigte ihn. Walla schob ihn, er schlief ein, er schlug die Augen auf, er hatte vielleicht, mit viel gutem Willen, etwas blonden Flaum auf dem Kopf und noch immer des Obersts Gesicht. An der Oder wirkten seine Augen braun, er war ein Spiegel, ein milchiges Glas, »unser Kind«. In den Hintergärten reiften ein paar Moosbeeren. Kormorane, Reiher, Fischadler, Blauracken waren fort. Als sie am Puppentheater um die Ecke bog, trieb ein Schwanenpaar auf dem stillen Wasser des Burggrabens im Kreis.

Otylias Brief *endlich sehe ich mich imstande* … an Witomir war ein Brief aus der Hölle. Für Walla. Aus der Nachhölle für Otylia, nahm Walla an. Und für Witomir? Da war »Himmel«, »Hölle« leeres Reden. Man sagte es, um etwas zu beschreiben, was es nicht gab. Er musste sich hüten, einen Schein zu wahren. Der war nicht sie, und erst recht nicht sie mit einem Kind. Schnell wurde es die Zeit, in der Jesche schon laufen konnte. In der umgezogen wurde. Mietek brachte ihr ein Huhn. Sie hielt es, wie alle, in der Wohnung. Bauerssohn Mietek, fast ein Nachbar, rund und fest, der sich zum Ingenieur ausbilden ließ und ein Auge warf. Er kannte sich mit Hühnern und Kindern aus, half ihr mit Jesche. Kto zdrowia nie szanuje, ten na starość żałuje, »Wer die Hoffnung vor den Wagen spannt« gefiel ihr besser als »Der frühe Vogel fängt Walla, den Wurm«.

Die erste Zeit in der Straße, in deren Namen Walla »trauen« hörte und »gut« und keines stimmte, war eine Ruhe vor einem weiteren Umzug. Witomirs Frau regelte ihre Dinge in Krakau, ein Möbelwagen brachte ihre Habseligkeiten, drei Kisten, den Wagen hatte man bestellt, damit es nicht so armselig aussah, wie es war. Schließlich kam »die Frau Oberst«. Walla hielt es aus, sie sagte sich, dass sie keine Zukunft brauchte, die über ein halbes Jahr hinausreichte. Mietek brachte ihr ein zweites Huhn, weil eines allein einging und zwei für einen Sommer reichten. Solange sie Jesche stillte, aß sie beide Eier. Die Hühner hießen Malwina und Małgorzata. Jesche hielt seinen Löffel schon selbst. Da saß er im Stühlchen und krähte. Mietek kam mit einem dritten Huhn, es war braun, fast schwarz und wurde Radomiła getauft, was Liebe bedeuten wollte. Das dritte Huhn war ein Sicherheitshuhn. Mietek lachte. Er war ein Jahr jünger als sie. Anders als Witomir sah er wie ein Pole aus, aß wie einer, sprach wie einer, hatte eine polnische Familie. Kehrte er vom Dorf zurück in die Stadt, teilte er Würste, Käse, Speck mit ihr. Er fütterte sie. Er lief ins Rydygier, um sie zu besuchen. Er reparierte den Kühlschrank für das Insulin. Jeden Monat wieder. Mietek war ein Held. Im Schwesternzimmer trank man Wodka mit ihm. Jesche kletterte ihm auf den Schoß. Jedes der Hühner schenkte er ihr.

Zu Jesches drittem Geburtstag schob sie einen Fluchtkoffer unter ihr Bett. Man schrieb den Sommer 1952. Sie hatte es bei anderen gesehen. Es kam ihr klug vor. Der Krieg wurde immer kälter, die Grenze immer unsicherer. Witomir lachte, aber ließ den Koffer an seinem Platz. Er kam zu Besuch in die Traugutta. Zusammenzuleben mit ihr und dem Kind tat seiner Frau zu viel an. Jesche wechselte zwischen den Wohnungen. Zwei Adressen, das Offizielle makellos sortiert. An manchen Tagen fühlte Otylia sich hervorragend. Sagte Witomir. Sie, Walla, hörte seiner Stimme keine Meinung dazu an.

Sie, Walla und Witomir, waren seit Langem zusammen.

Sein Körper hatte eine Meinung dazu.

Die hörte sie ohne seine Stimme.

Ein Mietekbruder auf dem Dorf hielt Bienen. Die Russen hatten im ersten Winter alle Körbe geöffnet und den Honig entnommen. Wie es in dem verschobenen Polen weiterging, war ihnen so egal wie der satten Katze die Maus. Die Bäume, die sie fällten, ließen sie quer über der Straße liegen. Kaum ein Bienenvolk hatte überlebt.

Der Fluchtkoffer. Falls die Russen einmarschierten. Die Deutschen waren zu schwach dafür. Die bekämpften sich in ihren beiden Staaten selbst.

Witomir lachte: »Und wo willst du dann hin?«

Die Nähe zwischen ihnen war unsichtbar. Er fasste sie seltener an, seit es Jesche gab. Gleichwohl: Er war da.

Und sie, Walla, war da.

Die Unsichtbarkeit von Nähe. Stimmte das? Sie dachte darüber nach. Ihre Nähe zu Jesche war fraglos. Wenn sie ihn hielt, konnte sie das Band sehen, das ihn und sie umschlang.

Früher war das Verbundene, die Familie, einmal hergestellt worden und geblieben. Heutzutage war man verheiratet dort. Oder da. Oder nicht. Otylia kündigte die kleine Wohnung in Krakau. Endgültig wollte sie bleiben. Bei Witomir. Da wuchs etwas – zurück. Witomir gab seine Besuche bei Walla nicht auf.

Sie bemerkte vieles, was ihr früher entgangen war. Das innere Ohr hatte sich geschärft. Zog Witomir ihr den Kopf nach hinten, um sie in den Hals zu beißen, sah sie in ihrer eigenen Vorstellung, wie weiß ihre Haut schimmerte. Sie wusste, was geschah, wenn man in einen Hals schnitt, wie eine Gurgel heraushängt, wie dicht das Ganze mit Röhren und Sehnen gefüllt ist, mehr ist es nicht. Das Atmen. Das Schlucken. Sie hatte es an den Pferden gesehen, die am Straßenrand lagen. An Menschen. Mitunter fiel sie in den Bunker zurück. Das war weder ein Traum noch ein Wachsein im üblichen Sinn. Die Wirklichkeit hatte Schichten bekommen wie eine Wand, auf die Tapete um Tapete geklebt worden ist. Man kratzt daran, sie lösen sich voneinander. Wenngleich niemals sauber, niemals leicht.

Sie spürte, wie ihr Hals Witomir erregte. Auch er lebte in einem Schutzkeller, dort war er für sich. Eine Höhle. Dann schlüpfte er wieder zu ihr.

So konnte es nicht weitergehen.

So ging es weiter. Tiefer in sie hinein.

Otylia saß in der Wohnung, die Witomirs und Wallas Wohnung gewesen war, sie lag in der Badewanne, die Wallas Wanne gewesen war, und blieb tagelang stumm, sagte Witomir, und am fünften Tag sang sie, sagte er, und Walla hatte sie zufällig auf der Straße gesehen, an seinem Arm. Die Wiedergefundene war klein und nicht so alt wie ihr Mann, sondern viel älter. Jeder wusste, woher das kam, und keiner sagte dazu ein Wort.

Und dann war es so: Traugutta, Haus Nr. 52, fünfter Stock. Jesche stapft längst selbst die Treppen hinauf, er hilft ihr, er ist ihre Gesellschaft, ihr Segen, ihr Lichtblick, ihr Trost, er ist es, der ihr den Bauch streichelt und sagt: Jetzt tritt es nach mir, wie wird es heißen, wann kommt es, hast du mich lieb?

Sie ist die Höhle.

Nun. Ein letztes Mal. Für sie. Sie alle vier.

Haben sie sich die Trennung der Kinder ausgedacht? Haben sie sie verhandelt?

Das wäre zu viel.

Zu viel gesagt und getan.

Otylia sitzt in Wrocław, ein weißes Gespenst mit einer langen Leine, die sie einem Lasso gleich in die Luft schleudert. Sie versucht, mehr einzufangen als die Leere, die ihr Mann für sie geworden ist.

Seit die Deutschen fort sind, ist auch die Stadt leerer.

Das Land ist leerer.

So viele Polen sind nicht zugewandert, dass sie es füllten.

Wallas nächstes Leben beginnt. Das dritte. Das richtige diesmal, das auf Dauer. So hofft sie, wie jedes Mal. Sie hält Teréza im Arm. Es wird nie mehr so werden mit einem anderen Menschen, wie es mit Witomir war. Etwas zwischen ihnen hatte sich verbunden, dort blieben sie flüssig voreinander, geöffnet. Sie hatten es sich nicht herbeiverhandelt, das zweite Kind, sie hatten es sich nicht ausgedacht, sie hatten sich gesehnt. Und dann kam es und beschleunigte die Trennung. Inzwischen verstand Walla jeden polnischen Laut. Das Lallen ebenso wie das, was Augen ausdrücken. Vieles wurde erst in diesen Monaten deutlich. »Waleria!« Sie drehte sich um.

»Witomir?«

»Du flüsterst deutsche Worte im Schlaf.«

Sie schwieg.

»Wir müssen uns trennen. Und dann ein drittes? Das zweite Kind. Otylia kann das nicht.«

Er war ihr dankbar. Das sagte er nicht nur.

Er hielt an Jesche fest.

Das zweite Kind machte die Kinder teilbar.

Er und Otylia würden keine Kinder haben.

Mit dieser Frau war er anders alt als mit ihr. Sie sah es ihm an.

Er tat sich schwer.

Zu dritt, gar viert, gar fünft, wollte Frau Mischewska nicht. Er hatte sie gefragt, sagte Witomir. Sie ertrug es nicht. Nicht einmal so, auf die Wohnungsferne. Fühlte Witomir sich mit schuld daran, dass sie damals in Krakau gefunden worden war? Davon wusste Walla nichts. Sie hütete sich, die Frage zu stellen. Dass diese Frau zu ihrem Mann zurückgewollt, ja zurückgemusst hatte, dass sie ihn brauchte, all dies konnte sie verstehen.

Doch so einfach schien es nicht gewesen zu sein.

Es hatte eine Verzögerung gegeben. Von Otylias Seite?

Und wenn ja, warum?

Wollte sie das wissen? Eindeutig nein.

Es gibt Tage, da könnte sie dieser Frau den Hals umdrehen. Witomir verlangt Jesche. Für sich und seine Frau.

»Was willst du wirklich?«, fragt sie ihn.

»Eine Art Frieden«, sagt er.

»Und die Kinder müssen ihn bezahlen?«

Er sagt: »Anders ist dieser Frieden nicht zu haben.«

Es gibt wieder Tennisplätze in der Stadt. Sogar im Park. Sie sieht zu. Jeder Ball ist ein Leben. Wie er über den Platz fliegt, im roten Sand landet, davonspringt, aufgehoben wird, in die Luft geworfen, geschlagen – zum nächsten Flug.

Das mit dem Frieden stimmt nicht. Sie alle bezahlen ihn, Walla, Witomir, Jesche und Teréza. Als die Familie, die unsichtbar wird.

Im Polnischen spricht man vom Samt der Zeit. Samt: wie im Kino auf dem Sitz. Wie der Flaum am aufgeriebenen Ball. Wie der Pelz, der um die Biene wächst. Wie ein früheres Leben, das durch ein neues scheint.

Als Witomir auch Teréza verlangt, sagt sie: »Du hast mir die gefälschten Dokumente besorgt. Du fliegst mit.«

Er hält ihr Gesicht zwischen seinen Händen. Walla, sagt er in sie hinein wie in einen Brunnen, Walla? Sie schaut ihn mit toten Augen an, sie ist gar nicht da, wie blöde rennt sie im Bunker auf und ab, 145, 118 … Es ist der Krieg, die Gewalt, Marolfs und Elses Flucht, die Familie und wie er sie auseinanderreißt und Mieteks ergebenes, freundliches Gesicht, dem sie wehtun wird. Sie hastet zwischen ihren Fehlern, ihrer Unzulänglichkeit, ihrer Scham hin und her. Einzig Witomir erreicht sie dort. Walla, ruft er in sie hinein. Er kämpft, er gibt nicht auf, er hat die Kraft, sie herauszuholen. Betäubt, in zögernden Wellen taucht sie auf, ihre Pupillen füllen sich wieder mit Bildern, die auch andere sehen, man nennt das »Jetzt«.

Diesmal bittet er sie. Bittet um Jesche. »Dann ist ein Stück von dir bei mir. Es wird ihm an nichts fehlen bei uns. Dann kann ich …«

Es ist seine Pflicht. So versteht er es. Seine Pflicht, Otylia zu versorgen, zu stützen, ihr Mann zu sein.

Sein »uns« entwaffnet sie. Sie gibt ihm nach.

Zudem schafft sie es nicht, allein zwei Kinder und sich zu ernähren. Sie ist angewiesen auf seine Hilfe.

Sie schließen einen Vertrag. Witomir bezahlt alles, was Jesche braucht. Auch für Tereza schickt er monatlich etwas Geld. Jesche soll seine Mutter besuchen dürfen, seine Schwester kennen. Es soll regelmäßig sein.

Mit Jesches Widerstand dagegen haben sie nicht gerechnet. Er zieht um, wohnt bei seinem Vater. Zu Walla kommt er für Stunden auf Besuch. Nach ein paar Wochen des Hin und Hers weigert er sich, seine Mutter wiederzusehen. Sie hat ihn weggegeben. Er hasst sie, sagt er.

Es ist zu spät, etwas daran zu ändern.

Mietek tröstet sie. Er nimmt sie in den Arm. Witomirs Uns meint Otylia und ihn. Das alte Uns, Walla und er, liegt darunter und schweigt.

In der ersten Zeit, in der sie allein mit Teréza in der Traugutta wohnte, dachte sie darüber nach, was ein Lager war. Es gab zu viele Arten davon. Hatte das Lagerdenken nun jeden im Griff? War es das, was aus dem Nationalsozialismus nachfloss? Von den Sowjets herüberkam? Lager waren nicht mehr da, um Menschen zu töten. Wenn es auch vorkam, dass Menschen im Lager starben. Alles Mögliche kam vor. Vor allem waren die Lager praktisch. Etwa als

Orte, in die man Menschen stecken konnte, über die man nicht nachdenken wollte. Weil man anderes zu tun hatte oder weil das Nachdenken zu unbequem war.

Tag um Tag trug sie Teréza aus dem fünften Stock nach draußen, trug sie zurück. Von außen sah es aus, als sei die Zeit stehengeblieben. Eine Walla, ein Kind.

Witomir wurde befördert, es stand in der Zeitung. Man ordnete sich. Vieles, was vor ein paar Jahren noch möglich gewesen war, hatte wieder Regel und Riegel. Er musste auf sich achten. Auf Otylia. Damit achtete er doch auch auf sie, Walla.

Danke, Witomir, sagte sie, und wenn die Oma einen Schnurrbart hätte, wäre sie der Opapa. Ihre Ironie gefiel ihm. Er spüre, sagte er, einen ungewohnten Abstand ihm gegenüber darin. Also holte er sie wieder näher zu sich. Walla und Witomir, das hörte nicht auf. Sie zerrte an seinen Nerven, wenn sie anfing, Deutsch zu reden neben ihm, es regte ihn auf, machte ihm Angst, die dunkle Eichel, krumm, drang vorsichtig in sie ein. Darin, wie sie sich nicht mochten, wurden sie sich ähnlicher, es band sie zusammen. Das körperliche Verhältnis – tropfte nach. Sie rannte, saß da, wartete auf ihn. Witomir besuchte sie im fünften Stock, sie saß zwischen Boden und Himmel, sie fühlte sich.

Herzklopfen, Spannung, Angst vor der eigenen Verletzlichkeit sausten ihr wie kleine Messer im Brustkasten herum. Mal aufgeklappt, mal eingeklappt.

Mietek war unendlich viel erholsamer. Eine Normalität, nach der sie sich sehnte. Die Intensität holte sie sich stattdessen in der Arbeit, bei Geld. Sie wurde gierig. Pizza aß sie »mit allem« und viel davon. Mietek setzte ihrer Essbegeisterung keinerlei Widerstand entgegen. Dass er Kühlschränke und Kühltruhen reparierte, erwies sich von Jahr zu Jahr als nützlicher, er rettete wichtige Lebensmittel, rettete Gefrorenes, bei Vitaminka am Ring gingen die Maschinen alle Wochen kaputt, jedes Mal fand sich ein Extra für den Helden des Eises: Schokoraspeln, Sahne, literweise Milch.

Zu Ende kam es mit Witomir erst, als sie in das deutsche Haus in Kuźniki zogen. Mietek war in das Deutsche eingeweiht. Vieles hatte er sich gedacht. Schließlich kannte er sie seit Jahren. Wie die Zeit verflog. Mietek würde nichts sagen. Dafür hatte er zu viele Vorteile von seiner Frau. Das Haus war groß, außerhalb der Stadt. Sie konnten ihr eigenes Gemüse ziehen, die Kinder hatten einen Garten. Teréza war acht. Walla erwartete Kind drei.

Sie war perfekt, als Polin. Sie rauchte, stopfte, fluchte, half. Deutschenkontakte hatte sie zudem. Regelmäßig griff mitten im Polnischsein, mitten aus dem heitersten Himmel, die Angst nach ihr, angezeigt zu werden. Die Konsequenzen waren schwer einzuschätzen. Umsetzung auf einen neuen, minderen Arbeitsplatz, Entzug aller Vergünstigungen, Verlust des Hauses.

Um sich zu schützen, musste sie, Walla, unabkömmlich sein, extra nützlich. Sie musste jedes Detail wissen von den anderen. Sie musste besänftigen können und besorgen. Sie half im Spital bei den schwierigen und den heiklen Krankheiten. Sie ergatterte eine Kiosklizenz. Ohne Witomirs Hilfe. Jeden Morgen saß sie am Ufer der Oder und rauchte. Sie dachte an Jesche, dachte nicht. Dank des Kiosks half sie ihren Nachbarn mit Klopapier und Seife aus.

Auf halbem Weg zwischen Zuhause und Kiosk waren über einem Türsturz drei nebeneinandergesetzte, fein gemalte Näh-, Stick- und Häkelnadeln zu sehen. Lief man weiter und drehte sich zurück, trat aus der Ferne der Buchstabe U oder L hervor, verblasst, nicht zur Gänze gelöscht. Da hörte sie den Suchruf im Radio. Else suchte nach Renate Charlotte. Walla war so beschwingter Laune, so überwältigt von dieser Geste, dass sie sich meldete.

Auch, weil es die warme Stelle in ihr gab, in der Witomirs Schatten lebte.

Regelmäßig taten ihr die Beine weh. Die Nerven zogen, wenn das Wetter umschwang. Die Narben. Am unteren Po und am oberen Po und überall cremte Mietek sie ein. Alles war erlebt.

Ihr Kiosk hieß RUCH, nach der Firma, die die Waren lieferte.

Ihm gegenüber erstreckten sich mehrere Reihen von Garnisonshäusern, ein Kulturzentrum mit Kino und Tanzsaal, alles frisch gebaut, noch feucht. Angehörige der polnischen Infanterie und Luftwaffe gaben sich die Klinke in die Hand. Die Schneiderin an der Ecke besaß eine handbetriebene Singer. Sie nähte nach Burda-Schnitten, die in späteren Jahren mit Else nach Polen reisten, da Else in Leipzig eine Nachbarin mit Westanbindung hatte. Die Stangenware, die in den Geschäften auftauchte, war ultrahässlich, nichts davon konnte man tragen.

Die Schneiderin fertigte auch Mäntel. Dorota stand in der Tür, einen schwarzen Wollmantel, Doppelreiher, Kapuze mit Pelzbesatz überm Arm. Pelze hatte es in diesem Landstrich von jeher gegeben. Jahrhundertelang lebte man von ihrem Handel. Doro fuhr nach Deutschland, leise pfiff sie vor sich hin. Walla hatte den drei Kindern, die bei ihr aufwuchsen, nichts Deutsches erzählt, aber die Nagerpfiffe beigebracht. Felltiere waren ihr lieb. Bei ihnen sah man Narben nicht. Wie von selbst teilten ihre Töchter die Pelzliebe mit ihr. Geschichten gaben sich zwischen den Generationen ohne Worte weiter.

Witomir starb mit 74 Jahren an einem Herzinfarkt. Otylia zog zurück nach Krakau und ließ ihn dort beisetzen. Walla war nicht dabei. Sie wollte für sich zu seinem Grab fahren. Tat es an einem Tag im Oktober, am Tag des Teichs, nachdem alle Kinder ausgezogen waren. Ohne dass jemals jemand Wind davon bekam, je einen Gedanken davon fing, ein Stück der übrig gebliebenen, irrenden Liebe.

Idź do kiosku, Geh zum Kiosk, stand an den Mauern der noch betonfeuchten Siedlungen. Hatte sie im Krankenhaus frei, hockte sie in ihrem Büdchen. Zeitschriften, Haushaltswaren, Kurzwaren, Spülmittel, Waschpulver, Schwämme, Briefmarken, Nylonstrümpfe. Nur hier und morgens an der Oder war sie allein, hier dachte sie nach. Ein paar Jahre hatten Witomir und sie zusammen gehabt. Sie betrachtete sich als reiche Frau.

Streichhölzer, Feuerzeuge, Kerzen zweigte sie zuallererst für sich selbst ab. Zuhause stapelte sie Wolle, Kerzen, Cremes.

Witomir wusste, dass sie den Kiosk betrieb. Er kam nie vorbei. Es war vermutlich besser, sich nicht zu sehen.

Denn wozu?

Mitunter dachte sie, da stünde er. Ein Mann von hinten, hochgewachsen, elegant, und für den Bruchteil einer Sekunde setzte ihr Herzschlag aus. Nein: sprang. Sprang in Dur. So nannte sie es.

Nicht, dass sie in Moll lebte, sonst.

Dur war es dennoch.

Dann wünschte sie sich Nebel. Und dass Witomir auftauchte daraus. Was würde sie sagen? Für einen Augenblick zitterte ihr Gesicht. Sie konnte es nicht in jedem Fall unterdrücken, denn ihr Verlassensein durchfuhr sie. Nicht Einsamkeit, sie war nicht einsam, und nicht Kränkung, sondern die Trennung selbst.

Den Kindern zeigte sie, wie man ein Talglicht herstellte. Wie wenig man dafür brauchte. Wie lange es brannte. Wie man es schützte, während man es trug, auf der offenen Hand. Vor sich her.

Witomir hatte gesagt, noch keiner Generation sei es gelungen, bedeutsamere seelische Vorgänge vor der nächsten zu verbergen.

Das hatte er gewusst. Dinge dieser verborgenen Art.

Hast du gewusst, dachte sie, dass ich mitunter heimlich auf Jesches Schulweg stand, um ihn aus der Ferne zu sehen? Teréza erinnerte sich nicht an ihren Bruder. Jesche erinnerte sich an sie, Walla. Sie fürchtete sich vor ihm. Sie hatte ihn aufgegeben, musste er glauben. Sie musste annehmen, dass Witomirs neu-alte Frau ihm die Geschichte auf diese Weise erzählte.

Sie hoffte auf Teréza. Das Mädchen würde sie verbinden, wenn es regelmäßig bei seinem Vater den Sonntagsbraten aß. Konnte Witomir sich das nicht denken? Vielleicht dachte er es sich. Seine Frau behandelte Teréza freundlich. Die Jahre hatten eine Art Milderung gebracht. Keine Lösung, eine Abschleifung. Von Heilung konnte keine Rede sein. Vielleicht war es auch so: Die Kinder erstarkten. Jesche und Teréza hatten Schädel wie Ochsen. Die rannten gegen jede Wand. Und hindurch. Oder sie plusterten sich auf wie Knallfrösche. Aber sie platzten nicht.

Teréza erzählte zuhause von Jesche. Und sonntags erzählte sie Jesche von ihr, Walla.

Sie lernte, ihre älteste Tochter nicht danach zu fragen. Jede Frage bedrängte das Mädchen und beunruhigte sie. Sie war eine Herzhängerin. Wer einmal sein Herz an jemanden hängt, bekommt es nie mehr zur Gänze zurück.

Auch Beschädigung ist eine Bindung. Eine Tief-unten-Bindung.

Man fasst sie nicht.

Sie fasst dich. Mietek buchstabierte sie das nicht aus. Was er von selbst verstand, verstand er. Damit war es genug. Er hatte etwas Weibisches, es war ihr angenehm. Er bedrohte sie nicht. Sie konnte ihn damit aufziehen, er lachte. Er trank wenig. Mitunter bediente er sie. Dass er nicht versuchte, sich zu verbergen, nahm sie für ihn ein. Statt seiner Schwäche verbarg er seine kurzen Zehen. Dorota und Ksawery hatten sie geerbt. Es war liebreizend an ihnen allen dreien.

An ihnen hängt ihr Herz also auch.

Sie träumt. Die Nacht ist erfüllt von dem feinen Schwirren zahlloser Flügel, am Morgen singen die Stare von den Dächern, Enten und Tauben streichen über die Oder, und am jenseitigen Ufer sieht man Kiebitze im Balzflug taumeln. In der Mittagssonne wagen sich die ersten Schmetterlinge hervor. Auf einen Ruck ist die Temperatur um dreizehn Grad gestiegen. Walla und Teréza liegen mit Diphtherie im Krankenhaus. Walla arbeitet dort, in dieser Zeit passt eine Deutsche auf Teréza auf. Sie ist froh, dass sie diese Frau hat. Hat Mietek frei, übernimmt er das Hüten. Die Hühner hat sie behalten.

Sie träumt. Manche Bilder bleiben. Mietek findet heraus: Wollfäden helfen gegen die Unruhe, die seine Frau mitunter befällt. Sie hat folgende Eigenarten: Sie erträgt es nicht, auf jemanden zu warten (kalter Schweiß bricht ihr aus). Wenn es unangekündigt an der Tür klingelt, möchte sie sich verstecken (mit den Kindern hat sie Klingelzeichen vereinbart). In der Familie wandern Träume von Nagetieren umher und landen, wo auch immer sie einen Platz finden (mal in dieser Brust, auf jenem Kopf, in diesem Herzen). Nager sind von wechselhafter Natur (die großen, und manche sind wirklich groß, müssen nicht die gefährlichsten sein).

All diese Geschichten legen sich übereinander.

Ihr Leben hat den Blauen Salon vollständig verlassen. So weit etwas wie »vollständig« in einem Leben möglich ist. Nichts ist so gekommen wie erwartet oder gedacht. Wenn sie in Witomirs Armen lag, zerriss es sie fast. Sie waren einander ein Kriegsgewinn. Er für sie, sie für ihn.

Die Reste des Blauen-Salon-Lebens spielen Tennis in ihr. Satter Schlag, Schlag, Schlag. Die Bälle treffen sie: Wörter von damals, Gerüche, das Gefühl, Kind zu sein. Vorhand, Rückhand, Punkt. Sehnsucht nach einer versprochenen Welt mit Sonntagskränzel, Theaterspiel, Menzelbild.

Renis Geschichten. Sie vermischen sich nicht, sondern bilden Schichten in dem geheimnisvollen Wandteppich des Nachkrieges. Komm in den versprochenen Raum. Auf der Tapete in ihrem eigenen Wohnzimmer sieht man Wasserspuren von der Oder. Darüber hängt das Gemälde mit dem wehenden Vorhang, dem frischen Wind.

In der Geistersprache, die zwischen den Generationen wandert, findet all dies wieder und wieder statt zwischen Mietek und ihr, Witomir und ihr, Jesche und ihr, allen Kindern und ihr. Willentlich trägt Teréza, mit zwölf Jahren, mit dreizehn, mit vierzehn, die Geschichten von einem Haus in das andere. Otylia hat sich beruhigt. Witomir schreibt, sie schreibt ihm.

Komm an den Kiosk.

Komm nicht.

Sie ist unruhig. Ein unerklärliches hartnäckiges Gerinnsel zieht durch ihren Körper. Der Rest eines Traums.

Sie wissen nicht, was tun.

Komm an den Kiosk, geh fort mit mir.

Mit einem Mal stellt sich diese Frage, und sie sind allein mit ihr.

Woher soll man im Leben wissen, wie man so etwas beantwortet?

Geh fort mit mir. Oder heißt es: Geh vorbei? Einmal ist sie sich sicher, dass er es war.

Über ihnen, über diesen Möglichkeiten, die vielleicht Erinnerungen sind, bewegt sich das tägliche, praktische Sprechen: Hast du meine Stricknadeln gesehen? Leg etwas Käse in die Falle. Hilf Oma Else, ihr Portemonnaie zu suchen, sie muss die Äpfel bezahlen.

Und wieder springt das Bild zurück: Walla hält die kleine Teréza kopfüber so in die Höhe, dass die dreckigen Füße die Decke berühren. Das Kind juchzt und strampelt mit den Beinen. Es blickt seiner Mutter von oben herab ins Gesicht. Wallas Gesicht steht für Teréza verkehrt herum. Walla streckt sich, das Mädchen fühlt etwas Festes an den Sohlen und beginnt zu laufen. Läuft und läuft und lacht.

Ist das noch in der Traugutta? Oder im deutschen Haus? Dann ist Teréza Dorota und die Kinder wiederholen sich in ihren Händen.

Walla steht auf einem Stuhl und reibt die Abdrücke von der weißen Decke.

Später kniet sie im Garten. Der Wind kommt von der Oder und er riecht süß nach Schnee und getautem Schnee und ruft Erinnerungen an die kleinen langstieligen Blumen wach, die zu pflücken sie und Else halbe Tage gelaufen waren. Auf eine entrückte, heute unverständliche Weise scheint die Welt von damals ihr unverletzt.

Beständig wie das Tageslicht will sie sein. Wie das Tageslicht die Liebe zu den Kindern gleich verteilen und ihren Geruch, ihre Nähe, das Kitzeln ihrer Haare, ihr Singen und Pfeifen genießen. In leichten Zeiten hält sie dies für Monate durch, dann folgen Wochen, in denen sie nach ein paar Stunden nicht nur alle Geduld, sondern alles Interesse an ihrer Familie verliert und wegfährt.

Sie kniet zwischen den Beeten. Pflanzen, reif und grün, strecken ihre Geschlechtsorgane in die Luft. Die Köpfe, aus denen sie sich erneuern, haben sie in die Erde vergraben. Ihre eigenen Finger tasten in dem trockenen Erdreich nach einer der frischen Möhren. Mitunter fühlt die Wurzel sich glatt an wie ein Ei, andere Male knollig-klein. Sie legt, was sie findet, in ihre Schürze und kehrt zum Haus zurück.

Sie dachte: Was habe ich gesehen, was habe ich gesehen. Die Erde und den Himmel und den Stall. Nicht so, wie sie immer sind. Auch die Gesichter meiner Töchter sah ich, wie sie nicht immer waren und nicht wie von anderen Leuten, und ich verhielt mich still und zurückhaltend und wachsam, um die Fremdheit nicht zu vertreiben.

Vom Leben verstand sie nun so viel wie das Schwein von den Sternen.

Alle, auch der Besuch, Kinga und ihre Tochter, stehen im Wohnzimmer. An der Decke zeichnen sich zwei menschliche Fußspuren ab, eine große und eine kleinere.

Die Gemüter sind in helle Aufregung versetzt.

Walla hat eine Geisterspur erzeugt.

Sie lacht. Das ist er, der Satz, mit dem ihr Leben sich zusammenfassen lässt.

Das Dämonenamt

(Doro an der Weichsel)

Gesang der gezwungenen Kinder

die Bienenvölker ~~starben~~ —————————— ~~Namen~~ kamen wieder
Damm schwarzer Waben
Winterhonig
—————————— kratz vom Rand : den Schlaf uralter Insekten
wie er durch uns rinnt
hörst? du weißt?
——— träumst Luft steck es in den Mund beloved любимый aimé
~~hauchdünner Mensch~~
frühere Leben treiben auf silbernen ———— Sohlen, Mut
treiben vorbei ~~Mutti~~ ————
funkelt einst wider von den Bäumen
unter denen wir ——— Tau während ——— wir in Gedanken noch
einmal fließend spiegelnd
~~gebrochen~~ euch
———— passieren

Der Wind heulte, als ich aus dem Bahnhof trat. Warszawa Centralna, ich erinnerte mich an die Fernsehbilder von der Eröffnung: Leonid Breschnew, Granit, Marmor, Männerkuss. *Duckt euch, ihr Mäuse*, galt bis heute, eine sozialistische Deckenhöhe renovierte sich nicht weg, umso breiter wirkten die Straßen rundum im Planierungsgebiet, im Vernichtungsfeld. Vorbei am Kulturpalast,

Hochhausarchitektur à la Zuckerbäcker, Stalins Geschenk, nun Kulisse auf Groß. Die Deutschen sagten »mein Schwein pfeift«, wenn sie sich über etwas wunderten, mir pfiff die Lunge, Frühling in Warschau, ich mitten darin. Die Kioske auf der Jerozolimskie hatten ihre Markisen eingefahren, nur die Schmuckbänder flappten im Wind, »Röselchen«, »Röselchen«. Ich zog mir den Reißverschluss der Jacke auf, holte tief Luft. Heulender Wind, warm wie lauer Tee. Auch Warszawa hatte, keine Frage, Anthropozän, während ich mich ins Polnische zurückstotterte. Hybridautos schalten unmerklich um, mein Gehirn hingegen, menschhybride, glich einem handbetriebenen Glockenspiel. Das Deutsche mit seinen Figuren aus zusammengeklebten Verben und fliegenden Abstraktionen musste nach hinten gekurbelt werden, das Polnische mit seinen Mundexplosionen und Flüchen nach vorn geschoben sein, und da so ein Gehirn nie arbeitete, wie man wollte, spuckte es – während ich, meinen Rucksack geschultert, auf den windigen Frühlingsstraßen Warschaus Richtung Innenstadt ging, vorbei an renovierten Häusern, die vom Nachkrieg sprachen, vom Aufbaustolz, noch die letzte Gipsrosette hatte man nach den deutschen Musterbüchern geformt –, Mutters alten Kosenamen für mich aus, »Röselchen«, als wäre ich selbst ein derartiges Gipsröschen, bleich und ein bisschen billig, ein Nachbau, nicht das wirkliche Ding, sondern die polnische Imitation, und genauso fühlte ich mich.

Mir saß die Seele auf dem Arm.

Kein Deutscher konnte sich darunter etwas vorstellen, was ihn für jeden mit polnischem Gemüt höchst verdächtig machte. Diese germanischen Kartoffel-Kraut-Klötze wussten nicht einmal das? Hatten sie nichts, was ihnen bei Gelegenheit aus der Brust kroch und zitternd, erwartend, mit den Flügeln schlug?

Gewiss, auch die Niemcy fürchteten sich, man entdeckte es bald, wenn man bei ihnen lebte. Sie taten es vorzugsweise mit dem Kopf, also indem sie darüber sprachen, und noch lieber leugneten sie es rundweg. Erschraken sie, stellten sich ihnen die Haare auf, das immerhin verband sie mit dem Rest der Menschheit. Dafür hingegen, dass einem, wenn man sich ängstigte, die Seele auf dem schlaffen Bizeps kauerte, das törichte Ding, das sich auf diese Weise auch noch sichtbar machte in seiner Not und verletzlich so auf dem Arm, wo man den Verdacht haben musste, dass es gleich abschwirren wollte, was eben den Kern der Angst traf – dafür, das zu fühlen, brauchte es einen polnischen Mut. Hier, auf Warschaus heulenden Frühlingsstraßen mit den Plakaten eines Wanderzirkus an dem Bauzaun vor der matschigen Wiese vor Stalins ewigem Geschenk, zwischen schnittigen weißen Limousinen, denen man niemals die Vorfahrt nehmen durfte, zwischen Menschen auf den Bürgersteigen, die, als Bauern verkleidet, Narzissen im Siebenerpack anboten für den Preis von zehn.

Nicht aus Jux und Tollerei war ich am Morgen in den Berlin-Warschau-Express gestiegen.

Der Ahorn am Straßenrand streckte zuversichtlich seine roten Frühlingsknoten, die Erle an der Kreuzung, an der ich zur Tram abbog, spielte mit ihren gelbsilbrigen Kätzchen, die in dichten Büscheln an den Zweigen baumelten wie Fettwürmer am Angelhaken.

Ich war der Wurm am Terminhaken. Und der Wind heulte und schlug um sich und wollte meine Seele mitnehmen, wie sie mir auf dem Arm saß und sich zweifelnd umblickte.

Instytut Pamięci Narodowej, Stätte für nationales Gedenken, 14.30 Uhr, Zimmer 653c. Kaum sprang ich aus der vollautomatisierten, aggressiv gelben Bahn, schlug mir die Luft wieder entgegen. Betonkasten, sieben Stockwerke, niedrige Fenster. Wäre mir ein Bau mit hohen Gängen lieber gewesen, ein Gebäude, das übrig geblieben war aus einem der zahllosen untergegangenen Reiche, in deren Hülle Polen das Polen-von-Heute gab?

Ich schlang einen unsichtbaren Mantel aus Abwehrfolie um

mich. Seit meinem sonnigen Jugendprozess hatte ich Schwierigkeiten mit Staatsgebäuden und ihrem amtlichen Gedächtnis, mit ihrer Verwahrung von Taten, die nie stattgefunden hatten, mit Straffeststellungsverfahren auf dem sicheren Fundament »die Sie entlastenden Dokumente wurden leider überschwemmt«.

Einer Frau mit geblümtem Kopftuch kaufte ich am Straßenrand eine Papiernarzisse ab. Papiernarzissen gehörten zu Warschau wie der April.

Die automatische Tür des Erinnerungsklotzes glitt auf, schluckte mich. Summendes künstliches Licht. Zwei Aufzugsschächte, zerkratzte Silbertüren, ich drückte den Rufknopf, unwillkürlich fiel mein Blick auf meinen Arm. »Witaj duszo!« Sie saß in der Ellbogenkuhle, genau dort, wo sie mir schon als Kind gesessen hatte, wenn ich Mutter eine Fünf in Chemie beichten musste.

Vor Monaten hatte ich von meinem Computer in Hamburg aus die erste Suchanfrage gestellt: Akten des polnischen Sicherheitsdienstes, SB genannt, zu Jesche Mischewski. Sie schrieben, sie hätten nichts.

Ich rief an.

»Oh, diese Person ging verlustig.« So fröhlich gesagt, dass man wusste, die verarschten dich mit jedem Wort. »Oh, dieser Mensch ging sich verlustieren und kam nie zurück.«

Als ich mit Kinga und Flummy in Wrocław war, hatte ich in der neu eröffneten Zweigstelle des Gedächtnisamtes an der Oder vorgesprochen. Ihre Datenbank kannte 51 Jesches, sie zeigten mir jeden. Klug geworden fragte ich auch am IPN der Hauptstadt nach Jesche Koszyk und schickte meine erste Geburtsurkunde mit, auf der Wallas falscher Mädchenname stand. Wie praktisch, dass ich sie nicht weggeworfen hatte. Nach einer Woche trudelte als Antwort der heutige Termin in den Kasten. Akte: ja; Einsicht: vor Ort; Kopien: nein.

Der Amtsflur, sechster Stock, roch scharf nach Reinigungschemie. Kinga hatte erzählt, dass bei dem Schriftsteller Proust, der nach der verlorenen Zeit gesucht hatte, eine zarte Duftbewegung glückliche Erinnerungen auslöste. Dem real existierenden Sozialismus war dieser Franzose offensichtlich nie begegnet.

Außerdem suchte ich nicht nach der verlorenen Zeit. Ich suchte nach einem einst lebendigen Bruder.

Bei scharfer Chemie.

Alle Zimmer den Gang hinunter trugen eine 500er-Nummer. Verwirrung als Programm. Man hatte nach innen, wo die Besucher sich aufhielten, ohne Fenster gebaut. Mir war flau, ich hielt mich an der Papiernarzisse fest. In Erinnerung an den Tag, an dem 1943 im Ghetto der Aufstand begonnen hatte, öffnete sie sich zu einem gelben Stern.

Ein Mut war ausgebrochen an diesem Tag.

Ich faltete sie auf, steckte mir den Mut in die Tasche und suchte das Treppenhaus. Mich erneut in den engen Aufzugskasten zu sperren, hielt ich nicht aus.

Vor der 653c ragten zwei Sitzflächen aus Drahtgeflecht aus der Wand. Ich war froh, dass das Zimmer existierte. 14.35 Uhr. Sollte ich klopfen? Oder wartete ich trotz meiner Verspätung besser, bis ich geholt wurde? Mir war, als wollte ich den Wolf aus dem Wald rufen. Da fiel mir ein: Gerufen hatte ich schon.

Was für eine Geschichte das wird?

Abends beim Fernsehen in Hamburg fühlte ich so viel Minze für Essen, dass ich nicht mehr aufhören konnte, mir den Mund zu stopfen. Minze meint »Liebe« in den Ostsprachen, in Hamburg gab es sie selten frisch. Piroggen halfen, deftig oder süß. Seit ich wieder nach Polen fuhr, nahm ich zu und, Wunder der Wunder, mein Blutdruck sank. Ich war zwei Kleidergrößen dicker und mein Blut fühlte sich in mir zuhause wie einst in der jungen Frau, 120 : 80 pumpte das Herz. Mein Hausarzt sagte, das gibt es nicht. Ich maß ohne Mogeln und fühlte: Mich gibt es serrrr woll.

Ich heimatete mich zurück.

Was für eine Geschichte das wird?

Die Hauptfigur entdeckt: Zuhause ist, wo man aufbricht. Zuhause war am Anfang.

Im Lauf des Lebens geht das unter. Aber verliert sich nicht.

Sie sucht einen Fluss, an dem sie so sitzen kann, dass ihr Herz in ihm schwimmt. Stattdessen sitzt sie in einem polnischen Amtsflur unter einer summenden Leuchte und starrt auf eine weiße, nichtssagende Tür.

Nach meinem Prozess wurden wir monatlich überprüft. Jedes Mal stach das Bild über dem Esstisch der Staatsmacht schmerzlich in das wachsame Auge.

Alles im Haus war, nach dem Prozess, hyperkorrekt. Das Heim der Dombrowskis hatte sich in eine Autobahn des Sozialismus verwandelt. Sprüche und Bilder an der Wand, die anerkannten Zeitungen auf dem Tisch, Tischdecke rot-weiß. Nur bei dem Menzelbild gab Mutter nicht nach. Ein Erbstück von Oma. Das könne sie beim besten Willen nicht entfernen.

Es war Wallas vollkommenste Lüge. Der SB glaubte Walla die Wahrheit als Märchen, mit dem man den Nachwuchs fütterte. Auch sie fütterten uns mit Märchen, wo immer sie konnten, speisten uns ab. Dass jemand anderes ebenfalls so handelte, konnte ihnen nur als wahr erscheinen, auch wenn ebendies eine Lüge war. Mutter war schlau: Mit einer Lüge über das Lügen fing sie sie ein.

Die Tür der 653c öffnete sich mit einem weiteren Summgeräusch, eine weibliche Stimme rief meinen Namen. Empfangstresen, nach hinten in den Raum ein paar Tische, an jedem exakt ein leerer Stuhl. Ich legte meinen deutschen Pass vor, die falsche Geburtsurkunde. Jesche Koszyk, Bruder-Halb.

Die Gedächtnisangestellte tippte in ihren Computer. Lippenpiercing, lila Augenlider, zwei schwarze Kajaltränen, die rechts über die Wange tropften. Ob sie schon zwanzig war? Ich schwitzte allein vom Warten.

Die Heizung lief auf Hochtouren. Ich wohl auch.

Die Angestellte erhob sich, um einen Aktenstapel zu durchwühlen. Ihre schwarze Strumpfhose hatte eine Laufmasche vom Knie bis unter den Saum des kurzen Rockes. Das Mädchen war perfekt gestylt. Einen granitgrauen Pappbinder in Händen tackerte sie auf hohen Absätzen vor mir her. Die Ereignisse, die hier dokumentiert wurden, waren vor ihrer Geburt geschehen. Tiefste Vergangenheit. Sie war so jung, dass sie nicht ahnte, dass sie auch in ihr Leben griffen. Nein, das war eine Unterstellung. Auf dem weißen Plastiktisch, an den sie mich führte, klebte, geschützt von dicker Transparentfolie, ein Etikett: *Dem Instytut Pamięci Narodowej obliegt die Verwaltung und Auswertung der Akten der kommunistisch-polnischen Nachrichtendienste – Urząd Bezpieczeństwa (UB, Sicherheitsamt), ab 1956 Służba Bezpieczeństwa (SB, Sicherheitsdienst) und vergleichbarer Stellen im Zeitraum von der Gründung des Lubliner Komitees am 21. Juli 1944 bis Ende 1989.* Tack-tack ging das Mädchen davon. Vielleicht wehrte sie sich mit Schminke gegen den Ort, an dem sie saß.

Später Abend, ich bestellte einen zweiten Kaffee. Konnte ich Eiswürfel haben? Wenn ich mich aufregte, brauchte ich Koffein. Koffeinaufregung überlagerte Gefühlsaufregung.

Sie ist noch ein Kindchen, hörte ich Ksawery sagen, sie beruhigt sich, wenn sie etwas zwischen die Zähne kriegt. Wo er recht hatte, hatte er recht.

Café Antrakt hinter der Oper, Wohnzimmerstyle. Filmbilder an den Wänden, ich suchte Cybulski, »der beliebte Schauspieler rutschte im Wrocławer Hauptbahnhof aufs Gleis«. Kronleuchter, spiegelnde Scherben. Glasregale an der Wand hinter der Bar, gefüllt mit Flaschen und Licht. Die Frau auf dem Hocker neben mir trank etwas Durchsichtiges. Sie selbst war das Gegenteil von durchsichtig, sprich stark mit Schmuck behängt. Erst als ich wegging, um mir einen Tisch zu suchen, verstand ich, dass sie mit mir geflirtet hatte. Billie Eilish sang *Ilomilo*, die Luft war voller Stimmen, Polnisch, Englisch, Bulgarisch, Russisch, etwas Asiatisches. Teppiche lagen kreuz und quer und dämpften das Murmeln. Ich trug meine Tasse mit der Linken, der Arm war leer.

Auf Deutsch wurde der Kopf als Tassenschrank gebraucht. Wer hätte das gedacht vom Volk der Dichter und Denker. War eben auch lange her. Ich fühlte mich verwirrt, doch das Tassenbild heiterte mich auf. Wovor genau hatte ich Angst?

»Gab es jemanden, Mamusch, der dir half, deine deutsche Identität zu … zu zerstören?«

»Na, Witomir natürlich. Er war doch in der Verwaltung. Frisch aus Krakau nach Wrocław versetzt.«

»Ihr kanntet euch damals schon?« Walla sah glücklich aus, wenn man sie nach Witomir fragte.

Ich lutschte an einem Eiswürfel. Das Tränenmädchen im IPN hatte mir zunächst eine falsche Akte aufgelegt. Also war ich zu ihrem Tresen zurückgekehrt. Nach einer längeren Diskussion schob sie sich den Riesenkopfhörer halb vom linken Ohr und telefonierte mit der Zentrale. Zwischen uns stand ein rosafarbener Plastikventilator, der wie eine Kreuzung aus Rasierapparat und Vibrator aussah. Er blies ihr ins Haar.

»Den gibt es nicht.« Sagte sie so? Oder »die gibt es nicht«? Oder: »Die gibt es nun wider Erwarten nicht.« Die Akte. Den Mann. Den Fall.

Vögelchen, dachte ich. Was so viel heißt wie Nachtigall & trapsen. Ich drehte ihren Ventilator zu mir und kramte, angenehm gekühlt, in meiner Tasche. Eine halbe Stunde später traf Jesches Akte ein. Ich hatte Charme entfaltet. Das gute Stück war auf einem Trolley zwischen den Archivräumen und dem Besucherraum, also mir, verlegt worden. Mithilfe meines Fünfzigeuroscheins hatte man es wiedergefunden, wie schön.

Durchschlagdünnes Papier. Immerhin getippt, danke, mit Kürzeln versehen, blöd. Im Netz konnte man ihre sicherheitsdienstlichen Bedeutungen nachlesen. Eine Besucherin hatte hier allerdings nur Heizung, kein Netz. Ich hatte das Handy abgeben müssen. Fotos: nein, Kopien: nein, Gehirnaufnahmen: ja.

Starr blickte ich in ein Leben, das ich nicht kannte. OO, das observierte Objekt, lief durch Danzig, führte politische Diskussionen in verrauchten Zimmern, fuhr Auto mit einer *Schakal* genannten Person, liebte *sein Mäuschen* und hatte *ein Häschen* am anderen Ende der Stadt, das Berichte schrieb und dessen Kennziffer ich später unter einer unleserlichen Unterschrift in der Akte fand. Ich hatte meinen Bruder damals gekannt, ich konnte Bilder und Gerüche von Sommertagen einfüllen in das Jahr 1981, den Mai, den Juni, ich erinnerte mich an den Fleck an der Wand über unserem Esstisch, wo das Menzelbild gehangen hatte. Die Berichte berührten sich wenige Male mit diesen Erinnerungen, doch da hielten sie sie fest wie von der dunklen Seite des Mondes.

3.7.1981, 10.46: *OO Flöte* – warum »Flöte«, spielten sie von Anfang an auf ihm? – trifft in Kuźniki ein, ul. Woźnicza Nr. 4. Ab 11.33 Uhr rannte er im Garten hin und her, schleppte Steine, rauchte, rauchte weiter, war plötzlich weg, wurde auf dem Weg zur Bushaltestelle *gesichtet*, nach Wrocław *begleitet*, in der Schweidnitzer verloren, drei Stunden später *im Zwergenkeller VI* observiert.

Wieder folgten Namen, die mir nichts sagten. Ich las, dass *Sandmann* berichtete, OO habe gesagt, die Erde sei dünn, Menschen trieben als Geister darin, lose Herzen, rote, einzelne Augen. *Unsinn* stand handschriftlich am Rand.

Wovor ich Angst habe? Vor mir selbst, damals? Vor uns? Jeder kann ihn verraten haben. Mit Absicht oder ohne Absicht. Und mit allem, was es dazwischen gibt.

Was dies hier wird?

Ich erzähle die Geschichte einer leisen Explosion.

Mich selbst fand ich in der Akte als *Pony*. In Klammern stand *Röschen* dahinter, auf Deutsch. Ob man das für ein Rösschen gehalten und deswegen als »kleines Pferd« übersetzt hatte?

Könner am Werk. Das Lachen verging mir, als ich weiterlas: Ich hatte *noch Babyspeck* (danke), war verstockt, so gut wie vorbestraft (wie kam es nur?), vermutlich dumm, verliebt in Jesche (das hatten sie bemerkt?), der mich von oben herab behandelte (das zu lesen tat weh). Kommentar am Rand: *kleine Schwester, die zieht er nicht ins Vertrauen. Aufenthalt in der BRD 10.7.1980–30.9.1980, erl., neuer Antrag 5.8.1981, Verhör s. 49y778, Abschreckung, KNz.P.*

Mutter galt als »bevorzugtes Kontaktobjekt Wrocław«. Es wurde vermerkt, dass sie *regelmäßiger* zu kontaktieren sei. Ich war nicht erstaunt. Walla hatte Verbindungen gepflegt. Allein schon die Kuren. Man musste versucht haben, sie anzuwerben, spätestens als Jesche regelmäßig bei uns ein und aus ging.

Meine Schuhe drückten, verstohlen bückte ich mich, zog sie auf und schlüpfte halb heraus.

Ob es erlaubt war, schuhlos in einem Zimmer des IPN zu sitzen und vor sich hin zu stinken?

Pscht. Ein fressender Hund sollte nicht bellen, sonst lief ihm der Fressnapf weg. Das Tränenmädchen reagierte nicht. Statt mich zu bewachen, war sie unter ihrem schwarz glänzenden Kopfhörer verschwunden und flog mit Superpower begabt durch ein Spiel. Allein ich saß da als wirklicher Mensch.

Die Akte war eine immense Bühne, auf der die Schatten und Zerrgestalten Jesches und auch Mutters erschienen, aufgenommen von einem Blick, der ausnahmslos äußere Bewegungen registrierte, diese dafür übergenau, wozu war man ausstaffiert, man hatte sich technisch aufgerüstet, man spionierte um Ecken. Das Innenleben der Figuren füllte man mit Gegnerschaft, Bosheit und einer Dummheit, die lediglich jene des Beobachters spiegeln konnte.

Eine *dunkle Venus* kam ins Spiel. Teréza. Man hielt sie für *Häschen 2*, bis Sandmann herausfand, dass sie *seine andere Schwester* war. Mitunter erwies sich die polnische Sicherheit als blind an Stellen, an denen man es niemals erwartet hätte, dann spähte sie weiter, als die OOs je gedacht oder als Menschen hätten fühlen wollen. Beobachter »Kanne«: *Das Objekt DOB bewegt sich nicht, wenn OO und H2 in es steigen. Folgerung: Daraus, dass Objekt DOB, sowjetische Wertarbeit, nicht schwankt, kann nicht geschlossen werden, dass keine beischläferischen Bewegungen vollzogen werden, da das Objekt DOB, sowjetische Wertarbeit, durch zwei Menschen in heftiger Konvulsion nicht in Bewegung zu versetzen ist.*

Ein Panzer rockte nun einmal nicht mit. Sex ja, Sex nein, die reden bloß? Alles misslich. Kanne fasste zusammen: *Die Wirklichkeit kann nicht ausgeschlossen werden.*

Dauer der Begegnung: *31 Minuten.* OO und H2 *erhitzt*, als sie den DOB verließen. So Kanne. Außentemperatur: 31,5 Grad. Innentemperatur DOB (es folgten Sätze zur Hitzeentwicklung in sowjetischen Metallgehäusen): höher.

Kannes letzter Bericht vom 16. April 1982 bestand aus einer einzigen Zeile: *Verwanzung des Panzers obsolet. Opancerzenie czołgu jest przestarzałe.*

Teréza hatte erzählt, das Menzelbild im Gras der Panzerwiese gefunden zu haben. Hatte sie darüber hinaus Jesche gefunden, im Panzer? Der Befehl, sich des OOs zu entledigen, musste eingetroffen sein, bevor man sich den Schwierigkeiten einer heimlichen Leitungslegung quer über die Wiese zum Panzer hätte stellen müssen.

Kein Abschlussbericht. Ich hatte keine grüne Ahnung, ob ein Abschlussbericht üblich gewesen wäre. Fremd starrte das Polnisch in den Berichten mich an. Mir war blau um die Lunge und mulmig im Magen. Das Tränenmädchen schob sich ein Ohr frei, drehte den Pappbinder um, den ich ihr über den Tresen reichte, und schlug ihn von hinten auf. Ein gelbes Blatt mit dem Logo des Instituts, darunter vier Spalten wie früher auf den Ausleihkarten der Bibliotheken. Mein Besuch wurde digital registriert, trotzdem musste ich meinen Namen, das Datum, die exakte Uhrzeit in Druckbuchstaben eintragen und unterschreiben.

Über mir stand Ksawerys Name. Im August vor drei Jahren war er hier gewesen.

Meine Haare erstarrten zu Eichenholz. Ich nahm dem Tränenmädchen den Aktenbinder aus der Hand, was sie erstaunlich willenlos geschehen ließ, rückte meinen Stuhl erneut zurecht und las, am ganzen Körper eichensteif, alles noch einmal von vorn. Nein, ich hatte Ksawery, der Anfang der 80er noch in unserem Elternhaus lebte, in den Berichten nicht übersehen.

Auch der Sicherheitsdienst konnte ihn nicht übersehen haben. Es war ihm zuzutrauen, dass man meinen minderjährigen Bruder aus dem Schulunterricht geholt und vernommen hatte. Dass man versuchte, ihn anzuwerben. Erzählt hatte Ksawery davon nie. Eben deswegen rechnete ich damit, dass es geschehen war.

In diesem Fall gäbe es eine eigene Akte zu ihm.

Keiner von uns hatte nicht mit dem SB gesprochen. Jeder polnische Bürger, der aus dem westlichen Ausland zurückreiste, war aus Sicht des Staates feige oder treu, also in jedem Fall verdächtig. Mitten am Tag wurde man aus dem Büro, vom Fließband, aus der Vorlesung zum Verhör befohlen. Man tappte über die Grenze »nach Hause«, wartete ein wenig und bekam sein Stelldichein, bei dem man den Flötenmarsch sang, damit man ihn nicht geblasen bekam. Hatte man Material, Stoff, Futter, das sie für wertvoll erachteten, ließen sie einen gehen.

Rhetorisch vernichtete ich den Klassenfeind zum ersten Mal im Herbst 1980: Der Westen war dekadent, profitgierig, korrupt. Man müsse ihn ausnehmen, Devisen verdienen, sie nach Polen bringen. Sie fragten nach meiner Familie, ich schilderte, wie Jesche in Danzig Meeresbiologie studiere und uns regelmäßig besuche. Was dann geschehe? Mutter koche! Sie koche Tage im Voraus, ich müsse helfen, es nerve, ich begann, Rezepte herzusagen. Als ich den Unterschied zwischen den Greifscheren der verschiedenen Krebsarten erklärte, erst meeresbiologisch – damit sie auch sahen, wie begeistert Jesche lernte –, dann kulinarisch, unterbrach man mich. Ich war entlassen, tadellos.

Alle Gesichter, die einen befragten, glichen sich. Alle Räume, in denen man befragt wurde, glichen sich. Sie waren Zimmer, die anderen gehörten, einem Professor der Universität, den Schwestern im Krankenhaus, dem Schuldirektor. Sie schrumpften auf den Tisch, die Tischkante, die eigenen Hände im Schoß und ein Gesicht, das man draußen nie wiedersah. Es existierte ausschließlich in dem gestohlenen Raum, es war ein Gespenst.

Erneut stand ich vor dem Tränenmädchen. Sie wirkte erfreut, vermutlich hatte sie Schluss, wenn ich fertig war. Ich hingegen hatte Rechte. Ich durfte weitere Suchen beantragen, durfte verlangen »bringen Sie mir die Akten zu Ksawery Dombrowski. Zu Waleria Dombrowska«.

Das Gift des SB. Verwischen, veruneindeutigen, jedem etwas anderes erzählen. Jesche arbeitete für die Solidarność?

Aber als Spitzel für den Sicherheitsdienst?

Nein, als Gegenspitzel.

Als Unterunteragent.

Oder gar nicht?

Ich sah vor mir, wie sie Mutter beschossen: Der ist scharf auf Ihr Geld. Ein Hallodri. Warum lernen Sie seine Danziger Familie nicht kennen? Ah, sehen Sie, keine Ahnung gehabt, dass es die gibt? Eine Frau und einen Sohn, drei Jahre alt. Ihr einziges Enkelkind, Frau Dombrowska! Wollen Sie eine rauchen? Bitte schön. Das tut doch immer gut. Ja, ja – wirklich, so schade. Ihr Ältester betrügt Sie nach Strich und Faden.

Ich sagte zu dem Tränenmädchen: »Dieser Hund ist so was von tot.«

Sie lächelte. Als Polin lag man unter einem Hund, wenn es

einem elend ging. Wenn etwas wirklich misslungen war, hatte man einen toten Hund im Garten.

»Dieser Hund«, sagte ich, »hatte überhaupt keinen Geist.«

»Begraben«, sagte sie und sperrte den Ventilator in eine der Schubladen des Tresens. Er war das Wertvollste hier. Begraben. Gemeinsam verließen wir Raum 653c.

Vor der Tür heulte der Wind und schlug um sich. Frische Luft.

»Gehen Sie nach Hause?«, fragte ich.

Hier draußen, vor dem Gebäude, sah das Mädchen jünger aus, kleiner.

»Ja«, sagte sie schlicht.

Die Häuser an der Oper, von unten mit Halogenlampen angeleuchtet, wuchsen in den Himmel, was auch sinnlos war. Schon vom Blick auf die Erdgeschosse waren die Jugendlichen, die durch die Straßen zogen, überfordert. Sie schwankten mächtig und grölten international. Das Antrakt hatte zugemacht und selbst der warme Wind säuselte nur noch, ja zärtelte dahin. An einem Rasenstück mit ein paar Büschen und drei Kieswegen streifte ich die Schuhe ab. Die Forsythien blühten – haha, hätte man welche gepflanzt gehabt. Zuhause war ich barbsbeenig herumgerannt. Dabei gab es das Wort »barbs« gar nicht. Zuhause, an der Oder. Mein Hotel lag in einem Hinterhof, vorsichtig trat ich auf die Kopfsteine im Tordurchgang. Meine weißen Füßchen standen aus der Kleidung heraus wie von einem anderen Stern.

Die Wünsche von Eltern waren wie Knöterich für ein Kind, griffen nach ihm, rankten um es herum. Allemal jene, die nicht ausgesprochen werden konnten, zu wund waren für Sprache, zu schwer. Sie saßen in den Mundwinkeln, in der Schmusenähe, in jedem »Ach«. Als ich einen Winter hindurch als Verkäuferin arbeitete, hatte mir Walla jeden Abend die Füße eingecremt. Eine Paste aus

Wegerich bräuchten wir! Die habe damals eine Frau bei ihrer Mutter und ihr selbst aufgelegt, als sie aus Tschechien … Sie stockte, schlug die Augen nieder. »Jedit, Madla«, sagte sie nach ein paar Sekunden, »vergiss es. Damals war so viel … kaputt.«

Und setzte leise nach: »Mit uns.«

Verschlafen lehnte ich am Morgen an meinem Fenster mit einem allerersten Kaffee in der Hand. Mein Zimmer bestand aus einem breiten Bett, einem Tisch und einer dunkelroten Küchenzeile, viel zu groß für meine Zwecke, mit einer Kaffeemaschine, groß genug für eine Fußballmannschaft. Der Baum vor der Scheibe trieb Blattspitzen aus. Eine Birke war es nicht, angenehm, vielleicht eine Pappel, davon gab es tausend Sorten, die schmalen erkannte ich, aber sie kamen auch in Breit. Halb acht – ich rief Kinga an, sie war noch zuhause und spielte Rummikub mit Flummy, deren erster Unterrichtsblock ausfiel. »Hallo und Tschüss«, sagte das Mädchen, sie müsse sich konzentrieren. Kinga meinte, abends wollten sie zusammen Maultaschen kochen, in meiner Brühe, »wann kommst du zurück, wie geht es dir?«

Sie wusste, warum ich in Warschau war. Es hatte den Termin gegeben. Meinen vorzeigbaren, nachweisbaren Grund.

Und nun?

Mein bleiches Gesicht im Spiegel. Ich machte Dehnungen an der Wand. Kopf, Brustmuskeln, Oberschenkel. Auf dem Boden sitzen, Füße berühren. Ich erinnerte mich. Erinnerte mich an alles zugleich.

Kuźnikis Ameisenmännchen starben jung, denn sie lebten, so Walla, für die Liebe, und das war niemals eine gute Idee. Ksawery fand das beunruhigend, ich nicht. Ameisenweibchen überlebten die Liebe. Nach dem Hochzeitsflug warfen sie ihre Flügel kurzerhand ab und gründeten ein eigenes Volk. Wenn das nicht klappte, krochen sie in ein bestehendes ein.

Dann saßen zwei Königinnen im Nest und legten Eier. Ab diesem Moment waren nicht mehr alle Arbeiterinnen des Staates, auch wenn sie einander äußerlich glichen, von der gleichen Art.

Mitunter schien es mir, dass es mit Erinnerungen ebenso ging. Der Kopf war ein Ameisennest mit mehr als einer Königin. Fortwährend schlüpften unsere Erinnerungen aus dem elektrischen Netzwerk der Zellen. Doch ihre Ähnlichkeit trog, tatsächlich flügelten sie von oben, unten, links und rechts herbei und waren von unterschiedlicher Art. Durch das Bild, zu dem sie sich zusammenfügten, zogen sich haarfeine Risse und Brüche.

Der junge Mann an der Rezeption, gegelte Haare, weißes Hemd, reichte mir lächelnd die Rechnung. Als meine Bankkarte versagte, lächelte er professionell weiter: »Deutsch?«

Er lächelte auch, als sie das zweite Mal versagte. Ich hätte ebenfalls gelächelt, hätte sich nicht jeder Bankautomat seit meiner Ankunft ebenso verhalten, sodass ich bestenfalls noch zehn Euro und null Złoty besaß.

Bolko, so das Ansteckschild auf der Hemdbrust, setzte zu einer umständlichen Erklärung an. Ich brauchte eine geöffnete Bankfiliale mit Kundenverkehr, also etwas, was quasi nicht mehr existierte. Da auch mein deutsches Handy nicht gut funktionierte, zeichnete Bolko mir den Weg zu meiner Rettungsstation auf ein Blatt Papier: vorbei an dem Laden rechts vom Hotel, der Schoko-Osterhasen und Schoko-Päpste anbot, scharf nach links bis zu dem Haus mit dem goldenen Hefezopf, vielleicht konnte ich zwischendurch auch an einem Kiosk versuchen, Geld … Mit halbem Ohr hörte ich zu. Ich ärgerte mich über das Versagen der Automaten, tat dies aber auf polnische Art, anpassungsfähig, leicht melancholisch. Etwas in mir dachte: Wenn ich in Zukunft geschickt zwischen Hamburg und Warszawa hin- und herfahre, kann ich zweimal im Jahr Frühling haben und vielleicht sogar der Birkenblüte entkommen, dachte: Dann kann ich immer noch entscheiden, ob ich die Akten von Mutter und Ksawery sehen will, und bevor ich es richtig merkte, glitt mir der Rucksack von den Schultern, und ich hörte mich sagen, »ach, wissen Sie was, verlängern Sie das Zimmer, ich bleibe noch«.

Als zahlungsunfähige Person musste ich zur Sicherheit meinen Pass hinterlegen. Ich reichte Bolko den offiziellen, burgunderroten. Der andere, den ich besaß, gehörte einem Reich, das es nicht mehr gab, einem Reich der Verschiebungen, Mitteleuropa hatte es geheißen. Ich stammte von seinem luftigen Rand am Ufer der Ślęża, die Erde lag plan, wild und leer, der Wind pfiff, man hörte den Zug aus Prag, EC Wawel, und nachts das Schieben der Güterwaggons. Die Erwachsenen dachten daran, dass Menschen in den Waggons gesessen hatten. Sie sagten das nicht laut, aber deuteten es an, eng kauerten diese Menschen aneinander, und die Seelen hockten ihnen auf dem Arm. Man bemerkte es an manchen Tagen an den Gleisen, tiefer in den Boden gesunken lagen sie da, die Luft über ihnen verdichtete sich. Selbst im hellsten Sonnenschein spürte man dort eine Kraft, die einem die Knochen verbog.

Der Wind hatte Wolken gebracht. Ich steckte die Hände in die Jackentaschen, wo ich die Papiernarzisse berührte. Man verblüffte mich, indem man mir in der nächsten Bank umstandslos Geld auszahlte, am Kiosk kaufte ich ein Zehnerticket für die Tram und eine polnische Telefonkarte. Um mich in der Stadt zurechtzufinden, brauchte ich stabilen Zugriff auf Online-Navigation. Mit unseren Eltern waren wir nie nach Warschau gefahren, kein Geld, kein Grund, keine Gelegenheit, ich kannte die Stadt nur von Schullektionen, Zeitungs- und Fernsehbildern. Als Name war Warschau überall gewesen.

Überall war es mehr als es selbst.

An Menschen hing es als Schrecken.

Die Chemielehrerin in Schule Nr. 12 trug nicht einmal im Winter Strümpfe oder geschlossene Schuhe. Ihr Unterricht bestand aus zwei Teilen, zu Beginn jeder Stunde erzählte sie von ihrem Verlobten, der im Warschauer Aufstand ums Leben gekommen war, danach spielte sie mit dem Bunsenbrenner. Stichflamme, Knall, das war ihre Chemie.

Menschen ihrer Art wurden offiziell verehrt. Man achtete sie aus der Entfernung. In der Nähe mied man sie, noch im Bus rückte man von ihnen ab. Sie waren so aufrecht und bestanden aus so viel Überleben, dass man Angst vor ihnen bekam.

An manchen Tagen zitterten die Hände der Lehrerin, an anderen schlug sie uns. Wir konnten nicht davonlaufen vor den nackten Füßen und der Brandlust, die Menschen wie ihr angetan worden war.

Dafür brauchte man »die Jugend«. Auf unseren Schultern war Platz, dass wir etwas davon trugen, was man mitangesehen hatte. Eben doch mit angesehen. Auch als Pole, als Polin. Mit gemischten, allzu gemischten Gefühlen.

Ich stehe in einem Bug mit Fenstern. Die Lücken zwischen den Steinen des Mauerwerks sind mit Glas gefüllt. Glas ist etwas so gewaltig Verbranntes, dass es hell geworden ist. Eine weite harte Treppe führt in den Keller. Dort, unter der Erde, beginnt der Rundgang durch Polens jüdische Geschichte. Die Treppe gibt mir das Gefühl »unten«. Das Gefühl erreicht mich, weil die Treppe keine Worte dafür braucht und keines hat.

Das Museum zur Geschichte der Juden in Polen ist so fortschrittlich, dass es extraterrestrisch wirkt. Man tritt ein, sieht Knöpfe, schaut auf in Bildschirmen bewegte Figuren, hört laute Musik. Fast tröstet das, es ist vertraut, ein Stück der Unterhaltungswelt, wie man sie kennt.

Zugleich stößt es mich ab. Es gibt keinen Raum für Gedenken. Nur den Riss durch die Außenfassade, gezackt wie ein Blitz.

Ich stehe vor Kanzeln, Taufbecken, goldenen Türen. Vergrößert nachgemalte mittelalterliche Menschen kleben auf Pappkartons an der Wand. Eine schmale Tafel erklärt, der Riss stelle Moses' Teilung der Fluten dar. Das hebräische Wort für Polen werde *Polania* oder *Polin* ausgesprochen. Man könne es in drei Wörter zerlegen: po für »hier«, lan für »wohnt«, ia für »Gott«. Polen sei ein vorteilhafter Ort, so hätten die ersten Juden sich das Ankommen gedeutet.

Fast will ich nicht weiter.

»Bloodlands« nennen manche den Boden, auf dem wir stehen. Ganz Polen, die Ukraine, Weißrussland, die baltischen Staaten.

Bloodlands. Smokelands.

Kinder patschen auf Bildschirme, schauen, kreischen. Das Museum zeigt ihnen eine Vergangenheit, die wie die Gegenwart wirkt, eine lautsprühende Farbkugel, die dem Schnippen unserer Finger folgt.

Ich schäme mich dieses doppelten Betruges. Fliehe in die nächsten Räume, lese die Tafeln. Auch auf ihnen wird nichts ausgesprochen. Nur wer zu lesen weiß, wer darauf beharrt, selbst zu denken, erkennt: Jahrhundertelange Herabsetzung, unnachgiebige Verfolgung, grausame Ermordung haben diese Geschichte bestimmt.

Die Erde ist dünn, lose zucken die Herzen.

Ich möchte mich setzen, allein der Aufruhr der Unterhaltung kennt dafür keinen Ort.

Als ich das Ende des Rundweges erreiche, Gänge, die das Ghetto nachbauen, Gänge, in denen es dunkler ist, habe ich das Gefühl, wieder atmen zu können, ich meine, einen eigenen Gedanken zu fassen, meine, eine Leere zu spüren.

Der Wind ist zurück. Er jagt sein Spielzeug, die Wolken, vor sich her, Sonnenlicht fällt auf die Wand gegenüber. Am Rand des Blickfeldes springen treu die Schatten.

»Was ist mit deinem Arm«, höre ich Ksawery sagen.

Jesche wollte ich finden, stattdessen flüstert Ksawery in meinem Ohr.

»Du glaubst nicht ernsthaft, Sis, dass deine Seele ein Vogel ist? Eine Echse ist das. Die sich hier die Schuppen trocknen lässt.«

So gern hat er mich mit diesem »Sis« geärgert. Doch er sprach immer mit *mir*. Für ihn war ich keine Walla. Kein Wallaersatz. Und dieser Junge, dieser Mann, soll seine Seele dem SB verkauft und von Jesche erzählt haben?

Welch giftiges Gestrüpp. Fort damit. Soll es mit dem Wind wehen, mit den Hunden den Mond anheulen.

Begraben soll es sein.

Ksawery. Ich spüre, dass ich nichts weiter wissen will. Nichts weiter wissen muss.

Ein Hurra der Gnade.

Harsch lache ich auf.

Doch falsch ist der Satz nicht.

»Du lachst, geht es dir gut?«

Ein Trupp Menschen umringte mich, einer spielte Klarinette, eine Akkordeon, andere schlugen kleine Trommeln. Ein junger

Blonder tanzte vor mir auf der Stelle, er hatte gefragt. Auf seinem Kopf saß ein Wikingerhelm aus Plastik, ein Kinderspielzeug.

Nun gab er den anderen ein Zeichen, doch sie hatten ohnedies begonnen, sich auf dem Boden niederzulassen, auf Treppenstufen, dem Bordstein. Einige hatten Decken dabei, ich sah sie nur halb, die Sonne blendete, und ich hob mir die Hand gegen die Stirn, um aus den Silhouetten um mich wieder Menschen zu machen.

Ein Kind mit Krücke, ein Mann, der den Kopf schräg hielt, als lauschte er auf ein unhörbares Gespräch. Ein Dritter trug einen Spaten über der Schulter, bewegte sich, als hätte er es vergessen, man musste in Deckung gehen vor ihm.

»Ist dir etwas zugestoßen«, fragte der Vorsänger mich in gepflegtem Polnisch, ausgesucht höflich, und da es nicht darauf ankam, sagte ich, was ich fühlte: »Ich bin in ein Loch gestürzt.«

Vor der Chemieprüfung zum Ende des ersten Jahres an der neuen Schule hatte ich eine Beruhigungspille geschluckt. Für fünf Minuten schlug mein Herz hektisch, dann nicht mehr. Ich sauste die Spalten hinab, die sich in meiner Wirklichkeit öffneten.

Mein Land tat mir so weh, dass ich eine Herzentzündung entwickelte. Nein, der Körper ist nicht subtil. Er spricht eine atavistische Sprache. Zwei Monate Spital, ein Monat bei Walla. Schwach wie eine Achtzigjährige stand ich, als ich wieder hinausdurfte, an den Abenden an den Bahngleisen nach Prag und wartete. Die Menschen in den Zügen konnten mich nicht sehen. Ihr Licht löschte mich für sie, während die Finsternis, in der ich stand, sie für mich erscheinen ließ.

Wie hört ein Krieg für ein Mädchen auf, das ihn nicht erlebte, bloß groß werden musste in ihm, obwohl er vorbei war – weil jene, die groß waren, wie es hieß, klein geblieben waren eben durch diesen Krieg?

Der Wikinger hatte Zeit. Er setzte seinen Rucksack schräg vor mir ab, nahm zwei Wasserflaschen heraus, hielt mir eine hin. Wir tranken. Und schwiegen. Auch die anderen seiner Gruppe saßen still. Es war ein erstaunlich warmer, halb bewölkter Tag, kam die Sonne hervor, lagen unsere Schatten kurz und gedrungen auf dem Gehweg, knickten an einer Hauswand ab. Meine Nase prickelte, irgendwo blühten eben doch Birken.

»Wer seid ihr«, fragte ich.

»Ein bunter Haufen. Bunte Hunde«, sagte er.

Freundlich, dabei sehr aufmerksam, sah er mir in die Augen. Musizierend zögen sie durch die Stadt, legten sich auf einen Ruf, den mal der eine, mal die andere äußere, auf die Erde. Blieben reglos liegen. Für eine Zeit. Stünden wieder auf. Wanderten so jeden Tag wenigstens eine Stunde um das Museum. Durch das Ghetto von einst.

Er setzte sich neben mich auf die Eingangsstufe. Nachdem er mich gefragt hatte, ob es mir recht wäre. Nun schauten wir beide, stumm, auf die Gruppe.

Sie müssten sich bewegen, sagte der Wikinger. Sonst verwandelten sie sich.

Aber war das nicht etwas Gutes? Wenn man sich veränderte?

Ich hörte ihn einatmen. Ob ich das Gefühl kenne, zu erstarren? Und dagegen anlaufen zu müssen?

Gymnasium Nr. 12 lag mitten in Wrocław. Als ich wieder gesund war, fuhr ich jeden Mittag nach Schulschluss Richtung Süden statt nach Hause. Zwei Stationen vor der Endhaltestelle kletterte ich aus dem Bus und schlug mich in den Wald. Niemand ahnte, wo ich war. Ich folgte schmalen Wegen, ruhte mich in Nadelkuhlen zwischen Sonnenflecken aus. Ein wider alle Erwartung ans Licht schlüpfender, dünner weißer Körper, der stumm und begierig jenes Wachstum nachholte, das man ihm in der Welt der offiziellen Erziehung versagte.

Auf Deutsch meint man mit Schonung auch einen jungen, zu schützenden Wald. Meint, dass man jemanden schont. Ich lag im Moos. Einzig Ksawery weihte ich später ein.

Ich lag im Moos und in mir war eine andere Person und sie war lebendig.

Das Moos brauchte ich für sie und auch die Bäume.

Sie war nicht Marolf. Opa Marolf, der mir seine Stimmungsschaukel vererbt hatte. Das war greifbar, davon sprach man in der Familie, »kriegst du wieder den Marolf« und hielt mir die Tabletten hin, die Walla aus dem Spital mitbrachte und die, wie ich später erfuhr, aus Zucker bestanden, und so wirkten sie auch, mal gar nicht, mal erlösend.

Im Sonnenlicht, im Moos, das spröde war, wenn es lange nicht geregnet hatte, und immer noch weich, begriff ich meine Sehnsucht.

Das, wo ich aus mir selbst hinausragte, in etwas zurück.

Doch nicht nur zurück, auch nach vorn.

In etwas, größer als ich.

Es war eine Sehnsucht nach Bewegung. Danach, laufen zu können.

Sie floss aus den Bäumen auf mich zu, aber nicht allein von dort, die Bäume waren nicht ausschließlich Bäume, ich begann, die in ihnen verborgenen Frauen zu sehen. Ich meine: die in Bäume verwandelten Frauen.

In der Schule lasen wir Geschichten, in denen dies geschah.

Ich kannte es auch anderswoher.

In neue Körper verwandelte Gestalten.

Erzählte nicht auch Mutter davon? Mutter Körper? Die Narben auf ihren Schenkeln zeigten an, wo sie einst aus sich herausgeschlüpft war.

Doch wie war sie wieder in sich hineingekommen?

Als Kind fragte ich nach dem, was ich sah. Erzähl mir, wie du vom Fahrrad gefallen bist, Mamusch.

Die Frage war ein Gefühl.

Walla sagte, ich sei eine Mimose, schenkte mir einen Mimosenzweig zum Geburtstag. Die Blümchen waren gelb und kugelig. Mit mir hatten sie nichts zu tun. Da kam Mutter von ihrem Kiosk mit einem weichen, korallenroten Buch zurück. »Auf dem Mimosenzweig sitzt die Nachtigall, Philomela, und singt wunderschön«, sagte sie. »Schau mal hier.«

Ich glaube, sie fügte noch etwas an. Etwas wie: »Sie lebt. Verstehst du? Das ist ihr Mut.«

Die Verwandelten wussten, wer sie gewesen waren.

Ihre Körper waren zu Pflanzen oder Fischen geworden.

Ihr Gedächtnis steckte nun in einem Blatt. Einem Schuppenkopf. Doch sie erinnerten sich an den Zustand davor.

An sich selbst.

Die unzerstörte Welt.

Doch ihre Sprache war behindert.

Sie bewegten sich nur mehr als Blätter, rauschten mit dem Wind.

Sie waren gerettet. Dies war der Preis.

Bei anderen war die Verwandlung eine Strafe.

Rettung und Strafe glichen sich verwirrend oft.

In anderen Fällen geschah die Verwandlung erst, nachdem die Vergewaltigung gelungen war. Oder weil sie gelungen war.

In nova fert animus mutatas dicere formas corpora. So begann das korallenrote Buch: Von der Verwandlung in neue Körper zu sprechen drängt mich meine Seele.

Außer den zu Bäumen und Büschen verwandelten Frauen gab es in Fische verwandelte Frauen.

Dies stieß ihnen zu. Eine um die andere verlor ihre Beine, ihre Arme, ihre Hände, ihren Mund.

Männer verfolgten sie. Sie waren allein.

Konnten nicht mehr atmen, vor Schrecken. Vor Übermächtigung.

Ich konnte nicht genug bekommen von diesen Erzählungen.

Warum musste es wiederholt werden?

Die Verwandlung wurde bereits durch den Versuch der Vergewaltigung ausgelöst.

Nichts ließ sich rückgängig machen.

Es gab Göttinnen, die die vergewaltigten Frauen verlachten.

Die Frauen waren selbst schuld an dem Geschehen.

Die meisten wurden zu an den Ort gebannten Bäumen. Sie waren auf der Flucht vor einem Mann und verwandelten sich für immer in Äste, Stummheit und Holz.

In Atemholen nur mit Blattgrün.

In Sprechen nur mit dem Wind.

»Was?«, sagte der Mann neben mir. »Was ist das bei dir, ein langer Verlust?«

Ich zuckte mit den Schultern. Verstand ich davon nun doch mehr als ein Schwein von den Sternen?

Er wollte es für seinen kleinen Neffen wissen, der seit einem Unfall im Rollstuhl saß. Leise begann er, mir die Namen der Menschen zu nennen, die ihn begleiteten. »Samuel«, sagte er, »Liam, Elka, Rachela, Wigdor, Chaim.«

Ich zerbrach einen kleinen Stein, der in der Straßenrinne gelegen hatte. Nun ja. Es war kein Stein, sondern krümeliger Beton.

Stammten sie alle aus jüdischen Familien? Er schüttelte den Kopf. Vermutlich nicht. Diese Frage stellten sie gerade nicht. Es gehe darum, eine andere Art von Erinnerung zu erfinden.

Eine andere Art von Zusammensein.

»Aber warum tragen Sie dann einen Wikingerhelm?« Meine Stimme klang ungläubig.

»Deutungen umdrehen, Zeichen usurpieren.« Er sah mir prüfend ins Gesicht: »Davon haben Sie gehört, oder?«

Wie lebte man mit einem langen Verlust? Walla hatte es versucht, indem sie im Garten, in der Küche und bei uns am Bett deutsche Lieder sang. Sie schienen etwas wachzuhalten, tatsächlich aber beschwichtigten sie unsere Mutter, weil sie das Geschehene nicht leugneten. Bei den Liedern hingegen, die bei Aufmärschen und Staatsfeiertagen zu hören waren, verschloss Mutter fest den Mund. Die seien keine Dichtung.

Was dann?, fragte ich.

Da brachte sie mir den Ovid. Korallenrot, schmal, der Umschlag weich. Eine Auswahl von Verwandlungen. Man sagte auch: eine Sammlung.

Philomela wurde vom Mann ihrer Schwester in einen Stall im Wald verschleppt und dort vergewaltigt. Damit sie ihn nicht verraten konnte, schnitt er ihr die Zunge heraus.

Er war stolz darauf. Stolz darauf, so schlau zu sein.

Vielleicht war es ihm hier, mit Philomela, eingefallen. Vielleicht hatte er es schon früher so gemacht. Bei anderen Frauen.

Damit endete die Geschichte in dem korallenroten Buch. Später entdeckte ich, dass der römische Autor in seinen *Metamorphosen* fast fünfzig Mal von einer Vergewaltigung erzählte.

Auch Philomelas Geschichte ging weiter. Mithilfe einer Bilderfolge, die sie auf ein Gewand stickte, gelang es ihr, ihrer Schwester Procne mitzuteilen, was ihr widerfahren war. Es war die Schwester, die man mit dem Vergewaltiger verheiratet hatte.

Da war gesprochen worden, ohne Zunge.

Eine grausame Wut entstand.

Oder es hatte diese Wut bereits gegeben, und das Sprechen ohne Zunge löste sie?

Löste sie von ihrem Ort. Die Wut riss Procne und andere Frauen mit sich.

Sie wurden zu Bacchantinnen. Was das war, verstand ich damals nicht und verstand es sofort.

Es war die Gewalt-Zurück.

Es war Die-Frauen-Zusammen.

Das Sprechen der stummen Zungen.

Wenn Philomela den Mund öffnete, sah man die dicke, verkrustete Schnittfläche vor ihrem Gaumen.

Die schwarze Sonne.

Die Geschändete trug eine schwarze Sonne im Mund.

Jeden Augenblick konnte sie explodieren.

Procne befreite Philomela aus dem Wald, gemeinsam töteten sie den Sohn des Vergewaltigers, kochten ihn und setzten ihn dem Täter vor.

Als die Schwestern ihm entdeckten, was er gegessen hatte, zog er sein Schwert. Erneut. Und verfolgte nun nicht eine, sondern zwei Frauen.

Um ein neues Kind zu machen?

Das auch.

Zeus griff ein und verwandelte alle Beteiligten in Vögel.

Auch den Mann.

Das war eine Ausnahme.

Philomela wurde zur Schwalbe. Oder Nachtigall. Vielleicht war die Nachtigall aber auch Procne gewesen.

Das Kind, das sie getötet hatten, war Procnes Sohn. Sie hatten ihn umgebracht, damit der Vater ihn fraß. Damit der sexuelle »Umgang«, den Procne mit ihm gehabt hatte, von der Erde verschwand. Damit der Vergewaltiger sich verlor. Damit er erlebte, was Philomela erlebt hatte.

Doch das Dilemma der Frauen war zu tief, um ausgehalten zu werden. Nach allem, was ihnen bereits angetan war. Musste. Musste nun das Kind der einen sterben.

Sie bezahlten einen unbegreiflichen Preis.

Ich hatte Walla das rote Buch zurückgegeben. Die Geschichten von Daphne, die in Lorbeer verwandelt wurde, und Io, die fortan als Kuh durchs Leben trotten musste, hatte ich in Gymnasium Nr. 12 bereits gehört.

»Lesen wir das, damit die Jungs lernen, wie sie mit Frauen umgehen sollen?«

Der Mann mit dem Spaten stützte sich auf sein Werkzeug und blickte in die Ferne. Die nächste Hauswand schien ihn dabei nicht zu stören. Wir befanden uns hinter dem jüdischen Museum. In Staatskunde hatte man uns einst beigebracht, wie modern Warschau ebendort in der Ghettostadt werde. Gehwege und Straßen auf zwei Ebenen, ein Ort für den Verkehr. Fotos hatten gezeigt, wie Arbeiter Häuser abtrugen, ihre Ziegel zermahlten und sie neu brannten zu frischem, unschuldigerem Baumaterial. Doch das Rot der neu gebauten Mietskasernen habe so überwältigend an Blut erinnert, sagte der Vorsänger, dass die Wände hatten getüncht werden müssen.

»Mein Bruder ist gestorben«, sagte ich.

Er antwortete, es tue ihm leid.

»Es ist 35 Jahre her.« Meine Stimme war leise. Ich schnürte meine Schuhe auf und bewegte die Zehen. Sie waren kurz, wie Vaters. »Dann starb noch der andere Bruder«, murmelte ich mit der nach innen kriechenden Stimme. »Ist nicht lange her.«

Mein Sitznachbar kramte eine Packung Ola-Butterkekse aus dem Rucksack. Er studiere Philosophie. Doch in einer Höhle, in der man tagein, nachtaus vor Bildern hocke, erkenne man nur Schatten. In seiner Freizeit mache er Musik nach Noten, die eine Gruppe von Freundinnen und Freunden in Archiven oder bei Bekannten aus ganz Polen zusammensuche. Noten von früher, aus Mitteleuropa. Dann ziehe man, spielend, über Straßen und Plätze. Hören, atmen, fühlen. Mit einigen von ihnen wohne er zusammen in einer społeczność.

Er zeigte mir die zwischen den Wikingerhörnern befestigte Minikamera. Mit ihrer Hilfe bringe er die Stadt zu seinem kranken Schwesterkind.

Die Gruppe wollte weiter, einer tippte dem in sich versunkenen Mann mit dem Spaten vorsichtig auf die Schulter. Mein Nachbar schaltete die Kamera auf seinem Helm wieder ein.

»Kommst du mit?«, fragte er.

Ich schüttelte den Kopf.

Er schrieb mir *Rafał* und eine Adresse mit Telefonnummer auf einen Zettel. Sonntags und donnerstags trafen sie sich. Für Schweigen und Musik. »Schau vorbei, wenn du magst.«

In Ksawerys Brille spiegelten sich die Stämmchen, die aus den Dächern der Arbeiterhütten wuchsen. Ortsteil WASAG, Westfälisch-Anhaltische Sprengstoff-Actien-Gesellschaft, und DAG, Dynamit-Aktiengesellschaft, kurz Allendorf und Herrenwald genannt, gegründet 1938. Sprengstofffabriken, Arbeit für alle. Befüllen von Granaten und Bomben, Stadtallendorf, Europas größte Produktionsstätte von Munition während des Zweiten Weltkrieges, 15 000 Zwangsarbeiter und -arbeiterinnen in keinem Lohn, fast ohne Brot. Aus den Dächern der Hütten, die die Nazis gebaut hatten, sprossen Birken und Weiden. In Ksawerys runden Brillengläsern existierten die Bäumchen ein zweites Mal, links und rechts.

Er nahm sich die Brille ab, putzte sie umständlich, griff mich am Arm, wie um mich zu führen. Dabei spürte ich, wie er sich auf mich stützte.

Ich ließ mich durch die Stadt treiben. Nachts nahm der Wind Fahrt auf, heulte und zischte, tags hatte er die Bodennähe für sich entdeckt, strich um Beine und Füße. Es wurde so warm, dass ich mir Sandalen kaufte. 24 Stunden später ein kurzärmeliges Kleid. Mein Appetit schwankte, vermutlich musste ich wieder mit dem Lithium anfangen. Immer wenn ich es schluckte, winkte mir Marolf zu, Künstler der Stimmungskurve. Im Hotel hatte man mir zum gleichen Preis ein besseres Zimmer zugewiesen. Man freute sich so aufrichtig darüber, dass meine Bankkarte wieder ging, dass mir nichts übrig blieb, als mich ebenfalls zu freuen.

Meine Seele war in den vergangenen Tagen weiter nach oben geklettert. Mitunter kauerte sie sich zusammen wie ein frisch geschlüpfter Vogel. Sie teilte mir keineswegs verlässlich mit, was in ihr vorging oder wohin sie mich trieb. Stattdessen kurbelte sie an meinem Blutdruck, brütete eine Idee wie »Zurückheimaten« aus und verlangte, dass ich alle Steuerung aufgab und sie machen ließ, als hätte ich kein Ich. So eine »Seele« sperrte den Rachen auf mit der hellblauen, für immer jungen Rabenzunge und rollte sie zu einem Gesang, den kein Mensch verstand.

Abends saß ich im Antrakt in meinem neuen Kleid mit den neuen Schuhen. Die Eiswürfel, die besser als Pillen waren, jedenfalls gesünder, stellte man mir mittlerweile hin, ohne dass ich sie eigens verlangen musste. Ich lehnte am Tresen, schaute die große Spiegelwand hinauf und hinab, auf deren gläsernen Regalböden Flaschen bis an die Decke reichten, eine unendliche Bar, jedes Gefäß anders geformt, jedes Getränk von anderer Farbe.

Noch einmal in die knallgelbe Straßenbahn steigen und mich von ihr vor dem IPN anliefern lassen?

Mir war klar, dass ich nicht finden würde, was ich suchte. Es konnte nicht in den Akten stehen. Es war eine – willkommene – Illusion gewesen, das anzunehmen.

Eine Selbstberuhigung.

Wir hatten gewusst, dass Jesche nicht für so lange verschwunden geblieben wäre, nicht, nachdem er einmal zu uns zurückgekommen war. Wir hatten gewusst, dass er nicht mehr lebte. Doch nicht einmal das hatte in den Akten gestanden.

Was hatte ich erwartet?

Eine Begründung? Oder wenigstens einen Hergang?

Geschah es aus Versehen, von ihrer Seite? Ein Unfall oder eine geplante »Aktion«?

Man hatte es nicht für wichtig genug erachtet, den Vorfall aufzuzeichnen? Hatte die Aufzeichnung verschwinden lassen?

Dritter Daiquiri. Ich schrieb an Kinga, ob sie mir erzählen könne, wie es mit mir weiterging. Ich wollte eine Romanfigur sein. In einem Roman bekäme mein Bruder ein sinnvoll tragisches Ende. An die Stirn würde man sich schlagen: Natürlich, seine Frau in

Danzig hatte ihn verraten. Die liebte ihn nicht, die erledigte von vornherein eine Aufgabe, die war auf ihn angesetzt worden. Muster Bondgirl. Mit dem Unterschied, dass diesmal das Bondgirl gewann. Gegen Jesche, den Bond von der Oder mit blondem Haarwusch und dem arglosen Wunsch, den Kommunismus zu stärken *und* die Solidarność als freie Gewerkschaft zu erhalten, sodass er angefangen hatte, hin- und herzugehen zwischen Danzig und Warschau, just als sein einst strammer Vater anfing, den Glauben an den realen Sozialismus zu verlieren.

Fast musste ich mich auslachen für meine Naivität bei der Anreise, meinen Aufklärungswillen. Meine nackten Arme waren brauner geworden, helle Härchen traten hervor. Die Seele saß mal hier, mal da. Mein Leben in Warschau führte dazu, dass sie fester wurde. Sie sah sich um in Doros Oder-Odra-Welt.

Ich schickte Fotos vom Antrakt und dem Baum im Hotelhof nach Berlin. Kinga schrieb, dass Flummy und sie mich vermissten. Das half mir an diesem Abend. Der Wind wollte Bettlaken bauschen, den rosa Schlund eines Jungraben hinunterfahren, mit seiner Hilfe eine schwarze Wildnis finden und für immer zerstören, das satte Grün der Bäume in einen ascheblauen Himmel blasen. Sowohl für meine deutsche Cousine als auch für mich hatte mit unsrer ersten Begegnung eine Reise begonnen. Beide Reisen hatten nach Polen geführt. Kinga war fröhlicher geworden und, wie sollte ich sagen, tiefer.

Und ich?

Brauchte ich das Gegenteil? Einer von Ksawerys klugen Sätzen fiel mir ein: »Wir belauschten unsere Leben mit der scharfen Aufmerksamkeit von Kindern, die sich im Dunkeln verirrt haben. Hätte jemand ein kleines Licht angemacht, hätten wir alles erkannt.«

Ich holte mein Gepäck an der Rezeption ab und stieg in eine Bahn nach Südosten. Es war eine der alten, schmal und laut.

Mutter hatte dem Vater geglichen, der seine beiden Kinder im Wald aussetzte. Einem Jungen in der untersten Klasse des Gymnasiums Nr. 12 war das geschehen, alles tuschelte davon. In einer Lichtung hatte der Mann zu den beiden Söhnen gesagt, ihr bleibt hier, ich komme gleich wieder, und war weggegangen. Allerdings zum Schein. Sie konnten ihn nicht sehen; er, versteckt hinter einem Baumstamm, sah sie umso besser. Wie würden sie reagieren? Wann würden sie unruhig werden? Wann würden sie weinen?

Sie waren sein Ersatz. Ein verlassenes Kind, verkleidet als Vater, machte ein Experiment mit seinen Söhnen, um zu erfahren, wie er sich selbst als Kind gefühlt hatte. Und noch fühlte. Nur von außen konnte er erkennen, wer er war. Nur wenn Walla uns in Nebel hüllte, fühlte sie sich uns nahe.

Dann waren wir wie sie.

Die Gegend wurde grüner, die Luft kühler. Die Waggons näherten sich der Weichsel.

Alte Bäume, Fliederhecken. Der Fußweg zwischen zwei Villen hindurch roch nach frisch wachsendem Gras. Er öffnete sich auf ein Karree bescheiden gebauter, zweistöckiger Häuser, gestrichen in hellem Gelb, Rosa und Blau. Auf mein Klopfen reagierte niemand, die Holztür war angelehnt. Übergangslos befand ich mich in einer privaten Wohnung. Etwa zwanzig Paar Schuhe standen da. Stimmen, Klarinettenklang, eine Geige.

In dem Zimmer, in dem man sich versammelte, waren die

Möbel an die Wände geschoben. Alte rote Dielen. Eine braunlockige Frau versuchte, etwas an ihrem Akkordeon zu reparieren, der Geiger, ein Mann von höchstens zwanzig, und die Klarinettistin, wallende Kleider, buntes Haarband, spielten bereits. Rafał sah ich nicht. Edit, die Gastgeberin, begrüßte mich flüsternd. Ich hatte angerufen, mich angemeldet.

Man lauschte. Für mich klangen die Töne weit gereist, Bruchstücke von Melodien, die durch die langsame Dämmerung des Zimmers auf mich zusanken, zarte Fäden von Geschichten und Sehnsüchten hinter sich herziehend. Einige der Anwesenden schienen sich zu kennen und tuschelten, es störte nicht, im Gegenteil, die Musik und die Stimmen verschränkten sich. Ein Grüppchen von dreien, unter denen ich den Schaufelmann wiedererkannte, stand an dem Tisch mit Getränken, über Notenblätter gebeugt, und stritt angeregt.

Man konnte sich auch auf den Boden legen zum Zuhören. Es gab Decken und Matratzen.

Man musste nicht sprechen.

Alle Fenster waren geöffnet, Vorhänge wehten im Luftzug. Die Gastgeberin bat uns, die Augen zu schließen und uns blind, nur nach Gefühl, durch den Raum zu bewegen, um uns einen neuen Platz zu suchen. Ich bewegte mich mit Augenspalt, die Arme nach vorn gestreckt. Berührungen ergaben sich von selbst, der ältere Mann, an dessen Kugelbauch ich stieß, sagte, »epeß dermont sich«, und als er merkte, dass ich nicht verstand, erklärte er, dass »dermonen« auf Jiddisch »sich erinnern« heißt.

Danach saß ich für eine halbe Stunde allein auf einer der Matratzen am Rand. Ich musste mich freuen: Das Gedächtnisinstitut war also ein Dermonungsinstitut.

Im Dämonenamt war ich gewesen. Und entronnen.

Das wollte ich Mutter, Teréza und Kinga erzählen. Teréza vor allem. Es ging ihr nicht gut seit ihrem Geständnis und dem Selbstvorwurf, dass es, hätte sie damals gesprochen, heute wenigstens ein Grab gäbe, in dem Jesche läge. Doch konnten wir nicht einen derartigen Ort errichten, für uns? Auf ihrem Hof?

Als den sichtbaren Saum eines langen inneren Geschehens.

Etwas mit Wasser sollte es sein. Die Meeresbiologie war Jesches Traum gewesen. Kinga konnte helfen, sie hatte alles angehört und stand doch ein Stück außerhalb. Großfamilie eben. Das würde ihr gefallen: sie als Puffer zwischen Teréza und mir.

Meine Schwester und ich hocken neben Wallas Wäschespinne im Gras und tasten einander über den Kopf.

Czaszka, Ksawerys Fußball, ist auch an einem lebenden Menschen zu spüren: da ausgebeult, dort eingedellt, eckig und rund. Drei harte, von Haar bedeckte Seiten und eine warme, prustend weich. Unvertraut, wenn man sie nicht sieht, sondern nur spürt: Sie zittert leicht. Bewegt sich ununterbrochen. Gibt dem anderen nach.

»Vermengliert« hatte Mutter es genannt, wenn etwas sich mischte. Wenn Identitäten nicht »sauber« auseinanderzuklamüsern waren.

Rafał kam mit seinem Neffen und winkte mir zu. Wir lagen auf den Dielen, wer wollte, hielt sich an den Händen, die Musiker machten Pause. Aus einem Computer sangen die Klezmatics: Honey, lay your head down.

Weiche Sprache: Zibber See, Bizzy Bee.

Ich bekam ein beruhigendes schwebendes Gefühl. Auf der Zungenspitze lag es und blieb dort, unformuliert – einmal da, einmal nicht – und so viel weiter als der Kopf.

Als ich wieder stand, die frische Luft am Fenster atmete, sie roch nach Fluss, sagte ich zu Rafał, dass ich ihm jetzt eine Antwort geben wollte. Gewalt, das waren nicht allein die Taten. Gewaltsam war auch das Danach – was fehlte. Ein langer Verlust: Wie jemand zwar noch lebte, aber nicht mehr wuchs. Nicht alt wurde. Niemals seine volle Gestalt erreichte.

Er schaute knapp an mir vorbei nach draußen. Seine Augen glänzten grüngelb, er strich sich eine Haarsträhne aus der Stirn. Vielleicht weil er nichts sagte, hatte ich das Gefühl, dass er mich verstand.

Das nachhängend Gewaltsame der Gewalt war, dass sie nicht erlaubte, Geschichten zu Ende zu erzählen.

Ich ging mit meinen Geschwistern im Speicherzimmer zu Bett. Wir waren uns nah, ohne Worte, betuhse. Wir wussten unterschiedliche Dinge. Die Balken knarrten, Marder kämpften im Garten. Mutter stürzte herein, sie hatte uns schreien gehört. Wir hatten nicht geschrien. »Hab Zonne-im-Hertsen«, flüsterte Ksawery. Walla sang »mussidenn, mussidenn«.

Bis heute hörte ich es, hörte es auch nun. Doch es war weit fort. Ich lag in Dunkelheit, konnte mich an alles erinnern, brauchte es nicht mehr.

Als ich erwachte, zog der Morgen auf. Das Handy zeigte 5.40 Uhr. Ich hatte mich auf einer Matratze zusammengerollt, jemand musste mich zugedeckt haben. Rafał lag auf dem Sofa, seinen Neffen im Arm. Der Wikingerhelm hing am Rollstuhl des Jungen. Leise stand ich auf. Ich erschrak.

Wo war mein Gepäck? Geld Schlüssel Pass?

Da sah ich, dass der Rucksack am Fußende meiner Matratze stand, unberührt. *Dziękuję*, kritzelte ich auf Rafałs Zettel und legte ihn neben ihn.

Die Straßen waren dunkel und leer, die ersten Vögel zwitscherten. Hinter den Häusern führte der Trampelpfad weiter. Nach dreißig Metern stand ich an der Weichsel.

Ich setzte mich auf den sandigen Boden, wo das Wasser höchstens knietief wurde, und schaute zu, wie das Sonnenlicht erschien. Aus der Ferne ließ sich das Summen der Stadt hören, nur hier war es still, so still es eben wurde, ab und an raschelte etwas im Gebüsch. Alles in der Welt schlief noch, und die Welt in allem, einmal quakte ein Frosch oder eine Wachtel schüttelte die Federn, was wusste ich, was in Warschau durchs Ufergestrüpp kroch. Das Erste, was man sah, wenn man über das Wasser blickte, war eine stumpfe Linie – es gab anscheinend ein Wäldchen am Ufer gegenüber – dann ein blasser Fleck am Himmel – dann mehr Blässe und sie breitete sich aus – dann wurde der Fluss weicher, stieg hoch, an seinem anderen Ende, fern von mir, und war nicht mehr schwarz, sondern grau – ich bemerkte kleine dunkle Muster, wie sie vorbeiströmten, weit draußen – springende Hechte oder Ähnliches – Morgenfische und dazwischen lange schwarze Striche – Balken vielleicht, etwas Losgerissenes, das auf dem Wasser trieb, mitunter ein Plätschern, eine Ente, die aus dem Schilf paddelte, oder eine, wie sie landete, und ihre Stimmen stiegen in die Höhe und wurden umgehend verschluckt, so still war es, und allmählich konnte ich einen weiteren Strich auf dem Wasser sehen, sodass ich wusste, das muss ein Strudel sein in der wachen Strömung, die die Weichsel bricht wie tanzende Silbermünzen in einer Hand, wenn jemand mit dir spielt als Kind und es dir hinhält und wieder fortnimmt – und ich sah, wie der Dunst sich hob, als rollte ein hauchdünner Vorhang sich auf und der Osten rötete sich und ebenso der Fluss, auf dem ein chemischer Schaum wie ein Gebirge dahintrieb, wenn auch weit weg, auf der anderen Seite des Ufers, am Wäldchen, wo er sich in Wurzeln und in den in den Fluss hängenden Zweigen verfing

anhielt

weiterreiste, doch

zerstreut,

und ein Hauch, eine Brise kam auf, fächelte mir zu von drüben, kühl und erfrischend und süß duftend nach den sich öffnenden Bäumen und den Blumen zwischen ihnen, und dann wieder nicht, weil eine Chemie nicht folgenlos wegschwimmt und Algen herumliegen am Ufer und mächtig stinken, als wollten sie Blumen werden, auf denen mutierte Bienen, summend vor Leben, niedergehen sollen, als wäre es ein unvergänglicher Sommermorgen und der Fluss eine Wiese weißer, in der Sommerbrise schwankender Lilien – und dann ist das der aufgegangene Tag, ich stehe bis zu den Knöcheln im Wasser, das schwappt und schwappt und mir seine kleinen Kiesel, seine losen Geschichten, schwarz, weiß und braun, zwischen die Zehen spült – und es ist der aufgegangene Tag und die Singvögel legen sich mächtig ins Zeug.

Zelle um Zelle ~~vergessen erinnert~~
ein Teelöffel Leben am Ende zusammengekratzt (ich
———— erinnere ———— mich

vergessen

geliebt

---

des Honigs goldene

Füßchen

auf ——— des Winters

Lettern

Tau

Verzeichnis schlesischer Wörter

aufpluschern prahlen, stolz tun
ausbimmeln etwas bekannt machen

Babuschen Hausschuhe, Pantoffeln
Babuschka Großmutter
Bätschel Lämmchen, Kälbchen
Bagasch(e) Familie, Verwandtschaft, wilde Kinder
barbs, barbsbeenig barfuß
begitschkern schmeicheln
behatscheln Kinder trösten, streicheln
bepietscht betrunken
betu(h)se, betuslich sachte, leise, zutraulich, langsam
Bliemchen Blümchen

derpelzen, sich sich retten, sich erwehren
dilittiti verrückt, nicht ganz richtig im Kopf
Drämel großer dummer Kerl, Nichtsnutz
drämeln, dremeln dahinträumen
Düfel Teufel

ebenst eben, in dem Augenblick, Ausdruck der Zustimmung
eemals einst, ehemals
einpummeln einhüllen

ertifteln austüfteln

Fanterei Gerede, Spinnerei
fantern spinnen, dummes Zeug reden, gestikulieren
ferzeln, förzeln hin- und herlaufen
fiela (sie) fielen
fippern zittern
Fissel Füßchen
flenna, flennen weinen
Flocka Flocken
Freele Fräulein
Frumms Kosename für ein kleines Kind
Futro Pelzmantel

Gake Gans
geburga geborgen
gellock? nicht wahr?
gemeensomm gemeinsam
Gewulger Durcheinander
Gezeuke alter Kram
girgelig redselig
girgeln reden
glumprig schlecht, unordentlich
Glutzen Augen
goar sogar
gookeln zündeln, mit offener Flamme spielen
graglich ungeschickt, schief, krumm
grien grün
Gusche, Gosche Mund
Guttel, Guttla Bonbon

haar her
Hatschekind kleines Kind

Hatzebliemel Blume, Herzblume, Liebchen
Heckmeck Durcheinander, Ungehöriges, Ausflüchte
heem heim
Heimerle Grille
Herz(e)pinkerle Liebste(r), Allerbest(r)
Hiehnel Hühnchen
(hin)plutschen viel reden
Hökerin Gemüsefrau auf dem Markt
Höllengeester Höllengeister
Hotwolee die bessere Gesellschaft
huckern auf einen fahrenden Wagen aufhocken

jächen, jechen rennen, herumjagen
jedit nee, jemine, jerrnje Ausruf des Erschreckens, Erstaunens
Jesöika aus dem Polnischen abgeleitetes Wort für »Sprache«, poln. język

Kamurke Stube
karreteln herumfahren, viel unterwegs sein
kascheln Schlittschuh laufen
Kikelkakel leeres Geschwätz, Flunkerei
klamüsern (herum)suchen, einer Sache nachsinnen
Klimpelsuppe Suppe mit Einlage
Kroha Krähen
kullern rollen

Laba Leben
lätscheln herumlümmeln
lamstern langsam handeln, langsam sein
leb ock sisse mach's gut
Lerge, Lärge Breslauer Ausdruck mit weit gefächerter Bedeutung von der Beschimpfung bis zum Kosewort. Spitzname für die Einwohner:innen Breslaus

Lullebottel charakterschwacher Mensch
Lunze Kosewort für »kleines Mädchen«
luscheln lächeln (Säugling)

Mokka effti besonders starker Kaffee

nimme nicht mehr, nie mehr

och, ock nur, bloß
Ooga Augen

Pampe Schlamm, unappetitliche Speise
Pieronstwo poln. pierońtwo: Krimskrams, Zeug
Pippele Küken
pludern sich aufblasen
Plüh gutes Benehmen, Anstand
pucklig bucklig, krumm
Pürschel Strohwisch
pulsch polnisch
Puusch Wald

Rooch Rauch

Schapperle kleines Kind
scheen(e) schön
schitscheringrün giftgrün
Schläscher Schlesier
Schläsing Schlesien
schnaffte, schnaftig tadellos, ausgezeichnet
Schnakala Kosewort für »Enkelkind«
schnatteln viel reden
Schneck Schnecke
Schoar Schar

siste siehst du
Springkinkerle hüpfendes Kind
stantepede sofort, auf der Stelle
Steckkind Säugling
strabulstrig eigensinnig, widerspenstig
Strinkel Rest des abgegessenen Apfels
Stückelzucker Würfelzucker
strutzköppig eigensinnig

tälsch übermütig, kindisch, einfältig
taprich unsicher, ungeschickt
Teppla Kochtöpfe
Tiftelei Tüftelei
timplich, timplig dumm, einfältig
tranetimplig langweilig
Treiba Treiben
trieb, triebe trübe
Tschelotka Verwandtschaft
Tschippe Schimpfwort für Mädchen, Frau
Totsch ungeschickter Mensch
Tunke Sauce
Tunzekissel kleines Kissen
Tute Trompete, langweilige Frau

Uckel Uckelei, kleiner Fisch in der Oder

verklingeln verraten
vermenglieren vermischen, vermengen
verschnattern plaudernd verraten

zerkudeln verwirren

Figurenverzeichnis

Kinga Rechtsanwältin, Alleinerziehende, Erbin.

Flummy Kingas Adoptivtochter.

Dorota genannt Doro. Freundin, Überraschungsverwandte, deutsch-polnische Flusssucherin.

Alissa Kingas Mutter. Als Kind »Lissl« genannt. Geboren in einem Lebensbornheim in Bayern (1937 oder 1938). 1943 in das Heim zurückgebracht, adoptiert von Gerda und Gerd Schücking, in Gerhild umbenannt.

Walla Mutter von Dorota und ihren Geschwistern. Vollpolin, Krankenschwester, Kriegskind. Bis zu ihrem 17. Lebensjahr Renate (Reni) Valerius, deutsches »Mädel« in Breslau.

Adele Alissas leibliche Mutter, Kingas Großmutter. Köchin, Seefahrerin. Angestellte der Familie Valerius in Breslau. Geliebte des Dienstherren.

Marolf der Dienstherr. Theaterdirektor in Breslau, Vater von Alissa und Reni. Bipolar, Shakespearefan.

Else Marolfs Frau, Renis Mutter, Adeles Dienstherrin. Sucht ihre Tochter Reni, die mit sechzehn Jahren 1945 in Breslau zurückblieb, zwanzig Jahre später über eine Rotkreuzanzeige. Tritt in Wrocław als »die deutsche Oma« auf.

Vorhang Hauptfigur auf einem Gemälde, das die Rahmen und Länder wechselt.

Gerda Alissas Adoptivmutter. Nazisse. Geboren 1900, spricht als Geist.

Gerd Gerhilds Adoptivvater, Ehemann von Gerda. Jurist, ebenfalls Jahrgang 1900. Vermögend, fesch, verschwiegen.

Witomir Wallas »große Liebe«. Verwaltungsdirektor in Wrocław. Vater ihrer Kinder Jesche und Teréza. Verheiratet mit

Otylia Jüdin, in Krakau versteckt. Ende 1944 entdeckt, in ein KZ gebracht. Überlebende.

Mietek Ehemann Wallas, Vater von Doro und Ksawery.

Teréza, Jesche, Ksawery Dorotas Geschwister.

Szymon Terézas Ehemann.

Zur Sprache bringen

Wäre Halina Simon nach einer Lesung in Hamburg aus dem ersten Roman dieser Trilogie, *Sieben Sprünge vom Rand der Welt*, nicht auf mich zugekommen, hätte ich niemals von Walla und ihren Kindern erfahren. Hätte Halina mich im Sommer 2015 auf der Fahrt nach Polen nicht begleitet, hätte ich den Bunker unter dem Salzplatz von Wrocław niemals rechtzeitig vor seiner Verwandlung in ein Filmmuseum entdeckt. Sturzhelme auf dem Kopf, Taschenlampen in der Hand, traten wir in einen unmittelbaren Nachkriegsraum: einen Bunker in dem Zustand, in dem er im Mai 1945 aufgegeben worden war. Von anderen Nachkriegsräumen, den Verschränkungen polnischer und deutscher Identitäten, erzählte Halina mir.

Ich danke ihr für ihr Vertrauen und das Geschenk ihrer Geschichte. Man schreibt an dieser Stelle, dass alle Unzulänglichkeiten auf das eigene Konto gehen: Dies ist, fraglos, der Fall.

Menschen wurden verwandelt zu Figuren. Der Stoff begann sich zu suchen, was er brauchte, um erzählbar zu werden. Die Lebensborngeschichte wurde Teil der Frage, wie Gewalt, die Frauen angetan wurde und wird, über Generationen hin wirkt.

Für Sorgfalt und Geduld danke ich den Freund:innen, die sich den Roman im Sommer und Herbst 2021 im Garten in Berlin oder digital vorlesen ließen. Mehr als einmal habt Ihr Euch danach noch in Träumen mit den Figuren herumgeschlagen. »Die Mütter« sind ein entzüglicher Stoff. Nur gemeinsam, nur aus dem Rückraum und Rückhalt des Zusammen-Sprechens ließ diese Geschichte sich zu der Form treiben, die sie erzählbar macht.

Schweigen hören.

Alle »Umstände« sind akribisch recherchiert. Alle Figuren präzise erfunden. Sie agieren als Mäntel, als Schutzhüllen.

Im Lauf des Schreibens wurde mir deutlich, dass ich Fiktion neu verstand: eine Folie, im Nachhinein um verletzte Körper geschlungen.

Körper, die nie existierten, um jene gelegt, die es gab. Die, verborgen von diesen Figuren, dank ihrer nicht »in sich verstummt« bleiben müssen.

Bei Sigmund Freud lese ich den Satz, der zum Endmotto des Romans werden soll. Gesagt wird er von einem Kind:

Wenn jemand spricht, wird es hell.

Inhalt

MIX
Papier | Fördert gute Waldnutzung
FSC www.fsc.org FSC® C014496

Klimaneutral*
Druckprodukt
ClimatePartner.com/14044-1912-1001

Penguin Random House Verlagsgruppe FSC® N001967

2. Auflage

Gestaltung von Umschlag, Vor- und Nachsatz: Sabine Kwauka
Motive: © Gwen-Hedley
Satz: Vornehm Mediengestaltung, München
Druck und Bindung: GGP Media GmbH, Pößneck
Printed in Germany
ISBN 978-3-328-60172-2

www.penguin-verlag.de

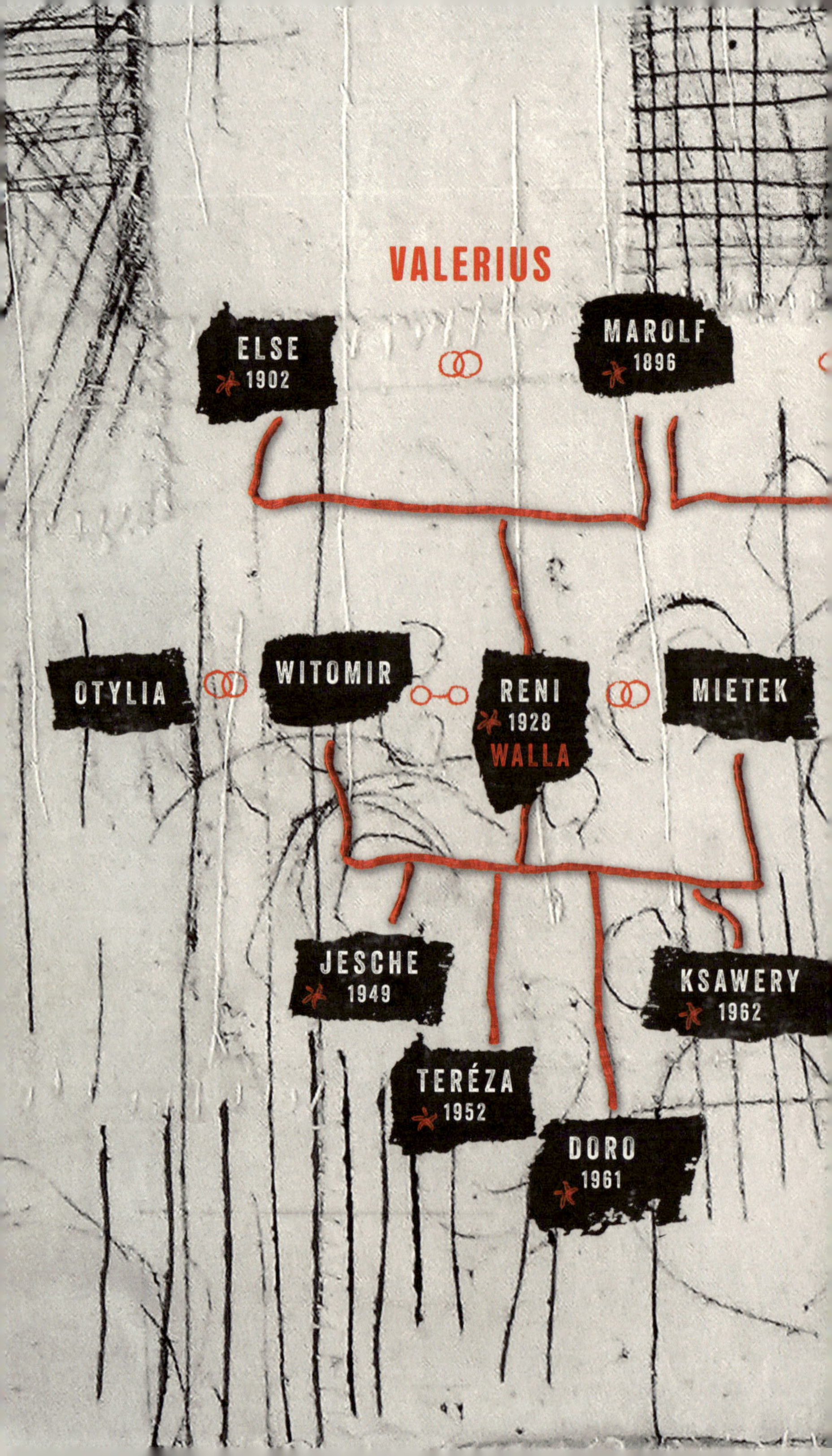
VALERIUS
ELSE
1902
MAROLF
1896
OTYLIA
WITOMIR
RENI
1928
WALLA
MIETEK
JESCHE
1949
KSAWERY
1962
TERÉZA
1952
DORO
1961